De laatst

Bezoek ook onze website:
www.boekerij.nl

Van dezelfde auteur:
Omertà
De peetvader
De Siciliaan

Mario Puzo

DE LAATSTE DON

2000 – De Boekerij – Amsterdam

Oorspronkelijke titel: The Last Don (Random House)
Vertaling: Jacques Meerman
Omslagontwerp: Hesseling Design, Ede

Vijfde druk

ISBN 90-225-2737-9

Voor
Virginia Altman en
Domenick Cleri

PROLOOG

Quogue
1965

Eén jaar na de Grote Oorlog tegen de Santadio's vierde don Domenico Clericuzio op Palmzondag de doop van twee kinderen van zijn eigen vlees en bloed en nam hij de belangrijkste beslissing van zijn leven. Hij nodigde alle grote Familiehoofden van Amerika uit, en bovendien Alfred Gronevelt, eigenaar van het Xanadu-hotel in Las Vegas, en David Redfellow, die een enorm Amerikaans drugsimperium had opgebouwd. In zekere zin al zijn partners.

Don Clericuzio was inmiddels het machtigste Mafiahoofd in Amerika en was van plan zijn macht op te geven – in ieder geval schijnbaar. Het was tijd om een andere troef uit te spelen; zichtbare macht werd te gevaarlijk. Maar ook het opgeven van de macht was gevaarlijk. Hij moest het met veel behoedzaamheid en persoonlijke inzet aanpakken. En bovendien op eigen terrein.

Clericuzio's landgoed in Quogue, op Long Island, omvatte acht hectare grond, omringd door een drie meter hoge muur van rode baksteen die van prikkeldraad en elektrisch alarm was voorzien. Behalve het landhuis zelf stonden daar de huizen van zijn drie zoons plus twintig kleinere huizen voor vertrouwde volgelingen van de Familie.

Voordat de gasten kwamen, gingen don Clericuzio en zijn zoons rond de witte, smeedijzeren tafel in de schaduwrijke tuin achter het landhuis zitten. Giorgio, de oudste, was lang. Hij had een klein, maar krachtig snorretje en het slungelige lichaam van een Engelse edelman, dat hij in dure pakken hulde. Hij was zevenentwintig en zwaarmoedig, had een uitmuntend verstand en een ondoorgrondelijk gezicht. De don liet hem weten dat hij, Giorgio, zich moest inschrijven aan de Wharton School of Business om daar tot in alle details te leren hoe je geld kon stelen zonder de wet te overtreden.

Giorgio verzette zich niet tegen zijn vader. Het ging hier om een koninklijk bevel, niet om een uitnodiging tot discussie. Hij knikte gehoorzaam.

Daarna richtte de don zich tot zijn neef Joseph 'Pippi' De Lena. De don hield evenveel van Pippi als van zijn zoons, want hij was niet alleen een bloedver-

want – de zoon van zijn overleden zuster – maar ook zijn generaal, die de gevaarlijke Santadio's had verslagen.
'Jij gaat in Las Vegas wonen,' zei hij, 'en je houdt onze belangen in het Xanadu-hotel in het oog. Nu onze Familie zich uit de operaties terugtrekt, is hier niet veel werk meer voor je. Maar je blijft de "hamer" van de Familie.' Hij zag dat Pippi hier niet blij mee was en redenen wilde horen. 'Je vrouw Nalene verdraagt de sfeer van de Familie en het leven in de Bronx-enclave niet. Ze is te... anders. Ze aanvaarden haar niet. Je moet je leven buiten de Familie opbouwen.' Dat was allemaal waar, maar de don had nog een andere reden. Pippi was een held en de generaal van de Clericuzio-Familie. Als hij 'burgemeester' van de Bronx-enclave bleef, werd hij te machtig voor de zoons van de don als die er niet meer zou zijn.
'Je wordt mijn *bruglione* in het westen,' zei hij tegen Pippi. 'Je zult rijk worden. Maar je krijgt belangrijk werk te doen.'
Hij overhandigde Pippi de eigendomsakte van een huis in Las Vegas en die van een bloeiend incassobureau. Toen wendde de don zich tot zijn jongste zoon Vincent, een man van vijfentwintig. Hij was wat kleiner dan zijn andere kinderen maar had de bouw van een stenen deur. Hij was karig met woorden en had een zacht hart. In de keuken bij zijn moeder had hij alle klassieke Italiaanse gerechten leren maken en hij had bitter gehuild toen zij jong stierf.
De don keek hem glimlachend aan. 'Ik ga je nu zeggen wat je bestemming is,' zei hij, 'en je de juiste weg wijzen. Jij gaat het beste restaurant van New York openen. De kosten spelen geen rol. Ik wil dat je de Fransen laat zien wat lekker eten is.' Pippi en de anderen lachten, en zelfs Vincent glimlachte. De don zei glimlachend: 'Jij gaat een jaar naar de beste koksschool van Europa.' Vincent vond dat een prettig vooruitzicht maar mompelde niettemin: 'Wat kunnen die me nog leren?'
De don keek hem streng aan. 'Je gebak kan beter,' zei hij, 'maar ik wil vooral dat je zo'n onderneming financieel leert leiden. Wie weet krijg je op een dag wel een hele restaurantketen. Giorgio zal geld beschikbaar stellen.'
Ten slotte wendde de don zich tot Petie, zijn tweede en opgewektste zoon. Hij was vriendelijk en op zijn zesentwintigste nog steeds een jongen, maar de don wist dat in hem de Siciliaanse Clericuzio's weer bovenkwamen.
'Petie,' zei de don, 'nu Pippi naar het westen gaat, word jij burgemeester van de Bronx-enclave. Jij levert de Familie soldaten. Maar bovendien heb ik een groot bouwbedrijf voor je gekocht. Je gaat de wolkenkrabbers in New York repareren, je gaat overheidsgebouwen neerzetten, je gaat de straten van de stad plaveien. Het succes van je zaak is verzekerd, maar ik verwacht van je dat je er een groot bedrijf van maakt. Je soldaten krijgen legaal werk en je gaat veel geld verdienen. Eerst word je een tijd leerling van de huidige eige-

naar. Maar vergeet niet wat je voornaamste plicht is: de aanvoer van en leiding over de soldaten van de Familie.' Hij wendde zich tot Giorgio.
'Giorgio,' zei de don, 'jij wordt mijn opvolger. Jij en Vinnie doen alleen nog bij absolute noodzaak mee met de activiteiten van de Familie die in de vuurlinie liggen. We moeten naar de toekomst kijken. Jouw kinderen, mijn kinderen en de kleine Dante en Croccifixio mogen nooit in deze wereld opgroeien. We zijn rijk; we hoeven ons leven niet meer te wagen om ons dagelijks brood te verdienen. Onze Familie zal nog slechts als financieel adviseur van de andere Families dienen. We zullen hun politieke steunpilaar zijn en bij hun ruzies bemiddelen. Maar dat kunnen we alleen met troeven achter de hand. We moeten een leger hebben. En we moeten ieders geld beschermen, zodat ze ons daarvan een graantje laten meepikken.'
Hij zweeg even. 'Over twintig of dertig jaar verdwijnen we allemaal in de legale wereld en genieten we zonder angst van onze rijkdom. De twee baby's die we vandaag dopen, hoeven nooit onze zonden te plegen en onze risico's te lopen.'
'Waarom houden we de Bronx-enclave dan?' vroeg Giorgio.
'We hopen misschien ooit heiligen te worden,' zei de don, 'maar geen martelaren.'

Een uur later keek don Clericuzio op het balkon van zijn landhuis naar de feestelijkheden beneden.
Het enorme gazon stond vol picknicktafels met groene parasols en daar zaten de tweehonderd gasten, grotendeels soldaten uit de Bronx-enclave. Bij doopfeesten ging het er meestal heel vrolijk aan toe, maar ditmaal was de stemming gedrukter.
De overwinning op de Santadio's had zware offers van de Clericuzio's geëist. De don had zijn lievelingszoon Silvio verloren. Zijn dochter Rose Marie had haar man verloren.
Nu zag hij de mensenmenigte zich verdringen rond de vele lange tafels vol kristallen bokalen met dieprode wijn, spierwitte soepterrines, allerlei soorten pasta, schalen vol met plakken vlees en kaas, en vers, knapperig brood in alle vormen en maten. De don liet zich meevoeren door de zachte muziek van het bandje, dat op de achtergrond zat te spelen.
Precies in het midden van de kring picknicktafels zag de don de twee kinderwagens met hun blauwe dekens. Wat een dappere baby's waren het! Toen het wijwater hun hoofdjes raakte, hadden ze niet eens met hun ogen geknipperd. Naast hen zaten de twee moeders, Rose Marie en Pippi's vrouw Nalene De Lena. Hij zag de babygezichtjes, waarop het leven nog geen sporen had getrokken: Dante Clericuzio en Croccifixio de Lena. Hij moest zorgen dat deze twee kinderen nooit hoefden te lijden om hun brood te verdienen.

Als hij slaagde, zouden ze de normale samenleving van deze wereld betreden. Het was merkwaardig, dacht hij, dat niemand in de menigte aan deze kinderen eer bewees.
Hij zag de meestal stugge Vincent met zijn granieten gezicht een paar kleine kinderen hot dogs geven uit het stalletje dat hij voor dit feest had laten maken. Het karretje leek op die in de straten van New York, maar was groter en had een fleuriger parasol. Bovendien waren Vincents hot dogs beter. Hij droeg een schoon, wit schort en serveerde zijn worstjes met zuurkool en mosterd en met rode uitjes en pikante saus. Elk kind moest hem voor elke hot dog een kusje op zijn wang geven. Ondanks zijn ruwe bolster was Vincent zijn aardigste zoon.
Op de bocciebaan zag hij Petie, Pippi De Lena, Virginio Ballazzo en Alfred Gronevelt spelen. Petie haalde graag grappen uit, hetgeen de don afkeurde; hij vond dat altijd gevaarlijk. Zelfs nu een van de bocciebaIlen na de eerste klap aan stukken vloog, verstoorde Petie het spel met zijn streken.
Virginio Ballazzo was de tweede man van de don, een hoge functionaris van de Clericuzio-Familie. Hij reageerde fel en deed net of hij Petie achternazat, die speelde dat hij vluchtte. Dat vond de don grappig. Hij wist dat zijn zoon Petie een geboren moordenaar was, en ook de speelse Ballazzo had een zekere reputatie opgebouwd.
Maar geen van beiden was partij voor Pippi.
De don zag de vrouwen in de menigte blikken op Pippi werpen. Hij was heel knap en even lang als de don zelf, en had een ruig, sterk lichaam en een meedogenloos maar mooi gezicht. Ook veel van de mannen, onder wie een paar soldaten uit de Bronx-enclave, sloegen hem gade. Ze bekeken zijn charismatische houding en de lenigheid van zijn lichaam en kenden zijn reputatie als de 'hamer', de beste van de Gekwalificeerde Mannen.
De jonge David Redfellow, blosjes op zijn gezicht, de machtigste drugshandelaar van Amerika, kneep in de wangen van de twee baby's in hun kinderwagens. Alfred Gronevelt, nog steeds met zijn jasje en stropdas aan, vond het kennelijk niet prettig om een spel te spelen dat hij niet kende. Gronevelt was even oud als de don: bijna zestig.
Vandaag ging don Clericuzio hun leven ten goede veranderen, naar hij hoopte.
Giorgio liep naar het balkon om hem te roepen voor de eerste vergadering van die dag. De tien Mafia-leiders verzamelden zich in de studeerkamer van het huis. Daar vond de vergadering plaats. Giorgio had hen al ingelicht over don Clericuzio's voorstel. Het doopfeest was een uitstekende dekmantel voor de vergadering, maar ze onderhielden geen echt vriendschappelijke banden met de Clericuzio's en wilden zo snel mogelijk huns weegs.
De studeerkamer van de don was een raamloos vertrek met zwaar meubilair

en een bar. De tien mannen zaten ernstig rond de grote, donkere, marmeren vergadertafel. Ze begroetten don Clericuzio om beurten en wachtten op wat hij te zeggen had.

Don Clericuzio liet zijn zoons Vincent en Petie, zijn manager Ballazzo en Pippi De Lena halen om de vergadering bij te wonen.

Don Clericuzio overzag de gezichten van de mannen aan tafel, de machtigste mannen uit de illegale samenleving. Zij voorzagen in de ware behoeften van de mensheid.

'Mijn zoon Giorgio heeft u al ingelicht over mijn plannen,' zei hij. 'Mijn voorstel is als volgt. Ik trek me uit al mijn belangen terug, met uitzondering van het gokken. Mijn Newyorkse activiteiten draag ik over aan mijn oude vriend Virginio Ballazzo. Hij sticht zijn eigen Familie en gaat onafhankelijk van de Clericuzio's opereren. In de rest van het land stel ik al mijn belangen in vakbonden, transport, alcohol, tabak en drugs voor uw Families open. Al mijn ingangen bij de overheid stel ik tot uw beschikking. Daarvoor in ruil vraag ik u, mij uw verdiensten te laten beheren. Die worden goed belegd en staan altijd tot uw beschikking. U zult nooit meer bang hoeven zijn dat de overheid het geld kan traceren. Daarvoor vraag ik slechts een commissie van vijf procent.'

Voor de tien mannen was dit een droomovereenkomst. Ze waren dankbaar dat Clericuzio zich terugtrok op een moment dat hij ook had kunnen oprukken om hun imperium te veroveren en te vernietigen.

Vincent liep de tafel rond en schonk iedereen wijn in. De mannen hielden hun glazen omhoog en brachten een dronk uit op het feit dat de don zich terugtrok.

Toen de Mafia-dons plechtig afscheid hadden genomen, werd David Redfellow door Petie naar de studeerkamer gebracht. Hij ging in de leren leunstoel tegenover de don zitten, en Vincent gaf hem een glas wijn. Redfellow onderscheidde zich van de andere mannen, niet alleen door zijn lange blonde haar, maar ook door zijn oorring met een diamant, zijn denimjasje en zijn schone, geperste spijkerbroek. Hij had Scandinavisch bloed in zijn aderen. Hij was blond, had lichtblauwe ogen, keek altijd opgewekt en had gevoel voor humor.

De don was David Redfellow veel dank verschuldigd, want deze man had bewezen dat de overheid ook op drugsgebied omkoopbaar was.

'David,' zei don Clericuzio, 'jij trekt je uit de drugshandel terug. Ik heb iets beters voor je.'

Redfellow protesteerde niet. 'Waarom nu?' vroeg hij de don.

'Op de eerste plaats,' zei de don, 'steekt de overheid te veel tijd en inspanning in die handel. Je zou de rest van je leven altijd zorgen hebben. Nog belangrijker is dat het vak te gevaarlijk is geworden. Mijn zoon Petie en zijn soldaten zijn je lijfwachten geweest. Dat kan ik niet langer toestaan. De Colombianen zijn te wild, te dwaas, te gewelddadig. Laat hen de drugshandel maar overnemen. Je trekt je in Europa terug, en ik zorg voor je bescherming daar. Je kunt jezelf aan het werk houden door in Italië een bank te kopen en je gaat in Rome wonen. We doen daar veel zaken.'

'Prachtig,' zei Redfellow. 'Ik spreek geen Italiaans en weet niets van banken.'

'Dat leer je allebei,' zei don Clericuzio, 'en in Rome wordt je leven veel gelukkiger. Je kunt natuurlijk ook hier blijven, als je wilt, maar dan heb je mijn stem niet meer en zal Petie je niet langer bewaken. Aan jou de keus.'

'Wie neemt mijn zaak over?' vroeg Redfellow. 'Word ik uitgekocht?'

'De Colombianen nemen je zaak over,' zei de don. 'Dat is de onvermijdelijke loop van de geschiedenis. Maar de overheid zal ze het leven zuur maken. Wat kies je?'

Redfellow dacht erover na en begon te lachen. 'Zeg maar hoe ik moet beginnen.'

'Giorgio brengt je naar Rome en introduceert je bij mijn mensen daar,' zei de don. 'En de komende jaren zal hij je blijven adviseren.' De don omhelsde hem. 'Dank je dat je mijn raad opvolgt. In Europa blijven we partners, en geloof me: je krijgt daar een goed leven.'

Toen David Redfellow weg was, vroeg de don Giorgio om Alfred Gronevelt te halen. Als eigenaar van het Xanadu-hotel in Las Vegas had hij de bescherming genoten van de nu verdwenen Santadio-Familie.

'Meneer Gronevelt,' zei de don, 'u zult het hotel onder mijn bescherming blijven leiden. U hoeft niet voor uzelf of uw bezit te vrezen. U houdt eenenvijftig procent van het hotel. Ik beheer de negenenveertig procent die voorheen in handen van de Santadio's was en blijf wettelijk door dezelfde institutie vertegenwoordigd als voorheen. Kunt u daarmee instemmen?'

Gronevelt was een man met veel waardigheid en een grote uitstraling. Hij zei weloverwogen: 'Als ik blijf, wil ik het hotel met hetzelfde gezag kunnen leiden. Anders verkoop ik u mijn percentage.'

'Wilt u een goudmijn verkopen?' vroeg de don ongelovig. 'Nee, nee. U moet niet bang voor me zijn. Ik ben op de allereerste plaats zakenman. Als de Santadio's zich wat gematigder hadden opgesteld, zouden al die vreselijke dingen nooit gebeurd zijn. Nu bestaan ze niet meer. Maar u en ik zijn redelijke mensen. Mijn afgevaardigden krijgen de vroegere belangen van Santadio. En Joseph De Lena, Pippi, krijgt van u al het respect waarop hij recht heeft. Hij wordt mijn *bruglione* in het Westen tegen een salaris van honderdduizend per jaar, te betalen door uw hotel op de manier die u goeddunkt. En

als iemand problemen maakt, welke dan ook, gaat u naar hem toe. In uw beroep ontstaan altijd problemen.'
Gronevelt, een lange en magere man, keek heel kalm. 'Waarom behandelt u me zo welwillend? U hebt andere en winstgevender mogelijkheden.'
Don Domenico zei ernstig: 'Omdat u een genie bent in wat u doet. Dat zegt iedereen in Las Vegas. En om u mijn achting te bewijzen, wil ik u daar graag nog iets voor geven.'
Gronevelt glimlachte. 'U hebt me al genoeg gegeven. Mijn hotel. Niets anders is belangrijker dan dat.'
De don keek hem stralend aan, want hoewel hij altijd ernstig was, verraste hij de mensen graag met zijn macht. 'U mag bovendien zeggen wie het volgende lid van de Kansspelcommissie van Nevada wordt,' zei de don. 'Er is een vacature.'
Dit was een van de weinige keren dat iemand Gronevelt ooit verrast had, en hij was onder de indruk. Maar hij was vooral opgetogen, want hij zag voor zijn hotel een toekomst waarvan hij nooit had durven dromen. 'Als u dat in uw macht heeft,' zei Gronevelt, 'worden we de komende jaren heel rijk.'
'Dat is dan geregeld,' zei de don. 'Gaat u nu naar buiten en geniet van het feest.'
Gronevelt zei: 'Ik wil naar Las Vegas terug. Ik vind het niet verstandig om ermee te koop te lopen dat ik hier te gast ben.'
De don knikte. 'Petie, laat iemand de heer Gronevelt naar New York rijden.'

Afgezien van de don waren nu alleen zijn zoons, Pippi De Lena en Virginio Ballazzo nog in de kamer. Ze keken verbijsterd. De don had alleen Giorgio in vertrouwen genomen; de anderen waren niet in zijn plannen gekend.
Ballazzo was maar een paar jaar ouder dan Pippi en jong voor een *bruglione*. Hij beheerde de vakbonden, de kledingdistributie en een deel van de drugshandel. Don Domenico liet hem weten dat hij van nu af aan onafhankelijk van de Clericuzio's zou zijn. Hij hoefde slechts een bijdrage van tien procent te betalen en hij kreeg de volledige leiding over zijn operaties.
Virginio werd door zoveel goedgeefsheid overrompeld. Meestal was hij een uitbundige man die zijn dank of klachten met veel woorden toonde, maar nu werd hij door zoveel dankbaarheid overspoeld dat hij de don alleen maar kon omhelzen.
'Van die tien procent zal ik vijf procent reserveren voor je oude dag of voor wanneer je iets overkomt,' zei de don tegen hem. 'Maar vergeef me dat ik het zeg: mensen veranderen, hun geheugen verslechtert en hun dankbaarheid voor weldaden uit het verleden ebt weg. Ik wil je eraan herinneren dat je je boeken nauwkeurig dient bij te houden.' Hij zweeg even. 'Ik zit immers niet bij de belastingdienst en kan je niet van die afschuwelijke rentes en boetes opleggen.'

Ballazzo begreep het. Bij don Domenico werd altijd snel en trefzeker gestraft. Er kwam zelfs nooit een waarschuwing. En de straf was altijd de doodstraf. Hij kende geen andere manier om met zijn vijanden om te gaan.
Don Clericuzio liet Ballazzo gaan, maar toen de don Pippi naar de deur bracht, bleef hij even staan. Toen trok hij Pippi naar zich toe en fluisterde hij in zijn oor: 'Vergeet niet dat jij en ik een geheim hebben. Bewaar dat geheim voor altijd. Ik heb je de opdracht nooit gegeven.'

Op het gazon buiten het landhuis wachtte Rose Marie Clericuzio tot ze iets tegen Pippi De Lena kon zeggen. Ze was een heel jonge en knappe weduwe, en het zwart stond haar niet. De rouw om haar man en haar broer onderdrukte haar natuurlijke levendigheid, die een onlosmakelijk deel van haar schoonheid was. Haar grote bruine ogen waren te donker, haar olijfkleurige huid te geel. Alleen haar net gedoopte zoon Dante, die met zijn blauwe linten in haar armen lag, gaf haar wat kleur. De hele dag had ze een opvallende afstand bewaard tot haar vader, don Clericuzio, en haar drie broers Giorgio, Vincent en Petie. Maar nu wachtte ze tot ze Pippi De Lena kon spreken.
Ze waren neef en nicht. Pippi was tien jaar ouder, en als tiener was ze smoorverliefd op hem geweest. Maar Pippi had zich altijd vaderlijk en ontmoedigend gedragen. Zijn zwak voor de liefde was beroemd, maar hij was te voorzichtig om die bij de dochter van zijn don de vrije loop te laten.
'Hallo, Pippi,' zei ze. 'Gefeliciteerd.'
Pippi glimlachte met een charme die zijn ruige uiterlijk mooi maakte. Hij boog zich voorover om de baby op het voorhoofd te kussen en zag met verbazing dat het haar – waarin nog steeds de zwakke geur van wierook uit de kerk hing – heel dik was voor zo'n klein kind.
'Dante Clericuzio, een prachtige naam,' zei hij.
Dat was geen onschuldig compliment. Rose Marie had voor zichzelf en haar vaderloze kind weer haar meisjesnaam aangenomen. Daartoe had de don haar met een vlekkeloze logica overgehaald, maar toch voelde ze zich nog een beetje schuldig.
Vanuit dat schuldgevoel zei Rose Marie: 'Hoe heb jij je protestantse vrouw kunnen overhalen tot een katholieke mis en zo'n godsdienstige naam?'
Pippi glimlachte naar haar. 'Mijn vrouw houdt van me en doet me graag een genoegen.'
En dat was waar, bedacht Rose Marie. Pippi's vrouw hield van hem omdat ze hem niet kende. Niet zoals zijzelf hem kende en ooit aanbeden had. 'Je hebt je zoon Croccifixio genoemd,' zei Rose Marie. 'Je had haar op zijn minst een genoegen kunnen doen met een Amerikaanse naam.'
'Ik heb hem naar grootvader genoemd om je vader een plezier te doen,' zei Pippi.

'En dat moeten we allemaal,' zei Rose Marie. Maar ze verborg haar verbittering achter een glimlach, en haar gelaat was zo gevormd dat een glimlach op haar gezicht de gewoonste zaak van de wereld leek. Het gaf haar iets liefs dat de angel haalde uit alles wat ze zei. Maar nu zweeg ze aarzelend. 'Dank je dat je mijn leven hebt gered.'
Pippi staarde haar even niet-begrijpend, verrast en bezorgd aan. Toen zei hij zachtjes: 'Je bent nooit in gevaar geweest.' Hij legde een arm om haar schouder. 'Geloof me,' zei hij. 'Zet die dingen van je af. Vergeet alles. We hebben een gelukkig leven voor de boeg. Vergeet het verleden.'
Rose Marie boog haar hoofd naar haar baby om haar gezicht voor Pippi te verbergen. 'Ik heb alles begrepen,' zei ze in de wetenschap dat hij het gesprek aan haar vader en haar broers zou overbrieven. 'Ik heb er vrede mee.'
Ze wilde haar familie laten weten dat ze nog steeds van hen hield en blij was dat haar kind bij de Familie hoorde, met wijwater gedoopt was en zo van de eeuwige verdoemenis was gered.
Virginio Ballazzo kwam Rose Marie en Pippi halen en hij sleepte hen mee naar het midden van het gazon. Don Domenico Clericuzio kwam, gevolgd door zijn drie zoons, uit het huis te voorschijn.
De Clericuzio-Familie – mannen in pakken, vrouwen in avondkleding, kleine kinderen in satijn – vormde een halve kring voor de fotograaf. De gasten klapten en riepen gelukwensen, en het moment werd vastgelegd: het moment van vrede, overwinning en liefde.
Later werd de foto vergroot en ingelijst aan de muur van de studeerkamer van de don gehangen, naast het laatste portret van zijn zoon Silvio, die in de oorlog tegen de Santadio's was gedood.

De don bekeek de rest van de feestelijkheden vanaf het balkon van zijn slaapkamer.
Rose Marie reed haar kinderwagen langs de bowlers, en Pippi's slanke, lange en elegante vrouw Nalene liep met haar kind Croccifixio in haar armen over het gazon. Ze legde hem naast Dante in de wagen, en de twee vrouwen keken liefhebbend op hen neer.
De don voelde vreugde opwellen. Deze twee baby's zouden veilig en beschut opgroeien en nooit weten welke prijs voor hun gelukkige leven betaald was.
Toen zag de don hoe Petie een zuigfles met melk in de wagen liet glijden, en hoe iedereen lachte toen de twee baby's erom begonnen te vechten. Rose Marie tilde haar zoon Dante uit de wagen, en de don herinnerde zich hoe ze een paar korte jaren geleden geweest was. Hij zuchtte. Niets is zo mooi als een verliefde vrouw, en niets is hartverscheurender dan haar weduwe te zien worden, dacht hij spijtig.

Rose Marie was het kind van wie hij het meest hield. Ze was altijd zo stralend en vrolijk geweest. Maar Rose Marie was veranderd. Het verlies van haar broer en haar man was te groot. Maar in de dons ervaring vonden echte minnaars altijd een andere liefde en kregen weduwen genoeg van zwart. En nu had ze een kind om lief te hebben.
De don keek op zijn eigen leven terug en verwonderde zich nog steeds over de glorieuze volheid ervan. Hij had ongetwijfeld monsterlijke beslissingen moeten nemen om rijkdom en macht te verwerven, maar hij had weinig berouw. Alles was noodzakelijk geweest en juist gebleken. Andere mensen mochten kreunen onder hun zondenlast, maar don Clericuzio aanvaardde die en stelde zijn vertrouwen in de God die hem – naar hij wist – zou vergeven.
Pippi speelde boccie met drie soldaten uit de Bronx-enclave. De mannen waren ouder dan hij en hadden in de enclave bloeiende bedrijven, maar voor Pippi hadden ze het grootste respect. Pippi speelde stoutmoedig en bekwaam als altijd en was nog steeds het middelpunt van de aandacht. Hij was een legende en had zelfs tegen de Santadio's boccie gespeeld.
Pippi schreeuwde van blijdschap toen zijn bal die van de tegenstander bij het doel vandaan tikte. Wat een man is Pippi, dacht de don. Een trouwe soldaat, een plezierige metgezel. Sterk en snel, geslepen en gesloten.
Zijn goede vriend Virginio Ballazzo verscheen op de bocciebaan – de enige man die Pippi's bekwaamheid kon evenaren. Ballazzo liet zijn bal met een brede zwaai los, en er klonk luid gejuich toen hij wist te scoren. Hij hief zijn hand in triomf naar het balkon, en de don klapte. Hij voelde zich trots dat deze mannen onder zijn leiding bloeiden en gedijden, evenals alle anderen die zich op deze Palmzondag in Quogue verzameld hadden. En de vooruitziende blik van de don zou hen in de volgende, moeilijke jaren beschermen. Wat de don niet kon voorzien, waren de zaden van het kwaad, gezaaid in nog ongevormde menselijke breinen.

BOEK I

Hollywood
Las Vegas
1990

1

Boz Skannets rode haar glansde in het citroengele zonlicht van de Californische lente. Zijn strakke, gespierde lichaam snakte naar actie. Zijn hele innerlijk was verrukt, want meer dan een miljard mensen over de hele wereld gingen van zijn daad getuige zijn.
In de elastieken broekband van zijn tennisbroek stak een klein pistool, verborgen onder een jasje dat tot op zijn kruis was dichtgeritst. Op dat witte jasje flitsten rode, verticale bliksemschichten, en hij had een rode zweetband met blauwe stippen in zijn haar.
In zijn rechterhand hield hij een grote, zilverkleurige fles mineraalwater. Boz Skannet presenteerde zich volmaakt aan de showwereld die hij straks ging betreden.
Die wereld was een enorme menigte mensen voor het Dorothy Chandler Pavillion in Los Angeles, die de aankomst van de filmsterren voor de Oscaruitreiking afwachtten. De toeschouwers stonden op speciaal voor dit doel gebouwde tribunes; de straat zelf stond vol tv-camera's en verslaggevers, die hun beelden over de hele wereld gingen uitzenden. Vanavond zagen de mensen hun grote sterren in levenden lijve, zonder de schone schijn van hun mythe en aan de wetten van het echte leven onderworpen.
Een rij geüniformeerde bewakers met glanzende, bruine knuppels die netjes op hun zij hingen, hield de massa in bedwang.
Ze baarden Boz Skannet geen zorgen. Hij was groter, sneller en taaier dan zij, en hij had het verrassingselement aan zijn kant. Hij hield een waakzaam oogje op de tv-verslaggevers en cameramensen die hun territorium afbakenden om de beroemdheden te kunnen onderscheppen. Maar zij filmden hem liever dan dat ze hem zouden tegenhouden.
Een witte limousine parkeerde bij de ingang van het Pavillion, en Skannet zag Athena Aquitane, 'de mooiste vrouw ter wereld', volgens vele tijdschriften. Toen ze uitstapte, verdrongen de toeschouwers zich tegen de hekken en riepen ze haar naam. Camera's omringden haar en toonden haar schoonheid tot in de verste uithoeken van de wereld. Ze zwaaide.

Skannet sprong over het hek van de tribune. Hij zigzagde door de dranghekken en zag de bruine overhemden van de bewakers op hem afkomen – een voorspelbaar patroon. Ze schatten zijn richting verkeerd. Hij gleed hen even gemakkelijk voorbij als de spelers die hem jaren geleden op het footballveld hadden willen tackelen. En hij was er op precies het goede moment. Daar stond Athena. Ze praatte in de microfoon en hield haar hoofd schuin om de camera's haar beste kant te tonen. Drie mannen stonden naast haar. Skannet zorgde dat de camera op hem gericht was en gooide toen de vloeistof uit de fles in Athena Aquitanes gezicht.

Hij riep: 'Hier heb je wat zuur, rotwijf!' Toen keek hij – beheerst, ernstig, waardig – recht in de camera. 'Ze heeft het verdiend,' zei hij. Hij werd door een golf mannen met bruine overhemden en knuppels in de aanslag overspoeld. Hij zonk ineen op de grond.

Op het laatste moment had Athena Aquitane zijn gezicht gezien. Ze hoorde zijn schreeuw en draaide haar hoofd, zodat de vloeistof haar wang en oor raakte.

Een miljard mensen zagen het op de tv live gebeuren. Athena's prachtige gezicht, haar schrik en afschuw, de herkenning in haar blik toen ze haar aanvaller zag, en doodsangst die heel even haar keizerlijke schoonheid verjoeg. Die miljard mensen zagen ook hoe de politie Skannet wegsleepte. Bijna als een filmster maakte hij met zijn geboeide handen een overwinningsgebaar, maar stortte in toen een woedende politieagent het wapen in zijn broekband vond en hem een korte, keiharde stomp in zijn nieren gaf.

Nog duizelig van de schrik veegde Athena Aquitane onwillekeurig de vloeistof van haar wang. Ze voelde niets branden. De druppels op haar hand begonnen te verdampen. Om haar heen verdrongen zich mensen om haar te beschermen en weg te brengen.

Ze maakte zich los en zei kalm: 'Het is gewoon water.' Om daar zeker van te zijn, likte ze de druppels van haar hand. Toen probeerde ze te glimlachen. 'Echt iets voor mijn man,' zei Athena.

Ze liep vervolgens snel het paviljoen van de Oscar-uitreiking in. Toen ze de Oscar voor de beste actrice won, stond het publiek op en leek het applaus eeuwig te duren.

In het koele penthouse van het Xanadu Casino Hotel in Las Vegas lag de vijfentachtigjarige eigenaar op zijn sterfbed. Maar op deze lentedag meende hij zestien verdiepingen lager van alles te horen: een ivoren balletje dat tussen de rode en zwarte gleuven van roulettewielen ratelde, het verre geroezemoes van craps-spelers die hese smeekbeden tot vallende dobbelstenen richtten, het gonzen van duizenden fruitautomaten die zilveren munten verslonden.

Alfred Gronevelt was zo gelukkig als iemand op zijn sterfbed maar kan zijn. Bijna negentig jaar lang was hij oplichter, pooier, gokker, medeplichtige aan moord, politieke tussenpersoon en ten slotte een strenge maar welwillende baas van het Xanadu Casino Hotel geweest. Uit angst voor verraad had hij nooit iemand werkelijk vertrouwd, maar voor veel mensen was hij goed geweest. Hij had nergens spijt van en genoot nu van de kleine traktaties die het leven nog te bieden had. Zoals vanmiddag de tocht door het Casino.

Croccifixio 'Cross' De Lena, sinds vijf jaar zijn rechterhand, kwam de slaapkamer in en vroeg: 'Klaar, Alfred?' En Gronevelt knikte glimlachend naar hem.

Cross tilde hem op en zette hem in de rolstoel. De verpleegster pakte de oude man in dekens en de mannelijke bediende nam zijn plaats in om hem te rijden. De verpleegster gaf Gronevelt een doosje pillen en deed de deur van het appartement open. Ze zou achterblijven. Bij dit soort middaguitjes verdroeg Gronevelt haar niet.

De rolstoel reed soepel over het kunstgras van de daktuin naar de speciale, snelle lift, die de zestien verdiepingen naar het casino afdaalde.

Gronevelt zat rechtop en keek om zich heen. Hiervan genoot hij het meest: de aanblik van mannen en vrouwen die het tegen hem opnamen terwijl hij altijd de beste kansen had. De rolstoel maakte rustig de ronde door de afdeling blackjack en roulette, het baccaratgedeelte en het oerwoud van crapstafels. De gokkers merkten de oude man nauwelijks op, en evenmin de aandachtige blik en peinzende glimlach op zijn uitgeteerde gezicht. Er waren veel rolstoelgokkers in Las Vegas. Ze dachten dat het lot hun vanwege hun handicap een beetje geluk schuldig was.

Eindelijk reed de rolstoel de bar-annex-restaurant in. De bediende zette hem in de gereserveerde nis en ging aan een andere tafel op het sein tot vertrek zitten wachten.

Gronevelt had door de glazen wand uitzicht op het enorme zwembad. Daar flitste het water felblauw in de zon van Nevada en zwermden jonge vrouwen met kleine kinderen als kleurige stukken speelgoed in het water. Hij voelde een kleine opwelling van trots, omdat dit allemaal zijn schepping was.

'Alfred, wil je wat eten?' vroeg Cross De Lena.

Gronevelt glimlachte naar hem. Hij was dol op Cross' uiterlijk. Hij was knap op een manier die zowel mannen als vrouwen aansprak, en hij was een van de weinige mensen die Gronevelt tijdens zijn leven bijna volledig vertrouwd had.

'Ik hou van dit vak,' zei Gronevelt. 'Cross, jij erft mijn belang in het hotel. Ik weet dat je iets zult moeten regelen met onze partners in New York, maar laat het Xanadu nooit in de steek.'

Cross klopte de oude man op zijn hand, die vel over kraakbeen was. 'Dat zal ik ook niet,' zei hij.

Gronevelt voelde het brandende zonlicht door de glazen wand heen in zijn bloed dringen. 'Cross,' zei hij, 'ik heb je alles geleerd. We hebben een paar moeilijke dingen gedaan. Echt moeilijke dingen. Maar kijk nooit achterom. Je weet dat risico's op diverse manieren kunnen uitpakken. Doe zoveel goeds als je kunt. Ook dat levert zijn geld op. Ik heb het niet over verliefd worden of je overgeven aan haat. Dat zijn de verkeerde risico's.'

Samen nipten ze van hun koffie. Gronevelt at alleen strudel van bladerdeeg. Cross dronk sinaasappelsap bij zijn koffie.

'Nog iets,' zei Gronevelt. 'Geef nooit een villa aan iemand die niet minstens een miljoen te verpatsen heeft. Vergeet dat nooit. De villa's zijn legendarisch, en dat moet zo blijven.'

Cross klopte op Gronevelts hand en legde de zijne op die van de oude man. Zijn genegenheid was echt. In bepaalde opzichten hield hij meer van Gronevelt dan van zijn vader.

'Maak je geen zorgen,' zei Cross. 'De villa's zijn heilig. Nog iets?'

Gronevelts ogen waren ondoorzichtig, want de grauwe staar doofde hun oude vuur. 'Wees voorzichtig,' zei hij. 'Wees altijd heel voorzichtig.'

'Dat beloof ik,' zei Cross. Om de oude man van zijn naderende dood af te leiden vroeg hij: 'Wanneer ga je me iets over de grote Santadio-oorlog vertellen? Daar praat niemand ooit over.'

Gronevelt slaakte een oude-mannenzucht – nauwelijks een fluistering, bijna emotieloos. 'Ik weet dat er niet veel tijd meer is,' zei hij, 'maar ik kan nog niet met je praten. Vraag het maar aan je vader.'

'Ik heb het aan Pippi gevraagd,' zei Cross, 'maar hij wil niets zeggen.'

'Wat voorbij is, is voorbij,' zei Gronevelt. 'Ga nooit terug. Zoek in het verleden geen excuses, rechtvaardigingen of geluk. Je bent wat je bent en de wereld is wat hij is.'

In het penthouse waste de verpleegster hem zoals elke middag en controleerde ze zijn lichamelijke toestand. Ze fronste haar wenkbrauwen, maar Gronevelt zei: 'De risico's zijn het enige dat telt.'

Die nacht sliep hij onrustig, en bij zonsopgang zei hij tegen de verpleegster dat ze hem naar het balkon moest helpen. Ze zette hem in een enorme stoel en pakte hem goed in met dekens. Toen ging ze naast hem zitten en nam ze zijn hand om zijn pols op te nemen. Toen ze haar hand wilde terugtrekken, hield Gronevelt die vast. Ze liet hem begaan, en samen zagen ze boven de woestijn de zon opkomen.

De zon was een rode bal die het blauwzwart van de hemel in donkeroranje veranderde. Gronevelt zag de tennisbanen, de golfbaan, het zwembad en de zeven villa's. Ze glansden als het paleis van Versailles en voerden allemaal de vlag van het Xanadu-hotel: een bosgroene achtergrond met witte duiven. En verderop het eindeloze zand van de woestijn.

Dit heb ik geschapen, dacht Gronevelt. Ik heb koepels van plezier in een woestenij gebouwd. En ik heb mezelf een gelukkig leven gegeven. Vanuit het niets. Ik heb geprobeerd zo goed te zijn als in deze wereld mogelijk is. Moet ik veroordeeld worden? Zijn geest dwaalde af naar zijn jeugdjaren, toen hij en zijn vriendjes als veertienjarige wijsgeren over God en morele waarden praatten zoals jongens toen deden. 'Als jullie een miljoen dollar konden krijgen door een knop in te drukken en een miljoen Chinezen te doden,' zei een van hen triomfantelijk alsof hij hun een enorm, onmogelijk moreel probleem voorlegde, 'zouden jullie dat dan doen?' Na een lange discussie vond iedereen van niet. Behalve Gronevelt.
En hij vond dat hij gelijk had gehad. Niet vanwege zijn succesvolle leven maar omdat dat diepe raadsel niet eens meer bestond. Het was geen dilemma meer. Je kon het maar op één manier formuleren.
Zou je de knop indrukken en tien miljoen Chinezen doden – waarom Chinezen? – voor duizend dollar? Dát was tegenwoordig de vraag.
Het licht van de wereld werd vuurrood en Gronevelt kneep in de hand van de verpleegster om zijn evenwicht te bewaren. Hij kon rechtstreeks in de zon kijken, want zijn grauwe staar werkte als een filter. Doezelig dacht hij aan bepaalde vrouwen die hij gekend en bemind had, en aan bepaalde dingen die hij had gedaan. Aan mannen die hij meedogenloos had moeten verslaan, en aan de genade die hij soms betoond had. Hij beschouwde Cross als zijn zoon en had medelijden met hem, maar ook met de Santadio's en Clericuzio's. En hij was blij dat hij dat allemaal achter zich liet. Wat was immers beter: een gelukkig leven of een moreel verantwoord leven? En moest je een Chinees zijn om dat te beslissen?
Bij die laatste vraag begaf zijn brein het volledig. De verpleegster, die zijn hand vasthield, voelde hem koud worden en de spieren ontspannen. Ze boog zich voorover en controleerde zijn hartslag. Hij was zonder enige twijfel overleden.

Gronevelts erfgenaam en opvolger Cross De Lena regelde de staatsiebegrafenis. De *crème de la crème* van Las Vegas, alle topgokkers, al Gronevelts vriendinnen en alle werknemers van het hotel moesten verwittigd en uitgenodigd worden. Want Gronevelt was het onbetwiste gokgenie van Las Vegas geweest.
Hij had fondsen bijeengebracht en bijdragen geleverd aan de bouw van kerken voor alle gezindten, want hij zei vaak: 'Mensen die in godsdienst en gokken geloven, hebben een beloning verdiend.' Hij had de bouw van krottenwijken verboden en eersteklas ziekenhuizen en scholen gesticht. Altijd, stelde hij, uit welbegrepen eigenbelang. Hij minachtte Atlantic City, dat onder leiding van de staat alle opbrengsten van het gokken in eigen zak stak en niets voor de samenleving deed.

Gronevelt had als eerste het publiek ervan overtuigd dat gokken geen smerige ondeugd was, maar een bron van vermaak voor de middenklasse – even normaal als golf of honkbal. Hij had van het Amerikaanse gokken een gerespecteerde bedrijfstak gemaakt. Iedereen in Las Vegas wilde hem natuurlijk de laatste eer bewijzen.
Cross zette zijn eigen emoties van zich af. Hij ervoer een diep verlies, want zijn leven lang had er echte genegenheid tussen hen bestaan. En nu bezat Cross eenenvijftig procent van het Xanadu-hotel. Waarde: minstens $500 miljoen.
Hij wist dat zijn leven ging veranderen. Nu hij zoveel machtiger en rijker werd, groeide ook het gevaar. Zijn verhouding tot don Clericuzio en zijn Familie werd delicater, want hij was nu hun partner in een gigantische onderneming.
Cross belde allereerst naar Quogue. Hij praatte met Giorgio, die hem bepaalde instructies gaf. Giorgio zei dat van de Familie alleen Pippi de begrafenis zou bijwonen. Dante nam weliswaar de eerstvolgende vlucht om de taak af te maken waarover ze het al gehad hadden, maar zou niet naar de begrafenis gaan. Over het feit dat Cross nu de helft van het hotel bezat, werd niet gerept.
Er was een boodschap van zijn zus Claudia, maar toen hij haar opbelde, kreeg hij een antwoordapparaat aan de lijn. Er lag ook een boodschap van Ernest Vail. Hij mocht Ernest graag en had voor vijftig mille aan promesses van hem op zak, maar Vail zou tot na de begrafenis moeten wachten.
Er was ook een boodschap van zijn vader Pippi, die zijn hele leven met Gronevelt bevriend was geweest en hem nu moest adviseren over hoe hij zijn toekomstige leven moest inrichten. Hoe zou zijn vader op zijn nieuwe status, zijn nieuwe rijkdom reageren? Dat was een even netelig probleem als zijn verhouding tot de Clericuzio's, die eraan zouden moeten wennen dat hun *bruglione* in het Westen nu ook zelf rijk en machtig was.
Dat de don rechtvaardig zou zijn, betwijfelde Cross geen moment; dat zijn eigen vader hem zou steunen, was bijna een gegeven. Maar hoe zouden de kinderen van de don, Giorgio, Vincent en Petie, en zijn kleinzoon Dante reageren? Hij en Dante waren vijanden sinds ze samen in de privé-kapel van de don gedoopt waren. Dat was in de Familie een vaste grap.
En nu kwam Dante naar Las Vegas om Grote Tim de Ritselaar te liquideren. Dat zat Cross dwars, want hij voelde een zekere genegenheid voor Grote Tim. Maar de don zelf had zijn lot bepaald, en Cross maakte zich zorgen over de manier waarop Dante het zou aanpakken.

Alfred Gronevelts begrafenis was de meest grandioze uit de geschiedenis van Las Vegas – een eerbewijs aan een genie. Hij lag opgebaard in de protes-

tantse kerk die met zijn geld was gebouwd en die de grootsheid van Europese kathedralen combineerde met de bruine, scheve muren van de Indiaanse cultuur. Met het befaamde pragmatisme van Las Vegas was het enorme parkeerterrein met Indiaanse in plaats van Europese godsdienstige motieven versierd.
Het koor, dat de Here lof zong en Gronevelts ziel in hemelse handen beval, kwam van de universiteit waaraan hij drie leerstoelen in de menswetenschappen had geschonken.
Honderden van de rouwenden waren afgestudeerd dankzij beurzen die Gronevelt ingesteld had, en keken oprecht bedroefd. Sommigen in de menigte waren geldsmijters die aan het hotel kapitalen hadden verloren; ze leken stiekem blij dat iemand Gronevelt eindelijk klein had gekregen. Alleenstaande vrouwen, van wie sommigen van middelbare leeftijd, huilden geluidloos. Er waren vertegenwoordigers van de synagoges en katholieke kerken die hij had helpen bouwen.
Het zou dwars tegen Gronevelts overtuiging in zijn gegaan om het casino te sluiten, maar er waren een paar managers en croupiers die geen dagdienst hadden, bij de begrafenis aanwezig. Zelfs sommige gelukkige villa-gasten maakten hun opwachting. Cross en Pippi behandelden hen met bijzonder respect.
Naast de burgemeester woonde ook de gouverneur van de staat Nevada, Walter Wavven, de begrafenis bij. De Strip zelf was afgezet, zodat de lange stoet van zilveren lijkauto's, zwarte limousines en rouwenden te voet, het lijk naar het kerkhof kon volgen en Alfred Gronevelt een laatste tocht kon maken door de wereld die hij geschapen had.
Die nacht brachten de bezoekers van Las Vegas hem het eerbewijs dat hij het hoogst gewaardeerd zou hebben. Met hun verwoede gokken vestigden ze een record dat alleen op Oudejaarsavond overtroffen werd. Ze stuurden hun geld als eerbewijs met hem mee in zijn graf.

Die avond zat Athena Aquitane alleen in haar strandhuis in de Malibu Colony. Ze probeerde een besluit te nemen en ze zat huiverend van de oceaanwind die door de openstaande deuren waaide, op de sofa na te denken.
Het was moeilijk om je een wereldberoemde filmster zoals zij als kind voor te stellen. Moeilijk om je voor te stellen hoe ze vrouw werd. Filmsterren hebben vaak zo'n sterk charisma dat hun volwassen gestalten direct als helden of schoonheden uit Zeus' gedachten lijken te ontstaan. Nooit hebben ze vroeger in hun bed geplast of puistjes gehad, of een lelijk gezicht hoeven te ontgroeien. Nooit hebben ze de schichtige verlegenheid en saaiheid van de puberteit gekend of gemasturbeerd of om liefde gesmeekt, en nooit zijn ze aan de genade van het lot overgeleverd geweest. Athena vond het ook zelf al moeilijk om zich die persoon te herinneren.

Ze vond dat ze als een van de fortuinlijkste mensen op aarde ter wereld was gekomen. Alles kwam haar aangewaaid. Ze had fantastische ouders die haar begaafdheid zagen en bevorderden. Ze bewonderden de schoonheid van haar lichaam maar deden al het mogelijke om haar geest te ontwikkelen. Haar vader was haar mentor in de sport, haar moeder in de literatuur en beeldende kunst. Ze kon zich uit haar jeugd geen ongelukkig moment herinneren. Tot haar zeventiende.

Ze werd verliefd op Boz Skannet, vier jaar ouder en op zijn college een regionale football-ster. Zijn familie bezat de grootste bank van Texas. Boz was bijna net zo knap als zij mooi was; bovendien was hij geestig, had hij charme en aanbad hij haar. Hun twee volmaakte lichamen werden als magneten tot elkaar aangetrokken. Hun zenuwuiteinden leken onder hoogspanning te staan en hun huid gloeide als ze in elkaars buurt kwamen of aan elkaar dachten. Ze betraden een eigen hemel, en om die eeuwig te laten duren, trouwden ze.

Een paar maanden later werd Athena zwanger, maar dankzij haar lichamelijke volmaaktheid werd ze maar weinig dikker; ze was nooit misselijk en genoot van het idee om een kind te krijgen. Ze bleef dus naar college gaan, toneellessen nemen, golf spelen en tennissen. Boz was haar op de tennisbaan de baas, maar op de golfbaan versloeg ze hem met gemak.

Boz ging op de bank van zijn vader werken. Toen het kind eenmaal geboren was – een meisje, dat ze Bethany noemden – bleef Athena studeren, want Boz had genoeg geld om een kindermeisje en ander personeel te betalen. Het huwelijk maakte Athena nog leergieriger. Ze las gulzig, vooral toneelstukken. Ze was verrukt van Pirandello, vond Strindberg afschuwelijk en huilde boven Tennessee Williams. Ze straalde steeds meer en haar intelligentie gaf haar lichamelijke schoonheid een waardigheid die schoonheid alleen soms niet heeft. Geen wonder dat veel mannen – jonge en oude – verliefd op haar werden. Boz Skannets vrienden waren jaloers op zo'n vrouw. Athena putte trots uit haar volmaaktheid en ontdekte pas jaren later dat juist die volmaaktheid veel mensen irriteerde, ook vrienden en minnaars.

Boz zei bij wijze van grap dat het net was alsof hij elke avond op straat een Rolls moest parkeren. Hij was intelligent genoeg om te zien dat zijn buitengewone vrouw voor hogere dingen bestemd was. En hij zag zijn lot glashelder voor zich: hij zou haar verliezen, zoals hij ook zijn eigen dromen al verloren had. Er was geen oorlog geweest waarin hij zijn moed had kunnen bewijzen, hoewel hij wist dat hij geen vrees kende. Hij wist dat hij knap en charmant was maar geen bijzonder talent had. Voor het vergaren van fortuin had hij geen belangstelling.

Hij was jaloers op Athena's gaven en haar duidelijke plaats in de wereld.

Zo begon Boz Skannet aan zijn carrière. Hij dronk bovenmatig, verleidde de vrouwen van zijn collega's en begon op de bank van zijn vader dubieuze transacties te sluiten. Hij werd even trots op zijn listigheid als ieder ander die iets nieuws leert, en gebruikte die listigheid om zijn groeiende haat jegens zijn vrouw te verbergen. Want was het niet heldhaftig om een zo mooie en volmaakte vrouw als Athena te haten?
Ondanks zijn uitspattingen bleef zijn gezondheid goed. Daaraan klemde hij zich vast. Hij trainde in een sportschool en nam bokslessen. De lichamelijkheid van de boksring vond hij heerlijk. Hij kon er zijn vuist in iemands gezicht zetten, een linkse directe feilloos door een hoekstoot laten volgen en een afstraffing stoïcijns in ontvangst nemen. Hij was dol op jagen, op het doden van wild. Hij was dol op het verleiden van naïeve vrouwen en de voorspelbare stappen van de romantiek.
Listig als hij was, bedacht hij een uitweg. Hij en Athena zouden meer kinderen nemen. Vier, vijf, zes. Dat zou hen weer samenbrengen. Dan kon ze niet bij hem weglopen. Maar tegen die tijd begreep Athena zijn bedoeling en zei nee. Ze zei bovendien: 'Als je kinderen wilt, maak je die maar bij die andere vrouwen die je naait.'
Dat was voor het eerst dat ze zoiets grofs tegen hem zei. Het verbaasde hem niet dat ze van zijn ontrouw op de hoogte was, want die had hij niet proberen te verbergen. Dat was juist zo handig van hem. Want zo zou hij haar verjagen in plaats van dat zij degene was die bij hem wegliep.
Athena zag wat er met Boz aan de hand was, maar was te jong en te zeer op haar eigen leven gericht om er werkelijk aandacht aan te besteden. Pas toen hij wreed werd, vond de twintigjarige Athena het staal in haar karakter en haar ongeduld jegens zijn stompzinnigheid.
Boz begon de slimme spelletjes te spelen van mannen die hun vrouw haten. En Athena had de indruk dat hij echt gek werd.
Op de terugweg van zijn werk haalde hij altijd de was op bij de stomerij, want hij zei vaak: 'Liefje, jouw tijd is meer waard dan de mijne. Jij hebt je muziek- en toneellessen en je moet ook nog afstuderen.' Hij dacht dat zijn wrokkige verwijt haar wel niet zou opvallen vanwege de nonchalante klank in zijn stem.
Op een dag kwam hij met een arm vol jurken thuis terwijl zij in bad zat. Hij keek naar haar goudblonde haar, witte huid, ronde borsten en met schuim versierde billen. Hij vroeg met dikke stem: 'Hoe zou je het vinden als ik die rotzooi bij je in het bad flikkerde?' In plaats daarvan hing hij de kleren in de kast, hielp hij haar uit het bad en droogde hij haar met rozerode handdoeken droog. Daarna ging hij met haar naar bed. Een paar weken later herhaalde hij de scène. Maar ditmaal gooide hij de kleren wél in het water.
Op een avond dreigde hij aan tafel alle borden kapot te gooien, maar hij

deed het niet. Een week later smeet hij alles in de keuken aan gruzelementen. Na dat soort incidenten bood hij altijd zijn excuses aan en probeerde hij altijd met haar te vrijen. Maar nu weigerde Athena dat en ze sliepen voortaan apart.

Op een andere avond stak Boz aan tafel zijn vuist omhoog en zei: 'Je gezicht is te volmaakt. Als ik je neus breek, krijgt het misschien meer karakter, net als bij Marlon Brando.'

Ze rende de keuken in en hij liep haar achterna. Ze was vreselijk bang en pakte een mes. Boz lachte en zei: 'Dat is het enige wat je niet kunt.' En hij had gelijk. Hij pakte het mes probleemloos van haar af. 'Het was maar een geintje,' zei hij. 'Jouw enige gebrek is dat je geen gevoel voor humor hebt.'

De twintigjarige Athena had haar ouders om hulp kunnen vragen, maar dat deed ze niet en ze nam ook geen vrienden in vertrouwen. In plaats daarvan probeerde ze alles zorgvuldig te doordenken en vertrouwde ze op haar intelligentie. Ze begreep dat ze haar universiteit zo nooit zou afmaken; daar was de situatie te gevaarlijk voor. Ze wist dat het gezag haar niet zou beschermen. Even overwoog ze een campagne om te zorgen dat Boz weer echt van haar hield en weer de oude Boz werd, maar inmiddels had ze zo'n lichamelijke afkeer van hem dat ze alleen al de gedachte aan zijn aanraking onverdraaglijk vond, en ze wist dat ze nooit een overtuigende minnaressenrol zou kunnen spelen, hoewel haar toneelinstinct die uitdaging aantrekkelijk vond.

Eindelijk deed Boz iets dat haar tot een beslissing dwong en duidelijk maakte dat ze weg moest. Dat had overigens niets met haarzelf te maken maar met Bethany.

Hij gooide hun eenjarige dochter vaak speels in de lucht, deed dan net of hij haar niet opving en kwam pas op het allerlaatste moment in actie. Maar op een keer liet hij de baby – per ongeluk, naar het scheen – op de sofa stuiteren. En toen liet hij het kind op een dag heel bewust op de grond vallen. Athena hijgde van afschuw en haastte zich om haar op te rapen, vast te houden, te troosten. Ze bleef de hele nacht klaarwakker naast de wieg van de kleine zitten om er zeker van te zijn dat alles in orde was. Bethany had een angstaanjagende buil op haar hoofd. Boz bood in tranen zijn excuses aan en beloofde dat hij het kind niet meer op deze manier zou plagen. Maar Athena had een besluit genomen.

De volgende dag nam ze al haar spaargeld op. Ze stelde een ingewikkeld reisschema op zodat niemand haar kon volgen. Toen Boz twee dagen later van een zakenreis thuiskwam, waren zij en de baby weg.

Zes maanden later dook Athena zonder baby in Los Angeles op en begon ze aan haar carrière. Ze kreeg heel gemakkelijk een niet al te slechte agent en werkte voor kleine toneelgezelschappen. In het Mark Taper Forum kreeg ze een hoofdrol, wat tot rolletjes in kleine films leidde, en toen kreeg ze in een

A-film een grote bijrol. In haar volgende film werd ze een superster, en toen kwam Boz Skannet weer in haar leven.
Ze kocht hem voor drie jaar af, maar was niet verbaasd over wat hij bij de Oscar-uitreiking deed. Zijn oude truc. Ditmaal alleen een grapje... de volgende keer met een fles vol echt zuur.

'Er is paniek in de studio,' zei Molly Flanders die ochtend tegen Claudia De Lena. 'Er zijn problemen met Athena Aquitane. Vanwege die aanslag bij de Oscar-uitreiking zijn ze bang dat ze niet meer in haar film wil spelen. En Bantz wil dat je naar de studio komt. Je moet met Athena praten.'
Claudia was met Ernest Vail naar Molly's kantoor gegaan. 'Ik bel haar zodra we hier klaar zijn,' zei Claudia. 'Dat kan ze niet menen.'
Molly Flanders was als juriste gespecialiseerd in de filmindustrie, en in een stad van gevreesde mensen was ze de meest gevreesde advocate in het filmvak. Ze was werkelijk dol op vechten in de rechtszaal en won bijna altijd, omdat ze een uitstekende actrice was en de wet aanvoelde als geen ander. Voordat ze de filmindustrie in ging, was ze de bekendste strafpleiter van de staat Californië geweest. Ze had twintig moordenaars van de beul gered. Het ergste dat haar klanten ooit op hun bord kregen, was een paar jaar voor doodslag. Maar toen begaven haar zenuwen het en stapte ze over naar het filmrecht. Ze zei vaak dat dat vak minder bloedig was en grotere en grappiger boeven telde.
Op dat moment vertegenwoordigde ze A-filmregisseurs, supersterren en de allerbeste scenarioschrijvers. En op de ochtend na de Oscar-uitreiking zat Claudia De Lena in haar kantoor. Haar partner van dat moment, de beroemde romanschrijver Ernest Vail, was bij haar.
Claudia De Lena was een oude vriendin. Ze was een van Flanders' onbelangrijkste cliënten, maar wel degene die ze het best kende. Toen Claudia haar dus enige tijd geleden vroeg om Vail te vertegenwoordigen, had ze ja gezegd. Daar had ze nu spijt van. Vail zat met een probleem dat zelfs zij niet kon oplossen. Bovendien mocht ze hem niet, hoewel ze zelfs de moordenaars onder haar cliënten soms aardig was gaan vinden. En daarom voelde ze zich een beetje schuldig over het feit dat ze slecht nieuws voor hem had.
'Ernest,' zei ze, 'ik heb alle contracten en juridische papieren doorgenomen. Het heeft geen enkele zin om LoddStone Studios te blijven aanklagen. Je krijgt de rechten alleen terug als je de pijp uitgaat voordat het copyright afloopt, dat wil zeggen binnen de komende vijf jaar.'
Tien jaar eerder was Ernest Vail de beroemdste Amerikaanse romancier geweest, door critici geprezen en door een enorm publiek gelezen. In een van zijn romans kwam een figuur voor waarop LoddStone een licentie nam. Ze kochten de rechten, maakten de film en boekten een doorslaand succes.

Ook twee vervolgfilms brachten een fortuin in het laatje en de studio had nog vier vervolgen op stapel staan. Helaas voor Vail had hij met zijn eerste contract wereldwijd alle rechten op de personages en de titel aan de studio overgedragen en voor alle bestaande en nog niet bestaande verspreidingsvormen – het standaardcontract van romanschrijvers die in de filmwereld nog geen vuist konden maken.

Ernest Vail keek altijd grimmig en zuur, en had daar goede redenen voor. De critici prezen zijn boeken nog steeds, maar het publiek las ze niet meer. En bij al zijn talent had hij van zijn leven een rotzooi gemaakt. In de laatste twintig jaar was zijn vrouw weggegaan en had hun drie kinderen meegenomen. Voor het enige boek dat een succesfilm was geworden, had hij maar één keer geld gevangen, terwijl de studio er in de loop van de jaren honderden miljoenen aan zou verdienen.

'Leg me dat eens uit,' zei Vail.

'De contracten zijn waterdicht,' zei Molly. 'De studio is eigenaar van jouw romanfiguren. Er is maar één uitweg. Volgens het auteursrecht gaan alle rechten op je boeken bij je dood op je erfgenamen over.'

Vail glimlachte voor het eerst. 'De verlossing,' zei hij.

Claudia vroeg: 'Over wat voor soort bedragen hebben we het?'

'Bij een eerlijke overeenkomst,' zei Molly, 'vijf procent van de bruto inkomsten. Stel dat ze er nog vijf films uithalen en dat die het niet rampzalig slecht doen. Totale opbrengst wereldwijd: één miljard. We hebben het dus over dertig tot veertig miljoen.' Ze zweeg even en glimlachte toen sardonisch. 'Als je dood was, kon ik je erfgenamen een veel betere overeenkomst bezorgen. Dan konden we de studio echt een pistool op het voorhoofd zetten.'

Vail zei: 'Bel de mensen van LoddStone. Ik wil een bijeenkomst. Ik ga ze duidelijk maken dat ik me van kant maak als ik niet mee mag delen in het grote geld.'

'Ze geloven je nooit,' zei Molly.

'Dan doe ik het,' zei Vail.

'Wees verstandig,' zei Claudia vriendschappelijk. 'Ernest, je bent pas zesenvijftig. Dat is te jong om te sterven voor geld. Wel voor je principes, voor het welzijn van je land, voor de liefde. Maar niet voor geld.'

'Ik moet mijn vrouw en kinderen onderhouden,' zei Vail.

'Je ex-vrouw,' zei Molly. 'En Jezus, je bent sindsdien nog tweemaal getrouwd geweest.'

'Ik heb het over mijn echte vrouw,' zei Vail. 'Die mijn kinderen heeft gebaard.'

Molly begreep waarom iedereen in Hollywood een hekel aan hem had. Ze zei: 'Van de studio krijg je geen cent. Ze weten dat je geen zelfmoord pleegt en ze laten zich niet door een schrijvertje overbluffen. Als je een superster

was misschien. Een A-regisseur. Maar een schrijver nooit. In dit vak stel je geen flikker voor. Sorry, Claudia.'
Claudia zei: 'Ernest weet dat en ik weet dat. Als iedereen hier niet zo schijterig was voor een vel papier, konden we helemaal ophoepelen. Maar kun je niets doen?'
Molly zuchtte en liet zich met Eli Marrion verbinden. Ze had invloed genoeg om door te dringen tot Bobby Bantz, de president-directeur van LoddStone.

Claudia en Vail gingen daarna in de Polo Lounge iets drinken. Vail zei nadenkend: 'Een grote meid, die Molly. Grote vrouwen zijn makkelijker te verleiden. En ze zijn veel lekkerder in bed dan kleine vrouwen. Wist je dat?'
Claudia vroeg zich niet voor het eerst af waarom ze hem zo graag mocht. Dat deden niet veel anderen. Maar ze was dol geweest op Vails boeken, en ze was dat nog steeds. 'Je bent een smeerlap,' zei ze.
Vail zei: 'Ik bedoel dat grote vrouwen liever zijn. Ze brengen je ontbijt op bed en hebben kleine attenties voor je. Vrouwelijke attenties.'
Claudia haalde haar schouders op.
Vail zei: 'Grote vrouwen hebben een goed hart. Eentje bracht me op een nacht na een feestje naar huis en wist echt niet wat ze met me aan moest. Ze keek de slaapkamer rond, precies zoals mijn moeder altijd de keuken rondkeek als er niets meer te eten was in huis en ze zich afvroeg hoe ze een maaltijd moest fabrieken. Ze vroeg zich af: hoe krijgen we het in godsnaam gezellig met de spullen die we hebben.'
Ze namen een slokje uit hun glas. Net als altijd bloeiden bij Claudia warme gevoelens op als hij zo ontwapenend was. 'Weet je hoe Molly en ik bevriend zijn geraakt?' vroeg ze. 'Ze verdedigde een vent die zijn vriendin had vermoord en had voor in de rechtszaal wat goeie dialoog met hem nodig. Ik schreef die scène alsof het een film was, en haar cliënt kreeg doodslag. Ik heb, geloof ik, voor nog drie andere gevallen de dialoog en de verhaallijn geschreven voordat we ermee ophielden.'
'Ik heb een hekel aan Hollywood,' zei Vail.
'Je hebt alleen maar een hekel aan Hollywood omdat LoddStone Studios je genaaid heeft met je boek,' zei Claudia.
'Niet alleen daarom,' zei Vail. 'Ik ben net een van die oude beschavingen zoals de Azteken, het Chinese Rijk of de indianen, die vernietigd zijn door volkeren met een modernere technologie. Ik ben een echte schrijver. Ik schrijf boeken die een beroep doen op de geest. Dat soort schrijven is een achterhaalde technologie. Ik kan niet tegen de film op. Films hebben camera's, sets, muziek en van die prachtige smoelwerken. Hoe kan een schrijver die met alleen woorden oproepen? Films hebben het slagveld versimpeld. Ze hoeven het brein niet te veroveren, alleen het hart.'

'Krijg de pest. Ik ben een schrijfster,' zei Claudia. 'Is een scenarioschrijver soms geen schrijver? Je zegt het alleen maar omdat je er niet goed in bent.'
Vail klopte haar op de schouder. 'Ik val je niet af,' zei hij. 'Ik val niet eens de film als kunstwerk af. Ik definieer alleen.'
'Het is maar goed dat ik van je boeken hou,' zei Claudia. 'Geen wonder dat niemand je hier mag.'
Vail glimlachte vriendschappelijk. 'Nee, nee,' zei hij. 'Het is geen kwestie van niet mogen. Ze minachten me. Maar als mijn erfgenamen de rechten op mijn romanfiguren na mijn dood terugkrijgen, komt het respect vanzelf.'
'Dat meen je niet,' zei Claudia.
'Volgens mij wel,' zei Vail. 'Het is een verleidelijk vooruitzicht. Of is zelfmoord tegenwoordig niet politiek correct?'
'Ach, verrek,' zei Claudia. Ze legde een arm rond Vails schouder. 'Het gevecht begint nog maar net,' zei ze. 'Ik weet zeker dat ze zullen luisteren als ik een percentage voor je vraag. Oké?'
Vail glimlachte naar haar. 'Ik heb geen haast,' zei hij. 'Het kost me minstens zes maanden om uit te vogelen hoe ik mezelf van kant ga maken. Ik heb een hekel aan geweld.'
Claudia besefte plotseling dat hij het meende. De paniek die ze voelde als ze aan zijn dood dacht, verraste haar. Het ging er niet om dat ze van hem hield, hoewel ze een tijd minnaars waren geweest. Het ging er zelfs niet om dat ze hem graag mocht. Het ging om de gedachte dat de mooie boeken die hij geschreven had, voor hem minder betekenden dan geld. Dat zijn kunst verslagen kon worden door zo'n luizige vijand als geld. Vanuit die paniek zei ze: 'Als het erop aankomt, moeten we in Las Vegas mijn broer Cross opzoeken. Hij vindt je aardig. Hij kan iets voor je doen.'
Vail lachte. 'Zo vreselijk aardig vindt hij me nu ook weer niet.'
Claudia zei: 'Hij heeft een goed hart. Ik ken mijn broer.'
'Nee, je kent hem niet,' zei Vail.

Laat op de avond van de Oscar-uitreiking in het Dorothy Chandler Pavillion kwam Athena thuis. Ze was niet voor het feest gebleven en ging rechtstreeks naar bed. Urenlang lag ze te woelen maar ze kon de slaap niet vatten. Elke spier in haar lichaam was gespannen. Dat laat ik hem niet nog een keer doen, dacht ze. Niet nog een keer. Ik wil niet nog een keer in doodsangst leven.
Ze zette een kop thee en probeerde die op te drinken, maar toen ze haar hand zag trillen, werd ze ongeduldig. Ze liep naar buiten en ging op het terras naar de donkere nachthemel kijken. Ze bleef er uren staan, maar haar hart klopte nog steeds als een razende van angst.
Ze kleedde zich aan. Witte shorts en tennisschoenen. Toen de rode zon boven de horizon rees, ging ze hardlopen. Ze rende steeds sneller over het

strand en probeerde op het harde, vochtige zand te blijven en de kustlijn te volgen terwijl koud water over haar voeten spoelde. Ze wilde weer helder denken. Ze mocht zich niet door Boz laten verslaan. Daarvoor had ze te hard en te lang gewerkt. En dat hij haar wilde vermoorden, betwijfelde ze geen moment. Maar eerst zou hij met haar spelen. Eerst zou hij haar treiteren en daarna verminken en lelijk maken, denkend dat ze dan weer van hem zou zijn. Haar woede klopte als een trommel in haar keel en de koele wind blies een sproeiregen van zeewater in haar gezicht. Nee, zwoer ze opnieuw. Nee!

Ze dacht aan de studio. Ze zouden razend zijn en gaan dreigen. Maar zij maakten zich alleen zorgen over geld, niet over haar. Ze dacht aan haar vriendin Claudia, die met deze film had moeten doorbreken, en voelde zich droef. Ze dacht aan alle anderen, maar ze wist dat ze zich de luxe van medelijden niet kon veroorloven. Boz was gek, en mensen die niet gek waren, zouden redelijk met hem gaan praten. Hij was slim genoeg om de indruk te wekken dat ze hun zin kregen, maar zij wist wel beter. Ze mocht het risico niet lopen. Dat risico kon ze zich niet veroorloven...

Toen ze de grote zwarte rotsblokken bereikte die het einde van het noordelijke strand markeerden, was ze volledig buiten adem. Ze ging zitten en probeerde haar hart tot rust te brengen. Ze keek op toen ze zeemeeuwen hoorde roepen. De vogels zwierden omlaag en leken met het water mee te glijden. Haar ogen schoten vol tranen, maar ze beheerste zich en slikte de brok in haar keel weg. Voor het eerst sinds heel lange tijd wou ze dat haar ouders niet zo ver weg waren. Eigenlijk was ze nog steeds een klein meisje, dat wanhopig naar huis wilde rennen waar het veilig was, naar mensen die hun armen om haar heen sloegen en zorgden dat alles in orde kwam. Ze moest om zichzelf glimlachen – een scheve, wrange glimlach – toen ze zich de tijd herinnerde dat ze daar nog in geloofde. Tegenwoordig werd ze door iedereen zo bemind, zo bewonderd, zo aanbeden. Ze voelde zich desondanks leger en eenzamer dan iemand zich volgens haar kon voelen. Als ze soms een gewone vrouw met een man en kinderen tegenkwam, een vrouw met een gewoon leven, welde er verlangen in haar op. Hou op! dacht ze dan. Denk na. Je hebt het zelf in de hand. Bedenk een plan en voer het uit. Van jou hangt niet alleen je eigen leven af...

Pas midden op de ochtend liep ze weer naar huis. En ze liep met geheven hoofd en ogen die recht vooruit keken. Ze wist wat haar te doen stond.

Boz Skannet werd een nacht vastgehouden. Bij zijn vrijlating organiseerde zijn advocaat een persconferentie. Skannet vertelde de verslaggevers dat hij met Athena Aquitane getrouwd was, hoewel hij haar al tien jaar niet had gezien, en dat hij alleen maar een grap had uitgehaald. De vloeistof was gewoon water. Hij voorspelde dat Athena geen aanklacht zou indienen en liet doorschemeren dat hij een vreselijk geheim van haar kende. Daarin had hij gelijk. Er kwam geen aanklacht.

Die dag liet Athena Aquitane LoddStone Studios – de studio was aan een van de duurste produkties uit de filmgeschiedenis bezig – weten dat ze niet terugkwam en niet meer aan de film zou werken. Vanwege de aanslag vreesde ze voor haar leven.

Zonder haar kon de film, een historisch epos genaamd *Messalina*, niet worden afgemaakt. De vijftig miljoen geïnvesteerde dollars zouden in rook opgaan. Om diezelfde reden zou geen enkele andere grote studio Athena Aquitane ooit nog een rol durven geven.

LoddStone Studios gaf een persverklaring uit met de mededeling dat de filmster uitgeput was, maar over een maand voldoende hersteld zou zijn om de opnames te hervatten.

2

LoddStone Studios was het machtigste filmbedrijf in Hollywood, maar Athena Aquitanes weigering om weer aan het werk te gaan, betekende ook voor hen een dure grap. Het kwam zelden voor dat gewoon 'talent' zo'n zware klap kon uitdelen, maar *Messalina* was de 'trekker' van de studio voor de kerstperiode, de grote film die de andere lanceringen van de studio in de lange, moeilijke wintermaanden mogelijk moest maken.

De volgende zondag was toevallig de dag van het jaarlijkse Broederschapsfestival, een liefdadigheidsfeest in Beverly Hills, gehouden op het landgoed van Eli Marrion, grootaandeelhouder en president-directeur van LoddStone Studios.

Eli Marrions enorme landhuis lag diep in de rotskloven boven Beverly Hills en was een bezienswaardigheid met twintig vertrekken die vreemd genoeg maar één slaapkamer bevatte. Eli Marrion vond het nooit prettig als anderen in zijn huis sliepen. Voor gasten waren er natuurlijk bungalows met tennisbanen en een groot zwembad. Zes van de kamers waren bestemd voor zijn grote schilderijenverzameling.

Voor dit liefdadigheidsfeest waren vijfhonderd leden van de Hollywoodse *crème de la crème* uitgenodigd, en de toegang was duizend dollar per persoon. Er waren bars en tenten met koude buffetten; op het hele terrein waren danstenten en er was een band. Maar het huis zelf was verboden terrein. Verplaatsbare hokjes in vrolijk versierde en geestig ontworpen tenten boden toiletvoorzieningen.

Het landhuis, de gastenbungalows, de tennisbanen en het zwembad waren afgezet en werden door beveiligingsmensen bewaakt. Geen van de gasten voelde zich daardoor gekwetst. Daarvoor was Eli Marrion veel te hooggeplaatst.

Terwijl de gasten pret maakten op de gazons en de verplichte drie uur lang roddelden en dansten, zat Marrion in de enorme vergaderzaal van het huis in gezelschap van degenen die het nauwst bij de voltooiing van *Messalina* betrokken waren.

Eli Marrion domineerde de bijeenkomst. Zijn lichaam was tachtig jaar oud maar zo knap vermomd dat je hem voor hoogstens zestig hield. Zijn grijze haar was perfect geknipt en had een zilveren tint gekregen. Zijn donkere pak verbreedde zijn schouders, gaf vlees op zijn botten en verdikte zijn spillebenen. Mahoniekleurige schoenen ankerden hem aan de grond. Zijn witte overhemd werd verticaal doorsneden door een rozige das, die zijn grijze bleekheid iets blozender maakte. Maar zijn heerschappij over LoddStone Studios was alleen onbeperkt als hij dat wilde. Soms was het verstandiger om gewone stervelingen hun eigen gang te laten gaan.

Athena Aquitanes weigering om een nog onvoltooide film af te maken, was ernstig genoeg om Eli Marrions aandacht te vereisen. *Messalina* – een produktie van honderd miljoen dollar, de trekker van de studio, waarvan de tv-, video-, kabel- en buitenlandrechten al verkocht waren om de kosten te dekken – was een goudschat die als een oud Spaans galjoen op het punt stond te zinken om nooit meer boven te komen.

En ze hadden ook met Athena zelf te maken. Op dertigjarige leeftijd was ze een grote ster. Ze had het contract voor een volgend kassucces van LoddStone al getekend. Een echt Talent, en niets was waardevoller dan dat. Marrion bewonderde Talent.

Maar Talent was net dynamiet: het kon gevaarlijk zijn en je moest het beheersen. Dat deed je met liefde en de meest afzichtelijke vleierij. Je overlaadde het met wereldse goederen. Je werd vader, moeder, broer, zuster, zelfs minnaar. Geen offer was te groot. Maar er kwam een tijd dat je niet zwak mocht zijn, maar dat je genadeloos moest worden.

Marrion was in gezelschap van de mensen die zijn wil moesten uitvoeren. Bobby Bantz, Skippy Deere, Melo Stuart en Dita Tommey.

Eli Marrion zat tegenover hen in zijn vertrouwde vergaderzaal, die voor twintig miljoen dollar aan schilderijen, tafels, stoelen en tapijten bevatte; de kristallen bokalen en kannen waren samen nog minstens een half miljoen extra waard. Maar Eli Marrion voelde de botten in zijn lichaam afbrokkelen. Elke dag verbaasde het hem hoe moeilijk het was om zich aan de wereld te vertonen als de heerser die hij hoorde te zijn.

Ochtenden waren niet langer verfrissend. Zich scheren, zijn stropdas knopen, de knoopjes van zijn overhemd dichtdoen – alles was vermoeiend. Nog gevaarlijker was zijn geestelijke zwakte. Die uitte zich als medelijden met mensen die minder machtig waren dan hij. Tegenwoordig maakte hij vaker gebruik van Bobby Bantz en gaf hij hem meer macht. De man was immers dertig jaar jonger, zijn beste vriend en hem tot dusver trouw.

Bantz was bestuursvoorzitter en directeur van de Studio. Al meer dan dertig jaar was hij Marrions rechterhand, en in de loop van die jaren waren ze heel close geworden – net vader en zoon, zei men. Ze vulden elkaar aan. Toen

Marrion eenmaal zeventig was, werd hij te teerhartig voor de dingen die absoluut noodzakelijk waren.

Bantz was de man die het overnam als de regisseurs hun artistieke montage hadden afgeleverd; dan maakte hij hun films aanvaardbaar voor het publiek. Bantz maakte ruzie over percentages met regisseurs, sterren en schrijvers en liet hun de keus: het geld innen via de rechter of genoegen nemen met iets minder. Bantz onderhandelde met het Talent over de harde contracten. Vooral met scenarioschrijvers.

Bantz weigerde schrijvers zelfs maar de gebruikelijke lippendienst te bewijzen. Natuurlijk had je om te beginnen een script nodig, maar Bantz geloofde heilig in casting. De macht van de sterren. Regisseurs waren belangrijk omdat ze je arm konden stelen. Producenten – ook al geen luie dieven – waren noodzakelijk voor de manische energie waarmee een filmproduktie begon. Maar schrijvers? Ze hoefden alleen maar een eerste schets op een leeg vel papier te zetten. Daarna huurde je een dozijn andere mensen om die uit te werken. Vervolgens gaf de producent vorm aan het verhaal. De regisseur deed dat nog eens dunnetjes over (en kwam soms met een heel nieuwe film) en daarna verzonnen de sterren geïnspireerde stukjes dialoog. Daarnaast had je de creatieve afdeling van de studio, die met lange, zorgvuldig doordachte memo's de schrijvers van inzichten, verhaalideeën en wensenlijsten voorzag. Bantz had menig script van eersteklas scenarioschrijvers gezien, daarvoor een miljoen dollar betaald en vastgesteld dat de uiteindelijke film niet één verhaalgebeurtenis, woord of dialoog van de schrijver bevatte. Eli had natuurlijk een zwak voor schrijvers, maar dat kwam omdat ze bij hun contracten zo makkelijk uit te melken waren.

Marrion en Bantz hadden de hele wereld afgereisd en op festivals en beurzen films verkocht – Londen, Parijs, Cannes, Tokio, Singapore. Zij hadden over het lot van jonge kunstenaars beslist. Zij hadden als keizer en hoogste vazal samen een rijk bestuurd.

Eli Marrion en Bobby Bantz waren het erover eens dat de talentvolle mensen die films schreven, speelden en regisseerden, de ondankbaarste lieden ter wereld waren. O, wat konden die veelbelovende, zuivere kunstenaars innemend zijn, zo dankbaar voor hun kans, zo meegaand zolang ze nog vochten om hogerop te komen, en wat konden ze veranderen als ze eenmaal beroemd waren. Van honing druipende bijen veranderden in woedende wespen. Het was dus niet meer dan logisch dat Marrion en Bantz twintig juristen in dienst hadden om ze gevangen te houden.

Waarom waren ze altijd zo lastig? Zo ongelukkig? Het was zonneklaar dat mensen die niet de Kunst maar geld najoegen, een langere carrière hadden, meer van het leven genoten en betere, sociaal waardevollere mensen waren dan kunstenaars die de goddelijke vonk in menselijke wezens wilden tonen.

Jammer dat je daar geen film over kon maken. Over het feit dat geld meer wonden heelt dan kunst en liefde. Maar dat zou het publiek nooit pikken.

Bobby Bantz had de aanwezigen weggesleurd uit het feest dat buitenshuis gaande was. Het enige Talent hier was de regisseuse van *Messalina* – Dita Tommey. Ze was van A-niveau en had een uitmuntende reputatie in het werken met vrouwelijke sterren, wat in het huidige Hollywood niet homoseksueel maar feministisch betekende. Dat ze ook lesbisch was, kon geen van de mannen in de vergaderzaal iets schelen. Dita Tommey hield haar films binnen het budget, brachten geld in het laatje en haar uitstapjes met vrouwen leverden bij een film veel minder problemen op dan wanneer een mannelijk regisseur zijn actrices neukte. Minnaressen van lesbische beroemdheden hielden zich wel stil.

Eli Marrion zat aan het hoofd van de vergadertafel en liet Bobby Bantz de discussie leiden.

Bantz zei: 'Dita, vertel eens precies hoe de film ervoor staat en welke ideeën je hebt over een oplossing van de situatie. Jezus, ik begrijp het probleem niet eens.'

Tommey was klein, heel stevig gebouwd en altijd terzake. Ze zei: 'Athena is doodsbang. Ze gaat niet meer aan het werk tenzij de genieën hier aan tafel iets bedenken om die angst weg te nemen. Als ze niet terugkomt, zijn jullie vijftig miljoen lichter. De film kan zonder haar niet worden afgemaakt.' Ze zweeg even. 'Vorige week heb ik wat passages zonder haar opgenomen en daarmee heb ik jullie dus geld bespaard.'

'Die rotfilm,' zei Bantz. 'Ik ben er altijd op tegen geweest.'

Daarmee provoceerde hij de andere mannen in de zaal. Producent Skippy Deere zei: 'Zeik niet, Bobby' en Athena Aquitanes agent Melo Stuart zei: 'Onzin.'

In feite was *Messalina* door iedereen geestdriftig gesteund. De film had een van de makkelijkste 'groene lichten' uit de geschiedenis gekregen.

Messalina vertelde vanuit een feministisch gezichtspunt het verhaal van het Romeinse Rijk onder keizer Claudius. De traditionele, door mannen geschreven geschiedenis beeldde keizerin Messalina af als een corrupte en moordlustige hoer, die op een nacht de hele bevolking van Rome bij haar seksuele orgieën betrok. Maar in de film, die haar leven bijna tweeduizend jaar later herschiep, was ze een tragische heldin, een Antigone, een nieuwe Medea. Een vrouw die – met de enige wapens die ze had – een wereld probeerde te veranderen waarin mannen zo oppermachtig waren dat ze het vrouwelijke geslacht, de helft van de mensheid, als slavinnen behandelden. Het was een prachtig concept: nietsverhullende seksscènes voluit in kleur, voortgekomen uit een relevant en geliefd onderwerp. Maar het resultaat zou

alleen in een volmaakte verpakking geloofwaardig zijn. Eerst schreef Claudia De Lena een geestig script met een sterke verhaallijn. Dita Tommey als regisseuse was een pragmatische en politiek correcte keuze. Ze had zich als regisseuse waargemaakt. Athena Aquitane was een volmaakte Messalina en had tot nu toe de film beheerst. Met haar prachtige gezicht en lichaam en haar geniale acteren maakte ze alles plausibel. Nog belangrijker was dat ze een van de drie grootse filmsterren ter wereld was. Claudia had haar, met haar eigen onconventionele genie, zelfs een scène gegeven waarin Messalina zich door de steeds meer om zich heen grijpende christelijke verhalen liet verleiden en martelaren van een zekere dood in de arena redde. Toen Tommey die scène las, zei ze tegen Claudia: 'Hé, er zijn grenzen.'
Claudia had haar grijnzend aangekeken en gezegd: 'Niet in de film.'
Skippy Deere zei: 'We moeten het werk aan de film staken totdat we Athena weer aan het werk hebben. Dat kost honderdvijftigduizend per dag. De situatie is als volgt: We hebben vijftig miljoen uitgegeven. We zijn halverwege, we kunnen Athena niet wegschrijven en we hebben niemand voor haar in de plaats. Als ze niet terugkomt, gaat de film in de vuilnisbak.'
'Dat kan niet,' zei Bantz. 'De verzekering dekt geen schade als een ster werk weigert. Als je haar uit een vliegtuig gooit wel. Melo, het is jouw taak om haar terug te krijgen. Jij bent verantwoordelijk.'
Melo Stuart zei: 'Ik ben haar agent, maar mijn invloed op een vrouw als zij is beperkt. Maar laat me je dit vertellen. Ze is geen hysterica. Ze is echt bang. Ze is doodsbang maar ook intelligent, dus ze moet er een reden voor hebben. De situatie is heel gevaarlijk en delicaat.'
Bantz zei: 'Als ze een film van honderd miljoen torpedeert, krijgt ze nooit meer werk. Heb je dat tegen haar gezegd?'
'Dat weet ze,' zei Stuart.
Bantz vroeg: 'Wie kan het beste verstandig met haar praten? Skippy, jij hebt het geprobeerd, maar vergeefs. Melo, jij hebt ook met haar gepraat. Dita, ik weet dat je je best hebt gedaan. Zelfs ík heb het geprobeerd.'
Tommey zei tegen Bantz: 'Jij telt niet mee. Ze heeft de pest aan je.'
Bantz zei bits: 'Natuurlijk, sommige mensen mogen mijn stijl niet, maar ze luisteren wél naar me.'
Tommey zei vriendelijk: 'Bobby, geen enkel Talent vindt je aardig, maar Athena heeft een persoonlijke hekel aan je.'
'Ik heb haar de rol gegeven waarmee ze een ster is geworden,' zei Bantz.
Melo Stuart zei kalm: 'Ze is als ster geboren. Je had mazzel dat je haar kreeg.'
Bantz zei: 'Dita, jij bent haar vriendin. Het is jouw taak om haar weer aan het werk te krijgen.'
'Athena is mijn vriendin niet,' zei Tommey. 'Ze is een collega die me respecteert omdat ik haar zonder problemen met rust liet toen ik haar probeerde te verleiden. Dat deed jij niet, Bobby. Jij bleef het jaren proberen.'

Bantz zei opgewekt: 'Dita, wat verbeeldt ze zich eigenlijk dat ze niet met ons neuken wil? Eli, zeg jij eens waar het op staat.'
Alle aandacht richtte zich op de oude man, die zich kennelijk verveelde. Eli Marrion was zo mager dat een mannelijke filmster bij wijze van grap had gezegd dat hij eigenlijk net een potlood was en een gummetje op zijn hoofd zou moeten hebben, maar dat was eerder boosaardig dan toepasselijk. Marrion had een betrekkelijk groot hoofd en het brede gorillagezicht van een veel zwaardere man. Hij had een brede neus en dikke lippen, maar zijn gezicht was merkwaardig welwillend, een tikje vriendelijk, volgens sommigen zelfs knap. Zijn ogen verrieden hem echter. Ze waren kil grijs en straalden een intelligentie en absolute concentratie uit die de meeste mensen angst aanjoegen. Misschien wilde hij om die reden dat iedereen hem bij zijn voornaam noemde.
Marrion zei op emotieloze toon: 'Als Athena niet naar jullie luistert, luistert ze ook niet naar mij. Mijn gezaghebbende positie zal geen indruk op haar maken. Daardoor wordt nog verbijsterender dat een zinloze aanslag van zo'n domme man haar zoveel angst aanjaagt. Kunnen we niet met geld wapperen?'
'Dat zullen we proberen,' zei Bantz. 'Maar voor Athena maakt dat geen verschil. Ze vertrouwt hem niet.'
Producent Skippy Deere zei: 'We hebben het ook met spierballen geprobeerd. Ik heb wat vrienden bij de politie die hem onder druk hebben gezet, maar hij is een taaie. Zijn familie heeft geld en politieke connecties en hij is nog gek op de koop toe.'
Stuart vroeg: 'Hoeveel verlies lijdt de studio precies als de film wordt afgeblazen? Ik zal mijn best doen om jullie bij toekomstige contracten schadeloos te stellen.'
Het lag gevoelig om Melo Stuart de omvang van de schade mee te delen; als Athena's agent kreeg hij daar misschien te veel macht mee. Marrion antwoordde niet maar knikte naar Bobby Bantz.
Bantz zei onwillig: 'We hebben vijftig miljoen uitgegeven. Oké, vijftig miljoen verstouwen we wel. Maar we moeten de buitenlandse rechten en de videorechten terugbetalen en hebben geen trekker voor Kerstmis. Dat kost ons toch algauw...' – hij zweeg even uit tegenzin om het exacte bedrag prijs te geven – '... en als we daarbij optellen welke winst we mislopen... Jezus, tweehonderd miljoen dollar. Je zult ons bij een hoop contracten moeten matsen, Melo.'
Stuart glimlachte bij de gedachte dat hij zijn prijs voor Athena zou moeten opschroeven. 'Maar aan werkelijke uitgaven verliezen jullie maar vijftig,' zei hij.
Toen Marrion het woord nam, was elke mildheid uit zijn stem verdwenen.

'Melo,' vroeg hij, 'hoeveel kost het ons om je cliënt weer aan het werk te krijgen?' Ze wisten wat er gebeurd was. Maar Marrion had besloten net te doen alsof alles alleen doorgestoken kaart was.

Stuart begreep de boodschap. Voor hoeveel help je ons met je plannetje de boot in? Dat was een aanval op zijn integriteit, maar hij was niet van plan hoog van de toren te blazen. Niet tegenover Marrion. Als het Bantz was geweest, zou hij in verontwaardigde toorn zijn uitgevaren.

Stuart was heel machtig in de filmwereld. Hij hoefde zelfs Marrions laarzen niet te likken. Hij beheerde een stal met vijf A-regisseurs – geen geheide kassuccessen maar wel machtig; twee mannelijke supersterren; en één vrouwelijke, Athena. Hij had dus drie mensen met wie elke film het groene licht kreeg. Maar het bleef onverstandig om Marrion kwaad te maken. Stuart was machtig geworden door dat soort gevaren te vermijden. Dit was ongetwijfeld een mooi moment voor een scène, maar aan de andere kant ook weer niet. Het was een van de zeldzame momenten dat rechtlijnigheid vruchten afwierp.

Stuarts grootste kracht was zijn oprechtheid. Hij geloofde echt in wat hij verkocht en had al tien jaar eerder, toen Athena nog onbekend was, in haar talent geloofd. Hij geloofde nog steeds in haar. Maar stel eens dat hij haar kon overhalen om weer voor de camera's te komen? Dat was wel een paar centen waard en die mogelijkheid mocht hij niet uitsluiten.

'Het gaat niet over geld,' zei Stuart hartstochtelijk, meegesleurd door zijn eigen oprechtheid. 'Ook met een miljoen extra krijg je haar niet terug. Jullie moeten het probleem van die zogenaamde langdurig afwezige echtgenoot oplossen.'

Er viel een veelzeggende stilte. Iedereen was vol aandacht. Er was een bedrag genoemd. Een openingsbod?

Skippy Deere zei: 'Ze neemt geen geld aan.'

Dita Tommey haalde haar schouders op. Ze geloofde Stuart geen moment, maar het was haar geld niet. Bantz keek alleen woedend naar Stuart, die koel naar Marrion bleef kijken.

Marrion analyseerde Stuarts opmerking correct. Met geld was Athena niet terug te krijgen. Talent was nooit zo listig. Hij besloot de bijeenkomst af te ronden en zei: 'Melo, maak je cliënt heel duidelijk dat ze binnen een maand moet terugkomen. Anders blaast de studio de film af en nemen we ons verlies. Dan eisen we een schadevergoeding die haar ruïneert. Ze moet begrijpen dat ze daarna nooit meer bij een grote Amerikaanse studio aan de bak komt.' Hij glimlachte naar het gezelschap rond de tafel. 'Wat kan ons het ook schelen. Het is maar vijftig miljoen.'

Iedereen wist dat hij het meende en dat zijn geduld op was. Dita Tommey raakte in paniek, want de film betekende voor haar meer dan voor wie ook.

Het was haar kindje. Als hij slaagde, hoorde ze tot de grote regisseurs. Haar oké was dan een groen licht waard. Vanuit haar paniek zei ze: 'Laat Claudia De Lena met haar praten. Zij is een van Athena's beste vriendinnen.'
De mannen in de kamer waren verbijsterd dat Tommey een schrijfster wilde betrekken bij een discussie op zo hoog niveau en dat een superster als Athena naar een doodgewone scenarioschrijfster als Claudia De Lena zou kunnen luisteren, hoe goed ze ook was.
Bobby Bantz zei minachtend: 'Ik weet niet wat erger is: een ster die onder zijn stand vrijt of een ster die vriendjes is met een schrijfster.'
Daarbij verloor Marrion opnieuw zijn geduld. 'Bobby, hou je gezeur over seks buiten deze discussie. Laat Claudia met haar praten. Maar laten we de kwestie hoe dan ook afwikkelen. We hebben nog andere films op ons programma.'
De volgende dag kreeg LoddStone Studios een cheque van vijf miljoen dollar toegestuurd, afkomstig van Athena Aquitane. Ze gaf het voorschot op haar rol in *Messalina* terug.
Nu was de zaak in handen van de advocaten.

In nauwelijks vijftien jaar tijd had Andrew Pollard zijn bedrijf Pacific Ocean Security opgebouwd en er de meest vooraanstaande beveiligingsdienst aan de Westkust van gemaakt. Hij was in een hotelsuite begonnen maar bezat nu een gebouw van vier verdiepingen in Santa Monica met een personeelsbestand van vijftig vaste mensen op kantoor, vijfhonderd freelance onderzoekers en bewakers plus een wisselende reservegroep van mensen die een groot deel van het jaar voor hem werkten.
Pacific Ocean Security leverde diensten aan de steenrijken en wereldberoemden. Het bedrijf beschermde de huizen van filmmagnaten met gewapend personeel en elektronische apparatuur. Het leverde lijfwachten aan sterren en producenten. Het leverde geüniformeerd personeel om bij grote media-evenementen als de Oscar-uitreiking de menigten in bedwang te houden. Het deed ook onderzoek naar gevoelige kwesties, om bijvoorbeeld aspirant-afpersers buiten de deur te houden.
Andrew Pollard had zoveel succes omdat hij oog had voor details. Hij zette borden met GEWAPENDE BEWAKING op de terreinen rond de huizen van zijn rijke klanten; die borden waren 's nachts felrood verlicht. Bovendien liet hij in de buurt van die ommuurde huizen patrouilleren. Hij koos zijn personeel met zorg en betaalde hun zoveel dat ze niet graag ontslagen werden. Hij kon zich zijn gulheid veroorloven. Zijn klanten waren de rijkste mensen van het land en betaalden dienovereenkomstig. Hij was ook slim genoeg om van hoog tot laag nauw samen te werken met de politie van Los Angeles. Hij was zakelijk bevriend met Jim Losey, de legendarische rechercheur die de held

van alle politieagenten was. Maar bovenal had hij de steun van de Clericuzio-Familie.
Vijftien jaar eerder, toen hij nog een jonge, zorgeloze diender was, werd hij door de interne dienst van de Newyorkse politie gepakt. Het ging om een klein, bijna onvermijdelijk gevalletje van omkoping. Maar hij weigerde hardnekkig zijn superieuren te bekennen welke mensen erbij betrokken waren. Onderdanen van de Clericuzio-Familie zagen dat en zetten een zodanige reeks gerechtelijke stappen in werking dat Andrew Pollard een regeling kreeg aangeboden: als hij ontslag nam, ontliep hij zijn straf.
Pollard verhuisde met zijn vrouw en kind naar Los Angeles, en de Familie gaf hem geld om zijn Pacific Ocean Securities Company op te zetten. Daarna liet de Familie weten dat Pollards cliënten niet lastiggevallen mochten worden. In hun huizen mocht niet worden ingebroken, hun persoon mocht niet overvallen worden, hun juwelen mochten niet gestolen worden en als dat per ongeluk toch gebeurde, moesten ze worden teruggegeven. Om die reden flitste op de vuurrode borden met GEWAPENDE BEWAKING ook de naam van het bewakingsbedrijf op.
Andrew Pollard had een bijna magisch succes en de luxe huizen die hij beschermde, waren onaantastbaar. Zijn lijfwachten waren bijna even goed opgeleid als FBI-agenten, en het bedrijf werd dus nooit aangeklaagd wegens doorgespeelde informatie, seksueel lastigvallen van cliënten of kindermishandeling – wat in de bewakingswereld allemaal voorkwam. Soms deed iemand een poging tot afpersing en sommige bewakers verkochten intieme geheimen aan de schandaalpers, maar dat was onvermijdelijk. Alles bij elkaar had Pollard een nette, efficiënte organisatie.
Zijn bedrijf had digitaal toegang tot vertrouwelijke informatie over mensen van alle rangen en standen. En als de Clericuzio-Familie gegevens nodig had, werden die als vanzelfsprekend verschaft. Pollard verdiende goed en was de Familie dankbaar. Bovendien kwam hij af en toe een klus tegen die hij zijn bewakers niet kon opdragen; dan vroeg hij de *bruglione* in het Westen om hulp.
Er waren sluwe roofdieren voor wie Los Angeles en Hollywood paradijselijke oorden waren waar het krioelde van de slachtoffers: in de val van afpersers gelokte filmmanagers, ommuurd wonende filmsterren, sadomasochistische regisseurs, pedofiele producenten – allemaal doodsbang dat hun geheimen bekend werden. Pollard had de reputatie dat hij gevallen van afpersing beschaafd en discreet behandelde. Hij kon onderhandelen over de laagst mogelijke betaling en zorgen dat er geen tweede betalingseis kwam.

De dag na de Oscar-uitreiking liet Bobby Bantz Pollard op kantoor komen. 'Ik wil alle informatie die je krijgen kunt over die Boz Skannet,' zei hij. 'Ik wil ook de hele achtergrond van Athena Aquitane. Ze is een belangrijke ster, maar we weten heel weinig over haar. Ik wil ook dat je een overeenkomst met Skannet sluit. We hebben Athena nog drie tot zes maanden op de set nodig, en maak dus een zodanige afspraak dat hij ver uit de buurt blijft. Bied hem twintigduizend per maand, maar je kunt tot honderd gaan.'

Pollard vroeg zachtjes: 'En daarna mag hij doen wat hij wil?'

'Daarna is het een zaak voor de politie,' zei Bantz. 'Je moet het voorzichtig aanpakken, Andrew. Die vent komt uit een machtige familie. De Studio mag niet beschuldigd worden van onfrisse tactieken, want dan kan de film kopje onder gaan en zou de studio schade lijden. Houd het dus op een overeenkomst. Bovendien gebruiken we je bedrijf voor haar persoonlijke bewaking.'

'En als hij ons aanbod afslaat?' vroeg Pollard.

'Dan laat je haar dag en nacht bewaken,' zei Bantz. 'Tot de film af is.'

'Ik kan een beetje druk op hem uitoefenen,' zei Pollard. 'Strikt legaal natuurlijk. Ik stel niets anders voor.'

'Hij heeft te goede connecties,' zei Bantz. 'De politie loopt met een grote boog om hem heen. Zelfs Jim Losey, die zo'n goed vriendje van Skippy Deere is, wil geen harde hand gebruiken. Nog afgezien van de negatieve PR kan de studio enorme schadeclaims aan zijn broek krijgen. Ik zeg niet dat je hem als een teer poppetje moet behandelen, maar...'

Pollard begreep de boodschap. Een beetje wapengekletter om de man af te schrikken, maar hem wel betalen wat hij wilde. 'Ik moet contracten hebben,' zei hij.

Bantz haalde een enveloppe uit zijn bureaula. 'Hij tekent drie kopieën en er zit een cheque van vijftigduizend dollar in als aanbetaling. De bedragen in het contract staan nog open; die kun je invullen als hij de overeenkomst sluit.'

Toen hij wegliep, riep Bantz hem achterna: 'Die mensen van jou waren bij de Oscar-uitreiking niks waard. Ze stonden verdomme gewoon te maffen.'

Pollard liet zich niet beledigen. Dit was typisch Bantz.

'Dat waren mensen om een menigte in bedwang te houden,' zei hij. 'Maak u geen zorgen. Ik zet mijn beste ploeg om mevrouw Aquitane heen.'

Binnen vierentwintig uur hadden de computers van Pacific Ocean Security alles over Boz Skannet verzameld. Hij was vierendertig en afgestudeerd aan de Texas A&M waar hij running back van de Conference All-Star was geweest en hij had daarna een seizoen beroepsfootball gespeeld. Zijn vader bezat een middelgrote bank in Houston, maar nog belangrijker was dat zijn oom het Democratische apparaat in Texas leidde en goed bevriend was met de president. En overal waar je keek, zag je veel geld.

Boz Skannet was een geval apart. Als onderdirecteur van zijn vaders bank was hij maar net ontsnapt aan een aanklacht wegens zwendel bij een olielease. Hij was zesmaal wegens geweldpleging gearresteerd. Bij één zaak had hij twee politieagenten het ziekenhuis in geslagen. Skannet was nooit vervolgd omdat hij de agenten schadevergoeding betaalde. Een aanklacht wegens seksuele intimidatie werd minnelijk geschikt. Hij was op eenentwintigjarige leeftijd met Athena getrouwd en een jaar later vader geworden van een dochter. Het kind kreeg de naam Bethany. Toen zijn vrouw twintig was, verdween ze met het kind.
Met dat alles kreeg Andrew Pollard een beeld van hem. Geen lekkertje dus. Een vent die tien jaar lang een grief jegens zijn vrouw koesterde, een vent die met gewapende politiemannen vocht en sterk genoeg was om hen het ziekenhuis in te slaan. De kans dat hij zo iemand bang maakte, was nihil. Betaal maar, laat het contract tekenen en hou je er verder buiten.
Pollard belde Jim Losey, die bij de politie van Los Angeles het geval-Skannet behandelde. Pollard had veel ontzag voor Losey, want Losey was de smeris die hij graag had willen worden. Ze werkten regelmatig samen en elke Kerstmis kreeg Losey een mooi cadeau van Pacific Ocean Security. Nu wilde Pollard iets van de politie. Hij wilde alles hebben wat Losey over de zaak wist.
'Jim,' vroeg Pollard, 'kun je me een infolijst over Boz Skannet sturen? Ik heb zijn adres in LA nodig en ik wil graag meer over hem weten.'
'Natuurlijk,' zei Losey. 'Maar de aanklacht tegen hem is ingetrokken. Wat heb jij ermee te maken?'
'Een beveiligingsgeval,' zei Pollard. 'Hoe gevaarlijk is die vent?'
'Hij is zo gek als een deur,' zei Losey. 'Zeg maar tegen je lijfwachten dat ze moeten schieten zodra hij in de buurt komt.'
'Dan zou je me arresteren,' zei Pollard lachend. 'Want dat is tegen de wet.'
'Ja,' zei Losey. 'Dat zou dan inderdaad moeten. Is het niet om je te bescheuren?'

Boz Skannet woonde in een bescheiden hotel aan Ocean Avenue in Santa Monica. Andrew Pollard maakte zich daar zorgen over, want het lag op maar een kwartier rijden van Athena's huis in de Malibu Colony. Hij liet een ploeg van vier man Athena's huis bewaken en zette twee man op Skannets hotel. Toen regelde hij voor die middag een afspraak met Skannet.
Pollard nam drie van zijn grootste en gespierdste mannen mee. Met iemand als Skannet wist je maar nooit.
Skannet bracht hen naar zijn hotelsuite. Hij was minzaam en begroette hen glimlachend, maar bood niets te drinken aan. Merkwaardig genoeg droeg hij een stropdas, een overhemd en een jasje, misschien om aan te geven dat

hij uiteindelijk nog steeds bankier was. Pollard stelde zich voor en deed hetzelfde met zijn drie lijfwachten, die alle drie hun kaart van Pacific Ocean Security lieten zien. Skannet grijnsde naar hen en zei: 'Jullie zijn flink uit de kluiten gewassen. Ik durf er honderd dollar om te verwedden dat ik jullie in een eerlijk gevecht alledrie tot moes sla.'

De drie lijfwachten waren goed opgeleid en reageerden met een glimlachje, maar Pollard nam er doelbewust aanstoot aan. 'We zijn hier om zaken te doen, meneer Skannet,' zei hij, 'niet om dreigementen over ons heen te krijgen. LoddStone Studios is bereid u vijftigduizend dollar voorschot en acht maanden lang twintigduizend per maand te betalen. Daarvoor hoeft u alleen maar Los Angeles uit.' Pollard haalde de contracten en de grote, groen-met-witte cheque uit zijn koffertje.

Skannet bekeek ze aandachtig. 'Een heel simpel contract,' zei hij. 'Ik heb er niet eens een jurist bij nodig. Maar ook het geld is heel simpel. Ik dacht eerder aan honderdduizend vooruit en vijftig per maand.'

'Dat is te veel,' zei Pollard. 'We hebben een straatverbod van de rechter tegen u. Als u binnen één straat afstand van Athena komt, gaat u de gevangenis in. Athena heeft vierentwintig uur van de dag bewaking. En ik heb surveillanceteams gevormd om uw gaan en staan in de gaten te houden. Voor u is elke dollar meegenomen.'

'Ik had eerder naar Californië moeten gaan,' zei Skannet. 'Het geld ligt hier op straat. Waarom betalen ze me eigenlijk?'

'De studio wil mevrouw Aquitane geruststellen,' zei Pollard.

'Ze is dus echt een grote ster,' zei Skannet peinzend. 'Nou ja, ze is ook altijd iets bijzonders geweest. En dan te bedenken dat ik haar vroeger vijfmaal per dag neukte.' Hij grijnsde naar de drie mannen. 'En bovendien had ze hersens.'

Pollard bekeek de man nieuwsgierig. Hij was net zo knap als die ruige Marlboro-vent op de sigarettenreclames, maar zijn huid was rood van de zon en de drank en hij was zwaarder gebouwd. Hij had dat charmante, slepende taaltje van het Zuiden, wat zowel geestig als gevaarlijk was. Veel vrouwen werden verliefd op zo'n man. In New York had hij een paar agenten gekend die er net zo uitzagen, en die hadden als gekken gescoord. Je zette hen op een moordzaak, en een week later lagen ze met de weduwe in bed. Als hij er goed over nadacht, was ook Jim Losey zo'n smeris. Pollard had nooit zoveel mazzel gehad.

'Laten we het zakelijk houden,' zei Pollard. Hij wilde dat Skannet het contract tekende en in het bijzijn van getuigen de cheque aannam. In geval van nood kon de studio er dan later een geval van afpersing van maken.

Skannet ging aan tafel zitten. 'Heb je een pen?' vroeg hij.

Pollard haalde een pen uit zijn koffertje en vulde het bedrag in van twintig-

duizend per maand. Skannet zag hem dat doen en zei opgewekt: 'Ik had dus ook meer kunnen krijgen.' Toen tekende hij de drie kopieën. 'Wanneer moet ik weg zijn?'
'Vanavond,' zei Pollard. 'Ik breng u naar het vliegtuig.'
'Nee, hoeft niet,' zei Skannet. 'Ik rij liever naar Las Vegas en ga met deze cheque gokken.'
'Ik hou het in de gaten,' zei Pollard. Hij vond nu het moment gekomen om wat spierballen te laten zien. 'Laat me u waarschuwen. Als u zich weer in Los Angeles vertoont, laat ik u arresteren wegens afpersing.'
Skannets rode gezicht straalde van vreugde. 'Lijkt me hartstikke leuk,' zei hij. 'Dan word ik net zo beroemd als Athena.'

Die avond rapporteerde het surveillanceteam dat Boz Skannet vertrokken was, maar slechts naar het Beverly Hills Hotel, en dat hij de cheque van vijftigduizend dollar had gestort op een rekening die hij bij de Bank of America had. Dat maakte Pollard een paar dingen duidelijk. Skannet had invloed, want anders was hij niet in het Beverly Hills Hotel gekomen, en hij lapte de overeenkomst die hij getekend had, aan zijn laars. Pollard meldde het aan Bobby Bantz en vroeg instructies. Bantz zei dat hij zijn mond moest houden. Iemand had Athena het contract laten zien om haar gerust te stellen en te overreden om weer aan het werk te gaan. Hij vertelde Pollard niet dat ze hen in hun gezicht had uitgelachen.
'U kunt die cheque blokkeren,' zei Pollard.
'Nee,' zei Bantz. 'Als hij hem incasseert, slepen we hem voor de rechter wegens fraude, afpersing of wat dan ook. Ik wil alleen niet dat Athena weet dat hij nog in de stad is.'
'Ik zal haar bewaking verdubbelen,' zei Pollard. 'Maar als hij krankzinnig is en haar echt iets wil aandoen, schieten we daar niets mee op.'
'Hij is een bluffer,' zei Bantz. 'Hij heeft het de eerste keer niet gedaan. Waarom nu dan wel?'
'Dat zal ik u vertellen,' zei Pollard. 'We hebben ingebroken in zijn kamer. Raad eens wat we gevonden hebben? Een bus met echt zuur.'
'O Jezus,' zei Bantz. 'Kun je dat niet tegen de politie zeggen? Tegen Jim Losey bijvoorbeeld?'
Pollard zei: 'Het bezit van zuur is geen misdaad. Inbraak wel. Skannet kan me daarvoor in de gevangenis krijgen.'
'Je hebt me nooit iets verteld,' zei Bantz. 'Dit gesprek hebben we nooit gevoerd en vergeet wat je weet.'
'Natuurlijk, meneer Bantz,' zei Pollard. 'Ik zal u de informatie niet eens in rekening brengen.'
'Hartstikke bedankt,' zei Bantz sarcastisch. 'En hou me op de hoogte.'

Claudia werd ingelicht door Skippy Deere en kreeg van hem instructies, zoals paste bij hun rollen als producent en schrijfster van een film.
'Je moet Athena's hielen likken,' zei Deere. 'Je moet voor haar in het stof, je moet huilen, je moet een zenuwinzinking krijgen. Je moet haar herinneren aan alles wat je voor haar gedaan hebt als goede en trouwe vriendin en vakgenoot. Je moet zorgen dat ze weer aan het werk gaat.'
Claudia was aan Skippy gewend. 'Waarom ik?' vroeg ze koel. 'Jij bent de producent, Dita is de regisseur, Bantz is directeur van LoddStone. Gaan jullie haar hielen maar likken. Jullie hebben daar meer ervaring mee dan ik.'
'Omdat het al die tijd jouw project is geweest,' zei Deere. 'Jij hebt het eerste script geschreven, je hebt mij erbij gehaald en je hebt Athena erbij gehaald. Als het project mislukt, is jouw naam voor altijd aan die mislukking verbonden.'
Toen Deere weg was en Claudia alleen in haar kantoor zat, wist ze dat hij gelijk had. In haar wanhoop dacht ze aan haar broer Cross. Hij was de enige die haar kon helpen om het probleem Boz de wereld uit te helpen. De gedachte om munt te slaan uit Athena's vriendschap vond ze afschuwelijk en ze wist dat Athena haar kon afwijzen, maar Cross niet. Cross had dat nog nooit gedaan.
Ze belde het Xanadu-hotel in Las Vegas maar kreeg te horen dat Cross de komende dagen in Quogue was. Daarbij kwamen alle jeugdherinneringen naar boven die ze probeerde te vergeten. Voor geen goud belde ze haar broer in Quogue. Voor geen goud wilde ze vrijwillig iets met de Clericuzio's te maken hebben. Voor geen goud wilde ze zich haar jeugd herinneren, of aan haar vader denken, of aan welke Clericuzio dan ook.

Boek II

De Clericuzio's
en
Pippi De Lena

3

De gewelddadige reputatie van de Clericuzio-Familie was meer dan een eeuw eerder op Sicilië gevestigd. Daar voerden de Clericuzio's twintig jaar oorlog tegen een rivaliserende familie om het bezit van een stuk bos. De patriarch van de vijandelijke clan, don Pietra Forlenza, lag toen op zijn sterfbed. Hij had vijfentachtig jaar lang alle conflicten overleefd maar had een beroerte gekregen en de dokter voorspelde dat hij daaraan binnen een week zou overlijden. Een lid van de Clericuzio's drong de slaapkamer van de zieke binnen en stak hem dood met de uitroep dat de oude man geen vreedzame dood verdiende.

Don Domenico Clericuzio vertelde het verhaal van die oude moord vaak om te laten zien hoe dwaas men zich vroeger gedroeg en te onderstrepen dat onkritisch geweld alleen opschepperij was. Geweld was een te kostbaar wapen om het te verspillen en het moest altijd een belangrijk doel dienen.

En hij kon dat bewijzen, want juist het geweld leidde tot de ondergang van de Clericuzio-Familie op Sicilië. Toen Mussolini en zijn fascisten in Italië de absolute macht grepen, begrepen ze dat de Mafia vernietigd moest worden. Dat deden ze door de normale rechtsgang op te schorten en een onstuitbare gewapende macht in te zetten. De Mafia werd gebroken, zij het ten koste van duizenden onschuldigen die in de gevangenis kwamen of samen met hen in ballingschap gingen.

Alleen de Clericuzio-clan had de moed om zich gewapenderhand tegen de fascistische decreten te verzetten. Ze vermoordden de plaatselijke fascistische prefect en vielen fascistische garnizoens aan. Mussolini ontstak vooral in razernij toen ze na een toespraak van hem in Palermo zijn geliefde, uit Engeland geïmporteerde bolhoed en paraplu stalen. Door dit staaltje van boerenhumor en -minachting werd Mussolini het mikpunt van de Siciliaanse spot, maar het leidde uiteindelijk ook tot de ondergang van de Clericuzio's. In hun provincie werd een enorm leger geconcentreerd. Vijfhonderd leden van de Clericuzio-clan werden zonder pardon gedood. Vijfhonderd anderen werden verbannen naar kurkdroge eilanden in de

Middellandse Zee die als strafkolonies dienden. Alleen de kern van de Clericuzio's overleefde het, en de familie stuurde de jonge Domenico Clericuzio per schip naar Amerika. Als bewijs dat bloed zich nooit verloochent, bouwde don Domenico daar zijn eigen imperium op, en wel met veel meer list en vooruitziende blik dan zijn voorouders op Sicilië. Maar hij vergat nooit dat een wetteloze staat de grootste vijand was. Daarom hield hij van Amerika.

Al vroeg had hij de beroemde stelregel van het Amerikaanse strafrecht geleerd: het is beter dat honderd schuldigen vrijuit gaan dan dat één onschuldige gestraft wordt. De schoonheid van dat idee verbijsterde hem en hij werd een vurige patriot. Amerika was zijn land. Hij zou Amerika nooit verlaten.

Daardoor geïnspireerd bouwde don Domenico in Amerika een solider Clericuzio-rijk op dan de clan op Sicilië had bezeten. Met schenkingen van veel contant geld verzekerde hij zich van de vriendschap van alle politieke en rechterlijke instituties. Hij steunde niet op maar één of twee inkomstenbronnen maar diversifieerde in de beste traditie van het Amerikaanse bedrijfsleven. Zo was er de bouwnijverheid, de afvalverwerking, de verschillende takken van het transportbedrijf. Maar de echt grote geldstroom kwam uit het gokken dat zijn troetelkindje was, in tegenstelling tot de inkomsten uit drugs, die hij wantrouwde hoewel ze zelfs nog meer opleverden. In latere jaren mochten de leden van de Clericuzio-Familie zich daarom van hem alleen rechtstreeks met de gokindustrie bemoeien. De andere activiteiten van de andere Families spekten de Familie met een bijdrage van vijf procent.

Het droomplan van de don was vijfentwintig jaar later werkelijkheid geworden. Gokken was nu een gerespecteerd tijdverdrijf en – wat nog belangrijker was – op steeds grotere schaal wettelijk toegestaan. Zo had je de altijd bloeiende staatsloterijen, waarbij de burgers door hun eigen overheid bezwendeld werden. De prijzen werden over een periode van twintig jaar uitbetaald, wat er in feite op neerkwam dat de staat alleen de rente over het achtergehouden geld betaalde. En die rente werd bovendien nog belast. Wat een grap! Don Domenico kende de details omdat de Familie een van de bedrijven leidde die tegen een uitstekende vergoeding voor diverse staten de loterij organiseerde.

Maar de don keek vooral uit naar de dag dat sportweddenschappen in de hele Verenigde Staten even legaal zouden worden als nu alleen in Nevada. Hij kende de percentages die hij kreeg bij het illegale gokken. Als bij de footballwedstrijd van de Super Bowl legaal gewed kon worden, viel in één dag een miljard dollar te verdienen. De zeven wedstrijden van de World Series zouden even winstgevend zijn. Football, hockey en college-basketball – allemaal overvloedige bronnen. Dan kreeg je ook ingewikkelde, onweerstaanbare loterijen op sportevenementen – legale goudmijnen. De don wist dat hij die glorieuze dag niet meer zou meemaken, maar wat een heerlijke wereld werd dat voor zijn kinderen! De Clericuzio's zouden de gelijken van renaissancevorsten zijn. Ze zouden mecenassen worden, regeringen leiden en adviseren en met achting in de geschiedenisboeken genoemd worden. Een lange gouden mantel zou hun herkomst aan het oog onttrekken. Al zijn nakomelingen, volgelingen en trouwe vrienden zouden voor altijd veilig zijn. De don beschouwde de beschaafde samenleving, de wereld, als een grote boom waarvan de vruchten de mensheid moesten voeden en beschutten. Maar tussen de wortels van die boom zou de onsterfelijke python van de Clericuzio's liggen en voedsel onttrekken aan een nooit opdrogende bron.

Als de Clericuzio-Familie voor de vele, over heel Amerika verspreide Mafia-rijken de Heilige Kerk vertegenwoordigde, dan was het hoofd van die Familie, don Domenico Clericuzio, de paus – en hij werd niet alleen bewonderd om zijn intelligentie maar ook om zijn kracht.

Don Clericuzio werd bovendien vereerd om de strenge moraal die hij zijn Familie oplegde. Mannen, vrouwen en kinderen waren altijd volledig verantwoordelijk voor hun daden, ongeacht spanningen, berouw of moeilijke omstandigheden. Daden maakten de man; woorden waren een scheet in de wind. Hij minachtte elke sociale wetenschap en psychologie. Hij was vroom katholiek: boete voor zonden in deze wereld, vergeving daarvoor in de volgende. Elke schuld moest betaald worden en in deze wereld oordeelde hij strikt.

Maar hij was ook strikt in zijn trouw. De kinderen van zijn bloed kwamen op de eerste plaats; zijn God (had hij in zijn huis niet een eigen kapel?) op de tweede; zijn verplichtingen jegens alle onderdanen in het domein van de Clericuzio-Familie op de derde.

In Amerika was hij patriot, maar de overheid betekende niets voor hem. Don Clericuzio was op Sicilië geboren, waar overheid en samenleving vijanden waren. Zijn opvatting van de vrije wil was glashelder. Je kon willens en wetens zonder waardigheid of hoop als slaaf je brood verdienen of je kon je brood verdienen als een man die respect afdwong. Je Familie was je samenleving, God was je straffer, en je volgelingen beschermden je. Jegens diegenen op aarde had je een plicht: je moest hun te eten geven, zorgen dat de wereld respect voor hen had en hen tegen bestraffing door andere mannen beschermen.

De don had geen imperium opgebouwd om zijn kinderen en kleinkinderen op een dag in de machteloze mensenmassa te laten opgaan. Hij bouwde almaar meer macht op om de naam en het fortuin van de Familie even duurzaam te maken als die van de Kerk. Kon iemand een hoger doel nastreven dan in deze wereld zijn dagelijks brood te verdienen en in een volgende een vergevingsgezinde Godheid onder ogen te komen? Zijn medemensen en hun gebrekkige maatschappijstructuren mochten wat hem betrof naar de bodem van de oceaan zwemmen.

Don Domenico leidde zijn Familie naar toppunten van macht. Dat deed hij met een Borgia-achtige wreedheid en een machiavellistische subtiliteit, plus een Amerikaans zakelijk inzicht. Maar bovenal met een patriarchale liefde voor zijn volgelingen. Deugd werd beloond. Schade gewroken. Levensonderhoud gegarandeerd.

Uiteindelijk gebeurde wat de don voor ogen had gehad. De Clericuzio's bereikten een zo grote hoogte dat de Familie alleen nog in noodsituaties deelnam aan gewone criminele operaties. De andere Mafia-Families dienden voornamelijk als uitvoerende baronnen of *brugliones*, die bij moeilijkheden met de hoed in de hand naar de Clericuzio's kwamen. In het Italiaans rijmen de woorden 'baron' en *bruglione* op elkaar, hoewel *bruglione* in het Italiaanse dialect iemand aanduidt die zelfs de kleinste taken verprutst. Dankzij don Domenico's gevoel voor humor en de voortdurende verzoeken om hulp van de baronnen veranderde het woord 'baron' in *bruglione*. De Clericuzio's handhaafden de vrede tussen hen, bevrijdden hen uit gevangenissen, onttrokken hun illegale winsten in Europa aan het oog, organiseerden feilloze manieren om hun drugs naar Amerika te smokkelen en gebruikten hun invloed bij rechters en allerlei sleutelfiguren bij de overheid, zowel op federaal niveau als op dat van de staat. Hulp bij gemeentelijke autoriteiten was meestal onnodig. Als een plaatselijke *bruglione* niet de stad kon beïnvloeden waar hij woonde, was hij geen knip voor de neus waard.

Het economische genie van don Clericuzio's oudste zoon Giorgio onderbouwde de macht van de Familie. Als een soort goddelijke wasvrouw witte hij de enorme stromen zwart geld die de darmen van een moderne samenleving verlaten. Giorgio probeerde zijn vaders gewelddadigheid altijd te matigen en wilde vooral de Clericuzio-Familie buiten de openbare schijnwerpers houden. Zelfs voor de autoriteiten was de Familie een soort vliegende schotel. Af en toe zag iemand iets, deden geruchten de ronde, werden verhalen over gruwelen en wandaden verspreid. Er waren meldingen in FBI- en politie-archieven, maar geen verhalen in kranten, zelfs niet in boeken met zwelgende beschrijvingen van allerlei andere Mafia-Families die door zorgeloosheid en een overmaat aan ego te gronde gingen.

Maar daardoor werd de Clericuzio-Familie nog geen tandeloze tijger. Giorgio's jongere broers Vincent en Petie waren niet zo slim als Giorgio maar bijna even gewelddadig als de don. En uit een enclave in de Bronx die altijd Italiaans was geweest, kwam een onuitputtelijke voorraad sterke jongens. Die enclave van veertig vierkante huizenblokken had voor een film over het oude Italië kunnen dienen. De plaatselijke bevolking omvatte geen gebaarde chassidische joden, geen zwarten, geen Aziaten en geen bohémiens. Dat gold ook voor de bedrijven daar. Er was niet één Chinees restaurant. De Clericuzio's bezaten of beheersten al het onroerende goed in die buurt. Natuurlijk werden sommige spruiten van Italiaanse families langharige, gitaarspelende rebellen, maar dat soort tieners werd afgevoerd naar Californië. Elk jaar kwamen nieuwe, zorgvuldig doorgelichte immigranten uit Sicilië om de lege plaatsen op te vullen. De Bronx-enclave, omringd door wijken met de hoogste criminaliteit ter wereld, was opvallend vrij van boosdoeners.

Pippi De Lena, ooit burgemeester van de Bronx-enclave, was tot *bruglione* van de Familie in het gebied Las Vegas gepromoveerd, maar bleef onder de directe leiding van de Clericuzio's, die zijn bijzondere talent nog steeds nodig hadden.

Pippi was de essentie van wat een *qualificato* heette, dat wil zeggen een gekwalificeerd man. Hij was al vroeg begonnen en had als zeventienjarige zijn eerste 'botten gemaakt', wat des te indrukwekkender was doordat hij daarbij een wurgkoord gebruikte. Want Amerikaanse jongemannen minachtten in hun onervaren trots het koord. Bovendien was hij lichamelijk heel sterk, tamelijk lang en intimiderend zwaar gebouwd. En natuurlijk was hij een vuurwapen- en explosievenexpert. Afgezien van dat alles was hij charmant door zijn levenslust. Zijn vrolijkheid stelde mannen op hun gemak, en vrouwen waardeerden zijn galante optreden, dat deels van het Siciliaanse platteland en deels uit Amerikaanse films kwam. Hoewel hij zijn werk heel serieus opvatte, vond hij dat hij van het leven moest genieten.

Hij had kleine zwaktes. Hij dronk flink, gokte veel en was overmatig dol op vrouwen. Hij was niet zo meedogenloos als de don wel zou wensen, misschien omdat Pippi te veel van gezelschap hield. Maar al die zwaktes maakten op de een of andere manier een machtiger wapen van hem. Hij was iemand die zijn ondeugden gebruikte om zijn lichaam van giffen te bevrijden in plaats van het ermee te doordrenken.

Natuurlijk was het bevorderlijk voor zijn carrière dat hij een neef van de don was. Hij was een bloedverwant, en dat bleek van belang toen hij de familietraditie schond.

Niemand leeft zonder fouten te maken. De achtentwintigjarige Pippi De Lena trouwde uit liefde, en alsof die vergissing nog niet groot genoeg was, koos hij een vrouw die volstrekt niet bij een gekwalificeerd man paste.

Ze heette Nalene Jessup en danste in de show van het Xanadu-hotel in Las Vegas. Pippi wees er altijd trots op dat ze geen showgirl was die in de voorste rij haar kont en tieten liet zien; ze was *danseres*. Naar de maatstaven van Las Vegas was ze zelfs een intellectueel. Ze las graag, had belangstelling voor

politiek en hield er ouderwetse normen op na omdat ze afkomstig was uit de sterk traditioneel-blanke cultuur van het Californische Sacramento.
Ze waren elkaars volstrekte tegenpolen. Pippi had geen intellectuele belangstelling en was iemand die zelden las, naar muziek luisterde of naar de schouwburg of bioscoop ging. Pippi had het gezicht van een stier, Nalene dat van een bloem. Pippi was extravert en charmant maar straalde gevaar uit. Nalene was zo vriendelijk van nature dat geen enkele mede-showgirl of -danseres ooit ruzie met haar had gekregen, hoewel ze onderling vaak ruzie maakten om de tijd te doden.
Dansen was het enige dat Pippi en Nalene gemeenschappelijk hadden. Want Pippi De Lena, de gevreesde 'hamer' van de Clericuzio's, was een echte *idiot savant* zodra hij de dansvloer betrad. Daar vond hij de poëzie die hij niet kon lezen, de middeleeuwse hoffelijkheid van Graalridders, de tederheid, de exquise verfijning van seks – alleen daar probeerde hij naar iets te reiken dat hij niet begreep.
Nalene Jessup dacht daarmee een blik op het diepste van zijn ziel te slaan. Als ze urenlang samen gedanst hadden en dan met elkaar naar bed gingen, werd hun seks etherisch, een echte band tussen verwante zielen. Hij praatte met haar als ze dansten – samen in haar flat of op de dansvloeren van de hotels in Las Vegas.
Hij was een goede verteller en had goede verhalen. Hij uitte zijn aanbidding voor haar op een vleiende en humoristische manier. Hij had een overweldigend mannelijke uitstraling, die hij als een slaaf aan haar voeten legde, en hij luisterde. Trots en belangstellend luisterde hij naar wat ze zei over boeken, het theater, de plicht van de democratie om de kanslozen een kans te geven, de rechten van zwarten, de bevrijding van Zuid-Afrika en de plicht om de ongelukkige armen in de Derde Wereld te helpen. Pippi vond dat soort overtuigingen wel spannend. Ze betekenden iets exotisch voor hem.
Bevorderlijk was ook dat ze seksueel bij elkaar pasten en dat hun tegenpolen elkaar aantrokken. Bevorderlijk voor hun liefde was dat Pippi de ware Nalene zag maar Nalene niet de ware Pippi. Ze zag alleen een man die haar aanbad, onder geschenken bedolf en naar haar dromen luisterde.
Een week na hun kennismaking trouwden ze. Nalene was pas achttien en wist niet beter. Pippi was achtentwintig en smoorverliefd. Ook hij was met ouderwetse waarden opgevoed, zij het heel andere, en allebei wilden ze een gezin. Nalene had al geen ouders meer en Pippi betrok de Clericuzio's niet graag bij zijn zevende hemel. Bovendien wist hij dat ze bezwaar zouden maken. Hij kon hen beter voor voldongen feiten plaatsen en de plooien langzaam gladstrijken. Ze trouwden in een kapel in Las Vegas.
Maar ook dat was verkeerd ingeschat. Don Clericuzio was het ermee eens dat Pippi trouwde. Zoals hij vaak zei: 'De eerste plicht van een man is om zijn

eigen brood te verdienen,' maar wat had dat zonder vrouw en kinderen voor zin? De don nam er aanstoot aan dat hij niet geraadpleegd was en dat de bruiloft niet gevierd was in het kader van de Clericuzio-Familie. Pippi had immers Clericuzio-bloed in zijn aderen.
De don merkte gemelijk op: 'Ze kunnen samen naar de bodem van de zee dansen,' maar stuurde niettemin royale huwelijksgeschenken: het eigendomsbewijs van een huis, een incassobedrijf dat het voor die tijd vorstelijke inkomen van honderdduizend dollar per jaar opleverde, en een promotie. Pippe De Lena zou de Clericuzio-Familie blijven dienen als een van haar trouwe *brugliones* in het Westen, maar werd uit de Bronx-enclave verbannen, want hoe zou zijn buitenlandse vrouw in harmonie met de getrouwen kunnen leven? Voor hen was ze even buitenlands als de mohammedanen, de zwarten, de chassidische joden en de Aziaten die er geweerd werden. Hoewel Pippi dus de hamer van de Clericuzio's en een plaatselijke baron bleef, verloor hij enige invloed in het paleis van Quogue.
Getuige bij de bescheiden huwelijkssluiting voor de burgerlijke stand was Alfred Gronevelt, eigenaar van het Xanadu-hotel. Aansluitend organiseerde hij een klein feestmaal, waarbij bruid en bruidegom de hele nacht op de dansvloer stonden. In de jaren daarna bouwden Gronevelt en Pippi De Lena een intieme en trouwe vriendschap op.

Het huwelijk hield lang genoeg stand om twee kinderen voort te brengen: een zoon en een dochter. De oudste, die de doopnaam Croccifixio kreeg maar altijd Cross werd genoemd, was uiterlijk het evenbeeld van zijn moeder. Hij had een gracieus lichaam en een bijna vrouwelijk knap gezicht. Maar hij had de lichamelijke kracht en uitmuntende coördinatie van zijn vader. Claudia, de jongste, was als negenjarige het evenbeeld van haar vader. Haar alledaagse gezicht was alleen maar niet lelijk dankzij de frisse onschuld van de jeugd, maar van haar moeder had ze de liefde voor boeken, muziek en theater en bovendien het milde denken geërfd. Het lag voor de hand dat Cross en Pippi een hechte relatie hadden en dat Claudia vooral dik was met haar moeder Nalene.
In de elf jaar voordat het gezin De Lena uit elkaar viel, ging alles heel goed. Pippi vestigde zich als *bruglione* en incasseur van het Xanadu-hotel in Las Vegas en bleef de 'hamer' van de Clericuzio's. Hij werd rijk en leidde een prettig leven, hoewel op bevel van de don zonder uiterlijk vertoon. Hij dronk, gokte, danste met zijn vrouw, speelde met zijn kinderen en probeerde hen voor te bereiden op hun intrede in de wereld van de volwassenen.
Pippi had tijdens zijn eigen gevaarlijke leven geleerd ver vooruit te kijken. Dat was een van de grondslagen van zijn succes. Algauw zag hij achter het kind Cross de volwassen Cross. Die toekomstige man wilde hij als bondge-

noot. Of misschien wilde hij minstens één iemand om zich heen die hij volledig kon vertrouwen.
Hij leidde Cross dus op, leerde hem alle goktrucs en nam hem mee uit eten bij Gronevelt, zodat zijn zoon de verhalen hoorde over alle manieren waarop een casino kon worden opgelicht. Als Gronevelt op zijn praatstoel kwam, begon hij altijd met de zin: 'Elke nacht liggen miljoenen mannen wakker en proberen ze te bedenken hoe ze mijn casino kunnen oplichten.'
Pippi nam Cross mee op jacht, leerde hem dieren villen en ontweien en zorgde dat hij de geur van bloed kende en het rode bloed op zijn handen zag. Hij liet Cross bokslessen nemen en pijn ervaren. Hij leerde hem ook het gebruik van en de omgang met vuurwapens maar leerde hem niets over het wurgkoord. Dat was immers een privé-uitspatting van hem en in deze moderne tijden niet echt nuttig meer. Bovendien kon hij het koord op geen enkele manier uitleggen aan de moeder van de jongen.
De Clericuzio-Familie bezat een enorm jachthuis in de bergen van Nevada, en Pippi gebruikte dat voor de vakanties van zijn gezin. Hij nam de kinderen mee uit jagen terwijl Nalene in de warmte van het huis bleef lezen. Op jacht schoot Cross met gemak wolven, herten en zelfs een paar bergleeuwen en beren, wat bewees dat Cross bekwaam was en een aangeboren gevoel voor vuurwapens had. Hij was er bovendien altijd voorzichtig mee, bleef op gevaarlijke momenten kalm en deinsde nooit terug als hij in de bloederige ingewanden en slijmerige darmen moest graaien. Hij was nooit te teergevoelig om poten en koppen uit elkaar te halen of de jachtbuit schoon te maken.
Claudia had zulke deugden niet. Ze kromp ineen bij het geluid van een geweer en moest overgeven toen ze een hert stroopte. Na een paar tochten weigerde ze nog mee te gaan, bleef bij haar moeder zitten lezen of ging wandelen bij de beek in de buurt. Claudia weigerde zelfs te vissen; ze was niet in staat een harde stalen haak in het midden van een zachte worm te steken.
Pippi concentreerde zich op zijn zoon en leerde hem de fundamenten van hoe hij zich moest gedragen. Nooit boos worden over een schimpscheut, nooit iets prijsgeven van zichzelf. Respect verdienen met daden, niet met woorden. Je bloedverwanten respecteren. Gokken is een tijdverdrijf, geen manier om je brood te verdienen. Houd van je vader, je moeder, je zusje, maar pas op dat je niet verliefd wordt op een ander dan je eigen vrouw. En een vrouw was iemand die je kinderen ter wereld bracht. Als dat eenmaal gebeurde, moest je leven gewijd zijn aan hun dagelijks brood.
Cross was zo'n goede leerling dat zijn vader dol op hem was. En hij vond het heerlijk dat Cross zoveel op Nalene leek, haar gratie had en een kopie van haar was zonder de intellectuele gaven die het huwelijk inmiddels ondermijnden.

Pippi had nooit geloofd in de droom van de don dat alle jongere kinderen in de wettige samenleving zouden opgaan. Hij achtte dat zelfs in het gunstigste geval onmogelijk. Hij erkende het genie van de oude man, maar deze grote don had ook een romantische trek. Vaders willen immers dat hun zoons met hen samenwerken, op hen lijken. Bloed is bloed; dat verandert nooit.
In dit opzicht kreeg Pippi gelijk. Ondanks alle plannen van don Clericuzio bleek zelfs zijn eigen kleinzoon Dante niet in de droom te passen. In Dante kwam het Siciliaanse bloed boven. Hij was koppig, bloeddorstig en niet bang om de wetten van God en de samenleving te overtreden.

Toen Cross zeven was en Claudia zes, kreeg Cross, die van nature agressief was, de gewoonte om Claudia in haar buik te stompen, zelfs waar hun vader bij was. Claudia vroeg huilend om hulp. Als ouder kon Pippi het probleem op verschillende manieren oplossen. Hij kon Cross zeggen op te houden, en als Cross dat niet deed, kon hij hem bij zijn nekvel pakken en hem optillen, zoals hij vaak deed. Of hij kon Claudia aansporen om terug te vechten. Of hij kon Cross tegen de muur slaan, zoals hij een of twee keer gedaan had. Maar ditmaal deed hij het anders. Misschien omdat hij net gedineerd had en in een luie bui was, of – nog waarschijnlijker – omdat Nalene altijd ruzie maakte als hij de kinderen hardhandig aanpakte, stak hij kalm een sigaar op en zei hij tegen Cross: 'Voor elke keer dat jij je zusje slaat, krijgt ze van mij een dollar.'
Toen Cross zijn zusje bleef slaan, ging het over de opgetogen Claudia dollarbiljetten regenen. Cross hield er uiteindelijk gefrustreerd mee op.
Pippi overstelpte zijn vrouw met cadeaus, maar dat waren de cadeaus van een meester aan zijn slaaf. Smeergeld om haar onderdanigheid te maskeren. Ze waren wél duur: diamanten ringen, bontmantels, reisjes naar Europa. Hij kocht voor haar een vakantiehuisje in Sacramento, want ze haatte Las Vegas. Toen hij haar een Bentley gaf, leverde hij die in chauffeursuniform bij haar af. Kort voor het einde van hun huwelijk gaf hij haar een antieke ring met een certificaat dat zei dat hij van de Borgia's was geweest. Het enige wat hij haar verbood, was het gebruik van creditcards. Ze moest alles van haar huishoudgeld betalen. Pippi gebruikte ze evenmin.
In andere opzichten was hij heel verdraagzaam. Nalene kon gaan en staan waar ze wilde. Pippi was geen jaloerse Italiaanse echtgenoot. Hoewel hijzelf alleen zakenreizen maakte, liet hij Nalene met haar vriendinnen naar Europa gaan omdat ze zo snakte naar de musea in Londen, het ballet in Parijs en de opera in Italië.
Op sommige momenten vroeg Nalene zich af wat dat gebrek aan jaloezie betekende, maar in de loop van de jaren begon ze te beseffen dat geen enkele man in hun omgeving haar het hof zou durven maken.
Over hun huwelijk had don Clericuzio sarcastisch opgemerkt: 'Denken ze soms dat ze hun leven lang kunnen blijven dansen?'

Het antwoord bleek ontkennend. Nalene was als danseres niet goed genoeg om de top te bereiken. Paradoxaal genoeg waren haar benen te lang. Ze was te ernstig van aard om veel feesten af te lopen. Om al die redenen had ze besloten te trouwen. En de eerste vier jaar was ze gelukkig. Ze zorgde voor de kinderen, volgde colleges aan de universiteit van Nevada en las als een bezetene.

Maar Pippi had geen belangstelling meer voor de toestand van het milieu, maakte zich geen zorgen meer over de problemen van jammerende zwarten die niet eens konden leren stelen zonder gepakt te worden, en wat de indianen betrof – wie dat verder ook waren – die mochten van hem op de bodem van de oceaan verzuipen. Discussies over boeken of muziek lagen volledig buiten zijn horizon. En Nalenes eis hun kinderen nooit te slaan, verbijsterde hem. Jonge kinderen waren dieren; hoe kon je hen beschaafd gedrag bijbrengen zonder hen tegen de muur te slingeren? Hij deed altijd zijn best om hen geen pijn te doen.

In het vierde jaar van hun huwelijk begon Pippi er dus maîtresses op na te houden. Een in Las Vegas, een in Los Angeles en een in New York. Nalene sloeg terug door haar onderwijsbevoegdheid te halen.

Ze deden hun uiterste best. Ze hielden van hun kinderen en gaven hun een prettig leven. Nalene was urenlang met hen aan het lezen, zingen en dansen. Het huwelijk werd door Pippi's goede humeur bijeengehouden. Zijn vitaliteit en dierlijke uitbundigheid streken de rimpels tussen man en vrouw op de een of andere manier glad. De twee kinderen hielden van hun moeder en keken tegen hun vader op; de moeder omdat ze lief, vriendelijk, mooi en vol natuurlijke genegenheid was; de vader omdat hij sterk was.

Beide ouders waren uitmuntende leermeesters. Van hun moeder leerden de kinderen maatschappelijke deugden, goede manieren, dansen en zich kleden en verzorgen. Van hun vader leerden ze hoe de wereld in elkaar zat en hoe ze zich tegen geweld moesten verweren. Hij leerde hun gokken en gaf sporttraining. Ze namen het hun vader nooit kwalijk dat hij lichamelijk ruw met hen omging, vooral omdat hij dat alleen deed als straf. Hij was nooit kwaad als hij dat deed en koesterde daarna nooit wrok.

Cross kende geen vrees maar was soepel. Claudia had niet de lichamelijke moed van haar broer maar wel een zekere koppigheid. Gelukkig was er nooit geldgebrek.

In de loop van de jaren begonnen Nalene bepaalde dingen op te vallen. Aanvankelijk waren dat details. Toen Pippi de kinderen leerde kaarten – poker, blackjack, ginrummy – won hij eerst alles zodat hij hen van al hun zakgeld beroofde, maar uiteindelijk liet hij hen fantastisch boffen en gingen ze blozend en in een overwinningsroes slapen. Merkwaardig genoeg hield Claudia als kind veel meer van gokken dan Cross. Later deed Pippi voor hoe hij hen

om de tuin had geleid. Nalene was kwaad. Ze vond dat hij met h
speelde zoals hij met het hare deed. Pippi legde uit dat het bij hun op
hoorde. Zij zei dat dat geen opvoeding maar bederf was. Hij zei dat
wilde voorbereiden op de werkelijkheid van het leven; zij wilde hen vo
reiden op de schoonheid ervan.

Pippi had altijd te veel geld in zijn portefeuille – in de ogen van een vrouw een even verdachte omstandigheid als in die van een belastinginspecteur. Het was waar dat Pippi een bloeiend bedrijf bezat – het Incassobureau – maar ze leefden op veel te grote voet voor zo'n kleine onderneming.

Als het gezin op vakantie ging aan de Oostkust en zich in de kringen van de Clericuzio-Familie bewoog, viel Nalene uiteraard op met hoeveel respect Pippi behandeld werd. Ze zag hoe voorzichtig en onderdanig de mannen tegen hem waren en hoe lang de besloten vergaderingen met hem duurden. Er waren ook andere dingen. Pippi ging minstens eens per maand op zakenreis. De details van zo'n reis kwam ze nooit te weten en hij praatte nooit over zijn uitstapjes. Hij had een wapenvergunning, maar dat was logisch voor een man die vanwege zijn beroep grote sommen geld incasseerde. Hij was er heel voorzichtig mee. Nalene en de kinderen hadden nooit toegang tot het wapen, en hij bewaarde de kogels achter slot en grendel in aparte dozen.

In de loop van de jaren ging Pippi meer reizen en zat Nalene steeds vaker thuis bij de kinderen. Pippi en Nalene groeiden seksueel uit elkaar, en omdat Pippi juist in de lust gevoelig en begripvol was, werd de kloof steeds dieper.

In de loop van zoveel jaren kan geen enkele man zijn ware aard verborgen houden voor iemand die hem zo na staat. Nalene zag dat Pippi zich volledig aan zijn eigen begeertes wijdde en een gewelddadige natuur had, hoewel hij jegens haar nooit gewelddadig was. Dat hij veel geheim hield hoewel hij openheid veinsde. Dat hij weliswaar hartelijk was maar ook gevaarlijk.

Hij had kleine persoonlijke grillen die haar soms voor hem innamen. Andere mensen móesten bijvoorbeeld genieten van datgene waarvan hij genoot. Op een keer namen ze een echtpaar mee naar een Italiaans restaurant. Die mensen hielden niet erg van Italiaans eten en aten weinig. Toen Pippi dat merkte, lukte het hem niet om nog verder te eten.

Soms praatte hij over zijn werk bij het Incassobureau. Bijna alle grote hotels in Las Vegas waren zijn klanten en hij incasseerde gokpromessen van misdadige casinogasten die weigerden te betalen. Hij hield tegenover Nalene vol dat daarbij nooit geweld te pas kwam, alleen een soort overreding. Het was een erezaak dat mensen hun schulden betaalden; iedereen was verantwoordelijk voor zijn daden; en hij vond het stuitend dat mannen van aanzien niet altijd hun verplichtingen nakwamen. Artsen, juristen en bedrijfsdirecteuren aanvaardden de extra diensten van het hotel en kwamen dan hun kant van

de afspraak niet na. Maar bij hen was incasso gemakkelijk. Je ging naar hun kantoor en schopte zoveel herrie dat hun klanten en collega's het hoorden. Je trapte een scène maar dreigde nooit, je noemde hen uitvreters en ontaarde gokkers die hun beroep verwaarloosden om zich in ondeugd te wentelen.
Kleine zakenlieden waren harder – centendieven die voor een dubbeltje op de eerste rang wilden zitten. Vervolgens had je de slimmeriken die ongedekte cheques uitschreven en dan riepen dat iemand een vergissing had begaan. Een geliefde truc. Ze gaven je een cheque voor tienduizend als ze maar achtduizend op hun rekening hadden staan. Maar Pippi had toegang tot bankinformatie en stortte dan gewoon tweeduizend extra op 's mans rekening en nam alle tienduizend op. Pippi lachte verrukt als hij zulke staaltjes aan Nalene vertelde.
Maar het belangrijkste aspect van zijn werk, legde Pippi uit, was dat hij moest zorgen dat een gokker niet alleen betaalde maar ook bleef gokken. Zelfs een gokker die platzak was, had waarde. Hij werkte. Hij verdiende geld. Dan moest je de betaling van zijn schuld gewoon uitstellen en zorgen dat hij zonder krediet in je casino bleef gokken. Als hij won, trok je de winst van zijn schuld af.
Op een avond vertelde Pippi haar een verhaal dat hij buitengewoon grappig vond. Die dag werkte hij op het kantoor van het Incassobureau, gevestigd in een klein winkelcentrum in de buurt van het Xanadu-hotel, toen hij buiten op straat hoorde schieten. Hij rende net op tijd naar buiten om twee gemaskerde en gewapende mannen uit een naburige juwelierswinkel te zien ontsnappen. Onwillekeurig trok Pippi zijn wapen en schoot op de mannen. Ze sprongen in een wachtende auto en ontsnapten. Een paar minuten later kwam de politie, en toen ze iedereen verhoord hadden, arresteerden ze Pippi. Natuurlijk wisten ze dat hij een wapenvergunning had, maar door te schieten had hij 'roekeloos gehandeld'. Alfred Gronevelt was naar het politiebureau gegaan om hem op borgtocht vrij te krijgen.
'Waarom deed ik dat eigenlijk?' vroeg Pippi. 'Volgens Alfred was dat de jager in me. Maar ik zal het nooit begrijpen. Ik op rovers schieten? Ik de samenleving beschermen? En dan sluiten ze me op. Sluiten ze *míj* op!'
Maar deze kleine onthullingen over zijn karakter waren tot in zekere hoogte een slimme list van Pippi om haar een blik te gunnen in zijn aard zonder dat ze tot het ware geheim door kon dringen. Nalene besloot pas te scheiden toen Pippi De Lena gearresteerd werd wegens moord...

Danny Fuberta bezat een reisbureau in New York, gekocht van zijn verdiensten als woekeraar onder bescherming van de inmiddels uitgestorven Santadio-Familie. Maar het meeste geld verdiende hij als organisator van gokreizen naar Las Vegas.

Zo iemand tekende een exclusief contract met een hotel in Las Vegas om gokkers op vakantie in de muil van dat hotel te sturen. Danny Fuberta charterde elke maand een 747 en trommelde dan zo'n tweehonderd klanten op om ermee naar het Xanadu-hotel te vliegen. Voor de ronde som van duizend dollar kreeg de klant een retourvlucht van New York naar Las Vegas, gratis drank en eten in de lucht, een gratis hotelkamer en gratis eten en drinken in het hotel. Fuberta had voor dat soort reizen altijd lange wachtrijen en koos zijn klanten met zorg. Het moesten mensen zijn met goed betaalde, zij het niet per se legale banen, en ze moesten in het hotel elke dag minstens vier uur gokken. En natuurlijk moesten ze bij het kassiershokje in het Xanadu-hotel hun kredietwaardigheid kunnen bewijzen.

Een van Fuberta's grootste voordelen was zijn vriendschap met oplichters, bankrovers, drugshandelaars, sigarettensmokkelaars, zwendelaars in de textiel en ander uitschot dat goed geld verdiende in de beerputten van New York. Die mannen waren de beste klanten. Ze leefden immers onder zware druk en hadden vakantie nodig om zich te ontspannen. Ze verdienden enorme hoeveelheden 'zwart' contant geld en waren dol op gokken.

Voor elk gokvliegtuig met tweehonderd klanten dat Danny aan het Xanadu afleverde, kreeg hij de ronde som van twintigduizend dollar. Soms kreeg hij een bonus als de Xanadu-klanten zwaar verloren. Met de oorspronkelijke reissommen erbij leverde dat elke maand een flink inkomen op. Helaas had ook Fuberta een zwak voor gokken, en er kwam een moment waarop zijn schulden zijn inkomsten gingen overtreffen.

Fuberta was een vindingrijk man en bedacht algauw een manier om weer solvent te raken. Een van zijn plichten als reisleider was de fiattering van het casinokrediet dat aan de klanten verschaft werd.

Fuberta recruteerde een groep heel bekwame gewapende overvallers. Samen met hen werkte hij een plan uit om het Xanadu $800 000 lichter te maken.

Fuberta verschafte de vier mannen valse geloofsbrieven, die hen identificeerden als eigenaars van een textielfabriek met een enorm kredietplafond. De details had hij uit de archieven van het reisbureau gelicht. Op basis van die geloofsbrieven fiatteerde hij hen voor een kredietplafond van tweehonderdduizend dollar. Daarna zette hij hen op het vliegtuig.

'Reken maar dat die de bloemetjes buiten hebben gezet,' zei Gronevelt later.

Tijdens hun tweedaagse verblijf bouwden Fuberta en zijn bende enorme room service-rekeningen op, trakteerden ze de mooie meisjes uit het corps de ballet en tekenden ze voor presentjes uit de cadeauwinkel, maar dat was nog het minste. Ze haalden in het casino zwarte fiches en tekenden er promesses voor.

Ze splitsten zich in twee groepen. De ene ploeg wedde met de dobbelstenen mee, de andere ertegenin. Op die manier konden ze hoogstens het percentage verliezen of quitte spelen. Met een handtekening onder hun promesses namen ze in het casino dus voor een miljoen dollar aan fiches op, die Fuberta later inwisselde voor contant geld. Ze wekten de indruk dat ze koortsachtig aan het gokken waren, maar in werkelijkheid deden ze nauwelijks iets. Bij dat alles schiepen ze een enorme vlaag van activiteit. Ze vonden zichzelf hele acteurs, smeekten de dobbelstenen, keken zuur als ze verloren en juichten als ze wonnen. Aan het einde van de dag gaven ze hun fiches aan Fuberta om ze in te wisselen en tekenden ze promesses om bij de kassier nieuwe fiches op te nemen. Toen de komedie twee dagen later eindigde, was de groep $800 000 rijker. Ze hadden nog eens twintigduizend over de balk gesmeten, maar hadden voor een miljoen aan promesses bij de kassier liggen. Danny Fuberta als bedenker van het plan kreeg vierhonderd mille, en de vier gewapende overvallers waren heel tevreden met hun aandeel, vooral toen Fuberta hun een nieuwe ronde beloofde. Wat was beter dan een lang weekeind in een luxe hotel met gratis eten en drank en mooie meisjes plus honderd mille op de koop toe? Dat was bepaald beter dan een bankoverval waarbij je je leven waagde.

Gronevelt ontdekte de zwendel de volgende dag al. De dagrapporten vermeldden een hoog bedrag aan promesses, zelfs voor een Fuberta-reis. Het bedrag dat na een nacht spelen op tafel was achtergebleven, was te laag voor de hoeveelheid ingezet geld. Gronevelt liet de band komen uit de veiligheidscamera aan het plafond. Hij hoefde maar tien minuten te kijken om de hele operatie te begrijpen en te weten dat die promesses van een miljoen dollar evenveel waard waren als sigarettenvloei en dat de identiteiten vervalst waren.

Zijn reactie was er een van ongeduld. Hij was in de loop van de jaren al talloze malen bezwendeld, maar dit was zo'n domme manier. En hij mocht Danny Fuberta graag – de man had voor het Xanadu-hotel veel geld verdiend. Hij wist wat Fuberta zou zeggen: dat ook hij misleid was door de valse identiteitsbewijzen en dat ook hij een onschuldig slachtoffer was.

Gronevelt was ook geïrriteerd over de incompetentie van het casinopersoneel. De stickman aan de crapstafel had iets moeten merken en de boxman had heel beslist het tegengestelde wedden moeten zien, maar in goede tijden stompten de mensen af, en Las Vegas was daarop geen uitzondering. Spijtig bedacht hij dat hij de stick- en de boxman zou moeten ontslaan, of hen op zijn minst moest degraderen tot roulettecroupiers. Maar één ding was onvermijdelijk. Hij zou de kwestie van Danny Fuberta moeten overdragen aan de Clericuzio's.

Allereerst liet hij Pippi De Lena naar het hotel komen en liet hij hem de documenten en de band uit de plafondcamera zien. Pippi kende Fuberta maar de vier andere mannen niet. Gronevelt had dus kiekjes laten maken van losse videostills en gaf ze aan Pippi.

Pippi schudde het hoofd. 'Hoe kon Danny in jezusnaam denken dat hij met zoiets kon wegkomen? Ik dacht dat hij zo'n handige jongen was.'

'Hij is een gokker,' zei Gronevelt. 'Gokkers denken altijd dat ze troeven in handen hebben.' Hij zweeg even. 'Danny zal je wel wijs willen maken dat hij er niets mee te maken heeft. Maar vergeet niet dat hij heeft moeten verklaren dat ze goed waren voor hun geld. Hij zal wel zeggen dat hij dat op basis van hun identiteitskaarten gedaan heeft. Een gokreisleider moet kunnen instaan voor wie ze zijn. Hij had het moeten weten.'

Pippi glimlachte en klopte hem op de rug. 'Maak je geen zorgen. Mij maakt hij niets wijs.' Ze lachten allebei. Het ging niet om Danny Fuberta's schuld. Hij was verantwoordelijk voor zijn fouten.

Pippi vloog de volgende dag naar New York. Om de zaak in Quogue aan de Clericuzio-Familie voor te leggen.

Toen hij de bewaakte poorten gepasseerd was, reed hij over de lange oprit die een groot gazon doorsneed. De muur eromheen was met prikkeldraad en elektronica beveiligd, en bij de deur van het landhuis stond een wachtpost. En dit was nog wel vredestijd.

Giorgio begroette hem en bracht hem door het huis naar de achtertuin. Daar stonden tomaten- en komkommerplanten, sla en zelfs meloenen, allemaal omringd door vijgebomen met grote bladeren. De don moest niets van bloemen hebben.

De Familie zat aan de ronde houten tafel en at een vroege lunch. Daar zat de don, ondanks zijn bijna zeventig jaar blakend van gezondheid en zichtbaar genietend van de geur van vijgen in zijn tuin. Hij voerde zijn tienjarige kleinzoon Dante, die knap was maar voor een jongen van Cross' leeftijd ook heerszuchtig. Pippi had altijd zin om hem een klap te geven. De don was als was in de handen van zijn kleinzoon; hij veegde zijn mond af en koerde lieve woordjes. Vincent en Petie keken nors. De vergadering kon pas beginnen toen de jongen klaar was met eten en door zijn moeder Rose Marie werd weggebracht. Don Domenico keek hem stralend na en wendde zich toen tot Pippi.

'Ah, mijn beste *martèllo*,' zei hij. 'Wat vind je van die deugniet Fuberta? We geven hem te eten, en dan wordt hij op onze kosten inhalig.'

Giorgio zei sussend: 'Als hij het terugbetaalt, kan hij nog steeds veel geld voor ons verdienen.' Het enige geldige pleidooi voor genade.

'Het is een flinke bom geld,' zei de don. 'We moeten het terug hebben. Wat vind jij, Pippi?'

Pippi haalde zijn schouders op. 'Ik kan het proberen. Maar het zijn geen mensen die een appeltje voor de dorst bewaren.'
Vincent, die een afkeer van gebabbel had, zei: 'Laat de foto's eens zien.'
Pippi haalde ze te voorschijn en Vincent en Petie bekeken de vier gewapende overvallers aandachtig. Toen zei Vincent: 'Ik en Petie kennen ze.'
'Goed,' zei Pippi. 'Dan is dat akkefietje met die vier voor jullie. Maar wat moet ik met Fuberta doen?'
De don zei: 'Ze hebben ons minachtend behandeld. Voor wie houden ze ons? Voor machteloze dwazen die naar de politie moeten? Vincent, Petie, jullie gaan Pippi helpen. Ik wil mijn geld terug en die *mascalzoni* bestraft zien.' Ze begrepen het. Pippi kreeg de leiding en de vijf mannen waren ter dood veroordeeld.
De don liet hen achter om zijn wandelingetje in de tuin te gaan maken.
Giorgio zuchtte. 'De oude man is te hard voor de tijden waarin we leven. Het risico is groter dan de zaak waard is.'
'Niet als Vinnie en Petie die vier boeven onder handen nemen,' zei Pippi. 'Is dat wat jou betreft akkoord, Vince?'
Vincent zei: 'Giorgio, jij moet met de oude man praten. Die vier hebben natuurlijk geen geld. We moeten een afspraak met ze maken. Zij gaan dat geld verdienen, betalen ons terug en kunnen verder doen wat ze willen. Als we ze begraven, zien we geen geld.'
Vincent was een realistische uitvoerder die een praktische oplossing nooit door bloeddorst in de weg liet staan.
'Oké, dat praat ik papa wel aan,' zei Giorgio. 'Ze waren gewoon helpers. Maar hij laat Fuberta niet lopen.'
'De reisleiders moeten de boodschap begrijpen,' zei Pippi.
'Neef Pippi,' vroeg Giorgio glimlachend, 'welke bonus verwacht je hiervoor?'
Pippi vond het vreselijk als Giorgio hem 'neef' noemde. Vincent en Petie noemden hem zo uit genegenheid, maar Giorgio alleen bij onderhandelingen.
'Fuberta is mijn plicht,' zei Pippi. 'Jullie hebben me het Incassobureau gegeven en ik trek een salaris van het Xanadu. Maar het geld terugkrijgen is moeilijk, en ik hoor dus een percentage te krijgen. Net als Vince en Petie als ze wat poen van die boeven lospeuteren.'
'Dat is redelijk,' zei Giorgio. 'Maar het is iets anders dan de incasso van promesses. Je kunt geen vijftig procent verwachten.'
'Nee, nee,' zei Pippi. 'Ik wil alleen mijn snavel smeren.'
Allemaal lachten ze om die oude Siciliaanse uitdrukking. Petie zei: 'Giorgio, wees geen vrek. Je wilt mij en Vincent toch ook niet afzetten?' Petie leidde inmiddels de Bronx-enclave als hoofd van de Uitvoerders, en altijd bevor-

derde hij de gedachte dat het voetvolk meer moest verdienen. Hij zou zijn aandeel met zijn mannen delen.
'Wat zijn jullie inhalig,' zei Giorgio glimlachend. 'Ik zal de oude man twintig procent voorstellen.' Pippi wist wat dat betekende: vijftien of tien. Het oude liedje met Giorgio.
'Zullen we samsam doen?' vroeg Vince aan Pippi.
Dat betekende dat zij drieën al het geld deelden, ongeacht van wie het afkomstig was. Het was als een vriendschappelijk gebaar bedoeld. De kans om geld te innen van mensen die in leven bleven, was veel groter dan van mensen die zouden sterven. Vincent begreep Pippi's waarde.
'Graag, Vince,' zei Pippi. 'Dat stel ik op prijs.'
In de verte zag hij Dante bij de rand van de tuin hand in hand met de don lopen. Hij hoorde Giorgio zeggen: 'Is het niet verbazingwekkend hoe goed Dante en mijn vader met elkaar kunnen opschieten? Tegen mij was vader nooit zo aardig. Ze fluisteren voortdurend tegen elkaar. Nou ja, de oude man is slim genoeg; daar leert dat joch van.'
Pippi zag dat de jongen zijn gezicht naar de don had geheven. De twee gaven de indruk een vreselijk geheim te delen waarmee ze de heerschappij over hemel en aarde kregen. Later ging Pippi geloven dat dat visioen hem het boze oog had gegeven, wat tot veel tegenspoed leidde.

Pippi De Lena had in de loop van de jaren zijn reputatie door zijn zorgvuldige voorbereidingen verdiend. Hij was geen woest om zich heen slaande gorilla maar een bekwame technicus, die zich bij de concrete uitvoering van een taak op een psychologische strategie baseerde. Met Danny Fuberta waren er drie problemen. Op de eerste plaats moest hij het geld terugkrijgen. Op de tweede plaats was een goede coördinatie met Vincent en Petie Clericuzio nodig. (Dat aspect was makkelijk. Vincent en Petie werkten hoogst efficiënt. Binnen twee dagen hadden ze de boeven opgespoord, een bekentenis afgedwongen en een teruggaveregeling getroffen.) Op de derde plaats moest hij Fuberta doden.
Pippi kon makkelijk regelen dat hij Fuberta toevallig tegenkwam, waarna hij zijn charme in stelling bracht en met alle geweld in een Chinees restaurant in de East Side met hem wilde lunchen. Fuberta wist dat Pippi incasseur voor het Xanadu-hotel was, want uiteraard hadden ze in de loop van de jaren zakelijk met elkaar te maken gehad, maar Pippi leek zo dolblij om hem in New York te treffen dat Fuberta niet kon weigeren.
Pippi speelde het heel beheerst. Hij wachtte tot ze hun bestelling hadden opgegeven en zei toen: 'Gronevelt heeft me van de zwendel verteld. Je weet dat je verantwoordelijk bent, want je hebt voor het krediet van die kerels getekend.'

Fuberta bezwoer zijn onschuld. Pippi grijnsde breed naar hem en sloeg hem kameraadschappelijk op de rug. 'Kom op, Danny,' zei hij. 'Gronevelt heeft de banden en je vier makkers hebben al gepraat. Je zit in de penarie, maar als je het geld teruggeeft, kan ik alles rechtbreien. Misschien kan ik je zelfs wel in de gokreizen houden.'
Om zijn uitspraak kracht bij te zetten haalde hij de vier foto's van de boeven te voorschijn. 'Dat zijn je jongens,' zei hij. 'Op ditzelfde moment kotsen ze alles uit en ze leggen alle rotzooi voor jouw deur. Ze hebben ons verteld hoe de verdeling gaat worden. Als jij je vierhonderd mille op tafel legt, is er niks meer aan de hand.'
Fuberta zei: 'Ik ken die kerels natuurlijk, maar het zijn harde jongens. Die praten niet.'
'Het wordt ze gevraagd door de Clericuzio's,' zei Pippi.
'Jezus,' zei Danny. 'Ik wist niet dat die het hotel hadden.'
'Nu weet je dat wel,' zei Pippi. 'Als ze hun geld niet terugkrijgen, krijg je grote problemen.'
'Ik zou nu de benen moeten nemen,' zei Fuberta.
'Nee, nee,' zei Pippi. 'Blijf maar hier. De Pekingeend is heerlijk. Moet je horen, we kunnen het regelen. Het stelt niet veel voor. Geef gewoon het geld terug.'
'Ik heb geen stuiver,' zei Fuberta.
Voor het eerst toonde Pippi enige ergernis. 'Je moet ons een beetje respect tonen,' zei hij. 'Geef honderdduizend terug en voor de overige driehonderd accepteren we een promesse.'
Fuberta dacht erover na terwijl hij op een gefrituurde dim sum kauwde. 'Ik kan je vijftig geven,' zei hij.
'Dat is goed, dat is prachtig,' zei Pippi. 'De rest kun je afbetalen door geen honorarium te innen voor de gokreizen naar het hotel. Lijkt dat je niet eerlijk?'
'Ik geloof van wel,' zei Fuberta.
'Maak je geen zorgen meer en geniet van het eten.' Hij rolde een stukje eend in een pannekoek, bestreek die met zoete, zwarte saus en gaf het geheel aan Fuberta. 'Verrukkelijk, Danny,' zei hij. 'Eet. Daarna doen we zaken.'
Ze aten chocoladeijs als dessert en regelden dat Pippi de vijftig mille na kantooruren bij Fuberta's reisbureau zou ophalen. Pippi pakte de rekening voor de lunch en betaalde contant. 'Danny,' zei hij, 'is je wel eens opgevallen hoeveel cacao Chinese restaurants in hun chocoladeijs doen? Beter ijs is er niet. Weet je wat ik denk? Het eerste Chinese restaurant in Amerika had gewoon een verkeerd recept, en alle latere maakten gewoon dat eerste verkeerde recept na. Fantastisch. Heerlijk ijs.'

Danny Fuberta was niet achtenveertig jaar van zijn leven in de weer geweest zonder de tekenen te leren duiden. Na zijn afscheid van Pippi dook hij onder en stuurde hij een boodschap dat hij werkte om het geld bijeen te brengen dat hij het Xanadu-hotel schuldig was. Pippi was niet verbaasd. Fuberta's tactiek was gebruikelijk in dit soort gevallen. Hij was verdwenen om veilig te kunnen onderhandelen. Dat betekende dat hij geen geld had en dat er geen bonus kwam, tenzij Vincent en Petie bij hun mensen iets loskregen.

Pippi liet wat mannen uit de Bronx-enclave de stad uitkammen. Hij liet het bericht verspreiden dat Danny Fuberta door de Clericuzio's gezocht werd. Er ging een week voorbij en Pippi's ergernis groeide. Hij had moeten weten dat de eis tot terugbetaling Fuberta alleen maar zou alarmeren. Dat Fuberta begrepen had dat vijftig mille niet genoeg was, als hij dat geld al had.

Na nog een week werd Pippi ongeduldig, en toen de doorbraak kwam, was zijn optreden dan ook eerder doortastend dan voorzichtig.

Danny dook op in een klein restaurant aan de Upper West Side. De eigenaar, een Clericuzio-soldaat, belde snel op. Pippi kwam net op het moment dat Fuberta het restaurant verliet en – tot Pippi's verbazing – een wapen trok. Fuberta was gokker en had geen ervaring met geweld. Toen hij schoot, miste hij dan ook. Pippi pompte vijf kogels in hem.

Er zaten helaas wat onprettige kanten aan de kwestie. Op de eerste plaats waren er ooggetuigen. Op de tweede plaats arriveerde een politiewagen voordat Pippi ervandoor kon. Op de derde plaats had Pippi zich niet op een schietpartij voorbereid; hij had Fuberta willen overhalen om mee te gaan naar een veilige plek. Op de vierde plaats waren weliswaar argumenten voor zelfverdediging aan te voeren maar zeiden sommige getuigen dat Pippi als eerste geschoten had. Alles kwam neer op de oude waarheid dat een onschuldige meer van de wet te duchten heeft dan een schuldige. Bovendien had Pippi, als voorbereiding voor zijn laatste vriendelijke babbeltje met Fuberta, een geluiddemper op zijn wapen.

Bevorderlijk was wel dat Pippi goed reageerde op de rampzalige aankomst van de politiewagen. Hij probeerde niet al schietend te ontsnappen maar volgde het boekje. De Clericuzio's hadden een strikt gebod uitgevaardigd: schiet nooit op een politieman. Dat deed Pippi dan ook niet. Hij liet zijn wapen op straat vallen en schopte het weg. Hij onderwierp zich zonder geweld aan zijn arrestatie en ontkende elke band met de man een paar meter verderop.

Tegen dit soort noodgevallen waren voorzieningen getroffen. Want hoe voorzichtig iedereen ook was, het lot kon altijd iets onaangenaams in petto hebben. Pippi leek diep in de nesten te zitten, maar hij wist dat hij zich kon ontspannen. Hij kon erop rekenen dat de Clericuzio-Familie hem eruit zou helpen.

Op de eerste plaats hadden ze dure advocaten die hem op borgtocht vrij konden krijgen. Voorts konden rechters en officieren van justitie worden overgehaald om pal te staan bij de verdediging van een eerlijke procesvoering. Er waren getuigen die met enige hulp aan geheugenverlies gingen leiden, en fier-onafhankelijke Amerikaanse juryleden die bij de geringste aanmoediging elke beschuldiging weigerden om zo het gezag een hak te zetten. Een Clericuzio-soldaat hoefde niet als een dolle hond schietend te ontsnappen.

Voor het eerst sinds hij de Familie diende, moest Pippi De Lena voor de rechter verschijnen. En de gebruikelijke strategie was dat ook zijn vrouw en kinderen daarbij aanwezig waren. De juryleden moesten weten dat het geluk van dit onschuldige gezin van hun beslissing afhing. Twaalf degelijke en betrouwbare mannen en vrouwen moesten pal staan. 'Redelijke twijfel' was een godsgeschenk voor elk jurylid dat medelijden kreeg.

Tijdens het proces verklaarden de politieagenten dat ze Pippi het wapen niet hadden zien wegschoppen. Drie van de ooggetuigen konden de beklaagde niet identificeren, en de andere twee waren zo hardnekkig bij Pippi's identificatie dat ze de jury en de rechter tegen zich in het harnas joegen. De Clericuzio-soldaat die het restaurant bezat, verklaarde dat hij achter Danny Fuberta aan naar buiten was gelopen omdat de man zijn rekening niet betaald had, dat hij de schietpartij gezien had en dat de beklaagde Pippi De Lena beslist niet de schutter was.

Pippi had bij de schietpartij handschoenen aan, waardoor er geen vingerafdrukken op het wapen zaten. Een getuige-deskundige van de advocaat verklaarde dat Pippi af en toe last had van een geheimzinnige en ongeneeslijke huiduitslag en dat hem het dragen van handschoenen was aangeraden.

Als extra voorzorg was een jurylid omgekocht. Pippi had in de Familie immers een hoge functie. Maar die maatregel bleek onnodig. Pippi werd vrijgesproken en was in de ogen van de wet voor altijd van iedere blaam inzake deze misdaad gezuiverd.

Maar niet in de ogen van zijn vrouw Nalene De Lena. Zes maanden na het proces zei Nalene tegen Pippi dat ze wilde scheiden.

Wie altijd onder zware druk staat, betaalt daarvoor een prijs. Lichaamsdelen verslijten. Overmatig eten en drinken belasten de lever en het hart. De slaap is zo onvatbaar als een boef; de geest reageert niet meer op schoonheid en investeert niet meer in vertrouwen. Pippi en Nalene hadden daar allebei last van. Zij verdroeg hem niet langer in bed en hij genoot niet van een partner die zijn genot niet deelde. Haar afschuw over het feit dat hij een moordenaar was, kon ze niet bedwingen. Hij voelde zich enorm opgelucht nu hij zijn ware aard niet meer voor haar hoefde te verbergen.

'Oké, we scheiden,' zei hij tegen Nalene. 'Maar ik wil de kinderen niet kwijt.'

'Ik weet nu wie je bent,' zei Nalene. 'Ik wil je niet meer zien en wil niet dat de kinderen bij jou wonen.'
Dat verraste Pippi. Nalene was nooit zo tegen hem uitgevaren. En het verbaasde hem dat ze zo tegen hem, Pippi De Lena, durfde te praten. Maar vrouwen waren altijd roekeloos. Vervolgens overwoog hij zijn positie. Hij was niet toegerust om kinderen op te voeden. Cross was elf en Claudia tien en hij erkende het feit dat ze, ondanks hun band met Cross, meer van hun moeder hielden dan van hem.
Hij wilde rechtvaardig zijn tegen zijn vrouw. Ze had hem immers gegeven wat hij wilde: een gezin, kinderen, vastigheid in het leven – dat had elke man nodig. Wie wist wat er van hem geworden zou zijn als zij er niet geweest was?
'Laten we er redelijk over praten,' zei hij, 'en laten we zonder vijandigheid uit elkaar gaan.' Hij bracht zijn charme in stelling. 'En Jezus, we hebben toch ook twaalf mooie jaren gehad? We zijn vaak gelukkig geweest. Dankzij jou hebben we twee prachtige kinderen.' Hij zweeg verbaasd toen hij haar strenge blik weer zag. 'Kom op, Nalene. Ik ben een goede vader geweest en de kinderen vinden me aardig. En ik help je bij wat je ook maar wilt. Natuurlijk kun je het huis hier in Las Vegas houden. En ik kan zorgen dat je een van de winkels in het Xanadu krijgt. Kleren, juwelen, antiek. Dan verdien je twee ton per jaar. En we kunnen de kinderen bijvoorbeeld delen.'
Nalene zei: 'Ik haat Las Vegas. Ik heb mijn onderwijsgraad en een baan in Sacramento. Ik heb de kinderen daar al ingeschreven op een school.'
Op dat moment besefte Pippi met enige verbazing dat ze een gevaarlijke tegenstandster was. Die gedachte was hem volstrekt vreemd. In zijn begrippenkader waren vrouwen nooit gevaarlijk. Geen echtgenote, geen maîtresse, geen tante, geen echtgenote van een vriend, zelfs de dochter van de don, Rose Marie, niet. Pippi had altijd in een wereld geleefd waarin vrouwen geen vijand konden zijn. Plotseling welden bij hem de woede en de energiestroom op die hij tegenover mannen voelde.
Gevoed door woede zei hij: 'Ik ga niet naar Sacramento om mijn kinderen op te zoeken.' Hij werd altijd kwaad als iemand zijn charme afwees en zijn vriendschap weigerde. Iedereen die weigerde om tegenover Pippi De Lena redelijk te zijn, vroeg om rampen. Nu hij eenmaal tot de confrontatie had besloten, gaf hij zich er voluit aan over. Bovendien verbaasde het hem dat zijn vrouw al plannen had gemaakt.
'Je zei dat je weet wie ik ben,' zei Pippi. 'Wees dus heel voorzichtig. Je kunt naar Sacramento verhuizen; je kunt wat mij betreft naar de bodem van de zee verhuizen. Maar je neemt maar één van de kinderen mee. De ander blijft bij mij.'
Nalene keek hem koel aan. 'Dat beslist de rechter wel,' zei ze. 'Laat je advocaat maar een afspraak met de mijne maken.' Ze lachte hem vierkant uit toen ze zijn verbazing zag.

'Heb jij een advocaat?' vroeg Pippi. 'Sleep je me voor de rechtbank?' Toen begon hij onbeheersbaar te schaterlachen. Hij werd bijna hysterisch.
De man had twaalf jaar lang om haar liefde gesmeekt, om haar vlees gebedeld en haar tegen de wreedheden van de wereld beschermd. Het was vreemd om hem in een gevaarlijk en dreigend beest te zien veranderen. Op dat moment begreep ze eindelijk waarom andere mannen hem met respect behandelden en zo bang voor hem waren. Zijn boosaardige charme had nu niets vrolijks en ontwapenends meer. Vreemd genoeg was ze niet zozeer bang, als wel gekwetst door het feit dat zijn liefde voor haar zo makkelijk vervloog. Twaalf jaar lang hadden ze immers elkaars vlees gekoesterd, samen gelachen, samen gedanst en samen hun kinderen opgevoed, en nu betekende zijn dankbaarheid voor wat ze hem geschonken had, niets meer.
Pippi zei kil tegen haar: 'Het kan me niet schelen wat je beslist. Het kan me niet schelen wat de rechter beslist. Als je redelijk bent tegen mij, ben ik redelijk tegen jou. Als je je hard opstelt, blijf je met lege handen achter.'
Voor het eerst was ze bang voor alles waarvan ze hield: zijn sterke lichaam, zijn grote handen met zware botten, zijn onregelmatige en alledaagse gezicht dat zij altijd mannelijk vond en anderen lelijk noemden. Hun hele huwelijk lang was hij eerder haar aanbidder dan haar echtgenoot geweest, had hij nooit zijn stem tegen haar verheven, had hij nooit een grapje ten koste van haar gemaakt, had hij haar nooit verweten dat ze schulden maakte. En het was waar dat hij een goede vader was geweest, die zijn kinderen alleen ruw behandelde als ze geen respect voor hun moeder toonden.
Ze voelde zich zwak, maar Pippi's gezicht werd alleen uitgesprokener alsof er wat schaduw omheen hing. Extra vlees bolde zijn wangen, het piepkleine kuiltje in zijn kin leek met een stukje zwarte klei gevuld. Zijn dikke wenkbrauwen vertoonden scherpe witte lijnen, maar de haren op zijn zware schedel waren zwart en allemaal zo dik als paardenhaar. Zijn meestal zo vrolijke ogen waren nu meedogenloos, vlak en geelbruin.
'Ik dacht dat je van me hield,' zei Nalene. 'Hoe kun je me zo bang maken?' Ze begon te huilen.
Dat ontwapende hem. 'Luister naar míj,' zei hij. 'Luister niet naar je advocaat. Laten we aannemen dat je naar de rechter gaat en dat ik op alle punten verlies. Dan heb je de kinderen nog niet. Nalene, laat me niet hard tegen je moeten zijn. Dat wil ik niet. Ik begrijp dat je niet meer bij me wilt wonen. Ik heb mezelf altijd een geluksvogel gevonden omdat ik je zo lang bij me had. Ik wil dat je gelukkig bent. Van mij krijg je veel meer gedaan dan van welke rechter ook. Maar ik word oud; ik wil niet zonder een gezin leven.'
Dit was een van de weinige keren in haar leven dat Nalene een kwaadaardige opmerking niet kon bedwingen. 'Jij hebt de Clericuzio's,' zei ze.
'Dat klopt,' zei Pippi. 'En vergeet dat niet. Maar het belangrijkste is dat ik op mijn oude dag niet alleen wil zijn.'

'Dat zijn miljoenen mannen,' zei Nalene. 'En vrouwen.'
'Omdat ze machteloos zijn,' zei Pippi. 'Onbekenden beschikken over hun leven. Andere mensen spreken hun veto over hun bestaan uit. Dat laat ik niet toe.'
Nalene vroeg minachtend: 'Jij spreekt jouw veto over hen uit?'
'Dat klopt,' zei Pippi. Hij glimlachte naar haar. 'Als een zwerende vinger.'
'Je kunt ze bezoeken zo vaak als je wilt,' zei Nalene. 'Maar ze wonen allebei bij mij.'
Toen keerde hij haar de rug toe en zei zachtjes: 'Doe wat je wilt.'
Nalene zei: 'Wacht.' Pippi draaide zich om. Op zijn gezicht zag ze zo'n vreselijke en onmenselijke woestheid, dat ze mompelde: 'Als een van hen bij je wil blijven, dan vind ik dat oké.'
Pippi werd plotseling opgetogen alsof het probleem was opgelost. 'Fantastisch,' zei hij. 'Jouw kind kan me in Las Vegas bezoeken en het mijne jou in Sacramento. Prachtig. Laten we het vanavond regelen.'
Nalene deed nog één poging. 'Veertig is niet oud,' zei ze. 'Je kunt een nieuw gezin stichten.'
Pippi schudde zijn hoofd. 'Nooit,' zei hij. 'Jij bent de enige vrouw die me ooit betoverd heeft. Ik ben laat getrouwd en ik weet dat ik nooit opnieuw zal trouwen. Je hebt geluk dat ik slim genoeg ben om te weten dat ik je niet tegen kan houden, en ik ben slim genoeg om te weten dat ik niet opnieuw kan beginnen.'
'Dat is waar,' zei Nalene. 'Je kunt me niet opnieuw tot liefde dwingen.'
'Maar ik kan je wel doden,' zei Pippi. Hij glimlachte naar haar. Alsof het een grap was.
Ze keek hem recht aan en geloofde hem. Ze besefte dat dit de bron was van zijn macht: als hij dreigde, geloofden de mensen hem. Ze raapte haar laatste restje moed bijeen. 'Maar vergeet niet: als ze allebei bij mij willen blijven, moet je ze laten gaan.'
'Ze houden van hun vader,' zei Pippi. 'Een van hen zal bij hun oude vader willen blijven.'

Die avond na het diner – binnen was het ijskoud door de airconditioning, want de woestijnhitte buiten was onverdraaglijk – kregen de elfjarige Cross en de tienjarige Claudia de situatie uitgelegd. Geen van beiden leek verbaasd. Cross, die even knap was als zijn moeder mooi, had nu al het innerlijke staal en de waakzaamheid van zijn vader. Hij was ook volstrekt onbevreesd en nam direct het woord. 'Ik blijf bij mama,' zei hij.
Claudia was bang om te kiezen. Met de listigheid van een klein kind zei ze: 'Ik blijf bij Cross.'
Pippi was verrast. Cross stond dichter bij hem dan bij Nalene. Cross was

degene die met hem ging jagen. Cross kaartte, golfde en bokste graag met hem. Cross had geen belangstelling voor zijn moeders geobsedeerdheid met boeken en muziek. Cross kwam 's zaterdags altijd naar het Incassobureau om hem gezelschap te houden als hij zijn achterstallige administratie moest doen. Eigenlijk had hij erop gerekend dat Cross bij hem zou blijven. Hij hoopte op Cross.

Claudia's antwoord vond hij prikkelend. Dat kind had hersens. Maar ze leek te veel op hemzelf. Hij wilde niet elke dag een even lelijke kop als de zijne om zich heen zien. En het was logisch dat Claudia met haar moeder meeging. Claudia hield van dezelfde dingen als Nalene. Wat moest hij in vredesnaam met Claudia?

Pippi keek zijn twee kinderen aandachtig aan. Hij was trots op hen. Ze wisten dat hun moeder de zwakste van de twee was en lieten haar niet vallen. Hij merkte ook dat Nalene zich met slim toneelinstinct op het gesprek had voorbereid. Ze droeg een strenge zwarte broek en een zwarte pullover; haar goudblonde haar werd met een dunne, zwarte haarband streng in bedwang gehouden en haar gezicht was een smalle, hartverscheurend bleke ovaal geworden. Hij besefte dat hijzelf op kleine kinderen een brute indruk moest maken.

Hij bracht zijn charmes in stelling. 'Ik vraag alleen dat een van jullie me gezelschap houdt,' zei hij. 'Jullie kunnen elkaar zoveel bezoeken als je wilt. Nietwaar, Nalene? Jullie willen toch niet dat ik hier eenzaam in Las Vegas achterblijf?'

De kinderen keken hem streng aan. Hij wendde zich tot Nalene. 'Jij zult ze moeten helpen,' zei hij. 'Jij moet kiezen.' Maar toen bedacht hij kwaad: wat kan het me ook schelen?

Nalene zei: 'Als ze allebei bij mij wilden blijven, dan mocht dat, dat heb je beloofd.'

'Laten we het uitpraten,' zei Pippi. Hij voelde zich niet gekwetst, want hij wist dat zijn kinderen van hem hielden, maar ze hielden meer van hun moeder. Dat vond hij logisch, maar dat betekende nog niet dat ze de juiste keuze deden.

Nalene zei minachtend: 'Er valt niets te praten; je hebt het beloofd.'

Pippi wist niet welke vreselijke indruk hij op de andere drie maakte. Wist niet hoe kil zijn ogen werden. Hij dacht dat hij zijn stem in bedwang had en dat hij redelijk praatte.

'Jullie moeten een keuze maken. Als het niet werkt, dan beloof ik dat jullie kunnen doen wat je wilt. Maar ik moet een kans krijgen.'

Nalene schudde haar hoofd. 'Doe niet zo belachelijk,' zei ze. 'We gaan naar de rechter.'

Op dat moment besloot Pippi wat hij doen moest. 'Het maakt niet uit. Doe maar wat je wilt. Maar denk goed na over het volgende. Denk aan jullie gezamenlijke leven. Denk aan wie je bent en wie ik ben. Ik smeek je om redelijk te zijn. Om aan de toekomst van ons allemaal te denken. Cross lijkt op mij, Claudia op jou. Cross is beter af met mij, Claudia met jou. Zo is het nu eenmaal.' Hij zweeg even. 'Is het niet genoeg dat je weet dat ze meer van jou houden dan van mij? Dat ze jou meer zouden missen dan mij?' Die laatste zin bleef tussen hen hangen. Hij wilde niet dat de kinderen begrepen wat hij bedoelde.

Nalene begreep het wel. Uit pure angst stak ze haar hand uit en trok ze Claudia tegen zich aan. Op dat moment keek Claudia smekend naar haar broer en zei ze: 'Cross...'

Cross' gezicht bezat een koele schoonheid en zijn lichaam bewoog gracieus. Plotseling stond hij naast zijn vader. 'Ik ga met je mee, papa,' zei hij. Pippi greep dankbaar zijn hand.

Nalene begon te huilen. 'Cross, kom zo vaak als je wilt op bezoek. In Sacramento krijg je een eigen slaapkamer. Niemand anders mag daar slapen.' Het was, uiteindelijk, verraad.

Pippi sprong bijna een gat in de lucht van blijdschap. Zijn ziel was plotseling van een zware last bevrijd nu hij niet hoefde te doen waartoe hij even besloten had. 'Dat moeten we vieren,' zei hij. 'Als we gescheiden zijn, worden we twee gelukkige gezinnen in plaats van een. En we leven nog lang en gelukkig.' De anderen staarden hem onbewogen aan. 'Nou ja, Jezus, we proberen het gewoon,' zei hij.

Na de eerste twee jaar kwam Claudia nooit meer bij haar broer en vader in Las Vegas op bezoek. Cross ging Nalene en Claudia elk jaar in Sacramento opzoeken, maar toen hij eenmaal vijftien was, beperkte dat zich tot de kerstvakanties.

De twee ouders waren in het leven tegenpolen. Claudia en haar moeder gingen steeds meer op elkaar lijken. Claudia hield van de school; ze hield van boeken, van toneel, van film. En Nalene vond in Claudia de opgewektheid en de charme van haar vader. Ze hield van haar doodgewone uiterlijk, dat in niets op het brute gezicht van haar vader leek. Ze waren samen gelukkig.

Claudia maakte haar college af en ging in Los Angeles wonen om haar geluk in de film te beproeven. Nalene vond het jammer dat ze wegging, maar ze had met een groep vrienden in Sacramento een bevredigend leven opgebouwd en was conrectrix van een high school geworden.

Ook Cross en Pippi waren een gelukkig gezin geworden, maar op een heel andere manier. Voor Pippi waren de feiten duidelijk genoeg. Cross was op de high school een buitengewone sportman maar een onverschillige leerling. Hij had geen belangstelling voor zijn lessen. En hoewel hij erg knap was, interesseerden vrouwen hem niet bovenmatig.

Cross genoot van het leven met zijn vader. En inderdaad: de beslissing was op een onaangename manier genomen, maar leek uiteindelijk de juiste te zijn. Het waren inderdaad twee gelukkige gezinnen, zij het niet samen. Pippi bleek een even goede ouder voor Cross als Nalene voor Claudia, dat wil zeggen: hij vormde Cross naar zijn evenbeeld.

Cross was enthousiast over hoe het Xanadu-hotel werkte, over de manipulatie van de klanten en de strijd tegen zwendelaars. En hij keek natuurlijk graag naar de showgirls. Pippi mocht zijn zoon niet naar zijn eigen maatstaven beoordelen. Hij besloot Cross lid van de Familie te maken. Hij geloofde in wat de don zo vaak gezegd had: 'Het belangrijkste in het leven is je eigen brood verdienen.'

Pippi benoemde Cross tot partner in het Incassobureau. Hij nam hem mee naar het Xanadu-hotel om met Gronevelt te dineren en regelde alles zodanig dat Gronevelt belangstelling kreeg voor het welzijn van zijn zoon. Hij nam Cross op in golfteams. De twee anderen waren dan steenrijke gokkers uit het Xanadu, en hij zette Cross altijd in het andere paar dan dat van hemzelf. Als zeventienjarige had Cross de bijzondere gave van een gokker: als de inzetten hoog waren, speelde hij bij die betreffende hole veel beter. Cross en zijn partner wonnen meestal. Pippi accepteerde die nederlagen probleemloos; ze kostten hem geld, maar leverden zijn zoon veel goede relaties op.

In New York bezocht hij met Cross de bijeenkomsten van de Clericuzio-Familie: alle feestdagen (vooral Onafhankelijkheidsdag, die de Clericuzio's met grote vaderlandslievende ijver vierden), alle Clericuzio-bruiloften en alle begrafenissen. Cross was immers hun volle neef en had het bloed van don Clericuzio in zijn aderen.

Als Pippi zijn wekelijkse uitstapje naar de tafels van het Xanadu maakte om bij zijn eigen speciale gever zijn voorschot van achtduizend dollar te winnen, keek Cross toe. Pippi bracht hem de risico's van alle gokspelen bij en leerde hem zijn speelgeld beheren door nooit te spelen als hij zich niet lekker voelde, nooit langer te spelen dan twee uur per dag, nooit vaker te spelen dan drie dagen per week, nooit hoog in te zetten als hij aan het verliezen was en een winnende reeks inzetten altijd met voorzichtige overgave uit te buiten.

Het kwam Pippi niet onnatuurlijk voor dat een vader zijn zoon de afschuwelijkheid van de echte wereld liet zien. Als jongste vennoot van het Incassobureau had Cross die kennis broodnodig. Want de incasso's verliepen niet altijd zo beminnelijk als Pippi Nalene verteld had.

Bij een paar van de lastiger incasso's toonde Cross geen tekenen van afschuw. Hij was nog te jong en te knap om angst in te boezemen, maar zijn lichaam leek sterk genoeg om alle bevelen uit te voeren die Pippi ook maar mocht geven.

Om zijn zoon te testen stuurde Pippi hem ten slotte naar een bijzonder lastig geval dat overreding en geen kracht vereiste. Dat juist Cross gestuurd werd, betekende op zichzelf dat de incasso niet zou worden afgedwongen en was een teken van goede wil jegens de schuldenaar. Die schuldenaar was een heel kleine Mafia-*bruglione* in de noordpunt van Californië. Hij stond voor honderd mille bij het Xanadu in het krijt. De kwestie was niet belangrijk genoeg om er de naam Clericuzio bij te betrekken. De zaak moest op lager niveau worden afgehandeld, en liever met fluwelen handschoenen dan met een ijzeren vuist.

Cross trof de Mafia-baron op een slecht moment. De man, die Falco heette, hoorde Cross zijn redelijke verhaal afsteken, trok een revolver en zette die op de keel van de jongeman. 'Nog één woord en ik schiet je amandelen weg,' zei Falco.

Cross was tot zijn eigen verbazing niet bang. 'Maak het af op vijftig mille,' zei hij. 'Je gaat me toch niet doodschieten voor zo'n stomme vijftig mille? Dat zou mijn vader niet prettig vinden.'

'Wie is je vader?' vroeg Falco, die de revolver strak op zijn plaats hield.

Cross zei: 'Pippi De Lena, en hij gaat me toch al doodschieten omdat ik het heb afgemaakt op vijftig.'

Falco lachte en stak zijn revolver weg. 'Oké, zeg maar dat ik betaal als ik weer in Las Vegas ben.'

Cross zei: 'Bel maar als je komt. Dan krijg je zoals altijd gratis onderdak.'

Falco had Pippi's naam herkend maar was ook geschrokken van iets in Cross' blik. Het gebrek aan angst, het koele antwoord, het kleine grapje. Dat klonk allemaal naar iemand met vrienden die hem zouden wreken. Maar het incident leerde Cross dat hij bij toekomstige incasso's een wapen en een lijfwacht moest meenemen.

Op dat moment was Gronevelt al tachtig en helemaal grijs, maar zijn lange lichaam was nog sterk en soepel. Hij had bovendien een pedagogisch trekje en vond het heerlijk om Cross in te wijden. Toen hij hem de zak zwarte fiches gaf, zei hij: 'Je kunt niet winnen, en ik krijg ze dus terug. Maar luister goed, je hebt één kans. Mijn hotel heeft ook andere attracties. Een prachtige golfbaan waar helemaal uit Japan gokkers komen spelen. We hebben sterrenrestaurants en in ons theater shows met mooie meisjes en de grootste filmsterren en musici. We hebben tennisbanen en zwembaden. We hebben een speciaal excursievliegtuig waarmee je over de Grand Canyon kunt vliegen. Allemaal gratis. Als je de vijf mille in die zak verliest, heb je dus geen enkel excuus. Ga niet gokken.'

Tijdens die driedaagse vakantie volgde Cross Gronevelts raad op. Elke ochtend speelde hij golf met Gronevelt, zijn vader en een geldsmijter uit het hotel. Er werd altijd stevig naar nooit overdreven hoog ingezet. Gronevelt merkte tevreden op dat Cross op zijn best was als de inzetten het hoogst waren. 'Stalen zenuwen, stalen zenuwen,' zei Gronevelt waarderend tegen Pippi.

Maar wat Gronevelt het meest waardeerde, was Cross' oordeelskracht, zijn intelligentie, zijn gave te weten wat hij doen moest zonder dat iemand dat hoefde te zeggen. Op de laatste ochtend was de geldsmijter met wie ze speelden, begrijpelijk genoeg in een norse bui. Hij was een bekwame en vurige gokker, die steenrijk was geworden van een winstgevende keten pornozaken, maar had de nacht tevoren bijna vijfhonderdduizend dollar verloren. Wat hem dwarszat was niet zozeer het geld zelf als wel het feit dat hij midden in een pechperiode zijn zelfbeheersing verloor en er met overmacht uit had willen komen – de fout van een onervaren gokker.

Toen Gronevelt die ochtend een matige inzet van vijftig dollar per hole voorstelde, zei de man snauwend: 'Alfred, na wat ik vannacht aan je ben kwijtgeraakt, kun je je een mille per hole veroorloven.'

Gronevelt was beledigd. Zijn matineuze spelletje golf was een kwestie van gezelligheid, en het was ongemanierd om het reilen en zeilen van het hotel erbij te betrekken. Maar met zijn gebruikelijke hoffelijkheid zei hij: 'Natuurlijk. Ik geef je zelfs Pippi als partner. Ik speel wel met Cross.'

Ze speelden. De pornomagnaat deed het goed. Pippi ook. Gronevelt ook. Alleen Cross faalde. Hij speelde de slechtste partij die de anderen ooit gezien hadden. Zijn verre slagen weken naar links, hij dook in bunkers, zijn bal zeilde in het vijvertje (dat in de woestijn van Nevada een fortuin had gekost) en bij het putten verloor hij elke zelfbeheersing. De pornomagnaat was vijfduizend dollar rijker, zijn ego was weer op peil en hij wilde met alle geweld gezamenlijk ontbijten.

Cross zei: 'Het spijt me dat ik zo gefaald heb, meneer Gronevelt.'

Gronevelt keek hem plechtig aan en zei: 'Als je vader het goedvindt, kom je ooit op een dag voor me werken.'

Cross had de relatie tussen zijn vader en Gronevelt jarenlang aandachtig gadegeslagen. Ze waren goed bevriend en dineerden eens per week samen, en Pippi respecteerde Gronevelt, wat hij zelfs tegenover de Clericuzio's niet altijd kon op opbrengen. Gronevelt op zijn beurt leek Pippi niet te vrezen; toch gaf hij hem de beschikking over alle voorzieningen van het hotel, behalve een villa. Het was Cross bovendien opgevallen dat Pippi elke week in het hotel achtduizend dollar won. Toen legde Cross het verband. De Clericuzio's en Gronevelt waren partners in het hotel.

En Cross besefte dat Gronevelt een bijzondere belangstelling voor hem had en hem met extra zorg behandelde. Dat bleek uit het cadeau van de zwarte fiches tijdens zijn vakantie. Maar hij kreeg ook veel andere attenties. Cross en zijn vrienden verbleven altijd gratis in het Xanadu. Toen hij voor zijn eindexamen van de high school slaagde, kreeg hij van Gronevelt een auto met een open dak. Sinds zijn zeventiende verjaardag stelde Gronevelt hem met kennelijke genegenheid aan de showgirls van het hotel voor en versterkte daarmee zijn positie. En in de loop van de jaren kwam Cross erachter dat Gronevelt zelf ondanks zijn leeftijd in zijn daksuite vaak vrouwen te eten had, en afgaande op de roddels was Gronevelt een goede partij. Tot een serieuze liefdesrelatie kwam het nooit, maar hij was met zijn geschenken zo buitengewoon royaal dat de vrouwen diep onder de indruk waren. Elke vrouw die een maand in de gunst bleef, werd rijk.

Af en toe hadden ze een educatief gesprek waarbij Gronevelt hem inwijdde in de kunst van het leiding geven aan een groot casinohotel als het Xanadu. Tijdens een van die gesprekken durfde Cross hem iets te vragen over vrouwen in het kader van de werkrelaties.

Gronevelt keek hem glimlachend aan. 'De vrouwen in de shows laat ik over aan de directeur amusement. De andere vrouwen behandel ik precies zoals de mannen. Maar als je me advies vraagt over je liefdesleven, dan moet ik iets tegen je zeggen. Een intelligente, redelijke man heeft meestal niets van vrouwen te vrezen. Maar pas op voor twee dingen. Op de eerste plaats: het allergevaarlijkst zijn dames in moeilijkheden. Op de tweede plaats: pas op voor vrouwen die ambitieuzer zijn dan jij. Je moet niet denken dat ik harteloos ben. Voor mannen geldt hetzelfde als voor vrouwen, maar daar gaat het nu niet om. Ik heb het geluk gehad dat ik meer van het Xanadu houd dan van wat ook ter wereld. Maar ik moet zeggen dat het me spijt dat ik geen kinderen heb.'

'Volgens mij hebt u een volmaakt leven,' zei Cross.

'Vind je dat?' vroeg Gronevelt. 'Nou ja, ik betaal er een prijs voor.'

In het landhuis in Quogue baarde Cross bij de vrouwen van de Clericuzio-Familie veel opzien. Als twintigjarige was hij in de volle bloei van zijn jeugdige mannelijkheid: knap, elegant, sterk en verrassend hoffelijk voor zijn leeftijd. In de Familie deed de grap de ronde dat hij goddank op zijn moeder en niet op zijn vader leek, en daaraan was enige Siciliaanse boerenboosaardigheid niet vreemd.

Op eerste paasdag, toen meer dan honderd familieleden Christus' opstanding vierden, was het Dante die het laatste puzzelstukje over Cross' vader op zijn plaats legde.

In de enorme, ommuurde tuin van het Familie-landhuis zag Cross een mooi jong meisje hofhouden met een groep jongemannen om zich heen. Hij zag zijn vader naar de tafel met het voedsel lopen om een bord gegrilleerde worstjes te halen en een vriendelijke opmerking tegen de groep rond het meisje te maken. Hij zag het meisje duidelijk voor Pippi terugdeinzen. De meeste vrouwen mochten zijn vader graag; zijn lelijkheid, goede humeur en opgewektheid ontwapenden hen.

Ook Dante had het gezien. 'Mooi meisje,' zei hij glimlachend. 'Laten we haar even begroeten.'

Hij stelde hen aan elkaar voor. 'Lila,' zei hij, 'dit is onze neef Cross.'

Lila was van hun leeftijd maar als vrouw nog niet volgroeid en zij had de iets onvolmaakte schoonheid van een puber. Haar haren waren honingkleurig, haar huid gloeide alsof de energie steeds van binnenuit ververst werd, maar haar mond was te kwetsbaar, alsof die nog niet volledig ontwikkeld was. Ze droeg een witte angoratrui die haar huid een gouden glans gaf. Cross werd ogenblikkelijk verliefd op haar.

Maar toen hij iets tegen haar wilde zeggen, negeerde ze hem en liep ze naar het heiligdom van de matrones aan een andere tafel.

Cross keek Dante een beetje schaapachtig aan. 'Ze zal me wel niet knap genoeg vinden.' Dante glimlachte boosaardig naar hem.

Dante was een merkwaardige, uiterst vitale jongeman geworden met een scherp getekend, listig gezicht. Hij had het grove zwarte haar van de Clericuzio's en verborg dat onder een eigenaardige pet in renaissance-stijl. Hij was nauwelijks een meter zeventig lang maar bezat een enorm zelfvertrouwen, waarschijnlijk omdat hij de lieveling van de oude don was. Altijd straalde hij iets boosaardigs uit. Hij zei tegen Cross: 'Ze heet Anacosta van haar achternaam.'

Cross herinnerde zich die naam. Een jaar eerder was er met de Anacosta-Familie iets tragisch gebeurd. Het familiehoofd en diens oudste zoon waren in een motelkamer in Miami doodgeschoten. Maar Dante keek Cross aan en verwachtte een antwoord. Cross keek neutraal. 'En?' vroeg hij.

Dante zei: 'Jij werkt voor je vader, hè?'

'Natuurlijk,' zei Cross.

'En jij probeert Lila te versieren?' vroeg Dante. 'Je bent niet goed bij je hoofd.' Hij lachte.

Cross wist dat ergens gevaar loerde. Hij bleef zwijgen. Dante vervolgde: 'Weet je dan niet wat je vader doet?'

'Hij incasseert geld,' zei Cross.

Dante schudde zijn hoofd. 'Dan zal ik het je vertellen. Je papa ruimt voor de Familie mensen op. Hij is hun belangrijkste hamer.'

Cross had de indruk dat alle geheimen van zijn leven door een toverwind werden weggeblazen. Alles was nu glashelder. Zijn moeders afkeer van zijn vader, het respect dat Pippi kreeg van zijn vrienden en de Clericuzio-Familie, de geheimzinnige, vaak wekenlange afwezigheid van zijn vader, het wapen dat hij altijd droeg, de sluwe grapjes die hij niet begreep. Hij wist nog dat zijn vader ooit beschuldigd was van moord, hoewel die jeugdherinnering

op een merkwaardige manier verdwenen was op de avond dat zijn vader zijn hand had gepakt. Toen welde een plotselinge warmte voor zijn vader op, het gevoel dat hij hem moest beschermen nu hij zo kwetsbaar leek.
Maar bovenal was Cross razend op Dante omdat hij hem de waarheid had durven zeggen.
Hij zei tegen Dante: 'Nee, dat weet ik niet. En jij weet dat evenmin. Niemand weet dat.' Bijna zei hij: Krijg de pest maar, kleine griezel. Maar in plaats daarvan vroeg hij glimlachend: 'Waar heb je in jezusnaam die rare pet vandaan?'

Virginio Ballazzo organiseerde het paaseieren zoeken van de kinderen met de zwier van een geboren clown. Hij verzamelde alle kinderen om zich heen – prachtige bloemen op hun paasbest met gezichtjes als bloemblaadjes, een huid als eierschalen, petten met roze linten en blozende gezichten van opwinding. Ballazzo gaf elk kind een strooien mand en een liefdevolle kus, en riep toen: 'Beginnen!' De kinderen verspreidden zich.
Virginio Ballazzo zelf was een genot om te zien. Zijn kleren kwamen uit Londen, zijn schoenen uit Italië en zijn overhemden uit Frankrijk, en hij liet zich knippen door Michelangelo uit Manhattan. Het leven was goed voor hem geweest en had hem gezegend met een dochter die bijna even mooi was als de kinderen.
Lucille – die Ceil werd genoemd – was achttien en die dag het hulpje van haar vader. Toen zij de manden uitdeelde, floten de mannen op het gazon zachtjes van bewondering om haar schoonheid. Ze had shorts en een open witte bloes aan. Haar huid was donker maar had de ondertoon van dikke room. Haar zwarte haar was als een kroon rond haar hoofd gedraaid en ze stond daar met de houding van een jonge, kerngezonde, opgewekte en daarom intens gelukkige koningin.
Vanuit haar ooghoek zag ze Cross en Dante ruzie maken; Cross had het kennelijk even zwaar te verduren en zijn mond zakte in.
Ze had nog één mand aan haar arm en liep ermee naar de plek waar Dante en Cross stonden. 'Wie van jullie wil eieren zoeken?' vroeg ze met een verblindende, goedgehumeurde glimlach. Ze stak de mand uit.
De twee keken haar met verbijsterde bewondering aan. In het late ochtendlicht glansde haar huid goudkleurig en haar ogen dansten van verrukking. De witte bloes bolde uitnodigend en toch maagdelijk, en haar ronde dijen waren roomwit.
Op dat moment begon een van de meisjes te gillen. Iedereen keek naar haar. Het meisje had een enorm ei gevonden, zo groot als een bowlingbal en felrood en blauw beschilderd. Het kind had het ei met veel moeite in haar mand gekregen, waarbij haar witte strohoed scheef op haar hoofd kwam te

staan en haar ogen zich verbaasd en vastberaden opensperden. Maar het ei ging kapot en er vloog een vogeltje uit. Daardoor was het kind gaan gillen. Petie rende het gazon over en pakte het kind om haar te troosten. Het ei was een van zijn grappen geweest, en iedereen lachte.

Het kleine meisje zette zorgvuldig haar hoed recht en riep met een hoog stemmetje: 'Je hebt me erin laten lopen!' waarna ze Petie in zijn gezicht sloeg. De menigte brulde van het lachen toen ze bij de nog steeds om vergeving smekende Petie wegrende. Hij ving haar in zijn armen op en gaf haar een paasei met juwelen dat aan een gouden ketting bungelde. Het meisje pakte het aan en gaf hem een kus.

Ceil nam Cross bij de hand en liep met hem naar de tennisbaan, die op honderd meter van het huis lag. Ze gingen in het materiaalhok zitten.

Dante keek hen met een vernederd gevoel na. Hij wist heel goed dat Cross aantrekkelijker was en voelde zich afgewezen. Toch was hij ook trots dat hij zo'n knappe neef had. Hij merkte tot zijn verrassing dat hij de mand in zijn handen had, haalde zijn schouders op en ging paaseieren zoeken.

Onzichtbaar in het tennishuisje nam Ceil het gezicht van Cross in haar handen en kuste hem op zijn lippen. Het waren tedere, zachte kussen. Maar toen hij zijn handen onder haar bloes stak, duwde ze hem weg. Ze glimlachte verblindend. 'Ik wil je al kussen sinds we tien zijn,' zei ze, 'en het is zo'n volmaakte dag vandaag.'

Cross was door haar kussen opgewonden geraakt maar vroeg alleen: 'Waarom?'

'Omdat je zo mooi en volmaakt bent,' zei Ceil. 'Op een dag als vandaag is niets verkeerd.' Ze liet haar hand in de zijne glijden. 'Hebben we geen heerlijke families?' vroeg ze en meteen daarop: 'Waarom ben je bij je vader gebleven?'

'Zo hebben we dat gewoon geregeld,' zei Cross.

'En had je net ruzie met Dante?' vroeg Ceil. 'Wat een griezel is dat toch.'

'Dante is wel een goeie gozer,' zei Cross. 'We maakten gewoon geintjes. Hij haalt graag grappen uit, net als mijn oom Petie.'

'Dante is te ruw,' zei Ceil, en kuste Cross toen opnieuw. Ze hield zijn hand stevig vast. 'Mijn vader verdient erg veel geld. Hij is een huis in Kentucky en een Rolls-Royce uit 1920 aan het kopen. Hij heeft tegenwoordig drie antieke auto's en gaat in Kentucky paarden kopen. Waarom kom je morgen niet langs om de auto's te bekijken? Je vond mijn moeder altijd zo lekker koken.'

'Morgen moet ik weer naar Las Vegas,' zei Cross. 'Ik werk tegenwoordig in het Xanadu.'

Ceil gaf een rukje aan zijn hand. 'Ik haat Las Vegas,' zei ze. 'Volgens mij is dat een walgelijke stad.'

'Ik vind het een heerlijke stad,' zei Cross glimlachend. 'Waarom haat je Vegas als je er nog nooit geweest bent?'
'Omdat de mensen daar het geld wegsmijten dat ze met hard werken verdiend hebben,' zei Ceil met jeugdige verontwaardiging. 'Goddank gokt mijn vader niet. En dan al die verlopen showgirls.'
Cross lachte. 'Daar weet ik niets van,' zei hij. 'Ik doe de golfbaan. In het casino kom ik nooit.'
Ze wist dat hij haar iets op de mouw speldde maar vroeg: 'Als ik je uitnodig op mijn college, kom je dan?'
'Beslist,' zei Cross. In dit spel was hij veel ervarener dan zij. En hij had een teder gevoel over haar onschuld, over het feit dat ze zijn hand vasthield, over haar onwetendheid over haar vader en het ware doel van de Familie. Hij begreep dat ze heel voorzichtige eigendomsrechten opeiste vanwege het heerlijke weer en de uitbarsting van feestelijke vrouwelijkheid in haar lichaam, en was getroffen door haar lieve, seksloze kussen.
'Laten we maar weer naar het feest gaan,' zei hij, en ze wandelden hand in hand naar de picknick. Haar vader Virginio was de eerste die hen opmerkte. Hij zei opgewekt: 'Schande, schande!' Toen omhelsde hij hen allebei. Cross herinnerde zich die dag altijd: de onschuldige sfeer, de jonge kinderen, kuis in het wit om de verrijzenis te vieren, en het feit dat hij toen eindelijk begreep wie zijn vader was.

Toen Pippi en Cross naar Las Vegas teruggingen, was er iets tussen hen veranderd. Pippi wist kennelijk dat het geheim bekend was en was extra attent en liefdevol tegen Cross. Het verbaasde Cross dat zijn gevoelens jegens zijn vader niet veranderd waren en dat hij nog steeds van hem hield. Zonder zijn vader, de Clericuzio-Familie, Gronevelt en het Xanadu-hotel kon hij zich zijn leven niet voorstellen. Dit was het leven dat hij leiden moest, en hij leidde het graag. Maar langzaam groeide het ongeduld in hem. Hij moest een nieuwe stap doen.

Boek III

Claudia De Lena
Athena Aquitane

4

Claudia De Lena reed van haar flat in Pacific Palisades naar Athena's huis in Malibu en peinsde over wat ze zeggen moest als ze Athena wilde overhalen om weer aan het werk te gaan.

Voor haar was dat even belangrijk als voor de studio. *Messalina* was haar eerste echt oorspronkelijke script; haar andere scenario's betroffen bewerkingen van romans, de herschrijving of redactie van andere scenario's of samenwerkingen met anderen.

Bovendien was ze bij *Messalina* coproducent, wat haar een macht gaf die ze nog nooit bezeten had. Plus een overeengekomen percentage van de winst. Ze ging echt veel geld verdienen en daarna kon ze de overstap naar producent-scenarioschrijver maken. Ze was misschien het enige menselijke wezen ten westen van de Mississippi dat niet wilde regisseren, want regie vereiste een hardheid jegens de mensen om zich heen die ze niet kon opbrengen.

Claudia's relatie met Athena was hecht en niet de beroepsmatige vriendschap van collega's in de filmindustrie. Athena wist ongetwijfeld precies hoeveel deze film voor haar carrière betekende. Athena was intelligent. Wat Claudia werkelijk een raadsel vond, was Athena's angst voor Boz Skannet. Athena was nog nooit voor iets of iemand bang geweest.

Nou ja, één ding zou wel lukken: te weten komen waar Athena zo bang voor was. Daarna kon ze helpen. En natuurlijk moest ze zorgen dat Athena haar eigen carrière niet om zeep bracht. Want wie wist meer over de kronkels en valstrikken van het filmvak dan zij?

Claudia droomde van een leven als schrijfster in New York. Als achttienjarige liet ze niet ontmoedigen toen haar eerste roman door twintig uitgeverijen werd afgewezen. In plaats daarvan besloot ze naar Los Angeles te verhuizen en haar geluk te beproeven met filmscenario's.

Omdat ze zo geestig, levendig en talentvol was, had ze in Los Angeles algauw veel vrienden. Ze schreef zich in voor een cursus scenarioschrijven aan de universiteit van Californië en ontmoette een jongeman wiens vader een beroemde plastisch chirurg was. Zij en de jongeman gingen met elkaar naar bed, en hij vond haar lichaam en intelligentie betoverend. Hij promoveerde haar van slaapmaatje tot 'serieuze vriendin' en nam haar mee uit eten bij zijn ouders. Zijn vader, de plastisch chirurg, was verrukt van haar. Na het eten legde hij zijn handen om haar gezicht.

'Het is niet eerlijk dat een meisje als jij niet zo knap is als ze verdient,' zei hij. 'Ik bedoel dat niet kwetsend, want met die pech ben je geboren. En het is mijn vak. Als je wilt, kan ik het herstellen.'

Claudia was niet beledigd maar wel boos. 'Waarom moet ik in vredesnaam knap zijn? Wat heb ik daaraan?' vroeg ze glimlachend. 'Voor uw zoon ben ik knap genoeg.'

'Je zou er verschrikkelijk veel aan hebben,' zei de chirurg. 'En als ik met je klaar ben, ben je te goed voor mijn zoon. Je bent een lief en intelligent meisje, maar uiterlijk is macht. Wil je echt de rest van je leven staan toekijken hoe de mannen zich verdringen rond knappe vrouwen met nog geen tiende van jouw intelligentie? En het muurbloempje moeten uithangen omdat je een te dikke neus en de kin van een Mafiaboef hebt?' Hij klopte op haar wang terwijl hij dat zei, en vervolgde: 'Er hoeft weinig te gebeuren. Je hebt mooie ogen en een mooie mond. En je figuur is goed genoeg voor een filmster.'

Claudia kromp ineen. Ze wist dat ze op haar vader leek, en die opmerking over de Mafiaboef raakte een gevoelige snaar.

'Dat maakt niet uit,' zei ze. 'Ik kan uw honorarium niet betalen.'

'Nog iets,' zei de chirurg. 'Ik ken de filmwereld. Ik heb de carrières van mannelijke en vrouwelijke sterren verlengd. Op het moment dat jij bij een studio een film gaat aanprijzen, speelt je uiterlijk een belangrijke rol. Dat vind je misschien onrechtvaardig, want ik weet dat je talent hebt. Maar zo is het filmvak nu eenmaal. Beschouw het als iets voor je beroep, niet als iets voor de mannetjes. Hoewel het dat natuurlijk wel is.' Hij zag haar nog steeds aarzelen. 'Ik doe het gratis,' zei hij. 'Ik doe het voor jou en voor mijn zoon. Hoewel ik vrees dat hij een vriendin kwijtraakt als je eenmaal net zo knap bent als ik denk.'

Claudia had altijd geweten dat ze niet knap was, maar nu kwam de herinnering aan haar vader, die de voorkeur gaf aan Cross, weer boven. Zou haar leven anders zijn verlopen als ze knap was geweest? Voor het eerst keek ze de chirurg eens goed aan. Hij was een mooie man en zijn ogen stonden vriendelijk alsof hij al haar gevoelens begreep. Ze lachte. 'Oké,' zei ze, 'maak van deze Assepoester maar een prinses.'

De chirurg hoefde niet veel te doen. Hij versmalde haar neus, maakte haar kin ronder en peelde haar huid. Toen Claudia de wereld weer betrad, was ze een knappe, zelfbewuste vrouw met een volmaakte neus en een domine-

rende uitstraling, misschien niet echt knap maar daardoor op de een of andere manier nog aantrekkelijker.
Voor haar beroep waren de gevolgen magisch. Ondanks haar jonge leeftijd kreeg ze een gesprek met Melo Stuart, die haar agent werd. Hij zorgde dat ze de opdracht kreeg om kleine wijzigingen in scenario's uit te voeren, en nodigde haar uit op feesten waar ze producenten, regisseurs en filmsterren ontmoette. Ze waren verrukt van haar. In de vijf jaar daarna kreeg Claudia ondanks haar jeugd de status van A-schrijfster voor A-films. Voor haar persoonlijk leven waren de gevolgen even magisch. De chirurg had gelijk. Zijn zoon kon de concurrentie niet aan. Claudia boekte een reeks seksuele overwinningen – waarvan sommige werkelijk verpletterend – waarop een filmster trots zou mogen zijn.
Claudia was dol op het filmvak. Ze was dol op het werk met andere schrijvers, dol op de ruzies met producenten – die een zodanig scenario wilden dat ze geld bespaarden – en dol op het strooplikken bij regisseurs om haar scenario op het hoogst mogelijke artistieke niveau te laten uitvoeren. Ze was onder de indruk van de actrices en acteurs die op dezelfde golflengte als haar woorden gingen zitten zodat die nóg beter en treffender klonken. Ze was dol op de magie van de set, die de meeste mensen stomvervelend vonden, genoot van de kameraadschap van de crewleden en had geen enkel gewetensbezwaar tegen neuken 'onder haar stand'. Het hele proces tussen de start van een film en de mislukking of het succes ervan vond ze spannend. Ze vond films een belangrijke kunstvorm, en als ze opdracht kreeg om een scenario te herschrijven, beschouwde ze zich als een heler en voerde ze niet alleen maar veranderingen door om haar naam op de aftiteling te krijgen. Op haar vijfentwintigste had ze al een enorme reputatie en was ze met veel filmsterren bevriend, het best met Athena Aquitane.
Wat ze nog verrassender vond, was haar uitbundige seksualiteit. Naar bed gaan met een man die ze aardig vond, was voor haar even vanzelfsprekend als een ander vriendschappelijk gebaar. Ze deed het nooit om er beter van te worden; daarvoor had ze te veel talent. Ze zei soms lachend dat filmsterren met haar naar bed gingen om haar volgende scenario te krijgen.
Haar eerste avontuurtje was met de chirurg zelf, die veel charmanter en bekwamer bleek dan zijn zoon. Misschien betoverd door zijn eigen handwerk bood hij haar een flat en een wekelijkse toelage aan, niet alleen voor de seks maar ook voor het genot van haar gezelschap. Claudia weigerde opgewekt en zei: 'Ik dacht dat je geen honorarium zou vragen.'
'Je hebt je honorarium al betaald,' zei hij. 'Maar ik hoop dat we elkaar af en toe blijven zien.'
'Natuurlijk,' zei Claudia.
Ze vond het buitengewoon van zichzelf dat ze naar bed kon gaan met allerlei

soorten mannen van verschillende leeftijd, karakter en uiterlijk. En ze genoot overal van. Ze was net een fijnproefster in spe die alle soorten exotische lekkernijen proefde. Voor beginnende acteurs en scenarioschrijvers was ze een mentor, maar dat vond ze geen prettige rol. Ze wilde leren. En ze vond oudere mannen veel interessanter.
Op een gedenkwaardig moment bracht ze zelfs één nacht met de grote Eli Marrion zelf door. Ze genoot ervan, maar het was geen echt succes.
Ze ontmoetten elkaar op een feest van de LoddStone Studios, en Marrion vond haar intrigerend omdat ze niet bang voor hem was en kleinerende opmerkingen over het laatste kassucces van de studio maakte. Marrion had bovendien gehoord hoe ze Bobby Bantz' avances afwees met een humoristische opmerking die geen kwaad bloed zette.
Eli Marrion deed de laatste jaren niet meer aan seks. Hij was bijna impotent, en seks was eerder werken dan leuk. Toen hij Claudia uitnodigde om naar zijn bungalow in Beverly Hills te komen, die eigendom van LoddStone was, nam hij aan dat ze kwam vanwege zijn macht. Hij had geen idee van haar seksuele nieuwsgierigheid. Hoe zou het zijn om naar bed te gaan met een zo oude, zo machtige man? Op zichzelf zou dat niet genoeg zijn geweest, maar ze vond Marrion ondanks zijn leeftijd bovendien aantrekkelijk. Als hij glimlachte, werd zijn gorillagezicht zelfs knap, en dat deed hij toen hij zei dat iedereen hem Eli noemde, ook zijn kleinkinderen. Ze vond zijn intelligentie en vanzelfsprekende charme intrigerend, want ze had gehoord hoe meedogenloos hij was. Het zou een interessante ervaring worden.

De slaapkamer lag op de benedenverdieping van een bungalow van het Beverly Hills Hotel. Met enig vermaak stelde ze vast dat hij verlegen was. Claudia moest niets van preutsheid hebben. Ze hielp hem bij het uitkleden, en terwijl hij zijn kleren over een beklede stoel vouwde, kleedde ze zich ook zelf uit. Toen sloeg ze haar armen om hem heen en kroop ze met hem onder de lakens. Marrion probeerde een grapje te maken: 'Toen koning Salomon op zijn sterfbed lag, stuurden ze maagden naar zijn bed om hem warm te houden.'
'Nou, in dat geval heb je aan mij niet veel,' zei Claudia. Ze kuste en streelde hem. Zijn lippen waren aangenaam warm. Zijn huid had een wasachtige droogte die ze niet afstotelijk vond. Ze vond hem verrassend klein als hij zijn kleren en schoenen uit had, en overwoog even wat een pak van drieduizend dollar betekende voor een man met macht. Maar zijn kleine postuur met dat enorme hoofd was ook vertederend. Ze was volstrekt niet van haar stuk gebracht. Na tien minuten strelen en kussen (de grote Marrion kuste met de onschuld van een kind) beseften ze allebei dat hij nu volledig impotent was. Marrion dacht: dit is de laatste keer dat ik in bed lig met een vrouw. Hij zuchtte en ontspande zich, terwijl zij hem in haar armen wiegde.

'Oké, Eli,' zei Claudia, 'nu zal ik je precies vertellen waarom die film van jou zowel financieel als artistiek gezien waardeloos is.' Ze bleef hem strelen en leverde intussen een indringende analyse van het scenario, de regisseur en de acteurs. 'Het is niet gewoon een slechte film,' zei Claudia. 'De film is niet om aan te zien omdat hij elk gevoel voor een verhaal mist. En zo ben je opgescheept met een idioot van een regisseur die een diavertoning geeft van wat volgens hem een verhaal is. En de acteurs doen plichtmatig hun werk omdat ze weten dat het waterverf is.'

Marrion luisterde met een welwillende glimlach. Hij voelde zich bijzonder prettig. Hij besefte dat een essentieel deel van zijn leven voorbij was en door zijn naderende dood ten einde was gebracht. Hij zou nooit meer met een vrouw de liefde bedrijven en het niet eens meer proberen, maar dat was niet vernederend. Hij wist dat Claudia niet over deze nacht zou praten, en als ze dat wel deed, maakte dat niet uit. Hij had zijn wereldlijke macht nog steeds. Zolang hij in leven was, lag het lot van duizenden mensen in zijn handen. En nu stelde hij belang in haar analyse van de film.

'Je begrijpt het niet,' zei hij. 'Ik kan zorgen dat een film er komt, maar ik kan die film niet maken. Je hebt beslist gelijk en ik zal die regisseur nooit meer inhuren. Het Talent verliest geen geld, maar ik wel. En het Talent moet de schuld op zich nemen. Mijn vraag is of een film geld oplevert. Als het een kunstwerk wordt, is dat alleen maar mooi meegenomen.'

Marrion stapte al pratend uit bed en kleedde zich weer aan. Claudia vond het vreselijk als mannen hun kleren aandeden, want dan werd praten veel moeilijker. Van een naakte Marrion kon ze veel makkelijker houden, hoe vreemd dat ook leek; zijn spillebenen, zijn magere lichaam en zijn enorme hoofd wekten een gevoel van teder medelijden bij haar op. Vreemd genoeg was zijn slappe penis groter dan die van de meeste andere mannen in die staat. Ze vond dat ze haar chirurg ernaar moest vragen. Werd een penis groter als hij nuttelozer werd?

Nu zag ze hoe vermoeiend Marrion het vond om zijn overhemd dicht te maken en zijn manchetknopen in te doen. Ze sprong uit bed om hem te helpen. Marrion keek aandachtig naar haar naaktheid. Ze had een beter lichaam dan veel van de andere filmsterren met wie hij naar bed was geweest, maar in zijn geest flikkerde niets en zijn lichaamscellen reageerden niet op haar schoonheid. En hij voelde ook geen echte spijt of droefheid.

Claudia hielp hem zijn broek aan te trekken, zijn overhemd dicht te knopen en zijn manchetknopen dicht te doen. Ze trok zijn bruine stropdas recht en streek zijn grijze haar met haar vingers glad. Hij liet zich in zijn jasje glijden, en nu was al zijn zichtbare macht weer hersteld. Ze kuste hem en zei: 'Ik vond het leuk.'

Marrion keek haar aandachtig aan alsof ze een soort tegenstander was. Toen produceerde hij zijn beroemde glimlach waarbij zijn gezicht plotseling niets lelijks meer had. Hij aanvaardde het feit dat ze echt onschuldig was en een goed hart had. Hij dacht dat dat door haar jeugd kwam. Het was alleen erg jammer dat de wereld waarin ze leefde, haar zou veranderen.

'Nou ja, ik kan je in elk geval te eten geven,' zei Marrion. Hij pakte de telefoon en belde de room service.

Claudia had honger. Ze maakte een bord soep, eend met groenten en een enorme schaal aardbeienijs soldaat. Marion at heel weinig maar leverde zijn bijdrage aan het soldaat maken van de fles wijn. Ze praatten over films en boeken, en Claudia ontdekte tot haar verbazing dat Marrion een veel betere lezer was dan zij.

'Ik zou heel graag schrijver zijn geworden,' zei Marrion. 'Ik schrijf graag en geniet heel erg van boeken. Maar eerlijk gezegd heb ik maar weinig schrijvers ontmoet die ik persoonlijk aardig vond, ook als ik hun boeken bewonderde. Ernest Vail bijvoorbeeld. Hij schrijft mooie boeken maar in het echt is hij een druiloor. Hoe kan dat?'

'Omdat schrijvers niet hetzelfde zijn als hun boeken,' zei Claudia. 'Hun boeken zijn een destillaat van het allerbeste in hen. Het zijn net hopen rotsblokken die je allemaal moet kraken om een diamantje te vinden, als je tenminste op die manier diamanten vindt.'

'Ken je Ernest Vail?' vroeg Marrion. Claudia stelde het op prijs dat hij dat zonder enige erotische bijbedoeling vroeg. Hij kende ongetwijfeld haar amoureuze betrekkingen met Vail. 'Ik ben echt dol op zijn boeken, maar persoonlijk kan ik hem niet uitstaan. En hij koestert een waanzinnige grief jegens de studio.'

Claudia tikte op zijn hand – een familiair gebaar dat was toegestaan omdat ze hem naakt had gezien. 'Al het Talent koestert een grief jegens de studio,' zei ze. 'Dat is niets persoonlijks, en bovendien ben je in je zakelijke relaties niet bepaald poeslief. Ik ben misschien wel de enige schrijver in de stad die je echt aardig vindt.' Ze lachten allebei.

Voordat ze afscheid namen, zei Marrion tegen Claudia: 'Bel me als je ooit een probleem hebt.' Die boodschap betekende dat hij hun persoonlijke relatie niet wilde voortzetten.

Claudia begreep het. 'Van dat aanbod zal ik nooit misbruik maken,' zei ze. 'Maar als je ooit problemen met een scenario hebt, mag je mij bellen. Mijn adviezen zijn gratis, maar als ik moet schrijven, betaal je mijn tarief.' Daarmee maakte ze duidelijk dat hij haar beroepsmatig meer nodig had dan zij hem. Dat was natuurlijk niet waar, maar het bewees voor hem wel dat ze vertrouwen had in haar eigen talent. Ze namen als vrienden afscheid.

Het verkeer op de Pacific Coast Highway was langzaam. Claudia keek naar links, zag de fonkelende zee en stelde met verbazing vast hoe weinig mensen er op het strand waren. Dat was heel anders dan op Long Island, waar ze woonde toen ze jong was. Ze zag zeilvliegers boven haar hoofd vlak over de hoogspanningskabels naar het strand scheren. Aan haar rechterkant stond een menigte rond een geluidswagen en enorme camera's. Iemand nam een film op. Ze was echt dol op de Pacific Coast Highway, maar Ernest Vail had er een gruwelijke hekel aan. Daar rijden was, volgens hem, net een veerpont nemen naar de dood...

Claudia De Lena leerde Vail kennen toen ze was aangetrokken om aan het scenario van zijn roman te werken. Ze had altijd van zijn boeken gehouden. Zijn zinnen waren heel gracieus en vloeiden als muzieknoten in elkaar over. Hij begreep het leven en de tragedies van iemands karakter. Hij had een oorspronkelijke verbeeldingskracht die haar net zo verrukte als de sprookjes uit haar jeugd. Ze vond het dus heel spannend om hem te ontmoeten. Maar de echte Ernest Vail was heel iets anders.

Vail was toen begin vijftig. Zijn lichamelijke uitstraling miste alle gratie van zijn proza. Hij was klein en zwaar en deed geen enkele moeite om zijn kale plek te verbergen. De mensen in zijn boeken begreep en beminde hij misschien, maar van de nuances van het dagelijks leven wist hij volstrekt niets. Dat was misschien een van zijn charmes: zijn kinderlijke onschuld. Pas toen Claudia hem beter leerde kennen, ontdekte ze achter die onschuld een onconventionele intelligentie waarvan ze genoot. Hij kon humoristisch zijn zoals een kind onbewust humoristisch is en hij had ook het egoïsme van een kind.

Aan dat ontbijt in de Polo Lounge leek Ernest Vail de gelukkigste man ter wereld. Met zijn romans had hij bij de kritiek een degelijke reputatie opgebouwd en behoorlijk maar niet overdreven veel verdiend. Maar zijn laatste boek brak door, werd een enorme bestseller en werd nu door LoddStone Studios verfilmd. Vail had het script geschreven, en Bobby Bantz en Skippy Deere waren hem aan het vertellen hoe prachtig het was. En tot Claudia's verbazing slikte Vail hun lof als een sterretje dat proefopnames laat maken. Wat dacht Vail in vredesnaam dat Claudia daar deed? Ze vond het walgelijk dat diezelfde Bantz en Deere dat script een dag eerder tegenover haar 'waardeloos' hadden genoemd. Dat was niet wreed en niet eens negatief bedoeld. Iets waardeloos was gewoon iets dat niet goed werkte.

Vails alledaagsheid schrok haar niet af. Totdat ze onder het chirurgenmes een schoonheid was geworden, was ze immers ook zelf alledaags geweest. Zijn goedgelovigheid en enthousiasme charmeerden haar zelfs een beetje.

Bantz zei: 'Ernest, we halen Claudia erbij om je te helpen. Technisch is ze fantastisch en de beste in het vak. Zij gaat er een echte film van maken. Ik ruik een grote klapper. En vergeet niet: jij krijgt tien procent van netto.'

Claudia zag Vail het aas slikken. Die arme stakker wist niet eens dat tien procent van netto tien procent van niets was.

Vail leek werkelijk dankbaar voor elke hulp. Hij zei: 'Natuurlijk, ik kan van haar leren. Een scenario schrijven is veel leuker dan boeken schrijven, maar voor mij is het nieuw.'

Skippy Deere zei geruststellend: 'Ernest, je bent ervoor geboren. Jij kunt hier een heleboel werk krijgen en van deze film kun je rijk worden, vooral als die een succes wordt en helemaal als hij een Oscar in de wacht sleept.'

Claudia bekeek de mannen aandachtig. Twee schooiers en een sufferd – in Hollywood geen ongebruikelijk trio. Maar aan de andere kant was zij niet slimmer geweest. Skippy Deere had haar immers letterlijk en figuurlijk genaaid. Ze bewonderde Skippy onwillekeurig. Hij leek zo absoluut oprecht.

Claudia wist dat het project nu al op grote moeilijkheden stuitte. Na haar ging de onvergelijkbare Benny Sly aan het werk, en Sly veranderde Vails intellectuele held in een filmfiguur die een soort James Bond, Sherlock Holmes en Casanova in één was. Van Vails boek zou alleen het geraamte overblijven.

Uit medelijden was Claudia bereid om die avond met Vail te dineren. Dan konden ze bespreken hoe ze samen aan het scenario zouden werken. Een van de geheimen van een goede samenwerking was het afzien van elke romantiek, en dat deed ze door zich tijdens werksessies zo onaantrekkelijk mogelijk te kleden. Als ze schreef, vond ze romantiek altijd storend.

Tot haar verbazing leidden de twee maanden van hun samenwerking tot een duurzame vriendschap. Toen ze op dezelfde dag ontslagen werden van het project, gingen ze samen naar Las Vegas. Claudia was altijd dol geweest op gokken, en Vail had dezelfde ondeugd. In Las Vegas stelde ze hem aan haar broer Cross voor, en tot haar verbazing konden de twee mannen het goed met elkaar vinden, hoewel ze geen enkele basis voor een vriendschap kon vaststellen. Ernest was een intellectueel zonder belangstelling voor sport of golf. Cross had al in geen jaren een boek gelezen. Ze vroeg er Ernest naar. 'Hij is een luisteraar en ik ben een prater,' zei hij, maar dat vond Claudia eigenlijk geen verklaring.

Ze vroeg het ook aan Cross: hoewel hij haar broer was, was hij voor haar een groter mysterie. Cross dacht over de vraag na. Uiteindelijk zei hij: 'Je hoeft geen oogje op hem te houden; hij wil niets.' En zodra hij dat zei, wist ze dat hij gelijk had. Voor haar was het een verbazingwekkende onthulling. Ernest Vail was, tot zijn eigen pech, iemand zonder verborgen agenda.

Haar affaire met Ernest was anders. Hoewel hij een wereldberoemde romanschrijver was, had hij in Hollywood geen macht. Hij had ook geen sociale gaven en wekte zelfs vijandschap op. Zijn tijdschriftartikelen gingen over gevoelige nationale kwesties en waren politiek nooit correct, ironisch genoeg tot de woede van beide partijen. Hij bespotte het Amerikaanse democratische systeem. Als hij over feminisme schreef, verklaarde hij dat vrouwen door mannen onderdrukt zouden blijven zolang ze lichamelijk ongelijk waren en raadde hij feministen aan om paramilitaire trainingen te organiseren. Inzake de rassenproblematiek schreef hij een essay over taal, waarin hij volhield dat de zwarten zichzelf 'kleurlingen' moesten noemen omdat 'zwart' bijna altijd pejoratief was en een negatieve bijbetekenis had – zwart geld, zwarte gedachten, zwarte katten – behalve in de uitdrukking 'eenvoudige zwarte jurk'.

Maar toen joeg hij beide partijen op de kast met de stelling dat ook alle mediterrane rassen 'kleurlingen' zouden moeten heten, inclusief Spanjaarden, Italianen, Grieken enzovoorts.

Toen hij over maatschappelijke klassen schreef, stelde hij dat mensen met veel geld noodzakelijkerwijze wreed en op zelfbescherming uit waren; de armen hoorden misdaden te plegen in de strijd tegen wetten die door de rijken geschreven waren om hun geld veilig te stellen. Hij schreef dat welzijnsuitgaven gewoon een noodzakelijk smeergeld waren om te voorkomen dat de armen een revolutie begonnen. Godsdienst hoorde als medicijn te worden voorgeschreven, zei hij.

Helaas wist niemand ooit of hij het meende of grappen maakte. Geen van die excentrieke opvattingen kwam ooit in zijn romans voor, en het lezen van zijn werk bood dus geen houvast.

Maar toen Claudia met hem aan het scenario van zijn bestseller werkte, ontstond een hechte vriendschap. Hij was een toegewijde leerling en respecteerde haar volledig. Zij van haar kant waardeerde zijn nogal zure grappen en de ernst waarmee hij over maatschappelijke toestanden praatte. Zijn zorgeloosheid over geld in de praktijk en zijn belangstelling voor geld als abstractie. Zijn pure naïviteit over hoe de wereld in het algemeen en Hollywood in het bijzonder in elkaar zaten. Ze konden zo goed met elkaar opschieten dat ze vroeg of hij haar roman wilde lezen, en was gevleid toen hij de volgende dag met allerlei aantekeningen naar de studio kwam.

Dankzij haar succes als scenarioschrijfster en wat krachtpatserij van haar agent Melo Stuart was het boek eindelijk gepubliceerd. Ze kreeg een paar min of meer lovende recensies maar ook spottende kritieken om de uitsluitende reden dat ze scenarioschrijfster was. Toch vond Claudia het nog steeds een mooi boek. Het werd weinig verkocht en niemand wilde de filmrechten. Maar het was te koop. In het exemplaar voor Vail schreef ze: Voor Amerika's grootste romanschrijver. Dat hielp niet.

'Jij hebt een heleboel geluk,' zei Vail. 'Je bent geen romanschrijfster maar scenarioschrijfster. Romanschrijfster word je nooit.' Toen brak hij het boek

de volgende dertig minuten zonder enige boosaardigheid of spot tot de grond toe af. Hij bewees dat het nergens op sloeg, dat het geen structuur of diepte had, dat de karakters onderling niet klopten en dat zelfs haar dialogen – haar sterke punt – bar slecht en zinloos humoristisch waren. Hij kraakte het boek bikkelhard af, maar deed dat met zoveel logica dat Claudia moest erkennen dat hij gelijk had.
Hij besloot met wat hij als een vriendelijke opmerking bedoelde. 'Voor een achttienjarig meisje is het een heel goed boek,' zei Vail. 'Alle fouten die ik genoemd heb, zijn door ervaring te herstellen. Door simpelweg ouder te worden. Maar één ding krijg je nooit te pakken. Je hebt geen taalgevoel.'
En dat kwetste de toch al verpletterde Claudia diep. Een paar recensenten hadden de lyrische kwaliteit van haar stijl geprezen. 'Dat is niet waar,' zei ze. 'Ik heb volmaakte zinnen proberen te schrijven. En wat ik in jouw boeken het meest bewonder, is de poëzie van je taal.'
Voor het eerst glimlachte Vail. 'Dank je,' zei hij. 'Ik probeer nooit poëtisch te zijn. Mijn taal komt uit de emoties van de personen voort. Jouw taal, jouw poëzie in dit boek, is opgelegd en volstrekt vals.'
Claudia barstte in tranen uit. 'Wat verbeeld je je eigenlijk?' vroeg ze. 'Hoe kun je zoiets vreselijk vernietigends zeggen? En hoe kun je zo godvergeten verwaand zijn?'
Dat vond Vail blijkbaar grappig. 'Je kunt best publiceerbare boeken schrijven en van de honger sterven. Maar waarom zou je dat doen als je een geniale scenarioschrijfster bent? En wat mijn verwaandheid betreft: romans schrijven is het enige wat ik kan, maar dat beheers ik dan ook volmaakt. Of niet soms?'
Claudia zei: 'Je hebt geen ongelijk, maar je bent een sadistische hufter.'
Vail keek haar behoedzaam aan. 'Je bent heel begaafd,' zei hij. 'Je hebt een uitstekend oor voor filmdialogen, je bent een expert op het gebied van verhaallijnen. Jij begrijpt echt wat een film is. Maar waarom zou je smid willen zijn in plaats van automonteur? Jij bent een filmmens, geen romanschrijfster.'
Claudia bekeek hem met grote ogen van verbazing. 'Je begrijpt niet hoe beledigend je bent.'
'Natuurlijk wel,' zei Vail. 'Maar het is voor je eigen bestwil.'
'Het wil er bij mij niet in dat jij de man bent die die boeken heeft geschreven,' zei ze vals. 'Dat gelooft niemand.'
Daarbij begon Vail verrukt en kakelend te lachen. 'Dat is waar,' zei hij. 'Is het niet prachtig?'
De week daarna deed hij tijdens hun werk aan het scenario heel formeel tegen haar. Hij nam aan dat hun vriendschap voorbij was. Uiteindelijk zei Claudia tegen hem: 'Ernest, doe niet zo stijf. Ik vergeef je. Ik denk zelfs dat je

gelijk hebt. Maar waarom was je zo wreed? Ik dacht zelfs dat je een macho-machtsspelletje aan het spelen was. Je weet wel: me eerst vernederen om me daarna het bed in te slepen. Maar ik weet dat je daar te suf voor bent. Doe in vredesnaam een beetje vriendelijker.'
Vail haalde zijn schouders op. 'Ik ben maar met één ding bezig,' zei hij. 'Als ik over die dingen oneerlijk ben, ben ik niets. En bovendien was ik wreed omdat ik echt dol op je ben. Je weet niet hoe zeldzaam je bent.'
Claudia vroeg glimlachend: 'Vanwege mijn talent, mijn humor of mijn schoonheid?'
Vail gebaarde ontkennend. 'Nee, nee,' zei hij. 'Omdat je een gezegend en heel gelukkig mens bent. Niets krijgt jou klein. Dat is heel zeldzaam.'
Claudia dacht daarover na. 'Weet je,' zei ze, 'eigenlijk klinkt dat een beetje kwetsend. Bedoel je soms dat ik in wezen stom ben?' Ze zweeg even. 'Iedereen vindt melancholie gevoeliger.'
'Dat klopt,' zei Vail. 'Ik ben melancholiek. Ben ik daarom gevoeliger dan jij?' Ze lachten allebei en toen omhelsde ze hem.
'Bedankt voor je eerlijkheid,' zei ze.
'Word maar niet te verwaand,' zei Vail. 'Mijn moeder zei altijd: "Het leven is net een kist handgranaten. Je weet nooit welke daarvan ontploft en je naar de andere wereld jaagt".'
Claudia lachte toen ze vroeg: 'Jezus, moet je altijd de noodklok luiden? Je wordt nooit scenarioschrijver, en die zin bewijst dat.'
'Maar in die zin schuilt wel meer waarheid,' zei Vail.
Voordat hun samenwerking aan het scenario ten einde kwam, sleepte Claudia hem in bed. Ze vond hem aardig genoeg om hem in zijn blootje te willen zien en echt met hem te praten, echte vertrouwelijkheden uit te wisselen. Als minnaar was Vail eerder geestdriftig dan bekwaam. Hij was ook dankbaarder dan de meeste mannen. En bovenal praatte hij graag na het vrijen en was zijn naaktheid geen belemmering voor uiteenzettingen en buitensporige oordelen. Claudia was dol op zijn naakte lichaam. Met zijn kleren uit leek hij zo wendbaar en impulsief als een aap en hij was sterk behaard met een oerwoud op zijn borst en plukken vacht op zijn rug. Bovendien was hij ook zo gulzig als een aap en omklemde hij haar naakte lichaam alsof ze een vrucht was die aan een boom hing. Claudia vond zijn lust vermakelijk en genoot van de komedie die aan seks inherent is. En ze vond het heerlijk dat hij wereldberoemd was, dat ze hem op tv een beetje pompeus over literatuur en de treurige morele toestand van de wereld had zien praten, waarbij hij dan heel waardig de pijp vasthield die hij maar zelden rookte, en er met zijn tweedjasje en opgenaaide leren elleboogstukken heel professioneel uitzag. Maar hij was in bed veel amusanter dan op tv en probeerde daar niet de acteur uit te hangen.

Er was nooit sprake van echte liefde of een 'verhouding'. Claudia had er geen behoefte aan en Vail kende die term alleen in literaire zin. Allebei aanvaardden ze dat hij dertig jaar ouder was en – nog afgezien daarvan – eigenlijk alleen door zijn roem een aantrekkelijke partij was. Op de literatuur na hadden ze niets gemeen, en ze waren het erover eens dat dat misschien wel de slechtst mogelijke basis voor een huwelijk was.
Maar ze vond het heerlijk om met hem over films te discussiëren. Ernest hield vol dat de film geen kunstvorm was maar een regressie naar primitieve schilderingen in vergeten grotten. Film had geen taal, en aangezien de vooruitgang van de mensheid afhing van de taal, was de film slechts een regressieve, mindere kunstvorm.
Claudia zei: 'Dan is schilderen ook geen kunst, zijn Bach en Beethoven geen kunst, is Michelangelo geen kunst. Gezeur.' Maar toen drong tot haar door dat hij haar plaagde en dolgraag provoceerde, hoewel voorzichtigheidshalve pas ná het vrijen.
Toen ze allebei van het scenario ontslagen werden, waren ze echt vrienden. Vail gaf Claudia voor zijn terugkeer naar New York een kleine, scheve ring met vier verschillend gekleurde edelstenen erin. De ring zag er niet duur uit maar was een waardevol stuk antiek, en hij had er lang naar moeten zoeken. Daarna droeg ze de ring altijd, want ze dacht dat hij geluk bracht.
Toen hij vertrok was hun seksuele relatie over. Als en indien hij ooit naar LA terugkwam, zou zij midden in een andere affaire zitten. En hij erkende dat hun seks eerder een kwestie van vriendschap dan van hartstocht was geweest.
Haar afscheidsgeschenk aan hem was een grondige les over hoe Hollywood in elkaar zat. Ze legde hem uit dat het scenario herschreven werd door de grote Benny Sly, de legendarische herschrijver van scenario's, die zelfs ooit genomineerd was voor een Oscar. En Benny Sly's specialiteit was de omwerking van niet-commerciële verhalen tot gigantische kassuccessen. Hij ging Vails boek ongetwijfeld in een film veranderen die Vail vreselijk zou vinden, maar beslist veel geld opbracht.
Vail haalde zijn schouders op. 'Dat vind ik best,' zei hij. 'Ik krijg tien procent van de netto winst. Ik word rijk.'
Claudia keek hem geïrriteerd aan. 'Netto?' riep ze. 'In wat voor een wereld leef jij? Je zult er nooit een stuiver van zien, hoeveel die film ook opbrengt. LoddStone is geniaal in het laten verdwijnen van geld. Luister, ik zou een netto percentage krijgen van vijf films die een smak geld hebben opgeleverd, maar ik heb nooit één cent gezien. Met jou gaat het net zo.'
Vail haalde zijn schouders op. Het kon hem blijkbaar niet schelen, wat zijn optreden in latere jaren alleen maar raadselachtiger maakte.

Bij Claudia's volgende relaties moest ze denken aan Ernests uitspraak dat het leven net een kist handgranaten was. Ondanks haar intelligentie werd ze eerst voorzichtig verliefd op een totaal ongeschikte man. Hij was een jonge, 'geniale' regisseur. Daarna werd ze totaal en roekeloos verliefd op een man op wie ook de meeste andere vrouwen ter wereld verliefd zouden zijn geworden. Even ongeschikt.

Het was aanvankelijk heel strelend voor haar ego dat ze zulke begerenswaardige mannetjesdieren kon strikken, maar dat verdween snel toen ze merkte hoe ze haar behandelden.

De regisseur, een onaardige fret van een man die maar een paar jaar ouder was dan zij, had drie excentrieke films gemaakt die niet alleen door de kritiek goed ontvangen waren maar ook flink wat geld hadden opgebracht. Elke studio wilde met hem werken. LoddStone Studios gaf hem een contract voor drie films en gaf hem bovendien Claudia om het script te herschrijven dat hij wilde opnemen.

De regisseur was onder andere daarom zo geniaal omdat hij een helder zicht had op wat hij wilde. Hij behandelde Claudia aanvankelijk neerbuigend omdat ze een vrouw en een schrijfster was – in de machtsstructuur van Hollywood stelde geen van beiden veel voor. Ze kregen direct ruzie.

Hij vroeg haar een scène te schrijven die volgens haar niet in de verhaalstructuur paste. Claudia erkende dat de scène op zichzelf een opvallend element zou zijn maar wist ook dat alleen het ego van de regisseur ermee gediend was.

'Ik kan die scène niet schrijven,' zei Claudia. 'Het verhaal heeft er niets aan. Het is alleen maar handeling en camera.'

De regisseur zei kortaf: 'En daarom is het film. Doe het zoals we het besproken hebben.'

'Ik wil jouw en mijn tijd niet verknoeien,' zei Claudia. 'Ga maar met je klotecamera schrijven.'

De regisseur verspilde zelfs geen tijd aan boos worden. 'Je bent ontslagen,' zei hij. 'Smeer 'm.' Hij klapte in zijn handen.

Maar Skippy Deere en Bobby Bantz zorgden voor een verzoening, hetgeen alleen mogelijk was omdat de regisseur geïntrigeerd was geraakt door haar koppigheid. De film was een succes, en Claudia moest toegeven dat het talent van de regisseur als filmmaker daaraan meer had bijgedragen dan het hare als scenarioschrijfster. Ze had de visie van de regisseur doodgewoon niet gezien. Ze kwamen bijna per ongeluk in bed terecht, maar de regisseur bleek een teleurstelling. Hij weigerde zich helemaal uit te kleden en bedreef de liefde met zijn overhemd aan. Niettemin droomde Claudia nog steeds dat ze samen grote films gingen maken in een van de beste samenwerkingsverbanden tussen regie en scenario aller tijden. Ze was best bereid de onderge-

schikte partner te zijn en haar talent aan zijn genie dienstbaar te maken. Ze gingen samen grote kunstwerken scheppen en een legende worden. De relatie duurde een maand, namelijk totdat Claudia haar synopsis voor *Messalina* had geschreven en die aan hem liet zien. Hij las het stuk en schoof het terzijde. 'Feministische lulkoek met tieten en een kont,' zei hij. 'Je bent een slim meisje, maar ik ga er geen jaar van mijn leven aan verspillen.'
'Het is maar een eerste opzet,' zei Claudia.
'Jezus, ik haat mensen die een persoonlijke relatie misbruiken om een film van de grond te krijgen,' zei de regisseur.
Op dat moment verdween Claudia's verliefdheid als sneeuw voor de zon. Ze was woedend. 'Ik hoef echt niet met jou te slapen om een film van de grond te krijgen,' zei ze.
'Natuurlijk niet,' zei de regisseur. 'Je hebt talent en de reputatie van een van de lekkerste stukken van het filmvak.'
Nu was Claudia ontzet. Ze roddelde nooit over haar sekspartners. En ze haatte zijn toontje, waarin doorklonk dat vrouwen zich moesten schamen als ze deden wat mannen deden.
Claudia zei tegen hem: 'Jij hebt talent, maar de reputatie van een man die neukt met zijn overhemd aan, is nog veel erger. En in elk geval heb ík nog nooit iemand in bed gelokt door hem een proefopname te beloven.'
Dat was het einde van hun relatie, en toen overwoog ze Dita Tommey als regisseur te vragen. Ze vond dat alleen een vrouw recht kon doen aan haar script.
Wat kan het mij ook schelen, dacht Claudia. Die slijmbal kleedde zich nooit helemaal uit en hield niet van praten na het vrijen. Als filmmaker was hij echt geniaal maar hij had geen taal. En als genie was hij werkelijk oninteressant, behalve wanneer hij over films praatte.

Inmiddels naderde Claudia de grote bocht van de Pacific Coast Highway. Daar lag de zee als een grote spiegel waarin de rotsen aan haar rechterkant weerkaatst werden. Dit was haar meest geliefde plekje op aarde en de natuurlijke schoonheid ervan gaf haar altijd een spannend gevoel. Het was nog maar tien minuten naar de Malibu Colony, waar Athena woonde. Claudia probeerde haar pleidooi te formuleren: om de film te redden, om te zorgen dat Athena terugkwam. Ze herinnerde zich dat ze op moeilijke momenten in hun leven dezelfde minnaar hadden gehad en ze voelde een opwelling van trots omdat de man die Athena bemind had, ook haar bleek te kunnen beminnen.
De zon scheen nu op zijn felst en polijstte de golven van de zee tot reusachtige diamanten. Claudia remde plotseling. Ze dacht dat een van de deltavliegers voor haar auto ging landen. Ze zag de persoon eronder – een jong

meisje met één borst uit haar bloes – preuts zwaaien terwijl ze naar het strand scheerde. Waarom verbood niemand dat, en waar was de politie? Ze schudde haar hoofd en drukte op het gaspedaal. Het verkeer werd minder druk en de snelweg beschreef een bocht zodat ze de zee niet meer kon zien, hoewel het water een kilometer verder weer opdook. Net echte liefde, dacht Claudia met een glimlach. De echte liefde dook altijd weer in haar leven op.

Toen ze echt verliefd werd, was dat een pijnlijke maar leerzame ervaring. En het was niet eens haar schuld, want de man was Steven Stallings, superster en idool van vrouwen over de hele wereld. Hij had een angstaanjagende mannelijke schoonheid, echte charme en een enorme levendigheid die door een voorzichtige cocaïneconsumptie gevoed werd. Bovendien had hij veel acteertalent, maar op de allereerste plaats was hij een Don Juan. Hij neukte alles met een rok aan – op locatie in Afrika, in een provinciestad in het Amerikaanse Westen, in Bombay, Singapore, Tokio, Londen, Rome en Parijs. Hij deed dat in de geest van een nette heer die als gebaar van christelijke liefdadigheid aalmoezen geeft aan de armen. Er was nooit sprake van een relatie, net zomin als een bedelaar ooit aan de feestdis van een weldoener zou worden genood. Claudia betoverde hem zodanig dat hun affaire wel zevenentwintig dagen duurde.
Ondanks het genot waren dat voor Claudia zevenentwintig vernederende dagen. Mede dankzij de cocaïne was Steve een onweerstaanbare minnaar die zich naakt nog beter op zijn gemak voelde dan zij. Het feit dat hij een volmaakt lichaam had, droeg daar nog toe bij. Claudia betrapte hem vaak terwijl hij zich in de spiegel bekeek als een vrouw die haar hoed rechtzet.
Ze wist dat ze maar een van de mindere concubines was. Als ze een afspraak hadden, belde hij altijd om te zeggen dat hij een uurtje later kwam en kwam dan zes uur later. Soms zegde hij de hele afspraak af. Ze was alleen maar zijn reservebed voor 's nachts. En als ze de liefde bedreven, wilde hij altijd dat ze samen met hem cocaïne nam, wat best leuk was, maar haar hersens zodanig op hun kop zette dat ze de volgende paar dagen niet kon schrijven en wantrouwde wat ze wél schreef. Ze besefte dat ze datgene aan het worden was wat ze het allerergste ter wereld vond: een vrouw wier hele leven afhing van de grillen van een man.
Dat ze vierde of vijfde keus was, was vernederend maar daar gaf ze hem niet echt de schuld van. Ze gaf zichzelf de schuld. Op dat moment had de wereldberoemde Steve Stallings immers bijna elke Amerikaanse vrouw kunnen krijgen. Toch koos hij háár. Stallings zou oud en lelijker worden, zijn roem zou tanen en hij zou steeds meer cocaïne gaan gebruiken. Dit was de bloei van zijn leven, en hij moest ervan profiteren. Ze was verliefd en verschrikkelijk ongelukkig – een van de weinige keren in haar leven.

Toen Stallings dus op de zevenentwintigste dag belde om te zeggen dat hij een uurtje later kwam, zei ze: 'Doe geen moeite, Steve. Ik verlaat je geishahuis.'
Even was het stil. Toen hij antwoordde, klonk hij niet verrast. 'Ik hoop dat we als vrienden afscheid nemen,' zei hij. 'Ik geniet echt van je gezelschap.'
'Tuurlijk,' zei Claudia, en hing op. Voor het eerst wilde ze aan het einde van een relatie geen vrienden blijven. Wat haar echt dwarszat, was haar gebrek aan intelligentie. Zijn gedrag was duidelijk een truc geweest om haar kwijt te raken, en het had te lang geduurd voordat ze de stille wenk begreep. Ze schaamde zich diep. Hoe had ze zo stom kunnen zijn? Ze huilde, maar een week later merkte ze dat ze haar verliefdheid niet eens miste. Ze had alle tijd weer aan zichzelf en kon werken. Het was een genot om weer te kunnen schrijven zonder cocaïne ín en ware liefde áán haar hoofd.

Toen de geniale regisseur-annex-minnaar haar script had afgewezen, werkte Claudia zes maanden lang verwoed aan de herziening.
Claudia De Lena schreef haar oorspronkelijke scenario voor *Messalina* als een stukje geestige propaganda voor het feminisme. Maar na vijf jaar in het filmvak wist ze dat elke boodschap verpakt moest zijn in basisingrediënten als seks, moord en geloof in de mensheid. Ze wist dat ze grote rollen niet alleen voor Athena Aquitane moest schrijven, maar ook voor nog minstens drie andere vrouwelijke sterren in bijrollen. Goede vrouwenrollen waren zo schaars dat het scenario voor de allergrootste namen aantrekkelijk zou zijn. En absoluut fundamenteel was de grote boef – charmant, meedogenloos, knap en geestig. Daarvoor putte ze uit herinneringen aan haar vader.
Claudia wilde aanvankelijk aankloppen bij een vrouwelijke onafhankelijke producent met invloed, maar de meeste studiohoofden die een film het groene licht konden geven, waren mannen. Die zouden het scenario prachtig vinden maar zich bezorgd afvragen of de film met een vrouwelijke producent en een vrouwelijke regisseur niet al te openlijke propaganda was. Ze zouden op minstens één punt een man erbij willen. Claudia had al besloten dat Dita Tommey de regie moest doen.
Tommey zou dat aanbod zeker aanvaarden, want het werd een film met een enorm budget. Als zo'n film succes had, bereikte ze de topklasse. Zelfs een mislukking zou haar reputatie bevorderen. Een mislukte film met een groot budget leverde een regisseur soms meer prestige op dan een goedkope film die winst maakte.
Een andere reden was dat Dita Tommey alleen van vrouwen hield en dat ze met deze film toegang kreeg tot vier mooie en beroemde vrouwen.
Claudia wilde Tommey omdat ze een paar jaar geleden op een prettige manier met haar aan een film had gewerkt. Ze was heel eerlijk, heel geestig en

heel talentvol. Ze was ook geen regisseuse die schrijvers vermoordde door vriendjes te laten herschrijven en die dan op de aftiteling te zetten. Ze wilde nooit als schrijfster vermeld worden tenzij ze inderdaad een belangrijke bijdrage had geleverd, en anders dan andere regisseurs en sterren viel ze niemand seksueel lastig. Hoewel de term 'seksueel lastig vallen' eigenlijk niet van toepassing was aangezien de verkoop van sex appeal onderdeel van hun werk was.

Claudia zorgde dat ze het scenario op een vrijdag naar Skippy Deere stuurde, want hij las alleen tijdens het weekend met zorg. Skippy had haar een paar keer verraden, maar hij kreeg het scenario omdat hij de beste producent van de stad was. En omdat hij een oude relatie nooit volledig kon loslaten. Dat werkte. Zondagochtend belde hij op. Hij wilde nog diezelfde dag met haar lunchen.

Claudia legde haar draagbare computer in haar Mercedes en trok haar werkkleding aan: een mannenoverhemd van blauwe denim, een vale blauwe spijkerbroek en slippers. Haar haren bond ze met een rode sjaal op.

Ze nam de Ocean Avenue in Santa Monica. In het Palisades Park tussen de Ocean Avenue en de Pacific Coast Highway zag ze de dakloze mannen en vrouwen van Santa Monica zich verzamelen voor hun zondagse brunch. Vrijwilligers gaven hun daar elke zondag in de open lucht aan houten tafels en banken te eten. Claudia nam altijd deze weg om hen gade te slaan en als geheugensteuntje aan die andere wereld waar mensen geen Mercedes of zwembad hadden en geen inkopen deden op Rodeo Drive. Toen ze pas in Los Angeles woonde, deelde ze in het park vaak voedsel uit. Tegenwoordig stuurde ze alleen een cheque naar de kerk die het organiseerde. De overstap van de ene wereld naar de andere was te pijnlijk geworden en botste met haar ambitie. Ze kon haar ogen niet van die voddig geklede mannen afhouden. Hun leven lag in duigen en toch gedroegen sommigen van hen zich opmerkelijk waardig. Het leek haar hoogst merkwaardig om op zo'n manier zonder hoop te moeten leven, en toch was dat alleen maar een kwestie van geld – het geld dat zij zo makkelijk verdiende met het schrijven van scenario's. Zij verdiende in zes maanden meer dan deze mensen in hun hele leven te zien kregen.

In Skippy Deeres landhuis in de rotsen van Beverly Hills bracht de huishoudster haar naar het zwembad met zijn lichtblauw-met-gele badhokjes. Skippy zat op een ligstoel. Naast hem stond het kleine marmeren tafeltje met de telefoon en een stapel manuscripten erop. Hij droeg de leesbril met een rood montuur die hij alleen thuis op had, en had een groot, berijpt glas bronwater in zijn hand.

Hij sprong op en omhelsde haar. 'Claudia,' zei hij, 'laten we snel tot zaken komen.'

Ze luisterde naar de klank van zijn stem. Meestal hoorde ze daaraan de reactie op haar scenario's. Bepaalde, zorgvuldig gemoduleerde lof betekende een beslist 'nee'. Een opgewekte, geestdriftige stem die onbeperkte bewondering uitte, verzon daarna bijna altijd minstens drie redenen om het manuscript niet te kopen; een andere studio was al aan hetzelfde bezig, ze kregen er nooit de juiste acteurs voor bij elkaar, de studio's durfden zo'n onderwerp niet aan. Maar Deere klonk als een vastbesloten zakenman die iets goeds op het spoor is. Hij had het over geld en organisatie. Dat betekende 'ja'.
'Dit kan een heel grote film worden,' zei hij. 'Een heel erg grote. Een kleine is zelfs onmogelijk. Ik weet wat je aan het doen bent. Je bent een heel slim meisje, maar ik moet op basis van de seks een studio verkopen. Natuurlijk verkoop ik hem door de vrouwelijke sterren op het feminisme te wijzen. De mannelijke ster krijgen we als we hem een beetje milder stemmen en hem wat meer momenten als brave jongen geven. Ik weet dat je coproducent wilt zijn, maar ik ben de baas. Maar je kunt je zegje zeggen want ik sta voor alles open.'
'Ik wil inspraak hebben bij de keuze van de regisseur,' zei Claudia.
'Jij, de studio en de sterren,' zei Deere lachend.
'Ik verkoop het niet zonder mijn goedkeuring van de regisseur,' zei Claudia.
'Oké,' zei Deere. 'Zeg dan eerst maar tegen de studio dat jíj de regie wilt doen en doe dan een stapje terug. Dan zijn ze zo opgelucht dat ze je het recht van goedkeuring geven.' Hij zweeg even. 'Wie had je in je hoofd?'
'Dita Tommey,' zei Claudia.
'Goed. Handig,' zei Deere. 'De vrouwelijke sterren zijn dol op haar. De studio ook. Ze blijft altijd binnen het budget en parasiteert niet op de film. Maar jij en ik doen de casting voordat we haar erbij betrekken.'
'Waar breng je hem onder?' vroeg Claudia.
'LoddStone,' zei Deere. 'Ze laten me behoorlijk mijn gang gaan zodat we niet te veel ruzie krijgen over casting en regisseurs. Claudia, je hebt een volmaakt scenario geschreven. Geestig, opwindend, met een fantastische kijk op het oude feminisme en wat tegenwoordig aanslaat. En op seks. Je rechtvaardigt Messalina en alle vrouwen. Ik praat met Melo en Molly Flanders over je contract en zij praat met de commerciële afdeling van LoddStone.'
'Je bent een boef,' zei Claudia. 'Heb je al met LoddStone gepraat?'
'Gisteravond,' zei Skippy Deere grijnzend. 'Ik heb ze het scenario gebracht en ze gaven me het groene licht als ik alles op de rails kan krijgen. En luister, Claudia, probeer me niks wijs te maken. Ik weet dat je Athena voor deze rol in je zak hebt en dat je je daarom zo hard opstelt.' Hij zweeg even. 'Dat heb ik ook tegen LoddStone gezegd. En nou aan het werk.'
Dat was de start van een groot project geweest. Ze kon dat niet in rook laten opgaan.

Claudia naderde het stoplicht waar ze linksaf moest slaan naar de zijstraat die naar de Colony leidde. Voor het eerst voelde ze paniek opwellen. Athena was net zo koppig als elke andere filmster en zou nooit van mening veranderen. Maar dat gaf niet: als Athena weigerde, zou ze naar Las Vegas vliegen en haar broer Cross om hulp vragen. Hij had haar nog nooit in de steek gelaten. Niet toen ze nog kinderen waren, niet toen ze bij haar moeder ging wonen, en niet toen haar moeder stierf.

Claudia herinnerde zich de grote feesten in het Clericuzio-landhuis op Long Island. Het ommuurde huis was een omgeving als uit een sprookje van Grimm, en zij en Cross speelden tussen de vijgebomen. Er waren twee groepen jongens van tussen de acht en de twaalf jaar. De tegenpartij werd geleid door Dante Clericuzio, kleinzoon van de oude don, die zelf als een draak bij een bovenraam stond toe te kijken.

Dante was een agressieve jongen die graag vocht, graag generaal was en als enige zijn neef Cross voor een handgemeen durfde uit te dagen. Dante had Claudia op de grond gegooid. Hij had haar geslagen en probeerde haar dan om genade te laten smeken. Op dat moment verscheen Cross ten tonele en hadden Dante en Cross gevochten. Wat Claudia opviel, was Cross' zelfvertrouwen tegenover Dantes woestheid. En Cross had met gemak gewonnen. Daarom begreep Claudia de keuze van haar moeder niet. Waarom kon ze niet meer van Cross houden? Cross was zijn gewicht in goud waard. Dat bewees hij met zijn keuze om met zijn vader mee te gaan. En Claudia betwijfelde nooit dat hij liever bij zijn moeder en haar was gebleven.

In de jaren na de breuk bleef het gezin een soort relatie onderhouden. Uit gesprekken en de lichaamstaal van de mensen om hen heen maakte Claudia op dat haar broer Cross in zekere zin de vooraanstaande plaats van haar vader had bereikt. Aan de genegenheid tussen haar en haar broer veranderde dat niets, hoewel ze inmiddels twee heel verschillende mensen waren geworden. Ze besefte dat Cross bij de Clericuzio's hoorde en zij niet.

Twee jaar na Claudia's verhuizing – ze was toen eenentwintig – stelden de artsen bij Nalene kanker vast. Cross, die voor de Clericuzio's zijn botten had gemaakt en nu voor Gronevelt in het Xanadu werkte, bracht de twee laatste weken bij hen in Sacramento door. Cross huurde vierentwintig uur van de dag verpleegsters plus een huishoudster en een kokkin. Voor het eerst sinds de breuk woonden zij drieën weer onder één dak. Nalene verbood Pippi om haar op te zoeken.

De kanker had Nalenes gezichtsvermogen aangetast en Claudia las haar dus onafgebroken voor uit tijdschriften, kranten en boeken. Cross deed de inkopen. Soms vloog hij 's middags naar Las Vegas voor hotelzaken, maar hij kwam 's avonds altijd terug.

's Nachts hielden Cross en Claudia om beurten hun moeders hand vast en troostten haar. En hoewel ze zware medicijnen kreeg, kneep ze voortdurend in hun handen. Soms hallucineerde ze en dacht ze dat de kinderen weer klein waren. Tijdens één verschrikkelijke nacht huilde ze en smeekte ze Cross om vergeving voor wat ze gedaan had. Cross moest haar in zijn armen nemen en haar verzekeren dat alles heel goed was afgelopen.

Tijdens de lange avonden, als hun moeder in een diepe, verdoofde slaap lag, vertelden Cross en Claudia elkaar over hun leven.

Cross legde uit dat hij het Incassobureau had verkocht en de Clericuzio's had verlaten, hoewel hij dankzij hun invloed zijn baan in het Xanadu-hotel had gekregen. Hij liet doorschemeren dat hij macht had en zei tegen Claudia dat ze te allen tijde welkom was in het hotel – kamer, eten en drinken gratis. Claudia vroeg hoe hij daarvoor kon zorgen en Cross zei met een heel klein tikje trots: 'Ik heb carte blanche.'

Claudia vond zijn trots komisch en een beetje droevig tegelijk.

De dood van Nalene raakte Claudia kennelijk veel dieper dan Cross, maar die ervaring had hen weer bijeengebracht. Ze herstelden de intimiteit van hun jeugd. In de loop van de jaren ging Claudia vaak naar Las Vegas, waar ze Gronevelt ontmoette en zag dat er een hechte relatie tussen de oude man en haar broer was. Tijdens die jaren zag Claudia dat Cross een zekere macht had maar zijn macht nooit met die van de Clericuzio's verbond. Aangezien Claudia alle banden met de Familie verbroken had en nooit naar begrafenissen, bruiloften en doopfeesten ging, wist ze niet dat Cross nog steeds deel uitmaakte van de sociale structuur van de Familie. En Cross had het daar nooit met haar over. Haar vader zag ze zelden. Hij had geen belangstelling voor haar.

Oudjaar was in Las Vegas de allerdrukste dag. Dan stroomden mensen uit het hele land toe, maar Cross had voor haar altijd een suite. Claudia was geen grote gokker maar op een keer liet ze zich op oudjaar meesleuren. Ze had een acteur in spe bij zich en wilde indruk op hem maken. Ze verloor haar zelfbeheersing en tekende voor vijftigduizend dollar promesses. Cross was met de promesses in zijn hand en een eigenaardige blik in zijn ogen naar haar suite gekomen. Claudia herkende die blik toen hij zijn mond opendeed. Het was de blik van zijn vader.

'Claudia,' zei Cross, 'ik heb altijd gedacht dat je slimmer was dan ik. Wat heb je in jezusnaam gedaan?'

Claudia voelde zich een beetje dom. Cross had vaak gewaarschuwd alleen kleine inzetten te doen en nooit weddenschappen te verhogen als ze aan de verliezende hand was. En per dag niet meer dan twee of drie uur te gokken, omdat de tijdsduur van het gokken de grootste valstrik was. Claudia had al zijn goede raad in de wind geslagen...

Ze zei: 'Cross, over een paar weken betaal ik je terug.'
De reactie van haar broer verbaasde haar. 'Ik vermoord je nog liever dan dat ik je de promesses laat betalen.' Hij verscheurde de stukken papier zorgvuldig en stak ze in zijn zak. Hij zei: 'Luister, ik nodig je hier uit omdat ik je wil zien, niet om geld aan je te verdienen. Laat goed tot je doordringen dat je nooit kunt winnen. Het heeft niets met geluk te maken. Twee en twee is vier.'
'Oké, oké,' zei Claudia.
'Het kan me niet schelen om deze promesses te verscheuren, maar ik zou het vreselijk vinden als mijn zusje een sufferd was,' zei Cross.
Daarbij hadden ze het gelaten, maar Claudia vroeg zich van alles af. Had Cross inderdaad zoveel macht? Was Gronevelt het hiermee eens of liever: zou hij het eigenlijk wel weten?
Er hadden nog meer van dergelijke gebeurtenissen plaatsgevonden, maar het griezeligste was het incident met een vrouw die Loretta Lang heette.
Loretta had een hoofrol als zangeres en danseres in de Xanadu Follies-show en bezat een overvloed aan enthousiasme en een aangeboren, humoristische levendigheid die Claudia bekoorden. Cross stelde hen na de show aan elkaar voor.
Loretta Lang was in het echt even charmant als op het toneel, maar Claudia merkte dat Cross minder gecharmeerd was van haar levendigheid en zelfs een beetje geïrriteerd raakte.
Bij haar volgende bezoek had Claudia Melo Stuart bij zich voor een avondje Las Vegas. Ze zouden de Follies-show meepikken. Melo was alleen maar meegegaan om Claudia een plezier te doen en verwachtte er niet veel van. Hij bekeek de show aandachtig en zei toen tegen Claudia: 'Dat meisje hééft het. Niet als zangeres of danseres, maar ze is een geboren komiek. Een vrouw die dat heeft, is goud waard.'
Melo ontmoette Loretta achter het toneel en zei met een jagersblik in zijn ogen: 'Loretta, ik vond je geweldig. Geweldig! Snap je? Kun je volgende week naar LA komen? Dan regel ik opnames van je om aan een studiovriend van me te laten zien. Maar eerst moet je een contract met mijn agentschap tekenen. Je weet dat ik heel wat werk in je moet steken voordat ik er iets voor terugzie. Zo zit het vak in elkaar, maar vergeet niet dat ik je geweldig vind.'
Loretta omhelsde Melo. Hier was geen sprake van gespeelde verering, zag Claudia. Ze maakten een afspraak en gingen gedrieën eten om het te vieren, voordat Melo de volgende ochtend weer het vliegtuig naar LA nam.
Tijdens het avondeten bekende Loretta dat ze eigenlijk al een waterdicht contract had met een in nachtclubshows gespecialiseerd agentschap. Dat contract had nog een looptijd van drie jaar. Melo verzekerde Loretta dat alle plooien konden worden gladgestreken.

Maar dat bleek niet het geval. Loretta's agent wilde met alle geweld nog drie jaar haar carrière begeleiden. Loretta was in alle staten en verbaasde Claudia met de vraag of ze geen beroep op haar broer wilde doen.
'Maar wat kan Cross dan doen?' vroeg Claudia.
Loretta zei: 'Hij heeft hier in de stad veel in de melk te brokkelen. Hij kan voor een contract zorgen waarmee ik kan leven. Doe het alsjeblieft.'
Toen Claudia naar het penthouse van het hotel ging en het probleem aan Cross voorlegde, keek haar broer haar afkeurend en hoofdschuddend aan.
'Maar wat is daar nou zo moeilijk aan?' vroeg Claudia. 'Doe even een goed woordje voor haar. Meer vraag ik niet.'
'Je bent een sufferd,' zei Cross. 'Ik heb tientallen van dat soort dames gezien. Over de rug van vriendinnen als jij bereiken ze de top, en daarna heb jij afgedaan.'
'Nou en?' vroeg Claudia. 'Ze heeft echt talent. Dit kan haar leven een keer ten goede geven.'
Cross schudde opnieuw zijn hoofd. 'Vraag dat niet van me,' zei hij.
'Maar waarom niet?' vroeg Claudia. Ze was eraan gewend om mensen voor anderen gunsten te vragen; dat hoorde bij het filmvak.
'Ik zal je vertellen waarom. Als ik eraan begin, moet ik slagen,' zei Cross.
'Ik verwacht helemaal niet dat je slaagt. Ik vraag alleen of je je best wilt doen,' zei Claudia. 'Dan kan ik in elk geval tegen Loretta zeggen dat we het geprobeerd hebben.'
Cross lachte. 'Jij bent écht een sufferd,' zei hij. 'Oké, zeg tegen Loretta en haar agent dat ze me morgenochtend opzoeken. Om tien uur precies. En het lijkt me een goed idee als jij er ook bent.'
Bij de bespreking van de volgende ochtend ontmoette Claudia Loretta's nachtclubagent. Hij heette Tolly Nevans en kleedde zich in de nonchalante stijl van Las Vegas, hoewel iets aangepast aan de ernst van de bespreking. Dat wil zeggen: hij droeg een blauwe blazer boven een kraagloos wit overhemd en een blauwe spijkerbroek.
'Cross, prettig om je weer eens te zien,' zei Tolly Nevans.
'Kennen wij elkaar?' vroeg Cross. De zakelijke details van de Follies-show had hij nooit zelf behandeld.
'Van heel lang geleden,' zei Nevans gladjes. 'Toen Loretta in het Xanadu debuteerde.'
Claudia zag het verschil tussen de agenten in LA, die met enorme filmtalenten werkten, en Tolly Nevans, die in de veel kleinschaliger wereld van het nachtclubamusement opereerde. Nevans was wat zenuwachtiger en zijn uitstraling minder overweldigend. Hij had niet het volmaakte zelfvertrouwen van Melo Stuart.
Loretta gaf Cross een kusje op zijn wang maar zei niets tegen hem en toonde

ook niets van haar normale levendigheid. Ze nam plaats naast Claudia, die voelde hoe gespannen ze was.
Cross had golfkleding aan: een witte broek, een wit T-shirt en witte lage schoenen met een blauwe honkbalpet op zijn hoofd. Hij bood drankjes aan uit de bar, maar iedereen weigerde. Toen zei hij zachtjes: 'Laten we de zaak even regelen. Loretta?'
Haar stem trilde. 'Tolly wil zijn percentage houden van alles wat ik verdien. Dus ook van mijn filmwerk. Maar de agent in LA wil natuurlijk het volle percentage op al het filmwerk dat ze voor me binnenhalen. Ik kan geen twee percentages betalen. En Tolly wil bovendien het laatste woord hebben bij alles wat ik doe. De mensen in LA gaan daarmee niet akkoord en ik ook niet.'
Nevans haalde zijn schouders op. 'We hebben een contract. Ik wil alleen maar dat ze zich eraan houdt.'
Loretta zei: 'Maar dan kan ik niet naar mijn filmagent.'
Cross zei: 'De zaak lijkt me heel simpel. Loretta, je moet het contract gewoon afkopen.'
Nevans zei: 'Loretta is een fantastische actrice en verdient veel geld voor ons. We hebben haar altijd publiciteit gegeven, we hebben altijd in haar talent geloofd. We hebben veel geld geïnvesteerd. Nu dat eindelijk terugkomt, kunnen we haar niet laten gaan.'
Cross zei: 'Loretta, koop hem af.'
Loretta jammerde bijna. 'Ik kan geen twee percentages betalen. Het is zo gemeen.'
Claudia probeerde de glimlach op haar gezicht te bedwingen, maar Cross niet. Nevans keek gekwetst.
Uiteindelijk zei Cross: 'Claudia, ga je golfspullen halen. Ik wil negen holes met je slaan. Ik zie je beneden bij het kassiersloket als we hier klaar zijn.'
Claudia had zich afgevraagd waarom Cross zich voor de vergadering zo nonchalant gekleed had. Alsof hij die niet serieus nam. Dat vond ze kwetsend en dat gold ook voor Loretta, wist ze. Maar Tolly had er zelfvertrouwen aan ontleend. De man stelde geen compromis voor. Claudia zei tegen Cross: 'Ik blijf liever hier. Ik wil Salomon aan het werk zien.'
Cross kon niet kwaad op haar worden. Hij lachte en zij antwoordde met een glimlach. Toen wendde Cross zich tot Nevans. 'Ik merk dat je niet toegeeft. En volgens mij heb je gelijk. Wat vind je van een percentage op haar filmverdiensten voor één jaar? Maar je moet de leiding uit handen geven, anders werkt het niet.'
Loretta ontstak in woede. 'Die krijgt hij van mij niet.'
Nevans zei: 'Maar dat is ook niet wat ik wil. Dat percentage is oké, maar wat gebeurt er als ik een fantastische boeking voor je heb en jij niet wegkunt van een film? Dat lijden we verlies.'

Cross zuchtte en zei bijna bedroefd: 'Tolly, ik wil dat je het contract van dit meisje openbreekt. Dat is een verzoek. Het hotel doet veel zaken met je. Doe me die lol.'
Nevans leek voor het eerst te schrikken. Hij zei bijna smekend: 'Ik doe je die lol heel graag, Cross, maar ik moet met mijn partners overleggen.' Hij zweeg even. 'Misschien kan ik een uitkoop regelen.'
'Nee,' zei Cross. 'Ik vraag je een gunst. Geen uitkoop. En ik wil je antwoord nú, zodat ik naar buiten kan voor een lekker potje golf.' Hij zweeg. 'Zeg ja of nee.'
Claudia was geschokt door zijn directheid. Voor zover ze zien kon, dreigde of intimideerde Cross niet. Hij leek de hele zaak zelfs te laten schieten alsof die hem niet interesseerde. Maar Claudia zag dat Nevans geschokt was.
Nevans' antwoord verraste haar. 'Maar het is niet eerlijk,' zei hij. Hij wierp een verwijtende blik op Loretta, die haar ogen neersloeg.
Cross trok op een hanige manier zijn honkbalpet scheef. 'Het is maar een verzoek,' zei hij. 'Je kunt altijd weigeren. De keus is aan jou.'
'Nee, nee,' zei Nevans. 'Ik wist alleen niet dat je zo'n uitgesproken mening had en dat jullie zo goed bevriend waren.'
Plotseling zag Claudia een verbazingwekkende verandering over haar broer komen. Cross boog zich voorover en omhelsde Tolly Nevans bijna van genegenheid. Er gleed een warme glimlach over zijn gezicht. Die smeerlap is knap, dacht ze. En toen zei Cross met een stem die overliep van dankbaarheid: 'Tolly, ik zal dit niet vergeten. Luister, je krijgt hier in het Xanadu carte blanche voor elk nieuw talent dat je presenteren wilt, als minstens nummer drie op het affiche. Ik regel zelfs een speciale avond in de Follies met al het talent uit je stal, en die avond wil ik dat jij en je partners bij mij in het hotel komen eten. Bel me wanneer je wilt, dan zorg ik dat je wordt doorgelaten. Oké?'
Claudia besefte twee dingen. Cross had doelbewust zijn macht laten zien. En hij was zo voorzichtig geweest om Nevans tot op zekere hoogte schadeloos te stellen, maar pas toen hij had toegezegd, niet daarvoor. Tolly Nevans kreeg zijn bijzondere avond en zou zich die ene avond koesteren aan de macht.
Claudia besefte ook dat Cross haar zijn macht had laten zien om haar zijn liefde te tonen en dat die liefde veel gedaan kreeg. En ze zag de sensuele lippen, de volmaakte neus en de ovale ogen van zijn mooi gevormde gezicht – waarop ze al vanaf haar vroegste jeugd jaloers was geweest – zich allemaal iets verharden alsof ze in het marmer van antieke standbeelden veranderden.

Claudia sloeg de Pacific Coast Highway af en reed naar de poort van de Malibu Colony. Ze was dol op de Colony. De huizen stonden vlak aan het strand, de zee fonkelde vlak ervoor en ver weg op het water zag ze opnieuw de weerschijn van de bergen erachter. Ze parkeerde haar auto voor Athena's huis.

Boz Skannet lag op het openbare strand ten zuiden van het hek van de Malibu Colony. Dat hek van glad ijzerdraad liep vanaf het strand nog tien stappen het water in. Maar het was maar een symbolische barrière. Als je ver genoeg de zee in ging, kon je eromheen zwemmen.

Boz deed onderzoek voor zijn volgende aanval op Athena. Vandaag maakte hij alleen een proeftocht.

In een T-shirt en met een tennisbroek over zijn zwembroek was hij naar het openbare strand gereden, en in zijn strandtas – eigenlijk een tennistas – zat het in handdoeken gewikkelde flesje zuur.

Vanaf zijn plek op het strand kon hij door het draadhek heen Athena's huis zien. Hij zag de twee particuliere bewakers op het strand. Ze waren gewapend. Als de achterkant van het huis bewaakt werd, gold dat natuurlijk ook voor de voorkant. Het kon hem niet schelen om de bewakers uit te schakelen, maar hij wilde niet de indruk wekken dat een waanzinnige een hele mensenmenigte afslachtte. Dat zou maar afleiden van waar hij op uit was: de gerechtvaardigde vernietiging van Athena.

Boz Skannet deed zijn broek en T-shirt uit en ging op zijn deken naar het zand en het blauwe uitspansel van de Stille Oceaan verderop liggen kijken. De zonnewarmte maakte hem doezelig. Hij dacht aan Athena.

Op het college had een professor les gegeven over Emersons essays en daarbij geciteerd: 'Schoonheid is haar eigen verontschuldiging.' Was het Emerson? Was het Schoonheid? Maar hij had toen aan Athena moeten denken. Het komt heel zelden voor dat iemand met zo'n mooi uiterlijk voor de rest zo deugdzaam is. En daarom dacht hij aan Thena, want toen ze klein was, noemde iedereen haar Thena.

Hij had in zijn jeugd zoveel van haar gehouden dat haar liefde voor hem een geluksdroom leek. Hij vond het ongelooflijk dat het leven zo goed kon zijn. En toen waren beetje bij beetje overal rotte plekken verschenen.

Hoe waagde ze het om zo volmaakt te zijn? Hoe waagde ze het om zoveel liefde te eisen? Hoe waagde ze het om zoveel mensen van haar te laten houden? Wist ze dan niet hoe gevaarlijk dat was?

En Boz vroeg zich dingen af over zichzelf. Waarom was zijn liefde omgeslagen in haat? Eigenlijk was het heel simpel. Omdat hij wist dat hij haar niet tot het einde van hun leven kon bezitten, dat hij haar op een kwade dag zou verliezen.

Op die dag zou ze met andere mannen naar bed gaan, op die dag zou ze uit zijn hemel verdwijnen. En nooit meer aan hem terugdenken.
Hij voelde de zonnewarmte van zijn gezicht verdwijnen en deed zijn ogen open. Boven hem doemde een heel lange, goedgeklede man op die een klapstoel bij zich had. Boz herkende hem. Het was Jim Losey, de rechercheur die hem ondervraagd had toen hij water in Thena's gezicht had gegooid.
Boz keek hem met half geloken ogen aan. 'Wat toevallig dat we allebei op hetzelfde strand gaan zwemmen. Wat moet je van me?'
Losey klapte zijn stoel uit en ging zitten. 'Mijn ex-vrouw heeft me deze stoel gegeven. Ik arresteerde en ondervroeg zoveel surfers dat ze zei dat ik er net zo goed makkelijk bij kon gaan zitten.' Hij keek bijna vriendelijk op Boz Skannet neer. 'Ik wou je alleen een paar vragen stellen. Op de eerste plaats: wat doe je zo dicht bij mevrouw Aquitanes huis? Je overtreedt het straatverbod van de rechter.'
'Ik zit op een openbaar strand, er staat een hek tussen ons en ik heb mijn zwembroek aan. Wek ik soms de indruk dat ik haar lastig val?' vroeg Boz.
Losey produceerde een meelevende glimlach. 'Moet je horen,' zei hij, 'als ik met dat mens getrouwd was, kon ik ook niet uit haar buurt blijven. Wat vind je ervan als ik even in je tas neus?'
Boz legde de strandtas onder zijn hoofd. 'Nee,' zei hij. 'Tenzij je een huiszoekingsbevel hebt.'
Losey glimlachte vriendelijk naar hem. 'Laat me je niet moeten arresteren,' zei hij. 'Of in elkaar timmeren en je tas meenemen.'
Dat wekte Boz' woede. Hij stond op, bood hem de tas aan en trok hem toen weer snel terug. 'Probeer maar,' zei hij.
Jim Losey schrok. Hij vond zichzelf de hardste man die hij kende. In elke andere situatie zou hij zijn knuppel of wapen hebben getrokken en de man tot moes hebben geslagen. Misschien maakte het zand onder zijn voeten hem onzeker, of misschien kwam het door Skannets onbevreesdheid.
Boz keek hem glimlachend aan. 'Je zult me moeten neerschieten,' zei hij. 'Ik ben sterker dan jij. Even lang als jij. En je hebt geen motief om me neer te schieten.'
Losey bewonderde 's mans opmerkingsgave. In een man-tegen-man gevecht was de uitslag onzeker. En hij had geen reden om zijn wapen te trekken.
'Oké,' zei hij. Hij klapte zijn stoel in en begon weg te lopen. Toen draaide hij zich om en zei bewonderend: 'Jij bent echt een harde. Jij wint. Maar geef me geen aanleiding. Ik heb de afstand tot het huis namelijk niet gemeten, en misschien val je wel net buiten de jurisdictie van de rechter...'
Boz lachte. 'Ik zal je geen aanleiding geven; maak je geen zorgen.'
Hij zag Jim Losey van het strand af naar zijn auto lopen en wegrijden. Boz

deed de deken in zijn strandtas en liep naar zijn auto. Hij legde de strandtas in de kofferbak, haalde de autosleutel van de ring en verborg die onder de voorste stoel. Toen ging hij naar het strand terug voor zijn zwemtocht rond het hek.

5

Athena had de top bereikt op de traditionele manier, die het publiek maar zelden ziet. Ze had een opleiding van jaren gevolgd, toneel-, dans-, bewegings-en stembeheersingslessen gehad en veel toneelstukken gelezen – allemaal noodzakelijk voor haar acteren.

En natuurlijk het voetenwerk. Ze was eindeloos bij agenten, castingbureaus en wellustige producenten en regisseurs langsgegaan en had de nog veel lompere seksuele avances van studiobaasjes en -bazen over zich heen gekregen.

In haar eerste jaar had ze haar brood verdiend met reclamespots en wat mannequinswerk en als schaars geklede gastvrouw bij autoshows, maar dat duurde maar een jaar. Toen begon haar toneeltalent vrucht af te werpen. Ze had minnaars die haar onder juwelen en geld bedolven. Sommige vroegen haar ten huwelijk. Die relaties duurden altijd kort en eindigden vriendschappelijk.

Geen ervan had ze pijnlijk of vernederend gevonden, zelfs niet toen een koper van een Rolls Royce aannam dat ze bij de auto hoorde. Ze had hem op zijn nummer gezet met de grap dat zij even duur was als de auto. Ze was dol op mannen en genoot van seks, maar alleen als traktatie en beloning van serieuzere inspanningen. Mannen waren geen serieus deel van haar leven. Haar echte leven was het Toneel. Het acteren kwam op de eerste plaats. Niet de kleine filmrolletjes waarmee ze haar kosten kon betalen, maar de grote rollen in belangrijke, door plaatselijke gezelschappen op de planken gebrachte toneelstukken en later de stukken in het Mark Taper Forum, die uiteindelijk de springplank naar belangrijke filmrollen werden.

Haar leven bestond uit de rollen die ze speelde. Als ze haar rollen gestalte gaf en in haar innerlijk meenam terwijl ze haar dagelijkse leven leidde, voelde ze haar leven zich verrijken. Haar liefdesaffaires hoorden bij haar ontspanning, net als golf, tennis of eten met vrienden – dingen uit een droom.

Het ware leven vond ze in de schouwburg, haar kathedraal. Schminken, een kleuraccent op haar kostuum aanbrengen, haar gezicht vertrekken bij de emoties in de tekst van het toneelstuk dat door haar hoofd ging, waarna ze dan ten slotte naar het diepzwarte publiek keek – God die zich eindelijk vertoonde – en zich volledig gaf. Ze huilde, werd verliefd, schreeuwde van pijn, smeekte om vergeving voor geheime zonden en ervoer soms de verlossende vreugde van nieuw geluk.

Ze hunkerde naar roem en succes om haar verleden uit te wissen, om de herinneringen te begraven aan Boz Skannet en aan hun beider kind, dat zich door haar schoonheid verried.

Net als elke andere kunstenaar wilde ze dat de wereld van haar hield. Ze wist dat ze mooi was – uiteraard, want iedereen zei dat voortdurend tegen haar – maar ze wist dat ze ook intelligent was. En van meet af aan geloofde ze in zichzelf. Maar wat ze in het begin niet echt geloofde, was dat ze de onmisbare ingrediënten – een enorme energie en concentratie – van een echt genie bezat. En nieuwsgierigheid.

Toneel en muziek waren Athena's grote liefdes en om zich daarop te kunnen concentreren, gebruikte ze haar energie om al het andere onder de knie te krijgen. Ze leerde een auto repareren, werd een voortreffelijke kokkin en blonk uit in sport. Ze bestudeerde het liefdesbedrijf in de literatuur en in het ware leven, want ze wist hoe belangrijk dat was voor het door haar gekozen beroep.

Ze had maar één zwakte. Ze kon anderen geen pijn doen en aangezien dat in dit leven onmogelijk te vermijden viel, was ze een ongelukkige vrouw. Toch nam ze spijkerharde beslissingen om haar plaats in de wereld te verstevigen. Ze gebruikte haar macht als superster en gedroeg zich soms met een kilte die even intens was als haar schoonheid. Machtige mannen smeekten haar om een optreden in hun film, mannen smeekten om bij haar in bed te mogen komen. Ze beïnvloedde de keuze van regisseurs en medespelers en dwong die zelfs af. Ze beging ongestraft overtredingen, lapte gewoontes aan haar laars, trotseerde bijna alle morele waarden – en wie kon zeggen wie de echte Athena was? Ze had de ondoorgrondelijkheid van alle supersterren en was als een tweeling: je kon haar echte leven niet scheiden van de levens die ze leidde op het witte doek.

Bij dat alles was ze de lieveling van de wereld, maar dat was niet genoeg. Ze kende haar innerlijke schandvlek. Eén iemand hield niet van haar, en daar leed ze onder, want het hoort bij een actrice dat ze wanhoopt als ze honderd positieve recensies krijgt en één enkele slechte.

Aan het einde van haar eerste vijf jaar in Los Angeles kreeg Athena haar eerste hoofdrol in een film en maakte ze haar grootste verovering.

Net als alle mannelijke topsterren had Steve Stallings in al zijn films het vetorecht over de vrouwelijke hoofdrol. Hij zag Athena in een toneelstuk in het Mark Taper Forum en besefte haar talent. Maar haar schoonheid trof hem nog dieper, en dus koos hij Athena om samen met hem zijn volgende film te doen.

Athena was even verbluft als gevleid. Ze wist dat dit haar grote doorbraak was, maar aanvankelijk wist ze niet waarom ze gekozen was. Haar agent Melo Stuart lichtte haar in.

Ze zaten in Melo's kantoor – een prachtig ingerichte kamer met oosterse snuisterijen en zwaar, gerieflijk meubilair, dat allemaal in kunstlicht baadde aangezien de dichte gordijnen het daglicht buitensloten. Melo nam liever een Engelse tea op kantoor dan dat hij buiten de deur ging lunchen, en stopte al pratend kleine sandwiches in zijn mond. Alleen met zijn echt beroemde cliënten ging hij lunchen.

'Deze doorbraak verdien je,' zei hij tegen Athena. 'Je bent een fantastische actrice. Maar je woont pas een paar jaar in deze stad en bent ondanks je intelligentie nog een beetje groen. Wees dus niet beledigd over wat ik tegen je ga zeggen. Ik zal je vertellen wat er gebeurd is.' Hij zweeg even. 'Meestal doe ik dat niet omdat het overbodig is.'

'Maar ik ben nog zo groen,' zei Athena glimlachend.

'Eigenlijk niet echt groen,' zei Melo. 'Maar je bent zo op je werk gericht dat je de sociale finesses van het vak soms over het hoofd ziet.'

Athena vermaakte zich prima. 'Vertel me dan maar hoe ik die rol heb gekregen.'

Melo zei: 'Stallings' agent heeft me gebeld. Hij zei dat Stallings je in een stuk in het Taper gezien had en uit zijn bol ging over je spel. Hij wil je beslist in zijn film. Toen belde de producent om daarover te onderhandelen en sloten we een overeenkomst. Een gewoon salaris, tweehonderdduizend, geen percentages – dat komt later in je carrière wel – en geen verplichting tot andere films. Voor jou is dat echt een heel goede overeenkomst.'

'Dank je,' zei Athena.

'Het is eigenlijk belachelijk dat ik het tegen je moet zeggen,' zei Melo, 'maar Steven heeft de gewoonte om straalverliefd te worden op zijn medehoofdrol, en hij is in alle oprechtheid een heel vurige minnaar.'

Athena onderbrak hem. 'Melo, je hoeft me niet alles te verklappen.'

'Ik vind van wel,' zei Melo.

Hij keek haar vol genegenheid aan. Normaal gesproken stond hij als een rots in de branding, maar hij was van begin af aan op Athena verliefd geweest. Ze had zich echter nooit verleidelijk gedragen, en hij had de stille wenk begrepen en zijn gevoelens voor zich gehouden. Ze was immers een waardevol bezit waarmee hij in de toekomst miljoenen ging verdienen.

'Probeer je me te vertellen dat ik hem om de hals moet vliegen zodra we even alleen zijn?' vroeg Athena droogjes. 'Is mijn grote talent niet voldoende?'

'Absoluut niet,' zei Melo, 'en absoluut wel. Een grote actrice is altijd een grote actrice. Maar weet je hoe iemand soms een grote filmster wordt? Door op precies het juiste moment een grote rol te krijgen. En dit is jouw grote rol. Je kunt het je niet veroorloven om die te missen. En het is toch niet zo moeilijk om verliefd te worden op Steven Stallings? Honderd miljoen vrouwen over de hele wereld zijn verliefd op hem. Waarom jij niet? Je zou je gevleid moeten voelen.'
'Ik voel me ook gevleid,' zei Athena koel. 'Maar wat gebeurt er als ik hem totaal niet mag?'
Melo stak een nieuwe tea-sandwich in zijn mond. 'Hoezo niet mag? Hij is echt aardig; dat zweer ik je. Maar stoei in elk geval met hem totdat ze genoeg opnames hebben om je niet meer uit de film te kunnen knippen.'
'En als ik zo goed ben dat ze me niet weg wíllen knippen?' vroeg Athena.
Melo zuchtte. 'Om heel eerlijk te zijn wacht Steven daar niet op. Als je na drie dagen niet verliefd op hem bent, vlieg je eruit.'
'Dat is seksuele intimidatie,' zei Athena lachend.
'In het filmvak bestaat er geen seksuele intimidatie,' zei Melo. 'Hoe je het ook wendt of keert, in dit vak gooi je je kont in de aanbieding zodra je meedoet.'
'Ik bedoelde dat van die gedwongen verliefdheid,' zei Athena. 'Is gewoon neuken niet genoeg?'
'Steven kan neuken wie hij wil,' zei Melo. 'Hij is verliefd op je en wil daar liefde voor terug. Tot de opnames klaar zijn.' Hij zuchtte. 'Daarna gaat de verliefdheid over omdat jullie het te druk hebben met jullie werk.' Hij zweeg even. 'Je waardigheid zal er niet onder lijden,' zei hij. 'Een ster als Steven maakt zijn belangstelling duidelijk. De andere partij, jij dus, reageert of toont gebrek aan belangstelling voor die belangstelling. Steven stuurt je de eerste dag bloemen. De tweede dag nodigt hij je na de repetitie uit om samen te gaan eten en het script te bestuderen. Daar is niets gedwongens aan. Behalve natuurlijk dat je eruit vliegt als je nee zegt. Volledige uitbetaling kan ik wel voor je regelen.'
'Melo, vind je niet dat ik goed genoeg ben om het te redden zonder mijn lichaam te verkopen?' vroeg Athena met gespeeld verwijt.
'Natuurlijk,' zei Melo. 'Je bent pas vijfentwintig. Je kunt nog twee of drie, of misschien vier of vijf jaar wachten. Ik heb absoluut vertrouwen in je talent. Maar geef het een kans. Iedereen is verliefd op Steven.'

Het ging precies zoals Melo voorspeld had. Athena ontving de eerste dag bloemen. De tweede dag repeteerden ze met de hele bezetting. Het was een dramatische komedie waarin de lach tot tranen leidde – een van de moeilijkste dingen om te doen. Athena was onder de indruk van Stallings' vakbe-

kwaamheid. Hij las zijn tekst monotoon, zonder enige poging om op te vallen; toch kwamen de zinnen tot leven, en als hij uit varianten moest kiezen, koos hij altijd de waarachtigste. Ze speelden een scène op wel tien verschillende manieren en reageerden op elkaar, volgden elkaar als dansers. Uiteindelijk mompelde hij: 'Goed, goed,' en glimlachte hij naar haar met een zuiver professionele, complimenteuze waardering voor hoe ze het gedaan had.
Aan het einde van de dag bracht Steven eindelijk zijn charme in stelling.
'Volgens mij maak jij er een fantastische film van,' zei hij. 'Wat vind je ervan als we vanavond de koppen eens bij elkaar steken en flink aan het werk gaan met het scenario?' Hij zweeg even en zei toen met een innemende, jongensachtige glimlach: 'We doen het samen echt heel goed.'
'Dank je,' zei Athena. 'Waar en hoe laat?'
Stevens gezicht drukte direct een beleefde, speelse afschuw uit. 'O nee,' zei hij. 'Kies jij maar.'
Op dat moment besloot Athena haar rol te accepteren en die als een echte professional te spelen. Hij was de superster. Zij de nieuweling. Maar alle keuzes waren de zijne en zij moest kiezen wat hij wilde. Melo's woorden klonken nog in haar oren: 'nog twee of drie, of misschien vier of vijf jaar wachten.' Ze kon niet wachten.
'Vind je het vervelend om bij me thuis te komen?' vroeg Athena. 'Dan kook ik iets simpels zodat we onder het eten kunnen werken.' Ze zweeg even. 'Zeven uur?'

Omdat Athena een perfectioniste was, bereidde ze zich lichamelijk en geestelijk op hun wederzijdse verleiding voor. Ze kookte iets lichts zodat hun werk en seksuele prestaties er niet onder leden. Hoewel ze maar zelden alcohol dronk, kocht ze een fles witte wijn. Met de maaltijd wilde ze haar talent als kok bewijzen, maar ze kon koken terwijl ze werkten.
Kleding. Ze besefte dat de verleiding als bij toeval en zonder voorbedachten rade moest verlopen. Maar haar kleding mocht ook geen signaal zijn dat ze hem afwees. Als acteur zou Steven elk symbool willen interpreteren.
Dus trok ze een vale blauwe spijkerbroek aan waarin haar billen goed tot hun recht kwamen en die met zijn blauwe vlekken en vale wit een vrolijke, uitnodigende indruk maakte. Geen riem. Daarboven een witte zijden bloes met veel plooitjes, die geen décolleté had maar wel de melkwittere kleur van haar borsten eronder suggereerde. Aan haar oren klemde ze kleine, ronde, groene oorhangers die goed bij haar ogen pasten. Toch was het geheel nog een beetje te streng, te afstandelijk. Er was nog ruimte voor twijfel. Toen kreeg ze een geniaal idee. Ze lakte haar teennagels vuurrood en begroette hem blootsvoets.
Steven Stallings had een fles rode wijn bij zich – geen topwijn maar wel een

heel goede. Ook hij was in werkkleding. Een wijde, bruine, corduroy broek, een blauw denimoverhemd en lage witte schoenen. Zijn pikzwarte haar was nonchalant gekamd. Onder zijn arm had hij het scenario, waaruit zedig gele briefjes met aantekeningen staken. Het enige dat hem verried, was een vage geur van eau de cologne.

Ze aten ongedwongen aan de keukentafel, en hij complimenteerde haar naar behoren met haar kookkunst. Onder het eten bladerden ze het scenario door, vergeleken ze hun aantekeningen en veranderden ze dialogen op zo'n manier dat ze beter bekten.

Na het eten verhuisden ze naar de woonkamer om een paar scènes te spelen waarbij ze moeilijkheden verwachtten. Bij dat alles waren ze zich heel sterk van elkaar bewust, en dat beïnvloedde hun werk.

Athena merkte dat Steven zijn rol volmaakt speelde. Hij was een professional en toonde respect. Alleen zijn ogen verrieden echte bewondering voor haar schoonheid en waardering voor haar acteertalent en haar beheersing van het materiaal. Uiteindelijk vroeg hij haar of ze misschien te moe was om de cruciale liefdesscène uit het scenario te spelen.

Op dat moment was het diner al prettig verteerd. Op dat moment waren ze al goede vrienden geworden, net als de hoofdpersonen in het scenario. Ze speelden de liefdesscène. Steven kuste haar zachtjes op de lippen maar liet het betasten van haar lichaam achterwege. Na de eerste kuise kus keek hij haar diep en oprecht in de ogen en zei hij met een volmaakte, hese emotie in zijn stem: 'Dat wou ik al toen ik je de eerste keer zag.'

Athena hield zijn blik met de hare vast. Toen sloeg ze haar ogen neer, trok ze zijn hoofd zachtjes omlaag en gaf ze hem een zedige kus. Het noodzakelijke signaal. De echte hartstocht waarmee hij reageerde, verraste hen allebei. Hetgeen bewees dat zij de betere actrice was, dacht Athena. Maar hij was bekwaam. Terwijl hij haar uitkleedde, streken zijn handen over haar huid, sondeerden zijn vingers, kietelde zijn tong de binnenkant van haar dijen en reageerde haar lichaam. Dat is helemaal niet zo erg, dacht ze toen ze naar de slaapkamer verhuisden. En Steven was zo opvallend knap. Zijn klassieke gezicht stroomde over van hartstocht, en wel met een felheid die hij op het witte doek nooit zou kunnen nadoen. Op het witte doek zou deze hartstocht in wellust ontaarden, en als hij in een film de liefde bedreef, deed hij dat veel spiritueler.

Athena had zich inmiddels de rol gegeven van een vrouw die door een uitzinnige lichamelijke hartstocht wordt overmand. Hun golflengtes sloten volmaakt op elkaar aan en beiden bereikten ze op hetzelfde verblindende moment een climax. Uitgeput op hun rug liggend vroegen ze zich af hoe de scène er in de film zou hebben uitgezien en stelden ze vast dat die niet goed genoeg voor een opname zou zijn geweest. Hun karakters kwamen niet

goed tot uiting, het verhaal werd er niet goed door bevorderd. De scène miste de innerlijke, tedere emotie van echte liefde, zelfs van echte lust. Ze moesten de opname nog eens overdoen.
Steven Stallings werd verliefd, maar dat gebeurde vaak. Ondanks het feit dat het in zekere zin een beroepsmatige verkrachting was geweest, vond Athena het prettig dat alles zo goed afliep. Afgezien van de kwestie van de vrije wil was er eigenlijk weinig op tegen. En voor elk leven gold dat een oordeelkundige onderdrukking van de vrije wil vaak noodzakelijk was voor iemands overleving.
Steven was blij dat hij bij de opnames van zijn nieuwe film alles netjes voor elkaar had. Hij had een goede partner om mee te werken. Ze zouden een prettige relatie kijgen en hij hoefde geen seks meer te zoeken. Bovendien had hij maar zelden een vrouw als Athena, die zo rijk met schoonheid en talent gezegend was en tegelijk zo goed was in bed. En ze was klaarblijkelijk waanzinnig verliefd op hem, wat later nog een probleem kon worden.
Wat ze daarna deden, vergrootte hun liefde nog. Ze sprongen samen uit bed en zeiden: 'Laten we weer aan het werk gaan.' Ze pakten hun scenario's en schaafden naakt aan hun tekst.
Toen Steven echter zijn onderbroek aantrok, raakte Athena een beetje onthutst. Het kledingstuk was roze en geschulpt, speciaal ontworpen om zijn goed gevormde billen te laten uitkomen, en die kadetten waren de objecten van extase van zijn vrouwelijke fans. Ook een ander punt was eigenaardig. Hij vertelde haar trots dat hij een condoom had gebruikt dat speciaal voor hem was gemaakt door een bedrijf waarin hij financiële belangen had. Hij voelde zelfs niet dat hij het aan had. Bovendien was het absoluut lekvrij. En hij vroeg haar onder welke naam ze die condooms het beste op de markt konden brengen: Excalibur of King Arthur. Zelf vond hij King Arthur mooi. Athena dacht er even over na en zei toen met gespeelde ernst. 'Misschien kun je beter een politiek correctere naam nemen.'
'Je hebt gelijk,' zei Steven. 'Ze zijn zo duur dat we ze aan beide seksen zullen moeten verkopen. Onze slagzin wordt: "Het condoom van de sterren". Hoe vind je dat als naam? "Sterrencondoom"?

Zowel de film als de relatie was een doorslaand succes. Athena had met succes de eerste sport van de ladder naar de wereldroem beklommen, en elke film die ze in de vijf jaar daarna maakte, versterkte dat succes.
Ook de relatie was – net als de meeste andere relaties – een succes zolang het duurde. Steven en Athena beminden elkaar met behulp van het scenario, maar hun liefde had de humor en de afstandelijkheid die zijn roem en haar ambitie noodzakelijk maakten. Geen van beiden kon het zich veroorloven om verliefder te zijn dan de ander en die gelijkheid in de liefde was de dood

voor hun hartstocht. Bovendien speelde afstand een rol. De relatie eindigde toen de film klaar was. Athena ging op locatie naar India, Steven naar Italië. Ze belden op, stuurden elkaar kerstkaarten en -geschenken en vlogen zelfs naar Hawaii voor een weekend vol extase. Hun samenwerking aan de film was net als die van de ridders van de Tafelronde. Streven naar roem en fortuin was zoeken naar de Graal. En dat kon alleen op eigen houtje.
Sommigen speculeerden op een huwelijk, maar dat was onmogelijk. Athena genoot van de relatie maar zag ook de komische kant ervan. Hoewel ze er als beroepsactrice eer in stelde om verliefder te lijken dan Steven, vond ze het bijna onmogelijk om niet te giechelen. Steven was als vurige en gevoelige minnaar zo oprecht en volmaakt dat ze net zo goed naar een van zijn films had kunnen gaan.
Zijn lichamelijke schoonheid was een genot maar geen bron van eeuwigdurende bewondering. Zijn voortdurende gebruik van drugs en sterke drank was zo beheerst dat ze er niets op tegen kon hebben. Voor hem was cocaïne een soort medicijn op recept en van alcohol werd hij alleen maar charmanter. Zelfs het succes had hem niet grillig of nukkig gemaakt.
Het kwam dan ook als een grote verrassing toen Steven haar ten huwelijk vroeg. Athena weigerde goedgehumeurd. Ze wist dat Steven alles neukte wat bewoog – op locatie, in Hollywood en zelfs in de ontwenningskliniek als zijn drugsprobleem uit de hand liep. Hij was geen man die ze als min of meer permanent deel van haar leven wilde.
Steven nam haar weigering goed op. Het was een tijdelijke zwakte geweest, voortkomend uit te veel cocaïne. Hij was bijna opgelucht.
In de vijf jaar daarna steeg Athena naar de hoogste toppen en begon Stevens roem te vervagen. Voor zijn vooral vrouwelijke fans was hij nog steeds een idool, maar hij had pech of was niet erg slim bij de keuze van zijn rollen. De drugs en alcohol maakten hem nonchalanter in zijn werk. Via Melo Stuart vroeg Steven aan Athena de mannelijke hoofdrol in *Messalina*. De bordjes waren verhangen. Nu had Athena het vetorecht over haar medespeler, maar ze gaf hem de rol. Ze zei ja vanuit een pervers gevoel van dankbaarheid en omdat hij geknipt was voor de rol, en op voorwaarde dat ze niet met hem naar bed hoefde.

In de laatste vijf jaar had Athena korte relaties gehad, onder andere met de jonge producent Kevin Marrion, de enige zoon van Eli Marrion.
Kevin Marrion was van haar leeftijd maar in het filmvak een veteraan. Als eenentwintigjarige had hij zijn eerste film geproduceerd, en die werd een hit. Dat overtuigde hem ervan dat hij een genie was. Daarna had hij nog drie mislukkingen geproduceerd en was hij in het vak alleen nog voor zijn vader geloofwaardig.

Kevin Marrion was buitengewoon knap. Eli Marrions eerste vrouw was immers een van de grootste schoonheden van de filmwereld geweest. Helaas leek hij voor de camera ijskoud en faalde hij voor alle proefopnames. Als serieuze artiest lag zijn toekomst bij de produktie.

Athena en Kevin ontmoetten elkaar toen hij haar vroeg voor de hoofdrol in zijn nieuwe film. Athena hoorde hem met afschuw en stomme verbazing aan. Hij praatte met de extra onschuld van mensen die het echt menen.

'Dit is het beste scenario dat ik ooit gelezen heb,' zei Kevin. 'Ik moet je in alle eerlijkheid bekennen dat ik bij het herschrijven geholpen heb. Athena, jij bent absoluut de enige actrice die deze rol verdient. Ik kan elke actrice in Hollywood krijgen, maar ik wil jou.' Daarbij keek hij haar streng aan om haar van zijn oprechtheid te overtuigen.

Athena was gefascineerd door de manier waarop hij het scenario zag. Het was het verhaal van een dakloze vrouw die op straat leefde en gered werd doordat ze op een vuilnisbelt een in de steek gelaten kind vond en vervolgens de aanvoerster van de Amerikaanse daklozen werd. De helft van de film bestond uit scènes waarin ze het winkelwagentje met al haar bezittingen voortduwde. Ze overleefde alcohol, drugs, een dreigende hongerdood, verkrachting en een poging van de overheid om de vondeling van haar af te nemen, en stelde zich ten slotte partijloos kandidaat voor het presidentschap van de Verenigde Staten. Ze won echter niet – en dat was de klasse van het scenario.

Athena's fascinatie was in feite afschuw geweest. Dit scenario eiste van haar dat ze een dakloze, wanhopige, in vodden geklede vrouw met een desolate achtergrond werd. Die rol was visueel een ramp. Het scenario was ranzig sentimenteel en het intelligentieniveau van de verhaalstructuur idioot. Een verbijsterend, hopeloos zootje.

Kevin zei: 'Als jij deze rol speelt, zal ik als een gelukkig man sterven.'

Ben ik gek of is die vent debiel? dacht Athena. Maar hij was een machtige producent. Kennelijk oprecht en kennelijk een man die dingen voor elkaar kreeg. Ze keek wanhopig naar Melo Stuart, die met een aanmoedigende glimlach antwoordde. Maar ze kon geen woord uitbrengen.

'Schitterend. Schitterend idee,' zei Melo. 'Klassiek. Opkomst en ondergang en opkomst. Het zuivere wezen van een drama. Maar Kevin, je weet hoe belangrijk het voor Athena is dat ze na haar doorbraak de juiste vervolgrol kiest. Laat ons het scenario lezen, dan komen we erop terug.'

'Natuurlijk,' zei Kevin, en overhandigde hun allebei een kopie. 'Ik weet dat je het prachtig zult vinden.'

Melo nam Athena mee naar een klein Thais restaurant op Melrose. Ze gaven hun bestelling op en bladerden het scenario door.

'Over mijn lijk,' zei Athena. 'Is Kevin soms achterlijk?'

'Je begrijpt het filmvak nog steeds niet,' zei Melo. 'Kevin is intelligent, maar hij wil iets waarvoor hij niet geschikt is. Ik heb wel ergere dingen gezien.'
'Waar dan? Wanneer dan?' vroeg Athena.
'Dat kan ik me even niet herinneren,' zei Melo. 'Als filmster ben je groot genoeg om nee te zeggen, maar niet groot genoeg om nodeloos vijanden te maken.'
'Eli Marrion is veel te slim om zijn zoon hierin te steunen,' zei Athena. 'Hij móet weten wat een vreselijk scenario dit is.'
'Natuurlijk,' zei Melo. 'Hij vertelt zelfs de grap dat hij een zoon heeft die commerciële mislukkingen produceert en een dochter die serieuze maar verlieslijdende films maakt. Maar Eli moet zijn kinderen gelukkig houden. Wij niet. We zeggen nee tegen deze film. Maar er zit een addertje onder het gras. LoddStone heeft de rechten op een grote roman met een fantastische rol voor jou. Als je Kevin afwijst, krijg je misschien ook die andere niet.'
Ze haalde haar schouders op. 'Ditmaal wacht ik wel.'
'Waarom neem je niet beide rollen? Stel als voorwaarde dat je eerst die roman doet. Dan vinden we wel een manier om onder Kevins film uit te komen.'
'En daarmee maak ik geen vijanden?' vroeg Athena glimlachend.
'Die eerste film wordt een groot succes; en daarna maakt het niet meer uit. Daarna kun je je het veroorloven om vijanden te maken.'
'Weet je zeker dat ik daarna onder Kevin uit kan?' vroeg Athena.
'Als ik je er niet onderuit krijg, mag je me ontslaan,' zei Melo. Hij had al een overeenkomst met Marrion, die tegen zijn zoon niet rechtstreeks nee kon zeggen en deze uitweg uit de ellende had bedacht. Eli wilde dat Melo en Athena de kwaaie pier werden. En Melo kon dat niet schelen. Een filmagent is altijd de kwaaie pier; dat hoort bij zijn werk.
Alles liep op rolletjes. Met de eerste rol, de film op basis van de roman, werd Athena een absolute topster. Maar door de gevolgen daarvan besloot ze helaas tot een periode van celibaat.
Tijdens de voorgewende pre-produktie van Kevins film, die nooit gemaakt zou worden, lag het voor de hand dat hij op Athena verliefd werd. Kevin Marrion was als producent een betrekkelijk onschuldige jongeman en zat Athena met onverschrokken oprechtheid en vuur achterna. Zijn geestdrift en maatschappelijk bewustzijn waren zijn grootste charme. In een zwak moment, dat voortkwam uit haar schuldgevoel over haar verraad aan de film, nam Athena hem op een avond mee naar bed. Dat was plezierig genoeg en Kevin wilde met alle geweld met haar trouwen.
Intussen was Claudia De Lena door Melo en Athena overgehaald om het scenario te herschrijven. Ze maakte er een klucht van en Kevin ontsloeg haar. Hij was zo kwaad dat hij vervelend werd.

Dat kwam Athena allemaal goed uit en paste keurig in haar plannen. En Kevins enthousiasme in bed was aangenaam. Dat hij beslist en zelfs zonder huwelijkse voorwaarden met haar wilde trouwen, was vleiend, want hij zou ooit LoddStone Studios erven.

Maar toen ze hem op een nacht aan één stuk door hoorde praten over de films die ze samen gingen maken, drong in een flits iets tot Athena door: Als ik nog één minuut naar die vent moet luisteren, maak ik me van kant. Net als veel andere mensen die zo geïrriteerd zijn dat ze onaardig worden, gaf ze hem de volle laag. Wetend dat ze zich later schuldig zou voelen, gaf ze hem alles tegelijk op zijn bord. Op dat moment vertelde ze Kevin niet alleen dat ze niet met hem ging trouwen, maar ook dat ze niet meer met hem wilde slapen en evenmin in zijn film zou optreden.

Kevin was verbijsterd. 'We hebben een contract,' zei hij. 'En dat dwingen we af. Je verraadt me aan alle kanten.'

'Dat weet ik,' zei Athena. 'Praat maar met Melo.' Ze walgde van zichzelf. Kevin had natuurlijk gelijk, maar ze vond het interessant dat hij zich meer zorgen maakte over zijn films dan over zijn liefde voor haar.

Na deze relatie was Athena's filmcarrière verzekerd en verloor ze haar belangstelling voor mannen. Ze bleef alleen. Ze had belangrijkere dingen te doen, dingen waarin de liefde van mannen geen rol speelde.

Athena Aquitane en Claudia De Lena waren uitsluitend bevriend geraakt omdat Claudia hardnekkig de vriendschap zocht van vrouwen die ze aardig vond. Ze ontmoette Athena bij het herschrijven van het scenario voor een van haar eerste films, toen Athena nog niet echt een ster was.

Athena wilde haar met alle geweld helpen, en hoewel dat voor een schrijfster meestal een griezelige samenwerking is, bleek ze intelligent en een echte hulp. Haar intuïtie inzake rollen en verhalen was altijd trefzeker en bijna altijd onbaatzuchtig. Hoe sterker de rollen om haar heen waren, des te meer had ze in haar eigen rol om mee te spelen, en ze was intelligent genoeg om dat te weten.

Ze werkten vaak bij Athena thuis in Malibu, en daar ontdekten ze dat ze veel dingen gemeen hadden. Ze waren goed in sport: uitstekende zwemsters, topamateurs op de golfbaan, uitmuntende tennissters. Ze gingen dubbels spelen en versloegen de meeste herendubbels op de tennisbanen van Malibu Beach. Toen de opnames van de film klaar waren, bleven ze bevriend.

Claudia vertelde Athena alles over zichzelf. Athena vertelde Claudia weinig. Zo'n soort vriendschap was het. Claudia zag dat, maar het kon haar niet schelen. Claudia vertelde over haar relatie met Steven Stallings. Athena lachte verrukt en ze vergeleken hun ervaringen. Ze waren het erover eens

dat Steven heel gezellig en fantastisch in bed was. En heel talentvol. Een schitterend begaafde acteur en een echt aardige man.
'Hij was bijna even mooi als jij,' zei Claudia. Ze erkende schoonheid bij anderen royaal.
Athena ging er niet op in. Dat was haar gewoonte als iemand het over haar schoonheid had.
'Maar ook een betere acteur?' vroeg Athena plagend.
'O nee, jij bent een écht fantastische actrice,' zei Claudia. Om Athena tot meer openheid te provoceren voegde ze eraan toe: 'Maar hij is veel gelukkiger dan jij.'
'Echt waar?' vroeg Athena. 'Misschien heb je wel gelijk. Maar op een dag wordt hij een stuk ongelukkiger dan ik ooit zal zijn.'
'Ja,' zei Claudia, 'daar zorgen de cocaïne en de drank wel voor. Hij krijgt geen makkelijke oude dag. Maar hij is intelligent. Misschien past hij zich wel aan.'
'Ik wil niet zoals hij worden,' zei Athena. 'En dat gebeurt ook niet.'
'Jij bent mijn heldin,' zei Claudia, 'maar het proces van ouder worden kun je niet verslaan. Ik weet dat je niet drinkt en niet veel aanrommelt, maar je geheimen zullen je achterhalen.'
Athena lachte. 'Mijn geheimen zullen me redden,' zei ze. 'Mijn geheimen zijn zo banaal dat ze de moeite van het vertellen niet waard zijn. Wij, filmsterren, hebben ons mysterie nodig.'
Als ze niet moesten werken, winkelden ze elke zaterdagochtend op Rodeo Drive. Het verbaasde Claudia altijd weer om te zien hoe Athena zich zo wist te vermommen dat fans of winkelbedienden haar niet herkenden. Ze droeg een zwarte pruik en wijd vallende kleren om haar figuur te verbergen. Ze maakte zich anders op zodat haar kaken dikker en haar lippen voller leken, maar het interessantste was dat het leek alsof ze haar gelaatsuitdrukking kon herschikken. Voorts deed ze contactlenzen in die het felle groen van haar ogen in bedeesd nootbruin veranderden, en gaf ze haar stem een zacht, zuidelijk, slepend accent.
Als Athena iets kocht, deed ze dat met een van Claudia's creditcards en betaalde haar dan later tijdens een late lunch met een cheque terug. Het was heerlijk om zich in een restaurant als doorsnee burgers te kunnen ontspannen, en Claudia zei lachend dat niemand een scenarioschrijfster herkende. Twee keer per maand bleef Claudia een heel weekend in Athena's huis aan het strand om te zwemmen en te tennissen. Claudia had Athena de tweede versie van *Messalina* laten lezen, en Athena had om de hoofdrol gevraagd. Alsof ze geen topster was en alsof Claudia niet de smekende partij zou moeten zijn.

Toen Claudia in Malibu aankwam om Athena tot terugkeer naar de film om te praten, had ze enige hoop op succes. Athena zou immers niet alleen haar eigen carrière vernietigen maar ook die van Claudia schaden.
De eerste klap voor Claudia's zelfvertrouwen was de strenge bewaking rond Athena's huis, nog afgezien van de normale bewakers aan de poort van de Malibu Colony.
Bij de poort van het huis zelf stonden twee mannen in het uniform van de Pacific Ocean Security Company. Twee extra bewakers patrouilleerden door de enorme binnentuin. Toen de kleine Zuidamerikaanse huishoudster haar naar de 'oceaankamer' bracht, zag ze nog twee bewakers op het strand buiten. Alle bewakers hadden knuppels en vuurwapens in hun holster.
Athena begroette Claudia met een felle omhelzing. 'Ik zal je missen,' zei ze. 'Over een week ben ik weg.'
'Waarom doe je zoiets idioots?' vroeg Claudia. 'Je laat de een of andere lul van een macho je hele leven ruïneren. Plus het mijne. Ik kan me niet voorstellen dat je zo laf bent. Luister, vannacht blijf ik bij je. Morgen halen we een wapenvergunning en gaan we oefenen. Over een paar dagen zijn we scherpschutters.'
Athena lachte en omhelsde haar opnieuw. 'Je Mafia-bloed komt boven,' zei ze. Claudia had haar over haar vader en de Clericuzio's verteld.
Ze schonken iets te drinken in en gingen zitten in de gewatteerde stoelen met uitzicht op de oceaan. Het was net of ze naar een diep blauwgroen aquarel zaten te kijken.
'Je kunt me niet ompraten en ik ben geen schijtebroek,' zei Athena. 'Maar ik zal je het geheim vertellen dat je wilde weten. Dat mag je doorvertellen aan de studio en dan begrijpen jullie het misschien allemaal.'
Toen vertelde ze Claudia het hele verhaal van haar huwelijk. Van Boz Skannets sadisme, wreedheid en opzettelijke vernederingen. Hoe ze was weggelopen...
Claudia had een scherp gevoel voor verhalen en wist dat in Athena's verhaal iets ontbrak. Athena liet een paar belangrijke elementen opzettelijk weg.
'Wat is er met het kind gebeurd?' vroeg Claudia.
Athena's gezichtsuitdrukking veranderde in het masker van een filmster. 'Daarover kan ik je op dit moment niets zeggen. Zelfs het feit dat ik een kind heb, is iets tussen jou en mij. Dat is het enige wat je niet tegen de studio mag vertellen. Daar vertrouw ik op.'
Claudia wist dat ze haar op dit punt niet onder druk kon zetten. 'Maar waarom laat je de film in de steek?' vroeg Claudia. 'Je bent beschermd. Daarna kun je verdwijnen.'
'Nee,' zei Athena. 'De studio beschermt me alleen zolang de opnames duren. En dat helpt niet. Ik ken Boz. Niets houdt hem tegen. Als ik blijf, maak ik de film ook niet af.'

Op dat moment zagen ze een man in een zwembroek uit het water komen en naar het huis lopen. De twee bewakers onderschepten hem. Een van hen blies op een fluitje en de twee bewakers in de tuin kwamen rond het huis gerend. De man in de zwembroek stond tegen een overmacht van vier bewakers en leek een beetje terug te deinzen.
Athena stond kennelijk geschokt op. 'Dat is Boz,' zei ze zachtjes tegen Claudia. 'Hiermee wil hij me bang maken. De echte klap komt nog.' Ze liep het zonneterras op en keek op de vijf mannen neer. Claudia volgde haar naar buiten.
Boz Skannet keek met half dichtgeknepen ogen omhoog. Zijn gebruinde gezicht leek beschilderd door de zon en zijn lichaam zag er in zijn zwembroek dodelijk uit.
Glimlachend vroeg hij: 'Hé, Athena, waarom bied je me geen drankje aan?'
Athena antwoordde met een stralende glimlach: 'Als ik vergif had, zou ik dat doen. Je hebt een verbod overtreden. Daar kan ik je voor laten opsluiten.'
'Nee, dat doe je niet,' zei Boz. 'We zijn te close, we hebben samen te veel geheimen.' Ondanks zijn glimlach maakte hij een wilde indruk.
Claudia moest aan de mannen denken die de Clericuzio-feesten in Quogue bezochten.
Een van de bewakers zei: 'Hij is vanaf het openbare strand rond het hek gezwommen. Hij moet daar een auto hebben staan. Maar we kunnen hem ook laten opsluiten.'
'Nee,' zei Athena. 'Breng hem naar zijn auto. En zeg tegen de bewakingsdienst dat ik vier mensen extra wil.'
Boz stond nog steeds met zijn gezicht omhoog als een enorm standbeeld op het zand. 'Tot ziens, Athena,' zei hij. En toen brachten de bewakers hem weg.
'Hij is angstaanjagend,' zei Claudia. 'Misschien heb je wel gelijk. We zouden een kanon moeten afschieten om hem tegen te houden.'
'Ik bel je nog voordat ik *vlucht*,' zei Athena theatraal. 'Dan gaan we nog één keer samen eten.'
Claudia barstte bijna in tranen uit. Boz had haar echt bang gemaakt en deed haar aan haar vader denken. 'Ik vlieg naar Las Vegas en ga met mijn broer Cross praten. Hij is slim en kent veel mensen. Ik weet zeker dat hij je kan helpen. Ga dus niet weg totdat ik terug ben.'
'Waarom zou hij me helpen?' vroeg Athena. 'En hoe? Zit hij in de Mafia?'
'Natuurlijk niet,' zei Claudia verontwaardigd. 'Hij zal je helpen omdat hij van mij houdt.' Ze zei dat met trots in haar stem. 'En behalve mijn vader ben ik de enige van wie hij echt houdt.'
Athena keek haar fronsend aan. 'Die broer van je klinkt me nogal schimmig in de oren. Voor een vrouw in het filmvak ben je heel onschuldig. En hoe

komt het overigens dat je met zoveel mannen slaapt? Je bent geen actrice en ik geloof niet dat je een slet bent.'
'Dat is geen geheim,' zei Claudia. 'Waarom neuken mannen zoveel vrouwen?' Toen omhelsde ze Athena. 'Ik ben naar Las Vegas,' zei ze. 'Doe niets totdat ik terug ben.'
Die avond zat Athena op het terras en keek naar de oceaan die zwart onder een maanloze hemel lag. Ze nam haar plannen nog eens door en dacht vol genegenheid aan Claudia. Het was echt grappig dat ze haar broer niet doorzag, maar zo was de liefde nu eenmaal.

Toen Claudia later op de middag met Skippy Deere praatte en hem Athena's verhaal vertelde, bleef ze een tijdje zwijgend zitten. Toen zei Deere: 'Ze heeft een paar dingen weggelaten. Ik ben naar Boz Skannet gegaan om hem af te kopen. Hij weigerde. En als we geintjes gingen uithalen, zou hij de pers verhalen geven die ons zouden ruïneren. Namelijk hoe Athena haar kind geloosd heeft.'
Claudia stoof woedend op. 'Dat is niet waar,' zei ze. 'Iedereen die Athena kent, weet dat ze daartoe niet in staat is.'
'Natuurlijk,' zei Deere. 'Maar we kenden Athena niet toen ze twintig was.'
'Krijg jij ook maar de pest,' zei Claudia. 'Ik vlieg naar Las Vegas en ga met mijn broer Cross praten. Hij heeft meer pit en hersens dan jullie allemaal. Hij kan dit varkentje wel wassen.'
'Ik denk niet dat hij Boz Skannet bang kan maken,' zei Deere. 'Dat hebben wij ook al geprobeerd.' Maar nu zag hij een andere mogelijkheid.
Hij wist bepaalde dingen over Cross. Cross zocht mogelijkheden om in de filmindustrie door te dringen. Hij had geld gestoken in zes films van Deere en alles bij elkaar verlies geleden. Zo vreselijk slim was Cross dus niet. Het gerucht ging dat Cross 'connecties' had en enige invloed in de Mafia bezat. Maar iedereen had connecties met de Mafia, dacht Deere. Daardoor werden ze nog niet gevaarlijk. Hij betwijfelde of Cross hen inzake Boz Skannet kon helpen. Maar een producent luisterde altijd, een producent was gespecialiseerd in waagstukken. En bovendien kon hij Cross altijd overhalen om in een nieuwe film te investeren. Het was altijd heerlijk om kleine partners te hebben zonder zeggenschap over de financiën en de produktie van de film. Skippy Deere zweeg en zei toen tegen Claudia: 'Ik ga met je mee.'

Claudia De Lena hield van Skippy Deere hoewel Deere haar een half miljoen dollar afhandig had gemaakt. Ze hield van Deere om zijn gebreken, omdat hij op zoveel manieren een schooier was en omdat het altijd prettig was om bij hem te zijn – bewonderenswaardige eigenschappen voor een producent.

Jaren geleden hadden ze samen een film gemaakt en waren ze maatjes geworden. Toen was Deere al een van de succesvolste en kleurrijkste producenten van Hollywood. De mannelijke hoofdrolspeler had een keer op de set gepocht dat hij Deeres vrouw had versierd, en Deere, die op een looppad drie verdiepingen boven hem stond en hem hoorde, sprong omlaag, landde op het hoofd van de acteur, brak zijn schouder en verpletterde vervolgens met een stevige rechtse diens neus.
Claudia had ook een andere herinnering aan hem. Ze liepen samen over Rodeo Drive en Claudia zag een bloes in een etalage. Het was de mooiste bloes die ze ooit gezien had: wit met bijna onzichtbare groene strepen, zo mooi dat hij door Monet geschilderd had kunnen zijn. Het was een van de winkels waar je alleen op afspraak iets mocht komen kopen, net of de eigenaar een wereldberoemde arts was. Geen probleem. Skippy Deere was een persoonlijke vriend van de eigenaar, zoals hij ook dik bevriend was met studiobazen, topdirecteuren en regeringsleiders in landen van de hele westerse wereld.
Toen ze in de winkel stonden, vertelde de bediende dat de bloes vijfhonderd dollar kostte. Claudia deinsde met haar handen op haar borst terug. 'Vijfhonderd dollar voor één bloes?' vroeg ze. 'Laat me niet lachen.'
De winkelbediende was op zijn beurt verbijsterd door Claudia's onbeschaamdheid. 'Dit is het allerfijnste, handgemaakte weefsel,' zei hij, 'en zoals deze groene streep bestaat er op de hele wereld geen tweede. De prijs is heel redelijk.'
Deere glimlachte. 'Niet doen, Claudia,' zei hij. 'Weet je hoeveel het kost om hem te laten wassen? Minstens dertig dollar. Elke keer dat je hem aandoet, dertig dollar. En je moet hem verzorgen als een klein kind. Geen vlekken en je mag beslist niet roken. Als je er een gat in brandt, hup, daar gaan je vijfhonderd.'
Claudia keek de winkelbediende glimlachend aan. 'Mag ik u iets vragen?' vroeg ze. 'Krijg ik een cadeautje als ik hem koop?'
De bediende, een prachtig geklede man, zei met tranen in zijn ogen: 'Wilt u weggaan, alstublieft?'
Ze liepen de winkel uit.
'Sinds wanneer kan een winkelbediende iemand eruit smijten?' vroeg Claudia lachend.
'Dit is Rodeo Drive,' zei Skippy. 'Je hebt nog geluk gehad dat je naar binnen mocht.'
Toen Claudia de volgende ochtend in de studio aan het werk wilde gaan, lag er een cadeaudoos op haar bureau. Daar zat een tiental bloezen in plus een briefje van Skippy Deere: 'Alleen te dragen tijdens Oscar-uitreikingen.'
Claudia wist dat de winkelbediende en Skippy allebei schooiers waren. La-

ter zag ze diezelfde mooie groene streep op een jurk en een speciale tennishaarband van honderd dollar.
En de film waaraan ze met Deere werkte, was een prul met veel liefde en actie, die evenmin voor een Oscar in aanmerking kwam als Deere voor een benoeming in de Hoge Raad. Maar ze was getroffen.
En toen kwam de dag dat de film waaraan ze gewerkt hadden, de magische grens van honderdmiljoen bruto overschreed en Claudia had gedacht dat ze rijk werd. Skippy Deere nodigde haar uit om te gaan eten en het te vieren. Hij bruiste van opgewektheid. 'Dit is mijn geluksdag,' zei hij. 'De film zit boven de honderd, Bobby Bantz' secretaresse heeft me fantastisch gepijpt en gisteravond is mijn ex-vrouw bij een verkeersongeluk gedood.'
Twee andere producenten aten mee en krompen allebei ineen. Claudia dacht dat hij een grap maakte. Maar toen zei Deere tegen de producenten: 'Jullie kijken groen van jaloezie. Hiermee bespaar ik me vijfhonderd mille per jaar aan alimentatie. Mijn twee kinderen erven haar bezit en de schikking die ze van me gekregen heeft. Die hoef ik dus niet meer te onderhouden.'
Claudia voelde zich plotseling terneergeslagen, en Deere zei tegen haar: 'Ik ben gewoon eerlijk en zeg wat elke man denkt maar nooit hardop zegt.'
Skippy Deere had zijn sporen in de filmindustrie verdiend. Als zoon van een timmerman had hij zijn vader geholpen als die werk had in de huizen van de Hollywoodse filmsterren. In een situatie die je je alleen in Hollywood kunt voorstellen, werd hij de minnaar van een vrouwelijke actrice van middelbare leeftijd, die hem een baantje bezorgde als leerling in het bedrijf van haar agent, de eerste stap om hem kwijt te raken.
Hij werkte hard en leerde zijn vurige karakter te bewingen. Bovenal leerde hij Talent koesteren, nieuwe modieuze regisseurs smeken, frisse jonge sterren overdonderen, de beste vriend en mentor van prutsschrijvers worden. Hij bespotte zijn eigen gedrag en citeerde een grote kardinaal uit de renaissance, die een keer bij de Franse koning de zaak van een Borgia-paus kwam bepleiten. De koning ontblootte zijn achterste en ontlastte zich om zijn minachting voor de paus te tonen, en de kardinaal riep uit: 'O, het achterste van een engel,' waarna hij er snel een kus op gaf.
Maar Deere kreeg het onmisbare handwerk onder de knie. Hij leerde de kunst van het onderhandelen, die hij terugbracht tot de zin: 'Vraag gewoon alles.' Hij raakte belezen en kreeg een goed oog voor romans die goede films konden opleveren. Hij ontdekte acteertalent. Hij had aandacht voor alle produktiedetails en voor de diverse manieren om geld uit een filmbudget te stelen. Hij werd een succesvolle producent die met vijftig procent van het scenario en zeventig procent van het budget een film op het witte doek kreeg.

Het was bevorderlijk dat hij graag las en een scenario kon schrijven. Niet op een totaal leeg vel papier, maar hij was handig in het schrappen van scènes en de wijziging van dialogen en bedacht zelfs delen van handelingen en kleine zetstukken die soms briljant uitpakten, hoewel ze maar zelden noodzakelijk waren voor het vertelde verhaal. Waar hij trots op was en wat bijdroeg aan het financiële succes van zijn films, was dat hij vooral goed was in de afloop. Zijn films eindigden bijna altijd in een triomf, in de verheerlijking van het goede boven het kwade – en als dat niet goed uitkwam, in een zoete nederlaag. Zijn meesterwerk was de afloop van een film over de atomaire verwoesting van New York, waarin alle personages uiteindelijk betere mensen werden die zich wijdden aan de liefde voor hun medeschepselen, zelfs voor degene die de bom tot ontploffing had gebracht. Hij moest er vijf extra schrijvers voor inhuren om dat voor elkaar te krijgen.
Maar dat alles zou hem als producent weinig geholpen hebben als hij geen vlijmscherp oog voor financiën had gehad. Hij plukte het geld voor zijn films schijnbaar van een boom. Rijke mannen hadden een blind vertrouwen in zijn bedrijf, en de mooie vrouwen aan zijn arm eveneens. Filmsterren en regisseurs genoten van de onbeschaamde eerlijkheid waarmee hij van de goede dingen des levens genoot. Hij praatte met zijn charme ontwikkelingsgeld bij de studio's los en ontdekte de mogelijkheid om van sommige studiobazen met een enorm smeergeld het groene licht voor een film te krijgen. Voor zijn kerstkaarten en kerstgeschenken aan filmsterren, aan recensenten van kranten en tijdschriften en zelfs aan hoogeplaatste wetshandhavers had hij eindeloze adressenlijsten. Iedereen noemde hij zijn beste vriend, en wie niet langer nuttig voor hem was, schrapte hij van de cadeaulijst maar nooit van de kaartenlijst.
Een van de belangrijkste dingen voor een producent was het bezit van rechten. Al met een slecht verkochte obscure roman had je iets concreets waarover je met de studio kon praten. Deere legde beslag op de rechten ervan met vijfjarige opties tegen vijfhonderd dollar per jaar. Of hij nam een optie op een toneelstuk en werkte het samen met de schrijver om tot iets dat een studio zou kunnen kopen. Dat was echt moordend werk, want schrijvers waren heel teer. 'Teer' was zijn lievelingsuitdrukking voor mensen die hij zeikerds vond. Het woord was vooral handig bij vrouwelijke sterren.
Een van zijn succesvolste en plezierigste relaties was die met Claudia De Lena geweest. Hij had die meid echt graag gemogen en haar de kneepjes van het vak willen leren. Samen hadden ze drie maanden aan het scenario gewerkt. Ze gingen samen eten en speelden samen golf (tot Deeres verbazing versloeg Claudia hem). Ze gingen naar de renbaan van Santa Anita. Ze zwommen in Skippy Deeres zwembad terwijl secretaresses in badkleding alles opschreven. Claudia had Deere zelfs meegenomen voor een weekend

in het Xanadu-hotel in Las Vegas om hem voor te stellen aan Cross. Soms sliepen ze samen – dat was gewoon handig.
De film was financieel een groot succes en Claudia nam aan dat ze er uiteindelijk veel geld mee ging verdienen. Ze had een percentage van Skippy Deeres percentage, en wist dat hij altijd 'boven de wind' zat, zoals hij een bruto percentage graag noemde. Maar wat Claudia niet wist, was dat Deere twee verschillende percentages had, een op de bruto- en een op de nettoinkomsten. En Claudia's contract betrof een deel van Skippy Deeres nettopositie. En hoewel de film honderd miljoen dollar opbracht, kwam dat neer op helemaal niets. De boekhoudingsprocedure van de studio, Deeres bruto percentage en de kosten van de film slokten elke winst gemakkelijk op.
Claudia diende een aanklacht in, en om hun vriendschap in stand te houden trof Skippy een schikking voor een klein bedrag. Toen Claudia hem dat verweet, zei Deere: 'Dat heeft niets met onze persoonlijke relatie te maken, maar is iets tussen onze advocaten.'
Skippy Deere zei vaak: 'Ik ben ooit menselijk geweest en toen trouwde ik.' Hij was toen bovendien zelfs echt verliefd. Zijn excuus was dat hij toen nog jong was en met haar trouwde omdat hij met zijn toen al scherpe blik een actrice met talent in haar zag. Daar had hij gelijk in, maar zijn vrouw Christi had op het witte doek niet de magische kwaliteit die van een actrice een ster maakt. Het hoogste dat ze kon bereiken, was derde vrouwelijke bijrol.
Deere hield echt van haar. Toen hij eenmaal in de filmindustrie een machtsbasis had, deed hij zijn best om van Christi een ster te maken. Hij vroeg andere producenten, regisseurs en studiobazen om haar grote rollen te geven. In een paar films schopte ze het dankzij hem tot tweede vrouwelijke bijrol. Maar toen ze ouder werd, ging ze minder werken. Ze hadden twee kinderen, maar Christi werd steeds ongelukkiger en dat kostte Deere een flink deel van zijn werkuren.
Skippy Deere had het, net als alle andere succesvolle producenten, waanzinnig druk. Hij reisde de hele wereld af om een oogje op zijn films te houden, de financiën bij elkaar te krijgen en projecten te ontwikkelen. Door zijn contacten met heel veel mooie, charmante vrouwen en door zijn behoefte aan gezelschap kwam het vaak tot liefdesaffaires waarvan hij met overgave genoot, maar hij hield nog steeds van zijn vrouw.
Op een dag kwam een meisje van de afdeling ontwikkeling hem een scenario brengen dat volgens haar geknipt was voor Christi – een niet stuk te krijgen sterrenrol die precies bij haar talent paste. Het was een duistere film over een vrouw die uit liefde voor een jonge dichter haar man vermoordde en toen aan het verdriet van haar kinderen en de verdenking van haar schoonfamilie moest ontsnappen. Daarna vond ze natuurlijk verlossing. Het verhaal was belachelijke onzin, maar het zou kunnen werken.

Skippy Deere had twee problemen: hij moest een studio overhalen om de film te maken en diezelfde studio overhalen om Christi de rol te geven.

Hij vroeg gunsten aan iedereen en nam genoegen met alleen een percentage. Hij overreedde een mannelijke topster tot een rol die eigenlijk een bijrol was en kreeg Dita Tommey voor de regie. Alles verliep als een droom. Christi speelde de rol volmaakt en Deere produceerde de film volmaakt, dat wil zeggen dat negentig procent van het budget ook echt aan de film werd besteed.

In die tijd was Deere zijn vrouw nooit ontrouw, behalve één nacht in Londen waar hij de distributie regelde, en dat alleen nog maar omdat dat meisje zó mager was dat hij niewsgierig was hoe dat zou zijn.

Het werkte. De film was een commercieel succes, hij verdiende meer geld aan zijn percentage-uit-noodzaak dan hij als bedrag ineens gekregen zou hebben, en Christi won de Oscar voor de beste actrice.

En daar had, zoals Skippy Deere later tegen Claudia zei, de film moeten eindigen: Ze Leefden Nog Lang En Gelukkig. Maar nu was zijn vrouw echt zelfbewust geworden en had ze een gevoel van eigenwaarde gekregen. Dat bewees het feit dat ze speciaal voor haar geschreven rollen kreeg aangeboden. Ze ontving per koerier scenario's met rollen voor mooie vrouwen vol filmmagie. Deere raadde haar aan iets te zoeken dat geschikter voor haar was, want haar volgende film werd cruciaal. Hij had zich nooit zorgen gemaakt over haar trouw en haar zelfs het recht gegund om op locatie pret te maken. Maar in de paar maanden na haar Oscar – door iedereen gelukgewenst, voor alle topfeesten uitgenodigd, onderwerp van alle columns over het showvak, het hof gemaakt door jonge acteurs die koste wat het kost rollen wilden krijgen – bloeide ze op en werd ze weer een jonge vrouw. Ze ging openlijk relaties aan met acteurs die vijftien jaar jonger waren. De roddeljournalisten namen er nota van en de feministen onder hen juichten haar toe.

Skippy Deere nam dat allemaal blijkbaar heel goed op. Hij begreep hoe de zaak in elkaar zat. Hij bleef toch ook jonge meisjes versieren? Waarom zou hij zijn vrouw dan hetzelfde pretje misgunnen? Maar aan de andere kant: waarom zou hij zijn buitengewone inspanningen om Christi's carrière te bevorderen, voortzetten? Vooral toen ze het lef had om hem voor een van haar jonge minnaars een rol te vragen. Hij zocht geen scenario's meer voor haar en staakte zijn campagnes bij andere producenten, regisseurs en studiobazen. Dat waren allemaal oudere mannen. Als mannenbroeders onder elkaar namen ze het voor hem op en hielden geen bijzondere rekening meer met haar.

Christi speelde in nog twee films de hoofdrol. Die mislukten allebei, want de rollen waren niet geschikt voor haar. En zo verspilde ze het professionele

krediet dat ze met haar Oscar verdiend had. Drie jaar later speelde ze weer derde vrouwelijke bijrollen.
Inmiddels was ze verliefd geworden op een jongeman die producent wilde worden. Hij leek zelfs heel sterk op haar man, maar had geld nodig. Daarom diende Christi een aanvraag tot scheiding in. Ze sleepte een enorm schikkingsbedrag plus $500.000 dollar per jaar aan alimentatie in de wacht. Haar advocaten zagen Skippy's bezittingen in Europa over het hoofd, en dus scheidden ze als vrienden. En nu, zeven jaar later, was ze bij een autoongeluk om het leven gekomen. Op dat moment stond ze weliswaar nog steeds op Deeres kerstkaartenlijst, maar ook op zijn beroemde 'het leven is te kort'-lijst, hetgeen betekende dat hij haar telefoontjes niet beantwoordde.
Claudia De Lena had dus een wat dubbelzinnige genegenheid voor Deere. Omdat hij zijn ware zelf aan anderen blootgaf, omdat hij zo'n schaamteloos zelfzuchtig leven leidde, omdat hij je recht in de ogen kon kijken en je zijn vriend noemde terwijl hij en jij heel goed wisten dat hij nooit iets zou doen uit echte vriendschap. Omdat hij zo'n vrolijke en vurige hypocriet was. Deere was bovendien een groot overreder. En hij was de enige man uit haar omgeving die even snel van begrip was als Cross. Ze namen het eerstvolgende vliegtuig naar Las Vegas.

Boek IV

Cross De Lena
De Clericuzio's

6

Toen Cross eenentwintig werd, stond Pippi De Lena te trappelen om hem in zijn voetsporen te laten treden. Het allerbelangrijkste in het leven van een man – vond iedereen – was dat hij zijn eigen brood verdiende. Hij moest zorgen dat hij te eten had, een dak boven zijn hoofd had, kleren aan zijn lijf had en zijn kinderen voedde. Om dat zonder onnodige misère klaar te spelen diende een man een zekere macht te bezitten. Daaruit volgde, even logisch als de dag op de nacht volgt, dat Cross zijn plaats in de Clericuzio-Familie moest innemen. Daarvoor was absoluut nodig dat hij zijn 'botten maakte'.

Cross had in de Familie een goede naam. Zijn antwoord aan Dante, toen deze hem vertelde dat Pippi een 'hamer' was, werd vrolijk geciteerd door don Domenico zelf, die van zijn woorden bijna in extase raakte. 'Nee, dat weet ik niet. En jij weet dat evenmin. Niemand weet dat. Maar waar heb je in jezusnaam die rare pet vandaan?'

'Wat een antwoord!' riep de don verrukt uit. 'Een jongeman die zo discreet en humoristisch is, is een sieraad voor zijn vader. We moeten die jongen een kans geven.' Dat was allemaal aan Pippi overgebracht, en hij wist dus dat de tijd rijp was.

Hij begon Cross bij te schaven. Hij stuurde hem op pad met incasso-opdrachten die moeilijk waren en kracht vereisten. Hij besprak de oude Familiegeschiedenis en hoe operaties werden uitgevoerd. Daar komt niets opzichtigs bij kijken, benadrukte hij. Maar als je wél iets opzichtigs moet doen, dient dat tot in het kleinste detail te worden voorbereid. Een simpele kwestie vraagt uiterste eenvoud. Zet een klein gebied af en vang je doelwit daar op. Eerst inspectie, daarna de auto en de huurmoordenaar, daarna auto's om eventuele achtervolgers te blokkeren en na afloop een tijdje onderduiken zodat je niet direct ondervraagd kunt worden. Dat is simpel. Voor iets opzichtigs verzin je iets opzichtigs. Je kunt van alles bedenken maar altijd op basis van grondige planning. En je doet alleen iets opzichtigs als het echt niet anders kan.

Hij vertelde Cross zelfs bepaalde codewoorden. Een 'communie' was de verdwijning van het lijk van het slachtoffer. Dat was iets fantasievols. Van een 'belijdenis' was sprake als het lijk gevonden mocht worden. Dat was simpel.

Pippi lichtte hem ook uitvoerig in over de Clericuzio-Familie. Hun grote oorlog met de Santadio-Familie, waarmee hun macht gevestigd werd. Pippi zei niets over zijn aandeel in die oorlog en was ook overigens karig met details. Hij prees vooral Giorgio, Vincent en Petie. Maar bovenal prees hij don Domenico om diens vooruitziende blik.

De Clericuzio's hadden vele netten gespannen, maar het uitgebreidste net omspande het gokken. De Familie overheerste in alle soorten casino's en illegale speelhuizen in de Verenigde Staten, had een heel subtiele invloed op de door indianen geleide casino's en had veel in de melk te brokkelen bij de sporttoto's, die in Nevada legaal waren en in de rest van het land niet. De Familie bezat fabrieken van fruitautomaten en had belangen in de dobbelstenen- en speelkaartenindustrie, de distributie van porselein en tafelzilver en de wasserijen voor gokhotels. Het gokken was hun kroonjuweel en ze hadden een PR-campagne lopen om het gokken in elke staat te legaliseren. Studies hadden aangetoond dat vooral op sportgebied enorme bedragen te verdienen waren.

De Heilige Graal van de Clericuzio-Familie was dus de federale legalisering van het gokken in de hele Verenigde Staten. Niet alleen casino's en loterijen, maar ook sportweddenschappen: honkbal, football, basketball en alle andere. Sport was in Amerika heilig, en als het gokken eenmaal legaal was, straalde die heiligheid ook op het gokken zelf af. De winsten werden dan enorm.

Giorgio, wiens bedrijf een paar staatsloterijen beheerde, had de Familie een overzicht van de te verwachten bedragen gegeven. Bij de Super Bowl werd voor minimaal twee miljard dollar gewed, grotendeels illegaal. Van de sportweddenschappen in Las Vegas bedroeg alleen al het legale deel meer dan vijftig miljoen. Bij de World Series ging, afhankelijk van het aantal gespeelde wedstrijden, in totaal nog eens een miljard om. Basketball was veel kleiner, maar bij de vele playoffs ging het om nog eens een miljard, en dan telde hij het dagelijkse wedden tijdens het seizoen niet eens mee.

Als dat allemaal legaal was, kon het bedrag met speciale loterijen en gecombineerd wedden gemakkelijk verdubbeld of verdrievoudigd worden, behalve bij de Super Bowl, waar het bedrag met het tienvoudige kon stijgen en misschien wel op één dag netto een miljard dollar kon opleveren. Alles bij elkaar kon de honderd miljard dollar bereikt worden, en het mooie was dat er geen produktiekosten bij kwamen kijken. De enige kosten waren die voor marketing en administratie. Daar viel voor de Clericuzio-Familie veel geld binnen te halen – een winst van minstens vijf miljard dollar per jaar.

En de Clericuzio's hadden de kennis, de politieke connecties en de pure kracht om een groot deel van die markt te beheersen. Giorgio had grafieken laten zien met de gecompliceerde prijzen die bij grote sportevenementen konden worden uitgeloofd. Gokken zou een grote magneet worden om geld te onttrekken aan de reusachtige goudmijn van het Amerikaanse volk. Gokken was dus risicoarm en had een enorm groeipotentieel. Om de legalisering ervan te bereiken, speelden de kosten geen rol en werden nog grotere risico's overwogen.
De Familie was ook rijk geworden van drugs, maar alleen op heel hoog niveau. De rest was te riskant. De Clericuzio's beheersten de Europese verwerking, verschaften politieke bescherming, zetten processen naar hun hand en wasten het geld wit. Hun positie in de drugshandel was wettelijk onaantastbaar en uiterst winstgevend. Ze brachten het geld onder bij een keten van banken in Europa en een paar banken in de Verenigde Staten. Daarmee werd het rechtssysteem omzeild.
Toch, waarschuwde Pippi, kwamen er ondanks alles momenten waarop risico's onvermijdelijk waren en een ijzeren vuist moest worden getoond. Dat deed de Familie met de uiterste discretie en met een dodelijke agressie. Op die momenten bewees je dat je je goede leven waard was, bewees je dat je echt je brood verdiende.
Kort na zijn eenentwintigste verjaardag werd Cross ten slotte op de proef gesteld.

Een van de meest geprezen politieke steunpilaren van de Clericuzio-Familie was Walter Wavven, de gouverneur van Nevada, een lange, slungelige man van begin vijftig, die een cowboyhoed droeg, maar de rest van zijn kleding van een kleermaker betrok. Hij was knap en, hoewel hij getrouwd was, dol op de vrouwtjes. Voorts hield hij van lekker eten, lekker drinken, sportweddenschappen en gokken in casino's. Hij was te gevoelig voor de openbare mening om die voorkeuren te laten blijken of liefdesrelaties aan te gaan. Dus verliet hij zich op Alfred Gronevelt en het Xanadu-hotel, waar hij zijn lusten kon botvieren zonder ondermijning van zijn persoonlijke en politieke image als Godvrezend man die rotsvast in traditionele gezinswaarden geloofde.

Gronevelt zag Wavvens bijzondere gaven al vroeg en verschafte de financiële basis waarop Wavven de politieke ladder kon beklimmen. Toen Wavven gouverneur van Nevada werd en zich een weekend wilde ontspannen, gaf Gronevelt hem een van de veelgeprezen villa's.
Die villa's waren Gronevelts briljantste idee geweest...
Toen Gronevelt in Las Vegas aankwam, was het eigenlijk nog steeds een

Western-stad voor gokkende cowboys, en hij had het gokken en de gokkers bestudeerd zoals een briljante geleerde een insekt met een belangrijke plaats in de evolutie bestudeert. Het enige grote mysterie dat nooit zou worden opgelost, was de vraag waarom steenrijke mensen nog steeds hun tijd verspilden aan pogingen om met gokken geld te verdienen dat ze niet nodig hadden. Gronevelt stelde vast dat ze dat deden om andere ondeugden te verbergen, vanuit een verlangen om het noodlot zelf in hun macht te krijgen, maar bovenal om hun superioriteit boven hun medemensen te bewijzen. Daaruit trok hij de conclusie dat ze tijdens het gokken als goden behandeld moesten worden. Ze zouden gokken zoals goden dat doen, of zoals de Franse koningen in Versailles deden. Gronevelt besteedde dus honderdmiljoen dollar aan de bouw van zeven luxe villa's en een speciaal, schitterend ingericht casino op het terrein van het Xanadu-hotel (met zijn gebruikelijke vooruitziende blik had hij veel meer grond gekocht dan het hotel nodig had). Die villa's waren kleine paleisjes. In elk ervan konden zes paren in aparte units slapen. En het waren beslist geen gewone suites. Ze waren met handgeweven tapijten, marmeren vloeren, gouden badkamers en duur textiel op de wanden weelderig ingericht; de eetzalen en keukens werden door het hotel bemand. De nieuwste audiovisuele apparatuur veranderde de zitkamers in bioscopen. De bars van de villa's bevatten de beste wijnen en sterke dranken plus een kist illegale havanna's. Elke villa had buiten een eigen zwembad en binnen een jacuzzi. Dat stond de gokker allemaal gratis ter beschikking.

Op het afzonderlijk bewaakte terrein van de villa's stond het kleine, ovale casino dat de Pearl heette. Daar konden de geldsmijters in alle rust gokken en bedroeg de minimuminzet bij baccarat duizend dollar. In dit casino waren ook de fiches anders: de zwarte van honderd dollar was de kleinste coupure. Er was een roomwitte met gouddraad voor vijfhonderd, een blauwe met gouden balken voor duizend en een speciaal ontworpen fiche voor tienduizend dollar met een echte diamant op een gouden oppervlak. Maar als concessie aan de dames wisselde het roulettewiel fiches van honderd dollar in fiches van vijf.

Het was verbazingwekkend hoe steenrijke mannen en vrouwen ervoor vielen. Gronevelt berekende dat al die extravagante gratis logés een kostenpost van vijftigduizend dollar per week voor het hotel betekenden. Maar die kosten waren aftrekbaar en werden in de boeken opgeschroefd. De cijfers (hij hield er een aparte boekhouding van bij) bewezen dat elke villa een gemiddelde winst van een miljoen dollar per week opleverde. Ook de uiterst luxe restaurants voor de villa- en andere eregasten maakten winst als aftrekposten. De prijs voor een diner van vier personen bedroeg in totaal meer dan duizend dollar, maar omdat de maaltijd gratis was, werd dat bedrag als hotelkosten afgetrokken van de inkomsten. Aangezien [illegible] inclusief arbeidsloon, niet meer dan honderd dollar ko[illegible] gemaakt.

Voor Gronevelt waren de zeven villa's dus zeven krone[illegible] het hoofd zette van gokkers die tijdens hun twee- of drieda[illegible] stens een miljoen dollar riskeerden. Of ze wonnen of verlor[illegible] uit. Wel dat ze gokten. En ze moesten hun promesses direct b[illegible] [illegible]ders werden ze naar een van de suites in het hotel zelf verwezen, d[illegible] weliswaar weelderig waren maar niets vergeleken met de villa's.

Natuurlijk ging het ook om meer. Het waren villa's waar vooraanstaande mannen uit het openbare leven hun maîtresses of vriendjes mee naartoe konden nemen en waar ze in anonimiteit konden gokken. En het was vreemd, maar veel industriëlen, mannen die honderden miljoenen dollars bezaten, waren ondanks hun vrouw en maîtresses eenzaam. Ze snakten naar zorgeloos en uitzonderlijk meelevend vrouwelijk gezelschap. Gronevelt voorzag de villa's van deze mannen van geschikte mooie meisjes.

Gouverneur Walter Wavven was een van die mannen. En hij was de enige uitzondering op Gronevelts regel van het risico van één miljoen. Hij gokte bescheiden en dan ook nog vanuit een beurs die hem door Gronevelt privé ter beschikking werd gesteld. Als zijn promesses een bepaald bedrag overschreden, werden ze bevroren, zodat hij ze uit toekomstige winsten kon betalen.

Wavven kwam naar het hotel om zich te ontspannen, om op de baan van het Xanadu te golfen, om te drinken en om de door Gronevelt beschikbaar gestelde meisjes het hof te maken.

Gronevelt pakte de gouverneur heel voorzichtig aan. In de loop van twintig jaar vroeg hij nooit rechtstreeks om een gunst, alleen om een willig oor voor zijn argumenten ten gunste van legalisering om het casinobedrijf in Las Vegas te bevorderen. Zijn gezichtspunten werden meestal overgenomen; in het andere geval gaf de gouverneur een gedetailleerde uitleg van de politieke werkelijkheid die dat verhinderde. Maar de gouverneur bewees Gronevelt waardevolle diensten door hem te introduceren bij invloedrijke rechters en politici die met contant geld te koop waren.

Diep in zijn hart koesterde Gronevelt de hoop dat gouverneur Walter Wavven tegen alle waarschijnlijkheid in ooit nog eens president van de Verenigde Staten zou worden. Dat kon hem een enorme winst opleveren.

Maar tegen het noodlot is geen list opgewassen, zoals Gronevelt altijd erkende. De onbeduidendste stervelingen brengen rampen over het hoofd van de machtigsten. In dit geval was dat een vijfentwintigjarige jongeman, die de minnaar werd van de achttienjarige oudste dochter van de gouverneur.

eur was getrouwd met een intelligente, knappe vrouw, die in olitieke opvattingen rechtvaardiger en liberaler was dan haar man, ewel ze goed samenwerkten. Ze hadden drie kinderen, en dat gezin was voor de gouverneur een belangrijke troef. Marcy, de oudste, zat op Berkeley. Daarvoor hadden zij en haar moeder gekozen, niet de gouverneur.

Marcy verliet de kluisters van een politiek huisgezin en was verrukt over de vrijheid van de universiteit, waar veel mensen politiek links waren en open stonden voor nieuwe muziek en aan drugs ontleende inzichten. Als echte dochter van haar vader had ze een uitgesproken seksuele belangstelling. Vanwege haar onschuld en de natuurlijke rechtvaardigheidszin die jongeren bezitten, ging haar sympathie uit naar de armen, de werkende klasse, de lijdende minderheden. Ook werd ze verliefd op de zuiverheid van de kunst. Het lag daarom voor de hand dat ze veel met dichtende en musicerende studenten omging. En het lag nog meer voor de hand dat ze na een paar toevallige ontmoetingen verliefd werd op een medestudent die toneelstukken schreef, gitaar speelde en arm was.

Hij heette Theo Tatoski en was de volmaakte kandidaat voor een collegeromance. Hij was donker en knap en kwam uit een katholiek gezin dat in de autoindustrie van Detroit werkte, maar met zijn poëtische gevoel voor alliteratie zei hij altijd dat hij liever vrijde dan voorruiten vastzette. Desondanks werkte hij parttime om zijn collegegeld te kunnen betalen. Hij nam zichzelf hoogst serieus, maar omdat hij talent had, was dat niet zo erg.

Marcy en Theo waren twee jaar lang onafscheidelijk. Ze stelde Theo in de gouverneurswoning aan haar familie voor en was verrukt van het feit dat haar vader geen indruk op hem maakte. Later deelde hij haar in hun slaapkamer aldaar mee dat hij haar vader een echte patser vond.

Misschien had Theo hun neerbuigende houding gevoeld; de gouverneur en zijn vrouw waren allebei extra vriendelijk en hoffelijk geweest en vastbesloten om de keuze van hun dochter te eerbiedigen, maar heimelijk betreurden ze een zo ongeschikte relatie. Marcy's moeder maakte zich geen zorgen. Ze wist dat Theo's charme zou vervagen naarmate haar dochter ouder werd. Haar vader voelde zich niet op zijn gemak maar probeerde dat te compenseren met een (zelfs voor een politicus) meer dan gewone minzaamheid. De gouverneur presenteerde zich immers als voorvechter van de werkende klasse en de moeder was een goed opgeleide liberaal. Een romance met Theo kon Marcy alleen maar een bredere kijk op het leven geven. Intussen woonden Marcy en Theo samen en maakten ze plannen om na hun afstuderen te gaan trouwen. Theo zou schrijven en zijn toneelstukken op de planken brengen, en Marcy zou zijn muze zijn en lerares literatuur worden.

Een stabiele regeling. De jonge mensen leken min of meer uit de buurt van de drugs te blijven en hun seksuele relatie maakte niet veel uit. De gouver-

neur dacht zelfs wel eens dat hun huwelijk hem politiek wel eens van pas kon komen, want het publiek zou eruit opmaken dat hij ondanks zijn puur blanke achtergrond, zijn rijkdom en zijn cultuur, als echte democraat een schoonzoon uit een arbeidersmilieu accepteerde.
Iedereen schikte zich naar een doodnormale situatie. De ouders hadden alleen graag gezien dat Theo niet zo'n zuurpruim was.
Maar jongeren zijn eigenzinnig. In Marcy's laatste collegejaar werd ze verliefd op een medestudent die rijk en voor haar ouders maatschappelijk aanvaardbaarder was dan Theo. Maar ze wilde dat Theo haar vriend bleef. Ze vond het opwindend om met twee minnaars te jongleren zonder technisch gezien de zonde van overspel te plegen. Dat gaf haar in haar onschuld een uniek gevoel.
De verrassing was Theo. Hij reageerde op de situatie niet als een tolerante Berkeley-radicaal maar als een soort Poolse ridder. Ondanks zijn bohemien leven als dichter en musicus, ondanks de lessen van feministische professoren en ondanks de hele Berkeley-atmosfeer van seksueel laissez-faire werd hij venijnig jaloers.
Theo was altijd grillig en excentriek geweest; dat was deel van zijn charme. In gesprekken verkondigde hij vaak de uiterst revolutionaire stelling dat het opblazen van honderd onschuldige mensen voor de vrije samenleving van de toekomst een klein offer was. Toch wist Marcy dat Theo zoiets nooit zou doen. Toen ze een keer na een tweeweekse vakantie in hun flat kwamen, hadden ze een nest pasgeboren muizen in hun bed gevonden. Theo had de kleine diertjes gewoon ongedeerd op straat gezet. Marcy vond dat vertederend.
Maar toen Theo ontdekte dat Marcy een andere minnaar had, sloeg hij haar in haar gezicht. Toen barstte hij in tranen uit en smeekte hij om vergeving. Ze vergaf hem. Ze vond hun vrijpartijen nog steeds opwindend, en nog opwindender nu ze meer macht had vanwege zijn kennis van haar verraad. Maar hij werd steeds gewelddadiger. Ze hadden vaak ruzie, het samenleven was niet meer zo leuk als vroeger en Marcy verhuisde uit de flat.
Haar andere minnaar verdween langzamerhand. Marcy had een paar andere affaires. Maar zij en Theo bleven bevriend, en soms sliepen ze samen. Marcy was van plan naar de oostkust te gaan en aan een deftig college af te studeren. Theo verhuisde naar Los Angeles om toneelstukken te schrijven en werk als scenarioschrijver te zoeken. Een van zijn korte musicals werd door een klein toneelgezelschap geproduceerd. Er waren drie voorstellingen gepland, en hij nodigde Marcy uit om te komen kijken.
Marcy vloog naar Los Angeles om de musical te zien. Die was zo vreselijk slecht dat de helft van het publiek wegliep. Dus bleef Marcy die nacht in Theo's flat om hem te troosten. Wat er toen precies gebeurde, kon nooit

worden vastgesteld. Theo stak Marcy dood met messteken in haar ogen. Toen stak hij zichzelf in zijn maag en belde hij de politie. Op tijd om zijn eigen leven te redden, maar niet dat van Marcy.

Het proces in Californië was natuurlijk een enorme perssensatie. Een dochter van de gouverneur van Nevada, vermoord door een dichter uit een arbeidersmilieu, die drie jaar lang haar minnaar was geweest maar toen aan de dijk was gezet.

Advocate Molly Flanders, gespecialiseerd in crimes passionelles, verdedigde hem, maar deze zaak bleek haar laatste strafzaak voordat ze de vermaaksindustrie ging doen. Ze volgde een klassieke tactiek en haalde er getuigen bij die verklaarden dat Marcy minstens zes minnaars had gehad terwijl Theo nog steeds geloofde dat ze gingen trouwen. De rijke, maatschappelijk geslaagde, losbandige Marcy had haar oprechte toneelschrijver uit een arbeidersmilieu aan de kant geschoven, en in diens geest was toen iets geknapt. Namens haar cliënt stelde Molly dat hij 'tijdelijk ontoerekeningsvatbaar' was geweest. Haar lievelingsregel (die Claudia De Lena voor haar geschreven had) luidde: 'Hij is nooit meer verantwoordelijk te stellen voor wat hij gedaan heeft.' Een zin waarover don Clericuzio in woede zou zijn uitgebarsten.

Theo zag er tijdens zijn getuigenis verslagen uit. Zijn vroom-katholieke ouders hadden machtige leden van de Californische clerus ertoe overgehaald om zijn zaak te bepleiten, en zij getuigden dat Theo zijn hedonistische leven had opgegeven en nu vastbesloten was om voor het priesterschap te gaan studeren. Men wees erop dat Theo zelfmoord had proberen te plegen en dus uiteraard berouw had, en als je die twee dingen combineerde, was zijn ontoerekeningsvatbaarheid bewezen. Alles kreeg nog extra fleur door de welsprekendheid van Molly Flanders, die een beeld schetste van de enorme bijdrage die Theo aan de maatschappij kon leveren als hij niet gestraft werd voor een dwaze daad, geprovoceerd door een vrouw met een dubieuze moraal waaraan zijn arbeidershart bezweek. Een achteloos, rijk meisje, dat nu helaas dood was.

Molly Flanders was dol op Californische jury's. Die waren intelligent en beschaafd genoeg om de nuances van een psychologisch trauma te begrijpen. De hogere cultuur van het toneel, de film, de muziek en de literatuur was immers hun dagelijks brood, en hun hart klopte van medeleven. Toen Flanders met de jury klaar was, stond de uitslag vast. Theo werd op grond van tijdelijke ontoerekeningsvatbaarheid onschuldig verklaard. Hij kreeg direct een contract voor een rol in een miniserie over zijn levensverhaal, niet als hoofdrolspeler, maar in een bijrol waarin hij met zelfgecomponeerde liedjes het verhaal aan elkaar zong. Het was een volmaakt bevredigende afloop van een moderne tragedie.

Maar de gevolgen voor gouverneur Walter Wavven, de vader van het meisje, waren rampzalig. Alfred Gronevelt zag twintig jaar investeringen in rook opgaan, want in de beslotenheid van zijn villa liet gouverneur Wavven hem weten dat hij zich niet herkiesbaar zou stellen. Wat voor zin had het om macht te vergaren als de eerste de beste blanke uitvreter zijn dochter kon doodsteken, bijna haar hoofd af kon snijden en daarna als vrij man verder kon leven? Nog erger was dat zijn geliefde dochter door pers en tv door het slijk was gehaald als een domme slet die haar dood verdiende.

Sommige tragedies in het leven slaan te diepe wonden, en voor de gouverneur was dit er een van. Hij bleef zo lang als hij kon in het Xanadu, maar hij was niet zijn oude vrolijke zelf. Hij had geen belangstelling voor showgirls of rollende dobbelstenen. Hij dronk alleen en speelde golf. Voor Gronevelt was dat een netelig probleem.

Hij leefde ten diepste met de gouverneur mee. Je kunt niet twintig jaar lang iemands vriendschap cultiveren, ook niet uit eigenbelang, zonder enige genegenheid voor hem te koesteren. Maar het was een feit dat een zich uit de politiek terugtrekkende gouverneur Wavven geen sleutelpositie meer innam, geen toekomstpotentieel had en alleen nog maar een man was die zich dooddronk. En als hij gokte, deed hij dat heel afwezig – Gronevelt had al promesses voor tweehonderdduizend van hem. Het moment brak dus aan om de gouverneur het gebruik van de villa te ontzeggen. Natuurlijk zou hij de gouverneur een luxe suite in het hotel geven, maar dat zou een degradatie zijn, en voordat hij daartoe overging, deed hij nog één poging tot rehabilitatie.

Gronevelt overreedde de gouverneur op een ochtend tot een partijtje golf. Om het viertal compleet te maken haalde hij ook Pippi De Lena en Cross erbij. De gouverneur hield altijd van Pippi's directe humor, en Cross was een zo knappe en beleefde jongeman dat ouderen altijd blij waren met zijn gezelschap. Na het spel gingen ze naar de villa van de gouverneur voor een late lunch.

Wavven was sterk vermagerd en leek geen trots meer te putten uit zijn verschijning. Hij droeg een smoezelig trainingspak en een honkbalpet met het Xanadu-logo. Hij was ongeschoren en glimlachte vaak, niet met de glimlach van een politicus maar met een soort beschaamde grimas. Gronevelt zag dat zijn tanden erg geel waren en dat hij dronken was.

Gronevelt besloot het erop te wagen. Hij zei: 'Gouverneur, u laat uw gezin stikken, u laat uw vrienden stikken en u laat de bevolking van Nevada stikken. Zo kunt u niet doorgaan.'

'Natuurlijk wel,' zei Walter Wavven. 'Laat de bevolking van Nevada de pest krijgen. Wie kan dat wat schelen?'

Gronevelt zei: 'Mij. U gaat mij ter harte. Ik breng het geld bij elkaar, en bij de volgende senaatsverkiezingen moet u zich kandidaat stellen.'

'Maar waarom moet dat?' vroeg de gouverneur. 'In dit verdomde land stelt dat niks voor. Ik ben gouverneur van de prachtige staat Nevada, en zo'n kleine lul vermoordt mijn dochter en gaat vrijuit. En dat moet ik pikken. De mensen maken grappen over mijn dode kind en bidden voor de moordenaar. Weet je waar ik voor bid? Dat een atoombom dit land van de aardbodem veegt, vooral de staat Californië.'
Pippi en Cross hoorden hem zwijgend aan. De felheid van de gouverneur had hen nogal geschokt. En beiden begrepen dat Gronevelt ergens naartoe wilde.
'Dat moet u allemaal van u afzetten,' zei Gronevelt, 'en u moet zorgen dat deze zaak uw leven niet vernietigt.'
Zijn zalvende toon had zelfs een heilige geërgerd.
De gouverneur gooide zijn honkbalpet door de kamer en schonk aan de bar nog een glas whiskey in.
'Ik kan het niet vergeten,' zei hij. 'Ik lig 's nachts wakker en droom ervan dat ik die kleine hufter zijn ogen uit zijn kop draai. Ik wil hem in brand steken, ik wil zijn handen en benen afhakken. En ik wil dat hij blijft leven, zodat ik het steeds opnieuw kan doen.' Hij keek hen met een dronken glimlach aan en viel bijna om. Ze zagen zijn gele tanden en roken de rottende stank uit zijn mond.
Wavven ontnuchterde een beetje en begon zachtjes en bijna spraakzaam te praten. 'Hebben jullie gezien hoe hij haar gestoken heeft?' vroeg hij. 'Door haar ogen. De rechter wilde de foto's niet aan de jury laten zien. Dan raakten ze bevooroordeeld. Maar ik, haar vader, heb die foto's gezien. En dus gaat die kleine Theo met die grijns op zijn smoel vrijuit. Hij heeft mijn dochter door haar ogen doodgestoken maar staat elke ochtend op en ziet de zon schijnen. O, ik wou dat ik ze allemaal kon vermoorden – de rechter, de juryleden, de advocaten, de hele klerezooi.' Hij schonk zijn glas vol en liep toen woedend en raaskallend door de kamer.
'Ik ga daar niet meer staan leuteren over dingen waarin ik niet meer geloof. Niet zolang die kleine hufter nog leeft. Hij heeft aan mijn eettafel gezeten. Mijn vrouw en ik hebben hem als een mens behandeld, ook al vonden we hem niks. We hebben hem het voordeel van de twijfel gegund. Geef nooit iemand het voordeel van de twijfel. We hebben hem in ons huis ontvangen en hebben hem een bed gegeven om daar met onze dochter te slapen, en hij lachte ons de hele tijd uit. Hij zei: "Wat kan mij het verrekken of je gouverneur bent? Wat kan mij het verrekken of je geld hebt? Wat kan mij het verrekken of jullie beschaafde, fatsoenlijke mensen zijn? Ik vermoord je dochter als ik daar zin in heb en daar kun je lekker niks tegen doen. Ik zorg gewoon voor jullie ondergang. Ik neuk jullie dochter, dan vermoord ik haar, daar zadel ik jullie mee op en vervolgens ga ik vrijuit".' Wavven wankelde en

Cross liep snel naar hem toe om hem te steunen. De gouverneur keek langs hem heen naar het hoge plafond, helemaal beschilderd met roze engelen en in het wit geklede heiligen. 'Ik wil hem dood,' zei de gouverneur, en barstte in tranen uit. 'Ik wil hem dood.'

Gronevelt zei zachtjes: 'Walter, dat gaat over. Gun het wat tijd. Stel je kandidaat voor de Senaat. De beste jaren van je leven komen nog. Je kunt nog steeds zoveel doen.'

Wavven rukte zich los van Cross en zei kalm tegen Gronevelt: 'Snap je het dan niet? Ik geloof niet meer in goede dingen doen. Ik mag tegen niemand vertellen hoe ik me echt voel, niet eens tegen mijn vrouw. De haat die ik voel. En ik zal je nog iets anders zeggen. De stemmers minachten me en vinden me een slappe lul. Een man die zijn dochter laat vermoorden en hem dan niet bestraft krijgt. Wie vertrouwt zo iemand het welzijn van de staat Nevada toe?' Hij was inmiddels gaan snauwen. 'Die kleine smeerlap wordt makkelijker gekozen dan ik.' Hij zweeg even. 'Alfred, vergeet het, ik stel me nergens meer kandidaat voor.'

Gronevelt keek hem aandachtig aan. Hij bespeurde iets dat Pippi en Cross ontging. Hartstochtelijk verdriet leidt heel vaak tot zwakte, maar Gronevelt besloot het risico te nemen. Hij vroeg: 'Walter, stel jij je kandidaat voor de Senaat als die man gestraft wordt? Word je dan weer zoals vroeger?'

De gouverneur begreep het blijkbaar niet. Zijn blik gleed naar Pippi en Cross. Toen staarde hij Gronevelt recht aan. Gronevelt zei tegen Pippi en Cross: 'Wacht op me in mijn kantoor.'

Pippi en Cross liepen snel weg. Gronevelt en gouverneur Wavven waren alleen. Gronevelt zei ernstig tegen hem: 'Walter, jij en ik moeten voor het eerst in ons leven heel openhartig tegen elkaar zijn. We kennen elkaar al twintig jaar, en heb je ooit gemerkt dat ik indiscreet ben? Antwoord dus. Bij mij ben je veilig. Stel je je weer kandidaat als die jongen dood is?'

De gouverneur liep naar de bar en schonk zich een whiskey in. Maar hij dronk niet. Hij glimlachte. 'Dat doe ik de dag nadat ik naar de begrafenis van die jongen ben geweest om mijn vergevingsgezindheid te tonen,' zei hij. 'Dat vinden de kiezers prachtig.'

Gronevelt ontspande zich. Hij had het gered. Van pure opluchting gaf hij zijn humeur de vrije loop. 'Maar ga eerst naar de tandarts,' zei hij tegen de gouverneur, 'en laat hem je stinkende tanden schoonmaken.'

Pippi en Cross wachtten op Gronevelt in de kantoorsuite van zijn penthouse. Hij bracht hen naar de zitkamer, waar het gerieflijker was, en vertelde wat er bepraat was.

'Gaat het goed met de gouverneur?' vroeg Pippi.

'De gouverneur was niet zo dronken als hij voorgaf,' zei Gronevelt. 'Hij gaf me de hint zonder zelf vuile handen te maken.'

'Vanavond vlieg ik naar de oostkust,' zei Pippi. 'Hier moet ik de goedkeuring van de Clericuzio's voor hebben.'

'Zeg tegen ze dat de gouverneur het volgens mij nog heel ver kan schoppen,' zei Gronevelt. 'Tot de hoogste top. Hij zou een vriend van onschatbare waarde kunnen zijn.'

'Giorgio en de don begrijpen dat natuurlijk,' zei Pippi. 'Ik moet alleen alles op een rijtje zetten en hun goedkeuring krijgen.'

Gronevelt keek glimlachend naar Cross en wendde zich toen weer tot Pippi. Hij zei vriendelijk: 'Pippi, volgens mij wordt het tijd dat Cross lid wordt van de Familie. Volgens mij moet hij mee naar de oostkust.'

Maar Giorgio Clericuzio besloot voor de bijeenkomst naar Las Vegas te vliegen. Hij wilde door Gronevelt zelf worden ingelicht, en Gronevelt had de laatste tien jaar niet meer gereisd.

Hoewel Giorgio geen geldsmijter was, werden hij en zijn lijfwachten in een van de villa's ondergebracht. Gronevelt was een man die uitzonderingen kon maken. Hij had villa's geweigerd aan machtige politici, grote financiers, een paar van de beroemdste filmsterren uit Hollywood, mooie vrouwen die met hem geslapen hadden, en intieme vrienden. Zelfs aan Pippi De Lena. Maar hij gaf een villa aan Giorgio Clericuzio, hoewel hij wist dat Giorgio een Spartaanse smaak had en niet echt van bijzondere luxe hield. Elk teken van respect telde en samen sloegen ze misschien een bres – hoe klein ook – die ooit in de herinnering terugkwam.

Ze ontmoetten elkaar in Giorgio's villa. Gronevelt, Pippi en Giorgio.

Gronevelt legde de situatie uit. 'De gouverneur kan de Familie enorme diensten bewijzen,' zei Gronevelt. 'Als hij zich weer in de hand krijgt, kan hij de top halen. Eerst senator, dan president. Als dat gebeurt, hebben jullie een goeie kans om de sporttoto in het hele land gelegaliseerd te krijgen. Dat levert de Familie miljarden dollars op, en die miljarden zijn geen zwart geld maar wit geld. Ik vind dat we het moeten doen.'

Wit geld was veel waardevoller dan zwart geld. Maar Giorgio's grote kracht was dat hij nooit halsoverkop beslissingen nam. 'Weet de gouverneur dat je bij ons hoort?'

'Niet met zekerheid,' zei Gronevelt. 'Maar hij heeft natuurlijk geruchten gehoord. En hij is niet stom. Ik heb dingen voor hem gedaan waarvan hij weet dat ik ze nooit gedaan kon hebben als ik alleen had gestaan. En hij is handig. Hij zei alleen maar dat hij zich kandidaat zou stellen als die jongen dood is. Hij vroeg me niet om iets te doen. Hij speelt goed toneel en was helemaal niet zo erg dronken toen hij die inzinking kreeg. Ik denk dat hij het hele geval goed heeft doordacht. Hij was oprecht, maar belazerde de kluit ook. Hij kon zelf niet bedenken hoe hij wraak moest nemen maar had het idee dat ik iets kan doen. Hij lijdt, maar hij maakt ook zijn plannetjes.' Hij zweeg

even. 'Als we het redden, stelt hij zich kandidaat voor de Senaat en wordt hij onze senator.'
Giorgio ijsbeerde weinig op zijn gemak door de kamer maar vermeed de standbeelden op hun voetstukken en de met gordijnen omgeven jacuzzi, waarvan het marmer door het weefsel heen leek te schijnen. Hij vroeg aan Gronevelt: 'Heb je hem iets beloofd zonder onze goedkeuring?'
'Ja,' zei Gronevelt. 'Dat was een kwestie van overreding. Ik moest positief zijn om hem het gevoel te geven dat hij nog steeds machtig is en nog steeds dingen voor elkaar bokst. Dat maakt de macht weer aantrekkelijk voor hem.'
Giorgio zuchtte. 'Ik haat dit aspect van ons werk,' zei hij.
Pippi glimlachte. Giorgio was een leugenbak. Hij had de Santadio-Familie helpen uitroeien met een verwoestende kracht waar de oude don trots op was.
'Ik denk dat we Pippi's bekwaamheden ervoor nodig hebben,' zei Gronevelt. 'En volgens mij wordt het tijd dat zijn zoon Cross lid van de Familie wordt.'
Giorgio keek Pippi aan. 'Denk je dat Cross er klaar voor is?' vroeg hij.
Pippi zei: 'Hij heeft genoeg geprofiteerd. Het wordt tijd dat hij zijn brood verdient.'
'Maar zal hij het doen?' vroeg Giorgio. 'Het is een grote stap.'
'Ik zal met hem praten,' zei Pippi. 'Hij doet het wel.'
Giorgio wendde zich tot Gronevelt. 'We doen het voor de gouverneur, maar stel eens dat hij dat later vergeet. Dan nemen we een onnodig risico. De man is gouverneur van Nevada, zijn dochter wordt vermoord en hij zit met zijn handen in het haar. Die vent heeft geen lef.'
'Hij heeft wél iets gedaan: hij is naar mij toe gekomen,' zei Gronevelt. 'Je moet mensen zoals hij proberen te begrijpen. Voor hem was dat al een hele stap.'
'Maar krijgen we boter bij de vis?' vroeg Giorgio.
'We bewaren hem voor de paar echt grote dingen,' zei Gronevelt. 'Ik doe al twintig jaar zaken met hem. Ik garandeer je dat je boter bij de vis krijgt als je hem goed aanpakt. Hij kent het klappen van de zweep. Daar is hij slim genoeg voor.'
Giorgio zei: 'Pippi, het moet een ongeluk lijken. Iedereen springt er natuurlijk bovenop. We willen dat de gouverneur niet het slachtoffer wordt van praatjes van zijn vijanden of van de pers of die klote-tv.'
Gronevelt zei: 'Ja, het is heel belangrijk dat de gouverneur er op geen enkele manier bij betrokken kan raken.'
Giorgio zei: 'Misschien is het voor Cross te moeilijk om hiermee zijn botten te maken.'

'Nee, dit geval is geknipt voor hem,' zei Pippi. En ze konden hem niet tegenspreken. Pippi was de commandant te velde. Hij had zijn bekwaamheid bij veel van dit soort gevallen bewezen, vooral in de grote oorlog tegen de Santadio's. Hij had vaak tegen de Clericuzio's gezegd: 'Ik steek mijn nek uit. Als iemand mijn kop afhakt, dan moet het mijn schuld zijn en niet die van iemand anders.'
Giorgio klapte in zijn handen. 'Oké, aan de slag. Alfred, heb je morgenochtend zin in een potje golf? Morgenavond moet ik voor zaken naar LA en de dag daarna ga ik weer naar de oostkust. Pippi, laat me weten wie je nodig hebt uit de Enclave en ook of Cross wel of niet meedoet.'
Dat maakte Pippi duidelijk dat Cross nooit werkelijk tot de Familie zou worden toegelaten als hij deze operatie weigerde.

Voor Pippi's generatie van de Clericuzio-familie was het golfspel een hartstocht geworden. De oude don zei met boosaardige humor dat het een spel voor *brugliones* was. Pippi en Cross stonden die middag op de Xanadu-baan. Ze gebruikten geen golfkarretjes; Pippi wilde de lichaamsbeweging van het lopen en de eenzaamheid van de baan.
Even voorbij de negende hole stond een groepje bomen met een bank eronder. Daar gingen ze zitten.
'Ik heb niet het eeuwige leven,' zei Pippi. 'En jij moet je brood gaan verdienen. Het Incassobureau levert veel geld op maar is moeilijk draaiende te houden. Je moet een stevige basis in de Clericuzio-Familie zien te krijgen.'
Pippi had Cross goed voorbereid. Hij had hem een paar moeilijke incasso-opdrachten gegeven, waar hij geweld en mishandeling moest toepassen, en had hem blootgesteld aan Familieroddel; hij kende het klappen van de zweep. Pippi had geduldig gewacht tot de juiste situatie zich voordeed en het doelwit geen medeleven zou wekken.
Cross zei zachtjes: 'Dat begrijp ik.'
Pippi zei: 'Die vent die de dochter van de gouverneur vermoord heeft. Een smerige lul, die dan ook nog vrijuit gaat. Dat klopt niet.'
Cross vond zijn vaders psychologie vermakelijk. 'En de gouverneur is onze vriend,' zei hij.
'Inderdaad,' zei Pippi. 'Cross, je kunt nee zeggen. Vergeet dat niet. Maar ik wil graag dat je me helpt bij iets dat ik doen moet.'
Cross keek over de golvende baan naar de vlaggetjes boven de holes, die in de woestijnlucht slap omlaag hingen; naar de zilverkleurige bergketens verderop; naar de hemel die de overigens onzichtbare neonborden van de Strip weerkaatste. Hij wist dat zijn leven ging veranderen en heel even was hij bang. 'Als ik het niet prettig vind, kan ik altijd voor Gronevelt gaan werken,' zei hij. Maar hij legde even zijn hand op zijn vaders schouder om duidelijk te maken dat hij een grapje maakte.

Pippi grijnsde hem toe. 'Dit is een klus voor Gronevelt. Je hebt hem met de gouverneur zien praten. Nou, we geven hem zijn zin. Gronevelt moest eerst van Giorgio het groene licht krijgen. En ik heb gezegd dat jij me gaat helpen.'
Heel ver weg op de baan zag Cross een kwartet van twee vrouwen en twee mannen in de woestijnzon staan. Hun contouren flikkerden als in een tekenfilm. 'Ik zal mijn botten moeten maken,' zei hij tegen zijn vader. Hij wist dat hij daarmee moest instemmen als hij zijn leven niet volledig wilde zien veranderen. En hij hield van het leven dat hij leidde: het werk voor zijn vader, zijn verblijf in het Xanadu, de leiding van Gronevelt, de mooie showgirls, het makkelijk verdiende geld, het gevoel van macht. En als hij deze klus eenmaal achter de rug had, zou het lot van gewone mensen hem nooit meer raken.
'Ik doe de hele voorbereiding,' zei Pippi. 'Ik blijf de hele tijd bij je. Gevaar is er niet. Maar jij schiet.'
Cross stond op van de bank. Hij zag de vlaggen op de zeven villa's wapperen, hoewel het op de golfbaan windstil was. Voor het eerst in zijn jonge leven voelde hij de pijn van een leven dat hem tussen de vingers door dreigde te glippen. 'Ik doe mee,' zei hij.

In de drie weken daarna onderrichtte Pippi hem grondig. Hij legde uit dat ze wachtten tot de surveillanceploeg zijn rapport over Theo uitbracht: gedragingen, gewoontes, recente foto's. En bovendien op een operationeel team van zes leden uit de Newyorkse enclave, dat zich installeerde in Los Angeles, waar Theo nog steeds woonde. De hele uitvoering van het plan werd op het rapport van het surveillanceteam gebaseerd. Toen gaf Pippi een verhandeling over de filosofie erachter.
'Dit is een zakelijke onderneming,' zei hij. 'Je neemt alle voorzorgen om negatieve gevolgen te voorkomen. Iemand om zeep brengen kan iedereen. De kunst is om nooit gepakt te worden, want dat is een zonde. En denk nooit aan de betrokkenen. Als de baas van General Motors vijftigduizend mensen op straat zet, is dat een zakelijke aangelegenheid. Het is niet zijn schuld dat hij hun levens verwoest; hij kan niet anders. Duizenden mensen gaan dood aan sigaretten, maar wat kun je daaraan doen? De mensen willen roken en je kunt geen industrie verbieden die miljarden dollars oplevert. Hetzelfde geldt voor wapens. Iedereen heeft een vuurwapen, iedereen doodt iedereen, maar het is een miljardenindustrie en die gooi je niet weg. Wat kun je ertegen doen? De mensen moeten hun brood verdienen. Dat is het allerbelangrijkste. Altijd. Als je daar niet in gelooft, moet je op de mesthoop gaan wonen.'
De Clericuzio-Familie was heel streng, zei Pippi tegen Cross. 'Je moet hun goedkeuring hebben. Je kunt niet zomaar iedereen overhoop schieten om-

dat ze op je schoenen spugen. De Familie moet achter je staan, want zij garanderen dat je uit de gevangenis blijft.'
Cross luisterde. Hij stelde maar één vraag. 'Wil Giorgio het op een ongeluk laten lijken? Hoe pakken we dat aan?'
Pippi lachte. 'Laat niemand je ooit voorschrijven hoe je je operatie moet leiden. Laat ze de pest maar krijgen. Ik doe wat voor mij het beste is. En het beste is simpel. Heel erg simpel. En als je iets opzichtigs moet bedenken, bedenk dan iets heel opzichtigs.'
Toen de surveillancerapporten kwamen, liet Pippi hem alle gegevens bestuderen. Er waren een paar foto's van Theo en van zijn auto met de nummerborden erop. Een kaart van de route die hij nam als hij van Brentwood naar Oxnard reed om een vriendin op te zoeken. Cross vroeg aan zijn vader: 'Krijgt hij nog steeds vriendinnetjes?'
'Jij kent de vrouwen niet,' zei Pippi. 'Als ze je aardig vinden, laten ze je in hun wasbak pissen. Als ze je niet aardig vinden, kun je de koningin van Engeland van ze maken maar blijven ze op je kop schijten.'
Pippi vloog naar LA om zijn operationele team te installeren. Hij kwam twee dagen later terug en zei tegen Cross: 'Morgenavond.'
Om aan de hitte van de woestijn te ontsnappen reden ze de volgende ochtend al voor zonsopgang van Las Vegas naar Los Angeles. Tijdens hun rit door de woestijn zei Pippi tegen Cross dat hij zich moest ontspannen. Cross liet zich hypnotiseren door de glorieuze zonsopgang waarbij het woestijnzand leek te smelten tot een diepe rivier van goud die tegen de voet van het Sierra-gebergte in de verte leek te klotsen. Hij was ongeduldig. Hij wilde de klus achter de rug hebben.
Ze arriveerden bij een huis van de Familie in Pacific Palisades, waar de zes man sterke ploeg uit de Enclave op hen wachtte. Op het pad naar het huis stond een gestolen auto die was overgeschilderd en nu valse nummerborden had. In dit huis lagen ook de niet te traceren wapens die ze zouden gebruiken.
Hij was verrast over de luxe van het huis. Het had een mooi uitzicht op de oceaan aan de andere kant van de snelweg, een zwembad en een enorm zonneterras. Bovendien waren er zes slaapkamers. De mannen kenden Pippi blijkbaar goed, maar aan Cross werden ze niet voorgesteld en hij evenmin aan hen.
Ze moesten nog elf uur zien door te brengen voordat om middernacht de operatie begon. De andere mannen negeerden een enorm tv-toestel en begonnen op het zonneterras te kaarten. Allemaal hadden ze een zwembroek aan. Pippi zei glimlachend tegen Cross: 'Verrek, ik was dat zwembad vergeten.'
'Dat geeft niet,' zei Cross. 'We kunnen in onze shorts zwemmen.' Het huis lag verscholen achter bomen en was door een heg omgeven.

'We kunnen ook in onze blote kont zwemmen,' zei Pippi. 'Niemand ziet ons, behalve de helikopters, en die kijken enkel naar de wijven die buiten hun huizen in Malibu liggen te zonnen.'
Ze zwommen en zonnebaadden een paar uur en aten toen een maaltijd die door een van de zes mannen van de ploeg was klaargemaakt. De maaltijd bestond uit een op het zonneterras gegrilleerde steak en een salade van raket en kropsla. De andere mannen dronken rode wijn bij het eten, maar Cross nam spuitwater. Hij zag dat alle mannen spaarzaam aten en dronken.
Na de maaltijd nam Pippi zijn zoon mee voor een verkenningstocht in de gestolen auto. Ze reden naar het restaurant-annex-bar in western-stijl waar ze Theo zouden vinden. Het lag verderop aan de Pacific Coast Highway. Uit de rapporten van de ploeg bleek dat Theo er een gewoonte van had gemaakt om elke woensdagavond op de terugweg naar Oxnard altijd rond middernacht even uit te stappen om in het Pacific Coast Highway Restaurant gebakken eieren met ham en koffie te nemen. Om ongeveer één uur ging hij er weer weg. Die avond werd hij door twee leden van de ploeg geschaduwd. Ze zouden het telefonisch doorgeven als hij onderweg was.
Terug in het huis nam Pippi de hele operatie opnieuw met de mannen door. De zes mannen zouden drie auto's nemen. De eerste reed voorop, de tweede vormde de achterhoede en de derde zou op het parkeerterrein van het restaurant klaarstaan voor noodgevallen.
Cross en Pippi zaten op het zonneterras op het telefoontje te wachten. Op het pad stonden vijf auto's – allemaal zwart – in het maanlicht te glanzen als kevers. De zes mannen uit de Enclave waren nog steeds aan het kaarten en speelden om muntgeld: stuivers, dubbeltjes en kwartjes. Om halftwaalf werd er eindelijk gebeld: Theo was op weg van Brentwood naar het restaurant. De zes mannen stapten in drie auto's en reden weg om hun afgesproken posities in te nemen. Pippi en Cross namen de gestolen auto en wachtten nog vijftien minuten voordat ze vertrokken. In de zak van zijn jasje had Cross een klein .22-pistool, dat weliswaar geen geluiddemper had, maar dat toch niet meer geluid maakte dan een scherp plofje. Pippi had een Glock die veel lawaai maakte. Sinds zijn enige arrestatie wegens moord weigerde Pippi altijd een geluiddemper mee te nemen.
Pippi reed. De operatie was tot in het kleinste detail voorbereid. Geen enkel lid van het operationele team mocht het restaurant in. Rechercheurs zouden het personeel over alle gasten ondervragen. De verkenningsploeg had gemeld wat Theo aanhad, welke auto hij reed en wat de nummerborden waren. Ze hadden bovendien het geluk dat Theo's auto een vuurrode, goedkope Ford was, die erg opviel in een streek waar Mercedessen en Porsches gemeengoed waren.
Toen Pippi en Cross het parkeerterrein van het restaurant bereikten, zagen

ze Theo's auto al staan. Pippi parkeerde ernaast. Toen zette hij de koplampen en de motor uit en bleef in het donker zitten. Aan de overkant van de Pacific Coast Highway zagen ze de glinsterende zee, doorsneden met strepen goudkleurig maanlicht. Aan de andere kant van het parkeerterrein zagen ze een van de auto's van de ploeg staan. Ze wisten dat de twee andere ploegen op hun plaats langs de snelweg stonden te wachten om hen weer naar het huis te begeleiden, klaar om eventuele achtervolgers de pas af te snijden en problemen voor hen uit te onderscheppen.
Cross keek op zijn horloge. Het was halfeen. Ze moesten nog een kwartier wachten. Plotseling tikte Pippi hem op zijn schouder. 'Hij is vroeg,' zei Pippi. 'Ga.'
Cross zag de gestalte, afgetekend tegen de gloed van het licht dat door de deur viel, uit het restaurant komen. Hij werd verrast door de jongensachtigheid van de gedaante. Theo was kort en slank en had een dikke bos krulhaar boven een bleek, mager gezicht. Hij leek te teer om een moordenaar te zijn. Toen gebeurde er iets onverwachts. In plaats van naar zijn auto te lopen stak Theo de Pacific Coast Highway over, waarbij hij allerlei auto's moest ontwijken. Eenmaal aan de andere kant wandelde hij het strand over tot hij bijna bij het water was en de golven uitdaagde. Hij bleef daar over de zee staan staren. Aan de horizon in de verte ging de maan onder. Toen draaide hij zich om, stak weer de snelweg over en liep het parkeerterrein op. Kennelijk hadden de golven hem inderdaad bereikt, want zijn modieuze laarzen maakten piepgeluidjes van het water.
Cross stapte langzaam uit de auto. Theo was al bijna bij zijn auto. Cross wachtte tot Theo hem gepasseerd was en glimlachte beleefd toen deze in zijn auto stapte. Toen Theo in zijn auto zat, trok Cross zijn pistool. Theo, die net het sleuteltje in het contact wilde steken en het raam had opengezet, trok zijn wenkbrauwen op toen hij een schaduw vermoedde. Op het moment dat Cross schoot, keken ze elkaar in de ogen. Theo verstijfde toen de kogel hem in zijn gezicht trof, dat onmiddellijk een bebloed masker met starende ogen werd. Cross rukte het portier open en pompte nog twee kogels in Theo's schedel. Bloed besproeide zijn gezicht. Toen gooide hij een zakje drugs op de vloer van Theo's auto. Hij sloeg het portier dicht. Zodra Cross schoot, had Pippi de motor van zijn auto gestart. Nu hield hij het portier open, en Cross sprong naar binnen. Volgens plan had hij zijn pistool niet laten vallen. Dan zou het op een moord met voorbedachten rade hebben geleken in plaats van op een verkeerd afgelopen drugsverkoop.
Pippi reed het parkeerterrein af, en de auto die hen dekte, kwam in beweging. De twee voorste auto's namen hun positie in, en vijf minuten later waren ze weer in het huis van de Familie. Nog eens tien minuten later waren Pippi en Cross in Pippi's auto op weg naar Las Vegas. Het operationele team zou de gestolen auto en het pistool laten verdwijnen.

Toen ze het restaurant passeerden, wees niets op activiteit van de politie. Theo was kennelijk nog niet ontdekt. Pippi zette de autoradio aan en luisterde naar de nieuwsuitzendingen. Over de moord werd niet gerept. 'Volmaakt,' zei Pippi. 'Als je alles goed voorbereidt, loopt het volmaakt.'
Ze bereikten Las Vegas toen de zon opkwam en de woestijn een dofrode zee was. Die rit door de woestijn, door het donker, door het schijnbaar nooit eindigende duister zou Cross nooit vergeten. En toen kwam de zon op en verkondigden de neonborden van de Strip in Las Vegas even later veiligheid en het ontwaken uit een nachtmerrie. In Las Vegas was het nooit donker.
Rond datzelfde tijdstip werd Theo gevonden. De bleke zonsopgang verlichtte zijn gezicht spookachtig. De pers stortte zich op het bericht dat Theo in bezit was geweest van een hoeveelheid cocaïne ter waarde van een half miljoen dollar. Er was kennelijk sprake van een misgelopen drugsverkoop. De gouverneur bleef overal buiten.
Cross leerde veel van deze gebeurtenis. De drugs die hij bij Theo had achtergelaten, hadden niet meer dan tienduizend dollar gekost, terwijl de politie een waarde van een half miljoen opgaf. En de gouverneur werd geprezen om zijn bewijzen van medeleven met Theo's familie. Ook zag hij hoe de zaak in de media een zachte dood stierf.
Pippi en Cross werden voor een gesprek met Giorgio naar de oostkust gesommeerd. Giorgio loofde beiden om hun intelligent en goed uitgevoerde operatie en maakte geen melding van het feit dat die een ongeluk had moeten lijken. En Cross voelde tijdens dat bezoek dat de Clericuzio-Familie hem behandelde met het respect dat een Familie-'hamer' verdiende. Het beste bewijs daarvan was dat Cross een percentage kreeg van de inkomsten uit de legale en illegale gokoperaties in Las Vegas. Daarmee werd duidelijk dat hij nu officieel lid van de Clericuzio-Familie was. Hij was bij bijzondere gelegenheden oproepbaar voor taken en kreeg dan bonussen op basis van het projectrisico.

Ook Gronevelt werd beloond. Toen Walter Wavven tot senator werd gekozen, trok deze zich een weekend in het Xanadu terug. Gronevelt gaf hem een villa en ging hem feliciteren met zijn overwinning.
Senator Wavven was weer in zijn oude vorm. Hij gokte en won, en hield kleine dineetjes met de showgirls van het Xanadu. Hij leek volledig hersteld. Slechts één keer maakte hij een toespeling op zijn eerdere crisis. Hij zei tegen Gronevelt: 'Alfred, bij mij heb je een blanco cheque.'
Gronevelt zei glimlachend: 'Niemand kan zich blanco cheques in zijn portefeuille veroorloven, maar evengoed bedankt.'
Hij wilde geen cheques om alle schulden van de gouverneur af te betalen. Hij wilde een lange, blijvende, eeuwige vriendschap.

In de vijf jaar daarna werd Cross een expert inzake gokken en de leiding van een casinohotel. Hij was Gronevelts assistent, maar zijn hoofdtaak was nog steeds het werk voor zijn vader Pippi, niet alleen bij de leiding van het Incassobureau, waarvan hij nu de officiële erfgenaam was, maar ook als tweede 'hamer' van de Clericuzio's.

Toen Cross vijfentwintig was, stond hij in de Clericuzio-Familie bekend als het 'hamertje'. Zelf vond hij het merkwaardig dat zijn werk hem zo weinig deed. Zijn slachtoffers waren nooit mensen die hij kende, maar hompen vlees in een weerloze huid. Het skelet eronder gaf hun het voorkomen van de wilde dieren waarop hij als jongen met zijn vader gejaagd had. Hij vreesde het risico alleen verstandelijk en maakte zich fysiek geen zorgen. Als zijn leven even tot rust kwam of als hij bijvoorbeeld 's morgens wakker werd, voelde hij een vage angst alsof hij een vreselijke nachtmerrie had gehad. Er waren ook momenten van neerslachtigheid. Dan kwam de herinnering aan zijn moeder en zusje boven en dacht hij aan kleine scènes uit zijn jeugd en een paar bezoeken na het uiteenvallen van het gezin.

Hij herinnerde zich zijn moeders wangen, haar warme lichaam, haar satijnzachte huid die zo doorschijnend dun was dat hij het bloed eronder dacht te horen stromen – veilig, opgesloten. Maar in zijn dromen verkruimelde die huid tot as en stroomden donkerrode watervallen bloed uit obscene scheuren.

Dat leidde tot andere herinneringen: zijn moeder die hem met koude lippen kuste en heel kort en beleefd omhelsde. Nooit hield ze zijn hand net zo vast als die van Claudia. Na zijn bezoeken vertrok hij hijgend uit haar huis en brandde zijn borst alsof die gekneusd was. Hij leed nooit onder haar afwezigheid in het heden, alleen onder haar onbereikbaarheid in het verleden. Als hij aan zijn zusje Claudia dacht, voelde hij dat verlies niet. Hun gezamenlijke verleden bestond nog in zijn herinnering en ze was nog steeds deel van zijn leven, hoewel nooit genoeg. Hij wist nog hoe ze 's winters vaak vochten. Dan hielden ze hun handen in de zakken van hun jas en haalden ze naar elkaar uit. Een onschadelijk duel. Alles was zoals het zijn moest, dacht Cross, maar soms miste hij zijn moeder en zijn zusje. Toch was hij gelukkig met zijn vader en de Clericuzio-Familie.

Zo raakte Cross in zijn vijfentwintigste levensjaar betrokken bij zijn laatste operatie als Familie-'hamer'.

Het slachtoffer was iemand die hij zijn leven lang gekend had.

Een enorm FBI-onderzoek leidde tot de ondergang van veel zogenoemde baronnen, van wie enkele echte *brugliones*. Een van hen was Virginio Ballazzo, die nu de grootste Familie aan de oostkust leidde.

Virginio Ballazzo was al meer dan twintig jaar baron van de Clericuzio's en had plichtsgetrouw hun snavel gesmeerd. In ruil daarvoor hadden de Clericuzio's hem rijk gemaakt: op het moment van zijn ondergang was Ballazzo vijftig miljoen dollar waard. Hij en zijn gezin leidden echt een goed leventje. En toch gebeurde het onvoorziene. Ondanks zijn schuld verried Virginio Ballazzo degenen aan wie hij zijn verheven positie dankte. Hij brak de wet van de *omertà*, het verbod om het gezag inlichtingen te verschaffen.

Een van de aanklachten tegen hem was moord. Maar dat hij een verrader werd, was niet zozeer uit angst voor de gevangenis. De staat New York kende immers geen doodstraf. En hoeveel straf hij ook kreeg (als het ooit zover kwam), de Clericuzio's zouden hem binnen tien jaar vrij weten te krijgen en er zelfs voor zorgen dat die tien jaar prettig verliepen. Hij kende het repertoire. Tijdens zijn proces zouden getuigen meineed plegen in zijn voordeel en zouden juryleden worden omgekocht. Zelfs als hij al een paar jaar had gezeten, kon een nieuwe rechtszaak worden voorbereid met nieuwe bewijzen waaruit zijn onschuld bleek. In één beroemd geval hadden de Clericuzio's dat voor elkaar gekregen toen een van hun cliënten al vijf jaar in de gevangenis zat. De man was op vrije voeten gesteld en de staat had hem als schadeloosstelling voor zijn 'onterechte' gevangenschap een miljoen dollar gegeven.

Nee, Ballazzo was niet bang voor de gevangenis. Dat hij een verrader werd, kwam omdat de federale overheid al zijn aardse bezit in beslag dreigde te nemen op grond van de RICO-wetten, die het Congres had aangenomen om de misdaad te verslaan. Ballazzo kon de gedachte niet verdragen dat hij en zijn kinderen hun paleisje in New Jersey, hun luxe huis in Florida en hun paardenfokkerij in Kentucky, die drie verliezende deelnemers aan de Kentucky Derby had opgeleverd, zouden verliezen. Want de beruchte RICO-wetten gaven de overheid de mogelijkheid om al het aardse bezit in beslag te nemen van mensen die wegens misdadige samenspanning gearresteerd waren. Zijn aandelen, obligaties en antieke auto's werden hem misschien afgenomen. Don Clericuzio zelf was ook kwaad geworden over de RICO-wetten, maar zijn enige commentaar was: 'De rijken gaan hier nog spijt van krijgen. Ooit zullen ze op grond van deze RICO-wet heel Wall Street arresteren.'

Het was geen gelukkig toeval maar een kwestie van vooruitziende blik, dat de Clericuzio's hun oude vriend Ballazzo de laatste jaren niet meer in vertrouwen hadden genomen. Hij was zich naar hun smaak te opzichtig gaan gedragen. In de *New York Times* had een artikel over zijn verzameling antieke auto's gestaan. Virginio Ballazzo aan het stuur van een Rolls Royce uit 1935 met een opgewekte kleppet op zijn hoofd. Virginio Ballazzo op de tv tijdens de Kentucky Derby, met een rijzweep in zijn hand pratend over de schoonheid van de paardensport. Daar werd hij ook omschreven als een

rijke tapijtimporteur. Dat werd allemaal te veel voor de Clericuzio's, die op hun hoede raakten.
Toen Virginio Ballazzo met de officier van justitie begon te praten, lichtte Ballazzo's advocaat de Clericuzio-Familie in. De don had zich toen al goeddeels teruggetrokken uit het Familiebestuur, maar nam direct de leiding van zijn zoon Giorgio over. Deze situatie vereiste een Siciliaanse hand.
De Familie kwam voor overleg bijeen: don Clericuzio; zijn drie zoons Giorgio, Vincent en Petie; en Pippi De Lena. Het was waar dat Ballazzo schade kon doen aan de Familie-structuur, maar alleen de lagere regionen zouden daar werkelijk onder lijden. De verrader kon waardevolle informatie verschaffen maar geen wettige bewijzen. Giorgio opperde dat ze in geval van nood altijd hun hoofdkwartier naar het buitenland konden verplaatsen, maar de don wees dat kwaad van de hand. Waar konden ze anders wonen dan in Amerika? Amerika had hen rijk gemaakt, Amerika was het machtigste land ter wereld en beschermde zijn rijken. De don citeerde vaak het gezegde dat beter honderd schuldigen vrijuit konden gaan dan dat één onschuldige bestraft werd, en voegde eraan toe: 'Wat een prachtig land!' Het probleem was dat iedereen van zo'n goed leven een slappeling werd. Op Sicilië zou Ballazzo nooit gedurfd hebben om tot verraad over te gaan en zou hij zelfs in zijn dromen nooit de wet van de *omertà* gebroken hebben. Zijn eigen zoons zouden hem vermoord hebben.
'Ik ben te oud om in het buitenland te wonen,' zei de don. 'Ik laat me niet door een verrader uit mijn huis jagen.'
Op zichzelf was Virginio Ballazzo een klein probleem, maar hij was een symptoom en kon besmettelijk zijn. Net als hij hielden ook veel anderen zich niet aan de oude wetten die hen allen sterk hadden gemaakt. Familie-*brugliones* in Louisiana, Chicago en Tampa pronkten met hun rijkdom en liepen met hun macht te koop. En dan had je al die *cafoni* die gepakt werden en dan probeerden te ontsnappen aan de straf die ze zich door hun eigen onvoorzichtigheid op de hals hadden gehaald. Ze braken de wet van de *omertà*. Ze verrieden hun makkers. Dat bederf moest met wortel en tak worden uitgeroeid, vond de oude don. Maar hij wilde naar de anderen luisteren; hij was immers oud, en misschien waren er andere oplossingen.
Giorgio zette uiteen wat er gaande was. Ballazzo onderhandelde met de officieren van justitie. Hij was bereid vrijwillig naar de gevangenis te gaan als de overheid de RICO-wetten niet toepaste en zijn vrouw en kinderen hun fortuin konden houden. En natuurlijk onderhandelde hij over de mogelijkheid om uit de gevangenis te blijven; daarvoor zou hij voor de rechter moeten getuigen tegen de mensen die hij verraden had. Hij en zijn vrouw zouden beschermde getuigen worden en voor de rest van hun leven valse namen krijgen. Dan werd ook enige plastische chirurgie uitgevoerd. En zijn kinderen zouden een onbezorgd bestaan kunnen leiden. Dat was de overeenkomst.

Iedereen was het erover eens dat Ballazzo ondanks zijn tekortkomingen een liefhebbende vader was. Hij had drie goed opgevoede kinderen. Zijn oudste zoon studeerde af aan de Harvard School of Business, dochter Ceil had een dure parfumerie aan Fifth Avenue, en de jongste zoon deed computerwerk voor het ruimteprogramma. Ze verdienden hun goede leven allemaal. Ze waren echte Amerikanen en maakten de Amerikaanse droom waar.
'We sturen Virginio dus een boodschap die hij begrijpt,' zei de oude don. 'Hij mag inlichtingen geven over iedereen. Hij mag ze allemaal naar de gevangenis of naar de bodem van de oceaan sturen. Maar als hij ook maar één woord over de Clericuzio's zegt, gaan zijn kinderen eraan.'
Pippi De Lena zei: 'Tegenwoordig is niemand meer bang voor dreigementen, volgens mij.'
'Het dreigement komt van mij persoonlijk,' zei don Domenico. 'Mij gelooft hij. Beloof niets voor hemzelf. Dan begrijpt hij het.'
Toen nam Vincent het woord. 'Als hij eenmaal onder de getuigenbescherming valt, komen we nooit meer in zijn buurt.'
De don zei tegen Pippi De Lena: 'Wat vind jij ervan, *martèllo* van me?'
Pippi De Lena haalde zijn schouders op. 'Ook als hij zijn getuigenis aflegt en zich achter de getuigenbescherming verstopt, lukt ons dat heus wel. Maar dan krijgen we een hoop herrie en veel publiciteit. Is dat het waard? Verandert er dan iets?'
De don zei: 'De publiciteit en de herrie maken het de moeite waard. We zullen de wereld onze boodschap sturen. Als we het doen, moet het zelfs een *bella figura* worden.'
Giorgio zei: 'We kunnen alles ook op zijn beloop laten. Wat Ballazzo ook zegt, het kan ons niet echt deren. Papa, uw reactie is iets voor de korte termijn.'
De don overwoog dat. 'Wat je zegt, is waar. Maar bestaan er soms langetermijnantwoorden? Het leven is vol twijfels en antwoorden op korte termijn. En betwijfel je of zijn straf de anderen tegenhoudt die ze oppakken? Misschien wel, misschien niet. Sommigen heel beslist. God zelf heeft geen wereld zonder straf kunnen scheppen. Ik zal persoonlijk met Ballazzo's advocaat praten. Hij zal me begrijpen en de boodschap doorgeven. En Ballazzo zal me geloven.' Hij zweeg even en zuchtte toen. 'Na het proces doen we ons werk.'
'En zijn vrouw?' vroeg Giorgio.
'Een goede vrouw,' zei de don, 'maar ze is te Amerikaans geworden. We kunnen niet toestaan dat een diepbedroefde weduwe haar verdriet en geheimen aan de grote klok hangt.'
Voor het eerst nam Petie het woord. 'En Virginio's kinderen?' Petie was de echte moordenaar van het gezin.

'Niet als dat onnodig is. We zijn geen monsters,' zei don Domenico. 'En Ballazzo heeft zijn kinderen nooit verteld wat hij doet. Hij wilde de wereld laten geloven dat hij een paardengek is. Laat hem zijn paarden dus maar naar de bodem van de zee rijden.'
Iedereen zweeg. Toen zei de don bedroefd: 'Laat die kleintjes maar lopen. We leven immers in een land waar kinderen hun ouders niet wreken.'

De volgende dag kreeg Virginio Ballazzo de boodschappen via zijn advocaat. Alles was in bloemrijke taal verpakt. Toen de don met de advocaat praatte, uitte hij de hoop dat zijn oude vriend Virginio Ballazzo slechts dierbare herinneringen had aan de Clericuzio's, die altijd zouden opkomen voor de belangen van hun ongelukkige vriend. De don zei tegen de advocaat dat Ballazzo nooit voor zijn kinderen hoefde te vrezen, zelfs niet op Fifth Avenue, en dat de don zelf hun veiligheid garandeerde. Hij, de don, wist wat de kinderen voor Ballazzo betekenden, en wist dat geen gevangenis, geen elektrische stoel en geen duivels in de hel zijn dappere vriend angst aanjoegen, alleen het spookbeeld van letsel bij zijn kinderen. 'Zeg tegen hem', zei de don tegen de advocaat, 'dat ik, don Domenico Clericuzio, persoonlijk garandeer dat hen niets overkomt.'
De advocaat bracht deze boodschap woordelijk aan zijn cliënt over, die als volgt antwoordde: 'Zeg tegen mijn vriend, mijn allerbeste vriend, die samen met mijn vader op Sicilië is opgegroeid, dat ik me met opperste dankbaarheid op zijn garanties verlaat. Zeg dat ik aan de Clericuzio's alleen de allerdierbaarste herinneringen heb, zo dierbaar dat ik niet eens over hen kan praten. Ik kus zijn hand.'
Toen zong Ballazzo: 'Tralala...' tegen zijn advocaat. 'We moeten mijn getuigenis nog maar eens heel goed doornemen,' zei hij. 'We willen onze goede vriend er niet bij betrekken...'
'Ja,' zei de advocaat, die later bij de don verslag uitbracht.
Alles verliep volgens plan. Virginio Ballazzo verbrak de *omertà* en getuigde. Talrijke ondergeschikten gingen naar de gevangenis en zelfs een locoburgemeester van New York raakte erbij betrokken. Maar geen woord over de Clericuzio's. Toen verdwenen Ballazzo en zijn vrouw in het getuigenbeschermingsproject.
De kranten en de tv jubelden. De Mafia was gebroken. Er kwamen honderden foto's en live-verslagen op de tv van hoe deze schurken naar de gevangenis werden gesleept. Ballazzo nam de twee middenpagina's van de *Daily News* in beslag met de kop: MAFIA-TOPMAN GEVELD. De foto's beeldden hem af met zijn antieke auto's, zijn paarden voor de Kentucky Derby, zijn indrukwekkende garderobe uit Londen. Het was een echte pandemonium.
Toen de don Pippi de opdracht gaf om het echtpaar Ballazzo op te sporen en

te bestraffen, zei hij: 'Doe het zo dat de zaak evenveel publiciteit trekt als nu. We willen niet dat ze onze Virginio vergeten.' Maar het kostte de 'hamer' meer dan een jaar om zijn taak uit te voeren.

Cross kende Ballazzo als een joviale, vrijgevige man en had aangename herinneringen aan hem. Hij en Pippi hadden bij de Ballazzo's thuis gegeten, want mevrouw Ballazzo had een uitstekende reputatie als Italiaanse kokkin, vooral vanwege haar macaroni en haar bloemkool met knoflook en kruiden – een gerecht dat Cross zich nog steeds herinnerde. Als kind had hij met de kinderen Ballazzo gespeeld en was hij zelfs verliefd geworden op Ballazzo's dochter toen ze allebei tieners waren. Na die magische zondag had ze hem vanuit haar college een brief geschreven, maar hij had nooit geantwoord.

Nu, onder vier ogen met Pippi, zei hij: 'Ik wil deze operatie niet doen.'

Zijn vader keek hem aan en glimlachte bedroefd. Hij zei: 'Cross, deze dingen gebeuren soms. Je moet eraan wennen. Anders overleef je niet.'

Cross schudde zijn hoofd. 'Ik kan het niet,' zei hij.

Pippi zuchtte. 'Oké,' zei hij. 'Ik zal tegen ze zeggen dat ik jou bij de voorbereiding inzet en zorg dat ze me Dante geven voor de eigenlijke operatie.'

Pippi begon aan zijn onderzoek. De Clericuzio-Familie drong met enorme smeergelden tot achter de schermen van het getuigenbeschermingsproject door.

De Ballazzo's voelden zich veilig met hun nieuwe identiteit, hun valse geboortebewijzen, hun nieuwe SOFI-nummers en huwelijkspapieren, en de plastische chirurgie die hun gezicht zodanig had veranderd dat ze tien jaar jonger leken. Hun lichaamsbouw, gebaren en stemmen maakten hen echter veel herkenbaarder dan ze beseften.

Oude gewoontes leiden een taai leven. Op een zaterdagavond reden Virginio Ballazzo en zijn vrouw naar het stadje in de buurt van hun nieuwe huis in South Dakota om te gaan gokken in een kleine tent die daar op grond van de plaatselijke bepalingen draaide. Op de terugweg naar huis werden ze door Pippi De Lena, Dante Clericuzio en een ploeg van nog zes mannen onderschept. Dante schond het plan en kon de verleiding niet weerstaan om zich aan het echtpaar bekend te maken voordat hij de trekker van zijn hagelgeweer overhaalde.

Er werd geen poging gedaan om de lijken te verbergen. Geen waardevolle bezittingen werden gestolen. De moord werd opgevat als een geval van wraak, en dat was de boodschap die de wereld ontving. De pers en tv produceerden een stortvloed van verontwaardiging en de autoriteiten beloofden het recht te doen zegevieren. Er werd zelfs zoveel stampij gemaakt dat het hele Clericuzio-rijk in gevaar leek.

Pippi moest noodgedwongen twee jaar op Sicilië onderduiken. Dante werd de voornaamste 'hamer' van de Familie. Cross werd de *bruglione* van het westelijke Clericuzio-rijk. Zijn weigering om deel te nemen aan de executie van de Ballazzo's was opgemerkt. Hij had niet het temperament voor een echte 'hamer'.

Voordat Pippi voor twee jaar naar Sicilië vertrok, had hij een slotbespreking en een afscheidsetentje met don Clericuzio en diens zoon Giorgio.
'Ik moet mijn excuses aanbieden voor mijn zoon,' zei Pippi. 'Cross is jong, en jongeren zijn sentimenteel. Hij was erg op de Ballazzo's gesteld.'
'We mochten Virginio allemaal graag,' zei de don. 'Ik ben op niemand meer gesteld geweest dan op hem.'
'Waarom hebben we hem dan vermoord?' vroeg Giorgio. 'Het heeft meer problemen opgeleverd dan het heeft opgelost.'
Don Clericuzio keek hem streng aan. 'Je kunt niet leven zonder orde. Als je macht hebt, moet je die gebruiken om strenge rechtvaardigheid af te dwingen. Ballazzo pleegde een ernstige overtreding. Pippi begrijpt dat, nietwaar, Pippi?'
'Natuurlijk, don Domenico,' zei Pippi. 'Maar u en ik zijn van de oude school. Onze zoons begrijpen dat niet.' Hij zweeg even. 'Ik wil u ook bedanken omdat u tijdens mijn afwezigheid Cross tot uw *bruglione* in het Westen benoemt. Hij zal u niet teleurstellen.'
'Dat weet ik,' zei de don. 'In hem heb ik evenveel vertrouwen als in jou. Hij is intelligent, en zijn teergevoeligheid is die van de jeugd. Mettertijd verhardt zijn gemoed wel.'
Ze aten een maaltijd die werd gekookt en opgediend door een van de vrouwen wier echtgenoot in de Enclave werkte. Ze was vergeten de don zijn kom geraspte Parmezaanse kaas te geven. Pippi liep naar de keuken om de rasp te halen en bracht de kom naar de don. Hij raspte de kaas zorgvuldig in de kom en zag de don zijn enorme zilveren lepel in de gele berg steken. Hij stak hem in zijn mond en nam toen een slok van de koppige, zelfgemaakte wijn uit zijn glas. Hij is meedogenloos, dacht Pippi. Boven de tachtig en nog steeds in staat om de dood van een zondaar te bevelen, deze pittige kaas te eten en deze wrange wijn te drinken. Hij vroeg achteloos: 'Is Rose Marie thuis? Ik wil even afscheid van haar nemen.'
'Ze heeft weer een van die vreselijke buien,' zei Giorgio. 'Ze heeft zich op haar kamer opgesloten. Goddank, anders zaten we hier niet zo lekker te eten.'
'Juist,' zei Pippi. 'Ik heb altijd gedacht dat het mettertijd beter met haar zou gaan.'
'Ze denkt te veel na,' zei de don. 'Ze houdt te veel van haar zoon Dante. Ze weigert te begrijpen dat de wereld is zoals hij is en dat je bent wie je bent.'

Giorgio vroeg soepel: 'Pippi, wat is jouw oordeel over Dante na de Ballazzo-operatie? Was hij zenuwachtig?'
Pippi haalde zijn schouders op en bleef zwijgen. De don gromde even en keek hem scherp aan. 'Je mag openhartig zijn,' zei de don. 'Giorgio is zijn oom en ik ben zijn grootvader. We hebben allemaal hetzelfde bloed en mogen over elkaar oordelen.'
Pippi hield op met eten en keek de don en Giorgio recht aan. Hij zei bijna spijtig: 'Dante heeft bloed om zijn mond.'
In hun wereld was dat de uitdrukking voor een man die verderging dan wreedheid alleen en bij de uitvoering van een noodzakelijke taak iets beestachtigs vertoonde. In de Clericuzio-Familie was dat strikt verboden.
Giorgio leunde achterover in zijn stoel en zei: 'Jezus Christus.' De don keek afkeurend vanwege zijn godslastering en gebaarde toen dat Pippi moest doorpraten. Het leek hem niet te verrassen.
'Hij was een goede leerling,' zei Pippi. 'Hij heeft genoeg temperament en lichaamskracht. Hij is heel snel en intelligent. Maar hij schept te veel genoegen in zijn werk. Hij gunde zich te veel tijd met de Ballazzo's. Hij praatte tien minuten met hen voordat hij de vrouw doodschoot. Dat is mijn smaak niet, maar nog belangrijker is dat je nooit weet of dat niet gevaarlijk is. Elke minuut kan tellen. Bij andere taken was hij onnodig wreed. In hem komt de oude tijd weer boven, toen ze het slim vonden om iemand aan een vleeshaak te hangen. Ik sla de details liever over.'
Giorgio zei kwaad: 'Dat komt omdat die lul van een neef zo klein is. Hij is verdomme een dwerg, en dan zet hij ook nog eens van die idiote petten op. Waar haalt hij die in jezusnaam vandaan?'
De don zei goedgehumeurd: 'Uit dezelfde winkel als waar de zwarten ze halen. In mijn jeugd op Sicilië droeg iedereen een rare pet. Wie zal zeggen waarom? Wie kan het wat schelen? Maar hou even op met kletsen. Ik heb ook rare petten gedragen. Misschien is dat wel een familietrek. Zijn moeder brengt hem al het hoofd op hol sinds hij heel klein is. Ze had weer moeten trouwen. Weduwen zijn net spinnen. Ze weven te veel onzin.'
Giorgio zei fel: 'Maar hij is goed in zijn werk.'
'Beter dan Cross ooit wordt,' zei Pippi diplomatiek. 'Maar soms denk ik dat hij even gek is als zijn moeder.' Hij zweeg. 'Ik ben soms bang voor hem.'
De don nam een mondvol kaas en een slok wijn. 'Giorgio,' zei hij, 'licht je neef voor en herstel zijn gebrek. Op een dag kan hij anders voor iedereen in de Familie gevaarlijk worden. Maar laat hem niet weten dat ik het gezegd heb. Hij is te jong en ik ben te oud. Ik zou geen invloed op hem hebben.'
Pippi en Giorgio wisten dat dat een leugen was, maar ook dat de oude man een goede reden moest hebben om achter de schermen te blijven. Op dat moment hoorden ze voetstappen boven hun hoofd en liep iemand de trap af. Rose Marie kwam de eetkamer in.

De drie mannen zagen onthutst dat ze weer een van haar aanvallen had. Haar kapsel was een ravage, haar make-up bizar en haar kleding zat schots en scheef. Het ergste was nog dat haar mond openhing zonder dat er woorden uitkwamen. Ze praatte niet maar ze uitte zich met haar lichaam en zwaaiende handgebaren. Die waren opvallend levendig en veel duidelijker dan woorden. Ze haatte hen, ze wilde hen dood, ze wilde hun zielen voor eeuwig zien branden in de hel. Ze moesten stikken in hun eten en blind worden van de wijn, hun pikken moesten er afvallen als ze bij hun vrouwen sliepen. Toen pakte ze de borden van Giorgio en Pippi en smeet die op de grond. Dat was allemaal toegestaan, maar toen ze een paar jaar geleden bij haar eerste aanval hetzelfde deed met het bord van de don, had hij bevolen om haar vast te pakken en in haar kamer op te sluiten. Daarna had hij haar voor drie maanden naar een speciaal verpleeghuis gestuurd. Ook nu deed de don snel het deksel op de kaaskom; ze spuugde altijd veel. Toen was het plotseling voorbij en werd ze heel stil. Ze wendde zich tot Pippi: 'Ik wou afscheid van je nemen. Ik hoop dat je op Sicilië doodgaat.'
Pippi had een overweldigend medelijden met haar. Hij stond op en nam haar in zijn armen. Ze verzette zich niet. Hij kuste haar op de wang en zei: 'Ik sterf liever op Sicilië dan dat ik je bij mijn thuiskomst op deze manier aantref.' Ze rukte zich los en rende weer de trap op.
'Heel aandoenlijk,' zei Giorgio bijna snauwend. 'Maar jij hoeft dit niet elke maand te verdragen.' Hij grijnsde er een beetje bij, maar ze wisten allemaal dat Rose Marie haar menopauze allang achter de rug had en vaker dan eens per maand een aanval kreeg.
De don leek nog het minst onthutst door de aanval van zijn dochter. 'Ze wordt beter of ze sterft,' zei hij. 'En anders stuur ik haar weg.' Toen wendde hij zich tot Pippi. 'Ik laat je weten wanneer je uit Sicilië kunt terugkomen. Geniet maar van je rust. We worden allemaal ouder. Maar hou je ogen open voor nieuwe mannen die we voor de Enclave kunnen rekruteren. Dat is belangrijk. We moeten mannen hebben die betrouwbaar zijn en ons niet verraden, mannen met *omertà* in hun botten, niet zoals de lummels die in dit land geboren zijn en een goed leven willen leiden zonder ervoor te betalen.'

Toen Pippi de volgende dag op weg was naar Sicilië, kreeg Dante de oproep om een weekend in het huis in Quogue door te brengen. De eerste dag liet Giorgio hem bij zijn moeder zitten. Hun toewijding aan elkaar was ontroerend om te zien, en Dante was bij zijn moeder een heel ander mens. Hij droeg nooit een van zijn rare petten, ging met haar op het landgoed wandelen en nam haar mee naar een restaurant. Hij verzorgde haar als een soort achttiende-eeuwse *galant*. Als ze een hysterische huilbui kreeg, wiegde hij haar in zijn armen, en de aanvallen bleven weg. Ze praatten voortdurend op zachte, vertrouwelijke toon met elkaar.

Voor het avondeten hielp Dante haar de tafel dekken en de kaas voor de don raspen en hield hij haar in de keuken gezelschap. Ze kookte zijn lievelingsgerecht: penne met broccoli en daarna gebraden lamsvlees dat met knoflook en spek was bestoken.

Giorgio werd altijd getroffen door de band tussen Dante en de don. Dante was heel hulpvaardig, schepte de don penne met broccoli op en veegde de grote zilveren lepel waarmee de don zijn geraspte kaas at met veel vertoon schoon en glanzend. Dante plaagde de oude man. 'Grootvader,' zei hij, 'als je nieuwe tanden zou nemen, hoefden we de kaas niet te raspen. Tandartsen kunnen tegenwoordig alles en zetten gewoon staal in je kaak. Een wonder.'

De don reageerde even speels. 'Ik wil dat mijn tanden samen met mij doodgaan,' zei hij. 'Ik ben te oud voor wonderen. Waarom zou God een wonder verspillen aan zo'n oude man als ik?'

Rose Marie had zich voor haar zoon mooi gemaakt, en nu was er weer iets van de schoonheid uit haar jeugd zichtbaar. Ze leek blij om te zien dat haar vader en haar zoon zo vertrouwelijk met elkaar omgingen. Dat verdreef haar altijd gekwelde stemming.

Ook Giorgio was tevreden. Het deed hem genoegen dat zijn zus gelukkig was. Ze was niet zo zenuwslopend en kookte beter, staarde hem niet zo beschuldigend aan en kreeg geen aanval.

Toen de don en Rose Marie naar bed waren, bracht Giorgio zijn neef naar de studeerkamer. Dat was de enige kamer zonder telefoon, tv of verbindingen met andere delen van het huis. Bovendien was de deur heel dik. De kamer was tegenwoordig ingericht met twee zwarte leren sofa's en zwarte beklede stoelen. Het kastje voor de whiskey, de bar met een kleine koelkast en de plank voor de glazen waren er nog steeds. Op een tafel stond een kist havanna's. Niettemin was het nog steeds een kamer zonder ramen, als een kleine grot.

Dantes gezicht was te sluw en te interessant voor een zo jonge man, en Giorgio voelde zich daarbij nooit op zijn gemak. Zijn blik was te licht en te helder en Giorgio vond het onprettig dat hij zo klein was.

Giorgio schonk voor beiden iets te drinken in en stak een havanna op. 'Goddank heb je niet een van die rare petten op als je bij je moeder bent,' zei hij. 'Waarom draag je die eigenlijk?'

'Ik vind ze mooi,' zei Dante. 'En ze zorgen dat ik opval bij jou en oom Vincent en oom Petie.' Hij zweeg even en zei toen met een boosaardige glimlach: 'Ik lijk er langer door.' Het was waar, dacht Giorgio, dat hij met die petten knapper was. Ze omlijstten zijn fretachtige gezicht op een flatterende manier; zonder pet leek het vreemd-ongecoördineerd.

'Als je aan het werk bent, moet je ze niet dragen,' zei Giorgio. 'Dat maakt identificatie te gemakkelijk.'

'Dode mensen praten niet,' zei Dante. 'Ik dood iedereen die me aan het werk ziet.'
'Neef, hou op met zeiken,' zei Giorgio. 'Het is niet slim. Het is een risico. De Familie neemt geen risico's. En nog iets. Het gerucht gaat dat je bloed om je mond hebt.'
Nu pas reageerde Dante kwaad. Plotseling maakte hij een dodelijke indruk. Hij zette zijn glas neer en vroeg: 'Weet grootvader dat? Komt het van hem?'
'De don weet er niets van,' loog Giorgio. Hij was een uiterst bekwame leugenaar. 'En ik zal het hem ook niet vertellen. Je bent zijn lieveling en het zou hem maar verontrusten. Maar laat ik je één ding zeggen: geen petten meer tijdens je werk en hou je mond schoon. Je bent nu de hoogste Familie-hamer, maar je put te veel genot uit je werk. Dat is gevaarlijk en schendt de Familieregels.'
Dante leek het niet te horen. Hij dacht na en zijn glimlach verscheen weer. 'Dat moet Pippi verteld hebben,' zei hij vriendschappelijk.
'Ja,' zei Giorgio. Hij klonk kortaf. 'En Pippi is de beste. We hebben je naast Pippi gezet om te leren hoe je de dingen moet aanpakken. En weet je waarom hij de beste is? Omdat hij een goed hart heeft. Hij doet het nooit voor zijn lol.'
Dante liet zich volledig gaan en kreeg een lachaanval. Hij liet zich eerst op de sofa en toen op de grond vallen. Giorgio sloeg hem nors gade en bedacht dat hij even gek was als zijn moeder. Eindelijk stond Dante op. Hij nam een lange teug uit zijn glas en zei op bijzonder vermaakte toon: 'Jij vindt dus dat ik geen goed hart heb.'
'Inderdaad,' zei Giorgio. 'Je bent mijn neef maar ik weet wie je bent. Vanwege een soort persoonlijke ruzie heb je zonder goedkeuring van de Familie twee mannen gedood. De don wilde niets tegen je ondernemen en heeft je niet eens berispt. Je hebt een showdanseres vermoord die je een jaar lang genaaid had. In drift. Je gaf haar een communie zodat de politie haar niet zou vinden. En dat is dan ook niet gebeurd. Je denkt dat je een kleine slimmerik bent, maar de Familie heeft alle bewijzen in elkaar gepast en je schuldig bevonden, hoewel je in een rechtszaal nooit veroordeeld kunt worden.'
Dante was nu heel kalm. Niet uit angst maar uit berekening. 'Weet de don al die onzin?'
'Ja,' zei Giorgio, 'maar je bent nog steeds zijn lieveling. Hij zei dat we je maar moesten laten begaan. Dat je nog jong bent. Dat je het wel zult leren. Die kwestie van het bloed om je mond wil ik hem niet voorleggen. Daar is hij te oud voor. Je bent zijn kleinzoon en je moeder is zijn dochter. Daar zou zijn hart niet tegenkunnen.'
Dante lachte opnieuw. 'De don heeft een hart, Pippi De Lena heeft een hart, Cross heeft een hazehartje, mijn moeder heeft een gebroken hart. Maar heb ik geen hart? En jij, oom Giorgio, heb jij een hart?'

'Natuurlijk,' zei Giorgio. 'Ik verdraag je nog steeds om me heen.'
'En dus ben ik de enige zonder zo'n klotehart,' zei Dante. 'Ik houd van mijn moeder en mijn grootvader, die elkaar haten. Mijn grootvader houdt minder van me naarmate ik ouder word. Jij en Vinnie en Petie houden niet van me, ook al stroomt in de aderen van ons allemaal Familiebloed. Denk je soms dat ik dat allemaal niet weet? Maar ik houd nog steeds van jullie allemaal, ook al word ik dan lager aangeslagen dan die smerige Pippi De Lena. Denk je soms dat ik bovendien geen verstand heb?'
Die uitbarsting verraste Giorgio, en hij werd behoedzaam omdat Dante geen ongelijk had. 'Je vergist je wat de don betreft. Hij geeft nog steeds evenveel om je. Dat geldt ook voor Petie, Vincent en mij. Hebben we je ooit zonder familierespect behandeld? Natuurlijk is de don afstandelijk, maar hij is dan ook heel oud. Wat mijzelf betreft, ik waarschuw je alleen maar voor je eigen bestwil. Je hebt een heel gevaarlijk vak en je moet voorzichtig zijn. Houd je persoonlijke gevoelens erbuiten, want die leiden tot rampen.'
'Weten Vinnie en Petie dat ook allemaal?' vroeg Dante.
'Nee,' zei Giorgio. Hetgeen opnieuw een leugen was. Ook Vincent had met Giorgio over Dante gepraat. Petie niet, maar Petie was een geboren moordenaar. Toch had ook hij een kennelijke afkeer van Dantes gezelschap.
'Zijn er nog meer klachten over mijn werk?' vroeg Dante.
'Nee,' zei Giorgio, 'en trek het je niet te veel aan. Als oom geef ik je goede raad. Maar ik zeg je dat ook vanwege mijn functie in de Familie. Je geeft niemand meer een communie of belijdenis zonder de goedkeuring van de Familie. Gesnapt?'
'Oké,' zei Dante, 'maar ik ben nog steeds de eerste hamer, niet?'
'Totdat Pippi terugkomt van zijn kleine vakantie,' zei Giorgio. 'En het hangt van je werk af.'
'Ik zal er minder van genieten, als je dat wilt,' zei Dante. 'Oké?' Hij tikte Giorgio vol genegenheid op zijn schouder.
'Goed,' zei Giorgio. 'Neem je moeder morgenavond weer mee uit eten. Houd haar gezelschap. Daar zal je grootvader blij om zijn.'
'Natuurlijk,' zei Dante.
'Een van Vincents restaurants zit in de buurt van East Hampton,' zei Giorgio. 'Daar zouden jullie naartoe kunnen gaan.'
Dante vroeg plotseling: 'Gaat het slechter met haar?'
Giorgio haalde zijn schouders op. 'Ze kan het verleden niet vergeten. Ze herkauwt oude verhalen die ze zou moeten vergeten. De don zegt altijd: "De wereld is wat hij is en wij zijn wie we zijn." Zijn lijfspreuk. Maar zij kan dat niet aanvaarden.' Hij omhelsde Dante even met genegenheid. 'Laten we dit kleine gesprekje maar vergeten. Ik heb hier een bloedhekel aan.' Alsof de don hem dat niet met zoveel woorden had opgedragen.

Toen Dante maandagochtend vertrokken was, meldde Giorgio het hele gesprek aan de don. De don zuchtte. 'Hij was vroeger zo'n aardige jongen. Wat kan er gebeurd zijn?'
Giorgio had één belangrijke deugd. Als hij dat echt wilde, was hij oprecht, zelfs tegen zijn vader, de grote don zelf. 'Hij heeft te veel met zijn moeder gepraat. En hij heeft slecht bloed.' Daarna zwegen ze allebei een tijdje.
'En wat doen we met uw kleinzoon als Pippi terugkomt?' vroeg Giorgio.
'Ondanks alles vind ik dat Pippi zich moet terugtrekken,' zei de don. 'Dante moet de kans krijgen nummer één te worden. Hij is en blijft een Clericuzio. Pippi wordt adviseur van zijn zoons *bruglione* in het westen. Zonodig kan hij ook Dante adviseren. Niemand is in dit soort zaken bedrevener dan hij. Zoals hij tegen de Santadio's bewezen heeft. Maar zijn leven moet in vrede eindigen.'
Giorgio mompelde sarcastisch: 'Emeritus-hamer.' Maar de don deed net of hij het grapje niet verstond.
Hij fronste zijn wenkbrauwen en zei: 'Binnenkort krijg jij mijn verantwoordelijkheden. Vergeet nooit je taak. Ooit moeten de Clericuzio's in de samenleving opgaan; de Familie mag nooit sterven. Hoe moeilijk de keuzes ook zijn.'
En daar lieten ze het bij. Maar het duurde nog twee jaar voordat Pippi uit Sicilië terugkwam, en intussen verdween de moord op Ballazzo in een bureaucratische mist. Een mist die door de Clericuzio's zelf was geschapen.

Boek V

Las Vegas
Hollywood
Quogue

7

Cross De Lena ontving zijn zusje Claudia en Skippy Deere in de directiesuite in het penthouse van het Xanadu-hotel. Deere verbaasde zich altijd over de verschillen tussen broer en zus. Claudia was niet echt mooi maar wel erg sympathiek, terwijl Cross heel conventioneel knap was en een slank maar atletisch lichaam had. Claudia was vriendelijk van nature, Cross onwrikbaar minzaam en afstandelijk. Er bestond verschil tussen vriendelijk en minzaam, bedacht Deere. Het ene zat in je genen, het andere was aangeleerd.

Claudia en Skippy Deere gingen op de sofa tegenover Cross zitten. Claudia legde het probleem met Boz Skannet uit, boog zich toen voorover en zei: 'Luister alsjeblieft, Cross. De kwestie is niet alleen zakelijk. Athena is mijn beste vriendin, en ze is echt een van de beste mensen die ik ken. Ze heeft me geholpen als ik hulp nodig had. En dit is de grootste gunst die ik je ooit gevraagd heb. Help Athena uit deze ellende, dan zal ik je nooit meer iets anders vragen.' Toen wendde ze zich tot Skippy Deere. 'Vertel jij Cross over het geld?'

Deere ging altijd in de aanval voordat hij iemand een gunst vroeg. Hij vroeg Cross: 'Ik kom nu al tien jaar in je hotel. Waarom krijg ik nooit een van je villa's?'

Cross lachte. 'Die zijn altijd vol.'

Deere zei: 'Gooi er dan iemand uit.'

'Natuurlijk,' zei Cross. 'Zodra ik van jou de afrekening van een winstgevende film krijg en ik jou tien mille aan de baccarattafel zie inzetten.'

Claudia zei: 'Ik ben zijn zus en krijg ook nooit een villa. Hou op met zeuren, Skippy, en vertel hem het geldprobleem.'

Toen Deere klaar was, zei Cross voorlezend van een blocnote waarop hij aantekeningen had gemaakt: 'Even kijken of ik alles begrepen heb. Jij en de studio verliezen vijftig miljoen aan investeringen plus tweehonderd miljoen aan begrote winsten als die Athena niet meer aan het werk gaat. Ze wil niet meer aan het werk omdat ze zo bang is voor haar ex-man, Boz Skannet.

Jullie kunnen hem afkopen, maar dan gaat ze nog steeds niet aan het werk omdat ze niet gelooft dat iemand hem kan tegenhouden. Is dat het zo'n beetje?'
'Ja,' zei Deere. 'We hebben beloofd haar tijdens de opnames voor deze film beter te beschermen dan de president. Op dit moment houdt nog steeds een ploeg die Skannet in de gaten. Ze wordt vierentwintig uur van de dag bewaakt. Toch gaat ze nog steeds niet aan het werk.'
'Ik zie het probleem eigenlijk niet,' zei Cross.
'Die vent komt uit een machtige politieke familie in Texas,' zei Deere. 'En hij is echt een harde jongen. Ik heb proberen te zorgen dat onze beveiligingsmensen druk op hem uitoefenden...'
'Welk bewakingsbedrijf hebben jullie?' vroeg Cross.
'Pacific Ocean Security,' zei Deere.
'Waarom praten jullie met mij?' vroeg Cross.
'Omdat je ons volgens je zuster kunt helpen,' zei Deere. 'Het was niet mijn idee.'
Cross vroeg aan zijn zusje: 'Claudia, hoe kwam je op het idee dat ik je kan helpen?'
Claudia's gezicht vertrok van onbehagen. 'Ik heb je vroeger problemen zien oplossen, Cross. Je hebt veel overtuigingskracht en volgens mij verzin je altijd een oplossing.' Ze glimlachte met een onschuldige grijns. 'Bovendien ben je mijn oudste broer. Ik heb vertrouwen in je.'
Cross zuchtte en zei: 'Altijd hetzelfde gelul,' maar Deere zag de vanzelfsprekende genegenheid tussen die twee.
Ze zwegen een tijdje, en toen zei Deere: 'Cross, we zijn hier omdat je het maar nooit weet. Maar als je nog een investeringsobject zoekt: er is een echt heel goed project op komst.'
Cross keek eerst naar Claudia, toen naar Deere, en zei nadenkend: 'Skippy, ik wil met die Athena kennismaken. Misschien kan ik daarna al jullie problemen oplossen.'
'Fantastisch,' zei Claudia opgelucht. 'Morgen vliegen we er samen heen.' Ze omhelsde hem.
'Oké,' zei Deere. Hij probeerde nu al een manier te bedenken om een deel van zijn verliezen op de *Messalina*-film af te wentelen op Cross.
De volgende dag vlogen ze naar Los Angeles. Claudia had Athena overgehaald om hen te ontvangen, en toen had Deere de telefoon gepakt. Dat gesprek maakte hem duidelijk dat Athena wegbleef van de film. Daar was hij woedend om, maar hij vermaakte zich tijdens de vlucht met plannetjes om te zorgen dat Cross hem bij zijn volgende bezoek aan Las Vegas een van die verrekte villa's gaf.

De Malibu Colony, waar Athena Aquitane woonde, lag aan een deel van het strand op een minuut of veertig ten noorden van Beverly Hills en Hollywood. De Colony omvatte iets meer dan honderd woningen die allemaal tussen de drie en zes miljoen dollar kostten, maar zag er aan de buitenkant heel doodgewoon en vervallen uit. Elk huis was door hekken met een soms mooi versierde toegangspoort omringd.

De Colony zelf was alleen toegankelijk via een privé-weg, bewaakt door beveiligingsmensen in een grote keet, vanwaaruit ze de slagbomen in het oog hielden. De bewakers controleerden alle bezoekers via de telefoon of aan de hand van lijsten. De bewoners hadden speciale stickers op hun auto, die elke week veranderden. Cross analyseerde dit soort bewaking als 'hinderlijk' maar niet echt serieus.

Maar de mannen van Pacific Ocean Security rond Athena's huis waren een ander verhaal. Ze waren in uniform en bewapend en leken in uitmuntende conditie.

Ze betraden Athena's huis vanaf het trottoir dat parallel aan het strand liep. Daar controleerde Athena's secretaresse de bezoekers, die hen vanuit een klein gastenverblijf met een druk op de knop binnenliet.

Daar stonden nog twee mannen in het uniform van Pacific Ocean; een derde man stond bij de huisdeur. Bij het passeren van het gastenverblijf liepen ze door een lange tuin vol bloemen en citroenbomen. Ze roken hun geuren in de zoutige lucht. Eindelijk bereikten ze het huis zelf, dat uitkeek over de Stille Oceaan.

Een klein Zuidamerikaans dienstmeisje liet hen binnen en bracht hen door een enorme keuken naar een zitkamer, die beheerst werd door de via de enorme ramen getemperde oceaan. Het was een kamer met bamboe meubels, glazen tafels en zeegroene sofa's. Het meisje bracht hen door deze kamer naar een glazen deur, die uitkwam op een terras met uitzicht op zee – een lang en breed terras met stoelen, tafels en een zilverig glimmende fitnessfiets. Verderop lag de zee, die blauwgroen naar de hemel helde.

Toen Cross De Lena Athena zag, kreeg hij een schok. Ze was veel verfijnder dan op de film, en dat kwam zelden voor. Op de film kwamen de kleur van haar huid, de diepte van haar ogen en hun groene tint niet tot hun recht. Haar lichaam bewoog met de schijnbaar moeiteloze, fysieke gratie van een grote sportvrouw. Haar haren waren tot een onregelmatige, gouden borstelkop geknipt die bij elke andere vrouw lelijk zou zijn geweest maar haar schoonheid juist bekroonde. Ze droeg een kobaltblauw trainingspak dat haar figuur had moeten verbergen maar dat niet deed. Haar benen waren lang in verhouding tot haar romp, ze was blootsvoets en ze had haar teennagels niet gelakt.

Maar hij was vooral onder de indruk van de intelligentie in haar ogen en de scherpte van haar aandacht.

Ze begroette Skippy Deere met de gebruikelijke kus op zijn wang, omhelsde Claudia vol warmte en gaf Cross een hand. Haar ogen weerspiegelden het zeewater achter haar. 'Claudia heeft het altijd over je,' zei ze tegen Cross. 'Haar knappe, mysterieuze broer die de aarde kan laten stilstaan als hij dat wil.' Ze lachte een volmaakt natuurlijke lach, niet die van een bange vrouw. Cross voelde zich wonderbaarlijk verrukt; er was geen ander woord voor. Haar stem was hees en laag, een betoverend muziekinstrument. De zee omlijstte haar mooi gevormde jukbeenderen, haar ongestifte, vrijgevige en wijnrode lippen, haar stralende intelligentie. Door Cross' hoofd schoot een van Gronevelts korte levenslessen. *Geld beschermt je in deze wereld tegen alles behalve tegen mooie vrouwen.*

Cross had in Las Vegas veel mooie vrouwen leren kennen, net als in Los Angeles en Hollywood. Maar in Las Vegas was schoonheid iets op zichzelf staands waar maar weinig talent aan te pas kwam; veel van die schoonheden hadden in Hollywood gefaald. In Hollywood ging schoonheid samen met talent en soms artistieke grootheid. Beide steden trokken vanuit de hele wereld schoonheid aan. En bovendien werden sommige actrices supersterren. Dat waren vrouwen die naast hun charme en schoonheid ook moed en een zekere kinderlijke onschuld uitstraalden. En ze hadden een nieuwsgierigheid naar hun vak die tot artistieke prestaties verheven kon worden, wat hun een zekere waardigheid gaf. In beide steden was schoonheid gemeengoed, maar in Hollywood verrezen godinnen die over de hele wereld vereerd werden. Athena Aquitane was een van die zeldzame godinnen.

Cross zei koel tegen haar: 'Claudia vertelde dat je een van de mooiste vrouwen ter wereld bent.'

Athena vroeg: 'Zei ze ook iets over mijn hersens?'

Ze leunde over de balustrade van het terras en stak – kennelijk als een soort oefening – een been naar achteren. Wat bij een andere vrouw aanstellerij had geleken, was bij haar volmaakt natuurlijk. En inderdaad bleef ze tijdens het hele gesprek oefeningen doen. Ze boog haar lichaam naar voren en naar achteren, legde een been over de balustrade en uitte sommige woorden met armgebaren.

Claudia zei: 'Thena, zou jij ooit gedacht hebben dat we broer en zus zijn?'

Skippy Deere zei: 'Nooit.'

Maar Athena keek hen aan en zei: 'Jullie lijken erg op elkaar.' Cross zag dat ze het meende.

Claudia zei: 'Nu weet je waarom ik zo dol op haar ben.'

Athena staakte haar oefeningen even en zei tegen Cross: 'Ze zeggen dat je me kunt helpen. Ik begrijp niet hoe.'

Cross probeerde haar niet aan te staren en zijn ogen af te houden van het vlammende goud van haar haren tegen de achtergrond van het groen ver-

derop. Hij zei: 'Ik kan goed mensen overreden. Als het waar is dat alleen je echtgenoot verhindert dat je weer aan het werk gaat, kan ik hem misschien tot een overeenkomst bewegen.'
'Ik geloof niet dat Boz zijn afspraken nakomt,' zei Athena. 'De studio heeft al een afspraak met hem gemaakt.'
Deere zei met wat voor hem een zachte stem was: 'Athena, je hebt echt niets te vrezen. Dat garandeer ik je.' Maar om de een of andere reden overtuigde hij niet eens zichzelf. Hij sloeg het gezelschap aandachtig gade. Hij wist dat Athena mannen overweldigde. Actrices zijn, als ze dat willen, de charmantste mensen ter wereld. Maar Deere zag in Cross geen verandering.
'Skippy aanvaardt gewoon niet dat ik afscheid neem van de film,' zei Athena. 'Die is voor hem erg belangrijk.'
'Voor jou dan niet?' vroeg Deere kwaad.
Athena keek hem lang en koel aan. 'Ooit wel. Maar ik ken Boz. Ik moet verdwijnen en een nieuw leven beginnen.' Ze keek hen ondeugend aan. 'Ik kom altijd wel op mijn pootjes terecht.'
'Ik kan een overeenkomst met je man sluiten,' zei Cross. 'En garanderen dat hij zich eraan houdt.'
Deere zei vol zelfvertrouwen: 'Athena, in de filmwereld bestaan honderden van dit soort gevallen. Dat sterren door idioten worden lastiggevallen. Daar hebben we waterdichte procedures voor. Er is echt geen gevaar.'
Athena vervolgde haar oefeningen. Eén been vloog verbijsterend hoog boven haar hoofd. 'Je kent Boz niet,' zei ze. 'Ik wel.'
'Is Boz de enige reden waarom je niet weer aan het werk gaat?' vroeg Cross.
'Ja,' zei Athena. 'Hij zal me altijd opsporen. Je kunt me beschermen tot de film klaar is. Maar dan?'
Cross zei: 'Afspraken met mij zijn altijd nagekomen. Ik kan hem geven wat hij wil.'
Athena hield op met haar oefeningen. Voor het eerst keek ze Cross recht aan. 'Ik zal nooit geloven in een afspraak met Boz,' zei ze. Ze draaide zich om en stuurde hen daarmee weg.
Cross zei: 'Het spijt me dat ik je tijd heb verspild.'
'Ik heb mijn tijd niet verspild,' zei Athena opgewekt. 'Ik heb mijn oefeningen gedaan.' Toen keek ze hem recht aan. 'Ik waardeer het. Ik probeer net zo onbevreesd te lijken als in een van mijn films, maar eigenlijk ben ik doodsbang.' Toen herwon ze snel haar zelfbeheersing. 'Claudia en Skippy hebben het altijd over je beroemde villa's. Als ik naar Las Vegas ga, mag ik daar dan onderduiken?'
Haar gezicht stond ernstig maar haar ogen dansten. Tegenover Claudia en Skippy liet ze haar macht zien. Kennelijk verwachtte ze dat Cross ja zou zeggen, al was het alleen maar als galant gebaar.

Cross glimlachte naar haar. 'De villa's zijn meestal bezet,' zei hij. Hij zweeg even en zei toen met een opperste ernst waar de anderen van schrokken: 'Maar als je in Las Vegas bent, kan ik garanderen dat niemand je iets aandoet.'
Athena zei rechtstreeks tegen hem: 'Niemand kan Boz tegenhouden. Het kan hem niet schelen om gepakt te worden. Wat hij ook doet, hij doet het openlijk zodat iedereen het ziet.'
Claudia vroeg ongeduldig: 'Maar waarom dan?'
Athena zei lachend: 'Omdat hij ooit van me gehouden heeft. En omdat mijn leven beter is uitgepakt dan het zijne.' Ze keek hen even allemaal tegelijk aan. 'Is het geen schande,' zei ze, 'dat twee verliefde mensen elkaar leren haten?'
Op dat moment werd het gesprek onderbroken door het Zuidamerikaanse dienstmeisje, dat een man naar het terras bracht.
De man was lang, knap en formeel gekleed in een mengeling van stijlen: een kostuum van Armani, een overhemd van Turnbull & Asser, een das van Gucci en schoenen van Bally. Hij mompelde meteen verontschuldigingen. 'Ze heeft niet tegen me gezegd dat u in gesprek was, mevrouw Aquitane,' zei hij. 'Ze zal wel geschrokken zijn van mijn penning.' Hij liet haar zijn penning zien. 'Ik wilde alleen maar iets weten over dat incident van een paar dagen geleden. Ik kan wel even wachten, en anders kom ik later terug.'
Hij klonk beleefd maar keek brutaal. Hij wierp een blik op de twee andere mannen en zei: 'Hallo, Skippy.'
Skippy Deere keek kwaad. 'Je mag niet met haar praten in afwezigheid van de PR en een jurist,' zei hij. 'Dat weet je best, Jim.'
De rechercheur gaf Claudia en Cross een hand en zei: 'Jim Losey.'
Ze wisten wie hij was. De beroemdste rechercheur van Los Angeles, op wiens wapenfeiten zelfs een miniserie gebaseerd was. Hij speelde ook heel kleine rolletjes in films en stond op Deeres kerstkaarten en -geschenkenlijst. Dat gaf Deere de moed om te zeggen: 'Jim, bel me straks. Dan regel ik een correct gesprek met mevrouw Aquitane.'
Losey glimlachte vriendschappelijk naar hem en zei: 'Natuurlijk, Skippy.'
Maar Athena zei: 'Misschien ben ik hier niet lang meer. Waarom stelt u niet meteen uw vragen? Mij kan het niet schelen.'
Loseys blik zou mild zijn geweest zonder de voortdurende behoedzaamheid in zijn ogen en zonder de lichamelijke waakzaamheid die de vrucht van vele jaren misdaadonderzoek was.
Hij vroeg: 'Waar iedereen bij is?'
Athena's lichaam was niet meer in beweging en ze had al haar charme uitgewist toen ze zei: 'Ik vertrouw hen meer dan de politie.'
Losey nam dat heel soepel op. Het was hem vertrouwd. 'Ik wilde u alleen

vragen waarom u de aanklachten tegen uw man hebt ingetrokken. Heeft hij u op welke manier dan ook bedreigd?'
'Nee hoor,' zei Athena smalend. 'Hij gooide alleen maar onder het oog van een miljard mensen water in mijn gezicht en riep "zuur". De volgende dag was hij op borgtocht vrij.'
'Oké, oké,' zei Losey, die sussend zijn armen hief. 'Ik dacht alleen dat ik misschien kon helpen.'
Deere zei: 'Jim, bel me straks even op.'
Bij Cross ging toen een alarmbel rinkelen. Hij keek nadenkend naar Deere en vermeed een blik op Losey. En Losey keek niet naar hem.
Losey zei: 'Dat zal ik doen.' Hij zag Athena's handtasje op een van de stoelen en pakte het. 'Dat ding heb ik op Rodeo Drive gezien,' zei hij. 'Tweeduizend dollar.' Hij keek Athena recht aan en zei even minachtend als beleefd: 'Misschien kunt u me uitleggen waarom iemand voor zoiets zoveel geld neerlegt.'
Athena kwam met een steenharde blik uit de omlijsting van de oceaan. Ze zei: 'Dat is een beledigende vraag. Smeer 'm.'
Losey maakte een buiging en liep weg. Hij grijnsde. Hij had de indruk gewekt die hij wilde maken.
'Je blijkt dus toch menselijk te zijn,' zei Claudia, en legde haar arm rond Athena's schouders. 'Waarom werd je zo kwaad?'
'Ik was niet kwaad,' zei Athena. 'Ik heb hem op zijn plaats gezet.'

De drie bezoekers vertrokken en reden van Malibu naar Nate and Al's in Beverly Hills. Tegenover Cross hield Deere vol dat dat de enige plek ten westen van de Rocky Mountains was waar je eetbare pastrami, corned beef en de authentieke hot dogs kreeg.
Deere zei onder het eten: 'Athena gaat niet meer aan het werk.'
'Daar heb ik nooit aan getwijfeld,' zei Claudia. 'Wat ik niet snap, is waarom ze zo kwaad werd op die rechercheur.'
Deere lachte en vroeg: 'Snapte jij dat?'
'Nee,' zei Cross.
Deere zei: 'Tot de grote mysteries van Hollywood behoort de vraag hoe je de filmsterren kunt neuken. Bij mannelijke is dat niet zo moeilijk. Daarom zie je bij locaties en het Beverly Wilshire Hotel al die meisjes rondhangen. Vrouwelijke sterren zijn lastiger... Een jongen die in hun huis werkt, een timmerman of tuinman bijvoorbeeld, kan mazzel hebben. Misschien wordt ze geil. Dat is ook met mij gebeurd. Stuntlieden scoren goed en ook andere crewleden kunnen mazzel hebben. Maar voor vrouwelijke sterren is dat neuken onder hun stand en het schaadt hun carrière. Tenzij ze natuurlijk supersterren zijn. Wij, de oude mannetjes die de show leiden, houden daar

niet van. Jezus, alsof geld en macht niks meer betekenen!' Hij keek hen grijnzend aan. 'Maar neem nou Jim Losey. Die is groot en knap. Die schiet keiharde jongens neer, en voor mensen die in een schijnwereld leven, is dat onweerstaanbaar. Dat weet hij. Dat gebruikt hij. Daarom smeekt hij een filmster niet maar intimideert hij haar. Daarom was hij zo sarcastisch. Het was zelfs de reden van zijn komst: een excuus om Athena te leren kennen. Hij dacht dat hij wel een balletje kon opgooien. Die beledigende vraag was zijn mededeling dat hij haar wilde neuken. En Athena wees hem het gat van de deur.'

'Is zij dan de Maagd Maria?' vroeg Cross.

'Voor een filmster wel,' zei Deere.

Cross vroeg abrupt: 'Denk je dat ze de studio bezwendelt om meer geld te krijgen?'

'Dat zou ze nooit doen,' zei Claudia. 'Ze is volmaakt recht door zee.'

'Vereffent ze dan een rekening met iemand?' vroeg Cross.

'Je begrijpt het vak niet,' zei Deere. 'Op de eerste plaats zou de studio zich rustig laten bezwendelen. Dat zijn ze gewend van filmsterren. Op de tweede plaats: als zij tegen iemand een grief heeft, weet iedereen dat. Maar ze is gewoon knetter.' Hij zweeg even. 'Ze heeft een bloedhekel aan Bobby Bantz en ze is niet dol op mij. We proberen haar al jaren in bed te krijgen, maar lauw loene.'

'Jammer dat je haar niet kunt helpen,' zei Claudia tegen Cross. Maar hij gaf geen antwoord.

Tijdens de hele rit vanaf Malibu had Cross diep nagedacht. Dit was de kans die hij zocht. Het was gevaarlijk, maar als het lukte, kon hij zich eindelijk van de Clericuzio's losmaken.

'Skippy,' zei Cross, 'ik wil jou en de studio een voorstel doen. Ik koop je film nu meteen. Ik geef jullie de vijftig miljoen die jullie geïnvesteerd hebben, zorg voor het geld om hem af te maken en laat hem door de studio distribueren.'

'Heb jij honderd miljoen?' vroegen Skippy Deere en Claudia tegelijk, stomverbaasd.

'Ik ken mensen die dat hebben,' zei Cross.

'Je krijgt Athena niet terug. En zonder Athena komt er geen film,' zei Deere.

'Ik zei al dat ik heel overtuigend ben,' zei Cross. 'Kun je een gesprek met Eli Marrion voor me organiseren?'

'Natuurlijk,' zei Deere, 'maar alleen als ik producent van de film blijf.'

Het gesprek bleek niet zo makkelijk te regelen. LoddStone, dat wil zeggen Eli Marrion en Bobby Bantz, moesten er eerst van overtuigd worden dat Cross De Lena niet de zoveelste zwendelaar met een grote mond was. Dat

hij het geld en de geloofsbrieven had. Natuurlijk was hij mede-eigenaar van het Xanadu-hotel in Las Vegas, maar uit niets bleek dat hij persoonlijk de financiële armslag had om de voorgestelde overeenkomst van de grond te krijgen. Deere was bereid voor hem in te staan, maar de doorslag gaf het feit dat Cross een kredietbrief van vijftig miljoen liet zien.
Op aanraden van zijn zusje trok hij Molly Flanders aan om de overeenkomst juridisch af te wikkelen.

Molly Flanders ontving Cross in haar kantoor, dat wel een grot leek. Cross was heel waakzaam, want hij wist bepaalde dingen over haar. In de wereld waarin hij altijd geleefd had, kende hij geen enkele vrouw met ook maar enige macht, en Claudia had hem verteld dat Molly Flanders een van de machtigste mensen in Hollywood was. Studiobazen namen op als ze belde, superagenten als Melo Stuart riepen bij hun grootste overeenkomsten haar hulp in. Sterren als Athena Aquitane gebruikten haar bij hun ruzies met studio's. Flanders had ooit de produktie van de best verkopende tv-miniserie laten stilleggen omdat de PTT de cheque van haar filmster-cliënt te laat bezorgde.
Ze was veel knapper dan Cross verwacht had. Ze was lang maar had een goed geproportioneerd lichaam en kleedde zich goed. Maar op dat lichaam stond het blonde hoofd van een strenge elf met een adelaarsneus, een gulle mond en felle, bruine ogen die half geloken een overtuigde en intelligente strijdlustigheid uitstraalden. Haar haar was om haar hoofd gevlochten. Het strenge uiterlijk verdween pas als ze glimlachte.
Molly Flanders was ondanks al haar hardheid gevoelig voor knappe mannen en mocht Cross direct. Ze was verrast, want ze had verwacht dat Claudia's broer er doodnormaal uit zou zien. Bovendien zag ze niet alleen zijn knappe uiterlijk maar ook een kracht die Claudia niet bezat. Hij had de waakzame blik van iemand voor wie de wereld geen verrassingen heeft. Maar met dat alles wist ze nog steeds niet of ze Cross als cliënt wilde. Ze had geruchten over zekere connecties gehoord, ze hield niet van de wereld van Las Vegas en ze twijfelde door de hardnekkigheid waarmee hij deze afzichtelijke gok wilde doorzetten.
'Meneer De Lena,' zei ze, 'laat me één ding duidelijk stellen. Ik vertegenwoordig Athena Aquitane als jurist, niet als agent. Ik heb haar uitgelegd welke consequenties ze onder ogen moet zien als ze voet bij stuk houdt. Ik ben ervan overtuigd dat ze dat zal doen. En als u deze overeenkomst met de studio sluit en Athena nog steeds niet aan het werk gaat, zal ik haar vertegenwoordigen als u wettelijke stappen tegen haar onderneemt.'
Cross keek haar aandachtig aan. Een vrouw als Molly kon hij op geen enkele manier peilen. Hij had zijn meeste kaarten al op tafel gelegd. 'Ik zal een

verklaring tekenen dat ik mevrouw Aquitane niet laat vervolgen als ik de film koop,' zei hij. 'En ik heb hier een cheque voor tweehonderdduizend dollar als u me als cliënt neemt. Dat om te beginnen. U mag me meer in rekening brengen.'

'Eens kijken of ik alles begrepen heb,' zei Molly. 'U betaalt de studio de geïnvesteerde vijftig miljoen. Nu meteen. U zorgt voor het geld om de film af te maken, minimaal nog eens vijftig miljoen. U zet dus honderd miljoen op de mogelijkheid dat Athena weer aan het werk gaat. Bovendien gokt u erop dat de film een succes wordt. Hij kan ook een mislukking worden. Dat is een enorm risico.'

Cross kon charmant zijn als hij dat wilde, maar had het gevoel dat charme bij deze vrouw niet hielp. 'Ik heb begrepen dat de film vanwege de buitenland-, video- en tv-rechten zelfs in geval van mislukking geen verlies kan lijden,' zei hij. 'Het enige echte probleem is zorgen dat mevrouw Aquitane weer aan het werk gaat. En daarbij kunt u misschien helpen.'

'Nee, dat kan ik niet,' zei Molly. 'Ik wil u niets wijsmaken. Ik heb het tevergeefs geprobeerd. Iedereen heeft het tevergeefs geprobeerd. En Eli Marrion laat niet met zich sollen. Hij staakt de film, neemt zijn verlies en probeert Athena daarna te ruïneren. Maar dat zal ik niet toestaan.'

Cross was geïntrigeerd. 'Hoe gaat u dat aanpakken?'

'Marrion krijgt met mij te maken,' zei ze. 'Hij is handig, maar ik neem het in elke rechtszaal tegen hem op en geef hem bij elk contract de volle laag. Athena krijgt misschien geen werk meer, maar ik zorg dat ze niet de vloer met haar aanvegen.'

'Als u mij wilt vertegenwoordigen, kunt u de carrière van uw cliënt redden,' zei Cross. Hij haalde een enveloppe uit de binnenzak van zijn jasje en gaf die aan haar. Ze maakte hem open, bekeek de inhoud aandachtig, pakte de telefoon en stelde na een paar belletjes vast dat de cheque gedekt was.

Glimlachend zei ze tegen Cross: 'Ik bedoelde er niets beledigends mee, maar dat doe ik ook met de grootste filmproducenten.'

'Skippy Deere bijvoorbeeld?' vroeg Cross lachend. 'Ik heb geld in zes van zijn films. Vier ervan waren een succes, maar ik heb nog steeds niets verdiend.'

'Dat komt omdat ik u niet vertegenwoordigd heb,' zei Molly. 'Maar voordat ik ja zeg, moet u me vertellen hoe u Athena weer aan het werk denkt te krijgen.' Ze zweeg. 'Ik heb geruchten over u gehoord.'

Cross zei: 'En ik over u. Ik herinner me dat u jaren geleden strafpleiter was en dat u toen een joch hielp om onder een veroordeling wegens moord uit te komen. Hij had zijn vriendin vermoord en u bepleitte ontoerekeningsvatbaarheid. Binnen een jaar liep hij weer vrij rond.' Hij zweeg even en toonde bewust zijn irritatie. 'U maakte zich geen zorgen over zijn reputatie.'

Molly keek hem koel aan. 'U hebt mijn vraag niet beantwoord.'
Cross vond dat een leugen enige charme moest hebben. 'Molly,' zei hij. 'Mag ik je Molly noemen?' Ze knikte, en Cross ging door. 'Je weet dat ik in Las Vegas een hotel heb. Ik heb het volgende geleerd. Geld is magie. Elke angst is met geld te overwinnen. Daarom ga ik Athena vijftig procent bieden van al het geld dat ik met de film verdien. Als je de overeenkomst goed opstelt en als we geluk hebben, betekent dat voor haar dertig miljoen.' Hij zweeg een tijdje en zei toen ernstig: 'Zeg op, Molly, zou jij voor dertig miljoen een risico nemen?'
Molly schudde haar hoofd. 'Geld kan Athena in wezen niets schelen.'
'Het enige wat me verbaast, is dat de studio haar niet hetzelfde biedt,' zei Cross.
Voor het eerst in het gesprek glimlachte Molly. 'Je kent de filmstudio's niet,' zei ze. 'Die zijn doodsbang dat elke filmster dezelfde stunt uithaalt als eenmaal zo'n precedent is geschapen. Maar laten we verdergaan. De studio sluit die overeenkomst wel, denk ik, omdat ze met alleen de distributie al veel geld gaan verdienen. Daar zullen ze op staan. Bovendien zullen ze een percentage van de winst eisen. Maar ik zeg je nogmaals dat Athena je aanbod niet aanvaardt.' Ze zweeg en zei toen met een plagende glimlach: 'Ik dacht dat casino-eigenaars in Las Vegas nooit gokten.'
Cross beantwoordde haar glimlach. 'Iedereen gokt. Als de kansen gunstig zijn, doe ik dat ook. Bovendien ben ik van plan het hotel te verkopen om in de film mijn brood te verdienen.' Hij zweeg even en liet haar in zijn binnenste kijken om haar vast te laten stellen dat hij bij die wereld wilde horen. 'Volgens mij is het daar interessanter.'
'Ik begrijp het,' zei Molly. 'Het is dus geen tijdelijke bevlieging.'
'Een voet tussen de deur,' zei Cross. 'En als het eenmaal zover is, heb ik ook in het vervolg je hulp nodig.'
Molly zag de humor daarvan. 'Ik zal je vertegenwoordigen,' zei ze. 'Maar voordat we andere zaken doen, kijken we eerst maar eens of je die honderd miljoen kwijtraakt.'
Ze pakte de telefoon. Ze sprak met iemand. Toen hing ze op en zei tegen Cross: 'We hebben een gesprek met de mensen van de commerciële afdeling om de condities te regelen. En je hebt drie dagen om je nog eens te bezinnen.'
Cross was onder de indruk. 'Dat is snel!'
'Vanwege hen, niet vanwege mij,' zei Molly. 'De stagnatie van die film kost ze een fortuin.'
'Ik hoef dat natuurlijk niet te zeggen,' zei Cross, 'maar de overeenkomst die ik mevrouw Aquitane wil aanbieden, is vertrouwelijk, iets tussen jou en mij.'
'Dat hoef je inderdaad niet te zeggen,' zei Molly.

Ze gaven elkaar een hand en na Cross' vertrek schoot Molly plotseling iets te binnen. Waarom had Cross De Lena het over die oude zaak gehad, toen ze dat joch had vrij gekregen, haar beroemde overwinning? Waarom uitgerekend die zaak? Ze had moordenaars genoeg vrij gekregen.

Drie dagen later hadden Cross De Lena en Molly Flanders, voordat ze naar de LoddStone Studios gingen, een afspraak in haar kantoor om de financiële bescheiden door te nemen die Cross naar de vergadering meenam. Daarna reed Molly hen tweeën in haar Mercedes SL 300 naar de studio.

Toen ze toestemming kregen om door de poort te rijden, zei Molly tegen Cross: 'Kijk eens naar het parkeerterrein. Ik geef je een dollar voor elke Amerikaanse auto die je ziet.'

Ze reden langs een zee van glimmende auto's in alle kleuren: Mercedessen, Aston Martins, BMW's, Rolls-Royces. Cross zag één Cadillac en zei dat ook. Molly zei opgewekt: 'Die is van een arme sloeber. Een schrijver uit New York.'

LoddStone Studios besloeg een enorm terrein met verspreide gebouwtjes die onafhankelijke produktiebedrijven huisvestten. Het hoofdgebouw telde maar tien verdiepingen en leek wel een filmdecor. De studio had de sfeer van de jaren twintig, toen het bedrijf gesticht was, gehandhaafd en alleen het noodzakelijke onderhoud laten doen. Cross moest aan de Bronx-enclave denken.

De kantoren in het administratiegebouw van de studio waren klein en overvol, behalve die op de tiende verdieping, waar Eli Marrion en Bobby Bantz hun directiesuites hadden. Tussen die twee suites lag een enorme vergaderzaal met een bar en een barkeeper helemaal aan de andere kant en een keukentje ernaast. De stoelen rond de vergadertafel waren luxe, donkerrode leunstoelen. Ingelijste posters van LoddStone-films hingen aan de muur.

Eli Marrion, Bobby Bantz, Skippy Deere, de belangrijkste juridische adviseur van de studio en nog twee andere juristen zaten op hen te wachten. Molly gaf de hoofdjurist de financiële stukken, en de drie juristen van de tegenpartij gingen ze zitten lezen. De barkeeper bracht de drankjes die ze gevraagd hadden, en verdween. Skippy Deere stelde iedereen aan elkaar voor.

Eli Marrion stond er zoals gewoonlijk op dat Cross hem bij zijn voornaam noemde. Hij vertelde een van zijn favoriete verhalen waarmee hij vaak tegenstanders bij onderhandelingen probeerde te ontwapenen. Zijn grootvader, zei Eli Marrion, had het bedrijf aan het begin van de jaren twintig gesticht. Hij had de firma Lode Stone Studios willen noemen, maar had nog steeds een zwaar Duits accent, en de juristen begrepen hem verkeerd. Het bedrijf was toen nog maar tienduizend dollar waard, en toen de fout aan het licht kwam, leek het niet de moeite waard om hem te herstellen. Inmiddels was het een bedrijf van zeven miljard met een naam die niets betekende. Maar, zei Marrion met nadruk – hij vertelde nooit een grappig verhaal zonder ernstige clou – het gedrukte woord was onbelangrijk. Wat het bedrijfslogo zoveel kracht gaf, was het visuele beeld van de magneet die uit alle hoeken van het heelal licht aantrok.

Toen legde Molly het aanbod voor. Cross wilde de studio de geïnvesteerde vijftig miljoen betalen, de studio kreeg de distributierechten en Skippy Deere bleef producent. Cross zou ook voor het geld zorgen om de film af te maken. LoddStone Studios kreeg bovendien vijf procent van de winst.

Iedereen luisterde aandachtig. Bobby Bantz zei: 'Dat percentage is belachelijk. We moeten meer hebben. En hoe weten we dat jullie en Athena niet onder één hoedje spelen? Dat we niet bezwendeld worden?'

Cross was verbaasd over Molly's antwoord. Om de een of andere reden had hij gedacht dat onderhandelingen hier beschaafder verliepen dan waaraan hij in Las Vegas gewend was.

Maar Molly schreeuwde bijna en haar heksengezicht laaide van woede. 'Krijg de pest, Bobby,' zei ze tegen Bantz. 'Jij hebt godverdomme de gore moed om ons van een vuil spelletje te betichten. De verzekering dekt je schade niet, jij belegt deze vergadering om de dans te ontspringen en vervolgens beledig je ons. Als je geen excuses aanbiedt, vertrek ik hier onmiddellijk met de heer De Lena en ga je maar met je pik spelen.'

Skippy Deere onderbrak haar. 'Bobby, Molly, kom op. We proberen een film te redden. We kunnen er op z'n minst over praten...'

Marrion had alles met een kalme glimlach gadegeslagen maar zei niets. Hij zou alleen het woord nemen om ja of nee te zeggen.

'Ik vind het een redelijke vraag,' zei Bobby Bantz. 'Wat heeft die vent Athena te bieden zodat ze bij hem wel terugkomt en bij ons niet?'

Cross zat er glimlachend bij. Molly had gezegd dat hij haar zoveel mogelijk moest laten antwoorden.

Ze zei: 'De heer De Lena heeft kennelijk iets bijzonders te bieden. Waarom zou hij dat aan jullie moeten vertellen? Als jullie hem voor die informatie tien miljoen bieden, overleg ik wel even met hem. Tien miljoen zou een koopje zijn.'

Zelfs Bobby Bantz moest daarom lachen.

Skippy Deere zei: 'Ze denken dat Cross niet zoveel geld zou riskeren als hij geen geheid aanbod had. Dat maakt ze een beetje wantrouwig.'

'Skippy,' zei Molly, 'ik heb je ooit een miljoen zien neertellen voor een roman die je nooit verfilmd hebt. Waar zit het verschil?'

Bobby Bantz bemoeide zich ermee. 'Omdat Skippy wel zorgt dat onze studio dat miljoen moet ophoesten.'

Iedereen lachte. Cross verbaasde zich over het gesprek en begon zijn geduld te verliezen. Hij wist ook dat hij niet te gretig moest lijken, en het kon dus geen kwaad als hij zijn ergernis liet blijken. Hij zei zachtjes: 'Ik ga op mijn voorgevoel af. Maar als het te ingewikkeld is, kunnen we de zaak ook vergeten.'

Bantz zei kwaad: 'We hebben het over een heleboel geld. Die film kan over de hele wereld bruto een half miljard opbrengen.'

'Als je Athena terugkrijgt,' riposteerde Molly snel. 'Ik kan je vertellen dat ik haar vanmorgen gesproken heb. Ze heeft zelfs haar haar afgeknipt om te laten zien dat ze het meent.'

'Dan zetten we haar een pruik op. Kutactrices,' zei Bantz. Inmiddels keek hij Cross woedend aan. Hij probeerde hem te peilen en broedde op iets. Hij vroeg: 'Als Athena niet terugkomt, jij je vijftig miljoen verliest en je de film niet kunt afmaken, wie krijgt dan het materiaal dat we al hebben gedraaid?'

'Ik,' zei Cross.

'Juist,' zei Bantz. 'Dan breng je het gewoon op de markt zoals het is. Misschien wel als soft porno.'

'Dat is een mogelijkheid,' zei Cross.

Molly schudde haar hoofd naar Cross en waarschuwde hem dat hij zijn mond moest houden. 'Als jullie met ons in zee gaan,' zei ze tegen Bantz, 'is alles inzake buitenland-, video-, tv-rechten en deelname in de winst bespreekbaar. Maar de overeenkomst staat of valt met één ding. Hij moet geheim blijven. De heer De Lena wil alleen genoemd worden als coproducent.'

'Dat vind ik best,' zei Skippy Deere. 'Maar mijn financiële overeenkomst met de studio is nog steeds van kracht.'

Voor het eerst zei Marrion iets. 'Die staat er los van,' zei hij, waarmee hij 'nee' bedoelde. 'Cross, geef jij je advocaat de vrije hand bij onderhandelingen?'

'Ja,' zei Cross.

'Dit wil ik in de notulen,' zei Marrion. 'Je weet ongetwijfeld dat we van plan waren de film te schrappen en ons verlies te nemen. We zijn ervan overtuigd dat Athena niet terugkomt. We opperen tegenover jou niet de mogelijkheid dat ze terugkomt. Als je de overeenkomst sluit en ons vijftig miljoen betaalt, zijn we niet aansprakelijk. Dan moet je Athena aanklagen, en die heeft dat soort bedragen niet.'

'Ik zou haar nooit aanklagen,' zei Cross. 'Ik zou vergeven en vergeten.'

Bantz vroeg: 'Maar moet je je dan niet verantwoorden tegenover je financiers?'

Cross haalde zijn schouders op.

Marrion zei: 'Wat een walgelijke opstelling! Je mag niet toestaan dat je met je persoonlijke houding de financiers verraadt die je vertrouwen. Alleen maar omdat ze rijk zijn.'

Cross zei met een uitgestreken gezicht: 'Ik vind het nooit een goed idee om rijke mensen in het harnas te jagen.'
Bantz zei geïrriteerd: 'Dit moet een truc zijn.'
Cross liet zijn gezicht van welwillend zelfvertrouwen stralen en zei: 'Ik doe mijn hele leven niets anders dan mensen overhalen. In mijn hotel in Las Vegas moet ik heel slimme mensen ertoe bewegen om ondanks de kansverhoudingen hun geld te vergokken. En dat doe ik door ze gelukkig te maken. Dat betekent dat ik ze geef wat ze echt willen. Datzelfde ga ik met mevrouw Aquitane doen.'
Bantz had een afkeer van het voorstel. Hij was ervan overtuigd dat de studio werd opgelicht. Hij zei bot: 'Als we ontdekken dat Athena zich al bereid heeft verklaard om met je te werken, dienen we een aanklacht in en komen we het contract niet na.'
'Ik wil ook op de lange termijn in de film blijven werken,' zei Cross. 'Ik wil ook samenwerken met LoddStone Studios. Er is geld genoeg voor iedereen.'
Eli Marrion had Cross tijdens het hele gesprek aandachtig aangekeken en hem proberen in te schatten. De man gedroeg zich bescheiden en was geen bluffer of opgeblazen artiest. Pacific Ocean Security kon geen echte band met Athena ontdekken. Een samenzwering was niet waarschijnlijk. Hij moest een beslissing nemen, maar die was niet echt zo moeilijk als de mensen rond de tafel voorgaven. Marrion was nu zo moe dat hij het gewicht van zijn kleren op zijn broodmagere lichaam voelde. Hij wilde de zaak achter de rug hebben.
Skippy Deere zei: 'Athena is misschien kierewiet. Misschien is ze wel volledig door het lint gegaan. En dan moet de verzekering ons uit de penarie helpen.'
Molly Flanders zei: 'Ze is geestelijk gezonder dan iedereen hier in deze kamer. Ik krijg jullie eerder in het gesticht dan jullie haar.'
Bobby Bantz keek Cross recht in de ogen. 'Wil je ons zwart op wit geven dat je op dit moment geen overeenkomst met Athena hebt?'
'Ja,' zei Cross. Hij liet zijn afkeer van Bantz openlijk blijken.
Marrion zag dat en was tevreden. Eindelijk verliep een deel van het gesprek volgens plan. Bantz was nu voor iedereen de kwaaie pier. Het was verbazingwekkend dat iedereen altijd een bijna intuïtieve afkeer van hem had, en dat was echt niet zijn schuld. Die rol was voor hem gekozen, hoewel die inderdaad goed bij zijn persoonlijkheid paste.
'We willen twintig procent van de winst op de film,' zei Bantz. 'We distribueren in binnen- en buitenland. En we worden partners bij elke vervolgfilm.'
Skippy Deere zei geïrriteerd: 'Bobby, aan het einde van de film gaat iedereen dood. Een vervolg is onmogelijk.'
'Oké,' zei Bantz, 'dan rechten op elke film vooraf.'

'Vooraf, achteraf, gelul,' zei Molly. 'Jullie mogen ze hebben. Maar je krijgt niet meer dan tien procent van de winst. Jullie verdienen al goud aan de distributie en lopen geen enkel risico. Ja of nee.'
Eli Marrion verdroeg het niet langer. Hij stond op, bleef kaarsrecht staan en zei even beheerst als sereen: 'Twaalf procent. Daarmee gaan we akkoord.' Hij zweeg, keek Cross aan en zei: 'Het gaat niet zozeer om het geld. Maar dit kan een grote film worden en ik wil hem niet schrappen. Bovendien ben ik erg benieuwd naar wat er gaat gebeuren.' Hij wendde zich tot Molly. 'Ja of nee?'
Molly Flanders keek niet eens of Cross een teken gaf en zei: 'Ja.'

Eli Marrion en Bobby Bantz zaten even later alleen in de vergaderzaal. Ze zwegen eendrachtig. In de loop van de jaren hadden ze geleerd dat je sommige dingen niet hardop moet zeggen. Eindelijk zei Marrion: 'Er ligt hier een moreel probleem.'
Bantz zei: 'We hebben ervoor getekend de overeenkomst geheim te houden, Eli, maar als je dat nodig vindt, kan ik even bellen.'
Marrion zuchtte. 'Dan verliezen we de film. Die Cross is onze enige hoop. Bovendien, als hij ontdekt dat het lek van jou komt, kan de situatie gevaarlijk worden.'
'Ik weet niet wie hij is, maar laat hij met zijn vingers van LoddStone afblijven,' zei Bantz. 'Waar ik me zorgen over maak, is dat hij een voet tussen de deur krijgt.'
Marrion nam een slokje uit zijn glas en een trekje van zijn sigaar. De dunne, naar hout geurende rook tintelde in zijn lichaam.
Eli Marrion was nu echt moe. Hij werd te oud om zich zorgen te maken over toekomstige rampen op lange termijn. De grote universele ramp was veel dichterbij.
'Bel niet op,' zei hij. 'We moeten de overeenkomst geheimhouden. Bovendien, ik word dan misschien kinds, maar ik wil dolgraag zien wat die goochelaar uit zijn hoed haalt.'

Skippy Deere ging na de vergadering naar huis. Hij belde Jim Losey om een gesprek met hem te regelen. Bij dat gesprek liet hij Losey geheimhouding zweren en vertelde hij wat er gebeurd was. 'Ik denk dat je Cross in de gaten moet houden,' zei hij. 'Misschien vind je dan wel iets interessants.'
Maar dat zei hij pas toen hij ermee had ingestemd om Jim Losey een kleine rol te geven in een nieuwe film over een massamoord in Santa Monica.

Wat Cross De Lena betreft: hij keerde naar Las Vegas terug en peinsde in zijn penthouse over zijn nieuwe levensloop. Waarom had hij het risico genomen? Het belangrijkste was natuurlijk dat de winst enorm kon zijn, niet alleen in termen van geld maar ook voor zijn nieuwe leven. Maar hij dacht nog meer aan zijn motief daarachter: de aanblik van Athena Aquitane in de omlijsting van het zeegroene water, haar voortdurend bewegende lichaam, de mogelijkheid dat ze hem ooit zou leren kennen en beminnen, niet voor altijd, maar gewoon voor even. Wat had Gronevelt gezegd? 'Vrouwen zijn voor mannen nooit gevaarlijker dan wanneer ze gered moeten worden. Pas op, pas op', zei Gronevelt, 'voor een mooie vrouw in problemen.'

Maar dat zette hij allemaal van zich af. Neerkijkend op de Strip van Las Vegas, op die muur van kleurige lichtjes, op de menigten die zich door dat licht bewogen als mieren met zakken vol geld om ze in een groot nest te begraven, analyseerde hij het hele probleem voor het eerst op een koele, neutrale manier.

Als Athena Aquitane zo'n engel was, waarom eiste ze dan – in feite, hoewel niet met zoveel woorden – dat ze pas terugkwam op de set als iemand haar man doodde? Dat moest iedereen duidelijk zijn. Het aanbod van de studio om haar te beschermen terwijl ze de film afmaakte, was niet veel waard, want haar dood bleef onafwendbaar. Als de film klaar was en zij weer alleen, zou Skannet toeslaan.

Eli Marrion, Bobby Bantz en Skippy Deere kenden het probleem en kenden het antwoord. Maar niemand durfde het hardop te zeggen. Voor mensen zoals zij was het risico te groot. Ze waren zo hoog gestegen en leefden er zo goed van, dat ze te veel te verliezen hadden. Voor hen was de winst niet gelijk aan het risico. Ze konden zich neerleggen bij het verlies van een film – voor hen was dat maar een kleine nederlaag. Ze konden zich geen tuimeling van de hoogste toppen naar de laagste veroorloven. Dat risico was dodelijk. En ere wie ere toekwam, ze hadden een intelligente beslissing genomen. Op dit terrein van het menselijk streven waren ze niet deskundig en konden ze fouten maken. Dan konden ze die vijftig miljoen beter beschouwen als het verlies van een paar punten op hun aandelen in Wall Street.

Er waren nu dus twee grote problemen. De executie van Boz Skannet op zo'n manier uitgevoerd, dat noch de film, noch Athena schade leed. Het tweede en veel belangrijkere probleem was de instemming van zijn vader Pippi De Lena en de Clericuzio-Familie. Want Cross wist dat de opzet voor hen niet lang geheim zou blijven.

8

Cross De Lena pleitte om veel verschillende redenen voor Grote Tims leven. Op de eerste plaats liet deze elk jaar bij de kassier van het Xanadu tussen de vijfhonderdduizend en een miljoen dollar achter. Op de tweede plaats koesterde hij een heimelijke genegenheid voor de man. Hij hield van diens levenslust en uitzinnige grappen.

Tim Snedden, ook bekend als de Ritselaar, was eigenaar van een keten winkelcentra die zich over het noordelijke deel van Californië uitstrekte.

In Las Vegas smeet hij met geld en verbleef dan meestal in het Xanadu. Hij was vooral verzot op sportweddenschappen en had er buitengewoon veel geluk bij. Zijn inzetten waren altijd hoog: vijftig mille bij football en soms tien mille bij basketball. Hij dacht slim te zijn en verloor kleine inzetten maar won zijn grote weddenschappen bijna altijd. Cross had dat direct door.

De Ritselaar was heel groot: meer dan een meter negentig lang en zo'n honderdvijftig kilo zwaar. Zijn eetlust paste bij zijn lichaamsbouw en hij at alles wat in zicht kwam. Hij pochte dat hij een gedeeltelijke maagbypass had laten aanbrengen zodat het voedsel direct door zijn lichaam gleed en hij er niet dikker van werd. Hij had daar veel pret over, want voor hem was dat een superzwendel op de natuur zelf.

De Ritselaar was namelijk een geboren zwendelaar; vandaar zijn bijnaam. In het Xanadu misbruikte hij zijn gratis verblijf door ook zijn vrienden te eten te geven en hij haalde daarmee de roomservice volstrekt onderuit. Met diezelfde gratis-verblijfregeling probeerde hij ook zijn callgirls en aankopen in de cadeauwinkel te betalen. En als hij verloor en het hele hokje vol lag met zijn promesses, stelde hij de betaling uit tot zijn volgende bezoek aan het Xanadu, in plaats van binnen een maand te betalen zoals een beschaafde gokker zou doen.

Hoewel de Ritselaar veel geluk had met sportweddenschappen, was hij bij casinospelen minder fortuinlijk. Hij was bekwaam, kende de kansen en wedde correct, maar liet zich door zijn uitbundigheid meeslepen zodat zijn sportwinsten meer dan verloren gingen. Het was dus niet vanwege het geld maar vanuit strategische overwegingen op de lange termijn dat de Clericuzio's belangstelling voor hem kregen.

Aangezien het uiteindelijke doel van de Familie de legalisering van de sportweddenschappen in de hele Verenigde Staten was, kon elk gokschandaal rond de sport dat doel schaden. Zo begon een onderzoek naar het leven van de grote ritselaar Tim Snedden. De resultaten waren zo alarmerend dat Pippi en Cross voor een vergadering in het huis in Quogue naar de oostkust werden geroepen. Het was Pippi's eerste operatie na zijn terugkeer uit Sicilië.

Pippi en Cross vlogen samen naar de oostkust. Cross vroeg zich bezorgd af of de Clericuzio's zijn aankoop van *Messalina* al ontdekt hadden en of zijn vader kwaad was dat hij hem niet geraadpleegd had. Want de zevenenvijftigjarige Pippi had zich dan wel teruggetrokken, maar was nog steeds *consigliere* van zijn zoon, de *bruglione*.

In het vliegtuig vertelde hij zijn vader dus over de film. Hij verzekerde hem dat hij diens raad nog steeds op prijs stelde maar hem bij de Clericuzio's niet in een kwaad daglicht had willen stellen. Hij uitte ook de angst dat hij naar de oostkust werd geroepen omdat de don over zijn Hollywoodplannen gehoord had.

Pippi luisterde zwijgend en zuchtte toen vol afkeer. 'Je bent nog te jong,' zei hij. 'Het gaat niet over die filmdeal. De don zou zijn troeven nooit zo snel op tafel leggen. Hij zou kijken wat er gebeurde. Het lijkt net alsof Giorgio de leiding heeft, en dat is wat Vincent en Petie en Dante denken. Maar ze hebben het mis. De oude man is slimmer dan wij allemaal. En maak je over hem geen zorgen. In dit soort zaken is hij altijd rechtvaardig. Je moet je zorgen maken over Giorgio en Dante.' Hij zweeg even alsof hij zelfs met Cross niet graag over de Familie praatte.

'Heb je gemerkt dat de kinderen van Giorgio, Vincent en Petie niets van de Familiezaken weten? De don en Giorgio hebben alles zo geregeld dat hun kinderen strikt binnen de wet blijven. De don was dat ook met Dante van plan, maar Dante was te slim, kreeg alles in de gaten en wilde meedoen. De don kon hem niet tegenhouden. Beschouw ons allemaal – Giorgio, Vincent en Petie, jij en ik en Dante – maar als de achterhoede die vecht om de Clericuzio-clan veilig te laten ontsnappen. Zo heeft de don het gepland. Dat is zijn kracht en dat maakt hem groot. Misschien is hij dus wel blij dat jij je ontsnapping regelt, zoals hij ook bij Dante gehoopt had. Want dat is het toch, nietwaar?'

'Ik denk het wel,' zei Cross. Zelfs tegenover zijn vader wilde hij zijn afschuwelijke zwakte niet bekennen: namelijk dat hij het deed uit liefde voor een vrouw.

'Hou altijd de lange termijn in het oog, net als Gronevelt,' zei Pippi. 'Zeg het rechtstreeks tegen de don als het moment daar is en zorg dat de Familie bij de overeenkomst zijn snavel kan smeren. Maar pas op voor Giorgio en Dante. Vincent en Petie kan het geen flikker schelen.'
'Waarom Giorgio en Dante?' vroeg Cross.
'Omdat Giorgio een inhalige lul is,' zei Pippi, 'en Dante is altijd jaloers op je en op het feit dat je mijn zoon bent. Bovendien is hij zo gek als een deur.'
Cross was verbaasd. Voor het eerst hoorde hij zijn vader een Clericuzio bekritiseren. 'En waarom kan het Vincent en Petie niet schelen?' vroeg hij.
'Vincent heeft zijn restaurants en Petie zijn bouwbedrijf en de Bronxenclave. Vincent wil van zijn oude dag genieten en Petie houdt van actie. Ze mogen je allebei graag en hebben respect voor mij. Toen we nog jong waren, hebben we samen klussen gedaan.'
Cross vroeg: 'Papa, ben je niet kwaad op me omdat ik het niet eerst met jou heb bepraat?'
Pippi keek hem sardonisch aan. 'Zeik niet,' zei hij. 'Je wist dat ik het er niet mee eens zou zijn en de don evenmin. En wanneer ga je die Skannet doden?'
'Dat weet ik nog niet,' zei Cross. 'Het is lastig. Het moet een belijdenis zijn, zodat Athena weet dat ze zich geen zorgen meer hoeft te maken. Dan kan ze weer naar de set.'
'Laat mij de voorbereiding maar doen,' zei Pippi. 'Maar gesteld dat dat mens niet meer aan het werk gaat? Dan ben je vijftig miljoen kwijt.'
'Dat doet ze wél,' zei Cross. 'Zij en Claudia zijn goed bevriend en Claudia zegt dat ze het doet.'
'Mijn allerliefste dochter,' zei Pippi. 'Wil ze me nog steeds niet zien?'
'Dat denk ik niet,' zei Cross. 'Maar je kunt altijd langskomen als ze in het hotel is.'
'Nee,' zei Pippi. 'Als jij je werk hebt gedaan en Athena niet terugkomt, ben ik een communie voor haar van plan, en dat ze een grote filmster is, kan me niet schelen.'
'Nee, nee,' zei Cross. 'Je moet Claudia echt weer eens zien. Ze is tegenwoordig veel knapper.'
'Dat doet me genoegen,' zei Pippi. 'Als kind had ze altijd net zo'n lelijke kop als ik.'
'Waarom sluit je geen vrede met haar?' vroeg Cross.
'Ze wilde niet dat ik aanwezig zou zijn bij de begrafenis van mijn ex-vrouw en ze mag me niet. Het heeft dus geen zin. Als ik doodga, wil ik zelfs dat je haar bij mijn begrafenis vandaan houdt. Laat ze de pest maar krijgen.' Hij zweeg even. 'Ze was een pittig kind.'
'Je moet haar zo gauw mogelijk weer spreken,' zei Cross.
'Vergeet één ding niet,' zei Pippi. 'Zeg niets ongevraagd tegen de don. Deze vergadering gaat over iets anders.'

'Hoe weet je dat zo zeker?'
'Omdat hij mij anders eerst had laten komen om te kijken of ik je zou verraden,' zei Pippi.
Pippi bleek gelijk te hebben.

Giorgio, don Domenico, Vincent, Petie en Dante zaten in de tuin naast het huis bij de vijgenbomen klaar om hen te begroeten. Zoals gewoonlijk lunchten ze eerst gezamenlijk en kwamen ze daarna terzake.
Giorgio deed het woord. Een onderzoek had uitgewezen dat Snedden de Ritselaar bepaalde collegewedstrijden in het Midden-Westen naar zijn hand zette. Dat hij waarschijnlijk wedstrijden opkocht in het beroepsfootball en -basketball, namelijk door de officials en bepaalde spelers om te kopen – wat heel riskant en gevaarlijk was. Als dat aan het licht kwam, kwam er een enorm schandaal, en dat tumult kon een levensgevaarlijke klap zijn voor de pogingen van de Familie om de sportweddenschappen in de Verenigde Staten gelegaliseerd te krijgen. En uiteindelijk zou het aan het licht komen.
'De smerissen zetten meer mankracht op een sportzwendel dan op een seriemoord,' zei Giorgio. 'Ik weet niet waarom. Wat voor verschil maakt het in jezusnaam wie er wint of verliest? Van dat misdrijf hebben alleen de bookmakers last, en daar moet de politie toch al niets van hebben. Als de Ritselaar alle Notre Dame-wedstrijden kocht zodat ze altijd wonnen, zou het hele land gelukkig zijn.'
Pippi vroeg ongeduldig: 'Waarom praten we hier eigenlijk over? Laat iemand die kerel gewoon waarschuwen.'
Vincent zei: 'Dat hebben we al geprobeerd. Maar hij is een geval apart. Hij weet niet wat angst is. Hij is gewaarschuwd maar gaat gewoon door.'
Petie zei: 'Ze noemen hem Grote Tim en ze noemen hem de Ritselaar, en dat vindt hij allemaal prachtig. Hij betaalt nooit zijn rekeningen en weigert zelfs de belasting om te kopen, en hij maakt ruzie met de autoriteiten van de staat Californië omdat hij geen omzetbelasting wil betalen voor de winkels die hij in zijn centra heeft. Verdomme, hij betaalt zelfs te weinig alimentatie voor zijn vrouw en kinderen. Hij is gewoon een geboren dief. Met hem is niet verstandig te praten.'
Giorgio zei: 'Cross, jij kent hem persoonlijk vanwege zijn gokken in Las Vegas. Wat vind jij ervan?'
Cross dacht even na. 'Hij betaalt zijn promesses altijd heel laat. Maar uiteindelijk komt hij over de brug. Hij is een slimme gokker, niet verloederd. Hij is een van die mensen die je niet gauw mag, maar hij is heel rijk, heeft dus veel vrienden en neemt ze mee naar Las Vegas. Zelfs als hij de wedstrijden koopt en een deel van ons geld wint, blijft hij voor ons een melkkoe. Laat hem maar gewoon lopen.' Terwijl hij dat zei, zag hij Dante glimlachen alsof zijn neef iets wist dat hij niet wist.

'We kunnen hem niet laten lopen,' zei Giorgio, 'want Grote Tim de Ritselaar is volslagen knetter. Hij is zelfs aan een idioot plan begonnen om de Super Bowl-wedstrijd op te kopen.'
Voor het eerst vroeg don Domenico iets, en wel rechtstreeks aan Cross: 'Is dat mogelijk, neef?'
Die vraag was een compliment, want daarmee erkende de don dat Cross een expert was.
'Nee,' zei Cross. 'Je kunt de officials van de Super Bowl niet omkopen omdat niemand weet wie dat worden. Je kunt de spelers niet omkopen omdat de topspelers te veel geld verdienen. Bovendien kun je geen enkele wedstrijd in geen enkele sport voor honderd procent zeker naar je hand zetten. Als je je op dat terrein begeeft, moet je vijftig of honderd wedstrijden kunnen vervalsen. Als je er dan drie of vier verliest, lijd je geen schade. Het is dus het risico pas waard als je er een heleboel doet.'
'Bravo,' zei de don. 'Maar waarom wil iemand die zo rijk is, dan zoiets doms doen?'
'Hij wil beroemd worden,' zei Cross. 'Om de Super Bowl te kopen moet hij iets zó riskants doen dat het beslist aan het licht komt. Iets zo waanzinnigs dat ik het niet eens kan bedenken. De Ritselaar zal het wel iets heel slims vinden. En hij is iemand die denkt dat hij zich uit elk wespennest redt.'
'Zulke mensen heb ik nog nooit ontmoet,' zei de don.
Giorgio zei: 'Die verbouwen ze ook alleen in Amerika.'
'Maar dan is hij heel gevaarlijk voor onze plannen,' zei de don. 'Als waar is wat jullie zeggen, is hij geen man die naar rede luistert. We hebben dus geen keus.'
Cross zei: 'Wacht nog even. Voor het casino betekent hij minstens een half miljoen winst per jaar.'
Vincent zei: 'Het gaat om het principe. De bookmakers betalen ons om hen te beschermen.'
Cross zei: 'Laat mij met hem praten. Misschien luistert hij wel naar mij. De hele zaak is een slag in de lucht. Hij kan de Super Bowl niet kopen. De zaak is niet waard dat wij in actie komen.' Maar toen zag hij de blik in de ogen van zijn vader en besefte hij dat het hem eigenlijk niet paste om zulke argumenten naar voren te brengen.
De don had zijn eindoordeel geveld en zei: 'Die man is gevaarlijk. Praat niet met hem, neef. Hij weet niet wie je eigenlijk bent. Waarom zou je hem dat voordeel gunnen? De man is gevaarlijk omdat hij dom is. Hij is net zo stom als een beest dat overal van vreten wil. En als hij dan gepakt wordt, wil hij zo woest om zich heen slaan als hij kan en sleept hij iedereen erbij, terecht of ten onrechte.' Hij zweeg even en keek toen naar Dante. 'Kleinzoon,' zei hij, 'volgens mij is dit een werkje voor jou. Maar laat Pippi alles voorbereiden. Hij kent het terrein.'

Dante knikte.
Pippi wist dat hij zich op glad ijs bevond. Als er iets met Dante gebeurde, zou hij daarvoor op het matje worden geroepen. En ook iets anders was duidelijk. De don en Giorgio waren volgens hem vastbesloten om Dante op een dag de Clericuzio-Familie te laten leiden, maar op dit moment hadden ze nog geen vertrouwen in zijn oordeel.

In Las Vegas nam Dante een suite in het Xanadu. Snedden de Ritselaar werd pas over een week verwacht en in de tussentijd werd Dante door Cross en Pippi volledig op de hoogte gebracht.
'De Ritselaar smijt met geld,' zei Cross, 'maar niet zodanig dat hij in aanmerking komt voor een villa. Niet op het niveau van de Arabieren en Aziaten. Hij verteert hier ongelooflijk veel en wil alles zoveel mogelijk gratis hebben. Hij zet vrienden op zijn restaurantbon, bestelt de beste wijnen en probeert zelfs de cadeauwinkel op zijn bon te krijgen. Dat staan we zelfs villabewoners niet toe. Hij zegt altijd van alles en de gevers moeten hem in de gaten houden. Hij zegt bijvoorbeeld dat hij zijn inzet heeft gedaan vlak voordat een bepaalde combinatie op de crapstafel viel. Bij het baccarat probeert hij nog in te zetten als de eerste kaart al openligt. Bij het blackjack zegt hij dat hij achttien wilde halen als de volgende kaart een drie is. Hij betaalt zijn promesses heel laat. Maar hij levert ons een half miljoen per jaar op, zelfs na aftrek van wat hij ons bij de sportweddenschappen door de neus boort. Hij is uitgekookt. Hij haalt zelfs fiches van zijn vrienden en zet die op zijn eigen promesse om ons te laten denken dat hij op grotere schaal gokt dan hij doet. Al die kleine zwendeltjes die de jongens van de kledingcentra vroeger flikten. Maar als het hem tegenzit, raakt hij door het dolle heen. Vorig jaar verloor hij twee miljoen. Toen bouwden we een feestje en gaven we hem een Cadillac. Hij zei hatelijk dat het geen Mercedes was.'
Dante was verontwaardigd. 'Hij haalt fiches en geld bij de kassier zonder te gokken?'
'Jazeker,' zei Cross. 'Dat doen veel mensen en het kan ons niet schelen. We maken graag een domme indruk want dat geeft hun meer zelfvertrouwen aan de tafels. Dan zijn ze ons weer eens te slim af.'
'Waarom noemen ze hem de Ritselaar?' vroeg Dante.
'Omdat hij dingen neemt zonder ze te betalen,' zei Cross. 'Als hij meisjes heeft, bijt hij ze alsof hij een stuk van hun vlees wil hebben. En hij komt ermee weg. Hij is een enorme leuterartiest.'
Dante zei dromerig: 'Ik sta te trappelen om hem te horen praten.'
'Hij heeft Gronevelt nooit kunnen overhalen om hem een villa te geven,' zei Cross. 'Ik sta dus niet te trappelen.'
Dante keek hem scherp aan. 'Waarom krijg ik eigenlijk geen villa?'

'Omdat dat het hotel tussen de honderdduizend en een miljoen dollar per nacht kost,' zei Cross.
Dante zei: 'Maar Giorgio krijgt wel een villa.'
'Oké,' zei Cross. 'Ik overleg het wel met Giorgio.' Ze wisten allebei dat Giorgio woedend zou zijn over Dantes verzoek.
'Dan heb ik geen schijn van kans,' zei Dante.
'Als je trouwt,' zei Cross, 'krijg je een villa voor je huwelijksreis.'
Pippi zei: 'Mijn plan voor de operatie hangt af van Grote Tims karakter. Cross, jouw bijdrage bestaat erin dat je die vent hier in Las Vegas opgeilt. Je moet Dante bij de kassier onbeperkt krediet laten geven en zorgen dat zijn promesses verdwijnen. Wat de chronologie betreft is in LA alles geregeld. Zorg dat die vent komt en niet zijn reservering afzegt. Bouw een feestje voor hem en geef hem een Rolls Royce. Als hij eenmaal hier is, moet je hem voorstellen aan Dante en mij. Daarna ben jij klaar.'
Het kostte Pippi meer dan een uur om het hele plan gedetailleerd uit te leggen. Dante zei bewonderend: 'Giorgio zei altijd dat jij de beste bent. Ik voelde me afgezeken toen de don jou de leiding gaf en niet mij. Maar ik zie nu dat hij gelijk had.'
Pippi nam die vleierij onbewogen in ontvangst. Hij zei tegen Dante: 'Vergeet niet dat dit een communie is, geen belijdenis. Het moet lijken alsof hij op de loop is. Met zijn achtergrond en alle rechtszaken tegen hem is dat geloofwaardig. Dante, zet bij deze operatie niet een van die rare petten van je op. Mensen onthouden soms de gekste dingen. En vergeet niet wat de don heeft gezegd. Hij wil graag dat die vent informatie geeft over wat hij met die wedstrijd van plan was, maar echt noodzakelijk is dat niet. Hij is het kopstuk. Als hij weg is, verdwijnt die zwendel vanzelf. Doe dus niets idioots.'
Dante zei koel: 'Ik voel me niet prettig zonder mijn pet.'
Pippi haalde zijn schouders op. 'Nog iets. Probeer geen misbruik te maken van je onbeperkte krediet. Dat is een opdracht van de don zelf. Hij wil niet dat het hotel bij de operatie een fortuin verliest. Ze moeten ook de Rolls al ophoesten.'
'Maak je geen zorgen,' zei Dante. 'Mijn werk is mijn hobby.' Hij zweeg even en zei toen met een sluwe glimlach: 'Ik hoop dat je me hier een goed cijfer voor geeft.'
Dat verbaasde Cross. Er bestond duidelijk wrijving tussen hen. En het verbaasde hem ook dat Dante zijn vader probeerde te intimideren. Dat kon rampzalig uitpakken, of hij nu de kleinzoon van de don was of niet.
Maar Pippi leek het niet te merken. 'Je bent een Clericuzio,' zei hij. 'Ik geef jou toch geen rapportcijfers?' Hij sloeg Dante op zijn schouder. 'We hebben samen een klus te klaren. Laten we er iets leuks van maken.'

Toen Snedden de Ritselaar arriveerde, sloeg Dante hem gade. Hij was groot en vet, maar dat vet was hard, zat stevig aan zijn botten en deinde niet. Zijn overhemd was van blauw denim met grote zakken op elke borst en een witte knoop in het midden. In de ene zak stopte hij de zwarte honderd-dollarfiches en in de andere de wit-met-gouden van vijfhonderd. De rode vijfjes en groene vijfentwintigjes stak hij in de zak van zijn wijde broek van wit canvas. Hij had slappe bruine sandalen aan zijn voeten.
De Ritselaar speelde vooral craps, het spel met het hoogste percentage. Cross en Dante wisten dat hij al tien mille had ingezet op twee collegebasketballwedstrijden en voor een paardenren in Santa Anita een weddenschap van vijfduizend dollar had afgesloten bij de illegale bookmakers in de stad. De Ritselaar was niet van plan zijn belastingen te betalen. En hij leek zich over zijn inzetten geen zorgen te maken. Bij het crapsspel vermaakte hij zich kostelijk.
Hij was de gangmaker aan de tafel, zei tegen de andere spelers dat ze met hem mee moesten wedden en riep opgewekt dat ze geen lafbekken moesten zijn. Hij zette zijn zwarte fiches in, legde ze in stapels op alle nummers en wedde om alles of niets. Als het zijn beurt was om te gooien, smeet hij de dobbelstenen zo hard dat ze tegen de andere muur van de tafel stuiterden en tot vlak bij hem terugrolden. Dan probeerde hij ze te pakken, maar de stickman was altijd waakzaam genoeg, ving ze in de klauw van zijn stok en hield ze op zo'n manier dat de spelers hun inzetten konden doen.
Dante nam aan de crapstafel plaats en wedde met Grote Tim om de winst. Vervolgens plaatste hij allerlei rampzalige zij-inzetten waarmee hij, tenzij hij heel veel geluk had, geheid alles verloor. Hij wedde op de harde vier en de harde tien. Hij wedde op de boxcars in één worp en op de azen en elf in één worp met kansen van dertig en vijftien tegen één. Hij riep om een promesse voor twintigduizend dollar, en toen hij voor de zwarte fiches had getekend, verspreidde hij ze allemaal over de tafel. Hij riep om een nieuwe promesse. Inmiddels had hij Grote Tims aandacht getrokken.
'Hé, jij daar met die pet? Zal ik je dit spelletje een keer leren?' zei Grote Tim.
Dante zwaaide opgewekt naar hem en bleef wild inzetten. Toen Big Tim een zeven gooide en zijn beurt verloor, pakte Dante de dobbelstenen en vroeg hij om een promesse van vijftigduizend dollar. Hij verspreidde zijn zwarte fiches over de hele tafel en hoopte geen geluk te hebben. Dat had hij ook niet. Nu begon Grote Tim hem met meer dan gewone aandacht gade te slaan.

Grote Tim de Ritselaar at in de cafetaria, die ook als restaurant diende en gewone Amerikaanse maaltijden serveerde. Hij at maar zelden in het luxe

Franse restaurant van het Xanadu, noch in het Noorditaliaanse restaurant of het authentieke English Royal Pub-restaurant. Vijf vrienden aten met hem mee en Grote Tim de Ritselaar maakte voor iedereen kienkaarten zodat ze onder het eten naar de nummers op de borden konden kijken. Cross en Dante zaten in een nis in de hoek.

Met zijn kortgeknipte blonde haar leek de Ritselaar op een Breughel-schilderij van een opgewekte Duitse burger. Hij bestelde veel verschillende gerechten – het equivalent van drie complete diners – en deed zijn reputatie eer aan door alles grotendeels op te eten en bovendien van de borden van zijn vrienden te stelen.

'Het is echt vreselijk jammer,' zei Dante. 'Ik heb nog nooit iemand gezien die zo van het leven geniet.'

'Het is wel een van de manieren om vijanden te maken,' zei Cross. 'Vooral als je op andermans kosten geniet.'

Ze zagen Grote Tim de rekening tekenen, die hij niet hoefde te betalen, en vervolgens een van zijn vrienden bevelen om een fooi in contanten achter te laten. Toen ze weg waren, ontspanden Cross en Dante zich boven een kop koffie. Cross was dol op deze enorme ruimte met zijn glazen wanden, waardoor hij naar de nacht kon kijken. Het licht uit de roze buitenlampen weerkaatste op het gras en de bomen, viel groen naar binnen en verzachtte het licht uit de luchters.

'Ik herinner me een nacht drie jaar geleden,' zei Cross tegen Dante. 'Toen had de Ritselaar achter elkaar geluk aan de crapstafel. Volgens mij won hij toen wel honderdduizend. Het was een uur of drie 's nachts. Toen de baas van het casino zijn fiches naar het hokje bracht, sprong de Ritselaar op de crapstafel en piste alles onder.'

'En toen?' vroeg Dante.

'Ik liet hem door de bewakers naar zijn kamer brengen en gaf hem een boete van vijf mille wegens pissen op de tafel. Die heeft hij nooit betaald.'

'Ik zou zijn hart uit zijn lijf hebben gerukt,' zei Dante.

'Als iemand jou een half miljoen per jaar geeft, laat je hem toch op de tafel pissen?' vroeg Cross. 'Maar om heel eerlijk te zijn heb ik het hem altijd kwalijk genomen. En als hij het in het casino van de villa's had gedaan, zou ik misschien wel anders gereageerd hebben.'

De volgende dag lunchte Cross met Grote Tim om hem in te lichten over het feest en de aanbieding van een Rolls Royce. Pippi sloot zich bij hen aan en werd voorgesteld.

Big Tim was nooit tevreden met wat hij kreeg. 'Ik waardeer die Rolls, maar wanneer krijg ik een villa?'

'Ik vind dat je die verdient,' zei Cross. 'De volgende keer dat je in Las Vegas bent, krijg je er een, ook al moet ik er iemand uitschoppen.'

Grote Tim zei tegen Pippi: 'Je zoon is veel aardiger dan die ouwe zak van een Gronevelt.'
'De laatste jaren was hij een beetje eigenaardig,' zei Pippi. 'Ik was misschien wel zijn beste vriend, maar hij wilde me nooit een villa geven.'
'Nou ja, laat hem de pest krijgen,' zei Grote Tim. 'Nu je zoon het hotel runt, kun je een villa krijgen wanneer je maar wilt.'
'Nooit,' zei Cross. 'Hij is geen gokker.' Ze lachten alledrie.
Maar nu ging Grote Tim op iets anders over. 'Er is hier een eng gozertje met een rare pet op. Dat is de slechtste crapsspeler die ik ooit gezien heb,' zei hij. 'Die vent tekende in minder dan een uur voor bijna tweehonderdduizend aan promesses. Weet je iets over hem? Je weet dat ik altijd investeerders zoek.'
'Over mijn spelers kan ik je niets vertellen,' zei Cross. 'Hoe zou jij het vinden als ik informatie gaf over jou? Ik wil wel kwijt dat hij te allen tijde een villa kan krijgen, maar hij vraagt er nooit om. Hij houdt zich liever op de achtergrond.'
'Stel me alleen maar aan hem voor,' zei Grote Tim. 'Als we tot zaken komen, krijg je van mij een percentage.'
'Nee,' zei Cross. 'Maar mijn vader kent hem.'
'Ik zou wel wat poen kunnen gebruiken,' zei Pippi.
Grote Tim zei: 'Goed. Hemel me maar flink op.'
Pippi bracht zijn charme in stelling. 'Jullie tweeën zouden prima samenwerken. Die vent heeft veel geld maar niet jouw handigheid bij grote zaken. Ik weet dat je een eerlijke kerel bent, Tim. Geef me dus maar wat ik volgens jou verdien.'
Big Tim zat bij dit alles te stralen. Pippi was de zoveelste sukkel die gratis voor hem ging werken. 'Mooi zo,' zei hij. 'Vanavond zit ik aan de crapstafel. Neem hem dan maar mee.'

Toen iedereen aan de crapstafel aan elkaar was voorgesteld, bracht Grote Tim de Ritselaar zowel Dante als Pippi aan het schrikken door Dantes renaissancepet van diens hoofd te graaien en daarmee zijn eigen Dodgers-pet te vervangen. Het resultaat was lachwekkend. Met de renaissancepet op zijn hoofd leek Grote Tim op een van Sneeuwwitjes zeven dwergen.
'Voor de verandering,' zei Grote Tim. Iedereen lachte, maar Pippi vond de kwaadaardige gloed in Dantes ogen niet prettig. Bovendien was hij boos omdat Dante zijn opdracht genegeerd had en zijn pet had opgezet. Hij had Dante voorgesteld als Steve Sharpe en Big Tim overladen met verhalen over Steve, die de grote baas was van een drugsimperium aan de oostkust en vele miljoenen wit te wassen had. Steve was bovendien een ontaarde gokker die op de Super Bowl een miljoen inzette en zonder met zijn ogen te knipperen

verloor. En zijn promesses in het kassiershokje waren zuiver goud. Hij betaalde ze altijd prompt.

Op dat moment legde Grote Tim zijn zware arm om Dantes schouder en zei: 'Stevie, we moeten eens praten. Laten we in de cafetaria een hapje eten.'

Daar koos Grote Tim een afgescheiden nis. Dante bestelde koffie maar Grote Tim een hele reeks nagerechten: aardbeienijs, napoleons, bananengebak en een schaal gesorteerde koekjes.

Daarna begon hij aan een verkoopverhaal dat wel een uur duurde. Hij had een klein winkelcentrum dat hij kwijt wilde. Op de lange termijn viel daar geld te verdienen, en hij kon regelen dat het grootste deel van de betaling onder de tafel in contanten kon plaatsvinden. Er was daar een vleesverpakkingsbedrijf en er gingen karrevrachten verse produkten om, die met zwart geld ingekocht konden worden om ze met winst en voor 'wit' geld weer te verkopen. Hij had een relatie in de filmindustrie zodat hij films kon helpen financieren die rechtstreeks op video werden gezet of naar pornobioscopen gingen. 'Dát is nog eens zaken doen,' zei Grote Tim. 'Je ontmoet de filmsterren, neukt de kleine sterretjes en wast je geld wit.'

Dante genoot van zijn voorstelling. Grote Tim zei alles met zoveel zelfvertrouwen en elan dat het slachtoffer wel móest dromen van toekomstige fortuinen. Hij stelde vragen waarmee hij zijn gretigheid verried maar bleef zich nog met veel omhaal gereserveerd opstellen.

'Geef me je kaartje,' zei hij. 'Ik bel je wel of laat Pippi bellen. Dan organiseren we een etentje en praten we alles goed door zodat ik ja of nee kan zeggen.'

Grote Tim gaf hem zijn kaartje. 'Laten we dat dan echt gauw doen,' zei hij. 'Ik ben nog met een ander zaakje bezig waarbij verlies onmogelijk is. Ik wil je erbij betrekken, maar dan moeten we snel in actie komen.' Hij zweeg even. 'Het is iets met sport.'

Nu vertoonde Dante een geestdrift die hij nog niet eerder had laten zien. 'Jezus, dat is altijd mijn droom geweest. Ik ben dol op sport. Bedoel je soms de aankoop van een honkbalteam uit de hoogste divisie?'

'Nee, niet zó groot,' zei Tim haastig. 'Maar wel groot genoeg.'

'Wanneer zien we elkaar?' vroeg Dante.

Grote Tim zei trots: 'Morgenavond organiseert het hotel een feest voor me en krijg ik een Rolls. Omdat ik een van hun beste melkkoeien ben. De dag daarna ga ik naar LA terug. Wat vind je van diezelfde avond?'

Dante deed net of hij die vraag overwoog. 'Oké,' zei hij. 'Pippi gaat met mij mee naar LA en ik zal hem laten bellen om de zaken te regelen.'

'Fantastisch,' zei Grote Tim. Hij was een beetje verbaasd over 's mans voorzichtigheid, maar ook te verstandig om een deal met onnodige vragen te versjteren. 'En vanavond ga ik je laten zien hoe je craps moet spelen zonder al je winstkansen weg te smijten.'

Dante zette een schaapachtig gezicht. 'Ik ken de kansverhoudingen, maar ik rotzooi graag wat aan. Want dan gaat iedereen kletsen en krijg ik een kans bij de showgirls.'
'Dan is er voor jou geen hoop meer,' zei Grote Tim. 'Maar hoe dan ook, jij en ik gaan samen geld verdienen.'

Het feest voor Grote Tim de Ritselaar vond de volgende dag plaats in de grote balzaal van het Xanadu-hotel, die vaak voor bijzondere bijeenkomsten werd gebruikt: oudjaarsfeesten, kerstbuffetten, bruiloften van geldsmijters, uitreikingen van bijzondere prijzen en geschenken, Super Bowlfeesten, de World Series en zelfs politieke bijeenkomsten.
Het was een enorme ruimte met een hoog plafond. Overal zweefden ballonnen en twee enorme buffettafels verdeelden de zaal in tweeën. De buffetten hadden de vorm van enorme gletsjers en in dat ijs waren veelkleurige exotische vruchten gestoken. Opengesneden Crenshaw-meloenen die hun goudgele vruchtvlees lieten zien, grote blauwe druiven barstensvol sap, stekelige ananassen, kiwi's en kumquats, nectarines en lychees, en een enorme watermeloen. Emmers met twaalf verschillende soorten roomijs waren als onderzeeërs begraven. Er was een doorgang gemaakt van warme gerechten: een dubbel lendestuk van een rund zo groot als een buffel, een enorme kalkoen, een ham met een dikke vetrand. Vervolgens was er een schaal met allerlei soorten pasta's, bespikkeld met het groen van pesto en het rood van tomatensaus. En voorts een grote rode pan zo groot als een vuilnisbak. Het geval had zilveren handvatten en bevatte een dampend gerecht van 'wild zwijn', dat in werkelijkheid een mengsel van varkens-, rund- en kalfsvlees was. Vervolgens allerlei soorten brood en dik met bloem bestoven broodjes. De tweede ijsberg bevatte nagerechten, roomsoesjes, met slagroom gevulde doughnuts en een sortering gebak met meerdere verdiepingen dat met kopieën van het Xanadu-hotel versierd was. De knapste serveersters van het hotel voorzagen de gasten van koffie en sterke drank.
Grote Tim de Ritselaar richtte op deze tafels al grote schade aan toen de eerste gast nog moest komen.
Precies in het midden van de zaal stond op een schuine verhoging, door touwen van de menigte gescheiden, de Rolls Royce opgesteld. De echte elegantie van deze roomwitte, luxe, geniaal ontworpen auto vormde een fel contrast met de pretenties van Las Vegas. Een van de muren van de zaal was door zware, goudkleurige gordijnen vervangen zodat de auto erin en eruit kon. In een van de hoeken van de zaal stond een dieprode Cadillac die verloot zou worden onder de mensen met genummerde uitnodigingen: de geldsmijters die voor het feest waren uitgenodigd, en de casinomanagers van de grootste hotels. Dit was een van Gronevelts beste ideeën geweest. Bij dit soort feesten bleef altijd veel geld in het hotel achter.

Het feest was een enorm succes omdat Tim zich zo kleurrijk gedroeg. Door twee serveersters bediend verwoestte hij de buffettafel vrijwel in zijn eentje. Hij laadde drie borden vol en gaf een eetdemonstratie die Dantes opdracht bijna overbodig maakte.

Cross hield een rede waarin hij de auto aanbood en toen hield Grote Tim een rede waarin hij hem aanvaardde.

'Ik wil het Xanadu-hotel voor dit prachtige cadeau bedanken,' zei hij. 'Deze auto is tweehonderdduizend dollar waard en ik krijg hem gratis en voor niets. Dat is mijn beloning voor het feit dat ik al tien jaar in het Xanadu kom. Al die tijd hebben ze me behandeld als een vorst en mijn portefeuille leeggeschud. Als ze me vijftig Rollsen gaven, waren we volgens mij quitte, maar wat kan mij het schelen, ik kan maar in één auto tegelijk rijden.'

Op dit punt werd hij door applaus en gejuich onderbroken. Cross trok een lelijk gezicht. Hij schaamde zich altijd bij deze rituelen die bewezen hoe hol de attenties van het hotel waren.

Grote Tim legde zijn armen rond de twee serveersters links en rechts van hem en kneep vriendschappelijk in hun borsten. Als een ervaren komiek wachtte hij tot het applaus verstierf.

'Maar ik maak geen geintjes. Ik ben echt dankbaar,' zei hij. 'Dit is een van de gelukkigste dagen van mijn leven. Samen met de dag van mijn scheiding. Maar één kleinigheid. Wie geeft me geld voor de benzine om deze auto naar LA te brengen? Het Xanadu heeft me weer eens uitgeschud.'

Grote Tim wist wanneer hij moest ophouden. Toen het applaus en het gejuich opnieuw losbarstten, beklom hij de verhoging en stapte hij in de auto. De gouden gordijnen die de muur hadden vervangen, gingen open en zo reed Grote Tim naar buiten.

De Cadillac werd gewonnen door een geldsmijter, en toen verdwenen de gasten snel. Het feest had vier uur geduurd en iedereen wilde weer naar de goktafels.

Die nacht zou Gronevelts geest hebben gejubeld van vreugde over de resultaten van het feest. Er bleef bijna tweemaal zoveel geld achter als gemiddeld. Nergens werd zichtbaar gecopuleerd, maar de geur van zaad leek door de gangen te drijven. De bloedmooie callgirls die voor Tims feest waren uitgenodigd, waren algauw de beste maatjes met minder toegewijde geldsmijters, die hun zwarte fiches gaven om mee te gokken.

Gronevelt had tegenover Cross vaak opgemerkt dat mannen anders gokten dan vrouwen. En dat het voor casino-eigenaren belangrijk was om die verschillen te kennen.

Van het grootste belang was volgens Gronevelt het poesje, zoals hij dat noemde. Poesjes overwonnen alles. Zelfs een ontaarde gokker kwam ermee

in het rechte spoor. Veel van de prominentste mannen ter wereld hadden in het hotel gelogeerd. Wetenschappers met een Nobelprijs, miljardairs, grote religieuze leiders, eminente figuren uit de literatuur. Een Nobelprijswinnaar in de natuurkunde, de man met misschien wel het beste verstand ter wereld, had tijdens zijn zesdaagse verblijf pret gemaakt met een hele rits meisjes uit het corps de ballet. Hij gokte niet veel maar zijn bezoek was een eer voor het hotel. Gronevelt zelf moest die meisjes cadeaus geven, want de Nobelprijswinnaar was nooit op het idee gekomen. De meisjes hadden verklaard dat hij de lekkerste neuker ter wereld was: gretig, vurig en bekwaam, zonder trucs en met een van de mooiste pikken die ze ooit gezien hadden. En bovenal was hij vermakelijk zonder hen met serieuze praat te vervelen. En een even grote, valse roddelkont als de meisjes zelf. Om de een of andere reden vond Gronevelt dat een bemoedigende gedachte. Dat iemand met zoveel intelligentie de andere sekse kon behagen. Heel anders dan Ernest Vail, een groot schrijver maar een kind van middelbare leeftijd, die altijd een stijve had maar er nooit gewoon bij kon praten. Of dan senator Wavven, die ooit nog eens president van de Verenigde Staten kon worden en de seks zag alsof het om een partijtje golf ging. Om nog maar te zwijgen van de decaan van Yale, de kardinaal van Chicago, de leider van de nationale burgerrechtencommissie en de humeurige hotemetoten van de Republikeinse Partij. Het poesje kreeg iedereen klein. De enige mogelijke uitzonderingen waren nichten en drugsverslaafden, maar dat waren toch al geen typische gokkers.
Het viel Gronevelt op dat mannelijk gokkers hoeren bestelden voordat ze gingen gokken. Vrouwen daarentegen hadden liever seks na het gokken. Aangezien het hotel moest voorzien in de seksuele behoeften van iedereen en er geen mannelijke hoeren waren, alleen gigolo's, rekende het hotel op de barkeepers, croupiers en jonge casinobedienden voor de vrouwen, en die hielden hun reputatie hoog. Daaruit trok Gronevelt een conclusie. Mannen hadden seks nodig om de strijd vol zelfvertrouwen tegemoet te kunnen zien. Vrouwen hadden seks nodig om het verdriet van hun verlies te verzachten of als onderdeel van hun beloning voor hun winst.
Het was waar dat Grote Tim een uur voor zijn feest een hoer bestelde en vroeg in de ochtend, toen hij veel geld had verloren, naar bed ging met zijn twee serveersters. Dat waren fatsoenlijke meisjes, en ze aarzelden. Grote Tim loste dat probleem op zijn eigen manier op. Hij liet hen voor tienduizend dollar aan zwarte fiches zien en zei dat die van hen waren als ze de nacht met hem doorbrachten. Daarmee gepaard ging de vage belofte dat ze meer zouden krijgen als ze er een echt fantastische nacht van maakten. Hij zag met groot genoegen dat ze de fiches aandachtig bekeken voordat ze akkoord gingen. Maar de grap was dat ze hem zo dronken voerden dat hij, overvol eten en drank, in slaap viel voordat de aaifase voorbij was. Hij viel tussen

hen beiden in slaap en zijn enorme lichaam drukte hen naar de randen van het bed, waar de meisjes zich aan hem vastklemden tot ze uiteindelijk op de grond in slaap vielen.

Die avond laat kreeg Cross een telefoontje van Claudia. 'Athena is weg,' zei ze. 'De studio is in alle staten en ik maak me zorgen. Het klopt dat Athena sinds ik haar ken elke maand minstens één weekend verdwijnt, maar ditmaal vond ik dat je het weten moest. Je kunt maar beter iets doen. Anders loopt ze nog voorgoed weg.'

'Maak je geen zorgen,' zei Cross. Hij vertelde haar niet dat zijn eigen mannen Skannet in de gaten hielden.

Maar dat telefoontje richtte zijn aandacht op Athena. Dat magische gezicht dat al haar emoties leek te tonen. Die lange, prachtige benen. En die intelligente ogen waarin een onzichtbaar muziekinstrument van haar diepste zelf trilde.

Hij pakte de telefoon en belde een meisje uit het corps de ballet met wie hij soms vrijde. Ze heette Tiffany.

Tiffany leidde de rij dansmeisjes in de grote cabaretshow van het Xanaduhotel. Dat gaf haar recht op extra geld en gezag, want ze moest de discipline handhaven en de gebruikelijke ruzies en regelrechte vechtpartijen tussen de meisjes verhinderen. Ze was een weelderig geschapen schoonheid bij wie proefopnames voor de film alleen mislukten omdat ze te groot was voor het celluloid. Op het toneel was haar schoonheid indrukwekkend maar op de film leek ze enorm.

Toen ze binnenkwam, verraste de snelheid waarmee Cross te werk ging haar. Hij pakte haar simpelweg beet, kleedde haar uit en leek haar lichaam toen onder kussen te bedelven. Hij drong snel bij haar binnen en bereikte snel een hoogtepunt. Dat was zo anders dan anders dat ze bijna spijtig zei: 'Ditmaal is het zeker echte liefde.'

'Reken maar,' zei Cross, en begon weer met haar te vrijen.

'Ik bedoel niet mezelf, sufferd,' zei Tiffany. 'Wie is de gelukkige?'

Cross vond het vervelend dat hij zo makkelijk te doorzien was. En toch kon hij zijn aanbidding voor het vlees naast hem niet staken. Hij kreeg maar niet genoeg van haar sappige borsten, haar zijdezachte tong en de fluwelige bolling tussen haar dijen, die allemaal een onweerstaanbare hitte uitstraalden. Toen zijn koortsige lust uren later eindelijk bekoelde, bleef hij almaar aan Athena denken.

Tiffany pakte de telefoon en bestelde room service voor allebei. 'Ik heb medelijden met dat arme meisje als je haar eindelijk krijgt,' zei ze.

Toen ze weg was, voelde Cross zich vrij. Het was zwak om zo verliefd te zijn, maar de bevrediging van zijn lust gaf hem zelfvertrouwen. Om drie uur 's nachts maakte hij zijn laatste ronde door het casino.

In het cafetaria zag hij Dante met drie knappe, opgewekte vrouwen. Een van hen was Loretta Lang, de zangeres wier contract hij had helpen openbreken, maar hij herkende haar niet. Dante nodigde hem met een armzwaai uit om naar de tafel te komen, maar hij schudde zijn hoofd. In zijn penthouse nam hij voordat hij naar bed ging, twee slaappillen, maar hij droomde nog steeds van Athena.

De drie vrouwen aan Dantes tafel waren beroemde dames uit Hollywood, vrouwen van supersterren en ook zelf filmactrices, zij het van het tweede plan. Ze hadden het feest van Grote Tim bijgewoond, niet omdat ze waren uitgenodigd maar omdat ze zich met hun charmes gewoon naar binnen hadden gewerkt.

De oudste was Julia Deleree, getrouwd met een van de beroemdste sterren uit de filmwereld. Ze hadden twee kinderen, en het gezin verscheen vaak op foto's in tijdschriften als een buitengewoon echtpaar zonder problemen dat nog steeds een dolgelukkig huwelijk had.

De tweede was Joan Ward. Ze was bijna vijftig maar nog steeds heel aantrekkelijk. Ze speelde tegenwoordig tweede bijrollen, meestal als intelligente vrouw, als lijdende moeder van een ten dode opgeschreven kind of als verlaten vrouw wier tragedie tot een gelukkig tweede huwelijk leidde. Of als felle voorvechtster van feministische standpunten. Ze was getrouwd met een studiobaas die haar rekeningen, hoe hoog ook, zonder morren betaalde en alleen van haar eiste dat ze gastvrouw was bij de vele zakelijke ontvangsten die hij gaf. Ze had geen kinderen.

De derde actrice was Loretta, inmiddels eerste keus voor komische hoofdrollen in leipe komedies. Ook zij was goed getrouwd, en wel met een mannelijke superster in leeghoofdige actiefilms, die daardoor het grootste deel van het jaar op locatie in het buitenland verbleef.

Zij drieën waren bevriend geraakt omdat ze in dezelfde films hadden gespeeld, hun inkopen deden op Rodeo Drive en lunchten in de Polo Lounge van het Beverly Hills Hotel, waar ze roddelden over hun echtgenoten en hun creditcards. Over hun creditcards hadden ze geen klachten, want die gaven het gevoel dat ze met een schop in een goudmijn groeven, en hun mannen klaagden nooit over hun rekeningen.

Joan mopperde dat haar man niet genoeg tijd met haar kinderen doorbracht. Joan, wier man een beroemde ontdekker van nieuwe filmsterren was, klaagde dat ze kinderloos was. Loretta zei klagend dat haar man serieuzere rollen moest nemen. Maar op een dag zei Loretta met haar gebruikelijke opgewektheid: 'Laten we ons toch niks wijsmaken. We zijn allemaal gelukkig en heel passend met heel belangrijke kerels getrouwd. Wat we echt afschuwelijk vinden is dat ze ons naar Rodeo Drive sturen uit schuldgevoel

omdat ze andere vrouwen neuken.' Ze lachten alledrie, want Loretta sloeg de spijker op de kop.
Julia zei: 'Ik hou van mijn man maar hij is al een maand op Tahiti voor opnames. En ik weet dat hij zich niet op het strand zit af te trekken. Maar ik wil geen maand op Tahiti zitten. Dus neukt hij óf de hoofdrolspeelster, óf het plaatselijke talent.'
'Wat hij ook zou doen als je er wel was,' zei Loretta.
Joan zei melancholiek: 'Mijn man heeft niet het sperma van een neukmier maar wel een pik als een spuitstaaf. Hoe komt het toch dat hij bijna altijd actrices ontdekt, denken jullie? Zijn proefopnames bestaan eruit dat hij nagaat welk deel van zijn pik ze aankunnen.'
Ze waren inmiddels alledrie aangeschoten. Ze dachten dat wijn geen calorieën bevat.
Loretta zei opgewekt: 'We mogen er onze mannen niet de schuld van geven. Ze hebben de mooiste vrouwen ter wereld om zich heen. In wezen hebben ze geen keus. Maar moeten wij daaronder lijden? We maken gewoon pret, en de rekeningen kunnen ons niet schelen.'
En zo ontstond hun onaantastbare meisjesuitje: elke maand een nacht. Als hun mannen weg waren, en dat was vaak het geval, zochten ze nachtelijke avontuurtjes.
Omdat de meeste Amerikanen hen zouden herkennen, moesten ze zich vermommen. Dat bleek erg gemakkelijk. Met pruiken veranderden ze de stijl en de kleur van hun kapsel. Met make-up verdikten of versmalden ze hun lippen. Ze kleedden zich netjes. Ze onderdrukten hun schoonheid een beetje, maar dat was niet erg, want net als de meeste andere actrices konden ze hoogst charmant zijn. En een rol spelen vonden ze heerlijk. Ze genoten als ze allerlei soorten mannen hun intiemste geheimen hoorden vertelden in de hoop hen in bed te krijgen, wat vaak lukte. Dit was een vleugje van het echte leven. Deze rollen hadden nog mysterie en volgden geen vast scenario. En af en toe werden ze heerlijk verrast. Oprechte huwelijksaanzoeken en ware liefde; mannen die over hun verdriet praatten omdat ze dachten dat ze hen nooit meer zouden zien. Ze werden niet bewonderd om hun verborgen status maar om hun aangeboren charme. En ze vonden het leuk om voor zichzelf nieuwe rollen te bedenken. Soms waren ze datatypistes op vakantie, soms verpleegsters buiten dienst, of tandtechnici, of maatschappelijk werksters. Ze bereidden zich op hun rollen voor door boeken over hun nieuwe beroep te lezen. Soms deden ze net of ze secretaresses, waren op het kantoor van een belangrijke jurist in de showbusiness en vertelden ze schandalen over hun eigen echtgenoten en bevriende acteurs. Dat was dolle pret, maar altijd gingen ze de stad uit. Los Angeles was te gevaarlijk. Daar konden ze vrienden tegen het lijf lopen die hen ondanks hun vermomming makkelijk

herkenden. Ze ontdekten dat ook San Francisco riskant was. Sommige homoseksuele mannen leken hun echte identiteit onmiddellijk te doorzien. Het liefste gingen ze naar Las Vegas.
Dante had hen opgepikt in de Club Lounge van het Xanadu, waar vermoeide gokkers even pauze namen om naar een band, een komiek of een zangeres te luisteren. Loretta had hier ooit aan het begin van haar carrière opgetreden. Er werd niet gedanst. Het hotel wilde de klanten weer aan de tafels hebben zodra ze uitgerust waren.
Dante werd aangetrokken door hun levendigheid en natuurlijke charme. Ze werden tot hem aangetrokken omdat ze hem zagen gokken en met zijn onbeperkte krediet enorme bedragen zagen verliezen. Na de drankjes nam hij hen mee naar het roulettewiel en stak hij hen alledrie voor duizend dollar aan fiches toe. Ze waren gecharmeerd van zijn pet en de extravagante hoffelijkheid waarmee de croupiers en de casinobaas hem bejegenden. En van zijn ironische charme met iets van boosaardige humor erin. Dante was op een vulgaire en soms verkillende manier grappig. En zijn extravagante gokken wond hen op. Natuurlijk waren ze ook zelf rijk en verdienden ze veel geld, maar dit was contant en dat had zijn eigen magie. Natuurlijk hadden ze op Rodeo Drive in één dag tienduizenden dollars uitgegeven, maar daar kregen ze luxe goederen voor terug. Toen Dante een promesse voor honderdduizend dollar tekende, waren ze diep onder de indruk. Hun echtgenoten hadden auto's voor hen gekocht die meer kostten, maar Dante smeet het geld gewoon weg.
Ze sliepen niet altijd met de mannen die ze oppikten, maar toen ze naar het damestoilet gingen, overlegden ze met elkaar wie Dante zou krijgen. Julia zei smekend dat ze echt zin had om in Dantes gekke pet te pissen. De anderen gaven toe.
Joan had gehoopt om vijf of tien mille te winnen. Dat had ze niet echt nodig, maar het was echt, contant geld. Loretta was minder gecharmeerd van Dante dan de anderen. Haar leven in het cabaret van Las Vegas had haar deels immuun gemaakt voor dat soort mannen. Ze zaten te vol verrassingen, en meestal onaangename.
De vrouwen hadden in het Xanadu een suite van drie slaapkamers. Ze bleven tijdens deze uitjes altijd dicht bij elkaar. Dat was veiliger en zo konden ze over hun avonturen roddelen. Ze hadden de regel ingevoerd om niet de hele nacht door te brengen bij de mannen die ze oppikten.
Dante was nergens over geraadpleegd en wilde eigenlijk liever Loretta maar viel dus aan Julia toe. Maar hij wilde met alle geweld dat Julia meeging naar zijn suite, die vlak onder de hare lag. 'Ik loop wel met je mee naar de jouwe,' zei hij koel. 'We zijn een uurtje bezig. Ik moet morgenochtend vroeg op.' Pas toen besefte Julia dat hij hen voor simpele hoeren aanzag.

'Ga mee naar boven naar mijn suite,' zei Julia. 'Dan breng ik je wel naar beneden.'
Dante zei: 'Daar zitten die twee geile vriendinnen van je. Misschien springen jullie wel allemaal boven op me en word ik verkracht. Ik ben maar een klein mannetje.'
Dat vond Julia leuk genoeg om mee te gaan naar zijn suite. Ze had zijn sluwe glimlach niet gezien. Op weg naar zijn kamer zei ze als grap: 'Ik wil in je pet pissen.'
Dante zei met een uitgestreken gezicht: 'Als jij dat leuk vindt, vind ik het ook leuk.'
Eenmaal in zijn suite was het gebabbel snel over. Julia gooide haar tasje op de sofa en trok de bovenkant van haar jurk omlaag, zodat haar borsten vrij kwamen. Die vormden haar mooiste lichaamsdeel, maar Dante leek een uitzondering – een man die geen belangstelling voor borsten had.
Hij bracht haar naar de slaapkamer en trok daar haar kleren en lingerie uit. Toen ze naakt was, kleedde hij ook zichzelf uit. Ze zag dat zijn penis kort, stomp en onbesneden was. 'Je moet een condoom omdoen,' zei ze.
Dante gooide haar op het bed. Julia was stevig gebouwd, maar hij pakte haar op en smeet schijnbaar moeiteloos met haar. Toen ging hij op haar zitten.
'Ik sta erop dat je een condoom gebruikt,' zei ze. 'Ik meen het.'
Het volgende moment ontplofte fel licht in haar hoofd. Ze besefte dat hij haar zo hard geslagen had dat ze bijna bewusteloos was geraakt. Ze probeerde weg te kronkelen, maar dit mannetje was ongelooflijk sterk. Ze kreeg twee nieuwe klappen, die haar gezicht in een hete gloed dompelden en pijn deden aan haar tanden. Toen voelde ze hem binnendringen. Zijn harde stoten duurden maar een paar tellen, en toen liet hij zich slap op haar vallen. Ze lagen in elkaar verstrengeld, maar hij begon haar om te draaien. Ze zag dat hij nog steeds een erectie had en wist dat hij anaal bij haar naar binnen wilde. Ze fluisterde tegen hem: 'Dat vind ik heerlijk, maar ik moet eerst de vaseline uit mijn tasje halen.'
Hij liet haar onder zich vandaan glijden en ze liep naar de zitkamer. Dante kwam de deur van de slaapkamer uit. Ze waren allebei nog steeds naakt en hij had nog steeds een erectie.
Julia rommelde in haar tasje en haalde er met een dramatische zwaai een klein, zilveren vuurwapen uit. Dat was een rekwisiet uit een film waarin ze gespeeld had, en altijd had ze gefantaseerd over hoe ze dat in het echte leven zou gebruiken. Ze richtte het op Dante, nam de hurkhouding aan die ze bij die film geleerd had, en zei: 'Ik kleed me aan en ga weg. Als je me probeert tegen te houden, schiet ik.'
Tot haar verrassing barstte de naakte Dante opgewekt in lachen uit. Maar Julia zag tevreden dat zijn erectie direct verdween.

Ze genoot van de situatie. Ze stelde zich voor dat ze weer boven bij Joan en Loretta zat en hoe ze hierover zaten te lachen. Ze probeerde genoeg moed bijeen te rapen om zijn pet te vragen zodat ze erin kon pissen.
Maar nu verraste Dante haar. Hij begon langzaam op haar af te komen. Hij glimlachte en zei mild: 'Dat is zo'n klein kaliber dat je me nooit tegenhoudt, tenzij je toevallig in mijn hoofd schiet. Neem nooit een klein vuurwapen. Je kunt drie kogels in mijn lichaam schieten en dan wurg ik je nog steeds. Je houdt het ook verkeerd vast en die houding is onnodig want daar zit geen pit in. Bovendien is de kans groot dat je me niet eens raakt, want die kleine dingetjes zijn onnauwkeurig. Gooi het maar weg, dan praten we erover. Daarna mag je weg.'
Hij bleef op haar afkomen en ze gooide het vuurwapen op de sofa. Dante pakte het, keek ernaar en schudde zijn hoofd. 'Een nepwapen?' vroeg hij. 'Dat is de beste manier om je te laten vermoorden.' Hij schudde met bijna liefdevolle afkeuring zijn hoofd. 'Maar als je een echte hoer was, zou dit een echt wapen zijn. Wie ben je eigenlijk?'
Hij duwde Julia op de sofa, klemde haar met zijn been vast en duwde zijn tenen tegen haar schaamhaar. Toen maakte hij haar tasje open en liet de inhoud op de salontafel vallen. Hij viste in de zijvakken en haalde er haar portefeuille met creditcards en haar rijbewijs uit. Hij bekeek ze aandachtig en grijnsde toen van puur genoegen. Hij zei tegen haar: 'Zet die pruik af.' Toen pakte hij het kleedje van de sofa en veegde hij de make-up van haar gezicht.
'Jezus Christus, je bent Julia Deleree,' zei Dante. 'Ik ben een filmster aan het neuken.' Hij lachte opnieuw verrukt. 'Jij mag in mijn pet pissen zo vaak je maar wilt.'
Zijn tenen exploreerden haar kruis. Toen trok hij haar overeind. 'Wees maar niet bang,' zei hij. Hij kuste haar, draaide haar om en duwde haar omlaag zodat ze over de rugleuning van de sofa hing. Haar borsten bungelden omlaag en haar billen waren naar hem opgeheven.
Julia zei in tranen: 'Je beloofde dat ik weg mocht.'
Dante was haar billen aan het kussen en sondeerde met zijn vingers. Toen drong hij woest bij haar naar binnen en uitte ze een gil van pijn. Toen hij klaar was, klopte hij haar teder op haar achterste.
'Kleed je nu maar aan,' zei hij. 'Sorry dat ik mijn belofte niet gehouden heb, maar nu kan ik tenminste tegen mijn vrienden zeggen dat ik de prachtige kont van Julia Deleree heb geneukt.'

De volgende ochtend liet Cross zich telefonisch wekken en stond hij vroeg op. Het werd een drukke dag. Hij moest alle promesses van Dante uit het kassiershokje halen en ze administratief laten verdwijnen. Hij moest de promesseboeken van de casinohoofden uit hun handen zien te krijgen en ze omwerken. Daarna moest hij alles zo regelen dat Grote Tims papieren van de Rolls werden ingetrokken. Giorgio had de eigendomsbewijzen zodanig laten opstellen dat de officiële wisseling van eigenaar pas over een maand plaatsvond. Dat was echt Giorgio.

Hij was druk aan het werk toen een telefoontje van Loretta Lang hem onderbrak. Ze was in het hotel en wilde hem dringend spreken. Omdat hij dacht dat het iets met Claudia te maken had, liet hij haar door bewakers naar de daksuite brengen.

Loretta kuste hem op beide wangen en vertelde hem het hele verhaal over Julia en Dante. Ze zei dat de man zich als Steve Sharpe had voorgesteld en aan de crapstafel honderd mille had verloren. Ze waren van hem onder de indruk en Julia besloot met hem te slapen. Zij drieën waren hier alleen maar om een avondje te gokken en de zinnen te verzetten. Nu waren ze doodsbang dat Steve een schandaal veroorzaakte.

Cross knikte meelevend. Hij dacht na. Wat stom van Dante om vlak voor een grote operatie zoiets uit te halen, en die klootzak gaf bovendien zwarte fiches weg aan de vrouwen die hij oppikte om mee te gokken. Hij zei kalm tegen Loretta: 'Die man ken ik natuurlijk. Wie zijn de twee vrouwen die je bij je hebt?'

Loretta was te verstandig om Cross iets wijs te maken. Ze onthulde hem de twee namen. Cross glimlachte. 'Doen jullie dat vaak?'

'We hebben af en toe een pretje nodig,' zei Loretta. Cross glimlachte meelevend.

'Oké,' zei hij. 'Je vriendin ging naar zijn kamer. Ze kleedde zich uit. En gaat ze nu soms moord en brand schreeuwen omdat ze verkracht is?'

Loretta zei haastig: 'Nee, nee. We willen alleen maar dat hij zijn mond houdt. Als hij praat, kan dat de ondergang van onze carrières betekenen.'

'Hij praat niet,' zei Cross. 'Het is een rare snijboon die zich altijd op de achtergrond houdt. Maar neem mijn raad aan en blijf voortaan bij hem uit de buurt. Jullie moeten echt voorzichtiger zijn.'

Loretta vond die laatste opmerking vervelend. De drie vrouwen hadden besloten hun uitjes voort te zetten. Ze lieten zich niet door één keer pech afschrikken. Er was niets echt verschrikkelijks gebeurd. Ze zei: 'Hoe weet je dat hij zijn mond houdt?'

Cross keek haar ernstig aan. 'Ik zal hem dat vragen als een gunst,' zei hij.

Toen Loretta weg was, liet Cross het dossier van de geheime camera komen waarmee alle gasten aan de receptiebalie gefotografeerd werden. Hij bekeek de foto's aandachtig. Met Loretta's informatie in zijn achterhoofd was de vermomming van de twee andere vrouwen gemakkelijk te doorzien. Wat dom dat Dante die informatie niet had opgevraagd.

Pippi meldde zich bij het penthouse om te gaan lunchen voordat hij naar Los Angeles vertrok waar hij alle voorbereidingen voor de operatie tegen Grote Tim ging controleren. Cross vertelde wat Loretta gezegd had.
Pippi schudde zijn hoofd. 'Die kleine hufter had de hele operatie onderuit kunnen halen door het tijdschema te verknallen. En ondanks mijn verbod draagt hij die rare pet nog steeds.'
Cross zei: 'Wees voorzichtig. Hou een oogje op Dante.'
'Ik heb de boel voorbereid en hij kan het niet verknallen,' zei Pippi. 'Ik zie hem vanavond in LA en neem alles nog een keer met hem door.'
Cross vertelde hem dat Giorgio de paperassen van de Rolls zodanig had laten opstellen dat Grote Tim pas over een maand de wettige eigenaar werd en dat de auto bovendien na zijn dood weer aan het hotel verviel.
'Echt iets voor Giorgio,' zei Pippi. 'De don zou de auto in de boedel hebben gelaten zodat de kinderen hem kregen.'

Grote Tim Snedden de Ritselaar vertrok twee dagen later uit Las Vegas en liet voor zestig mille aan promesses in het Xanadu-hotel achter. Laat in de middag nam hij het vliegtuig naar Los Angeles, ging naar zijn kantoor en reed toen naar Santa Monica om met zijn ex-vrouw en twee kinderen te dineren. Zijn zakken zaten vol pakken met vijfdollarbiljetten, die hij aan zijn kinderen gaf, plus een kartonnen doos met een vracht aan zilveren dollars. Zijn vrouw gaf hij de cheque voor de alimentatie en onderhoudskosten die hij haar schuldig was. Zonder die cheque mocht hij haar niet bezoeken. Toen de kinderen naar bed waren, probeerde hij zijn ex met lieve woordjes te bepraten maar ze wilde niet met hem neuken. Na Las Vegas had hij daar ook eigenlijk geen zin in, maar hij moest het proberen want het was gratis.
De volgende dag had Grote Tim de Ritselaar werkelijk een drukke dag. Twee belastinginspecteurs probeerden hem bang genoeg te maken om een deel van de aangevochten belastingen te betalen. Hij zei dat hij naar de belastingdienst zou gaan en zette hen de deur uit. Toen moest hij naar een opslagplaats van blikvoedsel en een andere opslagplaats van geneesmiddelen, die hij tegen bodemprijzen had gekocht omdat de vervaldatum naderde. Die vervaldata moesten gewijzigd worden. Hij lunchte met de onderdirecteur van een supermarktketen die bereid was de goederen in ontvangst te nemen. Tijdens de lunch stopte hij de manager een enveloppe toe die tienduizend dollar bevatte.
Na de lunch kreeg hij onverwachts bezoek van twee FBI-agenten. Ze wilden iets weten over zijn relatie met een Congreslid dat in staat van beschuldiging was gesteld. Grote Tim zei dat ze de pest konden krijgen.
Grote Tim de Ritselaar had nooit angst gekend, misschien vanwege zijn lichaamsbouw of misschien omdat er iets aan zijn hersenen ontbrak. Want hij

miste niet alleen lichamelijke maar ook geestelijke angst. Hij was niet alleen in de aanval tegen de mensheid maar ook tegen de natuur zelf. Toen de artsen tegen hem zeiden dat hij zich dood aan het eten was en zwaar op dieet moest, koos hij in plaats daarvan voor een maagbypass, wat veel gevaarlijker was. En de operatie was volmaakt afgelopen. Hij at zoveel hij wilde zonder zichtbaar schadelijke gevolgen.

Op dezelfde manier had hij zijn financiële imperium opgebouwd. Hij sloot contracten die hij niet nakwam als ze niet winstgevend meer waren, en bedroog partners en vrienden. Iedereen diende aanklachten in, maar ze moesten altijd een schikking treffen voor minder dan ze op grond van de oorspronkelijke regeling gekregen zouden hebben. Voor iemand die niet verder keek dan het heden, was het een succesvol leven. Hij dacht altijd dat hij uiteindelijk zou winnen. Hij kon altijd bedrijven laten instorten en persoonlijke ruzies gladpraten. Tegen vrouwen was hij nog meedogenlozer. Hij beloofde hun hele winkelcentra, flats, boetieks. Vervolgens scheepte hij hen af met een klein sieraad op Kerstmis en een kleine cheque op hun verjaardag. Het waren aanzienlijke bedragen, maar niets vergeleken met wat hij oorspronkelijk beloofd had. Grote Tim wilde geen relaties. Hij wilde alleen prettig kunnen neuken als hij daar behoefte aan had.

Grote Tim was dol op al dat geritsel. Dat maakte het leven interessant. Hij had een onafhankelijke bookmaker in LA met een weddenschap van zeventig mille op footballwedstrijden bezwendeld. De bookmaker zette een vuurwapen tegen zijn hoofd, maar Grote Tim zei: 'Laat je nakijken,' en bood toen tien mille om de schuld af te kopen. De bookmaker ging akkoord.

Door zijn geluk, zijn blakende gezondheid, zijn imponerende bouw en zijn gebrek aan schuldgevoelens had Grote Tim succes bij alles wat hij aanpakte. Zijn geloof in de omkoopbaarheid van de mens gaf hem een zekere onschuld, die hem niet alleen in het bed van een vrouw maar ook voor de rechters van pas kwam. En zijn levenslust gaf hem een zekere charme. Hij was een zwendelaar die je in zijn kaarten liet kijken.

Grote Tim was dus helemaal niet verbaasd over de geheimzinnige regeling die Pippi De Lena met hem voor die avond getroffen had. Die man was een oplichter als hijzelf en moest als zodanig worden aangepakt. Veel beloften, weinig beloning.

Bij Steve Sharpe rook Grote Tim de fantastische kans op een jarenlange zwendel. Dat ventje had in zijn bijzijn in één dag een half miljoen op tafel laten liggen. Dat betekende dat hij bij het casino een enorm kredietplafond had en kennelijk in de omstandigheid was om veel zwart geld te verdienen. Voor de omkoping van de Super Bowl zou hij geknipt zijn. Hij kon niet alleen het geld voor de inzetten verschaffen maar had ook het vertrouwen van de bookmakers. Die kerels namen immers niet van iedereen mammoetinzetten aan.

Vervolgens dagdroomde Grote Tim over zijn volgende bezoek aan Las Vegas. Eindelijk zou hij een villa krijgen. Hij peinsde over wie hij als gasten zou meenemen. Zakelijk of voor zijn plezier? Slachtoffers van toekomstige zwendels of bijvoorbeeld alleen vrouwen? Uiteindelijk was het tijd om met Pippi en Steve Sharpe te gaan eten. Hij belde zijn ex-vrouw en twee kinderen voor een babbeltje en reed weg.

Het diner vond plaats in een klein visrestaurant in het havengebied van LA. Er was geen parkeerbediende en Grote Tim zette zijn auto dus op het parkeerterrein.

In het restaurant werd hij ontvangen door een heel kleine oberkelner, die één blik op hem wierp en hem vervolgens naar een tafel bracht waar Pippi De Lena al zat te wachten.

Big Tim was een expert inzake *abraccios* en nam Pippi in zijn armen. 'Waar is Steve? Haalt hij een geintje met me uit? Ik heb geen tijd voor slap gelul.'

Pippi bracht al zijn charme in stelling en sloeg Grote Tim op zijn schouder. 'En wat ben ik dan? Gehakte lever?' vroeg hij. 'Ga zitten en eet de beste vis van je leven. Steve zien we straks.'

Toen de oberkelner de bestelling kwam opnemen, zei Pippi tegen hem: 'We willen van alles het beste en het meeste. Mijn vriend is kampioen eten en als hij hongerig van deze tafel opstaat, zeg ik het tegen Vincent.'

De oberkelner glimlachte vol zelfvertrouwen; hij kende de kwaliteit van zijn keuken. Zijn restaurant was onderdeel van Vincent Clericuzio's imperium. Als de politie het spoor van Grote Tim terugvolgde, zouden ze hier op een blinde muur stuiten.

Ze aten een hele reeks gerechten: kokkels, mosselen, garnalen en daarna kreeft: drie voor Grote Tim, één voor Pippi. Pippi was veel eerder klaar dan Grote Tim. Hij zei tegen hem: 'Die man is een vriend van mij en ik kan je vertellen dat hij nummer één is in drugs. Als dat je afschrikt, moet je het nu zeggen.'

'Daar schrik ik even weinig van als van deze kreeft,' zei Grote Tim, die met de enorme, geribbelde scharen in Pippi's richting zwaaide. 'Wat nog meer?'

'Hij heeft altijd zwart geld wit te wassen,' zei Pippi. 'Dat moet bij jullie overeenkomst horen.'

Grote Tim genoot van het eten en snoof alle verschillende geuren van de zee op. 'Prachtig; dat wist ik al,' zei hij. 'Maar waar is hij, verdomme?'

'Op zijn jacht,' zei Pippi. 'Hij wil niet dat iedereen je in zijn gezelschap ziet. Dat is in je eigen belang. Hij is een heel voorzichtig iemand.'

'Het kan me geen rooie rotmoer schelen wie me in zijn gezelschap ziet,' zei Grote Tim. 'Ik wil hém in míjn gezelschap zien.'

Eindelijk was Grote Tim klaar. Zijn nagerecht bestond uit fruit met een kopje espresso. Pippi schilde behendig een peer voor hem en Tim bestelde nog een espresso. 'Om wakker te blijven,' zei hij. 'Die derde kreeft heeft me bijna de das om gedaan.'

Een rekening werd niet gepresenteerd. Pippi liet een biljet van twintig dollar op tafel achter, de twee mannen liepen het restaurant uit en de oberkelner applaudisseerde geluidloos voor Tims prestatie aan tafel.

Pippi bracht Grote Tim naar een kleine huurauto waar Tim zich slechts met moeite in kon persen. 'Jezus, kun je geen grotere auto betalen?' vroeg Grote Tim.

'Het is maar een klein stukje,' zei Pippi sussend. En het was inderdaad maar een ritje van vijf minuten. Toen was het al helemaal donker. Alleen een klein jacht aan de pier voerde licht.

De loopplank was uitgelegd en werd door een bijna even grote man als Tim bewaakt. Aan de andere kant van het dek stond een andere man. Pippi en Grote Tim liepen de loopplank over en kwamen op het dek van het jacht terecht. Toen verscheen Dante, die naar hen toekwam om hen een hand te geven. Hij droeg zijn renaissancepet, die hij goedgemutst tegen Grote Tims armzwaai beschermde.

Dante bracht hen benedendeks naar een kajuit die als eetkamer diende. Ze gingen rond de tafel zitten in gemakkelijke stoelen die aan het dek waren vastgeschroefd.

Op tafel stond een hele sortering flessen met sterke drank, een emmer ijs en een dienblad met glazen. Pippi schonk voor iedereen cognac in.

Op dat moment startten de motoren en kwam het jacht in beweging. Grote Tim vroeg: 'Waar gaan we in jezusnaam heen?'

Dante zei gladjes: 'Even een frisse neus halen. Als we straks op het open water zijn, gaan we er boven op het dek van genieten.'

Tim was wel degelijk wantrouwig maar ging ervan uit dat hij alles aankon wat de toekomst in petto had. Hij aanvaardde de uitleg.

Dante zei: 'Tim, ik heb begrepen dat je met mij zaken wilt doen.'

'Nee, ik wil dat jij zaken met mij gaat doen,' zei Grote Tim opgewekt pochend. 'Ik leid de boel. Jij krijgt je geld zonder premie witgewassen. En je verdient nog flink wat extra. Ik ben buiten Fresno een winkelcentrum aan het bouwen en je kunt er voor vijf of tien miljoen instappen. En ik heb altijd ook veel andere dingen onder handen.'

'Dat klinkt heel goed,' zei Pippi De Lena.

Grote Tim staarde hem kil aan. 'Wat heb jij daarmee te maken? Als ik vragen mag.'

'Hij is mijn medewerker,' zei Dante. 'Mijn adviseur. Ik heb het geld maar hij heeft de hersens.' Hij zweeg en zei toen oprecht: 'Hij heeft me veel goeds over je verteld, Tim, en daarom zitten we hier te praten.'

Het jacht voer nu heel snel en de glazen trilden op het dienblad. Grote Tim

overwoog of hij die vent moest inlichten over het kopen van de Super Bowl. Toen kreeg hij een van zijn voorgevoelens, en die hadden hem nog nooit bedrogen. Hij leunde achterover in zijn stoel, nam een slokje cognac en keek beide mannen ernstig, peilend aan. Dat deed hij vaak, en die blik had hij zelfs geoefend. Het was de blik van een man die op het punt staat om zijn vertrouwen te schenken. 'Ik zal jullie een geheim vertellen,' zei hij. 'Maar eerst wil ik weten of we tot zaken komen. Wil je een aandeel in het winkelcentrum?'
'Ik doe mee,' zei Dante. 'Morgenochtend praten onze advocaten en krijg je geld van me om mijn goede trouw te bewijzen.'
Grote Tim dronk zijn cognacglas leeg en boog zich naar voren. 'Ik kan de Super Bowl kopen,' zei hij. Met een dramatische zwaai beduidde hij Pippi dat hij nog eens moest inschenken. Hij stelde tevreden vast hoe verbaasd ze keken. 'Jullie denken dat ik zit te lullen, hè?'
Dante zette zijn renaissancepet af en bekeek hem aandachtig. 'Volgens mij pis je in mijn pet,' zei hij met een glimlach bij de herinnering. 'Dat proberen een heleboel mensen. Maar Pippi is de expert op dat gebied. Pippi?'
'Onmogelijk,' zei Pippi. 'De Super Bowl is pas over acht maanden en je weet nog niet eens wie er meedoen.'
'Je moet het zelf weten,' zei Grote Tim. 'Als jullie een geheide winst willen laten lopen, kan mij dat niet schelen. Maar ik zeg je dat ik hem kan kopen. Als jullie dat niet willen, oké, dan doen we het winkelcentrum. Laat je boot keren en verspil mijn tijd niet langer.'
'Wees niet zo gauw op je teentjes getrapt,' zei Pippi. 'Vertel maar hoe het werkt.'
Grote Tim nam een grote slok cognac en zei spijtig: 'Dat kan ik je niet vertellen. Maar ik geef je een garantie. Jullie zetten tien miljoen in en we delen de winst. Als er iets misgaat, geef ik je die tien miljoen terug. Is dat eerlijk of niet?'
Dante en Pippi keken elkaar met een vermaakte grijns aan. Dante liet zijn hoofd zakken en leek nu met zijn renaissancepet op een listige eekhoorn. 'Krijg ik het geld contant terug?'
'Niet precies,' zei Grote Tim. 'Ik verreken het met een andere deal. Doe ik tien miljoen van de prijs af.'
'Koop je de spelers om?' vroeg Dante.
'Dat kan hij niet,' zei Pippi. 'Die verdienen te veel. Het moeten de officials zijn.'
Grote Tim werd nu geestdriftig. 'Ik kan het jullie niet vertellen, maar het is waterdicht. En denk niet aan het geld. Denk aan de glorie. Dit wordt de grootste zwendel in de geschiedenis van de sport.'
'Vast wel. Ze drinken ons toe in de nor,' zei Dante.
'Daarom is het zo mooi dat ik jullie niets vertel,' zei Grote Tim. 'Ik ga naar de

gevangenis, jullie niet. En mijn advocaten zijn te goed en ik heb te veel connecties.'
Voor het eerst week Dante van Pippi's scenario af. Hij vroeg: 'Zijn we al ver genoeg op zee?'
Pippi zei: 'Ja, maar als we nog even doorpraten, vertelt Tim het ons wel, denk ik.'
'Jezus, Tim,' zei Dante op aangename toon. 'Heb je dat gehoord, Grote Tim? Nou wil ik weten hoe die zwendel in elkaar zit en geen gelul meer.' Hij klonk zo minachtend dat Grote Tim begon te blozen.
'Kleine etter,' zei hij, 'denk je dat je mij bang krijgt? Denk je soms dat je harder bent dan de FBI en de belastingdienst en de grootste woekeraar van de westkust? Ik schijt in die pet van je.'
Dante leunde achterover in zijn stoel en bonsde op de kajuitwand. Een paar tellen later deden twee grote, vervaarlijk uitziende mannen de deur open en gingen op wacht staan. Grote Tim reageerde door op te staan en met één zware arm de tafel leeg te vegen. Drankflessen, de ijsemmer en het dienblad met glazen vielen kletterend op de grond.
'Nee Tim, luister,' riep Pippi. Hij wilde de man onnodig lijden besparen. Bovendien wilde hij niet de schutter zijn; dat stond niet in het plan. Maar Grote Tim rende gevechtsklaar naar de deur.
Toen gleed Dante plotseling tussen Grote Tims armen en nestelde hij zich tegen zijn enorme lichaam. Ze weken weer uiteen en Grote Tim zakte op zijn knieën en bood een ijzingwekkende aanblik. De helft van zijn overhemd was weggesneden, en waar ooit zijn behaarde rechterborst had gezeten, zat nu alleen nog maar een enorme rode plek waaruit een grote straal bloed spoot die de helft van de tafel bevlekte.
Dantes hand omklemde het mes dat hij gebruikt had. Het brede lemmet was tot aan het gevest toe donkerrood van het bloed.
'Zet hem in een stoel,' zei Dante tegen de wachtposten. Toen pakte hij het kleed van de tafel om Grote Tims bloeden te stelpen. Grote Tim was bijna bewusteloos van de shock.
Pippi zei: 'Je had ook kunnen wachten.'
'Nee,' zei Dante. 'Hij is een taaie. Laten we maar eens kijken hóe taai.'
'Ik zet alles klaar op het dek,' zei Pippi. Hij wilde niet toekijken. Hij had nooit iemand gemarteld. Eigenlijk was geen enkel geheim belangrijk genoeg om dat soort werk te rechtvaardigen. Als je een man doodde, scheidde je hem gewoon van deze wereld zodat hij je geen kwaad meer kon doen.
Boven aan dek zag hij dat twee van zijn mannen aan de voorbereidingen bezig waren. De stalen kooi hing al aan de haak en de latvormige tralies waren dicht. Over het hele dek lag een vel plastic.
Hij voelde de milde wind en rook de geur van zout. De nachtelijke oceaan was purperrood en stil. Het jacht vertraagde en kwam stil te liggen.

Pippi bleef een vol kwartier naar de oceaan staan staren. Toen kwamen de twee mannen die bij de deur op wacht hadden gestaan, met Grote Tims lijk te voorschijn. De aanblik ervan was zo gruwelijk dat Pippi zijn ogen afwendde.
De vier mannen legden Grote Tims lijk in de kooi en lieten die toen boven het water zakken. Een van hen stelde de latten op zo'n manier bij dat de bewoners van de diepe oceaan tussen de tralies door konden om zich aan het lijk te goed te doen. Daarna werd de haak losgemaakt en plonsde de kooi naar de bodem van de zee.
Als de zon opkwam, zou nog slechts het skelet van Grote Tims lijk voor eeuwig op de bodem van de zee in zijn kooi drijven.
Dante kwam het dek op. Hij had zich kennelijk gedoucht en omgekleed. Het haar onder zijn renaissancepet was glad en nat. Er was geen spoor van bloed te bekennen.
'Hij heeft zijn communie dus al gedaan,' zei Dante. 'Je had best even op me kunnen wachten.'
Pippi vroeg: 'Heeft hij gepraat?'
'Jazeker,' zei Dante. 'Die zwendel was eigenlijk hèel simpel. Maar zelf was hij volgens mij een windbuil van begin tot eind.'

De volgende dag vloog Pippi naar het oosten om de don en Giorgio volledig verslag uit te brengen. 'Grote Tim was gek,' zei hij. 'Hij kocht de cateraar om die de ploegen van de Super Bowl het eten en drinken levert. Ze zouden er medicamenten aan toevoegen om de ploeg waartegen ze gewed hadden, steeds verder te verzwakken naarmate de wedstrijd vorderde. Het publiek zou dat misschien niet merken, maar de trainers en spelers wel en de FBI ook. Je had gelijk, oom. Het schandaal zou ons programma misschien wel voor eeuwig onmogelijk hebben gemaakt.'
'Was hij een idioot?'
'Ik denk dat hij beroemd wilde worden,' zei Pippi. 'Rijk zijn was niet genoeg.'
'Als ze niets meer van de Ritselaar horen, worden ze bang,' zei Pippi.
Giorgio zei: 'Dat denk ik ook.'
'Uitstekend,' zei de don. 'En heeft mijn kleinzoon het goed gedaan?'
Het leek een achteloze vraag, maar Pippi kende de don goed genoeg om te weten dat hij het heel ernstig bedoelde. Hij antwoordde zo zorgvuldig als hij kon maar wel met een bepaalde bijbedoeling.
'Bij deze operatie in Las Vegas en LA verbood ik hem zijn pet te dragen. Hij zette hem toch op. Daarna week hij af van het scenario. Als we wat langer gepraat hadden, hadden we meer informatie kunnen krijgen, maar hij wilde bloed zien. Hij heeft die vent in stukken gesneden. Hij heeft hem zijn pik,

zijn ballen en zijn tepels afgesneden. Dat was onnodig. Hij geniet ervan, en voor de Familie is dat heel gevaarlijk. Iemand moet echt met hem praten.'
'Dat moet u dan doen,' zei Giorgio tegen de don. 'Naar mij luistert hij niet.'
Don Domenico peinsde daar langdurig over. 'Hij is nog jong. Hij groeit er wel overheen.'
Pippi begreep dat de don niets wilde ondernemen. Dus vertelde hij over Dantes indiscretie met de filmster in de nacht voor de operatie. Hij zag de don ineenkrimpen en Giorgio een vies gezicht trekken. Er viel een lange stilte. Pippi vroeg zich af of hij te ver was gegaan.
Eindelijk schudde de don zijn hoofd en zei: 'Pippi, je hebt alles zoals gewoonlijk goed voorbereid, maar je kunt gerust zijn. Je zult nooit meer met Dante werken. Maar je moet begrijpen dat Dante het enige kind van mijn dochter is. Giorgio en ik moeten ons best met hem doen. De wijsheid komt nog wel.'

Cross De Lena zat op het balkon van zijn directiesuite in het penthouse van het Xanadu-hotel en overwoog de gevaren van de koers die hij insloeg. Vanaf zijn hoge zitplaats zag hij de hele lengte van de Strip, de rij luxe casinohotels links en rechts ervan en de mensenmenigten op straat. Hij zag de gokkers op de golfbaan van het Xanadu, die bijgelovig in één slag een hole wilden halen om zich daarmee straks van de overwinning aan de goktafels te verzekeren.
Eerste gevaar: zijn operatie tegen Boz was een cruciale stap die hij zonder overleg met de Clericuzio's deed. Natuurlijk was hij de administratieve baron van District West, dat Nevada en het zuidelijke deel van Californië omvatte. Natuurlijk traden de baronnen in veel districten onafhankelijk op en vielen ze niet strikt onder leiding van de Familie, zolang ze de snavel van de Clericuzio's maar met een percentage van hun verdiensten smeerden. Maar er waren heel strikte regels. Geen baron of *bruglione* mocht zonder de goedkeuring van de Clericuzio's aan een operatie van deze omvang beginnen. Dat had een simpele reden. Als een baron dat wel deed en in moeilijkheden raakte, kon hij geen toegeeflijkheid bij de officier van justitie en geen tussenkomst bij het proces tegemoet zien. Bovendien kreeg hij dan geen steun meer tegen elk ambitieus baasje in zijn eigen district en werd zijn geld niet meer witgewassen en voor zijn oude dag opzijgelegd. Cross wist dat hij naar Giorgio en de don moest om hun goedkeuring te vragen.
De operatie lag hoogst gevoelig. En hij gebruikte een deel van zijn eenenvijftig procent in het Xanadu-hotel, die Gronevelt hem had nagelaten, om de filmovereenkomst te financieren. Dat was natuurlijk zijn eigen geld, maar het was verbonden met het heimelijke belang van de Clericuzio's in het hotel. En dankzij de hulp van de Clericuzio's had hij dat geld verdiend. Het was

een merkwaardige en toch op de een of andere manier heel menselijke gril van de Clericuzio's dat ze zich een soort medebezitters van het fortuin van hun ondergeschikten waanden. Ze zouden het hem nadragen als hij zijn geld zonder hun advies investeerde. Hun gril had geen wettige basis maar leek op de middeleeuwse hoffelijkheid: geen baron mocht zijn kasteel zonder koninklijke goedkeuring verkopen.

Ook de omvang van het betrokken bedrag speelde een rol. Cross had Gronevelts eenenvijftig procent geërfd en het Xanadu was een miljard dollar waard. Hij zette vijfig miljoen in en investeerde nog eens vijftig miljoen; dus honderd miljoen in totaal. Het economische risico was enorm. En de Clericuzio's waren berucht om hun voorzichtigheid en conservatisme. Onontbeerlijke eigenschappen, als ze wilden overleven in de wereld waarin ze opereerden.

Cross herinnerde zich nog iets anders. Lang geleden, toen de Clericuzio's en Santadio's nog op goede voet met elkaar stonden, hadden ze een bruggehoofd in de filmindustrie gevestigd. Maar dat pakte niet goed uit. Toen het Santadio-imperium verpletterd was, had don Clericuzio bevolen alle infiltratiepogingen in de filmindustrie te staken. 'Die mensen zijn te uitgekookt,' zei de don. 'En ze zijn niet bang omdat hun winsten zo hoog zijn. We zouden ze allemaal moeten doden, maar dan weten we niet hoe we die industrie moeten leiden. Die zit ingewikkelder in elkaar dan die van de drugs.'

Nee, besloot Cross. Als hij toestemming vroeg, zou die geweigerd worden. En daarna kon hij geen stap meer verzetten. Na voldongen feiten kon hij het boetekleed aantrekken en de snavel van de Clericuzio's laten verdrinken in zijn winst. Het succes verontschuldigde vaak de onbeschaamdste zonden. En als hij faalde, was het hoogstwaarschijnlijk hoe dan ook met hem gedaan, met of zonder goedkeuring. Dat bracht hem bij zijn laatste punt van twijfel. Waarom deed hij dit eigenlijk? Hij dacht aan Gronevelts 'Pas op voor dames in problemen'. Hij had al eerder dames in problemen ontmoet en die rustig voor de wolven gegooid. Las Vegas stikte van de dames in problemen.

Maar hij wist het. Hij smachtte naar de schoonheid van Athena Aquitane. Het ging niet alleen om haar prachtige gezicht, ogen, haar, benen, borsten. Hij smachtte naar de intelligente, warme blik in haar ogen, naar de trekken van haar gelaat, naar de tere ronding van haar lippen. Als hij haar zou kennen en bij haar zou zijn, zou de hele wereld een ander licht en de zon een andere warmte krijgen. Hij zag de oceaan achter haar. De golven deinden groen en witgekopt als een halo rond haar hoofd. En er zwierf een gedachte door zijn hoofd: Athena was de vrouw die zijn moeder zo graag had willen worden.

Verbaasd voelde hij een opwelling van verlangen om haar te zien, bij haar te zijn, haar stem te horen en haar te zien bewegen. En toen dacht hij: Jezus Christus, doe ik het dáárom?

Hij aanvaardde het en was blij dat hij eindelijk de echte reden voor zijn daden kende. Dat maakte hem vastbesloten en geconcentreerd. Op dit moment was het hoofdprobleem de operatie zelf. Vergeet Athena. Vergeet de Clericuzio's. Denk alleen aan het moeilijke probleem dat Boz Skannet heet, en dat snel opgelost moet worden.
Cross wist dat hij zichzelf in een te kwetsbare positie had gemanoeuvreerd, en dat was een volgende complicatie. Het was gevaarlijk om te duidelijk profijt te trekken van wat er met Skannet gebeurde.
Cross stelde vast welke drie mannen hij voor zijn geplande operatie nodig had. De eerste was Andrew Pollard, eigenaar van Pacific Ocean Security en al bij de zaak betrokken. De tweede was Lia Vazzi, de huisbewaarder van het Clericuzio-jachthuis in de Sierra Nevada. Lia leidde een ploeg mannen die eveneens als huisbewaarders optraden maar ook voor speciale taken oproepbaar waren. De derde man was Leonard Sossa, een gepensioneerde vervalser die een maandgeld van de Familie kreeg om af en toe een klus te doen. Alledrie vielen ze onder Cross' leiding als *bruglione* in het westen.

Twee dagen later kreeg Andrew Pollard het telefoontje van Cross De Lena.
'Ik heb gehoord dat je te hard werkt,' zei Cross. 'Waarom kom je niet even op vakantie naar Las Vegas? Ik geef je gratis onderdak, eten en drinken en breng je vrouw mee. Als je je verveelt, kom je even op kantoor langs voor een praatje.'
'Bedankt,' zei Pollard. 'Op dit moment heb ik het nogal druk. Wat vind je van volgende week?'
'Best,' zei Cross, 'maar dan ben ik de stad uit en zie ik je niet.'
'Dan kom ik morgen,' zei Pollard.
'Fantastisch,' zei Cross, en hing op.
Pollard leunde peinzend achterover in zijn stoel. De uitnodiging was een bevel geweest. Hij zou heel voorzichtig moeten manoeuvreren.

Leonard Sossa genoot van het leven zoals alleen iemand doet die van een verschrikkelijk doodvonnis is gered. Hij genoot van de zonsondergang, hij genoot van de zonsopgang. Hij genoot van het gras dat groeide, en van de koeien die het gras opaten. Hij genoot van de aanblik van mooie vrouwen, van jongemannen met zelfvertrouwen en van slimme kinderen. Hij genoot van een korst brood, een glas wijn en een homp kaas.
Twintig jaar eerder had de FBI hem gearresteerd omdat hij voor de nu uitgestorven Santadio-Familie honderd-dollarbiljetten had gemaakt. Zijn medewerkers hadden schuld bekend om strafvermindering te krijgen en hem verraden. Hij had gedacht dat de bloem van zijn mannelijkheid in de gevangenis zou verwelken. Geld vervalsen was veel gevaarlijker dan verkrachting,

moord of brandstichting. Wie geld vervalste, bedreigde de machinerie van de overheid zelf. Wie die andere misdaden pleegde, was maar een aaseter die een hapje uit een enorm kadaver nam. Want de schakels in de menselijke keten waren vervangbaar. Hij verwachtte geen genade en kreeg die ook niet. Leonard Sossa werd tot twintig jaar veroordeeld.

Hij zat maar een jaar. Een medegevangene kreeg grote bewondering voor Sossa's geniale bekwaamheden met inkt, potlood en pen en rekruteerde hem voor de Clericuzio-Familie.

Plotseling had hij een nieuwe advocaat. Plotseling had hij buiten de gevangenis een arts die hij nog nooit gezien had. Plotseling was er een hoorzitting waar voor clementie werd gepleit omdat hij mentaal was afgetakeld tot het niveau van een kind en geen bedreiging voor de samenleving meer was. Plotseling was Leonard Sossa vrij man en in dienst van de Clericuzio-Familie.

De Familie had behoefte aan een eersteklas vervalser. Niet van geld, want ze wisten dat geld vervalsen voor het gezag een onvergeeflijke misdaad was. Ze hadden een vervalser nodig voor veel belangrijker dingen. Er gingen bergen papier door Giorgio's handen waarin met binnen- en buitenlandse bedrijven werd gegoocheld. Wettige bescheiden werden door niet-bestaande managers ondertekend. Enorme bedragen werden gedeponeerd en opgenomen. Daarvoor waren allerlei handtekeningen en imitaties daarvan vereist. En in de loop der jaren bleek Leonard ook voor andere dingen nuttig.

Het Xanadu-hotel trok veel profijt van zijn bekwaamheden. Als een heel rijke geldsmijter stierf en nog promesses bij de kassier had, werd Sossa erbij gehaald om voor nog een miljoen extra te tekenen. Natuurlijk betaalden de erfgenamen van de overledene die promesses niet, maar het hele bedrag kon voor de belasting als verlies van het hotelinkomen worden afgetrokken. Dat gebeurde veel vaker dan natuurlijk leek. Genot leidde blijkbaar tot een hoog sterftecijfer. Hetzelfde gebeurde met geldsmijters die hun schulden weigerden te betalen of er op een koopje vanaf wilden komen.

Voor dat alles kreeg Leonard Sossa honderdduizend dollar per jaar plus het verbod om ander werk te doen, met name geld vervalsen. Dat paste bij het algemene Familiebeleid. De Clericuzio's hadden alle leden van criminele families verboden zich met geldvervalsing en ontvoering te bemoeien. Bij die misdaden sloeg het federale gezag altijd met verpletterende kracht toe. De opbrengsten waren het risico gewoon niet waard.

Twintig jaar lang genoot Sossa dus van zijn leven als artiest in zijn kleine huisje diep in de Topanga Canyon, niet ver van Malibu. Hij had een tuintje, een geit, een kat en een hond. Overdag schilderde hij en 's nachts dronk hij. In de Canyon woonde een onuitputtelijke voorraad vrijgevochten jonge meisjes die eveneens schilderden.

Sossa verliet de Canyon alleen om in Santa Monica inkopen te doen of als hij

door de Clericuzio-Familie werd opgeroepen. Dat gebeurde meestal twee keer per maand en duurde altijd maar een paar dagen. Hij deed het werk dat ze hem opdroegen en stelde nooit vragen. Hij was een waardevolle soldaat van de Clericuzio-Familie.
Toen de auto dus kwam om hem op te halen en de chauffeur zei dat hij zijn gereedschap en voor een paar dagen kleren moest meenemen, stuurde Sossa zijn geit, zijn kat en zijn hond de Canyon in en sloot hij zijn huis af. De dieren zorgden wel voor zichzelf; het waren immers geen kinderen. Hij hield heus wel van ze, maar dieren leefden nooit lang, vooral niet in de Canyon, en hij was eraan gewend om ze kwijt te raken. Door zijn jaar in de gevangenis was Leonard Sossa een realist geworden en door zijn onverwachte vrijlating een optimist.

Lia Vazzi, de huisbewaarder van het jachthuis van de Clericuzio's in de bergen, was in de Verenigde Staten gearriveerd toen hij ondanks zijn dertig levensjaren de meest gezochte man van Italië was. In de tien jaar daarna had hij vrijwel accentloos Engels leren spreken, en hij las en schreef het heel behoorlijk. Hij kwam uit een van de slimste en machtigste Families op Sicilië.
Vijftien jaar eerder had Lia Vazzi als gekwalificeerd man uit de hoogste regionen de Mafia in Palermo geleid, maar hij had te hoog gegrepen.
De regering in Rome had een onderzoeksrechter benoemd en hem buitengewone volmachten gegeven om de Mafia op Sicilië uit te roeien. De onderzoeksrechter was met zijn vrouw en kinderen naar Palermo gekomen, waar hij door soldaten van de landmacht en hele hordes politiemannen werd beschermd. Hij hield een felle toespraak en beloofde geen genade te betonen jegens de misdadigers die het mooie eiland Sicilië nu al eeuwenlang overheersten. Het moment was aangebroken om de wet af te dwingen. De gekozen vertegenwoordigers van het Italiaanse volk dienden over het lot van Sicilië te beslissen, niet de onwetende boeven met hun schandelijke geheime genootschappen. Vazzi vond de redevoering een persoonlijke belediging.
De onderzoeksrechter werd dag en nacht zwaar bewaakt. Intussen luisterde hij naar getuigen en vaardigde hij arrestatiebevelen uit. Zijn rechtszaal was een fort en zijn woning werd door soldaten omringd. Hij was schijnbaar onkwetsbaar. Maar na drie maanden ontdekte Vazzi de reisroutes van de magistraat, die geheim waren gehouden om verrassingsaanvallen te voorkomen. De magistraat bereisde de grote Siciliaanse steden om bewijzen te verzamelen en arrestatiebevelen uit te vaardigen. Zijn reisplan omvatte zijn terugkeer naar Palermo, waar hij een medaille zou krijgen voor zijn heldhaftige pogingen om het eiland van de Mafia-gesel te bevrijden. Lia Vazzi en zijn mannen ondermijnden een bruggetje dat de magistraat moest passeren. De

magistraat en zijn bewakers werden opgeblazen, en wel in zulke kleine stukjes dat de lijken met zeven uit het water moesten worden gehaald. De woedende regering in Rome reageerde met een massaal onderzoek naar de schuldigen, en Vazzi moest onderduiken. De regering had geen bewijzen tegen hem, maar hij wist dat hij beter dood kon zijn dan in hun handen vallen.

Inmiddels stuurden de Clericuzio's elk jaar Pippi de Lena naar Sicilië om mannen voor de Bronx-enclave en soldaten voor de Familie te werven. De don was er ten diepste van overtuigd dat alleen Sicilianen met hun eeuwenlange *omertà*-traditie betrouwbaar genoeg waren om geen verraders te worden. De jongemannen in Amerika waren te zwak, te verwaand, te ijdel. De hardste officieren van justitie, die grote aantallen *bruglione*s naar de gevangenis stuurden, maakten te gemakkelijk informanten van hen.

Als filosofie was de *omertà* heel simpel. Deze doodzonde bestond uit praten tegen de politie over iets dat de Mafia kon schaden. Als een rivaliserende Mafia-clan je vader voor je ogen vermoordde, was het verboden om de politie in te lichten. Als jezelf werd neergeschoten en op sterven lag, was het verboden om de politie in te lichten. Als je muilezel, je geit, je juwelen gestolen werden, mocht je niet naar de politie. Het gezag was de Grote Satan waartoe geen ware Siciliaan zich wenden mocht. De Familie en de Mafia waren de wrekers.

Tien jaar eerder had Pippi De Lena zijn zoon Cross als onderdeel van zijn opleiding meegenomen naar Sicilië. Het werk was niet zozeer rekrutering als wel doorlichting, want er waren honderden bereidwillige mannen wier grootste droom was om voor Amerika geselecteerd te worden. Ze gingen naar een stadje op vijfenzeventig kilometer van Palermo, ergens op het platteland tussen dorpen van stenen huizen die met de kleurige bloemen van Sicilië versierd waren. Ze werden in het huis van de burgemeester zelf ontvangen.

De burgemeester was een kleine man met een ronde buik, en dat gold zowel letterlijk als figuurlijk, want een 'man met een buikje' was de Siciliaanse uitdrukking voor een Mafiahoofd.

Het huis had een aangename tuin met vijge-, olijf- en citroenbomen, en daar voerde Pippi zijn gesprekken. De tuin leek opvallend veel op die van de Clericuzio's in Quogue; alleen ontbraken daar de felkleurige bloemen en de citroenbomen. De burgemeester was kennelijk iemand die van schoonheid hield, want hij had bovendien een aantrekkelijke vrouw en weelderig knappe dochters die, hoewel nog maar net tieners, al volgroeide vrouwen waren.

Cross merkte dat zijn vader op Sicilië een andere man werd. Geen sprake meer van zorgeloos geflirt. Hij behandelde de vrouwen met nuchter respect en liet zijn charme achterwege. Laat op die avond onderrichtte hij Cross in de kamer waar ze allebei sliepen. 'Met Sicilianen moet je oppassen. Ze wantrouwen mannen met belangstelling voor vrouwen. Als je een van hun dochters neukt, komen we hier niet levend vandaan.'

De volgende paar dagen kwamen allerlei mannen om zich door Pippi te laten doorlichten. Hij had criteria. Ze mochten niet ouder van vijfendertig en niet jonger dan twintig zijn. Als ze getrouwd waren, mochten ze niet meer dan één kind hebben. Ten slotte moest de burgemeester voor hen instaan. Hij legde het uit. Als de mannen te jong waren, waren ze misschien te gevoelig voor de Amerikaanse cultuur. Als ze te oud waren, konden ze zich niet aan Amerika aanpassen. Als ze meer dan één kind hadden, werden ze te voorzichtig voor de risico's die het werk van hen vroeg.

Sommige mannen die kwamen hadden het zo zwaar met de wet aan de stok dat ze Sicilië moesten verlaten. Anderen zochten in Amerika gewoon koste wat het kost een beter leven. Sommigen waren te slim om op hun eigen noodlot te vertrouwen en wilden wanhopig graag soldaat van de Clericuzio's worden. Dat waren de besten.

Aan het einde van de week had Pippi zijn groep van twintig mannen bijeen en gaf hij zijn lijst aan de burgemeester, die er zijn goedkeuring aan moest hechten en hun emigratie regelen. De burgemeester streepte één naam op de lijst door.

Pippi zei: 'Volgens mij is hij geknipt voor ons. Heb ik me vergist?'

'Nee, nee,' zei de burgemeester. 'Je hebt zoals altijd heel verstandig gekozen.'

Pippi stond voor een raadsel. Alle rekruten zouden heel goed behandeld worden. De vrijgezellen kregen een flat, de getrouwde mannen met een kind een klein huis. Allemaal kregen ze een vaste baan. Allemaal kwamen ze in de Bronx-enclave te wonen. En sommigen werden geselecteerd als Clericuzio-soldaten, gingen goed hun brood verdienen en hadden een zonnige toekomst. De man wiens naam door de burgemeester was doorgestreept, moest wel in een heel kwade reuk staan. Maar waarom had hij dan toestemming voor een gesprek gekregen? Pippi voelde Siciliaanse nattigheid.

De burgemeester keek hem slim aan, las blijkbaar zijn gedachten en was blij met wat hij las.

'Voor mij ben je te veel Siciliaan om je te kunnen bedriegen,' zei de burgemeester. 'De naam die ik heb doorgestreept, is de man met wie mijn dochter wil trouwen. Vanwege haar geluk wil ik hem hier nog een jaar houden. Daarna mag je hem meenemen. Ik kon het gesprek met hem niet weigeren. Maar er is nog een reden. Ik heb een man die je volgens mij in zijn plaats moet nemen. Wil je me een genoegen doen en met hem praten?'

'Natuurlijk,' zei Pippi.

De burgemeester zei: 'Ik wil je niets op de mouw spelden, maar hij is een speciaal geval en moet onmiddellijk vertrekken.'
'Je weet dat ik heel voorzichtig moet zijn,' zei Pippi. 'De Clericuzio's stellen hoge eisen.'
'Het is in je eigen belang,' zei de burgemeester, 'maar wel een beetje gevaarlijk.' Toen legde hij uit wat er met Lia Vazzi aan de hand was. De moord op de rechter had overal ter wereld de voorpagina's gehaald, dus Pippi en Cross kenden de zaak.
'Waarom is de situatie voor Vazzi zo wanhopig als ze geen bewijs hebben?' vroeg Cross.
De burgemeester zei: 'Jongeman, dit is Sicilië. Ook de politie is Siciliaans. De magistraat was een Siciliaan. Iedereen weet dat Lia het gedaan heeft. De wettige bewijzen doen er niet toe. Als hij in hun handen valt, is hij dood.'
Pippi vroeg: 'Kun je hem het land uit en naar Amerika krijgen?'
'Ja,' zei de burgemeester. 'Het probleem is om hem in Amerika ondergronds te houden.'
Pippi zei: 'Dat klinkt naar meer gedoe dan de zaak waard is.'
De burgemeester haalde zijn schouders op. 'Ik moet toegeven dat hij een vriend van me is. Maar dat doet er niet toe.' Hij zweeg en glimlachte minzaam om duidelijk te maken dat het er wél toe deed. 'Maar hij is ook een gekwalificeerd man van de eerste orde. Hij is een explosievenexpert, en dat is altijd linke soep. Hij beheerst het koord, een oude en nuttige kunst. Het mes en het vuurwapen natuurlijk. Maar het allerbelangrijkste is dat hij heel intelligent en van alle markten thuis is. En betrouwbaar als een rots. Hij praat nooit. Hij luistert en heeft de gave dat hij de tongen van anderen losmaakt. Zeg eens eerlijk: kun je zo iemand gebruiken?'
'Hij verhoort al mijn gebeden,' zei Pippi gladjes. 'Maar ik vraag me nog steeds af waarom zo iemand wegloopt.'
'Omdat hij naast al zijn andere deugden ook voorzichtig is,' zei de burgemeester. 'Hij tart het noodlot niet. Hier zijn zijn dagen geteld.'
Pippi vroeg: 'Kan een gekwalificeerd man als gewoon soldaat in Amerika gelukkig zijn?'
De burgemeester boog zijn hoofd en was een en al droevig medelijden. 'Hij is een goed christen,' zei hij. 'Hij bezit de nederigheid die Christus ons altijd geleerd heeft.'
'Zo'n man wil ik graag ontmoeten,' zei Pippi, 'al was het maar voor het genoegen van de kennismaking. Maar ik garandeer niets.'
De burgemeester maakte een breed en weids gebaar. 'Natuurlijk moet hij je gelegen komen,' zei hij. 'Maar ik moet je nog iets anders vertellen. Hij heeft me verboden om je daarover voor te liegen.' Voor het eerst verloor de burgemeester iets van zijn zelfvertrouwen. 'Hij heeft een vrouw en drie kinderen, en die moeten mee.'

Op dat moment wist Pippi zeker hij nee zou zeggen. 'Juist,' zei hij. 'Dat maakt het heel moeilijk. Wanneer ontmoeten we hem?'
'Als het donker is, komt hij naar de tuin,' zei de burgemeester. 'Er is geen gevaar bij. Daar heb ik voor gezorgd.'

Lia Vazzi was klein van stuk maar had de pezige taaiheid die veel Sicilianen van hun Arabische voorouders geërfd hebben. Hij had een knap, donkerbruin, waardig haviksgezicht en sprak een beetje Engels.
Ze zaten rond de tuintafel van de burgemeester met een fles zelfgemaakte rode wijn, een schaal olijven van de bomen naast hen, een knapperig, dezelfde avond gebakken, rond en nog warm brood en bovendien een hele rauwe ham die bestoken was met peperkorrels als zwarte diamanten. Lia Vazzi at en dronk maar zei niets.
'Ik heb je heel hoog horen prijzen,' zei Pippi met respect. 'Maar ik maak me zorgen. Kan iemand met jouw bekwaamheden en kwalificaties in Amerika gelukkig zijn in dienst van iemand anders?'
Lia keek naar Cross en zei toen tegen Pippi: 'Je hebt een zoon. Wat zou jij doen om hem te redden? Ik wil mijn vrouw en kinderen in veiligheid brengen en daarvoor zal ik mijn plicht doen.'
'De situatie wordt voor iedereen gevaarlijk,' zei Pippi. 'Je begrijpt natuurlijk dat ik moet overwegen of de voordelen het risico rechtvaardigen.'
Lia haalde zijn schouders op. 'Dat kan ik niet beoordelen.' Hij leek zich bij zijn afwijzing neer te leggen.
Pippi zei: 'Als je alleen komt, is het makkelijker.'
'Nee,' zei Vazzi. 'Mijn gezin leeft samen of sterft samen.' Hij zweeg even. 'Als ik ze hier laat, maakt Rome hen het leven heel zuur. Dan geef ik me nog liever aan.'
Pippi zei: 'Het probleem is hoe we jou en je gezin verbergen.'
Vazzi haalde zijn schouders op. 'Amerika is groot.' Hij bood Cross de schaal olijven aan en vroeg bijna spottend: 'Zou jouw vader je in de steek laten?'
'Nee,' zei Cross. 'Hij is net zo ouderwets als jij.' Hij zei het ernstig maar met een zweem van een glimlach. Toen zei hij: 'Ik heb gehoord dat je ook boer bent.'
'Olijven,' zei Vazzi. 'Ik heb mijn eigen pers.'
Cross vroeg aan Pippi: 'Wat vind je van het jachthuis van de Familie in de Sierras? Hij kan het huis met zijn gezin verzorgen en zijn levensonderhoud verdienen. Het ligt geïsoleerd. Zijn gezin kan helpen.' Hij wendde zich tot Lia. 'Ben je bereid om in het bos te wonen?' 'Bos' was de uitdrukking voor alles buiten de stad. Lia haalde zijn schouders op.
Het was de kracht van Lia Vazzi's persoonlijkheid die Pippi De Lena overtuigde. Vazzi was niet groot, maar zijn lichaam straalde een prikkelende

waardigheid en iets verkillends uit. De dood joeg hem geen angst aan en hij vreesde hel noch hemel.
Pippi zei: 'Dat is een goed idee. Volmaakte camouflage. En we kunnen je oproepen voor speciale klussen waarmee je wat extra's verdient. Die zijn jouw risico.'
Ze zagen de spieren van Lia's gezicht ontspannen toen hij besefte dat hij gekozen was. Zijn stem trilde een beetje toen hij zei: 'Ik wil je bedanken omdat je mijn vrouw en kinderen hebt gered,' en hij keek daarbij Cross De Lena recht aan.

Sindsdien had Lia Vazzi de betoonde gunst dubbel en dwars terugbetaald. Hij was van soldaat gepromoveerd tot leider van alle operationele teams van Cross. Hij controleerde de zes man die hielpen bij het onderhoud van het terrein rond het jachthuis, waar ook zijn eigen huis was. Hij had goed geboerd, was Amerikaans staatsburger geworden en zag zijn kinderen naar de universiteit vertrekken. Dat had hij allemaal verdiend met zijn moed, zijn gezonde verstand en bovenal zijn trouw. Toen hij dus de boodschap kreeg om Cross De Lena in Las Vegas te ontmoeten, legde hij maar al te graag zijn koffer in zijn nieuwe Buick en begon hij aan de lange rit naar Las Vegas en het Xanadu-hotel.
Andrew Pollard was als eerste in Las Vegas. Hij nam rond het middaguur het vliegtuig uit LA, ontspande zich bij een van de enorme zwembaden van het Xanadu-hotel, gokte een paar uur op kleine schaal aan de crapstafel en werd toen heimelijk naar Cross De Lena's kantoorsuite in het penthouse gebracht.
Ze gaven elkaar een hand en Cross zei: 'Ik zal je niet lang ophouden. Je kunt vanavond terugvliegen. Het enige wat ik nodig heb, is alle informatie over die vent Skannet.'
Pollard lichtte hem in over alles wat er gebeurd was en vertelde dat Skannet inmiddels in het Beverly Hills Hotel verbleef. Hij deed ook verslag van zijn gesprek met Bantz.
'Ze kan hen dus geen flikker schelen. Ze willen alleen maar die film af hebben,' zei hij tegen Cross. 'De studio neemt dat soort types ook niet serieus. Ik heb in mijn bedrijf een ploeg van twintig man die alleen met lastigvallers bezig is. Over iemand als Bantz maken filmsterren zich terecht bezorgd.'
'En de smerissen?' vroeg Cross. 'Kunnen die iets doen?'
'Nee,' zei Pollard. 'Pas als er schade is aangericht.'
'En jij?' vroeg Cross. 'Je hebt een paar goeie mensen in dienst.'
'Ik moet oppassen,' zei Pollard. 'Als ik te hard optreed, kan ik mijn bedrijf kwijtraken. Je weet hoe de rechters zijn. Waarom zou ik mijn nek uitsteken?'
'Wat voor iemand is die Boz Skannet?' vroeg Cross.

'Die is nergens bang voor,' zei Pollard. 'Om precies te zijn ben ik bang voor hém. Hij is een van die echt harde jongens die lachen om de gevolgen. Zijn familie heeft geld en politieke macht, en hij denkt dus dat hij overal mee wegkomt. En hij is echt dol op problemen, snap je. Sommige knapen zijn nou eenmaal zo. Als je je hiermee gaat bemoeien, moet je het goed aanpakken.'

'Ik pak de dingen altijd goed aan,' zei Cross. 'Hou je Skannet op dit moment in het oog?'

'Reken maar,' zei Pollard. 'Die kerel is tot alles in staat.'

Cross zei: 'Hef je surveillance op. Ik wil niet dat iemand hem in de gaten houdt. Oké?'

'Als jij dat zegt, oké,' zei Pollard. Hij zweeg even en zei: 'Pas op voor Jim Losey. Hij houdt een oogje op Skannet. Ken je Losey?'

'Ik heb hem ontmoet,' zei Cross. 'Ik wil dat je nog iets anders voor me doet. Leen me een paar uur je identiteitskaart van Pacific Ocean Security. Je hebt hem op tijd terug om vannacht om twaalf uur je vliegtuig naar LA te halen.'

Pollard was bezorgd. 'Je weet dat ik alles voor je doe, Cross, maar wees voorzichtig. Dit is een heel delicate zaak. Ik heb een heel goed leven opgebouwd en ik wil dat niet naar de kloten zien gaan. Ik weet dat ik alles aan de Clericuzio's te danken heb en ben hen daarvoor eeuwig dankbaar. Ik heb altijd mijn plicht gedaan. Maar deze zaak is heel gecompliceerd.'

Cross glimlachte geruststellend. 'Je bent veel te waardevol voor ons. Nog één ding. Als Skannet belt om te controleren of er mensen van jouw zaak met hem praten, bevestig dat dan gewoon.'

Daarbij zonk Pollards hart hem in de schoenen. Echte problemen op til.

Cross zei: 'Vertel me nu al het andere dat je over hem weet.' Toen Pollard aarzelde, voegde Cross eraan toe: 'Ik geef je daarvoor straks iets terug.'

Pollard dacht even na. 'Skannet zegt dat hij een groot geheim weet dat Athena koste wat kost verborgen wil houden. Daarom heeft ze die aanklachten tegen hem ingetrokken. Een vreselijk geheim, en Skannet is dol op dat geheim. Cross, ik weet niet hoe of waarom je ermee te maken hebt, maar als je dat geheim kent, is je probleem misschien opgelost.'

Voor het eerst keek Cross hem zonder enige minzaamheid aan en begreep Pollard plotseling hoe Cross zijn reputatie had verdiend. Zijn blik was koud, als van een rechter die een doodvonnis velt.

Cross zei: 'Je weet waarom ik er belang in stel. Bantz moet je het verhaal verteld hebben. Hij heeft je ingehuurd om mijn achtergrond na te gaan. Maar weet jij of de studio iets over dat grote geheim?'

'Nee,' zei Pollard, 'niemand. Cross, ik doe mijn best voor je. Dat weet je.'

'Ja, dat weet ik,' zei Cross plotseling vriendelijk. 'Ik zal het makkelijker voor je maken. De studio wil dolgraag weten hoe ik Athena Aquitane weer aan het werk krijg. Dat zal ik je vertellen. Ik ga haar de helft van de winst op de film geven. En ik vind het best als je dat tegen ze zegt. Daar scoor je mee. Misschien krijg je wel een bonus.' Hij stak zijn hand in een bureaulade, haalde er een ronde leren zak uit en legde die in Pollards hand. 'Vijf mille aan zwarte fiches,' zei hij. 'Ik ben altijd bang dat je in het casino geld verliest als ik je vraag om naar mijn kantoor te komen.'

Hij had zich geen zorgen hoeven maken. Andrew Pollard wisselde de fiches bij het kassiershokje altijd om voor contant geld.

Leonard Sossa installeerde zich net in een beveiligde kantoor in het Xanadu-hotel, toen iemand hem Pollards identiteitskaart kwam brengen. Met zijn eigen gereedschap vervalste hij heel zorgvuldig vier identiteitskaarten van Pacific Ocean Security, compleet met speciale, uitklapbare vakjes voor bankbiljetten. Ze zouden een inspectie door Pollard niet doorstaan, maar dat was ook niet nodig. Pollard kreeg ze nooit te zien. Toen Sossa een paar uur later klaar was, reden twee mannen hem naar het jachthuis en installeerden ze hem diep in het bos in een bungalow.

Op de veranda van die bungalow zag hij die middag een hert en een beer passeren. 's Avonds maakte hij zijn gereedschap schoon en wachtte. Hij wist niet waar hij was en wat hij te doen kreeg, en wilde dat ook niet weten. Hij kreeg zijn honderdduizend per jaar en leidde het leven van een man in de open lucht. Hij doodde de tijd door de beer en het hert die hij gezien had, op honderd vellen papier te tekenen en de vellen vervolgens zodanig langs zijn duim te halen dat het net leek of het hert de beer achterna zat.

Lia Vazzi werd op een heel andere manier ontvangen. Cross omhelsde hem en gaf hem in zijn suite een diner. Tijdens Vazzi's jaren in Amerika had Cross dikwijls Vazzi's operaties geleid. Ondanks zijn eigen sterke karakter had Vazzi nooit geprobeerd de leiding over te nemen, en Cross had hem op zijn beurt behandeld met het respect dat een gelijke verdient.

In de loop van de jaren was Cross regelmatig voor een weekendvakantie naar het jachthuis gegaan en waren ze samen gaan jagen.

Vazzi vertelde verhalen over de moeilijkheden op Sicilië en over het verschil met in Amerika wonen. Cross had dat beantwoord door Vazzi en zijn gezin naar Las Vegas uit te nodigen, waar ze gratis in het Xanadu verbleven en een kredietplafond van vijfduizend dollar hadden – die Lia nooit hoefde te betalen.

Tijdens het eten praatten ze over koetjes en kalfjes. Het leven in Amerika verbaasde Vazzi nog steeds. Zijn oudste zoon studeerde af aan de Universiteit van Californië en wist niets over het geheime leven van zijn vader. Vazzi voelde zich daar onprettig bij. 'Soms denk ik dat hij geen druppel bloed van me heeft,' zei hij. 'Hij gelooft alles wat de professoren tegen hem zeggen. Hij gelooft dat vrouwen gelijk zijn aan mannen en dat de boeren gratis land moeten krijgen. Hij zit in de zwemploeg van het college. In mijn hele leven op Sicilië, en Sicilië is een eiland, heb ik nog nooit een Siciliaan zien zwemmen.'

'Behalve vissers die overboord slaan,' zei Cross lachend.

'Zelfs die niet,' zei Vazzi. 'Die verdrinken allemaal.'

Toen ze klaar waren met eten, kwamen ze terzake. Vazzi genoot nooit echt van het eten in Las Vegas maar was dol op de cognac en de havanna's. Cross stuurde hem altijd eens per jaar met Kerstmis een goede kist cognac en een doos dunne havanna's.

'Ik heb een heel moeilijke klus voor je,' zei Cross. 'Iets dat we heel intelligent moeten aanpakken.'

'Dat is altijd moeilijk,' zei Vazzi.

'Het moet in het jachthuis gebeuren,' zei Cross. 'We brengen daar een zeker iemand naartoe. Ik wil dat hij een paar brieven schrijft en informatie geeft.'

Hij zweeg en glimlachte om Vazzi's minachtende gebaar. Vazzi had vaak opmerkingen gemaakt over Amerikaanse films waarin de held of schurk informatie weigerde te geven. 'Bij mij leren ze zelfs Chinees spreken,' zei Vazzi altijd.

'Het probleem is,' zei Cross, 'dat op en in zijn lichaam niets zichtbaar mag zijn. Bovendien is die bepaalde persoon erg koppig.'

'Alleen vrouwen krijgen mannen kussend aan het praten,' zei Vazzi opgewekt. Hij genoot van zijn sigaar. 'Zo te horen ga je je er persoonlijk mee bemoeien.'

Cross zei: 'Dat kan niet anders. Je eigen ploeg zal je helpen, maar eerst moeten alle vrouwen en kinderen het jachthuis uit.'

Vazzi zwaaide met zijn sigaar. 'Die gaan naar Disneyland, onze steun en toeverlaat in voor- en tegenspoed. Daar sturen we ze altijd heen.'

'Naar Disneyland?' vroeg Cross lachend.

'Ik ben er nog nooit geweest,' zei Vazzi. 'Ik hoop erheen te gaan als ik sterf. Wordt het een communie of belijdenis?'

'Belijdenis,' zei Cross.

Toen sloegen ze spijkers met koppen. Cross legde Vazzi de operatie uit en vertelde hoe die moest worden uitgevoerd. 'Wat vind je ervan?' vroeg hij.

'Jij bent veel Siciliaanser dan mijn zoon en toch in Amerika geboren,' zei Vazzi. 'Maar wat gebeurt er als hij koppig blijft en niet wil geven wat je wilt?'

'Dan is het mijn schuld,' zei Cross. 'Plus de zijne. En die moeten we betalen. In dat opzicht zijn Amerika en Sicilië gelijk.'

'Dat is waar,' zei Vazzi. 'Net zoals China, Rusland en Afrika. Zoals de don vaak zegt: dan kunnen we allemaal naar de bodem van de zee zwemmen.'

9

Eli Marrion, Bobby Bantz, Skippy Deere en Melo Stuart verzamelden zich voor een spoedvergadering in Marrions huis. Andrew Pollard had Bantz verteld welk geheim plannetje De Lena had om Athena weer aan het werk te krijgen. Die informatie werd bevestigd door de rechercheur Jim Losey, die zijn bron weigerde te onthullen.
'We worden bedrogen,' zei Bantz. 'Melo, jij bent haar agent, jij bent voor haar en al je overige cliënten verantwoordelijk. Betekent dit dat al je acteurs midden in een film werk gaan weigeren tot ze de helft van de winst krijgen?'
'Alleen als je zo gek bent om dat te betalen,' zei Stuart. 'Laat die De Lena dat maar doen. Die blijft niet lang in het vak.'
Marrion zei: 'Melo, jij hebt het over strategie, wij hebben het over dit moment. Als Athena weer aan het werk gaat, hebben jullie ons onder schot, net als bankrovers. Sta je dat toe?'
Iedereen was verbaasd. Marrion kwam maar zelden zo snel terzake, zeker niet sinds hij bejaard was. Stuart schrok ervan.
'Athena weet van niets,' zei hij. 'Anders had ze het me verteld.'
Deere vroeg: 'Zou ze meedoen als ze het aanbod kende?'
Stuart zei: 'Ik zou haar aanraden om ja te zeggen, maar om haar aandeel met de studio te delen.'
Bantz zei kordaat: 'Dan zouden al haar gevoelens van angst nep zijn. Gelul kortom. En jij bent een smeerlap, Melo. Denk je dat de studio akkoord zou gaan met de helft van wat Athena van De Lena krijgt? Al dat geld is rechtens van ons. En misschien wordt ze bij De Lena wel rijk, maar dat betekent het einde van haar filmcarrière. Geen enkele studio huurt haar nog in.'
'In het buitenland wel,' zei Skippy. 'Die durven dat risico wel aan.'
Marrion pakte de telefoon en gaf hem aan Stuart. 'Dit is allemaal zinloos gepraat. Bel Athena. Vertel wat Cross De Lena haar gaat bieden en vraag of ze daar ja tegen gaat zeggen.'
Deere zei: 'Ze is het weekend weg.'
'Ze is terug,' zei Stuart. 'Ze gaat vaak weekeinden weg.' Hij drukte de knoppen op de telefoon in.

Het gesprek was heel kort. Stuart hing op en glimlachte. 'Ze zei dat ze zo'n aanbod niet gekregen heeft. En zo'n aanbod zou haar ook niet overhalen om weer aan het werk te gaan. Haar carrière kan haar geen moer schelen.' Hij zweeg even en zei toen bewonderend: 'Ik zou die Skannet wel eens willen zien. Iemand die een actrice zo bang kan maken dat ze haar carrière opgeeft, moet iets goeds in zich hebben.'
Marrion zei: 'Dat is dan geregeld. In een hopeloze situatie hebben we onze investering gered. Maar het is zonde. Athena was zo'n grote ster.'

Andrew Pollard had zijn instructies. Allereerst moest hij Bantz inlichten over Cross De Lena's bedoelingen met Athena. Vervolgens moest hij de surveillanceploeg van Skannet terugroepen. En ten slotte moest hij naar Boz Skannet en hem een voorstel doen.
Skannet liep in zijn hemd toen hij Pollard in zijn suite van het Beverly Hills Hotel binnenliet, en hij rook naar eau de cologne. 'Net klaar met scheren,' zei hij. 'Dit hotel heeft meer parfums in de badkamer dan een bordeel.'
'U hoort helemaal niet in de stad te zijn,' zei Pollard verwijtend.
Skannet gaf hem een klap op zijn rug. 'Dat weet ik, maar ik vertrek morgen. Ik moet nog een paar losse eindjes vastknopen.' De boosaardige vreugde in zijn stem en zijn zware lichaam zouden Pollard vroeger angst hebben aangejaagd, maar nu hij wist dat Cross zich ermee bemoeide, had hij alleen medelijden. Hij moest voorzichtig zijn.
'Het verbaast Athena niets dat u nog niet weg bent,' zei hij. 'Ze vindt dat de studio u niet begrijpt maar zij wel. Ze wil graag een persoonlijk gesprek met u. Ze denkt onder vier ogen een overeenkomst met u te kunnen sluiten.'
Toen hij even een golf van blijdschap over Skannets gezicht zag gaan, wist hij dat Cross gelijk had. Die vent was nog steeds verliefd en zou het verhaal slikken.
Boz Skannet was plotseling op zijn hoede. 'Dat is anders niets voor Athena. Ze kan me niet luchten of zien en dat begrijp ik best.' Hij lachte. 'Ze heeft haar knappe smoeltje gewoon nodig.'
Pollard zei: 'Ze wil een serieus aanbod doen. Een levenslange alimentatie. Desgewenst een percentage van haar inkomsten voor de rest van haar leven. Maar ze wil er met u persoonlijk en in vertrouwen over praten. En ze wil nog iets anders.'
'Ik weet wat ze wil,' zei Skannet. Hij had een merkwaardige blik in zijn ogen. Pollard had die blik ook bij treurige, berouwvolle verkrachters gezien.
'Om zeven uur,' zei Pollard. 'Twee mannen van mij komen u ophalen en brengen u naar de plaats van het gesprek. Ze blijven als lijfwachten bij haar. Het zijn twee van mijn beste mannen en ze zijn gewapend. Haal dus geen rare geintjes in uw hoofd.'

Skannet glimlachte. 'Maak je maar geen zorgen,' zei hij.
'Prima,' zei Pollard, en vertrok.
Toen de deur dicht was, schoot Skannets rechterhand omhoog. Hij zou Athena weer zien, met alleen twee halfzachte particuliere bewakers om haar te beschermen. Bovendien had hij het bewijs dat zíj het initiatief tot het gesprek had genomen. Hij overtrad dus niet het straatverbod van de rechter.
De rest van de dag droomde hij over hun hereniging. Die kwam werkelijk als een verrassing, en al nadenkend wist hij zeker dat Athena haar lichaam zou gebruiken om hem over te halen. Hij ging op bed liggen en stelde zich voor hoe het was om weer bij haar te zijn. Hij had haar lichaam helder voor ogen. Haar blanke huid, de bolling van haar buik, haar borsten met de roze tepels, haar ogen die zo groen waren dat ze wel een ander soort licht leken uit te stralen, haar warme, tere mond, haar adem, haar haren zo vuurrood als de zon die aan de avondhemel de kleur van rokerig koper kreeg. Even werd hij door zijn oude liefde overmand – zijn liefde voor haar intelligentie en haar moed, die hij tot angst had afgebroken. Toen streelde hij zich voor het eerst sinds hij zestien was. De heldere beelden van Athena voor zijn geestesoog joegen hem voort tot hij klaarkwam. Op dat ene moment was hij gelukkig en hield hij van haar.
Maar toen draaide alles weer terug. Hij schaamde zich en voelde zich vernederd. Hij haatte haar weer. Plotseling wist hij zeker dat het een valstrik was. En wat wist hij eigenlijk over die vent Pollard? Skannet kleedde zich snel aan en bekeek het kaartje dat Pollard hem gegeven had. Het kantoor lag op maar twintig minuten rijden van het hotel. Hij rende naar de hotelingang en een parkeerbediende bracht zijn auto.
Toen hij het gebouw van Pacific Ocean Security in liep, verbaasden de omvang en de luxe hem. Hij liep naar de receptie en zei wat hij wilde. Een gewapende bewaker bracht hem naar Pollards kantoor. Skannet zag dat de muren versierd waren met bekroningen van de politie van LA, de Vereniging tot Hulp aan Daklozen en andere organisaties, zoals de Amerikaanse padvinderij. Er hing zelfs een soort filmprijs.
Andrew Pollard keek hem verrast en een beetje bezorgd aan. Skannet stelde hem gerust.
'Ik kom je alleen maar vertellen,' zei hij, 'dat ik in mijn eigen auto naar de ontmoetingsplaats ga. Je mannen mogen meerijden en de weg wijzen.'
Pollard haalde zijn schouders op. Dat was zijn zaak niet. Hij had gedaan wat hem was opgedragen. 'Prima,' zei hij. 'Maar u had me ook gewoon kunnen bellen.'
Skannet grijnsde. 'Natuurlijk, maar ik wou je kantoor even zien. Bovendien wil ik Athena even bellen om te weten dat alles snor zit. Jij kunt haar vast wel voor me aan de telefoon krijgen, want ze neemt mijn telefoontje misschien niet aan.'

'Natuurlijk,' zei Pollard innemend. Hij pakte de telefoon. Hij wist niet wat er gaande was en hoopte diep in zijn hart dat Skannet het gesprek zou afblazen en hijzelf niet langer met Cross' plannen te maken had. Ook wist hij dat Athena niet rechtstreeks met hem wilde praten.
Hij draaide het nummer en vroeg naar Athena. Hij zette de luidspreker aan zodat Skannet kon meeluisteren. Athena's secretaresse vertelde dat Athena er niet was en pas de volgende dag werd terugverwacht. Hij legde de hoorn op de haak en keek Skannet met opgetrokken wenkbrauwen aan. Skannet leek blij.
Skannet wás ook blij. Hij had gelijk gehad. Athena wilde haar lichaam gebruiken om de afspraak rond te krijgen. Ze was van plan de nacht met hem door te brengen. Zijn rode gezichtshuid kreeg een bijna bronskleurige gloed door al het bloed dat naar zijn hersenen stroomde bij de herinnering aan de tijd toen ze jong was, toen ze van hem hield, toen hij van haar hield.

Die avond om zeven uur arriveerde Lia Vazzi met een van zijn soldaten bij het hotel. Skannet stond al te wachten en was klaar voor vertrek. Hij was jongensachtig maar heel netjes gekleed in een dikke spijkerbroek, een gebleekt blauw spijkerhemd en een wit sportjasje. Hij had zich met zorg geschoren en zijn haar was recht naar achteren gekamd. Zijn rode gezicht leek bleker en daardoor zachter dan anders. Lia Vazzi en zijn soldaat lieten Skannet hun vervalste identiteitskaarten van Pacific Ocean Security zien.
De mannen maakten niet veel indruk op hem. Twee onderdeurtjes van wie één met een licht accent, misschien Mexicaans. Van hen had hij niets te duchten. Die detectivebureaus waren een oplichterszootje. Dit was toch geen bescherming voor Athena?
Vazzi zei tegen Skannet: 'Ik heb begrepen dat u met uw eigen auto gaat. Ik rijd met u mee en mijn vriend volgt u in onze auto. Is dat wat u betreft akkoord?'
'Oké,' zei Skannet.
Toen ze uit de lift stapten en de lounge in liepen, hield Jim Losey hen staande. De rechercheur had op een sofa bij de open haard zitten wachten en hen op basis van een voorgevoel onderschept. Hij was daar gaan zitten om een oogje op Skannet te houden, want je wist maar nooit. Nu liet hij de mannen zijn penning zien.
Skannet keek ernaar en vroeg: 'Wat moet je hier?'
Jim Losey vroeg: 'Wie zijn die twee mannen die je bij je hebt?'
'Dat gaat je geen moer aan,' zei Skannet. Vazzi en zijn metgezel bleven zwijgen terwijl Losey hen aandachtig bekeek.
'Ik wil graag onder vier ogen iets tegen je zeggen,' zei Losey.
Skannet duwde hem opzij en Losey pakte zijn arm. Ze waren allebei groot

en zwaar. Skannet stond te trappelen om te vertrekken. Woedend en met harde stem zei hij tegen Losey: 'De aanklachten zijn ingetrokken en ik hoef niet met je te praten. En als je me niet loslaat, trap ik je in elkaar.'
Losey liet zijn hand zakken. Hij was allerminst geïntimideerd maar dacht verwoed na. De twee mannen bij Skannet hadden iets vreemds; er was iets aan de hand. Hij deed een stap opzij maar volgde hen naar de poort, waar de auto's van de hotelgasten naartoe werden gereden. Hij zag Skannet met Lia Vazzi in de auto stappen. De andere man was op de een of andere manier verdwenen. Losey merkte dat en wachtte tot hij een andere auto van het parkeerterrein zag vertrekken, maar tevergeefs.
Een poging om hen te volgen had geen zin, en ook een oproep om naar Skannets auto uit te kijken, diende tot niets. Hij overwoog of hij Skippy Deere het incident moest melden en besloot van niet. Maar één ding was zeker: als Skannet zich opnieuw misdroeg, kreeg hij spijt van zijn beledigingen van daarnet.

Het was een lange rit. Skannet bleef klagen en vragen stellen en dreigde zelfs terug te gaan. Maar Lia Vazzi stelde hem gerust. Skannet had te horen gekregen dat het gesprek in Athena's huis in de Sierra Nevada zou plaatsvinden en de instructie luidde dat ze daar de nacht zouden doorbrengen. Athena had erop gestaan het gesprek voor iedereen geheim te houden en wilde alles naar ieders tevredenheid regelen. Skannet wist niet wat dat betekende. Waarmee kon ze de haat verdrijven die de laatste tien jaar was gegroeid? Was ze stom genoeg om te denken dat ze hem met een nacht vrijen en een pak geld milder kon stemmen? Dacht ze dat hij simpel was? Hij had haar intelligentie altijd bewonderd, maar misschien was ze een van die arrogante Hollywood-actrices geworden die dachten dat ze met hun lichaam en hun geld alles konden kopen. Maar de gedachte aan haar schoonheid achtervolgde hem. Na al die jaren zou ze eindelijk weer naar hem glimlachen, zou ze charmant zijn, zou ze zich aan hem onderwerpen. Wat er ook gebeurde, de komende nacht wilde hij meemaken.

Lia Vazzi maakte zich geen zorgen over Skannets dreigementen om terug te gaan. Achter hem reden drie auto's als escorte mee, wist hij, en hij had zijn instructies. In geval van nood kon hij Skannet gewoon laten doden. Maar zijn instructies waren duidelijk: Skannet mocht sterven, maar op geen enkele manier gewond raken.
Ze reden de open poort door en Skannet verbaasde zich over de grootte van het jachthuis. Het leek wel een hotel. Hij stapte uit en strekte zijn armen en benen. Naast het huis stonden vijf of zes auto's, en ook dat verbaasde hem even.

Vazzi bracht hem naar de deur en maakte die open. Op dat moment hoorde Skannet nog meer auto's de oprijlaan op rijden. Hij zag drie auto's parkeren, en uit elk daarvan stapten twee mannen. Daarna bracht Lia hem door de hoofdingang van het huis naar de zitkamer met een enorme open haard. Daar zat op de sofa een man op hem te wachten die hij nooit eerder had gezien. Die man was Cross De Lena.

Wat er daarna gebeurde, gebeurde heel snel. Skannet vroeg kwaad: 'Waar is Athena?' Twee mannen grepen zijn armen, twee anderen zetten vuurwapens tegen zijn hoofd en de schijnbaar onschadelijke Lia Vazzi trok zijn benen onder zijn lichaam weg zodat hij op de grond viel.

Vazzi zei: 'Je gaat eraan als je niet precies doet wat ik zeg. Verzet je niet. Lig stil.'

Alweer een andere man bond Skannets benen samen en toen trokken ze hem zodanig overeind dat hij tegenover Cross stond. Het verbaasde Skannet hoe machteloos hij zich voelde, ook toen de mannen zijn armen loslieten. Zijn geboeide voeten leken al zijn lichaamskracht te neutraliseren. Hij haalde uit om die kleine klootzak minstens een knal te verkopen, maar Vazzi deed een stap naar achteren, en hoewel Skannet een klein sprongetje maakte, kon hij met zijn armen geen kracht zetten.

Vazzi bekeek hem met kalme minachting. 'We weten dat je gewelddadig bent,' zei hij, 'maar dit is een moment om je hersens te gebruiken. Aan kracht heb je niets.'

Skannet leek zijn raad op te volgen. Hij dacht verwoed na. Als ze hem hadden willen doden, hadden ze dat al gedaan. Ze wilden hem kennelijk intimideren om hem met iets te laten instemmen. Goed dan, hij zou instemmen. En daarna nam hij voorzorgen voor de toekomst. Eén ding wist hij zeker. Athena was bij een operatie als deze niet betrokken. Hij wendde zijn blik van Vazzi af en keek naar de man die op de sofa zat.

'Wie ben jij, verdomme?'

Cross zei: 'Ik wil je een paar dingen laten doen. Daarna mag je weer naar huis rijden.'

'En als ik dat niet doe, gaan jullie me martelen zeker?' Skannet lachte. Hij begon te denken dat hij in een halfgare Hollywood-scène verzeild was geraakt, een of andere slechte film voor de studio.

'Nee,' zei Cross rustig. 'Geen marteling. Niemand raakt je aan. Ik wil dat je aan die tafel gaat zitten en vier brieven voor me schrijft. Een aan LoddStone Studios met de belofte om nooit meer in de buurt van hun terrein te komen. Een aan Athena Aquitane met excuses voor je vroegere gedrag en waarin je zweert dat je nooit meer bij haar in de buurt komt. De volgende aan de politie, dat je zuur hebt gekocht voor een nieuwe aanval op je vrouw, en nog een brief aan mij waarin je vertelt welk geheim je weet over je vrouw. Simpel.'

Skannet sprong hobbelend in Cross' richting maar werd door een van de mannen omvergeduwd zodat hij languit op de andere sofa viel.
'Raak hem niet aan,' zei Cross scherp.
Skannet drukte zich met zijn armen overeind.
Cross wees naar een bureau, waar een stapel papier lag.
'Waar is Athena?' vroeg Skannet.
'Niet hier,' zei Cross. 'Iedereen de kamer uit, behalve Lia,' zei hij. De anderen liepen de deur uit.
'Ga aan het bureau zitten,' zei Cross tegen Skannet. Skannet deed het.
Cross zei tegen hem: 'Ik wil heel ernstig met je praten. Hou op met je pogingen om de harde jongen uit te hangen. Ik wil dat je luistert. Doe niets doms. Je hebt je handen vrij en daardoor denk je misschien dat je een hele piet bent. Ik wil alleen maar dat je die brieven schrijft; daarna ben je vrij.'
Skannet zei minachtend: 'Krijg de pest maar.'
Cross wendde zich tot Vazzi en zei: 'Zinloze tijdverspilling. Dood hem.'
Cross had dat heel kalm gezegd maar juist die achteloosheid had iets angstaanjagends. Op dat moment was Skannet bang zoals hij sinds zijn kinderjaren niet meer geweest was. Nu pas begreep hij de betekenis van al die mannen in dit huis, van de machten die zich tegen hem keerden. Lia Vazzi had zich nog niet verroerd. 'Oké, ik zal het doen.' Hij pakte een vel papier en begon te schrijven.
Listig genoeg schreef hij de brieven met zijn linkerhand; net als sommige sportlieden was hij met links bijna even vaardig als met rechts. Cross kwam achter hem staan en keek toe. Skannet schaamde zich voor zijn plotselinge lafheid en zette zich met zijn voeten schrap op de grond. Vol vertrouwen op zijn coördinatie nam hij zijn pen in zijn rechterhand en sprong hij op om Cross in zijn gezicht te steken. Hij hoopte het oog van die smeerlap te raken. Hij was bliksemsnel, zijn arm maakte een zwaai en zijn hele romp schoot naar voren, maar hij merkte verbaasd dat Cross met groot gemak buiten zijn bereik was gestapt. Toch probeerde Skannet zich ondanks zijn voetboeien te bewegen.
Cross keek hem kalm aan en zei: 'Iedereen heeft het recht op één stommiteit. Die heb je nu gehad. Leg je pen neer en geef mij die papieren.'
Skannet deed het. Cross bekeek de vellen papier en zei: 'Je hebt het geheim nog niet verteld.'
'Dat zet ik ook niet op papier. Laat die kerel opdonderen – hij gebaarde naar Vazzi – dan zal ik het je vertellen.'
Cross gaf de vellen papier aan Lia en zei: 'Zorg ervoor.'
Vazzi liep de kamer uit.
'Oké,' zei Cross tegen Skannet, 'laat het grote geheim maar eens horen.'

Vazzi liep het jachthuis uit en legde de honderd meter naar Leonard Sossa's bungalow rennend af. Sossa zat te wachten. Hij keek naar de twee vellen papier en zei vol afkeer: 'Dit is linkshandig. Ik kan geen linkshandig schrift doen. Cross weet dat.'
'Kijk dan nog maar eens,' zei Vazzi. 'Hij probeerde Cross met zijn rechterhand te steken.'
Sossa bekeek de bladzijden opnieuw. 'Ja,' zei hij. 'Die kerel is niet echt linkshandig. Hij heeft jullie voor de gek gehouden.'
Vazzi nam de papieren mee, ging weer naar het jachthuis en liep de bibliotheek in. Hij zag aan Cross' blik dat er iets was misgegaan. Cross maakte een verbijsterde indruk en Skannet lag op de sofa. Zijn geboeide benen lagen over de armleuning en hij glimlachte tevreden naar het plafond.
'Die brieven deugen niet,' zei Vazzi. 'Hij heeft ze met zijn linkerhand geschreven en volgens de analist is hij rechtshandig.'
Cross zei tegen Skannet: 'Ik kan niet tegen je op. Ik kan je niet bang maken en ik kan je niet laten doen wat ik wil. Ik geef het op.'
Skannet stond op van de sofa en zei boosaardig tegen Cross: 'Maar wat ik je verteld heb, is waar. Iedereen wordt verliefd op Athena, maar niemand kent haar zo goed als ik.'
Cross zei kalm: 'Je kent haar niet. En je kent mij niet.' Hij liep naar de deur en wenkte. Vier mannen kwamen de kamer in. Toen wendde Cross zich tot Lia. 'Je weet wat ik wil. Als hij het niet doet, ruim je hem uit de weg.' Hij liep de kamer uit.
Lia zuchtte zichtbaar van opluchting. Hij bewonderde Cross en had zich al die jaren graag naar hem geschikt, maar Cross was te geduldig. Natuurlijk muntten alle grote dons op Sicilië uit in geduld, maar ze wisten wanneer een grens was bereikt. Vazzi vermoedde dat Cross De Lena door een zacht, Amerikaans trekje nooit de top zou bereiken.
Vazzi wendde zich tot Skannet en zei op zijdezachte toon: 'Jij en ik, we beginnen.' Hij wendde zich tot de vier andere mannen: 'Boei zijn armen, maar voorzichtig. Verwond hem niet.'
De vier mannen stortten zich op Skannet. Een van hen haalde handboeien te voorschijn en even later was Skannet volstrekt machteloos. Vazzi drukte hem op zijn knieën op de grond en de andere mannen dwongen Skannet op zijn plaats te blijven.
'De komedie is voorbij,' zei Vazzi tegen Skannet. Zijn pezige lichaam leek ontspannen en hij klonk gemoedelijk. 'Je krabbelt die brieven met je rechterhand. Maar je mag ook weigeren.' Een van de mannen haalde een enorme revolver en een doos kogels te voorschijn en gaf ze aan Lia. Hij laadde de revolver maar liet eerst Skannet alle kogels zien. Hij liep naar het raam en schoot de revolver op het bos leeg. Toen liep hij weer naar Skannet

en deed er één kogel in. Hij liet de cilinder ronddraaien en hield het wapen onder Skannets neus.
'Ik weet niet waar de kogel zit,' zei Lia. 'Jij ook niet. Als je de brieven nog steeds niet wilt schrijven, haal ik de trekker over. Zeg maar ja of nee.'
Skannet keek Lia aan en zei niets. Lia haalde de trekker over. Ze hoorden alleen de klik van een lege kamer. Lia knikte goedkeurend. 'Ik zat voor je te duimen,' zei hij tegen Skannet.
Hij keek in de cilinder en stopte de kogel in de eerste kamer. Hij liep naar het raam en schoot. Van de knal leek de hele kamer te schudden. Lia liep weer naar de tafel, haalde een andere kogel uit de doos, stopte hem in de cilinder en draaide hem rond.
'We proberen het nog eens,' zei Lia. Hij hield de revolver onder Skannets kin. Ditmaal kromp Skannet ineen.
'Haal je baas terug,' zei Skannet. 'Ik heb hem nog een paar dingen te vertellen.'
'Nee,' zei Lia. 'Die malligheid hebben we gehad. Antwoord ja of nee.'
Skannet keek in Lia's ogen en zag daar geen dreigementen maar bedroefde spijt. 'Oké,' zei Skannet. 'Ik schrijf.'
Hij werd meteen overeind getrokken en aan het schrijfbureau gezet. Vazzi ging op de sofa zitten terwijl Skannet aan het schrijven was. Hij pakte de papieren van hem aan toen hij klaar was en ging naar Sossa's bungalow. 'Zijn ze oké?'
'Hier heb ik iets aan,' zei Sossa.
Vazzi ging weer naar het jachthuis en meldde zich bij Cross. Toen liep hij naar de bibliotheek en zei tegen Skannet: 'We hebben alles gehad. Ik rijd je naar LA terug zodra ik klaar ben.' Toen liep hij met Cross mee naar diens auto.
Cross zei: 'Je weet precies wat je doen moet. Wacht maar tot morgen. Dan ben ik in Las Vegas terug.'
'Maak je geen zorgen,' zei Vazzi. 'Ik dacht dat hij nooit zou schrijven. Wat een beest.' Hij zag Cross aan iets denken. 'Wat heeft hij tegen je gezegd toen ik weg was?' vroeg Vazzi. 'Iets dat ik moet weten?'
Cross zei met een woeste bitterheid die Vazzi nooit eerder had gehoord: 'Ik had hem meteen moeten vermoorden. Ik had dat risico moeten nemen. Ik vind het godverdomme vreselijk om altijd zo slim te moeten zijn.'
'Nou ja,' zei Vazzi, 'we hebben het achter de rug.'
Hij zag Cross de poort door rijden. Dit was een van de weinige keren in tien jaar dat hij heimwee naar Sicilië had. Op Sicilië raakten mannen nooit zo van streek over vrouwengeheimen. En op Sicilië zou er niet zoveel heisa zijn gemaakt. Skannet zou daar al een hele tijd geleden op de bodem van de zee hebben gelegen.

Bij zonsopgang stopte een dichte bestelwagen bij het jachthuis.
Lia Vazzi haalde het vervalste zelfmoordbriefje bij Leonard Sossa op en zette hem in de auto die hem naar Topanga Canyon zou terugbrengen. Vazzi maakte de bungalow schoon, verbrandde de brieven die Skannet geschreven had, en verwijderde alle sporen van bewoning. Leonard Sossa had tijdens zijn verblijf Cross noch Skannet gezien.
Toen maakte Lia Vazzi alles klaar voor Boz Skannets executie.
Zes mannen waren bij de operatie betrokken. Ze hadden Skannet geblinddoekt en hem een prop in de mond gedaan en zetten hem in de bestelwagen. Twee van de mannen stapten bij hem in de auto. Skannet was volstrekt machteloos, aan handen en voeten geboeid. Een derde man reed de bestelwagen en de vierde zat op de bijrijdersstoel. De vijfde reed Skannets auto. Lia Vazzi en de zesde man reden in een andere auto voorop.
Lia Vazzi zag de zon langzaam uit de schaduwen van de bergen oprijzen. De karavaan reed bijna honderd kilometer en sloeg toen af naar een weg die diep het bos in voerde.
Eindelijk hield de karavaan stil. Vazzi gaf nauwkeurig aan hoe Skannets auto geparkeerd moest worden. Toen liet hij Skannet uit de bestelwagen halen. Skannet verzette zich niet en leek zijn lot te aanvaarden. Hij had kennelijk begrepen wat hem te wachten stond, dacht Vazzi.
Vazzi haalde het touw uit de auto. Hij mat de lengte met zorg en hing het ene uiteinde over een dikke tak van een boom in de buurt. Twee mannen hielden Skannet overeind zodat hij de lus rond 's mans nek kon leggen. Vazzi haalde de twee zelfmoordbriefjes te voorschijn die Leonard Sossa vervalst had, en stak ze in de zak van Skannets jasje.
Er waren vier mannen nodig om Skannet op het dak van de bestelwagen te hijsen, maar toen stak Lia Vazzi zijn vuist in de richting van de chauffeur. De bestelwagen schoot naar voren. Skannet vloog van het dak en bleef bungelend hangen. Het geluid van zijn brekende nek weerkaatste door het bos. Vazzi controleerde het lijk en haalde de boeien weg. De andere mannen verwijderden de blinddoek en de prop. Er zaten wat schrammetjes rond zijn mond, maar na een paar dagen hangen in het bos zouden die onbelangrijk lijken. Hij bekeek de armen en benen op striemen. Ook hier waren zwakke sporen te zien, maar daaruit kon niemand iets afleiden. Hij was tevreden. Hij wist niet of het zou lukken, maar alles wat Cross bevolen had, was uitgevoerd.

Twee dagen later kreeg de sheriff van het district een anonieme tip en hij vond Skannets lijk. Hij moest er een nieuwsgierige bruine beer voor verjagen, die tegen het touw sloeg om het lijk heen en weer te laten zwaaien, en toen de lijkschouwer en zijn assistenten arriveerden, bleek de rottende huid van het lijk opgevreten door insekten.

Boek VI

Dood in Hollywood

10

Tien blote vrouwenkonten rezen eensgezind omhoog om het knipperende oog van de camera te begroeten. De film lag nog steeds in de ijskast, maar Dita Tommey hield in de opnamestudio audities voor een actrice. Ze zocht een kont die die van Athena Aquitane kon vervangen.

Athena had naaktscènes geweigerd en wilde geen blote tieten en achterste laten zien – een verbazingwekkende preutsheid bij een filmster, maar geen ramp. Dita verving haar tieten en achterste gewoon door die van een paar actrices die nu auditie deden.

Natuurlijk had ze de actrices hele scènes met dialogen laten doen. Ze wilde hen niet vernederen alsof het om porno ging. Maar de beslissende factor was het hoogtepunt van de seksscène, als ze rollebollend in bed hun naakte achterste naar de camera moesten steken. Haar choreograaf voor de seksscènes schetste hun gehups en gehops met acteur Steve Stallings.

Bobby Bantz en Skippy Deere sloegen de proefopnames samen met Dita Tommey gade. De enige andere mensen op de set waren de onmisbare crewleden. Tommey vond het niet erg dat Deere meekeek, maar wat deed Bobby Bantz hier eigenlijk? Ze had even overwogen om hem de toegang tot de set te verbieden, maar als *Messalina* werd afgeblazen, werd haar machtspositie heel zwak. Dan zou ze zijn welwillendheid goed kunnen gebruiken.

Bantz vroeg kribbig: ‘Wat zoeken we eigenlijk precies?’

De choreograaf voor de seksscènes, een jongeman genaamd Willis die ook de Los Angeles Ballet Company leidde, zei opgewekt: ‘De mooiste kont ter wereld. Maar ook met goeie spieren. We willen niks armoedigs en die kier mag niet open.’

‘Precies,’ zei Bantz. ‘Niks armoedigs.’

‘En de tieten?’ vroeg Deere.

‘Die mogen niet wippen,’ zei de choreograaf.

‘Morgen hebben we tietenauditie,’ zei Tommey. ‘Geen vrouw heeft volmaakte tieten en een volmaakte kont, behalve misschien Athena, maar die wil ze niet laten zien.’

Bantz zei sluw: 'Dat kun jij weten, Dita.'
Tommey vergat haar zwakke machtspositie. 'Bobby, als we een volmaakte lul zoeken, nemen we die van jou. Ze neukt niet met je, en daarom denk je dat ze een pot is.'
'Oké, oké,' zei Bantz. 'Ik heb nog honderd telefoontjes te behandelen.'
'Ik ook,' zei Deere.
'Ik geloof jullie niet,' zei Tommey.
Deere zei: 'Dita, leef een beetje mee. Wat voor verzetjes hebben Bobby en ik? We hebben het te druk voor golf. Films kijken is ons werk. Voor de schouwburg of de opera hebben we geen tijd. Als we ons aan onze gezinnen hebben gewijd, hebben we misschien nog krap een uurtje per dag voor iets leuks. Wat doe je in dat ene uurtje per dag? Vrijen. Dat is de minst arbeidsintensieve ontspanning.'
'Wauw, Skippy, moet je die zien,' zei Bobby. 'Dat is de mooiste kont die ik ooit gezien heb.'
Deere knikte verbaasd. 'Bobby heeft gelijk. Dita, die moet je hebben. Neem haar aan.'
Tommey schudde ongelovig haar hoofd. 'Jezus, jullie lijken wel imbecielen,' zei ze. 'Die kont is zwart.'
'Neem haar toch maar aan,' zei Deere bruisend van enthousiasme.
'Ja,' zei Bantz. 'Een Ethiopische slavin voor Messalina. Maar waarom doet ze in jezusnaam auditie?'
Dita Tommey bekeek de twee mannen nieuwsgierig. Hier stonden twee van de hardste mannen van het filmvak, met meer dan honderd telefoontjes voor de boeg, als twee tieners die hun eerste orgasme zochten. Ze zei geduldig: 'Als we castingbureaus bellen, mogen we niet zeggen dat we alleen blanken zoeken.'
Bantz zei: 'Dat meisje wil ik ontmoeten.'
'Ik ook,' zei Deere.
Maar de conversatie stokte toen Melo Stuart de set op kwam. Hij glimlachte triomfantelijk. 'We kunnen allemaal weer aan het werk,' zei hij. 'Athena komt terug. Boz Skannet heeft zich verhangen. Boz Skannet, de set af.' Terwijl hij dat zei, klapte hij in zijn handen zoals de crew altijd klapte als een acteur klaar was met zijn rol. Skippy en Bantz klapten mee. Dita Tommey keek hen alledrie walgend aan.
'Eli wil jullie tweeën direct spreken,' zei Melo. 'Jou niet, Dita,' zei hij verontschuldigend. 'Het wordt een gewoon zakelijk gesprek zonder creatieve beslissingen.' De mannen liepen de studio uit.
Toen ze weg waren, liet Dita Tommey het meisje met het mooie achterste naar haar caravan komen. Ze was heel knap, niet bruin maar diepzwart, en vertoonde een onbeschaamde levendigheid die Dita als aangeboren en niet gespeeld herkende.

'Ik geef je de rol van een Ethiopische slavin van keizerin Messalina,' zei Dita. 'Je krijgt één regel tekst maar je moet vooral je kont laten zien. Helaas hebben we ter vervanging van mevrouw Aquitane een blank achterste nodig, anders had je misschien wel de film gestolen.' Ze glimlachte het meisje vriendelijk toe. 'Falene Fant is een goeie filmnaam.'
'Nou oké,' zei het meisje. 'Bedankt. Voor het complimentje en voor het werk.'
'Nog iets,' zei Dita. 'Volgens Skippy Deere, onze producent, heb je de mooiste kont ter wereld. De heer Bantz, president-directeur en produktieleider van de studio, vindt dat ook. Je hoort nog wel van ze.'
Falene Fant glimlachte ondeugend. 'En wat vind jij?' vroeg ze.
Dita Tommey haalde haar schouders op. 'Ik ben niet zo geïnteresseerd in achtersten als mannen. Maar ik vind je charmant en een heel goede actrice. Zo goed zelfs dat je volgens mij wel meer dan één regel tekst aankunt. En als je vanavond bij mij thuis komt, praten we over je carrière. Ik zorg wel voor het eten.'
Toen Dita Tommey en Falene Fant die avond twee uur in bed hadden gelegen, maakte Dita het eten klaar en praatten ze over Falenes carrière.
'Ik vond het leuk,' zei Dita, 'maar ik denk dat we van nu af aan gewone vriendinnen moeten zijn en dit verder geheim moeten houden.'
'Best hoor,' zei Falene. 'Maar iedereen weet dat je een pot bent. Komt het door mijn zwarte kont?' Ze grijnsde.
Dita negeerde het woord 'pot', een weloverwogen onbeschaamdheid om haar voor haar schijnbare afwijzing betaald te zetten. 'Je hebt een fantastische kont – zwart, blank, groen of geel,' zei Dita. 'Maar je hebt ook echt talent. Als ik jou in mijn films blijf zetten, krijg je voor je talent geen erkenning. En ik maak maar elke twee jaar een film. Je zult meer werk moeten vinden dan dat. De meeste regisseurs zijn mannen, en als ze iemand zoals jij een rol geven, hopen ze altijd op een wip. Als ze denken dat je een pot bent, laten ze je misschien schieten.'
'Wat heb ik aan regisseurs als ik al een producent en een studiobaas heb?' vroeg Falene opgewekt.
'Een heleboel,' zei Dita. 'De anderen kunnen je een voet tussen de deur geven, maar de regisseur kan je op de vloer van de montagekamer laten liggen. Of hij kan je zo opnemen dat je er belazerd uitziet en klinkt.'
Falene schudde treurig haar hoofd. 'Ik moet Bobby Bantz en Skippy Deere neuken, en met jou heb ik al geneukt. Is dat absoluut nodig?' Ze sperde haar ogen onschuldig open.
Dita was op dat moment echt op haar gesteld. Het was een meisje dat niet verontwaardigd probeerde te zijn. 'Ik heb het vanavond fantastisch gehad,' zei ze. 'Je raakte precies de juiste snaar.'

'Nou ja, ik heb nooit begrepen waarom iedereen zoveel drukte maakt over seks,' zei Falene. 'Ik heb er geen moeite mee. Ik neem geen drugs, ik drink niet veel. Af en toe moet ik een verzetje hebben.'
'Prima,' zei Dita. 'Nog even over Deere en Bantz. Deere is de beste van de twee en ik zal je vertellen waarom. Deere is verliefd op zichzelf en dol op vrouwen. Hij zal echt iets voor je doen. Hij zal een goede rol voor je vinden, want hij is slim genoeg om je talent te zien. Maar Bantz houdt van niemand, behalve van Eli Marrion. Bovendien heeft hij geen smaak en geen oog voor talent. Bantz geeft je een contract met de studio en laat je dan stikken. Dat doet hij ook met zijn vrouw, om haar rustig te houden. Ze krijgt veel werk en het beste betaald, maar nooit een fatsoenlijke rol. Maar als Skippy Deere je aardig vindt, doet hij iets voor je carrière.'
'Dat klinkt allemaal nogal berekenend,' zei Falene.
Dita tikte op haar arm. 'Mij hoef je niks wijs te maken. Ik ben een pot maar ook een vrouw. En ik ken de acteurs. Of ze nu mannen of vrouwen zijn, iedereen doet alles om hogerop te komen. Voor iedereen is de inzet hoog. Wil je een baantje van negen tot vijf in Oklahoma of filmster worden en in Malibu wonen? Ik heb op je formulier gezien dat je drieëntwintig bent. Hoeveel mensen heb je al geneukt?'
'Met jou erbij?' vroeg Falene. 'Een stuk of vijftig. Maar allemaal voor de lol,' zei ze gespeeld verontschuldigend.
'Van nog een paar extra loop je dus geen trauma's op,' zei Dita. 'En wie weet wordt het nog wel leuk ook.'
'Weet je,' zei Falene, 'ik zou het niet doen als ik niet zo zeker wist dat ik filmster wil worden.'
'Natuurlijk niet,' zei Dita. 'Dat zou niemand.'
Falene lachte. 'En jij?' vroeg ze.
'Ik had die keus helemaal niet,' zei ze. 'Ik heb het gered op mijn overweldigende talent.'
'Arme stakker,' zei Falene.

In LoddStone Studios verzamelden Bobby Bantz, Skippy Deere en Melo Stuart zich voor de vergadering met Eli Marrion in diens kantoor. Bantz was razend. 'Die stomme lul jaagt eerst iedereen de doodsschrik op het lijf en pleegt dan zelfmoord.'
Marrion zei tegen Stuart: 'Melo, je cliënt gaat weer aan het werk, neem ik aan?'
'Natuurlijk,' zei Melo.
'Ze heeft geen verdere eisen meer en geen extra aanmoedigingen nodig?' vroeg Marrion met zachte, dodelijke stem. Melo Stuart merkte nu pas dat Marrion woedend was.

'Nee,' zei Melo. 'Ze kan morgen beginnen.'
'Fantastisch,' zei Deere. 'Dan blijven we misschien toch nog binnen het budget.'
'Ik wil dat iedereen zijn bek houdt en naar me luistert,' zei Marrion. Zijn onkarakteristieke grofheid bracht iedereen tot zwijgen.
Marrion sprak zoals gewoonlijk zacht, maar zijn woede was onmiskenbaar. 'Skippy, wat kan het ons verdomme schelen of die film binnen het budget blijft? Die film is niet meer van ons. We zijn in paniek geraakt en hebben een stomme fout gemaakt. Dat is de schuld van ons allemaal. De film is niet van ons maar van een buitenstaander.'
Skippy Deere probeerde hem te onderbreken. 'LoddStone gaat aan de distributie een fortuin verdienen. En jullie krijgen een percentage van de winst. Het is nog steeds een heel goede overeenkomst.'
'Maar De Lena krijgt meer geld dan wij,' zei Bantz. 'Dat klopt niet.'
'Het punt is dat De Lena niets heeft gedaan om het probleem op te lossen,' zei Marrion. 'De studio moet ergens een wettige basis hebben om de film terug te krijgen.'
'Dat klopt,' zei Bantz. 'Laat hem maar de pest krijgen en naar de rechter stappen.'
Marrion zei: 'We dreigen met de rechter en sluiten dan een overeenkomst. We geven hem zijn geld terug plus tien procent van het herziene bruto.'
Deere lachte. 'Eli, Molly Flanders zorgt heus wel dat hij daarmee niet akkoord gaat.'
'We onderhandelen rechtstreeks met De Lena,' zei Marrion. 'Ik denk dat ik hem wel kan overhalen.' Hij zweeg even. 'Ik heb hem gebeld zodra ik het nieuws hoorde. Hij komt straks hierheen. En jullie weten dat hij een bepaalde achtergrond heeft. Deze zelfmoord komt hem veel te goed uit, en ik denk niet dat hij veel trek heeft in de publiciteit die een rechtszaak meebrengt.'

In het penthouse las Cross De Lena de krantenberichten over Skannets dood. Alles was volmaakt verlopen. Het was een duidelijk geval van zelfmoord. De twee afscheidsbriefjes op het lijk bewezen dat. Handschriftexperts konden de vervalsing met geen mogelijkheid ontdekken. Boz Skannet had niet veel correspondentie nagelaten en Leonard Sossa was te goed. De boeien rond Skannets benen en armen waren met opzet niet te strak gemaakt en hadden geen sporen achtergelaten. Lia Vazzi was een expert.
Het eerste telefoontje dat Cross ontving, verwachtte hij al. Giorgio Clericuzio ontbood hem naar het huis van de Familie in Quogue. Cross had zich nooit wijsgemaakt dat de Clericuzio's niet zouden ontdekken waar hij mee bezig was.

Het tweede telefoontje kwam van Eli Marrion. Hij vroeg Cross zonder zijn advocaat naar Los Angeles te komen. Cross beloofde dat. Maar voordat hij uit Las Vegas vertrok, belde hij Molly Flanders om haar over Marrions telefoontje te vertellen. 'Die smerige hufters,' zei ze. 'Ik haal je van het vliegtuig en we gaan er samen heen. Zeg nooit goeiemorgen tegen een studiobaas zonder je advocaat.'

Toen ze samen Marrions kantoor in LoddStone Studios betraden, wisten ze dat er problemen op til waren. De vier die daar zaten te wachten, hadden de ernstige en vechtlustige blik van mannen die hun spierballen spannen.

'Ik heb besloten mijn advocaat toch mee te brengen,' zei Cross tegen Marrion. 'Ik hoop dat je dat niet vervelend vindt.'

'Zoals je wilt,' zei Marrion. 'Ik wilde je alleen een mogelijk onaangename situatie besparen.'

Een boze en streng kijkende Molly Flanders zei: 'Hier gaan we nog veel lol aan beleven. Jullie willen de film terug, maar ons contract is waterdicht.'

'Daar heb je gelijk in,' zei Marrion. 'Maar we gaan een beroep doen op Cross' gevoel voor redelijkheid. Hij heeft niets gedaan om het probleem op te lossen terwijl LoddStone Studios een aanzienlijke hoeveelheid tijd, geld en creatief talent geïnvesteerd heeft. Zonder dat zou de film onmogelijk zijn geweest. Cross krijgt zijn geld terug. Hij krijgt tien procent van het herziene bruto en we zullen royaal zijn bij de vaststelling van de herziening. Hij loopt geen enkel risico.'

'Hij heeft zijn risico al overleefd,' zei Molly. 'Je voorstel is beledigend.'

'Dan stappen we naar de rechter,' zei Marrion. 'Cross, ik ben ervan overtuigd dat jij dat even idioot vindt als wij.' Hij glimlachte naar Cross. Het was een vriendelijke glimlach, waardoor zijn gorillagezicht iets engelachtigs kreeg.

Molly was razend. 'Eli, jij gaat twintig maal per jaar naar de rechter omdat het met jou altijd hetzelfde gelazer is.' Ze wendde zich tot Cross en zei: 'We gaan weg.'

Cross wist dat hij zich geen lang proces kon veroorloven. Zijn aankoop van de film, gevolgd door Skannets wel erg gelegen komende dood, zou tegen het licht gehouden worden. Ze zouden zijn hele achtergrond overhoop halen en hem op zo'n manier in de kijker zetten dat hij veel te veel aandacht trok. Dat had de oude don nog nooit geduld. Het was overduidelijk dat Marrion dat allemaal wist.

'Laten we nog even blijven,' zei Cross tegen Molly. Toen wendde hij zich tot Marrion, Bantz, Skippy Deere en Melo Stuart. 'Als een gokker naar mijn hotel komt, een groot risico neemt en wint, betaal ik hem alles uit. Dan zeg ik niet dat ik hem alleen zijn inzet teruggeef. En dat zijn de heren hier aan het doen. Waarom heroverwegen jullie de zaak niet?'

Bantz zei minachtend: 'We zijn hier niet aan het gokken.'
Melo Stuart zei sussend tegen Cross: 'Je maakt minstens tien miljoen dollar op je investering. Dat is toch heel behoorlijk?'
'En je hebt er niet eens iets voor gedaan,' zei Bantz.
Alleen Skippy Deere leek aan zijn zijde te staan. 'Cross, je verdient meer. Maar wat ze je bieden, is beter dan een zaak voor de rechter brengen, met het risico dat je verliest. Geef op dit punt toe. Later doe ik weer zaken zonder de studio en ik beloof dat ik je zal matsen.'
Cross wist hoe belangrijk het was om geen dreigende indruk te maken. Hij glimlachte berustend. 'Misschien hebben jullie wel gelijk,' zei hij. 'Ik wil in de filmwereld met iedereen op goede voet blijven en tien miljoen winst is geen slechte start. Molly, zorg jij voor de papieren. Maar nu moet ik mijn vliegtuig halen. Ik hoop dat jullie me willen excuseren.' Hij liep de kamer uit en Molly kwam achter hem aan.
'We kunnen het voor de rechter winnen,' zei Molly tegen hem.
'Ik wil niet naar de rechter,' zei Cross. 'Sluit de overeenkomst.'
Molly keek hem aandachtig aan en zei toen: 'Oké, maar ik sleep er meer uit dan tien procent.'

Toen Cross de volgende dag bij het huis in Quogue aankwam, zaten don Domenico Clericuzio, zijn zoons Giorgio, Vincent en Petie en kleinzoon Dante op hem te wachten. Ze lunchten in de tuin: koude Italiaanse hammen en kazen, een enorme houten bak met sla en lange, knapperige Italiaanse broden. De don had een kom geraspte kaas onder handbereik. Onder het eten zei de don gemoedelijk: 'Croccifixio, we hebben gehoord dat je in de filmindustrie bezig bent.' Hij zweeg om een slokje rode wijn te nemen. Toen at hij een lepel geraspte Parmezaanse kaas.
'Dat klopt,' zei Cross.
Giorgio vroeg: 'Is het waar dat je aandelen in het Xanadu hebt gebruikt om een film te financieren?'
'Daartoe heb ik het recht,' zei Cross. 'Ik ben immers jullie *bruglione* in het westen.' Hij lachte.
'*Bruglione* is het goeie woord,' zei Dante.
De don wierp een misprijzende blik op zijn kleinzoon. Tegen Cross zei hij: 'Je bent bij een hoogst ernstige zaak betrokken geraakt zonder de Familie te raadplegen. Je hebt onze wijsheid niet willen horen. Het allerbelangrijkste is dat je een gewelddadige actie hebt uitgevoerd die ernstige openbare repercussies kan hebben. Op dat punt zijn onze gewoontes duidelijk. Je moet onze instemming vragen, of je eigen weg gaan en de gevolgen dragen.'
'En je hebt middelen van de Familie gebruikt,' zei Giorgio onverbiddelijk. 'Het jachthuis in de Sierra. Je hebt Lia Vazzi, Leonard Sossa en Andrew

Pollard met zijn bewakingsbedrijf ingezet. Natuurlijk zijn dat jouw mensen in het westen, maar ze zijn ook middelen van de Familie. Gelukkig is alles uitstekend afgelopen, maar als dat niet zo was? Dan zouden we allemaal in gevaar zijn geweest.'

Don Clericuzio zei ongeduldig: 'Dat weet hij allemaal. De vraag is waarom. Neef, jaren geleden heb je gevraagd niet te hoeven deelnemen aan het noodzakelijke werk dat sommige mannen moeten doen. Ik heb toen ja gezegd ondanks het feit dat je heel waardevol bent. Nu doe je hetzelfde voor je eigen gewin. Dat is anders dan ik mijn geliefde neef altijd gekend heb.'

Op dat moment wist Cross dat de don hem niet afwees. Hij wist dat hij niet de waarheid kon vertellen, namelijk dat hij door Athena's schoonheid was verleid. Dat zou geen redelijke uitleg zijn en was zelfs beledigend. Mogelijk dodelijk. Wat kon onvergeeflijker zijn dan dat de aantrekkingskracht van een vreemde vrouw zwaarder woog dan zijn Familietrouw? Hij formuleerde met grote zorg. 'Ik zag een mogelijkheid om veel geld te verdienen,' zei hij. 'Ik zag kans om een bruggehoofd in een nieuwe bedrijfstak te krijgen. Voor mij en voor de Familie. Een bedrijfstak waarin zwart geld kan worden witgewassen. Maar ik moest snel handelen. Natuurlijk wilde ik dat niet geheimhouden, en het bewijs daarvan is dat ik middelen van de Familie heb gebruikt, wat jullie ongetwijfeld zouden ontdekken. Ik wilde met voldongen feiten hierheen komen.'

De don glimlachte naar hem toen hij vriendelijk vroeg: 'En zijn de feiten voldongen?'

Cross kreeg direct het gevoel dat de don alles wist. 'Er is nog één probleem,' zei Cross. Hij legde de nieuwe overeenkomst uit die hij met Marrion had gesloten, en was verrast toen de don hardop begon te lachen.

'Precies goed gedaan,' zei de don. 'Een rechtszaak had een ramp kunnen worden. Ze mogen hun overwinning houden. Maar wat zijn het toch schooiers. Het is maar goed dat we altijd uit die bedrijfstak zijn gebleven.' Hij zweeg even. 'In elk geval heb je je tien miljoen dollar verdiend. Dat is een mooi bedrag.'

'Nee,' zei Cross. 'Vijf voor mij en vijf voor de Familie natuurlijk. Ik vind dat we ons niet zo makkelijk moeten laten ontmoedigen. Ik heb plannen, maar daarbij heb ik de hulp van de Familie nodig.'

'Dan moeten we een betere verdeling afspreken,' zei Giorgio. Hij is net als Bantz, dacht Cross, hij wil altijd meer.

De don onderbrak hem ongeduldig. 'Eerst vangen we het konijn en daarna verdelen we het. Je hebt de zegen van de Familie. Maar nog één ding. Volledige discussie over elke drastische stap die ondernomen wordt. Begrijp je me, neef?'

'Ja,' zei Cross.

Hij verliet Quogue met een opgelucht gevoel. De don had hem zijn genegenheid getoond.

Don Domenico Clericuzio was al boven de tachtig maar leidde zijn imperium nog steeds. Een wereld die hij met veel toewijding en grote offers geschapen had. Hij vond dan ook dat hij die wereld verdiend had.
Op deze eerbiedwaardige leeftijd zijn de meeste mannen geobsedeerd door onvermijdelijke zonden, door hun spijt over verloren dromen en zelfs door twijfels aan hun eigen rechtschapenheid. Maar de don was nog even onwrikbaar in zijn deugd als toen hij veertien was.
Don Clericuzio had strikte opvattingen en strikte oordelen. God had een gevaarlijke wereld geschapen en de mensheid maakte die nog gevaarlijker. Gods wereld was een gevangenis waarin de mens zijn dagelijks brood moest verdienen, en zijn medemens was een mededier – een vleeseter zonder genade. Don Clericuzio was er trots op dat hij zijn geliefden veilig door hun levensreis had geloodst.
Hij was tevreden over het feit dat hij op zijn hoge leeftijd nog steeds de wilskracht had om over zijn vijanden het doodvonnis uit te spreken. Natuurlijk vergaf hij hen – was hij soms geen christen die in zijn eigen huis een kapel had laten bouwen? Maar hij vergaf zijn vijanden zoals God alle mensen vergeeft en hen tegelijk tot de onvermijdelijke ondergang verdoemt.
In de wereld die don Clericuzio had geschapen, werd hij vereerd. Zijn familie, de duizenden die in de Bronx-enclave woonden, de *bruglionesdie* gebieden regeerden en hun geld aan hem toevertrouwden, kwamen om zijn tussenkomst vragen als ze problemen met de officiële samenleving hadden. Ze wisten dat de don rechtvaardig was. Dat ze in tijden van armoede, ziekte of andere moeilijkheden bij hem terecht konden en dat hij hun tegenspoed te lijf zou gaan. Daarom hielden ze van hem.
De don wist dat liefde heel diep kan zijn maar nooit een betrouwbare emotie is. Liefde garandeert geen dankbaarheid, garandeert geen gehoorzaamheid, verschaft geen harmonie in een zo moeilijke wereld. Niemand begreep dat beter dan don Clericuzio. Wie tot échte liefde wilde inspireren, moest ook vrees inboezemen. Liefde alleen was iets verachtelijks, en zonder vertrouwen en gehoorzaamheid niets waard. Welk nut had liefde voor hem als zijn heerschappij niet erkend werd?
Want hij was verantwoordelijk voor hun leven, was de wortel van hun voorspoed, en mocht dus niet wankelen in zijn plichtsbetrachting. Hij moest in zijn oordelen strikt zijn. Als een man hem verried, als een man de integriteit van zijn wereld schaadde, dan moest die man bestraft en ingeperkt worden, zelfs als dat de doodstraf inhield. Excuses, verzachtende omstandigheden, smeekbeden om medelijden bestonden niet. Wat gedaan moest worden,

moest gedaan worden. Zijn zoon Giorgio had hem ooit archaïsch genoemd. Hij aanvaardde dat daaraan niets te veranderen viel.
Nu had hij veel om over na te denken. In de vijfentwintig jaar sinds de Santadio-oorlog waren zijn plannen goed verlopen. Hij had ver vooruit gekeken, was listig geweest, had geweld gebruikt als dat nodig was en genade betoond als dat veilig kon. De Clericuzio-Familie stond nu op het hoogtepunt van haar macht en leek tegen elke aanval bestand. Spoedig zou de Familie in het wettige weefsel van de samenleving opgaan en onkwetsbaar worden.
Maar don Domenico had het niet met kortzichtig optimisme zo lang overleefd. Kwaadaardig onkruid zag hij al voordat het opschoot. Het grote gevaar was nu intern: de opkomst van Dante, die langzaam volwassen werd op een manier die de don niet echt bevredigend vond.
Vervolgens Cross, die door Gronevelts erfenis rijk was geworden en nu zonder supervisie van de Familie aan een belangrijke manoeuvre bezig was. De jongeman was zo briljant begonnen en werd bijna een gekwalificeerd man zoals zijn vader Pippi. Maar de klus met Virginio Ballazzo had een pietje precies van hem gemaakt. En toen de Familie hem vanwege zijn tedere hart had vrijgesteld van operationele taken, had hij zich weer voor persoonlijk gewin op dat terrein begeven en die Skannet gedood. Zonder toestemming van de don. Maar don Clericuzio excuseerde zich met een van zijn zeldzame opwellingen van sentimentaliteit voor het feit dat hij deze daden door de vingers zag. Cross probeerde aan zijn wereld te ontsnappen en een andere te betreden. Hoewel die daden het zaad van het verraad in zich konden bergen, begreep don Clericuzio het. Toch konden Pippi en Cross samen nog steeds een bedreiging voor de Familie zijn. Ook was de don zich wel degelijk bewust van Dantes haat jegens de De Lena's. Pippi was te slim om dat niet eveneens te weten, en Pippi was een gevaarlijk man. Ondanks zijn bewezen trouw moest hij in het oog worden gehouden.
De verdraagzaamheid van de don kwam voort uit zijn genegenheid voor Cross en zijn liefde voor Pippi, zijn oude en trouwe soldaat en zoon van zijn zuster. Uiteindelijk had hij Clericuzio-bloed in zijn aderen. Hij maakte zich werkelijk meer zorgen over het gevaar dat Dante voor de Familie betekende.
Don Clericuzio was voor Dante altijd een heel liefdevolle en toegenegen grootvader geweest. De twee waren bijzonder close met elkaar totdat de jongen een jaar of tien oud was en er een zekere verwijdering ontstond. De don ontdekte in het karakter van de jongen trekken die hem zorgen baarden.
De tienjarige Dante was een uitgelaten kind met gevoel voor humor geweest. Hij was goed in sport en had een fantastische lichaamscoördinatie.

Hij praatte graag, vooral met zijn grootvader, en had lange, geheime gesprekken met zijn moeder Rose Marie. Maar na zijn tiende levensjaar werd hij kwaadaardig en wreed. Als hij met jongens van zijn eigen leeftijd vocht, deed hij dat met een ongepaste felheid. Hij plaagde meisjes meedogenloos en met een schunnigheid die even grappig als schokkend was. Hij martelde kleine dieren – wat bij kleine jongens niet veel hoefde te betekenen, zoals de don wist – maar probeerde ook een keer een kleinere jongen in het schoolzwembad te verdrinken. En ten slotte werd hij ongehoorzaam jegens zijn grootvader.

Niet dat de don over dat soort dingen erg hard oordeelde. Kinderen waren immers dieren en de beschaving moest er via hun hoofden en achtersten worden ingestampt. Kinderen zoals Dante waren later heiligen geworden. Wat de don verontrustte, waren zijn spraakzaamheid, zijn lange gesprekken met zijn moeder en vooral zijn kleine ongehoorzaamheden aan de don zelf. Wat de don, die diep ontzag had voor de grillen van de natuur, bijvoorbeeld ook zorgen baarde, was dat de vijftienjarige Dante ophield met groeien. Hij bleef bijna een meter zestig lang. Alle geraadpleegde artsen zeiden dat hij misschien nog vijf of tien centimeter zou groeien, maar nooit de normale Clericuzio-lengte van een meter tachtig zou halen. De don beschouwde Dantes kleine postuur als een teken van gevaar, en dat vond hij ook van tweelingen: hij stelde dat de geboorte een gezegend wonder was, maar dat een tweeling te ver ging. In de Bronx-enclave had een soldaat gewoond die een drieling had gekregen, en de geschokte don kocht daarop een kruidenierszaak in Portland, Oregon; voor hem een goede maar wel eenzame inkomstenbron. De don was ook bijgelovig inzake linkshandige mensen en stotteraars. Niemand was het met hem eens, maar het konden geen goede voortekenen zijn. Dante was van nature linkshandig.

Zelfs dit alles zou de don niet voor zijn kleinkind op zijn hoede hebben gemaakt of afbreuk hebben gedaan aan zijn liefde. Iedereen met zijn bloed viel er vanzelfsprekend buiten. Maar naarmate Dante opgroeide, botste hij steeds heviger met de toekomstdromen van de don.

Dante ging als zestienjarige van school en stak zijn neus direct in Familiezaken. Hij ging in het restaurant van Vincent werken. Hij was een populaire kelner en verdiende met zijn humor en scherpe verstand enorme fooien. Toen hij daar genoeg van had, werkte hij twee maanden in Giorgio's kantoor op Wall Street, maar hij had een afkeer van het werk daar en bleek ongeschikt ondanks Giorgio's ernstige pogingen om hem de finesses van de papieren rijkdom bij te brengen. Uiteindelijk kwam hij in Peties bouwbedrijf terecht, en hij vond het heerlijk om met de Enclave-soldaten te werken. Hij was trots op zijn lichaam, dat steeds gespierder werd. Maar bij dat alles ontwikkelde hij tot op zekere hoogte kenmerken van zijn drie ooms, hetgeen de don met trots vaststelde. Hij had Vincents directheid, Giorgio's koelheid en Peties agressie. In de loop van de jaren ontwikkelde hij op zeker moment de persoonlijkheid die hij werkelijk was: sluw, listig, onoprecht maar met een gevoel voor humor dat heel charmant kon zijn. Dat was het moment waarop hij zijn renaissancepetten ging dragen.

De petten – niemand wist waar hij ze kocht – waren van een kleurig, iriserend garen gemaakt. Sommige waren rond, andere rechthoekig, en allemaal zaten ze op zijn hoofd alsof ze op water dreven. Ze maakten hem langer, knapper en aardiger. Deels omdat ze clownesk en ontwapenend waren, deels omdat ze zijn twee profielen in evenwicht hielden. De petten stonden hem goed. Ze verborgen zijn haar, dat even gitzwart en koorddik was als bij alle Clericuzio's.

Op een dag in de studeerkamer, waar Silvio's foto nog steeds een ereplaats had, vroeg Dante aan zijn grootvader: 'Hoe is hij doodgegaan?'

De don zei kortaf: 'Bij een ongeluk.'

'Hij was uw lievelingszoon, hè?' vroeg Dante.

De don schrok daarvan. Dante was immers nog maar vijftien. 'Waarom denk je dat?' vroeg de don.

'Omdat hij dood is,' zei Dante met een sluwe glimlach, en het duurde een paar tellen voordat tot de don doordrong dat deze groene lummel zo'n grap had durven maken.

De don wist ook dat Dante in zijn kantoor snuffelde en het doorzocht als de don beneden zat te eten. Dat verontrustte hem niet. Kinderen waren altijd nieuwsgierig naar oude mensen en de don had niets op papier staan dat enige informatie verschafte. Don Clericuzio had een enorm schoolbord in zijn hoofd waarop met krijt alle noodzakelijke informatie was geschreven, ook de totalen van alle zonden en deugden van degenen die hem het dierbaarst waren.

Maar naarmate de don meer voor hem op zijn hoede raakte, toonde hij hem ook steeds meer genegenheid. Hij verzekerde de jongen dat hij een van de erfgenamen van het Familie-imperium was, en standjes en vermaningen kreeg de jongen alleen via zijn ooms, vooral van Giorgio.

Uiteindelijk ging de don wanhopen dat Dante ooit de wettige samenleving zou betreden en gaf hij toestemming tot zijn opleiding als 'hamer'.

De don hoorde dat zijn dochter Rose Marie hem riep voor het eten vanuit de keuken, waar ze altijd aten als ze met zijn tweeën waren. Hij liep de keuken in en ging op zijn stoel zitten. Een grote, kleurige schaal bevatte engelenhaar pasta met een saus van tomaten en basilicum uit de tuin. Ze zette de zilveren schaal geraspte kaas voor hem neer. De kaas was erg geel, wat bij zijn nootachtige zoetheid hoorde. Rose Marie ging tegenover hem zitten. Ze was vro-

lijk en opgewekt, en hij was verrukt van haar goede humeur. Vanavond was er geen sprake van een van haar verschrikkelijke aanvallen. Ze was zoals ze tot aan de Santadio-oorlog geweest was.
Wat een tragedie was dat geweest – een van de weinige vergissingen die hij ooit gemaakt had, de vergissing die bewees dat een overwinning niet altijd een overwinning was. Maar wie had gedacht dat Rose Marie altijd weduwe zou blijven? Minnaars beminden altijd opnieuw; dat had hij altijd geloofd.
Op dat moment voelde de don een overweldigende genegenheid voor haar. Zij was het excuus voor Dantes pekelzonden. Rose Marie boog zich over hem heen en gaf een hartelijke kus op het grijze hoofd van de don.
Hij at een enorme lepel geraspte kaas en voelde de nootachtige scherpte op zijn tandvlees. Hij nam een slok wijn en zag Rose Marie de lamsbout aansnijden. Ze schepte hem drie knapperige, bruine aardappelen op die glommen van het vet. Zijn piekerende hoofd klaarde op. Wie was beter dan hij?
Hij was in zo'n goed humeur dat hij zich voor de tweede maal die week door Rose Marie liet overhalen om met haar in de zitkamer televisie te gaan kijken.
Vier uur achtereen zag hij gruwelen en vroeg toen aan Rose Marie: 'Hoe kan iemand leven in zo'n wereld, waar iedereen doet waar hij zin in heeft? Wordt niemand door God of door andere mensen bestraft en hoeft niemand zijn brood te verdienen? En zijn er vrouwen die al hun grillen bevredigen? Mannen die zulke domme slappelingen zijn dat ze aan elk klein verlangen, elk geluksdroompje bezwijken? Waar zijn de eerlijke echtgenoten die werken voor hun brood, die nadenken over de beste manieren om hun kinderen tegen het noodlot en de wrede wereld te beschermen? Waar zijn de mensen die begrijpen dat een stuk kaas, een glas wijn, een warm huis uiteindelijk genoeg beloning zijn? Wat zijn dat voor mensen die naar een soort geheimzinnig geluk smachten? Wat maken ze een drukte over het leven en wat een tragedies verzinnen ze uit het niets!' De don tikte zijn dochter op haar hoofd en gebaarde minachtend naar het tv-scherm. Hij zei: 'Laat ze allemaal naar de bodem van de zee zwemmen.' Toen vergastte hij haar op een laatste staaltje wijsheid: 'Iedereen is verantwoordelijk voor alles wat hij doet.'

Die avond was de don alleen in zijn slaapkamer en liep hij het balkon op. Alle huizen van het complex waren helder verlicht. Hij hoorde het getik van ballen op de tennisbaan en zag de spelers onder de batterij lampen. Op dit late uur speelden er geen kinderen buiten. Hij zag de bewakers bij de poort en rond het huis.
Hij peinsde over de stappen die hij moest doen om toekomstige tragedies uit te sluiten. Liefde voor zijn dochter en kleinzoon overspoelde hem. Zij maakten zijn oude dag de moeite waard. Hij zou hen zo goed mogelijk moeten

beschermen. Daarna werd hij kwaad op zichzelf. Waarom voorzag hij altijd tragedies? Hij had alle problemen in zijn leven opgelost, en zou ook dit probleem oplossen.

Niettemin ziedde zijn hoofd van de plannen. Hij dacht aan senator Wavven. Jarenlang had hij de man miljoenen dollars gegeven om het gokken gelegaliseerd te krijgen. Maar de senator was glibberig. Jammer dat Gronevelt niet meer leefde. Cross en Giorgio hadden niet het vermogen om hem achter de broek te zitten. Misschien zou het gokimperium wel nooit werkelijkheid worden.

Toen dacht hij aan zijn oude vriend David Redfellow, die nu in Rome een goed leventje leidde. Misschien werd het tijd om hem weer in de Familie te halen. Cross' vergevingsgezindheid jegens zijn partners in Hollywood was begrijpelijk. Hij was immers nog jong. Hij kon nog niet weten dat elk teken van zwakte dodelijk kon zijn. De don besloot David Redfellow uit Rome te laten komen om iets aan die filmkwestie te doen.

11

Een week na de dood van Boz Skannet ontving Cross via Claudia een uitnodiging om in Athena Aquitanes huis in Malibu te komen eten.

Hij vloog van Las Vegas naar LA, huurde een auto en bereikte het bewaakte poortgebouw van de Malibu Colony toen de zon in de oceaan begon te zakken. Het huis werd niet langer extra bewaakt, maar de secretaresse zat nog steeds in het gastenverblijf. Ze controleerde wie hij was en liet hem binnen. Hij liep door de langwerpige tuin naar het huis aan het strand. Het kleine Zuidamerikaanse dienstmeisje was er nog steeds. Ze bracht hem naar de zeegroene zitkamer, die maar net buiten het bereik van de golven van de Stille Oceaan leek te blijven.

Athena zat op hem te wachten en was nog mooier dan hij zich herinnerde. Ze droeg een groene bloes en broek en leek op te gaan in, deel te worden van de mist boven de zee achter haar. Hij kon zijn blik niet van haar afhouden. Ze begroette hem met een handdruk, niet de gebruikelijke Hollywoodkus op beide wangen. Ze had drankjes klaarstaan en gaf hem er een. Het was bronwater met limoen. Ze gingen zitten in de grote, muntgroen beklede stoelen met uitzicht op de oceaan. De dalende zon strooide gouden munten van licht door de kamer.

Cross was zich zo sterk van haar schoonheid bewust dat hij zijn hoofd moest buigen om haar niet aan te kijken. De gouden helm van haar kapsel, haar roomkleurige huid, de manier waarop haar lange lichaam wijdbeens in de stoel zat. Een paar gouden munten vielen als vluchtige schaduwen in haar groene ogen. Hij voelde het dringende verlangen om haar aan te raken, dichter bij haar te zijn, haar te bezitten.

Athena leek zich niet bewust van de emoties die ze opriep. Ze nam een slokje en zei zacht: 'Ik wil je bedanken omdat je me in het filmvak hebt weten te houden.'

Haar stemgeluid bracht Cross nog dieper in trance. Ze klonk niet zwoel of uitnodigend, maar haar stem was zo fluweelzacht, had zo'n koninklijk zelfvertrouwen en was tegelijk zo warm dat hij alleen maar wilde dat ze doorpraatte. Jezus Christus, dacht hij, wat is dit, verdomme? Hij schaamde zich om haar macht over hem. Met zijn hoofd nog steeds omlaag mompelde hij: 'Ik dacht je weer aan het werk te kunnen krijgen door een beroep op je inhaligheid te doen.'

'Dat is niet een van mijn vele zwaktes,' zei Athena. Ze wendde nu haar hoofd van de oceaan af zodat ze hem recht aankeek. 'Claudia vertelde dat de studio op de overeenkomst teruggekomen is zodra mijn man zelfmoord had gepleegd. Je moest de film teruggeven en een percentage accepteren.'

Cross bleef onbewogen kijken. Hij hoopte dat geen van zijn gevoelens zichtbaar was. 'Ik zal wel niet zo'n beste zakenman zijn,' zei hij. Hij wilde haar de indruk geven dat hij weinig doeltreffend was.

'Molly Flanders heeft je contract opgesteld,' zei Athena. 'Ze is de beste. Je had door kunnen zetten.'

Cross haalde zijn schouders op. 'Een kwestie van beleid. Ik wil voorgoed het filmvak in en wil geen vijanden maken die zo machtig zijn als LoddStone Studios.'

'Ik had je kunnen helpen,' zei Athena. 'Ik had kunnen weigeren om naar de film terug te gaan.'

'Waarom zou je dat doen?' vroeg hij.

Athena stond op uit haar stoel en ging vlak bij het grote raam staan. De stranden waren grijze schaduwen, de zon was weg en de oceaan leek de bergketens achter het huis en de Pacific Coast Highway te weerspiegelen. Ze staarde naar het nu blauwzwarte water, waar kleine golfjes geniepig naar haar toe rimpelden. Zonder haar hoofd om te draaien zei ze: 'Waarom ik dat zou doen? Gewoon omdat ik Boz Skannet beter kende dan wie ook. En voor mijn part heeft hij honderd zelfmoordbriefjes achtergelaten, maar zelfmoord zou hij nooit plegen.'

Cross haalde zijn schouders op. 'Dood is dood,' zei hij.

'Dat is waar,' zei Athena. Ze draaide zich om en keek hem recht aan. 'Jij koopt de film en plotseling pleegt Boz heel prettig zelfmoord. Als moordenaar ben jij mijn kandidaat.' Haar gezicht stond streng maar was toch zo mooi dat Cross' stem niet zo beheerst klonk als hij graag gewild had.

'En de studio dan?' vroeg Cross. 'Marrion is een van de machtigste lieden van het land. En Bantz en Skippy Deere dan?'

Athena schudde haar hoofd. 'Ze begrepen heel goed wat ik vroeg. Ze hebben het niet gedaan maar verkochten de film aan jou. Het kon hen niet schelen of ik na het einde van de film gedood zou worden, maar jou kon het wel schelen. En ik wist dat je me zou helpen, ook toen je zei dat je dat niet kon. Toen ik hoorde dat je de film aan het kopen was, wist ik precies wat je doen zou, maar ik moet bekennen dat ik niet gedacht had dat je het zo slim zou aanpakken.'

Plotseling liep ze naar hem toe. Hij stond op uit zijn stoel. Ze nam zijn handen in de hare. Hij rook haar lichaam, haar adem.
Athena zei: 'Het is het enige kwaad dat ik ooit in mijn leven gedaan heb. Iemand een moord laten plegen. Het was vreselijk. Ik zou een veel beter iemand zijn geweest als ik het zelf had gedaan. Maar dat kon ik niet.'
Cross vroeg: 'Waarom wist je zo zeker dat ik iets zou doen?'
Athena zei: 'Claudia heeft me heel veel over je verteld. Ik begreep wie je bent, maar zij is zo naïef dat ze nog steeds niets doorheeft. Ze denkt dat je gewoon een taaie jongen met veel invloed bent.'
Cross werd heel waakzaam. Ze probeerde hem zover te krijgen dat hij schuld bekende. Dat zou hij niet eens tegen een priester doen, zelfs niet tegen God zelf.
Athena zei: 'Plus de manier waarop je naar me keek. Veel mannen hebben op die manier naar me gekeken. Ik ben niet onbescheiden, maar ik weet dat ik mooi ben. Sinds mijn kinderjaren hebben mensen dat tegen me gezegd. Ik heb altijd geweten dat ik macht heb, maar die macht zelf begreep ik nooit echt. Ik ben er niet erg gelukkig mee, maar ik gebruik hem wel. Dat noemen ze "liefde".'
Cross liet haar handen los. 'Waarom was je zo bang voor je man? Omdat hij je carrière kon vernietigen?'
Heel even flitsten haar ogen van woede. 'Het ging niet om mijn carrière,' zei ze, 'en het was niet uit angst, hoewel ik wist dat hij me zou doden.' Ze zweeg even en zei: 'Ik kan zorgen dat ze je de film teruggeven. Ik kan weigeren om aan het werk te blijven.'
'Nee,' zei Cross.
Athena glimlachte en zei met een oogverblindende, uitgelaten vrolijkheid: 'Dan kunnen we net zo goed met elkaar naar bed gaan. Ik vind je heel aantrekkelijk en ik weet zeker dat we er iets heerlijks van maken.'
Zijn eerste reactie was woede omdat ze dacht dat ze hem gewoon kon afkopen. Omdat ze een rol speelde en haar vrouwelijke vermogens gebruikte zoals een man zijn lichaamskracht gebruikt. Maar wat hem werkelijk dwarszat, was de vage zweem spot in haar stem. Ze bespotte zijn hofmakerij en veranderde zijn echte liefde in een gewone wip. Alsof ze hem probeerde duidelijk te maken dat zijn liefde voor haar even onecht was als haar liefde voor hem.
Hij zei koel tegen haar: 'Toen ik met Boz tot een overeenkomst probeerde te komen, heb ik lang met hem gepraat. Hij zei dat hij je tijdens jullie huwelijk altijd vijf keer per dag neukte.'
Het deed hem plezier dat ze schrok. Ze zei: 'Ik heb het niet geteld, maar het was heel vaak. Ik was achttien en hield echt van hem. Is het niet grappig dat ik hem nu dood wenste?' Ze fronste even en vroeg toen achteloos: 'Waar hebben jullie het nog meer over gehad?'

Cross keek haar grimmig aan. 'Boz vertelde me het verschrikkelijke geheim dat jullie deelden. Volgens hem heb je bekend dat je, toen je wegliep, je kind in de woestijn hebt begraven.'
Athena's gezicht werd een masker en haar groene ogen werden dof. Voor het eerst die avond wist Cross zeker dat ze niet toneelspeelde. Haar gezicht had een bleekheid die geen enkele actrice kon veinzen. Ze fluisterde: 'Geloof je echt dat ik mijn kind heb vermoord?'
'Volgens Boz heb jij dat tegen hem gezegd.'
'Dat heb ik inderdaad tegen hem gezegd,' zei Athena. 'Maar ik vraag je nogmaals: geloof jij dat ik mijn kind heb vermoord?'
Niets is zo vreselijk als de veroordeling van een mooie vrouw. Cross wist dat hij haar voor eeuwig zou verliezen als hij naar waarheid antwoordde. Plotseling legde hij heel zachtjes zijn armen om haar heen. 'Je bent te mooi. Niemand die zo mooi is als jij, zou zoiets doen.' De eeuwige aanbidding van mannen jegens schoonheid tegen alle bewijzen in. 'Nee,' zei hij. 'Ik geloof niet dat je dat gedaan hebt.'
Ze deed een stap naar achteren. 'Ook al ben ik verantwoordelijk voor Boz?'
'Je bent niet verantwoordelijk,' zei Cross. 'Hij heeft zelfmoord gepleegd.'
Athena staarde hem aandachtig aan. Hij pakte haar handen. 'Geloof jij dat ik Boz heb vermoord?' vroeg hij.
En toen glimlachte Athena – een actrice die eindelijk beseft hoe ze een scène moet spelen. 'Niet meer dan jij gelooft dat ik mijn kind heb vermoord.'
Ze glimlachten. Ze hadden elkaar onschuldig verklaard. Ze pakte zijn hand en zei: 'Nu ga ik eten voor je koken en dan gaan we naar bed.' Ze bracht hem naar de keuken.
Hoeveel keer heeft ze deze scène al gespeeld? vroeg Cross zich jaloers af. De mooie koningin die de huisvrouw uithangt alsof ze een gewone vrouw is. Hij zag haar koken. Ze trok geen schort aan en was buitengewoon professioneel. Ze praatte tegen hem terwijl ze groente hakte, een koekepan invette en de tafel dekte. Ze liet hem een fles wijn openmaken terwijl ze zijn hand vasthield en langs zijn lichaam schuurde. Ze zag hem vol bewondering kijken toen de tafel na nauwelijks een halfuurtje vol stond.
Ze zei: 'In een van mijn eerste films had ik de rol van een vrouwelijke chef-kok. Dus ging ik naar school om alles goed te kunnen uitvoeren. Een van de recensenten schreef: "Als Athena Aquitane even goed acteert als ze kookt, wordt ze een ster."'
Ze aten in de alkoof van de keuken, vanwaar ze de zee konden zien. Het eten was heerlijk: blokjes rundvlees, bedekt met groenten, en een salade van bittere bladgroenten. Er was een kaasplank met warme, korte broden die zo dik als duiven waren. Daarna gaf ze espresso met een licht citroentaartje.
'Je had kok moeten worden,' zei Cross. 'Bij mijn neef Vincent krijg je meteen werk.'

'O, maar ik had van alles kunnen worden,' zei Athena met geveinsde bluf. Tijdens eten had ze hem nonchalant maar op een sensuele manier aangeraakt, alsof ze in zijn vlees iets van zijn geest zocht. Maar bij elke aanraking snakte Cross naar het gevoel van haar lichaam tegen het zijne. Tegen het einde van de maaltijd proefde hij al niet meer wat hij at. Eindelijk waren ze klaar. Athena nam hem bij de hand, leidde hem de keuken uit en bracht hem de twee trappen naar haar slaapkamer op. Ze deed dat gracieus, bijna verlegen, bijna blozend, als een gretige maar maagdelijke bruid. Cross verbaasde zich over haar knappe toneelspel.
De slaapkamer lag helemaal boven in het huis en had een klein balkon met uitzicht over de oceaan. De slaapkamer was groot en de muren waren overdekt met een vreemde, opzichtige schildering die de kamer lichter leek te maken.
Ze stonden op het balkon en zagen hoe het zand van het strand de kamer met een spookachtige, gele gloed verlichtte. De andere huizen van Malibu stonden langs het water en zagen eruit als kleine doosjes waarin licht brandde. Vogeltjes leken een spel te spelen en renden voor de aanrollende golven weg om te zorgen dat ze niet nat werden.
Athena legde haar hand op Cross' schouder. Met de andere trok ze zijn mond naar de hare. Ze kusten elkaar heel lang en lieten de warme zeelucht over zich heen spoelen. Toen bracht Athena hem de slaapkamer in.
Ze kleedde zich snel uit en liet zich uit haar groene bloes en broek glijden. Haar blanke lichaam flitste in het maandoorschoten donker op. Ze was even mooi als hij zich haar had voorgesteld. Haar rijzende borsten met hun frambooskleurige tepels leken van gesponnen suiker. Haar lange benen, de golving van haar heupen, het blonde haar op haar kruis, de absolute stilte waarmee ze tegen de nevelige oceaanlucht stond afgetekend.
Cross raakte haar lichaam aan; ze bleek zijdezacht en haar lippen geurden naar viooltjes. De pure vreugde van die aanraking was zo verrukkelijk dat hij tot niets anders in staat was. Athena begon hem uit te kleden. Ze deed het heel zachtjes en liet haar handen over zijn lichaam glijden zoals hij de zijne over het hare. Toen kuste ze hem en trok ze hem zachtjes naar het bed.
Cross bedreef de liefde met een hartstocht die nieuw voor hem was en waarvan hij het bestaan niet eens kende. Zijn aandrang was zo groot dat Athena zijn gezicht moest strelen om hem te kalmeren. Hij kon haar lichaam niet loslaten, ook niet toen ze een hoogtepunt hadden bereikt. Ze lagen verstrengeld tot ze opnieuw begonnen. Ze was nu nog vuriger dan eerst, alsof ze een soort wedstrijd deden, alsof ze zich aan elkaar blootgaven. Uiteindelijk vielen ze in slaap.
Cross werd wakker toen de zon zich boven de horizon vertoonde. Voor het eerst in zijn leven had hij hoofdpijn. Hij liep naakt naar het balkon en ging in

een van de rieten stoelen zitten. Hij zag de zon traag opstijgen en aan zijn tocht naar de hemel beginnen.
Ze was een gevaarlijke vrouw. De moordenares van haar eigen kind, wier botten nu in het woestijnzand lagen. En ze was te goed in bed. Ze kon zelfs zijn ondergang zijn. Op dat moment besloot hij haar nooit meer te willen zien.
Toen voelde hij haar armen rond zijn hals en boog haar hoofd zich om hem heen om hem te kussen. Ze had een witte, pluizige badjas aan en haar haren bleven op hun plaats met spelden die schitterden als juwelen in een kroon.
'Neem even een douche. Dan maak ik een ontbijt klaar voordat je weggaat,' zei ze.
Ze bracht hem naar de dubbele badkamer met twee wasbakken, twee marmeren kaptafels, twee badkuipen en twee douches. Er stond een volledige sortering toiletartikelen voor mannen: scheermessen, scheerzeep, make-up, borstels en kammen.
Toen hij klaar was en weer het balkon op liep, bracht Athena een dienblad met croissants, koffie en sinaasappelsap naar de tafel. 'Ik kan ook eieren met bacon voor je bakken,' zei ze.
'Nee hoor, dat hoeft niet,' zei Cross.
'Wanneer zie ik je weer?' vroeg Athena.
'Ik heb in Las Vegas veel te doen,' zei Cross. 'Ik bel je volgende week.'
Athena keek hem schattend aan. 'Dat betekent dat je afscheid neemt, hè?' vroeg ze. 'En ik heb vannacht echt genoten.'
Cross haalde zijn schouders op. 'Je hebt je schuld afgelost.'
Ze grijnsde goedgehumeurd en zei: 'En bovendien verbazingwekkend graag, vind je niet? Helemaal niet tegen mijn zin.'
Cross lachte. 'Nee,' zei hij.
Ze leek zijn gedachten te lezen. Vannacht hadden ze tegen elkaar gelogen, vanochtend hadden die leugens geen macht. Ze leek te weten dat ze voor hem te mooi was om vertrouwen te wekken. Dat hij zich bij haar en haar toegegeven zonden in gevaar voelde. Ze leek diep in gedachten en at zwijgend. Toen zei ze tegen hem: 'Ik weet dat je het druk hebt, maar ik wil je iets laten zien. Kun je vanochtend vrijmaken en de middagvlucht nemen? Het is belangrijk. Ik wil je ergens mee naartoe nemen.'
Cross kon de verleiding niet weerstaan om voor het laatst een tijdje bij haar te zijn en zei ja.
Athena reed en nam in haar Mercedes SL 300 de snelweg naar het zuiden in de richting van San Diego. Maar vlak voordat ze die stad bereikten, sloeg ze af naar een smalle weg die door de bergen het binnenland in leidde.
Vijftien minuten later bereikten ze een door prikkeldraad omgeven complex. Daarbinnen lagen zes bakstenen gebouwen, door groene gazons ge-

scheiden en door blauwgeschilderde paden verbonden. Op een van die vierkante gazons was een groep kinderen met een voetbal aan het spelen. Op een ander waren zo'n tien kinderen aan het vliegeren. Een groepje van drie of vier volwassenen keek toe, maar het tafereeltje had iets eigenaardigs. Toen de voetbal door de lucht vloog, leken de meeste kinderen ervoor weg te rennen, terwijl de vliegers op het andere gazon steeds hoger de lucht in schoten en nooit meer terugkwamen.

'Wat is dit hier?' vroeg Cross.

Athena keek hem smekend aan. 'Ga maar even mee kijken. Later mag je vragen stellen.'

Athena reed door de ingang en liet de bewaker een gouden identiteitskaart zien. Ze passeerde, reed naar het grootste gebouw en parkeerde daar.

Eenmaal binnen bij de balie vroeg Athena zachtjes iets aan de receptionist. Cross bleef een paar passen achter haar staan maar hoorde niettemin het antwoord: 'Ze had een bui en we knuffelden haar dus in haar kamer.'

'Waar ging dat over?' vroeg Cross.

Maar Athena antwoordde niet. Ze pakte zijn hand en liep met hem door een lage, glimmend betegelde gang naar een aangrenzend gebouw en een soort slaapzaal.

Een verpleegster, die bij de ingang zat, wilde hun namen weten. Toen ze knikte, bracht Athena hem door een nieuwe lange gang vol deuren. Eindelijk maakte ze er een open.

Ze stonden in een leuke, grote, lichte slaapkamer. Hij zag dezelfde vreemde, donkere schilderingen als op de muur in Athena's huis, maar hier waren ze over de vloer verspreid. Op een kleine plank aan de muur zat een rij mooie poppen in Amish-kostuums. Op de vloer stonden bovendien allerlei andere fragmenten van tekeningen en schilderijen.

Er stond een klein bed waarop een roze, pluizige deken lag. Overal op de witte kussens waren rode rozen genaaid. Maar er lag geen kind in het bed.

Athena liep naar een grote kist. Het deksel stond open en de zijkanten en bodem waren met een dikke, lichtblauwe bekleding bedekt. Toen Cross erin keek, zag hij daar een kind liggen. Ze merkte hun aanwezigheid niet op, maar friemelde aan een knop aan het hoofdeind van de kist, en Cross zag hoe ze de bekleding links en rechts naar elkaar toe trok zodat ze bijna verpletterd werd.

Het was een meisje van tien, een kleine kopie van Athena, maar emotie- en uitdrukkingsloos. Haar groene ogen stonden even blank als die van een porseleinen pop. Maar elke keer als ze aan de knoppen draaide om de panelen van de kist tegen haar lichaam te persen, straalde haar gezicht een volmaakte rust uit. Op hun aanwezigheid reageerde ze volstrekt niet.

Athena liep naar het deksel van de houten kist. Ze draaide aan de knoppen zodat ze het kind uit de kist kon tillen. Ze leek bijna gewichtloos.

Ze hield haar als een baby vast en boog haar hoofd om het kind een kus op haar wang te geven, maar het meisje kromp ineen en deinsde terug.
'Ik ben je mama,' zei Athena. 'Geef je me geen kusje?'
De klank van haar stem schokte Cross diep. Het was een abjecte smeekbede, maar het kind vocht nu wild in haar armen. Eindelijk zette Athena haar zachtjes op de grond. Het kind ging op haar knieën zitten en pakte direct een verfdoos en een enorm stuk karton. Volledig geconcentreerd begon ze te schilderen.
Cross deed een paar passen achteruit en zag hoe Athena al haar acteertalent in stelling bracht om contact met het kind te krijgen. Eerst knielde ze naast het meisje neer en was ze een liefhebbende speelkameraad die haar dochter hielp schilderen, maar het kind schonk er geen aandacht aan.
Toen ging Athena zitten en probeerde een vertrouwelijke ouder te zijn die haar vertelde wat er in de wereld gebeurde, maar het kind lette er niet op. Toen werd Athena een stroopsmerende volwassene die de schilderingen van het kind prees. Maar bij dat alles trok het kind zich alleen maar steeds verder terug. Athena pakte een van de kwasten en probeerde te helpen, maar toen het kind dat zag, trok ze de kwast weg. Ze zei geen woord.
Eindelijk gaf Athena het op.
'Morgen kom ik terug, lieverd,' zei ze. 'Dan maken we een ritje en breng ik een nieuwe verfdoos voor je mee. Zie je wel,' zei ze, terwijl tranen in haar ogen sprongen, 'je rood is al bijna op.' Ze probeerde het kind een afscheidskus te geven maar werd door twee kleine, mooie handen op afstand gehouden.
Eindelijk stond Athena op en bracht Cross de kamer uit.
Ze gaf hem de sleutels van de auto zodat hij op de terugweg kon rijden, en tijdens de hele rit zat ze met haar hoofd in haar handen te huilen. Cross was zo verbijsterd dat hij geen woord kon zeggen.
Toen ze uit de auto stapten, leek Athena zich weer in de hand te hebben. Ze trok Cross het huis in, draaide zich om en keek hem aan. 'Dat was het kind over wie ik tegen Boz had gezegd dat ik het in de woestijn begraven heb. Geloof je me nu?' En voor het eerst begon Cross echt te geloven dat ze van hem zou kunnen houden.
Athena bracht hem naar de keuken en zette koffie. Terwijl ze die opdronken, begon Athena te praten – achteloos, zonder emotie in haar stem of op haar gezicht.
'Toen ik van Boz wegliep, heb ik haar bij verre familie, een echtpaar in San Diego, achtergelaten. Ze leek een normale baby. Ik wist toen nog niet dat ze autistisch was, en misschien was ze dat ook wel niet. Ik liet haar daar achter omdat ik vast van plan was een succesvolle actrice te worden. Ik moest voor ons tweeën geld verdienen. Ik wist zeker dat ik talent had, en God weet dat

iedereen tegen me zei hoe mooi ik was. Ik dacht altijd dat ik mijn kind kon terughalen als ik succes kreeg.'

Ze zweeg even. 'Ik werkte dus in Los Angeles en bezocht haar in San Diego zo vaak ik maar kon. Toen kwam mijn doorbraak en zag ik haar niet meer zo vaak. Misschien eens per maand. Eindelijk was ik zover dat ik haar weer terug kon halen. Op haar derde verjaardag ging ik met een hele stapel cadeaus naar haar toe, maar Bethany leek naar een andere wereld te zijn gegleden. Ze was helemaal leeg. Ik kon haar niet bereiken. Ik was in alle staten en dacht dat ze misschien een hersentumor had. Boz had haar immers op de grond laten vallen. Misschien waren toen haar hersens beschadigd en bleek dat nu pas. Maandenlang ging ik met haar naar allerlei artsen, die alle mogelijke proeven met haar deden. Ik nam haar mee naar specialisten, die alles controleerden. Toen zei iemand tegen me, ik weet niet meer of dat de arts in Boston of de psychiater in het Texas Children's Hospital was, dat ze autistisch was. Ik wist niet eens wat dat betekende en dacht dat het een soort achterlijkheid was. "Nee," zei de dokter. "Het betekent dat ze in haar eigen wereld leeft, zich het bestaan van andere mensen niet beseft, geen belangstelling voor hen heeft en niets voor iets of iemand kan voelen." Toen bracht ik haar naar deze kliniek hier in de buurt, waar we ontdekten dat ze reageerde op de knuffelmachine die je gezien hebt. Het leek te helpen. Daarom moest ik haar daar laten.'

Cross bleef zwijgend zitten en Athena vervolgde: 'Haar autisme betekent dat ze nooit van me kan houden. Maar de artsen hebben tegen me gezegd dat sommige autistische mensen talentvol en zelfs genieën zijn. En volgens mij is Bethany een genie. Niet alleen met haar schilderijen maar ook in iets anders. Volgens de artsen kunnen sommige autisten na een jarenlange harde training leren om eerst om sommige dingen en daarna om sommige mensen te geven. Een paar kunnen zelfs een bijna normaal leven leiden. Op dit moment verdraagt Bethany geen muziek of enig ander geluid. Maar aanvankelijk verdroeg ze mijn aanraking niet eens, en nu heeft ze geleerd om me te dulden. Het gaat dus beter met haar dan vroeger.'

Athena keek Cross even aan. 'Ze wijst me nog steeds af maar niet meer zo fel. We hebben enige vooruitgang geboekt. Ik dacht altijd dat dit mijn straf was voor het feit dat ik haar verwaarloosd heb omdat ik succes wilde boeken. Maar volgens de specialisten lijkt de ziekte weliswaar erfelijk maar kan autisme ook verworven zijn. Alleen kennen ze nog steeds de oorzaak niet. Volgens de dokters heeft het niets te maken met het feit dat Boz haar op haar hoofd liet vallen of dat ik haar in de steek liet, maar ik weet niet of ik dat geloof. Ze blijven me verzekeren dat het niet onze schuld is en dat het een van de, misschien wel voorbeschikte levensmysteriën is. Ze houden vol dat niets het had kunnen verhinderen of er iets aan kan veranderen. En toch

weiger ik diep vanbinnen die verhalen te geloven. Toen ik het ontdekte, dacht ik er voortdurend over na. Ik moest een paar moeilijke beslissingen nemen. Ik wist dat ik haar pas te hulp kon komen als ik veel geld verdiende. Dus deed ik haar in die kliniek en bezocht ik haar elke maand minstens een weekend plus een paar dagen door de week. Eindelijk werd ik rijk. Ik was beroemd, en alles wat vroeger zo belangrijk leek, doet niet meer ter zake. Ik wil alleen nog maar bij Bethany zijn. Zelfs als dit niet gebeurd was, was ik van plan om er na *Messalina* mee te stoppen.'
'Waarom?' vroeg Cross. 'Wat wil je dan gaan doen?'
'Er is in Frankrijk een gespecialiseerde kliniek met een fantastische arts,' legde Athena uit. 'En ik wilde daar na de film naartoe. Toen dook Boz op. Ik wist dat hij me zou doden, en dan zou Bethany helemaal alleen zijn. Daarom heb ik als het ware een prijs op zijn hoofd gezet. Ze heeft alleen mij. En hoe dan ook, ik zal mijn zonde meedragen.' Athena zweeg nu en glimlachte naar Cross. 'Dat is erger dan een soapserie, hè?' vroeg ze met een glimlachje.
Cross keek uit over de oceaan. Het water lag heel licht, olieachtig blauw in de zon. Hij herinnerde zich het meisje met haar uitdrukkingsloze maskergezicht dat voor deze wereld nooit zou opengaan.
'Wat was dat voor een kist waar ze in lag?' vroeg hij.
Athena lachte. 'Die kist is wat me hoop geeft,' zei ze. 'Droevig, vind je niet? Het is een knuffelkist. Veel autistische kinderen gebruiken die als ze depressief zijn. Het is net alsof iemand ze liefkoost, maar ze hoeven niet in contact te treden met een ander mens.' Athena haalde diep adem en zei: 'Cross, ooit ga ik de plaats van die kist innemen. Dat is nu nog mijn enige levensdoel, het enige wat mijn leven zin geeft. Is dat niet grappig? Volgens de studio krijg ik duizenden brieven van mensen die van me houden. In het openbaar willen mensen me aanraken. Mannen blijven me vertellen dat ze van me houden. Iedereen, behalve Bethany, en zij is de enige die ik wil.'
Cross zei: 'Ik zal je helpen zoveel als ik kan.'
'Bel me dan volgende week,' zei Athena. 'Laten we zo vaak bij elkaar zijn als we kunnen totdat *Messalina* klaar is.'
'Ik bel je,' zei Cross. 'Ik kan mijn onschuld niet bewijzen, maar ik hou meer van jou dan van wat ook in mijn leven.'
'En ben je echt onschuldig?' vroeg Athena.
'Ja,' zei Cross. Nu zij onschuldig bleek, verdroeg hij niet dat ze het wist. Cross dacht aan Bethany en aan haar uitdrukkingsloze gezicht dat met zijn scherpe vlakken en spiegelende ogen zo kunstzinnig mooi was – een van de zeldzame mensen die volstrekt vrij van zonden was.

Athena had zich een oordeel over Cross gevormd. Van alle mensen die ze kende, was hij de enige die haar dochter gezien had sinds het kind de diagnose autistisch had gekregen. Het was een proef geweest.

Een van de grootste schokken van haar leven was toen ze ontdekte dat haar beste vrienden, mannen die haar beminden, verwanten die haar aanbaden, ondanks haar schoonheid, ondanks haar talent (en, dacht ze met zelfspot, ondanks haar vriendelijkheid, zachtmoedigheid en goedgeefsheid), zwelgden in haar ongeluk.
Dat was toen Boz haar een blauw oog had geslagen. Iedereen noemde hem een smeerlap, maar bij iedereen ving ze een vluchtige blik van tevredenheid op. Aanvankelijk dacht ze dat ze het zich verbeeldde en gewoon te teergevoelig was. Maar toen Boz haar opnieuw een blauw oog sloeg, zag ze die blik opnieuw. En ze was verschrikkelijk gekwetst. Want ditmaal had ze alles begrepen.
Natuurlijk hield iedereen van haar; daaraan twijfelde ze niet. Maar blijkbaar kon niemand een tikje kwaadaardigheid weerstaan. Grootheid, in welke vorm dan ook, wekt jaloezie.
Een van de redenen waarom ze van Claudia hield, was dat Claudia haar nooit met die blik verraden had.
Daarom hield ze Bethany in haar dagelijks leven zo angstvallig geheim. Ze verafschuwde de gedachte dat mensen van wie ze hield, weer die snelle, tevreden blik vertoonden en dat ze voor haar schoonheid werd gestraft.
Hoewel ze dus de macht van haar schoonheid kende en gebruikte, had ze er een hekel aan. Ze verlangde naar de dag dat diepe rimpels door haar volmaakte gezicht zouden lopen en stuk voor stuk de weg toonden die ze gegaan was, de reis die ze doorstaan had. Ze verlangde naar de dag dat haar lichaam voller, zachter en breder werd zodat ze troost kon geven aan de mensen die ze vasthield en beminde. Dan werden haar ogen vochtiger van medelijden met al het leed waarvan ze getuige was geweest en van alle tranen die ze nooit vergoten had. Dan kreeg ze rond haar mond rimpeltjes van het lachen om zichzelf en het leven. Hoe vrij zou ze niet zijn als ze de gevolgen van haar lichamelijke schoonheid niet meer hoefde te vrezen en juist verrukt kon zijn over het verlies ervan omdat er een veel duurzamere rust voor in de plaats kwam.
Dus had ze Cross De Lena zorgvuldig in het oog gehouden toen hij Bethany zag. Ze zag hem even terugdeinzen, maar daarna niets meer. Ze wist dat hij hopeloos verliefd op haar was en zag bij hem niet die specifieke, tevreden blik toen hij haar ongeluk met Bethany ontdekte.

12

Claudia was vast van plan om van haar seksuele score bij Eli Marrion te profiteren; ze wilde hem zo beschaamd maken dat hij Ernest Vail het percentage gaf dat deze voor zijn boek wilde. Het was een groot risico, maar ze was bereid haar principes even te vergeten. Bobby Bantz was inzake brutopercentages onverzettelijk, maar Eli Marrion was onvoorspelbaar en had een zwak voor haar. Bovendien bestond in de filmwereld de eerbiedwaardige gewoonte om een seksuele vereniging, hoe kortstondig ook, met een zekere materiële hoffelijkheid te beantwoorden.

Vails dreiging met zelfmoord had tot deze vergadering geleid. Als hij die waarmaakte, vervielen de rechten van zijn roman aan zijn ex-vrouw en kinderen, en Molly Flanders zou het hard spelen. Niemand geloofde het dreigement, zelfs Claudia niet, maar Bobby Bantz en Eli Marrion redeneerden vanuit hun kennis van wat zijzelf voor geld zouden doen en maakten zich altijd zorgen.

Toen Claudia, Ernest en Molly bij LoddStone arriveerden, bleek alleen Bobby Bantz in de directiesuite te zitten. Hij keek onbehaaglijk, hoewel hij dat achter overvloedige begroetingen – vooral jegens Vail – probeerde te verbergen. 'Ons nationale bezit,' zei hij, waarna hij Ernst met evenveel respect als genegenheid omhelsde.

Molly was meteen op haar hoede. 'Waar is Eli?' vroeg ze. 'Hij is de enige die op dit punt de eindbeslissing kan nemen.'

Bantz' stem klonk geruststellend. 'Eli ligt in het ziekenhuis, het Cedar Sinai. Niets ernstigs, alleen controle. Dat is overigens vertrouwelijk. De aandelen LoddStone stijgen en dalen met zijn gezondheid.'

Claudia zei droog: 'Hij is boven de tachtig. Dan is alles ernstig.'

'Nee, nee,' zei Bantz. 'Elke dag handelen we in het ziekenhuis zaken af. Hij is kiener dan ooit. Dus leg me jullie geval uit, dan zal ik hem bij mijn volgende bezoek het verhaal vertellen.'

'Nee,' zei Molly kortaf.

Maar Ernest Vail zei: 'Laten we maar met Bobby praten.'

Ze legden de zaak uit. Bantz vermaakte zich bijzonder maar lachte niet hardop. Hij zei: 'In deze stad heb ik alles al gehoord, maar dit is een plaatje. Ik heb het er met mijn juristen over gehad, en volgens hen verandert Vails verscheiden niets aan onze rechten. Het is een ingewikkeld juridisch geval.'
'Praat er maar met je PR-mensen over,' zei Claudia. 'Als Ernest het doet en het hele verhaal naar buiten komt, is LoddStone de kwaaie pier. Dat vindt Eli niet leuk. Hij heeft meer moreel besef.'
'Dan ik?' vroeg Bantz beleefd. Maar hij was woedend. Waarom begrepen de mensen niet dat Marrion alles goedkeurde wat hij deed? Hij wendde zich tot Ernest en vroeg: 'Hoe maak je jezelf van kant? Pistool, mes, uit het raam?'
Vail grijnsde naar hem. 'Harakiri op jouw bureau, Bobby.' Iedereen lachte.
'Zo komen we nergens,' zei Molly. 'Waarom gaan we Eli niet met z'n allen in het ziekenhuis opzoeken?'
Vail zei: 'Ik ga niet bij iemands ziekenhuisbed over geld bekvechten.'
Ze keken hem allemaal meelevend aan. In conventionele termen was het ook een gevoelloos voorstel. Maar mensen beraamden op hun ziekbed moorden, revoluties, fraudes en studioverraad. Een ziekenhuisbed was geen echt heiligdom. En ze wisten dat Vails protest in wezen een romantische conventie was.
Molly zei kil: 'Hou je bek, Ernest, als je mijn cliënt wilt blijven. Eli heeft vanuit zijn ziekenhuisbed al honderden mensen genaaid. Bobby, laten we een verstandige afspraak maken. Voor LoddStone zijn de vervolgfilms een goudmijn. Je kunt het je veroorloven om Ernest bij wijze van verzekering een paar brutoprocenten te geven.'
Bantz was geschokt. Een hete staaf joeg door zijn darmen. '*Bruto*?' riep hij ongelovig. 'Nooit!'
'Oké,' zei Molly. 'Wat vind je dan van een gestructureerde vijf procent van netto? Zonder advertentiekosten, zonder renteaftrek of zonder de brutopercentages van de sterren?'
Bantz zei minachtend: 'Dat is praktisch bruto. En we weten allemaal dat Ernest geen zelfmoord pleegt. Dat is te stompzinnig, en hij is te intelligent.' Wat hij eigenlijk wilde zeggen was, dat Vail er volgens hem de moed niet toe had.
'Waarom gokken we?' vroeg Molly. 'Ik heb de cijfers doorgenomen. Jullie zijn minstens drie vervolgfilms van plan. Dat is op zijn minst een half miljard inkomsten inclusief buitenland maar zonder video en tv. En God mag weten hoeveel geld jouw diefachtige studio aan video verdient. Waarom geef je Ernest dus geen percentage, een miezerige twintig miljoen. Elke halfgare actrice krijgt dat ook.'
Bantz dacht erover na. Toen bracht hij zijn charme in stelling. 'Ernest,' zei hij, 'als romanschrijver ben je nationaal bezit. Niemand heeft meer respect

voor je dan ik. En Eli heeft al je boeken gelezen. Hij bewondert je absoluut. Dus willen we tot een vergelijk komen.'

Claudia schaamde zich over het gemak waarmee Ernest deze kletspraat leek te slikken, maar was blij dat hij bij dat 'nationaal bezit' even huiverde.

'Wees eens wat gedetailleerder,' zei hij. Nu was Claudia trots op hem.

Bantz zei tegen Molly: 'Wat vind je van een vijfjarig contract voor tien mille per week om oorspronkelijke scenario's te schrijven en af en toe wat te herschrijven. Op de originelen hebben wij natuurlijk alleen het recht van eerste keuze. En voor elk herschreven scenario krijgt hij vijftig mille per week extra. In vijf jaar kan hij dan wel tien miljoen verdienen.'

'Verdubbel dat,' zei Molly. 'Dan kunnen we praten.'

Op dat moment verloor Vail zijn schijnbaar engelachtige geduld. 'Niemand van jullie neemt me serieus,' zei hij. 'Ik kan best een beetje rekenen. Bobby, jouw contract is maar tweeëneenhalf miljoen waard. Je koopt nooit een oorspronkelijk scenario van me en ik zal er nooit een maken. Je laat me nooit herschrijven. En stel nou dat jullie zes vervolgfilms maken? Dan vangen jullie een miljard.' Vail begon van werkelijke vreugde te lachen. 'Aan tweeëneenhalf miljoen heb ik niets.'

'Wat valt er verdomme te lachen?' vroeg Bobby.

Vail was bijna hysterisch. 'Ik heb nooit in mijn leven ook maar van één miljoen gedroomd, en nu heb ik er niets aan.'

Claudia kende Vails gevoel voor humor en vroeg: 'Waarom heb je er niets aan?'

'Omdat ik dan nog steeds leef,' zei Vail. 'Mijn gezin heeft het percentage nodig. Ze vertrouwden me en ik heb ze verraden.'

Zij en zelfs Bantz zouden ontroerd zijn geweest als Vail niet zo onecht en zelfgenoegzaam geklonken had.

Molly Flanders zei: 'Laten we met Eli gaan praten.'

Vail verloor zijn laatste beetje zelfbeheersing en stormde de kamer uit met de uitroep: 'Met jullie kan ik niks beginnen. Ik ga niet aan een ziekenhuisbed staan bedelen.'

Toen hij weg was, vroeg Bobby Bantz: 'Jullie tweeën steunen die vent nog steeds?'

'Waarom niet?' vroeg Molly. 'Ik heb een man verdedigd die zijn moeder en zijn drie eigen kinderen had neergestoken. Ernest is niet erger dan hij.'

'En wat is jouw excuus?' vroeg Bantz aan Claudia.

'Schrijvers moeten één lijn trekken,' zei ze droogjes. Iedereen lachte.

'Nou ja, dat hebben we ook weer gehad,' zei Bantz. 'Ik heb mijn best gedaan, toch?'

Claudia vroeg: 'Bobby, waarom geef je hem niet een procent of twee? Dat is alleen maar eerlijk.'

‘Omdat hij in de loop van de jaren al duizend schrijvers, acteurs en regisseurs heeft genaaid. Het is een kwestie van principe,’ zei Molly.
‘Dat klopt,’ zei Bantz. ‘Want als ze eenmaal spierballen hebben, dan naaien ze ons. Zo is het zakenleven.’
Molly vroeg Bantz met gespeelde bezorgdheid: ‘Is met Eli alles goed? Niets ernstigs?’
‘Het gaat prima met hem,’ zei Bantz. ‘Verkoop geen aandelen.’
Molly sloeg op de tafel. ‘Dan kan hij ons ontvangen.’
Bantz deed dat schouderophalend af. Molly zei: ‘Je krijgt er nog een hoop spijt van als Ernest zich van kant maakt. Die vervolgfilms zijn meer waard dan ik zei. Ik probeerde hem alleen maar een beetje toeschietelijker te maken.’
Bantz zei minachtend: ‘Die fluim pleegt geen zelfmoord. Daar heeft hij de ballen niet voor.’
‘Van nationaal bezit tot fluim,’ zei Claudia peinzend.
Molly zei: ‘Die vent is echt een beetje gek. Hij gaat nog eens uit pure achteloosheid het hoekje om.’
‘Gebruikt hij drugs?’ vroeg Bantz een beetje bezorgd.
‘Nee,’ zei Claudia, ‘maar Ernest zit vol verrassingen. Hij is een echte excentriekeling, die dat zelf niet eens weet.’
Bantz overwoog dat een tijdje. Hun argument sneed hout. En bovendien maakte hij nooit graag onnodig vijanden. Hij wilde niet dat Molly Flanders wrok jegens hem bleef koesteren. Die vrouw was een gesel.
‘Laat mij Eli bellen,’ zei hij. ‘Als hij het goed vindt, breng ik jullie naar het ziekenhuis.’ Hij was er zeker van dat Eli zou weigeren.
Maar tot zijn verrassing zei Marrion: ‘Natuurlijk. Laat ze allemaal maar komen.’
Ze reden naar het ziekenhuis in Bantz’ limousine, een heel lang maar zeker geen luxe geval, uitgerust met een fax, een computer en een draadloze telefoon. Een lijfwacht van Pacific Ocean Security ging naast de chauffeur zitten. Een tweede bewakingsauto met twee mannen volgde.
De bruingetinte ramen van de limousine gaven de stad het monochrome beige van ouderwetse cowboyfilms. Naarmate ze dieper de stad in reden, werden de gebouwen hoger. Net of ze doordrongen in een diep, stenen woud. Het verbaasde Claudia altijd weer hoe ze in nauwelijks tien minuten het ietwat landelijke, kleinsteedse groen verruilden voor een metropool van beton en glas.
In het Cedar Sinai leken de ziekenhuisgangen zo uitgestrekt als die op een vliegveld, maar het plafond was omlaaggedrukt als een bizarre cameraopstelling in een Duits-impressionistische film. Ze werden ontvangen door een coördinatrice van het ziekenhuis, een knappe vrouw in een streng haute-

couturepakje. Ze deed Claudia aan de 'gastvrouwen' van de hotels in Las Vegas denken.
Ze bracht hen naar een speciale lift, die hen rechtstreeks naar de de bovenste verdieping voerde.
Deze suites hadden enorme, bewerkte, zwarte, eikenhouten deuren die van de vloer tot het plafond reikten en van glimmende koperen knoppen waren voorzien. De deuren gingen als poorten open en leidden naar een suite bestaande uit een ziekenkamer, een grotere open kamer met een eettafel en stoelen, een sofa en leunstoelen, en een hokje voor de secretaresse met een computer en een fax. Behalve de badkamer voor de patiënt waren er ook een klein keukentje en een badkamer voor gasten. Het plafond was heel hoog, en door de afwezigheid van muren tussen de keukennis, het zitgedeelte en het kantoortje kreeg het geheel de indruk van een filmdecor.
Op een fris, wit ziekenhuisbed en door enorme witte kussens ondersteund lag Eli Marrion. Hij las een scenario met een oranje omslag. Op de tafel naast hem lagen archiefmappen met budgetten van lopende films. Een knappe jonge secretaresse, die aan de andere kant van het bed zat, maakte aantekeningen. Marrion had altijd graag knappe vrouwen om zich heen.
Billy Bantz kuste Marrion op zijn wang en zei: 'Eli, je ziet er echt fantastisch uit.' Ook Molly en Claudia kusten hem op zijn wang. Claudia wilde met alle geweld bloemen meenemen en legde die op het bed. Zulk familiair gedrag was toegestaan omdat de grote Eli Marrion ziek was.
Claudia lette op de details alsof ze de research voor een scenario deed. Medische drama's waren financieel bijna niet stuk te krijgen.
Eigenlijk zag Eli Marrion er helemaal niet 'echt fantastisch' uit. Er stonden dikke blauwe lijnen op zijn lippen die met inkt getekend leken, en hij snakte naar adem als hij iets zei. Uit zijn neusgaten staken groene pluggen. Die zaten aan een plastic buisje dat naar een borrelende fles water liep, die op zijn beurt vastzat aan de muur. Het geheel was verbonden met een soort zuurstoftank die daar verborgen was.
Marrion zag haar blik. 'Zuurstof,' zei hij.
'Gewoon tijdelijk,' zei Bobby Bantz haastig. 'Dan ademt hij makkelijker.'
Molly Flanders negeerde hem. 'Eli,' zei ze, 'ik heb Bobby de situatie uitgelegd en hij heeft je fiat nodig.'
Marrion leek in een goed humeur. 'Molly,' zei hij, 'je bent altijd de beste advocaat van de stad geweest. Val je me zelfs op mijn sterfbed lastig?'
Claudia voelde zich hoogst onbehaaglijk. 'Eli, Bobby zei ons dat het goed met je ging. En we wilden je erg graag spreken.' Ze schaamde zich kennelijk toen Marrion berustend en zegenend zijn hand hief.
'Ik begrijp alle argumenten,' zei Marrion. Hij stuurde de secretaresse met een handgebaar de kamer uit. Zijn privé-verpleegster, een knappe, taai uit-

ziende vrouw, zat aan de eettafel een boek te lezen. Marrion gebaarde ook naar haar dat ze weg moest gaan. Ze keek hem aan, schudde haar hoofd en hervatte haar lectuur.
Marrion lachte laag en piepend. Hij zei tegen de anderen: 'Dat is Priscilla, de beste verpleegster van Californië. Ze is intensive care-verpleegster en daarom spijkerhard. Mijn arts heeft haar speciaal voor mijn geval aangetrokken. Zij is de baas.'
Priscilla begroette hen met een hoofdknik en ging weer lezen.
Molly zei: 'Ik ben bereid zijn percentage tot een maximum van twintig miljoen te beperken. Dat is een vorm van verzekering. Waarom zou je het risico lopen. En waarom zou je zo onrechtvaardig zijn?'
Bantz zei kwaad: 'Dat is níet onrechtvaardig. Hij heeft een contract getekend.'
'Hou je mond, Bobby,' zei Molly.
Marrion negeerde hen. 'Claudia, wat vind jij ervan?'
Claudia bedacht vele dingen. Marrion was kennelijk zieker dan iemand wilde toegeven. En het was erg wreed om deze oude man onder druk te zetten, die zelfs al zoveel moeite met praten had. Ze had de neiging om te zeggen dat ze wegging, maar toen drong tot haar door dat Eli hen nooit had laten komen als hij daar niet zijn eigen bedoeling mee had.
'Ernest is iemand die verrassende dingen doet,' zei Claudia. 'Hij is vast van plan zijn gezin een inkomen te geven. Maar Eli, hij is schrijver en je hebt altijd van schrijvers gehouden. Beschouw het maar als een bijdrage aan de kunst. Verdorie, het Metropolitan Museum heb je twintig miljoen geschonken. Waarom doe je dat niet voor Ernest?'
'En krijg ik dan alle agenten op mijn dak?' vroeg Bantz.
Eli Marrion haalde diep adem en de groene pluggen leken nog dieper in zijn gezicht te boren. 'Molly, Claudia, dit moet ons kleine geheimpje blijven. Ik geef Vail twee procent van bruto tot een maximum van twintig miljoen. Ik geef hem een miljoen voorschot. Tevreden?'
Molly dacht erover na. Twee brutoprocent op alle films moest minstens vijftien miljoen opbrengen, maar misschien meer. Dat was het beste wat ze eruit kon slepen, en het verbaasde haar dat Marrion zover was gegaan. Als ze ging steggelen, was hij bepaald in staat zijn aanbod in te trekken.
'Dat is fantastisch, Eli. Dank je.' Ze boog zich voorover en kuste hem op zijn wang. 'Morgen stuur ik je kantoor een memo. En ik hoop dat je gauw beter wordt.'
Claudia kon haar emoties niet bedwingen. Ze greep Eli's hand, zag de bruine vlekjes op zijn huid en merkte dat zijn hand kil was door zijn naderende dood. 'Je hebt Ernests leven gered.'
Op dat moment kwam Eli Marrions dochter met haar twee kleine kinderen

binnen. Priscilla stond op van haar stoel als een kat die muizen ruikt. Ze liep naar de kinderen en posteerde zich tussen hen en het bed. De dochter was al tweemaal gescheiden en kon niet goed met haar vader opschieten, maar had op het terrein van LoddStone een produktiebedrijf omdat Eli zo dol op zijn kleinkinderen was.
Claudia en Molly namen afscheid. Ze reden naar Molly's kantoor en belden Ernest om hem het goede nieuws te vertellen. Hij wilde hen met alle geweld mee uit eten nemen om het te vieren.

Marrions dochter en twee kleinkinderen bleven maar even, maar voor de dochter lang genoeg om haar vader te laten beloven dat hij voor haar volgende film een heel dure roman zou kopen.
Bobby Bantz en Eli Marrion waren alleen. 'Je bent vandaag in een goedgeefse bui,' zei Bantz.
Marrion voelde de vermoeidheid in zijn lichaam en hij voelde hoe de lucht erin werd gezogen. Bij Bobby kon hij zich ontspannen en hoefde hij nooit te acteren. Ze hadden samen heel veel beleefd, samen macht uitgeoefend, oorlogen gewonnen, gereisd en over de hele wereld plannetjes gemaakt. Ze konden elkaars gedachten lezen.
'Komt er een film uit de roman die ik voor mijn dochter koop?' vroeg Marrion.
'Met een laag budget,' zei Bantz. 'Je dochter maakt zogenoemde "serieuze" films.'
Marrion maakte een vermoeid gebaar. 'Waarom moeten wij altijd betalen voor andermans goede bedoelingen? Geef haar een fatsoenlijke schrijver maar geen sterren. Dan is zij gelukkig en verliezen wij niet te veel geld.'
'Ga je Vail echt bruto geven?' vroeg Bantz. 'Volgens onze jurist kunnen we het voor de rechter winnen als hij sterft.'
Marrion zei glimlachend: 'Als ik beter word. Zo niet, dan is het jouw zaak en leid jij de show.'
Bantz verbaasde zich over zijn sentimentaliteit. 'Eli, natuurlijk word je beter. Natuurlijk.' En hij was volmaakt oprecht. Hij verlangde niet naar Marrions opvolging en vreesde de dag die onvermijdelijk zou komen. Hij kon alles doen zolang Marrion akkoord ging.
'Het is allemaal jouw beslissing, Bobby,' zei Marrion. 'Om je de waarheid te zeggen, ik red het niet. De dokters zeggen dat ik een harttransplantatie nodig heb, maar ik heb besloten om dat niet te doen. Met dat rothart dat ik heb, leef ik misschien nog zes maanden, misschien een jaar, of misschien nog wel veel minder. En bovendien ben ik te oud om voor transplantatie in aanmerking te komen.'
Bantz was verbijsterd. 'Kunnen ze geen bypass doen?' vroeg hij. Toen Mar-

rion zijn hoofd schudde, vervolgde hij: 'Doe niet zo belachelijk. Natuurlijk kun je een transplantatie krijgen. Je hebt het halve ziekenhuis gebouwd, ze móeten je een hart geven. Daar leef je nog tien jaar prima mee.' Hij zweeg even. 'Je bent moe, Eli. Morgen praten we erover.' Maar Marrion was weggedoezeld. Bantz ging weg om met de artsen te praten en te zeggen dat ze alle procedures in werking moesten stellen om voor Eli Marrion een hart te pakken te krijgen.

Ernest Vail, Molly Flanders en Claudia De Lena vierden hun succes met een diner in La Dolce Vita in Santa Monica, Claudia's lievelingsrestaurant. Ze wist nog hoe haar vader haar als klein meisje hierheen meenam en hoe koninklijk ze toen behandeld was. Ze herinnerde zich de flessen rode en witte wijn op rekken in alle raamnissen, op de rugleuningen van muurbanken en in elke andere lege ruimte. De klanten konden hun hand uitsteken en een fles pakken alsof het druiven waren.

Ernest Vail was in een goed humeur en Claudia vroeg zich opnieuw af hoe iemand kon geloven dat hij zelfmoord zou plegen. Hij bruiste van blijdschap dat zijn dreigement had gewerkt. En de uitstekende rode wijn bracht hen alledrie in een vrolijke, wat blufferige bui. Ze waren heel tevreden over zichzelf. Het robuuste Italiaanse eten gaf bovendien extra energie.

'Maar waar we nu over moeten nadenken,' zei Vail, 'is het volgende: is twee procent goed genoeg of moeten we meer zien te krijgen?'

'Wees niet inhalig,' zei Molly. 'De afspraak is gemaakt.'

Vail kuste haar hand in filmsterrenstijl en zei: 'Molly, je bent een genie. Een meedogenloos genie; dat is waar. Hoe kon je een man in zijn ziekenhuisbed zo intimideren?'

Molly doopte een stuk brood in tomatensaus. 'Ernest,' zei ze, 'jij zult deze stad nooit begrijpen. Er bestaat geen genade. Niet als je dronken, aan de coke, verliefd of platzak bent. Waarom zou je voor de zieken een uitzondering maken?'

Claudia zei: 'Skippy Deere vertelde een keer dat je mensen van wie je iets koopt, meeneemt naar een Chinees restaurant, en als je iets verkoopt, naar een Italiaans. Heeft dat zin?'

'Hij is producent,' zei Molly. 'Hij heeft het ergens gelezen. Buiten het verband betekent het niets.'

Vail at met de eetlust van een misdadiger die is vrijgesproken. Hij had voor zichzelf drie soorten pasta besteld maar gaf kleine beetjes aan Molly en Claudia en wilde hun mening weten. 'Het beste Italiaanse eten ter wereld buiten Rome,' zei hij. 'En wat Skippy betreft: er zit een zekere filmlogica achter. Chinees eten is goedkoop en haalt de prijs omlaag. Van Italiaans eten kun je slaperig en minder scherp worden. Ik vind het allebei lekker. Is het niet aardig om te weten dat Skippy altijd aan het manipuleren is?'

Vail bestelde altijd drie nagerechten. Niet dat hij ze allemaal opat, maar hij wilde bij één diner veel verschillende dingen proeven. Bij hem leek dat niet excentriek. Ook niet zijn manier van kleden – alsof kleren de huid tegen weer en wind moesten beschermen – of de achteloosheid waarmee hij zich schoor en zijn ene bakkebaard langer liet worden dan de andere. Zelfs het zelfmoorddreigement leek niet onlogisch of vreemd. Noch de volmaakte en kinderlijke eerlijkheid waarmee hij vaak mensen kwetste. Claudia was aan excentriciteit gewend. Hollywood stikte van de excentriekelingen.

'Weet je, Ernest, jij hoort bij Hollywood. Je bent er excentriek genoeg voor,' zei ze.

'Ik ben niet excentriek,' zei Vail. 'Daar ben ik niet subtiel genoeg voor.'

'Noem je de neiging tot zelfmoord om een geldruzie dan niet excentriek?' vroeg Claudia.

'Dat was een heel nuchtere reactie op onze cultuur,' zei Vail. 'Ik had er genoeg van om een nul te zijn.'

Claudia vroeg ongeduldig: 'Hoe kun je dat denken? Je hebt tien boeken geschreven. Je hebt de Pulitzer-prijs gewonnen. Je bent wereldberoemd.'

Vail had zijn drie pasta's naar binnen gewerkt en bekeek zijn hoofdgerecht: drie parelgrijze, met citroen bedekte plakjes kalfsvlees. Hij pakte zijn vork en mes. 'Dat stelt allemaal geen moer voor,' zei hij. 'Ik heb geen geld. Het kostte me vijfenvijftig jaar om te leren dat wie geen geld heeft, geen flikker voorstelt.'

Molly zei: 'Je bent niet excentriek, je bent gek. En hou op met dat gegrien over dat je niet rijk bent. Je bent ook niet arm. Anders zouden we hier niet zitten. Je lijdt niet bepaald voor je kunst.'

Vail legde zijn vork en mes neer en tikte op Molly's arm. 'Je hebt gelijk,' zei hij. 'Alles wat je zegt, is waar. Ik geniet van moment tot moment van het leven. Waar ik niet tegen kan, is de loop van het leven.' Hij dronk zijn wijnglas leeg en praatte nuchter door. 'Ik zal nooit meer schrijven,' zei hij. 'Romans schrijven is een doodlopende steeg, net zoals het beroep van smid. Tegenwoordig is het allemaal film en tv.'

'Onzin,' zei Claudia. 'De mensen zullen altijd lezen.'

'Je bent gewoon lui,' zei Molly. 'Jij grijpt elk excuus aan om niet te schrijven. Dat is de echte reden waarom je zelfmoord wilde plegen.' Ze lachten allemaal. Ernest gaf hun een stukje van het kalfsvlees op zijn bord en daarna wat van zijn nagerechten. Hij was alleen tijdens het eten beleefd en leek graag mensen te voederen.

'Dat is allemaal waar,' zei hij, 'maar een romanschrijver kan er niet goed van leven tenzij hij simpele romans schrijft. En zelfs dat is een doodlopende steeg. Een roman kan nooit zo simpel zijn als een film.'

Claudia zei kwaad: 'Waarom haal je de film door het slijk? Ik heb je bij goede films zien huilen. En ze zijn kunst.'

Vail genoot. Hij had zijn gevecht tegen de studio immers gewonnen en zijn percentage was binnen. 'Claudia, daar ben ik het echt mee eens,' zei hij. 'Film is kunst. Ik klaag uit jaloezie. Films maken romans overbodig. Wat heeft het voor zin om een lyrische passage te schrijven over de natuur, over een roodgloeiende wereld, een mooie zonsondergang, een besneeuwde bergketen of de ontzagwekkende golven van grote oceanen?' Hij trok met brede armzwaaien van leer. 'Wat valt er te schrijven over hartstocht en de schoonheid van vrouwen? Wat voor nut heeft dat als je het allemaal in Technicolor op het witte doek kunt zien? O, al die geheimzinnige vrouwen met hun volle, rode lippen, hun betoverende ogen, die met hun blote kont en tieten even verrukkelijk lijken als *boeuf Wellington*? Allemaal veel beter dan zelfs in het echte leven, laat staan in proza. En hoe kunnen wij schrijven over de verbazingwekkende daden van helden die hun vijanden met honderden tegelijk verslaan en grote tegenslagen en verleidingen overwinnen, als je die compleet met spuitend bloed en gekwelde, gepijnigde gezichten op het scherm kunt zien? Acteurs en camera's doen al het werk en slaan daarbij het brein over. Sylvester Stallone als Achilles in de *Ilias*. Maar één ding kan de film niet: in het brein van de figuren duiken. De film kan het denkproces en de complexiteit van het leven niet dupliceren.' Hij zweeg even en zei toen melancholiek: 'Maar weet je wat nog het ergste van alles is? Ik ben elitair. Ik wilde als kunstenaar iets bijzonders zijn. Wat ik dus haat, is dat de film zo'n democratische kunstvorm is. Iedereen kan een film maken. Je hebt gelijk, Claudia. Ik heb films gezien die me aan het huilen maakten en ik weet honderd procent zeker dat de mensen erachter debiele, gevoelloze en cultuurloze mensen zijn zonder een greintje moreel besef. De scenarioschrijver is analfabeet, de regisseur egoïst, de producent een moordenaar van elke moraal, en de acteurs rammen hun vuist tegen een muur of een spiegel om het publiek te laten zien dat ze in alle staten zijn. En toch is de film iets dat werkt. Waarom? Omdat een film zichzelf maakt door beeldhouwkunst, schilderkunst, muziek, menselijke lichamen en technologie te gebruiken, terwijl een romanschrijver alleen maar een rij woorden tot zijn beschikking heeft, zwarte inkt op wit papier. En om heel eerlijk te zijn is dat niet zo vreselijk. Dat is vooruitgang. En een nieuwe, grote kunstvorm. Democratische kunst. En kunst zonder lijden. Koop gewoon de goeie camera en haal je vrienden bij elkaar.' Vail keek de twee vrouwen stralend aan. 'Is het niet prachtig? Een kunstvorm die geen echt talent vereist? Wat een democratie, wat een therapie om je eigen film te maken! Dat gaat de seks vervangen. Ik kom jouw film bekijken en jij de mijne. Deze kunstvorm zal de wereld hervormen, en wel ten goede. Claudia, wees gelukkig dat je een kunst beoefent die de toekomst is.'

'Je bent een arrogante zak,' zei Molly. 'Claudia heeft voor je gevochten en heeft je verdedigd. En met jou heb ik meer geduld gehad dan met de moordenaars die ik verdedigd heb. En dan nodig je ons uit in een restaurant om ons te beledigen.'

Vail leek werkelijk verbaasd. 'Ik ben helemaal niet beledigend. Ik definieer alleen. Ik ben jullie dankbaar en houd van jullie allebei.' Hij zweeg even en zei toen nederig: 'Ik bedoel helemaal niet dat ik beter ben dan jullie.'

Claudia barstte in lachen uit. 'Ernest, wat een flauwekul,' zei ze.

'Alleen in het echte leven,' zei Vail kameraadschappelijk. 'Kunnen we even iets zakelijks bespreken? Molly, als ik dood zou zijn en mijn gezin weer alle rechten kreeg, zou LoddStone dan vijf procent betalen?'

'Minstens vijf,' zei Molly. 'Maar ga je nou zelfmoord plegen om een paar procent extra? Ik snap niks meer van je.'

Claudia keek hem bezorgd aan. Ze wantrouwde zijn opgewektheid. 'Ernest, ben je nog steeds ongelukkig? We hebben een prachtige overeenkomst. Ik vond het zo spannend!'

Vail zei liefdevol: 'Claudia, je hebt geen idee waar het in de echte wereld om gaat. Daarom ben je zo'n volmaakte scenarioschrijfster. Wat maakt het in jezusnaam uit of ik gelukkig ben? De gelukkigste man die ooit geleefd heeft, gaat in zijn leven vreselijke dingen tegemoet. Afschuwelijke tragedies. Kijk maar naar mij. Ik heb net een grote overwinning geboekt. Ik hoef mezelf niet van kant te maken. Ik geniet van de maaltijd. Ik geniet van het gezelschap van twee mooie, intelligente, meelevende vrouwen. En ik vind het heerlijk dat mijn vrouw en kinderen economische zekerheid hebben.'

'Maar wat zit je dan te zeuren?' vroeg Molly. 'Waarom bederf je de sfeer?'

'Omdat ik niet kan schrijven,' zei Vail. 'Wat geen grote tragedie is. Het is niet erg belangrijk meer, maar het is het enige wat ik kan.' Terwijl hij dat zei, verorberde hij zijn drie nagerechten met zoveel kennelijk genot dat de vrouwen in lachen uitbarstten. Vail antwoordde met een grijns. 'We hebben de oude Eli overbluft,' zei hij.

'Je neemt je writer's block te ernstig op,' zei Claudia. 'Neem maar wat speed.'

'Scenarioschrijvers hebben geen schrijfblokkade omdat ze niet schrijven,' zei Vail. 'Ik kan niet schrijven omdat ik niets te zeggen heb. Maar laten we het eens over iets interessanters hebben. Molly, ik heb nooit begrepen hoe ik tien procent kan krijgen van de winst op een film die bruto honderd miljoen dollar oplevert en maar vijftien miljoen kost om te maken, terwijl ik er nooit een cent van zie. Dat is het enige mysterie dat ik voor mijn dood nog hoop op te lossen.'

Dat bracht Molly weer in een goed humeur; ze gaf graag les over de wet. Ze haalde een opschrijfboekje uit haar tas en schreef een paar getallen op.

'Dat is volstrekt legaal,' zei ze. 'Ze houden zich aan het contract – een contract dat je overigens nooit had mogen tekenen. Kijk, neem die honderd miljoen bruto. De bioscopen, de vertoners, krijgen de helft. De studio krijgt nu dus nog maar vijftig procent, en dat heet de huuropbrengst. Oké. De studio trekt daar de vijftien miljoen vanaf die de film kost. Dan blijven er nog vijfendertig miljoen over. Maar volgens jouw contract en de meeste andere studiocontracten rekent de studio dertig procent van de huuropbrengst als distributiekosten voor de film. Dus steken ze nog eens vijftien miljoen in hun zak. Nu zijn er dus nog twintig over. Daarna trekken ze er de kosten van de kopieën en de advertentiekosten voor de film vanaf, en dat kan makkelijk vijf miljoen zijn. Volgens het contract krijgt de studio vijfentwintig procent van het budget voor studio-overhead, telefoonrekeningen, elektriciteit, studiogebruik enzovoorts. Nu zijn er nog maar elf. Goed, zeg je. Je krijgt dus een percentage over elf miljoen. Maar de superster krijgt minstens vijf procent van de huuropbrengst en de regisseur en de producent nog eens vijf. Dat betekent weer vijf miljoen. Nu zijn er nog maar zes over. Eindelijk denk je iets te krijgen. Maar niet te snel. Daarna zetten ze op jouw rekening alle distributiekosten. Ze rekenen vijftig mille voor de aflevering van de kopieën aan de Engelse markt en nog eens vijftig voor Frankrijk of Duitsland. En ten slotte berekenen ze de rente op de vijftien miljoen die ze geleend hebben om de film te maken. Op dat punt is de zaak voor mij onduidelijk. Maar die laatste zes miljoen verdwijnt. Dat gebeurt er als je mij niet als advocaat hebt. Ik schrijf een contract waarbij je echt een stukje uit de goudmijn krijgt. Geen bruto voor een schrijver, maar een goed omschreven deel van het netto. Begrijp je het nu?'

Vail lachte. 'Niet echt,' zei hij. 'Hoe zit het met het tv- en videogeld?'

'Van de tv zie je een beetje,' zei Molly. 'Niemand weet hoeveel geld ze met video verdienen.'

'Maar mijn overeenkomst met Marrion is toch puur bruto?' vroeg Vail. 'Ze kunnen me niet opnieuw naaien.'

'Niet op de manier zoals ik het contract opstel,' zei Molly. 'Dat wordt enkel en alleen bruto.'

Vail zei treurig: 'Dan heb ik niets meer om over te mokken. Dan heb ik geen excuus meer om niet te schrijven.'

'Jij bent een echte excentriekeling,' zei Claudia.

'Nee hoor,' zei Vail, 'gewoon een knoeier. Excentriekelingen doen rare dingen om mensen af te leiden van wat ze doen of zijn. Ze schamen zich. Daarom zijn filmmensen zo excentriek.'

Wie had ooit gedacht dat sterven zo aangenaam kon zijn, dat iemand zo vredig kon zijn, dat iemand zo zonder enige angst kon zijn? En dat je dan bovenal die ene, grote, door iedereen gedeelde mythe had doorgrond?

In de lange nachtelijke uren van een zieke zoog Eli Marrion zuurstof uit het

buisje in de muur en overpeinsde hij zijn leven. Priscilla had haar dienst verlengd en las een boek bij de zwakke lamp aan de andere kant van de kamer. Hij zag hoe ze snel haar blik hief en weer neersloeg, alsof ze na elke gelezen regel keek hoe het met hem ging.
Marrion bedacht hoe anders dit tafereel in een film zou zijn geweest. In een film zou er spanning hebben geheerst omdat hij tussen dood en leven zweefde. De verpleegster zou zich over zijn bed buigen; het zou een komen en gaan van artsen zijn. Honderd procent zeker werd er dan veel lawaai gemaakt, was er veel spanning. Maar hier was het in de kamer absoluut stil, zat de verpleegster te lezen en ademde Marrion soepel door zijn plastic buis.
Hij wist dat deze dakverdieping alleen dit soort enorme suites voor heel belangrijke mensen bevatte. Machtige politici, onroerend-goedmiljardairs, oude filmsterren die in de wereld van het amusement een steeds vagere mythe werden. Allemaal koningen op hun eigen terrein, maar hier, in dit nachtelijke ziekenhuis, vazallen van de dood. Ze lagen hulpeloos alleen, door huurlingen verzorgd. Hun macht lag in stukken. Buizen in hun lichaam, pluggen in hun neusgaten. Ze wachtten tot het chirurgenmes het afval uit hun falende hart haalde of (zoals bij hem) tot een volledig herzien hart werd ingeplant. Hij vroeg zich af of ze even berustend waren als hij.
Maar vanwaar die berusting? Waarom had hij tegen de artsen gezegd dat hij geen transplantatie wilde, dat hij liever niet langer leefde dan zijn falende hart toestond? Hij vond dat hij goddank nog steeds intelligente beslissingen kon nemen waar geen sentiment aan te pas kwam.
Alles was hem zo duidelijk alsof hij een filmcontract sloot: hij berekende de kosten, de winstmarge, de waarde van de bijkomende rechten, mogelijke valkuilen van acteurs en regisseurs, en kostenoverschrijdingen.
Ten eerste: hij was tachtig jaar en geen robuuste tachtiger. Na een harttransplantatie zou hij in het gunstigste geval een jaar uit de roulatie zijn. Lodd-Stone Studios zou hij nooit meer leiden. Het grootste deel van zijn macht over deze wereld ging beslist in rook op.
Ten tweede: leven zonder macht was onverdraaglijk. Want wat kon een oude man als hij doen, ook al had hij dan een nieuw hart? Hij kon niet aan sport doen, vrouwen achternazitten of genieten van eten of drinken. Nee, het enige genot van een oude man was macht, en wat was daar zo erg aan? Macht kon ten goede worden aangewend. Had hij niet ondanks al zijn principiële voorzichtigheid en ondanks zijn levenslange vooroordelen Ernest Vail genade betoond? Had hij niet tegen de artsen gezegd dat hij geen kind of jongeman van de kans op een nieuw leven wilde beroven door een hart in beslag te nemen? Was dat geen machtsuitoefening voor een hoger goed?
Maar hij had een heel leven lang met hypocrisie te maken gehad en herkende die nu in zichzelf. Hij wilde geen nieuw hart omdat dat geen goede

winstgevende handel was; een eindbeslissing. Hij had Ernest Vail zijn percentage gegund omdat hij Claudia's genegenheid en het respect van Molly Flanders wilde – een kwestie van sentimentaliteit. Was het dan zo erg dat hij de indruk van goedheid wilde nalaten?
Hij was tevreden met het leven dat hij geleid had. Hij had het van armoede tot rijkdom geschopt en zijn medemensen verslagen. Hij had van alle genoegens van het mensenleven genoten, had mooie vrouwen bemind, in luxe huizen gewoond, de fijnste zijden stoffen gedragen. En hij had bijgedragen aan de totstandkoming van kunst. Hij had een enorme macht en een groot fortuin verzameld. En hij had geprobeerd goed te zijn voor zijn medemens. Aan ditzelfde ziekenhuis had hij tientallen miljoenen guldens geschonken. Maar vooral had hij genoten van de strijd tegen zijn medemens. En wat was daar zo erg aan? Hoe anders kon je de macht verwerven om goed te doen?
Nu al betreurde hij zijn laatste goede daad jegens Ernest Vail. Je kunt de buit van je gevechten niet zomaar weggeven, zeker niet onder dreiging. Maar Bobby zou daar wel voor zorgen. Bobby zou voor alles zorgen.
Bobby zou de noodzakelijke PR-verhalen in omloop brengen over hoe hij een transplantatie weigerde om het hart aan een jonger iemand te gunnen. Bobby zou alle bestaande brutopercentages terugdraaien. Bobby zou zich ontdoen van het produktiebedrijf van zijn dochter, dat voor LoddStone een verliespost was. Bobby draaide er wel voor op.
In de verte hoorde hij een belletje en toen het slangachtige geratel van het faxapparaat dat de in New York verzamelde bezoekcijfers doorseinde. Het gestotter vormde een refrein voor zijn falende hart.
En nu de waarheid. Zelfs in het beste geval had hij genoeg van het leven. Uiteindelijk verried niet zijn lichaam hem maar zijn geest.
En nu de waarheid. Hij was teleurgesteld in de mens. Hij had te veel verraad, te veel treurige zwaktes, te veel zucht naar geld en roem gezien. Valsheid tussen minnaars, echtgenoten, vaders, zonen, moeders, dochters. Goddank had hij films gemaakt die mensen hoop gaven en goddank had hij kleinkinderen en goddank hoefden hij hen niet te zien opgroeien in deze mensenwereld.

De fax hield op met stotteren en Marrion voelde het gefladder van zijn eigen falende hart. Het vroege ochtendlicht vulde de kamer. Hij zag de verpleegster de lamp uitdoen en haar boek sluiten. Het voelde eenzaam om alleen met deze vreemdelinge in deze kamer te sterven terwijl zoveel machtige mensen van hem hielden. Toen wrikte de verpleegster zijn oogleden open en zette ze een stethoscoop op zijn borst. De enorme deuren van zijn ziekenhuissuite gingen open als de grote poort van een oude tempel en hij hoorde het geratel van borden op de ontbijtbladen...

Toen werd de kamer met felle lichten gevuld. Hij voelde vuisten op zijn borstkas bonzen en vroeg zich af waarom ze hem dat aandeden. In zijn brein ontstond een wolk die het met een mist vulde. Door die mist heen schreeuwden stemmen. Een tekstregel uit een film drong tot zijn zuurstofarme hersenen door: 'Is dit de manier waarop goden sterven?'
Hij voelde de elektrische schokken, de meppen, de snede die gemaakt werd om zijn hart met blote handen te masseren.
Heel Hollywood zou rouwen, maar niemand meer dan nachtzuster Priscilla. Ze had een dubbele dienst gedraaid omdat ze twee kleine kinderen te onderhouden had, en vond het vervelend dat Marrion tijdens haar dienst stierf. Ze was trots op haar reputatie als een van de beste verpleegsters in Californië. Ze haatte de dood. Maar het boek dat ze had zitten lezen, had haar opgewonden, en ze had zitten bedenken hoe ze met Marrion kon praten over de mogelijkheid van een verfilming. Ze wilde niet eeuwig verpleegster blijven en schreef als bijverdienste scenario's. Op dit moment wilde ze de hoop niet opgeven. Deze bovenverdieping van het ziekenhuis met zijn enorme suites ontving de grootste mannen van Hollywood, en eeuwig zou ze voor hen de wacht houden tegen de dood.

Maar dat alles speelde zich slechts af in Marrions geest op het moment dat hij stierf. Die geest was verzadigd van de duizenden films die hij gezien had. In werkelijkheid kwam de verpleegster zo'n vijftien minuten na zijn dood naar zijn bed, zo rustig was hij gestorven. Ze overwoog misschien dertig seconden om alarm te slaan en reanimatie te proberen. Ze had veel ervaring met de dood en was genadiger. Waarom zou ze hem reanimeren tot de martelingen van een veeleisend leven? Ze liep naar het raam en zag de zon opkomen en de duiven wellustig over de vensterbanken paraderen. Priscilla nam de eindbeslissing over Marrions lot... en was zijn genadigste rechter.

13

Senator Wavven had groot nieuws. Het zou de Clericuzio's vijf miljoen dollar kosten. Aldus Giorgio's koerier. Dat betekende een hele papierwinkel. Cross moest vijf miljoen dollar aan de casinokas onttrekken en heel wat bescheiden achterlaten om de verdwijning te rechtvaardigen.

Cross kreeg ook een boodschap van Claudia en Vail. Ze waren in het hotel en deelden een suite. Het was dringend.

Er was een telefoontje van Lia Vazzi uit het jachthuis. Hij wilde Cross zo snel mogelijk persoonlijk spreken. Hij hoefde niet te zeggen dat het dringend was. Alle verzoeken van Lia waren dringend, want anders belde hij niet, en hij was al onderweg.

Cross begon aan de paperassen voor de overdracht van vijf miljoen dollar aan senator Wavven. Het geld nam te veel plaats in voor een koffer of grote reistas. Hij belde de cadeauwinkel van het hotel, want hij herinnerde zich dat daar een antieke Chinese kist te koop stond die groot genoeg was om het geld te bevatten. De kist was donkergroen en met rode draken en valse groene edelstenen erop versierd. Het slotmechaniek zag er sterk uit.

Gronevelt had hem geleerd om met een papierspoor geld te legitimeren dat uit het hotelcasino verdween. Het was een langdurig en omslachtig werkje, waarbij geld op allerlei rekeningen werd gestort, diverse leveranciers van drank en voedsel betaald werden, bijzondere opleidingsprojecten en publiciteitsstunts werden bedacht en een hele ploeg spelers opdraafde die als schuldenaren bij de kas niet bestonden.

Cross werkte er een uur aan door. Senator Wavven werd pas de volgende dag – een zaterdag – verwacht en de vijf miljoen zouden hem overhandigd moeten worden voordat hij maandagochtend vroeg vertrok. Uiteindelijk begon zijn concentratie te verslappen en nam hij noodgedwongen even pauze.

Hij belde naar Claudia's en Vails suite beneden. Claudia nam op en zei: 'Ik heb het vreselijk moeilijk met Ernest. We moeten met je praten.'

'Oké,' zei Cross. 'Waarom gaan jullie niet beneden wat gokken? Over een

uurtje haal ik jullie op in de dobbelkuil.' Hij zweeg. 'Dan gaan we samen eten en kunnen jullie me je problemen vertellen.'
'We kunnen niet gokken,' zei Claudia. 'Ernest zit boven zijn kredietplafond en van jou krijg ik maar krediet tot een zielige tien mille.'
Cross zuchtte. Dit betekende dat Ernest Vail het casino honderd mille schuldig was, een schuldbekentenis die evenveel waard was als toiletpapier. 'Geef me nog een uurtje en kom dan naar mijn suite. Dan eten we hier.'
Cross moest nog iemand anders bellen, en wel Giorgio, aan wie hij de betaling aan de senator bevestigde. Niet dat hij de koerier wantrouwde, maar dit was een van de ingebouwde procedures. Ze deden het met al heel lang vaststaande verbale codes. De naam werd weergegeven in willekeurig geschikte cijfers, het geld in willekeurig geschikte letters van het alfabet.
Cross probeerde met zijn paperassen door te gaan, maar zijn geest dwaalde opnieuw af. Voor vijf miljoen moest senator Wavven iets heel belangrijks te zeggen hebben. En als Lia de lange rit naar Las Vegas maakte, had hij ernstige problemen.
Er werd gebeld. De bewakingsdienst had Claudia en Ernest naar het penthouse gebracht. Cross omhelsde Claudia extra hartelijk omdat hij haar niet wilde laten denken dat hij kwaad op haar was omdat ze in het casino verloor. In de zitkamer van de suite gaf hij hun het menu van de roomservice en belde toen hun bestelling door. Claudia zat stijf op de sofa; Vail hing ongeïnteresseerd tegen de rugleuning.
Claudia zei: 'Cross, Vail is er vreselijk aan toe. We moeten iets voor hem doen.'
Cross vond Vail helemaal geen vreselijke indruk maken. Hij leek echt ontspannen en had zijn ogen halfdicht. Rond zijn mond speelde een tevreden glimlachje. Dat irriteerde Cross.
'Natuurlijk. Om te beginnen ga ik al zijn krediet in de stad afsnijden. Dat bespaart geld, want hij is de stomste gokker die ik ooit gezien heb.'
'Het gaat niet om het gokken,' zei Claudia, en ze vertelde hem het hele verhaal over Marrion, die Vail een brutopercentage op alle vervolgfilms op zijn boek had beloofd en toen stierf.
'En?' vroeg Cross.
'Nu wil Bobby Bantz die belofte niet nakomen,' zei Claudia. 'Sinds Bobby de leiding van LoddStone Studios heeft, is hij bezeten van macht. Hij wil graag op Marrion lijken maar mist gewoon zijn intelligentie en charisma. Ernest staat dus weer in de kou.'
'Maar Jezus, wat denk je dat ik daaraan doen kan?' vroeg Cross.
'Je bent LoddStones partner in *Messalina*,' zei Claudia. 'Je móet enige invloed bij ze hebben. Ik wil graag dat je Bobby Bantz vraagt om Marrions belofte na te komen.'

Op dit soort momenten werd Cross gek van haar. Bantz zou nooit toegeven. Dat hoorde bij zijn werk en zijn karakter.
'Nee,' zei Cross. 'Dat heb ik je al eens eerder uitgelegd. Ik kan pas een positie kiezen als ik weet dat het antwoord ja is. En hier is daar geen kans op.'
Claudia fronste haar wenkbrauwen. 'Dat heb ik nooit begrepen,' zei ze. Ze zweeg even. 'Ernest meent het. Hij gaat zelfmoord plegen zodat zijn gezin de rechten terugkrijgt.'
Nu bemoeide ook Vail zich ermee. Hij zei: 'Claudia, uilskuiken, begrijp je dan niet wat je broer bedoelt? Als hij iemand om iets vraagt en die iemand zegt nee, dan moet hij hem doden.' Hij keek Cross met een brede grijns aan.
Cross was woedend dat Vail in Claudia's aanwezigheid op die manier durfde te praten. Gelukkig kwam op dat moment de roomservice met hun roltafeltjes binnen. Het eten werd in de zitkamer opgediend. Cross beheerste zich toen ze gingen zitten eten, maar kon de neiging niet weerstaan om met een kil glimlachje te zeggen: 'Ernest, als ik het goed begrijp, zijn al je problemen voorbij als je je van kant maakt. Misschien kan ik daarbij helpen. Ik verhuis je naar een suite op de tiende verdieping. Dan hoef je alleen maar het raam uit te stappen.'
Nu werd Claudia kwaad. 'Het is geen grap,' zei ze. 'Ernest is een van mijn beste vrienden. En jij bent mijn broer die altijd zegt dat hij van mij houdt en alles voor me doet.' Ze barstte in tranen uit.
Cross stond op en liep naar haar toe om haar te omhelzen. 'Claudia, ik kán hier helemaal niets aan doen. Ik ben geen tovenaar.'
Ernest Vail genoot van de maaltijd. Niemand leek een onwaarschijnlijker zelfmoordkandidaat dan hij. 'Je bent te bescheiden, Cross,' zei hij. 'Luister, ik heb het lef niet om uit een raam te springen. Ik heb te veel fantasie. Ik zou onderweg naar beneden duizend doden sterven bij de gedachte aan hoe ik in kleine stukjes over de hele straat verspreid lig. En misschien land ik wel op een onschuldig iemand. Ik ben een te grote lafbek om mijn polsen door te snijden. Ik kan geen bloed zien en ben doodsbang van pistolen, messen en het verkeer. Ik wil niet eindigen als een soort groente die niets bereikt heeft. Ik wil niet dat die hufters van een Bantz en Deere me uitlachen en al mijn geld houden. Je kunt één ding doen: iemand inhuren om me te doden. Zeg me niet wanneer. Zorg alleen dat het gebeurt.'
Cross begon te lachen. Hij gaf Claudia een geruststellend tikje op haar hoofd en liep weer naar zijn stoel. 'Denk je echt dat dit een film is?' vroeg hij aan Ernest. 'Denk je echt dat iemand doden een lolletje is?'
Cross verliet de tafel en ging naar zijn bureau. Hij maakte een la open en haalde er een zak zwarte fiches uit. Hij gooide de zak naar Ernest en zei: 'Hier heb je tien mille. Probeer het nog één keer aan de tafels. Misschien heb je geluk. Maar beledig me niet waar mijn zuster bij is.'

Vail was nu heel vrolijk. 'Kom op, Claudia,' zei hij. 'Je broer wil me niet helpen.' Hij deed de zwarte fiches in zijn zak en stond blijkbaar te trappelen om te gaan gokken.
Claudia maakte een afwezige indruk. Ze telde alles in haar hoofd op maar weigerde om het totaal uit te rekenen. Ze zag het kalme, knappe gezicht van haar broer. Hij kon niet zijn wat Vail over hem zei. Ze kuste Cross op zijn wang en zei: 'Het spijt me, maar ik maak me zorgen over Ernest.'
'Het komt wel goed met hem,' zei Cross. 'Hij houdt veel te veel van gokken om dood te gaan. En hij is een genie, nietwaar?'
Claudia lachte. 'Dat zegt hij altijd, en ik ben het met hem eens,' zei ze. 'En hij is zo'n vreselijke lafaard.' Maar ze stak haar hand uit om Vail liefdevol te strelen.
'Waarom trek je eigenlijk nog steeds met hem op?' vroeg Cross. 'Waarom deel je een suite met hem?'
'Omdat ik zijn beste en laatste vriend ben,' zei Claudia boos. 'En ik houd van zijn boeken.'

Toen zij tweeën weg waren, werkte Cross de rest van de nacht door aan het plan om senator Wavven vijf miljoen dollar toe te schuiven. Toen hij klaar was, belde hij het casinohoofd – een hooggeplaatst lid van de Clericuzio-Familie – en zei hem dat hij het geld naar zijn penthouse moest brengen.
Het casinohoofd en twee bewakers, die eveneens tot de Clericuzio's hoorden, brachten het geld in twee grote zakken naar boven. Ze hielpen Cross om het in de Chinese kist te doen. Het casinohoofd grijnsde even naar Cross en zei: 'Mooie kist.'
Toen de mannen weg waren, pakte Cross de enorme gewatteerde deken van zijn bed en wikkelde die rond de kist. Toen belde hij de roomservice om twee ontbijten te bestellen. Een paar minuten later belde de bewakingsdienst met de mededeling dat Lia Vazzi zat te wachten om met hem te praten. Hij gaf toestemming om hem naar boven te brengen.
Cross omhelsde Lia. Hij vond het altijd heerlijk om hem te zien.
'Goed nieuws of slecht nieuws?' vroeg Cross, toen de roomservice het ontbijt had gebracht.
'Slecht,' zei Lia. 'Die rechercheur die me in de lounge van het Beverly Hills Hotel staande hield toen ik Skannet bij me had. Jim Losey. Hij verscheen in het jachthuis en stelde vragen over mijn relatie tot Skannet. Ik heb hem afgescheept. Maar het is niet goed dat hij wist wie ik was en waar ik was. Ik sta in geen enkel politiedossier en heb nooit problemen gehad. Dat betekent dat er een verklikker is.'
Cross schrok. Deserteurs kwamen in de Clericuzio-Familie zelden voor en werden altijd meedogenloos afgeslacht.

'Ik zal het bij de don zelf melden,' zei Cross. 'Maar jij? Wil je op vakantie in Brazilië tot we ontdekken hoe het zit?'
Lia had heel weinig gegeten. Hij bediende zich van de cognac en havannasigaren die Cross klaar had staan.
'Ik ben nog niet nerveus,' zei Lia. 'Ik wil alleen graag je toestemming om me tegen die man te beschermen.'
Cross schrok hevig. 'Lia, dat kun je niet doen,' zei hij. 'In dit land is het heel gevaarlijk om een politieman te doden. Dit is Sicilië niet. Daarom moet ik je iets vertellen dat je eigenlijk niet mag weten. Jim Losey staat op de Clericuzio-loonlijst. Voor veel geld. Volgens mij steekt hij zijn neus er alleen in om een bonus te eisen als hij je met rust laat.'
'Goed,' zei Vazzi. 'Maar het blijft een feit. Er moet een verklikker zijn.'
'Daar zorg ik voor,' zei Cross. 'Maak je over Losey geen zorgen.'
Lia trok aan zijn sigaar. 'Hij is een gevaarlijk man. Wees voorzichtig.'
'Dat zal ik zijn,' zei Cross. 'Maar geen onberaden stappen van jouw kant. Oké?'
'Natuurlijk,' zei Lia. Hij leek zich te ontspannen. Toen vroeg hij achteloos: 'Wat zit er onder die deken?'
'Een cadeautje voor een heel belangrijk iemand,' zei Cross. 'Wil je vannacht in het hotel blijven slapen?'
'Nee,' zei Lia. 'Ik ga weer naar het jachthuis en je kunt me op je gemak vertellen wat je ontdekt. Maar ik zou je aanraden om Losey meteen te lozen.'
'Ik zal het er met de don over hebben,' zei Cross.

Senator Warren Wavven en zijn gevolg van drie mannelijke assistenten werden om drie uur 's middags ingeschreven in hun Xanadu-villa. Zoals gewoonlijk had hij in een onopvallende limousine en zonder enig escorte gereisd. Om vijf uur liet hij Cross naar zijn villa komen.
Cross had de in een deken verpakte kist door twee van zijn bewakers in een gemotoriseerd golfwagentje laten zetten. Een van de bewakers reed. Cross zat naast hem en hield een oogje op de kist, die in de vrachtruimte stond waarin anders de golfclubs en het ijswater vervoerd werden. Het was maar een ritje van vijf minuten over het Xanadu-terrein naar het afzonderlijk bewaakte complex waar de zeven villa's stonden.
Cross vond het altijd heerlijk om ze te zien en zijn macht te voelen. Kleine Versailles-paleisjes, elk met een ruitvormig zwembad dat glom als een smaragd, en in het midden het vierkant waar het parelvormige privé-casino voor de villabewoners stond.
Cross droeg de kist zelf de villa in. Een van de assistenten van de senator bracht hem naar de eetkamer, waar hij en zijn mensen zich te goed deden aan een luxe sortering koude gerechten en kannen limonade met ijs. Hij dronk geen alcohol meer.

Senator Wavven was even knap en minzaam als altijd. In het politieke leven was hij hoog gestegen. Hij leidde diverse belangrijke commissies en kon een onverwachte kandidaat bij de volgende presidentsverkiezingen zijn. Hij sprong op om Cross te begroeten.
Cross trok de deken van de kist en zette hem op de grond.
'Een cadeautje van het hotel, senator,' zei hij. 'Ik wens u een aangenaam verblijf.'
De senator pakte Cross' hand met twee handen beet. Ze voelden glad aan. 'Wat een heerlijk cadeau,' zei hij. 'Dank je, Cross. Maar mag ik even onder vier ogen met je praten?'
'Natuurlijk,' zei Cross, en gaf hem de sleutel van de kist. Wavven liet hem in zijn broekzak glijden. Toen wendde hij zich tot zijn assistenten en zei: 'Breng de kist alsjeblieft naar mijn slaapkamer en zorg dat een van jullie erbij blijft. En laat me nu even een paar minuten alleen met mijn vriend Cross.'
Ze gingen weg en de senator begon door de kamer te ijsberen. Hij fronste zijn wenkbrauwen. 'Ik heb natuurlijk goed nieuws, maar ik heb ook slecht nieuws.'
Cross knikte en zei vriendschappelijk: 'Zo gaat het altijd.' Hij vond dat het goede nieuws voor deze vijf miljoen een verdomde hoop beter moest zijn dan het slechte.
Wavven grinnikte. 'Vind je ook niet? Laat ik met het goede beginnen. En dat is heel goed nieuws. De laatste paar jaar heb ik gewerkt aan wetgeving om het gokken in de hele Verenigde Staten legaal te maken. Met zelfs de bepaling dat ook sportweddenschappen legaal worden. Ik denk dat ik eindelijk de stemmen van de Senaat en het Huis binnen heb. Met het geld in die kist kan ik een paar doorslaggevende stemmen binnenhalen. Vijf, nietwaar?'
'Inderdaad vijf,' zei Cross. 'En het geld is goed besteed. Maar wat is het slechte nieuws?'
De senator schudde treurig zijn hoofd. 'Je vrienden zijn er vast niet blij mee,' zei hij. 'Vooral Giorgio niet, die zo ongeduldig is. Maar hij is een fabuleuze kerel, werkelijk fabuleus.'
'Mijn lievelingsneef,' zei Cross droog. Van alle Clericuzio's mocht hij Giorgio het minst, en de senator deelde kennelijk zijn gevoelens.
Toen bracht Wavven zijn bom tot ontploffing. 'De president heeft tegen me gezegd dat hij over de wet zijn veto zal uitspreken.'
Cross had inwendig gejubeld over het uiteindelijke succes van don Clericuzio's meesterplan. Om een wettig imperium te stichten op basis van legaal gokken. Nu voelde hij zich verward. Wat lulde Wavven eigenlijk? Die wet kwám er toch?
'En we hebben niet genoeg stemmen om een veto te voorkomen,' zei Wavven.

Alleen om tijd te rekken en zijn zelfbeheersing te herwinnen vroeg Cross: 'Die vijf miljoen zijn dus voor de president?'
De senator leek geschokt. 'Nee, nee, nee,' zei hij. 'We zijn niet eens van dezelfde partij. Bovendien, als de president zich in het privé-leven terugtrekt, wordt hij heel rijk. Elke raad van bestuur van elk groot bedrijf wil hem graag hebben. Hij heeft geen behoefte aan kleingeld.' Wavven glimlachte tevreden naar Cross. 'Als je president van de Verenigde Staten bent, gaat alles heel anders.'
'We zijn dus nergens tenzij de president doodvalt,' zei Cross.
'Precies,' zei Wavven. 'Hij is een heel populaire president, moet ik zeggen, hoewel onze partijen elkaar bestrijden. Hij wordt zeker herkozen. We moeten geduld hebben.'
'We moeten dus nog vijf jaar wachten en op een president hopen die geen veto uitspreekt?'
'Dat is niet helemaal waar,' zei de senator, en op dit punt aarzelde hij even. 'Ik moet eerlijk tegen je zijn. In die vijf jaar kan de samenstelling van het Congres veranderen en heb ik misschien niet meer de stemmen die ik nu heb.' Hij zweeg weer. 'Er spelen veel factoren mee.'
Cross was nu totaal verbijsterd. Wat bedoelde Wavven eigenlijk precies? Toen liet de senator zich in de kaart kijken. 'Als er iets met de president gebeurt, tekent de vice-president de wet natuurlijk. Het klinkt misschien onaardig, maar je moet hopen dat de president een hartaanval of vliegtuigongeluk krijgt of dat hij na een beroerte niet meer kan functioneren. Dat is best mogelijk. Allemaal zijn we sterfelijk.' De senator keek hem stralend aan en plotseling was Cross alles duidelijk.
Hij voelde een flits van woede. Die hufter gaf hem een boodschap voor de Clericuzio's mee: de senator heeft zijn werk gedaan, en nu moeten ze de president van de Verenigde Staten doden om de wet aangenomen te krijgen. En hij was zo glad als een aal en had op geen enkele manier iets concreets voorgesteld. Cross wist zeker dat de don daaraan geen vuile handen wilde maken, en in het andere geval zou Cross weigeren om ooit nog deel van de Familie te zijn.
Wavven vervolgde met een minzame glimlach: 'Op het eerste gezicht is daarop weinig hoop, maar je weet maar nooit. Wie weet wat het lot in petto heeft, en de vice-president is een heel goede vriend van me, ook al zijn we van verschillende partijen. Het staat als een paal boven water dat hij mijn wet zal tekenen. We hoeven alleen maar af te wachten.'
Cross kon zijn oren nauwelijks geloven. Wavven belichaamde de deugdzame, door-en-door Amerikaanse politicus, hoewel hij inderdaad een zwak voor vrouwen en het onschuldige golfspel had. Zijn gezicht was eerbiedwaardig knap en zijn stem patricisch. Hij presenteerde zich als een van de

aardigste mannen ter wereld. Toch liet hij doorschemeren dat de Clericuzio-Familie zijn eigen president moest vermoorden. Wat een geniepерd, dacht Cross.
De senator nam inmiddels hier en daar hapjes van wat er op tafel stond. 'Ik blijf maar één nacht,' zei hij. 'Ik hoop dat je wat meisjes in je show hebt die het leuk vinden om te dineren met een ouwe vent als ik.'

In het penthouse belde Cross Giorgio op en zei hij dat hij de volgende dag in Quogue zou zijn. Giorgio zei dat de Familie-chauffeur hem bij het vliegveld kwam ophalen. Hij vroeg niets. De Clericuzio's praatten nooit telefonisch over zaken.
Toen Cross het grote huis in Quogue bereikte, zag hij tot zijn verrassing dat iedereen er was. In de raamloze studeerkamer zaten niet alleen de don maar ook Pippi, plus de drie zoons van de don: Giorgio, Vincent en Petie, en zelfs Dante, die een hemelsblauwe renaissancepet droeg.
Er was niets te eten in de studeerkamer; straks gingen ze dineren. Zoals gewoonlijk liet de don iedereen naar de foto's van Silvio en van Cross' en Dantes doop op de schoorsteenmantel kijken. 'Wat een gelukkige dag was dat,' zei de don altijd. Allemaal gingen ze op stoelen en sofa's zitten, Giorgio deelde drankjes rond en de don stak een van zijn kromme, zwarte, Italiaanse sigaren op.
Cross deed gedetailleerd verslag: hoe hij de vijf miljoen aan senator Wavven had afgeleverd en wat hij daarna met hem besproken had.
Er viel een lange stilte. Niemand had Cross' interpretatie nodig. Vincent en Petie leken het meest bezorgd. Vincent had zijn restaurantketen en was minder geneigd tot risico's. Petie leidde de soldaten in de Bronx-enclave, maar zijn voornaamste zorg was zijn enorme bouwbedrijf. In deze fase van hun leven stonden ze niet te trappelen om zoiets vreselijks te ondernemen.
'Die idiote senator is gek geworden,' zei Vincent.
De don vroeg aan Cross: 'Weet je zeker dat dat de boodschap is die de senator stuurt? Dat we in feite de leider van ons land, een van zijn collega's in het landsbestuur, moeten vermoorden?'
Giorgio zei droog: 'Ze zijn niet van dezelfde partij, zegt de senator.'
Cross antwoordde de don: 'De senator zou zelf nooit aan iets misdadigs meedoen. Hij heeft alleen de feiten op tafel gelegd. Volgens mij neemt hij aan dat we op basis daarvan zullen handelen.'
Dante nam het woord. Hij was opgewonden van het idee, van de glorie, van de winst: 'We kunnen de hele gokindustrie legaal krijgen. Dat zou de moeite waard zijn. De hoofdprijs!'
De don wendde zich tot Pippi: 'En wat vind jij, mijn *martèllo*?' vroeg hij vol genegenheid.

Pippi was kennelijk kwaad: 'Het kan niet en het mag niet.'
Dante zei honend: 'Neef Pippi, jij kan het misschien niet, maar ik wel!'
Pippi keek hem minachtend aan: 'Jij bent een slager, geen planner. Jij krijgt het in geen miljoen jaar van de grond. Het risico is te groot. Er komt altijd te veel heisa van. En de uitvoering is te moeilijk. Je komt er niet mee weg.'
Dante zei arrogant: 'Grootvader, geef mij de klus. Ik krijg het voor elkaar.'
De don zei vol respect tegen zijn kleinzoon: 'Natuurlijk krijg je het voor elkaar, en de beloning zou heel hoog zijn. Maar Pippi heeft gelijk. De nasleep wordt voor de Familie riskant. Iemand kan altijd fouten maken, maar mag nooit een fatale vergissing begaan. Zelfs als we succes hebben en ons doel bereiken, blijft het gebeurde als een zwaard boven ons hoofd hangen. Het is een te grote misdaad. Bovendien verkeren we niet in een situatie die ons bestaan bedreigt maar willen we gewoon een doel bereiken. Een doel dat met geduld haalbaar is. Intussen zitten we in een aangename positie. Giorgio, jij hebt je stoel op Wall Street. Vincent, jij hebt je restaurants. Petie, jij hebt je bouwbedrijf. Cross, jij hebt je hotel. En Pippi, jij en ik zijn oud. Wij kunnen ons terugtrekken en onze laatste jaren in vrede slijten. Dante, mijn kleinzoon, jij moet geduld hebben. Ooit krijg je je gokimperium; dat wordt je erfdeel. En als het eenmaal zover is, hangt niet de schaduw van een verschrikkelijke daad boven je hoofd. Dus... laat de senator maar naar de zeebodem zwemmen.'
Iedereen in de kamer ontspande zich en de spanning was gebroken. Op Dante na was iedereen gelukkig met de beslissing. En iedereen sloot zich aan bij de vervloeking van de don die zei dat de senator maar moest verdrinken. Hij had hen voor dit gevaarlijke dilemma gesteld.
Alleen Dante leek het er niet mee eens. Hij zei tegen Pippi: 'Heb jij het lef om mij een slager te noemen? En wat ben jij dan wel? Een soort Florence Nightingale?'
Vincent en Petie lachten. De don schudde afkeurend zijn hoofd. 'Nog iets,' zei don Clericuzio. 'Ik denk dat we onze banden met de senator voorlopig moeten handhaven. Ik misgun hem die extra vijf miljoen niet, maar vind het een beledigende gedachte dat wij de president van het land zouden vermoorden om een zakelijke onderneming te bevorderen. Maar welke andere ballen heeft hij in de lucht? Welk voordeel heeft hij van zo'n daad? Hij probeert ons te manipuleren. Cross, als hij in je hotel is, laat hem dan veel promesses verzamelen. Zorg dat hij het naar zijn zin heeft. Hij is als vijand te gevaarlijk.'
Alles was geregeld. Cross legde niet graag nog een ander gevoelig probleem op tafel. Maar hij vertelde het verhaal van Lia Vazzi en Jim Losey. 'Er kan een verklikker in de Familie zijn,' zei Cross.
Dante zei koel: 'Dat was jouw operatie. Het is jouw probleem.'

De don schudde beslist zijn hoofd. 'Een verklikker is dat nooit,' zei hij. 'De rechercheur heeft toevallig iets gevonden en wil een bonus om het te laten rusten. Giorgio, bemoei je ermee.'

Giorgio zei zuur: 'Alweer vijftig mille. Cross, dat is jouw pakkie-an. Het hotel zal het moeten betalen.'

De don stak zijn sigaar weer op. 'Goed, we zijn hier allemaal bij elkaar. Zijn er nog meer problemen? Vincent, hoe gaat het met je restaurants?'

Vincents granieten gezicht verzachtte. 'Ik open drie nieuwe,' zei hij. 'Een in Philadelphia, een in Denver en nog een in New York. Topklasse. Papa, kun jij je voorstellen dat ik zestien dollar voor een bord spaghetti vraag? Als ik dat thuis maak, bereken ik de kosten op vijftig dollarcent per bord. Hoe hard ik ook mijn best doe, meer kan ik er niet van maken. En dan reken ik zelfs de kosten van de knoflook mee. En de gehaktballen. Ik ben het enige luxe Italiaanse restaurant dat gehaktballen serveert. Ik weet niet waarom, maar ik krijg er acht dollar voor. En het zijn geen grote. Ze kosten me twintig cent.'

Hij had graag doorgepraat, maar de don sneed hem de pas af. Hij wendde zich tot Giorgio en vroeg: 'Giorgio, hoe gaat het op Wall Street?'

Giorgio zei voorzichtig: 'Soms goed, soms slecht. Maar de commissies die we op onze handelsoperaties krijgen, zijn even hoog als die van de woekeraars op straat, als we maar genoeg stoom op de ketel zetten. En zonder het risico van doodslag of gevangenis. Volgens mij moeten we alle andere bedrijfstakken vergeten, behalve misschien het gokken.'

De don genoot van deze verhalen. Het succes in de wettige wereld lag hem na aan het hart. Hij vroeg: 'En jouw bouwbedrijf, Petie? Ik hoorde dat je een paar dagen geleden wat problemen hebt gehad...'

Petie haalde zijn schouders op. 'Ik heb meer werk dan ik aankan. Iedereen is aan het bouwen en we hebben een slot op de snelwegcontracten. Al mijn soldaten staan op de loonlijst en leven er goed van. Maar een week geleden duikt bij mijn grootste bouwterrein zo'n roetmop op. Hij had een stuk of honderd zwarten met allerlei spandoeken over burgerrechten bij zich. Ik laat hem dus naar mijn kantoor komen, en plotseling wordt hij poeslief. Ik hoef alleen maar tien procent zwarten aan te nemen en hem onder de tafel twintig mille toe te schuiven.'

Dat prikkelde Dante. 'Worden wij onder druk gezet?' vroeg hij giechelend. 'De Clericuzio's?'

Petie zei: 'Ik probeerde te denken zoals papa. Waarom zouden zij niet ook hun brood verdienen? Dus heb ik die roetmop zijn twintig mille gegeven en gezegd dat ik vijf procent zou aannemen.'

'Dat heb je goed gedaan,' zei de don tegen Petie. 'Je hebt verhinderd dat een klein probleem een groot probleem werd. En natuurlijk dragen de Clericuzio's hun steentje bij aan de vooruitgang van andere volkeren en de beschaving zelf.'

'Ik had die zwarte klootzak om zeep gebracht,' zei Dante. 'Straks komt hij terug en eist hij meer.'
'En dan geven we hem meer,' zei de don. 'Zolang ze maar redelijk blijven.'
Hij wendde zich tot Pippi en vroeg: 'Welke zorgen heb jij?'
'Geen enkele,' zei Pippi. 'Alleen is de Familie tegenwoordig bijna niet meer operationeel en heb ik geen werk meer.'
'Daarmee mag je je gelukkig prijzen,' zei de don. 'Je hebt hard genoeg gewerkt en bent aan vele gevaren ontsnapt. Geniet maar van je oude dag.'
Dante wachtte niet tot hem iets gevraagd werd: 'Ik zit in hetzelfde schuitje,' zei hij tegen de don. 'En ik ben te jong om met pensioen te gaan.'
'Speel maar golf met de *bruglione*s,' zei don Clericuzio droog. 'En maak je geen zorgen. Het leven veroorzaakt altijd werk en problemen. Heb intussen geduld. Ik vrees dat jouw tijd nog komt. En de mijne ook.'

14

Op de ochtend van Eli Marrions begrafenis stond Bobby Bantz tegen Skippy Deere te tieren.

'Dit is godverdomme gekkenwerk! Dit is nou net wat er mis is met het filmvak! Hoe kun jij dat verdomme toelaten?' Hij zwaaide naar Deere met een geniete stapel papier.

Deere bekeek ze. Het was het transportplan voor een film die in Rome werd opgenomen. 'Nou en?' vroeg Deere.

Bantz was razend. 'Iedereen in die film vliegt eerste klas naar Rome... de crew, de bijrollen, die verdomde topacteurs die alleen even hun smoel laten zien, de loopjongens, de stagiaires. Er is maar één uitzondering. Weet je wie? De boekhouder van LoddStone die we erheen hebben gestuurd om de uitgaven te controleren. Hij vloog toeristenklasse.'

'Ja, oké, maar nou en?' vroeg Deere.

Bantz woede werd doelgericht. 'En op het budget van de film staan de kosten voor een school voor de kinderen van iedereen bij die film. Het omvat de huur van een jacht voor twee weken. Ik heb het scenario net aandachtig gelezen. Er zijn twaalf acteurs en actrices die misschien twee of drie minuten in de film hebben. Het jacht staat opgenomen voor maar twee draaidagen. Leg mij nou maar eens uit waarom je dat hebt toegestaan.'

Skippy Deere grijnsde naar hem. 'Natuurlijk,' zei hij. 'Onze regisseur is Lorenzo Tallufo. Hij staat erop dat zijn mensen eersteklas reizen. De bijrollen en korte optredens zijn in het scenario gezet omdat ze de hoofdrollen neuken. Het jacht is voor twee weken geboekt omdat Lorenzo naar het filmfestival van Cannes wil.'

'Jij bent de producent. Praat met Lorenzo,' zei Bantz.

'Niet ik,' zei Deere tegen hem. 'Lorenzo heeft vier films van honderd miljoen bruto plus twee Oscars op zijn naam. Ik lik zijn hielen als ik hem dat jacht op help. Praat jij maar met hem.'

Daarop was geen antwoord mogelijk. Technisch gezien, in de hiërarchie van het vak, stond het studiohoofd boven iedereen. De producent was de man

die alle elementen bij elkaar kreeg en de ontwikkeling van het budget en het scenario in het oog hield. Maar als de opnames eenmaal begonnen, had de regisseur in feite de hoogste macht. Vooral als hij een record aan succesvolle films op zijn naam had.
Bantz schudde zijn hoofd. 'Ik kan niet met Lorenzo praten als ik Eli niet heb om me te steunen. Lorenzo gaat zeggen dat ik de pest kan krijgen en dan zijn we de film kwijt.'
'En dan zou hij gelijk hebben,' zei Deere. 'En Jezus, Lorenzo steelt altijd vijf miljoen uit een filmbudget. Dat doen ze allemaal. Kalmeer nou maar, zodat we ons op de begrafenis kunnen vertonen.'
Maar Bobby Bantz bekeek nu een ander kostenoverzicht. 'Op jouw film,' zei hij tegen Deere, 'staat een post van vijfhonderdduizend dollar voor Chinese afhaalmaaltijden. Niemand, *niemand*, zelfs mijn vrouw niet kan een half miljoen dollar aan Chinees eten besteden. Aan Frans eten misschien. Maar aan Chinees? Aan Chinese afhaalmaaltijden?'
Skippy Deere dacht snel na. Bobby had hem te pakken. 'Het is een Japans restaurant en ze serveren sushi. Dat zijn de duurste maaltijden ter wereld.'
Bobby kalmeerde plotseling. Iedereen klaagde altijd over sushi. Het hoofd van een concurrerende studio had verteld dat hij een Japanse investeerder had meegenomen naar een restaurant dat zich specialiseerde in sushi. 'Voor twee mensen duizend piek voor twintig van die vissekoppen,' had hij gezegd. Bantz was daarvan diep onder de indruk.
'Oké,' zei Bantz tegen Skippy Deere, 'maar je moet bezuinigen. Probeer voor je volgende film meer stagiaires van colleges te krijgen.' Stagiaires werkten gratis.

De Hollywood-begrafenis van Eli Marrion trok nog meer pers dan die van een superster. Hij was door studiobazen, producenten en agenten vereerd en was gerespecteerd en soms zelfs geliefd bij geheide sterren, regisseurs en zelfs scenarioschrijvers. Dat had hij bereikt met zijn beschaving en met de overweldigende intelligentie waarmee hij vele problemen in het filmbedrijf had opgelost. Ook had hij bekendgestaan als iemand die binnen redelijke grenzen rechtvaardig was.
In zijn laatste jaren was hij een asceet, zwolg hij niet in zijn macht en eiste hij van aankomende actrices geen seksuele gunsten. LoddStone had bovendien meer grote films gemaakt dan enige andere studio, en voor mensen die zelf films maakten, was niets zo belangrijk als dat.
De president van de Verenigde Staten stuurde zijn stafchef om een korte lofrede te houden. Frankrijk stuurde zijn minister van Cultuur, hoewel die een tegenstander van de Hollywood-films was. Het Vaticaan stuurde een pauselijke nuntius, een jonge kardinaal die knap genoeg was om aanbiedin-

gen voor kleine rolletjes te krijgen. Op magische wijze verscheen een groep Japanse zakenlieden. De topmanagers van filmbedrijven uit Nederland, Duitsland, Italië en Zweden bewezen Eli Marrion eer.
De lofredes begonnen. Eerst een mannelijke ster, toen een vrouwelijke, toen een A-regisseur. Zelfs de schrijver Benny Sly bewees Marrion eer. Toen kwam de stafchef van de president. Daarna waren, om het geheel een niet te pretentieuze indruk te geven, twee van de grootste filmkomieken aan de beurt. Ze maakten grappen over Eli Marrions macht en zakelijk vernuft. Ten slotte voerden Bobby Bantz en Eli's kinderen Kevin en Dora het woord. Kevin Marrion roemde Eli Marrion als een zorgzame vader, niet alleen voor zijn kinderen, maar ook voor iedereen die bij LoddStone werkte. Hij was een man die een film de toorts van de Kunst gaf. Een toorts, verzekerde Kevin de rouwende aanwezigen, die hij zou overnemen.
Eli Marrions dochter Dora hield de meest poëtische toespraak, geschreven door Benny Sly. Welsprekend en spiritueel behandelde ze Eli Marrions deugden en prestaties met een humoristisch respect. 'Ik hield meer van mijn vader dan van enige andere man die ik kende,' zei ze, 'maar was blij dat ik nooit met hem hoefde te onderhandelen. Dat hoefde ik alleen met Bobby Bantz, en die kon ik te slim af zijn.'
Ze haalde haar lach binnen, en toen was Bobby Bantz aan de beurt. Dora's grap zat hem heimelijk dwars. 'Dertig jaar lang heb ik samen met Eli Marrion LoddStone Studios opgebouwd,' zei hij. 'Hij was de intelligentste en vriendelijkste man die ik ooit gekend heb. Dankzij hem werd die dertigjarige diensttijd de gelukkigste periode van mijn leven. En ik zal zijn droom blijven dienen. Hij toonde zijn vertrouwen in mij door de leiding van de studio de komende vijf jaar in mijn handen te leggen en ik zal hem niet teleurstellen. Ik mag niet hopen dat ik Eli's prestaties kan evenaren. Hij gaf dromen aan miljarden mensen over de hele wereld. Hij deelde zijn rijkdom en liefde met zijn gezin en met alle mensen in Amerika. Hij was echt een magneet.'
Alle aanwezigen wisten dat Bobby Bantz de redevoering zelf geschreven had, want hij had de hele filmindustrie iets belangrijks meegedeeld. Namelijk dat hij de komende vijf jaar LoddStone Studios zou leiden en van iedereen het respect verwachtte dat ze ook Eli Marrion gegeven hadden. Bobby Bantz was niet langer nummer twee maar nummer één.

Twee dagen na de begrafenis liet Bantz Skippy Deere naar de studio komen en bood hij hem de baan van produktiehoofd van LoddStone aan, de baan die hijzelf had gehad. Nu verhuisde hij naar Marrions functie als president-directeur. De beloning die hij Deere aanbood, was onweerstaanbaar. Deere kreeg een aandeel in de winst van elke film die de studio maakte. Hij mocht

het groene licht geven voor elke film met een budget van minder dan dertig miljoen dollar. Hij mocht zijn eigen onafhankelijke produktiebedrijf in LoddStone laten opgaan en een directeur voor dat bedrijf benoemen.
Skippy Deere vond het een verbazend royaal aanbod. Hij analyseerde het als een bewijs van Bantz' onzekerheid. Bantz wist dat hij op creatief gebied zwak was en rekende erop dat Deere dat aanvulde.
Deere aanvaardde het aanbod en benoemde Claudia De Lena tot hoofd van zijn produktiebedrijf. Niet alleen omdat ze creatief was, niet alleen omdat ze echt iets van filmmaken wist, maar ook omdat hij wist dat ze te eerlijk was om hem een loer te draaien. Met haar hoefde hij niet bang te zijn voor slinkse aanvallen in de rug. Bovendien, en bij de filmmakerij was dat geen kleinigheid, genoot hij altijd van haar gezelschap en goede humeur. En aan hun seksuele betrekkingen was al lang geleden een eind gekomen.
Skippy Deere glom van trots als hij bedacht hoe rijk hij werd. Want Deere liep lang genoeg mee om te weten dat zelfs geheide sterren soms in halve armoede oud werden. Hij was nu al heel rijk, maar vond dat er tien niveaus van rijkdom waren en dat hij zich pas op het eerste bevond. Ongetwijfeld kon hij de rest van zijn leven in weelde slijten, maar hij kon zich geen privéstraalvliegtuig permitteren en evenmin het onderhoud van vijf huizen. Hij kon het zich niet veroorloven een ontaarde gokker te zijn. Hij kon het zich niet veroorloven nog vijf keer te scheiden. Hij kon zich geen honderd bedienden veroorloven. Hij kon het zich zelfs niet veroorloven om enige tijd zijn eigen films te financieren. En hij kon zich geen dure kunstcollectie veroorloven en geen belangrijke Monets of Picasso's, zoals Marrion. Maar nu zou hij het eerste niveau achter zich laten en misschien wel het vijfde bereiken. Hij zou heel hard moeten werken en heel listig moeten zijn en, nog belangrijker, Bantz zorgvuldig moeten bestuderen.
Bantz zette zijn plannen uiteen en Deere verbaasde zich over hoe gedurfd ze waren. Bantz was kennelijk vast van plan zijn plaats aan het machtsfirmament in te nemen.
Om te beginnen wilde hij een overeenkomst met Melo Stuart waarbij Melo LoddStone een voorkeursbehandeling gaf bij al het talent van zijn agentschap.
'Dat kan ik wel aan,' zei Deere. 'Ik zal hem duidelijk maken dat zijn lievelingsprojecten van mij het groene licht krijgen.'
'Wat me vooral interesseert is dat we Athena Aquitane voor onze volgende film krijgen,' zei Bobby Bantz.
Juist, dacht Deere. Nu Bantz LoddStone heeft, hoopte hij Athena in bed te krijgen. Deere dacht dat hij als produktiehoofd ook best een gokje kon wagen.
'Ik zal Claudia zeggen dat ze aan een project moet beginnen dat geknipt is voor haar,' zei Deere.

'Fantastisch,' zei Bantz. 'Vergeet overigens niet dat ik weet wat Eli echt wilde maar nooit kon, omdat hij er te zwak voor was. We gaan ons van Dora's en Kevins produktiebedrijven ontdoen. Ze verliezen altijd geld en bovendien wil ik ze niet op het terrein.'
'Wees op dat punt voorzichtig,' zei Deere. 'Ze hebben heel wat aandelen in het bedrijf.'
Bantz grijnsde. 'Ja, maar Eli heeft me voor vijf jaar de leiding gegeven. Jij wordt nu dus de zondebok. Jij gaat het groene licht op hun projecten weigeren. Na een jaar of twee zullen ze walgend vertrekken, denk ik, en jou de schuld geven. Dat was Eli's techniek. Ik heb altijd voor hem de klappen opgevangen.'
'Volgens mij wordt het nog heel moeilijk om ze het terrein af te krijgen,' zei Deere. 'Het is hun tweede thuis. Ze zijn hier opgegroeid.'
'Ik ga het toch proberen,' zei Bantz. 'Nog iets. De avond voor zijn dood stemde Eli ermee in om Ernest Vail een brutopercentage en een voorschot te geven op alle films die we van zijn kutboek maken. Eli deed die belofte omdat Molly Flanders en Claudia hem op zijn sterfbed onder druk zetten, en dat was een smerige streek van ze. Ik heb Molly schriftelijk laten weten dat ik wettig of moreel niet aan die belofte gebonden ben.'
Deere overwoog het probleem. 'Hij pleegt nooit zelfmoord maar kan de komende vijf jaar een natuurlijke dood sterven. Daartegen zouden we ons moeten indekken.'
'Nee,' zei Bantz. 'Eli en ik hebben met onze juristen gepraat en die zeggen dat Molly's argumenten het voor de rechter niet halen. Ik ben bereid hem wat geld te geven, maar geen brutopercentage. Dat is bloedzuigerij.'
'Heeft Molly al geantwoord?' vroeg Deere.
'Ja, het gewone advocatengelul,' zei Bantz. 'Ik heb gezegd dat ze de pest kan krijgen.'
Bantz pakte de telefoon en belde zijn psychiater. Zijn vrouw wilde al jaren dat hij in therapie ging om wat aardiger te worden.
Bantz zei door de telefoon: 'Ik wilde alleen onze afspraak voor vier uur vanmiddag bevestigen. Ja, volgende week praten we over je scenario.' Hij hing op en keek Deere sluw aan.
Deere wist dat Bantz in de Beverly Hotel-bungalow van de studio een afspraak met Falene Fant had. Bobby's therapeut diende als dekmantel: de studio had een optie genomen op het scenario van die therapeut over een psychiater-annex-massamoordenaar. De grap was dat Deere het script gelezen had en dacht dat er voor weinig geld een aardige film van te maken viel, hoewel Bantz het rotzooi vond. Deere wilde de film maken en Bantz zou denken dat Deere het deed om hem een gunst te bewijzen.
Daarna babbelden Bantz en Deere over waarom hun afspraakjes met Fa-

lene altijd zulke opkikkers waren – wat voor belangrijke mannen als zij nogal kinderlijk was, vonden ze allebei. Maar ze vonden seks met Falene zo prettig omdat ze grappig was en bovendien niets van hen eiste. Natuurlijk waren er verborgen eisen, maar ze had talent, en als het juiste moment kwam, zou ze haar kans krijgen.

Bantz zei: 'Wat ik jammer vind, is dat de pret over is zodra ze zo'n halfgare ster wordt.'

'Klopt,' zei Deere. 'Zo reageert het talent nou eenmaal. Maar Jezus, dan verdient ze een hoop geld voor ons.'

Getweeën namen ze de produktie- en premièreschema's door. *Messalina* zou over twee maanden klaar zijn en de trekker van het kerstseizoen worden. Er kwam een vervolgfilm van Vail. Die was klaar voor vertoning en ging de komende twee weken in première. Deze twee LoddStone-films samen deden wereldwijd misschien wel een miljard dollar, inclusief video. Bantz stak een bonus van twintig miljoen in zijn zak, Deere waarschijnlijk vijf. Bantz zou in het eerste jaar van zijn opvolging van Marrion worden toegejuicht als een genie, en als de echte nummer één erkend worden.

Deere zei nadenkend: 'Het is een schande dat we Cross vijftien procent van het bijgestelde bruto van *Messalina* moeten geven. Waarom betalen we hem niet gewoon zijn geld met rente terug? Als hij dat niet wil, kan hij ons aanklagen, maar kennelijk staat hij niet te trappelen om naar de rechter te gaan.'

'Zeggen ze niet dat hij van de Mafia is?' vroeg Bantz. En Deere dacht: Wat is die Bantz toch een lulhannes.

'Ik ken Cross,' zei Deere. 'Hij is geen harde. Als hij echt gevaarlijk was, zou zijn zus Claudia me dat wel verteld hebben. De enige over wie ik me zorgen maak, is Molly Flanders. We naaien twee van haar cliënten tegelijk.'

'Oké,' zei Bantz. 'Christus, we hebben vandaag heel wat werk verzet. We besparen twintig miljoen op Ernest en een stuk of tien op De Lena. We hebben onze bonussen weer verdiend. We worden helden.'

'Ja,' zei Deere. Hij keek op zijn horloge. 'Het is al bijna vier uur. Moet jij niet naar Falene?'

Op dat moment ging de deur van Bobby Bantz' kantoor met een klap open, en daar stond Molly Flanders. Ze was in gevechtstenue: broek, jasje en witte zijden bloes. En ze had schoenen met lage hakken aan. Haar mooie huid bloosde van woede. Er stonden tranen in haar ogen, en toch was ze nooit mooier geweest. Haar stem liep over van vrolijke kwaadaardigheid.

'Oké, piklikkers,' zei ze. 'Ernest Vail is dood. Ik heb een gerechtelijk bevel aangevraagd om te verhinderen dat jullie je nieuwe vervolgfilm van zijn boek op de markt brengen. Stommelingen, zijn jullie nu eindelijk bereid om rond de tafel te gaan zitten en tot een overeenkomst te komen?'

Ernest Vail wist wat het grootste probleem bij zijn zelfmoord was: hij moest geweld vermijden. Voor de populairste methoden was hij veel te laf. Hij was bang voor vuurwapens; messen en vergif waren te direct en niet waterdicht. Zijn hoofd in een gasoven of zelfmoord in zijn auto door koolmonoxyde – ook die methoden waren te onzeker. Zijn polsen doorsnijden betekende bloed. Nee, hij wilde een aangename, snelle en zekere dood, die zijn lichaam waardig en intact liet.

Ernest was er trots op dat hij een rationele beslissing had genomen waar iedereen voordeel bij had behalve LoddStone Studios. Het was zuiver een kwestie van persoonlijk financieel gewin en herstel van zijn ego. Hij kreeg de touwtjes van zijn leven weer in handen; daar moest hij om lachen. Alweer een bewijs van zijn geestelijke gezondheid: hij had zijn gevoel voor humor nog steeds.

De zee inzwemmen leek te veel op een film; zich voor een bus gooien was te pijnlijk en op de een of andere manier vernederend, alsof hij een dakloze zwerver was. Heel even was een ander idee aantrekkelijk. Vroeger was een bepaald soort slaappil populair geweest, een zetpil die je alleen maar in je achterwerk hoefde te schuiven. Maar ook dat was te onwaardig en niet honderd procent zeker.

Ernest verwierp al die methoden en zocht iets waarmee hij een gelukkige, zekere dood zou sterven. Dat proces vrolijkte hem zodanig op dat hij het hele idee bijna liet varen. Datzelfde gebeurde toen hij de eerste schetsen van zijn zelfmoordbriefjes ging schrijven. Hij wilde met al zijn schrijverstalent vermijden om zelfmedelijdend of beschuldigend te klinken. Vooral wilde hij de wereld laten aanvaarden dat zijn zelfmoord een volmaakt rationele en geen laffe daad was.

Hij begon met het briefje aan zijn eerste vrouw, die hij als zijn enige ware liefde beschouwde. De eerste zin probeerde hij objectief en praktisch te formuleren.

'Neem contact op met mijn advocaat Molly Flanders, zodra je dit briefje krijgt. Ze heeft belangrijk nieuws voor je. Ik dank jou en de kinderen voor de vele gelukkige jaren die jullie me gegeven hebben. Ik wil niet dat jullie mijn daad op welke manier dan ook als een verwijt jegens jullie opvatten. Voordat we scheidden, konden we elkaar niet meer verdragen. Denk alsjeblieft ook niet dat mijn daad voortkomt uit een zieke of ongelukkige geest. Wat ik doe, is volmaakt rationeel, zoals mijn advocaat zal uitleggen. Zeg tegen mijn kinderen dat ik van hen houd.'

Ernest schoof het briefje terzijde. Er moest nog heel wat aan geschaafd worden. Hij schreef briefjes aan zijn tweede en derde vrouw, die zelfs hém kil in de oren klonken. Hij liet hun weten dat hij hun een klein stukje van de erfenis naliet, dankte hen voor het geluk dat ze hem gegeven hadden en verzekerde hen dat ook zij op geen enkele manier verantwoordelijk waren voor zijn daad. Blijkbaar was hij in een weinig liefhebbende stemming. Dus schreef hij een kort briefje aan Bobby Bantz met alleen: 'Krijg de kolere.' Toen schreef hij een briefje aan Molly Flanders dat luidde: 'Grijp die hufters.' Daarmee kwam hij in een beter humeur.

Aan Cross De Lena schreef hij: 'Eindelijk heb ik het juiste gedaan.' Hij had De Lena's afkeer van zijn geleuter gevoeld.

In zijn briefje aan Claudia ging zijn hart eindelijk vrijuit stromen. 'Je hebt me de gelukkigste tijd van mijn leven bezorgd en we waren niet eens verliefd. Snap jij hoe dat kan? En hoe het komt dat jij in je leven altijd de juiste dingen deed en ik altijd de verkeerde? Tot nu toe. Vergeet alsjeblieft alles wat ik over je schrijverij gezegd heb en hoe ik je werk omlaag heb gehaald. Dat was gewoon de afgunst van een oude romanschrijver die even achterhaald is als een smid. En dank je dat je voor mijn percentage hebt gevochten, hoewel uiteindelijk tevergeefs. Ik houd van je omdat je het geprobeerd hebt.'

Hij legde de briefjes, die hij op geel doorslagpapier geschreven had, op een stapel. Ze klonken vreselijk, maar hij zou ze herschrijven, en herschrijven was altijd de oplossing.

Maar het schrijven van die briefjes had zijn onbewuste in beroering gebracht. Uiteindelijk bedacht hij de volmaakte manier om zelfmoord te plegen.

Kenneth Kaldone was de beste tandarts van Hollywood en in dat kleine milieu even beroemd als welke superster ook. Hij was een buitengewoon bekwaam vakman en in zijn privé-leven kleurrijk en gedurfd. Hij had een afkeer van de manier waarop tandartsen in boeken en films altijd als superburgerlijk werden afgeschilderd en deed alles om het tegendeel te bewijzen.

Hij kleedde en gedroeg zich charmant, had een luxueuze praktijk en had daar in een rek de honderd beste tijdschriften uit Engeland en Amerika staan. Bovendien had hij nog een kleiner rek voor tijdschriften in vreemde talen: Duits, Italiaans, Frans en zelfs Russisch.

Aan de muur van de wachtkamer hing moderne kunst van topklasse, en wie het labyrint van behandelkamers betrad, zag de gangen getooid met gesigneerde foto's van een paar van de grootste Hollywood-namen. Zijn patiënten.

Hij bruiste altijd van een opgewekt goed humeur en straalde vaag iets vrouwelijks uit dat vreemd misleidend was. Hij was dol op vrouwen maar begreep niet hoe iemand zich aan hen kon binden. Voor hem was seks niet belangrijker dan een goed diner, een uitstekende wijn of prachtige muziek. Kenneth geloofde maar in één ding: de tandheelkunde. Op dat gebied was hij een kunstenaar, en hij hield alle technische en kosmetische ontwikkelingen bij. Hij weigerde zijn klanten losse bruggen te geven en stond op de implantatie van staal waarop hij een permanente rij kunsttanden kon aanbrengen. Hij hield lezingen op tandartscongressen en was zo gezaghebbend dat een lid van de prinselijke familie van Monaco hem ooit had laten overkomen voor een behandeling.

Geen patiënt van Kenneth Kaldone zou 's nachts zijn gebit in een glas water hoeven te leggen. Geen patiënt voelde in zijn met van alles uitgeruste tandartsenstoel ooit pijn. Hij was royaal met pijnstillers, vooral met 'zoete lucht', een mengsel van lachgas en zuurstof dat de patiënt door een rubber masker inademde. Dat was verbazingwekkend effectief tegen elke zenuwpijn en bracht de patiënt in een staat van halfbewustzijn die bijna even aangenaam was als een opiumroes.

Ernest en Kenneth waren bevriend geraakt toen Ernest bijna twintig jaar geleden voor het eerst Hollywood bezocht. Aan het diner met een producent die de rechten op een van zijn boeken probeerde los te krijgen, kreeg Ernest ondraaglijke kiespijn. De producent had rond middernacht Kenneth gebeld, en Kenneth was haastig naar het restaurant gereden om Ernest naar zijn praktijk te brengen en de geïnfecteerde tand te behandelen. Daarna had hij Ernest naar zijn hotel gebracht en gezegd dat hij de volgende dag naar zijn praktijk moest komen.

Ernest merkte later tegen de producent op dat deze kennelijk veel invloed had; anders was het hem niet gelukt om een tandarts rond middernacht op huisbezoek te krijgen. De producent zei nee. Kenneth Kaldone wás gewoon zo. Iemand met kiespijn was voor hem net een drenkeling die gered moest worden. Kenneth had alle boeken van Ernest gelezen en hield van diens werk.

Toen Ernest hem de volgende dag in zijn praktijk opzocht, liep hij over van dankbaarheid. Kenneth bracht hem met een opgeheven hand tot zwijgen en zei: 'Ik sta nog steeds bij je in de schuld voor het genot dat ik van je boeken heb gehad. Laten we het nu eens over staalimplantaties hebben.' Hij stak een lang verhaal af dat erop neerkwam dat het nooit te vroeg was om je mond te verzorgen. Ernest zou binnenkort ook een paar andere tanden kwijtraken, en met staal hoefde hij 's nachts nooit zijn gebit in een glas water te leggen.

Ernest zei: 'Ik zal erover nadenken.'

'Nee,' zei Kenneth. 'Ik kan geen patiënt behandelen die twijfelt aan mijn werk.'

Ernest lachte. 'Wees maar blij dat je geen romanschrijver bent,' zei hij. 'Doe maar.'

Ze werden vrienden. Steeds als Vail naar Hollywood kwam, kon hij bellen en gingen ze eten, en soms kwam hij speciaal naar LA voor een behandeling met zoete lucht. Kenneth praatte intelligent over Ernests boeken en wist bijna evenveel van literatuur als van tandheelkunde.

Ernest vond zoete lucht heerlijk. Als hij in de halfbewuste staat verkeerde die daarvan het gevolg was, had hij nooit pijn en kreeg hij zijn beste ideeën. In de volgende paar jaar bouwden hij en Kenneth een zo hechte vriendschap op dat Ernest een heel nieuw gebit met stalen wortels liet aanbrengen. Het zou hem naar zijn graf vergezellen.

Maar Ernest stelde vooral belang in Kenneth als figuur voor een roman. Ernest had altijd geloofd dat elk mens één opvallende afwijking vertoonde. Kenneth had de zijne onthuld, en die was seksueel maar niet op de gewone pornografische manier.

Voordat een behandeling begon en Ernest zoete lucht kreeg toegediend, kletsten ze altijd wat. Kenneth vertelde dat zijn vriendin ook seks had met haar hond, een enorme Duitse herder.

Ernest, die zich net aan de zoete lucht begon over te geven, trok het rubber masker van zijn gezicht en zei zonder nadenken: 'Jij neukt een vrouw die haar hond neukt? Maak je je daar geen zorgen over?' Hij bedoelde de medische en psychische implicaties.

Kenneth begreep niet wat hij daarmee zeggen wilde. 'Waarom moet ik me zorgen maken?' vroeg hij. 'Een hond is geen concurrentie.'

Aanvankelijk dacht Ernest dat hij een grapje maakte. Toen besefte hij dat Kenneth het meende. Ernest zette zijn masker weer op en dompelde zich in de dromerigheid van het lachgas en de zuurstof. Zijn geest werd zoals gewoonlijk gestimuleerd en hij maakte een volledige analyse van de tandarts. Kenneth was iemand voor wie de liefde niets spiritueels was. Voor hem ging het alleen om het genot op een manier die leek op zijn bekwaamheid om pijn te verdrijven. Het vlees moest beheerst en tegelijk gekoesterd worden.

Die avond aten ze samen, en Kenneth bevestigde zijn analyse min of meer.

'Seks is beter dan lachgas,' zei Kenneth. 'Maar net als met lachgas moet er minstens dertig procent zuurstof bij.' Hij keek Ernest sluw aan. 'Ernest, jij bent écht dol op zoete lucht; dat zie ik. Ik geef je het maximum – zeventig procent – en je verdraagt het goed.'

Ernest vroeg: 'Is het gevaarlijk?'

'Niet echt,' zei Kenneth. 'Tenzij je het masker een paar dagen ophoudt, en misschien ook dan niet. Van zuiver lachgas ga je natuurlijk in vijftien tot dertig minuten dood. Eens in de maand geef ik zelfs een feestje in mijn praktijk met zorgvuldig uitgezochte mensen uit de jet set. Allemaal patiënten van mij, en ik weet dus hoe hun bloed is. Allemaal gezond. Het lachgas windt hen op. Heb jij je onder het gas nooit seksueel gevoeld?'

Ernest lachte. 'Als een van je tandtechnici voorbijkomt, wil ik in haar kont knijpen.'

Kenneth zei met droge humor: 'Ze zou het je ongetwijfeld vergeven. Waarom kom je morgen om middernacht niet naar mijn praktijk? Het is echt heel leuk.' Hij zag Ernest geschokt kijken en zei: 'Lachgas is geen cocaïne. Cocaïne maakt vrouwen min of meer hulpeloos. Lachgas neemt alleen remmingen weg. Kom gewoon zoals je naar een cocktailparty zou gaan. Je bent tot niets verplicht.'
Ernest vroeg zich boosaardig af of er ook honden zouden worden toegelaten. Toen zei hij dat hij langs zou komen. Hij praatte het voor zichzelf goed door te denken dat hij alleen research voor een roman deed.

Hij had tijdens het feestje weinig pret en deed ook niet echt mee. In werkelijkheid gaf lachgas hem eerder een spiritueel dan een sexy gevoel, alsof het een heilig verdovend middel was dat alleen mocht dienen om een genadige God te aanbidden. De gasten copuleerden zozeer als dieren dat hij voor het eerst begreep waarom Kenneth zo achteloos deed over zijn vriendin en de Duitse herder. Het was zodanig van elke menselijke inhoud ontdaan dat het saai werd. Kenneth zelf deed niet mee en had het te druk met de knoppen van het lachgas.
Maar nu, jaren later, wist Ernest dat hij een manier had gevonden om zelfmoord te plegen. Het zou net een pijnloze tandartsbehandeling worden. Hij zou niet lijden, niet verminkt raken, niet bang zijn. In een wolk van welwillende overpeinzingen zou hij van de ene wereld naar de andere zweven. Hij zou, zoals men wel zei, een gelukkige dood sterven.
Het probleem was alleen hoe hij 's nachts in Kenneths praktijk kon komen en hoe hij erachter kwam hoe de knoppen werkten...
Hij maakte een afspraak met Kenneth voor een controle. Terwijl Kenneth de röntgenfoto's bekeek, vertelde Ernest dat hij de tandarts als figuur in zijn nieuwe roman wilde gebruiken en vroeg hij hem voor te doen hoe de knoppen voor de zoete lucht werkten.
Kenneth was een geboren pedagoog. Hij liet hem zien hoe de knoppen van de lachgas- en zuurstoftanks werkten, legde de nadruk op de veilige verhoudingen en gaf uitvoerig les.
'Maar kan dat niet gevaarlijk zijn?' vroeg Ernest. 'Gesteld dat jij dronken bent en de boel verpest? Dat kan mijn dood worden.'
'Nee, het wordt automatisch geregeld. Je krijgt altijd minstens dertig procent zuurstof,' legde Kenneth uit.
Ernest aarzelde even en probeerde verlegen te kijken. 'Je weet hoe ik jaren geleden van dat feestje genoten heb. Nu heb ik een mooie vriendin die een tikje verlegen is. Ik heb een beetje hulp nodig. Kun je me niet de sleutel van je praktijk geven zodat ik haar op een nacht kan meenemen? Dat lachgas zou net de doorslag geven.'

Kenneth bestudeerde de röntgenfoto's aandachtig. 'Je mond ziet er fantastisch uit,' zei hij. 'Ik ben écht een prima tandarts.'
'De sleutel?' vroeg Ernest.
'Een echt mooi meisje?' vroeg Kenneth. 'Zeg maar wanneer, dan kom ik de knoppen bedienen.'
'Nee, nee,' zei Ernest. 'Ze is echt heel fatsoenlijk. Als jij in de buurt was, zou ze zelfs nooit lachgas willen.' Hij zweeg even. 'Ze is eigenlijk heel ouderwets.'
'Niet lullen,' zei Kenneth, en hij keek Ernest recht aan. Toen zei hij: 'Ik ben zo terug,' en liep de behandelkamer uit.
Toen hij terugkwam, had hij een sleutel in zijn hand. 'Ga hiermee naar een ijzerwinkel en laat een kopie maken,' zei Kenneth. 'Zorg dat ze weten wie je bent. Kom dan terug en geef mij de sleutel.'
Ernest was verrast. 'Ik bedoel niet nu meteen.'
Kenneth borg de röntgenfoto's op en draaide zich om naar Ernest. Dit was een van de weinige keren sinds Ernest hem kende, dat de vrolijkheid van zijn gezicht verdwenen was.
'Als de politie je dood in mijn stoel vindt,' zei Kenneth, 'wil ik er op geen enkele manier iets mee te maken hebben. Ik wil niet dat mijn reputatie eronder lijdt of dat mijn patiënten weglopen. De politie vindt de kopie en ontdekt wel waar die gemaakt is. Ze zullen aannemen dat je mijn sleutel gepikt hebt. Ik neem aan dat je een briefje achterlaat?'
Ernest was verbijsterd en schaamde zich toen diep. Hij had er nooit aan gedacht dat hij Kenneth zou kunnen schaden. Kenneth keek hem met een verwijtende, een beetje droeve glimlach aan. Ernest nam de sleutel van Kenneth over en omhelsde hem toen aarzelend, een zeldzame uiting van emotie.
'Je begrijpt het dus,' zei hij. 'Ik ben volledig rationeel.'
'Natuurlijk begrijp ik dat,' zei Kenneth. 'Ik heb er ook zelf vaak aan gedacht voor op mijn oude dag, of als alles misloopt.' Hij glimlachte opgewekt en zei: 'De dood is geen wedstrijd.' Ze lachten allebei.
'Weet je eigenlijk waarom?' vroeg Ernest.
'Dat weet iedereen in Hollywood,' zei Kenneth. 'Skippy Deere was op een feest en iemand vroeg of hij die film echt ging doen. Hij zei: "Ik zal het proberen tot de hel dichtvriest of Ernest Vail zelfmoord pleegt." '
'En vind je het niet gek van me dat ik het doe voor geld dat ik niet kan uitgeven...?' vroeg Ernest.
'Waarom niet?' zei Kenneth. 'Het is verstandiger dan zelfmoord plegen uit liefde. Maar het is niet zo makkelijk. Je moet deze slang van de muur losmaken, want die is van de zuurstof. Dat schakelt de regelautomaat uit en dan kun je een mengsel van meer dan zeventig procent maken. Doe het op vrijdagavond als de schoonmaaksters weg zijn, zodat je pas maandag ontdekt

wordt. Er is anders een kans dat je gereanimeerd kunt worden. Maar als je zuiver lachgas neemt, ben je natuurlijk in dertig minuten weg.' Opnieuw glimlachte hij een beetje droevig. 'Al mijn werk aan je gebit voor niets. Wat zonde.'

Twee dagen later, op een zaterdagochtend, werd Ernest in zijn kamer in het Beverly Hills Hotel heel vroeg wakker. De zon kwam net op. Hij douchte, schoor zich en trok een makkelijke spijkerbroek en een T-shirt aan. Daaroverheen droeg hij een geelbruin linnen jasje. Zijn kamer lag bezaaid met kleren en kranten, maar het had geen zin om op te ruimen. Kenneths praktijk lag op een halfuurtje lopen van het hotel, en Ernest liep met een gevoel van vrijheid naar buiten. In LA liep niemand. Hij had honger maar durfde niets te eten, want dan moest hij misschien overgeven als hij aan het lachgas zat.

De praktijk lag op de vijftiende verdieping van een zestien verdiepingen hoog gebouw. Er was maar één bewaker in burger in de hal en geen enkele in de lift. Ernest draaide in de deur van de praktijk de sleutel om en liep naar binnen. Hij deed de deur achter zich dicht en stopte de sleutel in de zak van zijn jasje. In de reeks kamers was het spookachtig stil. Het raam van de receptioniste glinsterde in de vroege ochtendzon en haar computer was dreigend donker en zwijgzaam.

Ernest deed de deur open die naar het behandelgedeelte leidde. Toen hij de gang door liep, werd hij door de foto's van legendarische sterren begroet. Er waren zes behandelkamers, drie aan elke kant van de gang. Aan het einde lagen Kenneths spreekkamer en een vergaderzaal waar ze vaak hadden zitten kletsen. Daaraan grensde Kenneths eigen behandelkamer met zijn speciale hydraulische tandartsstoel, waar hij zijn hooggeplaatste patiënten behandelde.

Die stoel was extra weelderig en had een dikkere bekleding en zachter leer dan de andere. Op de verrijdbare tafel naast de stoel lag het zoete-luchtmasker. Op het bedieningspaneel, waarvan de slang verbonden was met de verborgen lachgas- en zuurstoftanks, stonden de twee knoppen op nul.

Ernest stelde de knoppen zodanig dat hij half lachgas en half zuurstof kreeg. Toen ging hij in de stoel zitten en zette het masker op. Hij ontspande zich. Kenneth ging immers geen messen meer in zijn tandvlees steken. Alle pijnen en pijntjes verlieten zijn lichaam; zijn brein zwierf over de hele wereld. Hij voelde zich heerlijk, en het was belachelijk om aan de dood te denken.

Ideeën voor nieuwe romans zweefden door zijn hoofd, inzichten in veel mensen die hij kende, en geen van alle kwaadaardig – dat was het heerlijke van lachgas. Verdomme, hij had vergeten zijn zelfmoordbriefjes te herschrijven, en hij besefte nu dat ze, ondanks zijn goede bedoelingen en taalgebruik, in wezen kwetsend waren.

Ernest zat nu in een reusachtige, kleurige, zwevende ballon. Hij zweefde over de wereld die hij gekend had. Hij dacht aan Eli Marrion die zijn lotsbestemming had bereikt, veel macht had verzameld en met diep ontzag werd bekeken vanwege de meedogenloze intelligentie waarmee hij die macht gebruikte. En toch... toen Ernests beste boek verscheen en werd aangekocht voor de film, het boek waarmee hij de Pulitzer-prijs won, kwam Eli naar de receptie die zijn uitgevers voor hem organiseerden.

Eli had zijn hand uitgestoken en gezegd: 'Je bent een heel uitstekende schrijver.' Zijn komst naar de receptie was een sensationeel onderwerp van Hollywood-roddel. En de grote Eli Marrion had hem het ultieme en absolute bewijs van zijn respect geleverd door hem een brutopercentage te gunnen. Het deed er niet toe dat Bantz dat na Marrions dood had teruggedraaid. En Bantz was geen boef. Zijn meedogenloze jacht op winst kwam voort uit zijn ervaringen in een bijzondere wereld. Eigenlijk was Skippy Deere erger, want Deere was dodelijker – door zijn intelligentie, zijn charme, zijn oerenergie en zijn instinctieve bereidheid tot verraad in persoonlijke zin.

Ernest kreeg een nieuw inzicht. Waarom had hij het altijd op Hollywood en films voorzien en bespotte hij die? Dat was een kwestie van jaloezie. Film was tegenwoordig de hoogst vereerde kunstvorm en hijzelf was dol op films, in elk geval op goede. Maar hij was vooral jaloers op de relaties die ontstonden bij het maken van een film. De cast, de crew, de regisseur, de supersterren en zelfs de 'streepjespakken', de onbehouwen managers, leken zich aaneen te sluiten tot een intieme, zij het niet overmatig liefdevolle familie, in elk geval totdat de film klaar was. Ze gaven elkaar dan cadeautjes, kusten elkaar, omhelsden elkaar en zwoeren elkaar eeuwige toewijding. Wat heerlijk moest het zijn om zo'n gevoel te hebben! Hij wist nog dat hij op toelating tot die familie had gehoopt toen hij met Claudia zijn eerste scenario schreef.

Met zijn persoonlijkheid, zijn boosaardige humor en zijn voortdurende spotternij was dat onmogelijk. Maar onder de invloed van de zoete combinatie van lachgas en zuurstof oordeelde hij niet eens hard over zichzelf. Hij had rechten. Hij had prachtige boeken geschreven (Ernest was in zoverre een uitzonderlijke romanschrijver dat hij echt van zijn boeken hield) en hij had het verdiend om met meer respect behandeld te worden.

Weldadig verzadigd van het alles vergevende lachgas stelde hij vast dat hij eigenlijk niet wilde sterven. Geld was helemaal niet zo belangrijk. Bantz zou heus wel toegeven, en anders vonden Molly en Claudia wel een uitweg.

Toen herinnerde hij zich de vernederingen. Hij had altijd moeten bedelen en zijn liefde werd nooit beantwoord. Zijn boeken kregen respect maar wekten nooit de adoratie die een schrijver rijk maakt. Sommige recensenten hadden hem door het slijk gehaald en hij had net gedaan alsof hij dat sportief opvatte. Het was immers verkeerd om boos te worden op recensenten. Die deden gewoon hun werk. Maar hun opmerkingen deden pijn. En al zijn mannelijke vrienden genoten weliswaar soms van zijn gezelschap, zijn humor en zijn eerlijkheid, maar werden nooit intiem, zelfs Kenneth niet. Claudia was dol op hem, maar hij wist dat Molly en Kenneth medelijden met hem hadden.

Ernest stak zijn hand uit en zette de zoete lucht af. Na een paar minuten was zijn hoofd weer helder en ging hij in Kenneths spreekkamer zitten.

Zijn depressie kwam terug. Hij leunde in Kenneths fauteuil achterover en zag de zon boven Beverly Hills opgaan. Dat de studio zijn geld stal, maakte hem zo kwaad dat hij nergens van kon genieten. Hij haatte de komst van een nieuwe dag. 's Nachts nam hij al vroeg slaappillen en probeerde dan zo lang mogelijk te slapen... Dat hij door zulke mensen vernederd kon worden, door mensen die hij minachtte! En nu kon hij niet eens meer lezen – een genot dat hem nooit eerder in de steek had gelaten. En natuurlijk kon hij niet meer schrijven. Dat elegante, zo vaak geprezen proza klonk nu vals, opgeblazen, pretentieus. Hij genoot niet meer als hij het schreef.

Al heel lang werd hij elke ochtend wakker met doodsangst voor de nieuwe dag, te moe om zich ook maar te scheren en te douchen. En hij was platzak. Hij had miljoenen verdiend en die weggesmeten aan gokken, vrouwen en drank. Of weggegeven. Geld was tot dusver nooit belangrijk geweest.

De laatste twee maanden had hij zijn kinderen geen bijdrage meer kunnen sturen en zijn vrouwen geen alimentatie. Anders dan bij de meeste mannen maakte het uitschrijven van die cheques Ernest gelukkig. Hij had al vijf jaar geen boek meer gepubliceerd en zijn persoonlijkheid was zelfs in zijn eigen ogen minder aangenaam geworden. Hij griende altijd over zijn lot. Hij was net een rotte kies in het aangezicht van de samenleving. En van dat beeld werd hij neerslachtig. Hoe kwam een schrijver met zijn talent op zo'n sentimentele metafoor? Een golf van melancholie overspoelde hem en hij was volmaakt machteloos.

Hij sprong op en liep de behandelkamer in. Kenneth had hem verteld wat hij doen moest. Hij trok de slang los waar de aansluitingen voor zuurstof en lachgas zaten. Toen deed hij er maar één weer terug. Lachgas. Hij ging in de tandartsstoel zitten, stak zijn hand uit en draaide aan de knop. Op dat moment bedacht hij dat er een manier moest zijn om op zijn minst tien procent zuurstof naar binnen te krijgen zodat de dood niet zo zeker was. Hij pakte het masker en zette het op.

Het zuivere lachgas trof zijn lichaam en hij ervoer een moment van extase, een wegspoelen van alle pijn, een dromerige tevredenheid. Het lachgas trof het brein in zijn schedel en boende het schoon. Er was één laatste moment van zuiver genot voordat hij ophield met zijn, en op dat moment geloofde hij dat er een God en een hemel bestonden.

Molly Flanders vloekte Bobby Bantz en Skippy Deere stijf. Ze zou voorzichtiger zijn geweest als Eli Marrion nog geleefd had.
'Jullie hebben een vervolg op Ernests boek op de plank. Nou, vergeet het maar. De rechten zijn nu van Ernests erfgenamen. Natuurlijk kunnen jullie de film uitbrengen, maar dan sleep ik jullie voor de rechter. Als ik win, zijn die film en het grootste deel van de opbrengst voor Ernests erfgenamen. En we kunnen zeker verhinderen dat jullie nog andere vervolgfilms maken op basis van figuren uit zijn boeken. Maar we kunnen ons dat allemaal en al die jarenlange processen besparen. Jullie betalen een voorschot van vijf miljoen en tien brutoprocent op elke film. En ik wil een waarheidsgetrouwe en gewaarmerkte opgave van de inkomsten uit video's.'
Deere was geschokt, Bantz woedend. Dan zou Ernest Vail, een schrijver, een hoger percentage van de winst op de films ontvangen dan iemand anders, behalve een superster, ooit kreeg, en dat was godverdomme een schandaal.
Bantz belde direct Melo Stuart en het hoofd juridische zaken van LoddStone. Ze zaten binnen een halfuur in de vergaderzaal. Melo was onmisbaar voor de vergadering omdat hij de producent van de vervolgfilms was en een commissie kreeg op de ster, de regisseur en herschrijver Benny Sly. In deze situatie diende hij een paar procent af te staan.
De jurist zei: 'We hebben de situatie bestudeerd toen de heer Vail zijn eerste dreigement jegens de studio uitte.'
Molly Flanders onderbrak hem woedend: 'Jij noemt zelfmoord een dreigement jegens de studio?'
'En chantage,' zei de jurist gladjes. 'Inmiddels hebben we de wet in deze omstandigheden volledig onderzocht, en het is een heel lastig geval, maar zelfs toen heb ik al tegen de studio gezegd dat we uw eis voor de rechter met succes kunnen aanvechten. In dit bijzondere geval vallen de rechten niet aan de erfgenamen terug.'
'Kun je dat garanderen?' vroeg Molly aan de jurist. 'Met vijfennegentig procent zekerheid?'
'Nee,' zei de jurist. 'Bij wetten staat niets vast.'
Molly was verrukt. Met het honorarium dat ze verdiende als ze deze zaak won, zou ze met pensioen gaan. Ze stond op om weg te lopen en zei: 'Krijgen jullie allemaal de pest maar. Ik zie jullie wel voor de rechter.'
Bantz en Deere waren zo bang dat ze geen woord konden uitbrengen. Bantz wilde met heel zijn hart dat Eli Marrion nog leefde.
Het was Melo Stuart die opstond en Molly met een liefdevolle en smekende

omhelzing tegenhield. 'Hé,' zei hij, 'we zijn nog aan het onderhandelen. Wees eens beleefd.'

Hij bracht haar weer naar haar stoel en zag tranen in haar ogen staan. 'We kunnen een overeenkomst sluiten. Ik sta wel een paar procent op het geheel af.'

Molly vroeg zachtjes aan Bantz: 'Wil je het risico lopen dat je alles verliest? Kan jullie jurist garanderen dat jullie winnen? Natuurlijk kan hij dat niet. Ben je verdomme een zakenman of een ontaarde gokker? Om een smerige twintig tot veertig miljoen te redden wil je het verlies van een miljard riskeren?'

Ze sloten een overeenkomst. Ernests erfgenamen kregen vier miljoen voorschot en acht procent van het bruto op de film die op het punt van uitbrengen stond. De erfgenamen kregen twee miljoen en tien procent van het bijgestelde bruto op elke andere vervolgfilm. Ernests kinderen en drie ex-vrouwen werden rijk.

Molly nam afscheid met de opmerking: 'Als jullie mij hard vinden, moet je maar kijken wat er gebeurt als Cross De Lena hoort hoe jullie hem genaaid hebben.'

Molly genoot van haar overwinning. Ze herinnerde zich hoe ze Ernest op een avond, jaren geleden, na een feest naar huis had gebracht. Ze was tamelijk dronken en doodeenzaam, Ernest was grappig en intelligent. Ze dacht dat het leuk kon zijn om de nacht met hem door te brengen. Toen kwamen ze, nuchter geworden van de rit, bij haar huis. Ze nam hem mee naar haar slaapkamer en keek wanhopig om zich heen. Ernest was zo'n mormel en seksueel zo duidelijk verlegen. En hij was eigenlijk maar een doodgewone man. Op dat moment kon hij geen woord uitbrengen.

Maar Molly was te rechtvaardig om hem op zo'n kritiek ogenblik weg te sturen. Ze was weer dronken geworden en ze gingen naar bed. En in het donker was het niet eens zo erg geweest. Ernest genoot er zo van dat ze zich gevleid voelde en hem zijn ontbijt op bed bracht.

Hij grijnsde ironisch naar haar. 'Dank je,' zei hij. 'En dank je.' En ze besefte dat hij begreep wat ze de vorige avond gevoeld had en dat hij haar niet alleen voor het ontbijt bedankte maar ook voor haar seksuele weldaden. Het had haar altijd gespeten dat ze geen betere actrice was geweest, maar Jezus, ze was advocate. En nu had ze Ernest Vails liefde beantwoord.

Dottore David Redfellow kreeg don Clericuzio's oproep terwijl hij in een belangrijke vergadering zat. Hij adviseerde de Italiaanse eerste minister over een nieuwe bankwet die corrupte bankemployés met zware straffen bedreigde, en uiteraard was zijn oordeel negatief. Hij rondde zijn betoog direct af en vloog naar Amerika.

In de vijfentwintig jaar van zijn Italiaanse ballingschap had David Redfellow goed geboerd en was hij meer veranderd dan hij zich in zijn stoutste dromen had kunnen voorstellen. In het begin had don Clericuzio hem geholpen een kleine bank in Rome te kopen, en met het fortuin dat hij in de drugshandel had vergaard en op Zwitserse banken had gezet, kocht hij meer banken en tv-stations. Maar het waren don Clericuzio's vrienden in Italië die hem geadviseerd hadden en zijn imperium hadden helpen opbouwen. Ze hadden hem niet alleen zijn reeks banken helpen kopen, maar ook zijn tijdschriften, zijn kranten en zijn tv-stations.

David Redfellow was ook tevreden over wat hij op eigen kracht had bereikt. Hij was een volmaakt ander mens geworden. Hij had de Italiaanse nationaliteit, een Italiaanse vrouw en Italiaanse kinderen gekregen, en bovendien de vanzelfsprekende Italiaanse maîtresse en een eredoctoraat (kosten: twee miljoen) aan een Italiaanse universiteit. Hij droeg Armani-pakken, zat elke week een uur bij zijn kapper, verzamelde een coterie van uitsluitend mannelijke vriendjes om zich heen in het café (dat hij kocht) en betrad de politiek als adviseur van het kabinet en de eerste minister. Niettemin maakte hij elk jaar zijn pelgrimstocht naar Quogue om alle wensen van zijn mentor don Clericuzio te vervullen. Van deze bijzondere oproep schrok hij dus.

Bij zijn aankomst in het huis in Quogue stond het diner op hem te wachten, en Rose Marie had zichzelf overtroffen omdat Redfellow altijd zo lyrisch was over de Romeinse restaurants. De hele Clericuzio-clan had zich te zijner ere verzameld: de don zelf; zijn zoons Giorgio, Petie en Vincent; zijn kleinzoon Dante; en Pippi en Cross De Lena.

Het was de ontvangst van een held. David Redfellow, die zijn college niet had afgemaakt, de drugskoning, de louche fat met oorring, de hyena op het gebied van seksuele veroveringen, had zich tot steunpilaar van de samenleving ontpopt. Ze waren trots op hem. Don Clericuzio vond zelfs dat hij bij Redfellow in de schuld stond. Want juist Redfellow had hem een belangrijke les in moraal geleerd.

In zijn begintijd had don Clericuzio aan een vreemd soort sentimentaliteit geleden. Hij had geloofd dat de wetshandhavers op drugsgebied niet omkoopbaar waren.

David Redfellow was een twintigjarige student toen hij in 1960 drugs begon te verkopen, niet voor de winst maar gewoon om voor zichzelf en zijn vrienden altijd een goedkope voorraad te hebben. Het was de hobby van een amateur: alleen cocaïne en marihuana. Binnen een jaar was de onderneming zo gegroeid dat hij en zijn jaargenoten een vliegtuigje hadden om goederen over de Mexicaanse en Zuidamerikaanse grenzen te brengen. Uiteraard kregen ze het algauw met de wet aan de stok, en toen bleek Davids genie voor het eerst. Het zes man sterke samenwerkingsverband verdiende

enorme sommen geld, en David Redfellow strooide zulke reusachtige smeergelden om zich heen dat hij algauw een hele reeks sheriffs, officieren van justitie, rechters en honderen politiefunctionarissen aan de oostkust op zijn loonlijst had.
Hij zei altijd dat het heel simpel was. Je achterhaalde het jaarsalaris van de betrokkene en bood hem vijfmaal zoveel.
Maar toen verscheen het kartel Colombianen op het toneel, die wilder waren dan de wildste film-Indianen uit het Oude Westen. Ze namen geen scalpen maar hele hoofden. Vier van Redfellows partners werden gedood. Redfellow legde contact met de Clericuzio-Familie, vroeg bescherming en bood vijftig procent van zijn winst.
Petie Clericuzio en zijn ploeg soldaten uit de Bronx-enclave werden zijn lijfwachten, en die regeling bleef bestaan tot de don hem in 1965 naar Italië verbande. De drugshandel was te gevaarlijk geworden.
Nu hadden ze zich rond de eettafel verzameld en wensten ze de don geluk met de wijsheid van zijn beslissing van vijfentwintig jaar eerder. Dante en Cross hoorden het verhaal van Redfellow voor het eerst. Redfellow was een uitstekend verteller en prees Petie de hemel in. 'Wat een vechter,' zei hij. 'Zonder hem had ik nooit lang genoeg geleefd om naar Sicilië te gaan.' Hij wendde zich tot Dante en Cross en zei: 'Dat was op de dag dat jullie allebei gedoopt werden. Ik weet nog dat geen van jullie tweeën ook maar een kik gaf toen jullie bijna in het wijwater verdronken. Ik had nooit gedacht dat we ooit nog eens als volwassen mannen zaken zouden doen.'
Don Clericuzio zei droog: 'Je doet geen zaken met hen, alleen met mij en Giorgio. Als je hulp nodig hebt, kun je een beroep doen op Pippi De Lena. Ik heb besloten om de kwestie door te zetten waarover ik het met je gehad heb. Giorgio zal je vertellen waarom.'
Giorgio vertelde David de laatste ontwikkelingen: Eli Marrion was dood en Bobby Bantz had de studio overgenomen. Bobby had Cross' percentage in *Messalina* ingetrokken en het geld met rente terugbetaald.
Redfellow genoot van dat verhaal. 'Hij is een grote slimmerik. Hij weet dat jullie niet naar de rechter gaan en pakt dus jullie geld af. Dat is goed zakendoen.'
Dante dronk een kop koffie en bekeek Redfellow met walging. Rose Marie, die naast hem zat, legde haar hand op zijn arm.
'Vind je dat soms lollig?' vroeg Dante aan Redfellow.
Redfellow bekeek Dante even en trok een heel ernstig gezicht. 'Alleen omdat ik weet dat het in dit geval een vergissing is om een slimmerik te zijn.'
De don sloeg het duel blijkbaar vermaakt gade. In ieder geval was hij in een frivole bui, en dat kwam zelden voor. Zijn zoons herkenden die altijd en genoten ervan.

'En, kleinzoon,' vroeg hij aan Dante, 'hoe zou jij dit probleem oplossen?'
'Door hem naar de bodem van de zee te laten zwemmen,' zei Dante, en de don glimlachte.
'En jij, Croccifixio? Hoe zou jij de situatie oplossen?' vroeg de don.
'Ik zou het aanvaarden,' zei Cross, 'en ervan leren. Ze hebben me een loer gedraaid omdat ik niet dacht dat ze daar het lef toe hadden.'
'Petie en Vincent?' vroeg de don.
Maar zij wilden niet antwoorden. Ze wisten welk spelletje hij aan het spelen was.
'Je kunt het niet gewoon negeren,' zei de don tegen Cross. 'Dan raak je bekend als een dwaas en weigeren mannen over de hele wereld je hun respect.'
Cross reageerde serieus op wat de don zei. 'In Eli Marrions huis hangen nog steeds zijn schilderijen, en die zijn zo'n twintig of dertig miljoen waard. Die kunnen we kapen en tegen een losgeld teruggeven.'
'Nee,' zei de don. 'Daarmee geef je je bloot en verraad je je macht. Hoe voorzichtig je het ook aanpakt, altijd loert er gevaar. Het is te gecompliceerd. David, wat zou jij doen?'
David trok nadenkend aan zijn sigaar. Hij zei: 'Koop de studio. Doe iets beschaafds en zakelijks. Met onze banken en communicatiebedrijven kunnen we LoddStone kopen.'
Cross geloofde er niets van. 'LoddStone is de oudste en rijkste studio ter wereld. Zelfs als je tien miljard op tafel legt, verkopen ze die niet. Dat is gewoon onmogelijk.'
Petie zei met zijn grappenmakersstem: 'David, ouwe makker van me, krijg jij tien miljard in je klauwen? Ben jij de man wiens leven ik gered heb? De man die zei dat je het me nooit kon vergelden?'
Redfellow maakte een wegwuivend gebaar. 'Je begrijpt niet hoe het grote geld werkt. Dat is net slagroom. Je neemt een klein beetje en klopt er met obligaties, leningen en aandelen veel schuim van. Het geld is het probleem niet.'
Cross zei: 'Het probleem is hoe we Bantz uit de weg krijgen. Hij runt de studio en mag dan veel gebreken hebben, maar hij is trouw aan Marrions wensen. Met verkoop zal hij nooit instemmen.'
'Dan ga ik hem wel even een kusje geven,' zei Petie.
Nu nam de don zijn beslissing. Hij zei tegen Redfellow: 'Voer je plan uit. Zorg dat het gebeurt. Maar wees heel voorzichtig. Pippi en Croccifixio staan onder jouw bevel.'
'Nog één ding,' zei Giorgio tegen Redfellow. 'Overeenkomstig de bepalingen van Eli Marrions testament heeft Bobby Bantz de komende vijf jaar de leiding over de studio. Maar Marrions zoon en dochter hebben meer aandelen in het bedrijf dan Bantz. Bantz kan niet ontslagen worden, maar als de

studio verkocht wordt, zullen de nieuwe eigenaars hem een gouden handdruk moeten geven. Dat probleem moet je oplossen.'
David Redfellow glimlachte en trok aan zijn sigaar. 'Het is weer net als vroeger. Don Clericuzio, ik heb alleen uw hulp nodig. Een paar van de banken in Italië durven de gok van deze onderneming misschien niet aan. Vergeet niet dat we een fikse toeslag boven de feitelijke waarde van de studio zullen moeten betalen.'
'Maak je geen zorgen,' zei de don. 'Ik heb veel geld in die banken zitten.'

Pippi De Lena had het hele gesprek waakzaam gevolgd. De openheid van deze vergadering baarde hem zorgen. Procedureel hadden alleen de don, Giorgio en David Redfellow aanwezig mogen zijn. Pippi en Cross hadden bij een ander gesprek het bevel kunnen krijgen om Redfellow te helpen. Waarom waren ze deelgenoot van deze geheimen gemaakt? En nog belangrijker: waarom waren ook Dante, Petie en Vincent erbij gehaald? Don Clericuzio, die zijn plannen altijd zo geheim mogelijk hield, gedroeg zich heel anders dan anders.
Vincent en Rose Marie hielpen de don de trap op om naar bed te gaan. Hij had koppig geweigerd om een liftstoel aan de leuning te laten installeren.
Zodra ze uit het zicht waren, wendde Dante zich tot Giorgio en vroeg woedend: 'En wie krijgt de studio als we die in handen hebben? Cross?'
David Redfellow onderbrak hem koel. 'Ik word eigenaar van de studio. Ik zal het bedrijf leiden. Je grootvader krijgt een financieel belang. Het wordt allemaal op schrift gesteld.'
Giorgio was het daarmee eens.
Cross zei lachend: 'Dante, geen van ons tweeën kan een filmstudio leiden. Daar zijn we niet meedogenloos genoeg voor.'
Pippi keek iedereen aandachtig aan. Hij had een fijne neus voor gevaren. Daarom had hij zo lang geleefd. Maar hier kreeg hij geen hoogte van. Misschien werd de don gewoon oud.
Petie reed Redfellow naar Kennedy Airport terug, waar zijn privé-straalvliegtuig wachtte. Cross en Pippi waren met een gehuurd straalvliegtuig uit Las Vegas gekomen. Don Clericuzio had het Xanadu of een van zijn ondernemingen verboden een straalvliegtuig te kopen.
Cross reed in hun huurauto naar het vliegveld. Tijdens de rit zei Pippi tegen Cross: 'Ik blijf een tijdje in New York. Als we bij het vliegveld zijn, neem ik gewoon de auto mee.'
Cross zag dat zijn vader zich zorgen maakte. 'Ik heb het bij die vergadering niet goed gedaan,' zei hij.
'Dat viel best mee,' zei Pippi. 'Maar de don had gelijk. Je kunt je niet tweemaal door iemand laten naaien.'

Toen ze op Kennedy Airport waren, stapte Cross uit en gleed Pippi op de stoel naast zich om achter het stuur te gaan zitten. Door het open raam heen gaven ze elkaar een hand. Op dat moment keek Pippi op naar het knappe gezicht van zijn zoon en werd hij door een enorme golf van genegenheid overspoeld. Hij probeerde te glimlachen terwijl hij Cross zachtjes op zijn wang tikte en zei: 'Wees voorzichtig.'

'Voor wat?' vroeg Cross. Zijn donkere ogen keken zijn vader onderzoekend aan.

'Voor alles,' zei Pippi. Toen zei hij tot Cross' schrik: 'Ik had je misschien met je moeder mee moeten laten gaan, maar ik ben zelfzuchtig geweest. Ik had je gezelschap nodig.'

Cross zag zijn vader wegrijden, en voor het eerst besefte hij hoeveel zorgen zijn vader zich om hem maakte en hoeveel zijn vader van hem hield.

15

Tot zijn eigen ontzetting besloot Pippi De Lena te gaan trouwen, niet uit liefde maar om gezelschap te hebben. Hij had natuurlijk Cross, hij had zijn makkers in het Xanadu-hotel, hij had de Clericuzio-Familie en een uitgebreid netwerk van verwanten. Hij had natuurlijk drie maîtresses en at met goede en oprechte eetlust; hij genoot van zijn golfspel, had al handicap tien en hij was nog steeds dol op dansen. Maar zoals de don zou zeggen: hij mocht naar zijn doodskist dansen.

Diep in de vijftig, oergezond en voorzien van een vurig temperament, rijk en half teruggetrokken levend, verlangde hij naar vastigheid, een huiselijk leven en misschien wel een nieuw stel kinderen. Waarom niet? Hij begon het idee steeds aantrekkelijker te vinden. Verrassend genoeg verlangde hij ernaar om weer vader te zijn. Het zou leuk zijn om een dochter op te voeden; hij had van Claudia als kind gehouden, hoewel ze niet meer met elkaar praatten. Ze was zo slim en tegelijk zo oprecht geweest en had het als succesvol scenarioschrijfster een flink eind geschopt in de wereld. En wie weet, misschien sloten ze ooit nog eens vrede. In bepaalde opzichten was ze even koppig als hij. Daarom begreep hij haar en bewonderde hij de manier waarop ze stond voor wat ze geloofde.

Cross had zijn gok in de filmindustrie verloren, maar hoe dan ook, zijn toekomst was verzekerd. Hij had nog steeds het Xanadu en de don zou hem helpen om het risico dat hij met zijn nieuwe onderneming genomen had, te boven te komen. Hij was een goed joch, maar hij was jong, en jongeren moesten risico's nemen. Zo was het leven nu eenmaal.

Toen hij Cross bij het vliegveld had afgezet, reed hij naar New York om een paar dagen bij zijn maîtresse aan de oostkust door te brengen. Ze was een knappe brunette en secretaresse van een jurist, had een scherp, Newyorks gevoel voor humor en danste fantastisch. Ze had inderdaad een vlijmscherpe tong, was dol op geld uitgeven en zou een dure vrouw worden. Maar ze was te oud – al boven de vijfenveertig. En ze was te onafhankelijk. Voor een maîtresse was dat prima, maar niet voor het soort huwelijk dat Pippi wilde.

Hij bracht een aangenaam weekend bij haar door, hoewel ze de halve zondag de *Times* zat te lezen. Ze aten in de beste restaurants, gingen in nachtclubs dansen en bedreven in haar flat heerlijk de liefde. Maar Pippi zocht iets rustigers.

Hij vloog naar Chicago. Zijn maîtresse daar was het seksuele evenbeeld van die luidruchtige stad. Ze dronk een beetje te veel, vierde te overdadig feest, was iemand van wat-kan-mij-het-ook schelen en heel leuk. Maar ze was een beetje lui, een beetje slordig. Pippi hield van een schoon huis. Ook zij was te oud om een gezin te stichten – minstens veertig, zei ze. Maar jezus, was hij dan opgewassen tegen het leven met een echt jong wijf? Na twee dagen streepte Pippi haar van de lijst.

Voor allebei zou het moeilijk zijn geweest om in Las Vegas te gaan wonen. Ze waren vrouwen van de grote stad, en Pippi wist diep in zijn hart dat Las Vegas eigenlijk een provinciaals cowboystadje was met casino's in plaats van koeien. En hij wilde voor geen prijs ergens anders dan in Las Vegas wonen, want in Las Vegas bestond er geen nacht. De neonborden verdreven alle spoken, de stad blonk 's nachts als een roze diamant in de woestijn en na zonsopgang brandde de hete zon alle schimmen weg die aan het neon ontsnapt waren.

Zijn beste kandidate was zijn maîtresse in Los Angeles, en Pippi was blij dat hij geografisch gezien zo gunstig woonde. Toevallige ontmoetingen waren uitgesloten; net als innerlijke strijd over de keuze tussen hen. Ze dienden een zeker doel en waren bij tijdelijke liefdesaffaires niet hinderlijk. Terugkijkend was hij inderdaad tevreden over hoe hij zijn leven geleid had. Gedurfd maar voorzichtig, dapper maar niet dwaas, trouw aan de Familie en door de Familie beloond. Zijn enige fout was dat hij met een vrouw als Nalene was getrouwd, maar toch: welke andere vrouw had hem elf jaar lang zo gelukkig kunnen maken? En welke man kon zich erop beroemen in zijn leven maar één fout te hebben gemaakt? Wat zei de don ook weer altijd? Een mens mocht fouten maken in het leven, zolang het maar geen dodelijke waren.

Hij besloot rechtstreeks naar LA en niet eerst naar Las Vegas te gaan. Hij belde Michelle om te zeggen dat hij onderweg was en weigerde haar aanbod om hem op het vliegveld af te komen halen. 'Zorg maar dat je klaar bent als ik kom,' zei hij. 'Ik heb je gemist. En ik heb je iets belangrijks te zeggen.'

Michelle was jong genoeg – tweeëndertig – en was tederder, royaler, minder zenuwslopend. Dat kwam misschien omdat ze was geboren en getogen in Californië. Ze was goed in bed, hoewel dat ook voor de anderen gold, want voor Pippi was dat een belangrijk criterium. Maar ze had geen scherpe kantjes en zou geen problemen geven. Ze was een beetje verknipt, geloofde in New Age-gelul dat channeling heette en waarbij je met geesten kon praten, en had het over alle vroegere levens die ze geleid had. Maar ze kon ook leuk zijn. Net als veel andere Californische schoonheden had ze van een carrière als actrice gedroomd maar dat idee onder de zware druk van de feiten laten varen. Ze wijdde zich tegenwoordig helemaal aan yoga en channeling, aan haar fysiek, aan hardlopen en fitness. Bovendien complimenteerde ze Pippi altijd met zijn karma. Want geen van de drie vrouwen kende natuurlijk zijn echte werk. Hij was gewoon administratief manager van de hotelvereniging in Las Vegas.

Ja, met Michelle kon hij in Las Vegas wonen. Ze konden een flat in LA aanhouden, en als ze zich verveelden, namen ze gewoon de veertig minuten durende vlucht naar LA om er een paar weken uit te zijn. En om haar bezig te houden kon hij een cadeauwinkel in het Xanadu-hotel voor haar kopen. Er was alles voor te zeggen, maar als ze nu eens nee zei?

Plotseling kwam een herinnering boven: Nalene die *Goudhaartje en de drie beren* zat voor te lezen toen de kinderen klein waren. Hij was net Goudhaartje. De Newyorkse vrouw was te hard, de vrouw uit Chicago te zacht en de vrouw uit LA precies goed. Dat was een prettige gedachte. Maar in het echte leven was natuurlijk niets 'precies goed'.

Toen hij in LA uitstapte, ademde hij de milde Californische lucht in en merkte hij de smog niet eens. Hij huurde een auto en reed eerst naar Rodeo Drive. Hij vond het heerlijk om voor zijn vrouwen verrassende cadeautjes mee te brengen en wandelde graag door die dure winkelstraat waar alle luxe ter wereld te koop was. In de Gucci-winkel kocht hij een opzichtig horloge; bij Fendi's een tasje, dat hij eigenlijk lelijk vond; een Hermès-sjaal; en wat parfum in een flesje met de vorm van een duur beeldhouwwerk. Toen hij een doos dure lingerie kocht, was hij in een zo goed humeur, dat hij de verkoopster, een jong blondje, wijsmaakte dat het voor hemzelf was. Het meisje keek hem even aan en zei: 'Juist...'

Weer in de auto ging hij, drieduizend dollar armer, op weg naar Santa Monica. Alle mooie spulletjes lagen in een vrolijk gekleurde Gucci-tas op de passagiersstoel. In Brentwood stopte hij bij de Brentwood Mart, waar hij graag kwam. Hij was dol op de levensmiddelenzaken aan het vierkante, open plein met picknicktafels waar je iets kouds kon eten en drinken. Het eten in het vliegtuig was afschuwelijk geweest, en hij had honger. Michelle had nooit eten in haar koelkast omdat ze altijd lijnde.

In een van de winkels kocht hij twee gebraden kippen, spareribs van de barbecue en vier hotdogs met alles erop en eraan. In een andere winkel kocht hij vers gebakken witte- en roggebrood. Bij een open stalletje kocht hij een reusachtig glas coke en ging toen aan een van de picknicktafels zitten om nog één keer alleen te kunnen zijn. Hij at twee hotdogs, een halve kip en wat frietjes. Hij had nog nooit zo lekker gegeten. Hij zat in het gouden licht van de late Californische namiddagzon, en de zoete, milde lucht veegde zijn gezicht schoon. Hij vond het vervelend om weg te gaan, maar Michelle zat te wachten. Ze zou zich gebaad en geparfumeerd hebben en een beetje aangeschoten zijn, en nog voordat hij zijn tanden kon poetsen, zou ze hem mee naar bed slepen. Hij wilde het aanzoek doen voordat ze daaraan begonnen. Op de boodschappenzak met het eten stond een tekst waarin een fabeltje over eten werd verteld – een intellectuele boodschappenzak zoals paste bij de clientèle van de Mart. Toen hij hem in de auto zette, las hij alleen de eerste regel: Fruit is de oudste vorm van menselijke voeding. In de Tuin van Eden... Jezus, dacht Pippi.

Hij reed naar Santa Monica en stopte voor Michelles huis in een reeks twee verdiepingen hoge bungalows in Spaanse stijl. Toen hij uit de auto stapte, nam hij de twee zakken automatisch in zijn linkerhand, zodat hij zijn rechter vrij had. Uit gewoonte keek hij links en rechts de straat af. Het was hier prachtig. Nergens stonden auto's, want de Spaanse bungalows hadden gerieflijke oprijpaden en straalden een milde, ernstige welwillendheid uit. De goten langs de trottoirs waren door bloemen en gras aan het oog onttrokken en de bomen vormden met hun dikke takken een baldakijn tegen de ondergaande zon.

Pippi liep over een lange achterweg, waarvan de houten, groen geschilderde hekken met rozen overdekt waren. Michelles flat lag achteraan – een restant van het oude, toen nog landelijke Santa Monica. De huizen zelf waren van quasi-oud hout en bij elk afzonderlijk zwembad stonden witte banken.

Buiten de achterstraat, helemaal aan de andere kant, hoorde Pippi de grommende motor van een stationair draaiende auto. Dat maakte hem op zijn hoede. Hij was altijd op zijn hoede. Toen viel zijn blik op een man die opstond van een van de banken. Hij was zo verbaasd dat hij zei: 'Wat doe jij hier in jezusnaam?'

De man stak niet zijn hand uit om hem te begroeten, en op dat moment was Pippi alles duidelijk. Hij wist wat er ging gebeuren. Zijn hersens verwerkten zoveel informatie dat hij niet kon reageren. Hij zag het o zo kleine en onschadelijke vuurwapen verschijnen en zag de spanning op het gezicht van de moordenaar. Begreep voor het eerst de blik op het gezicht van de mannen die hij ter dood had gebracht – de volstrekte verbijstering omdat hun leven ten einde was. En hij begreep dat hij nu de prijs moest betalen voor het leven dat hij geleid had. Zelfs bedacht hij even dat de moordenaar de zaak slecht had voorbereid en dat hij het anders zou hebben gedaan.

Hij deed wat hij kon, wetend dat hij geen genade kon verwachten. Hij liet de boodschappenzakken vallen, stortte zich naar voren en graaide tegelijk naar het vuurwapen. De man kwam hem tegemoet en een jubelende Pippi stak zijn handen naar hem uit. Zes kogels rukten zijn lichaam omhoog en smeten het op een dikke laag bloemen aan de voet van een groen hek. Hij rook hun geur. Hij keek op naar de man die boven hem uit torende en zei: 'Smerige Santadio.' Toen sloeg de laatste kogel in zijn schedel. Pippi De Lena was niet meer.

16

Vroeg op de dag dat Pippi De Lena zou sterven, haalde Cross Athena op bij haar huis in Malibu. Ze reden naar San Diego om Athena's dochter op te zoeken.

De verpleegsters hadden Bethany klaargemaakt en aangekleed voor een uitje. Cross zag dat ze vaag op haar moeder leek en lang was voor haar leeftijd. De uitdrukkingsloosheid in haar gezicht en ogen was er nog steeds en haar lichaam was te slap. Haar trekken leken niet scherp omlijnd alsof ze half opgelost waren – net een stuk gebruikte zeep. Ze droeg nog steeds het rode plastic schort waarmee ze bij het schilderen haar kleren beschermde. Sinds heel vroeg die ochtend had ze op de muur staan schilderen. Ze liet uit niets blijken dat ze hen zag en reageerde op de omhelzing en kussen van haar moeder door haar gezicht en lichaam af te wenden.

Athena negeerde het en omhelsde haar nog inniger.

Ze zouden die dag in de buurt gaan picknicken bij een meer in de bossen. Athena had een lunchmand ingepakt.

Tijdens het korte ritje zat Bethany tussen hen in. Athena reed. Ze veegde voortdurend Bethany's haar naar achteren en streelde haar wang, maar Bethany staarde recht voor zich uit.

Cross dacht aan hoe hij en Athena, als deze dag voorbij was, in Malibu zouden vrijen. Hij stelde zich haar naakte lichaam in bed voor terwijl hij over haar heen stond.

Plotseling zei Bethany iets, en nog wel tegen hem. Ze had niet eerder op hem gereageerd. Ze staarde hem met haar groene ogen vlak aan en vroeg: 'Wie ben je?'

Athena antwoordde maar beheerste haar stem volmaakt, alsof het de gewoonste zaak van de wereld was dat Bethany iets vroeg. Ze zei: 'Hij heet Cross en is mijn allerbeste vriend.' Bethany leek het niet te horen en trok zich weer in haar eigen wereld terug.

Athena parkeerde haar auto op een paar meter van een oogverblindend meer diep in het bos – een kleine blauwe edelsteen op een enorme lap groen.

Cross nam de mand mee en Athena pakte hem uit op een rode doek die ze op het gras had uitgespreid. Ze legde ook frisse, groene servetten en vorken en lepels klaar. Op de doek waren muziekinstrumenten geborduurd die Bethany's aandacht trokken. Toen legde Athena een aantal in plasticfolie verpakte sandwiches neer. Er waren ook glazen kommen met aardappelsalade en plakjes fruit. Voorts een schaal zoete gebakjes waaruit room droop. Plus een schaal gebakken kip. Ze had alles met de zorg van een beroepscateraar klaargemaakt, want Bethany was dol op eten.

Cross liep weer naar de auto en haalde een fles frisdrank uit de achterbak. Er lagen glazen in de mand en hij schonk hen in. Athena bood Bethany haar glas aan, maar Bethany sloeg haar hand weg. Ze staarde naar Cross.

Cross staarde terug. Haar gezicht stond zo ijzig dat het een masker in plaats van iets van vlees had kunnen zijn, maar haar ogen waren nu waakzaam. Het was alsof ze in een geheime grot gevangenzat, alsof ze gesmoord werd zonder om hulp te kunnen roepen, alsof haar vlees vol blaren zat en ze geen aanraking verdroeg.

Ze aten. Athena speelde de rol van kletskous, probeerde Bethany aan het lachen te krijgen en verbaasde Cross met haar bekwaamheid. Ze deed irritant en vervelend alsof het autistische gedrag van het kind iets doodgewoons was en behandelde Bethany als een confidante, hoewel het kind nooit antwoordde. Ze schiep deze geïnspireerde monoloog om haar eigen pijn te verzachten.

Eindelijk was het tijd voor het toetje. Athena haalde de folie van een van de roomgebakjes en bood het Bethany aan, maar ze weigerde. Ze bood er Cross een aan, maar hij schudde zijn hoofd. Hij begon heel nerveus te worden, want hoewel Bethany een enorme hoeveelheid voedsel naar binnen had gewerkt, was ze kennelijk ziedend op haar moeder. Hij wist dat ook Athena dat voelde.

Athena at het gebakje op en riep geestdriftig hoe heerlijk het was. Ze pakte nog twee andere uit en legde ze voor Bethany neer. Het meisje was meestal dol op zoetigheid. Bethany pakte ze van het tafelkleed en legde ze op het gras. Binnen een paar minuten zaten ze vol insekten. Toen pakte ze de twee gebakjes en stak er een in haar mond. Het andere gaf ze aan Cross. Zonder aarzelen stak Cross het in zijn mond. Hij kreeg een kriebelend gevoel over zijn hele verhemelte en langs de zijkanten van zijn tandvlees en dronk gauw wat fris om het weg te spoelen. Bethany keek Athena aan.

Athena vertoonde de ingestudeerde frons van een actrice die een moeilijke scène voorbereidt. Toen lachte ze een verrukkelijk aanstekelijke lach en klapte in haar handen. 'Ik zei je toch al dat het heerlijk was?' zei ze. Ze pakte nog een ander gebakje uit, maar Bethany weigerde het en Cross ook. Athena gooide het gebakje in het gras, pakte haar servet, veegde Bethany's mond af en deed hetzelfde bij Cross. Zo te zien genoot ze ervan.

Op de terugweg naar het ziekenhuis praatte ze tegen Cross met ongeveer dezelfde stembuigingen als tegen Bethany. Alsof ook hij autistisch was. Bethany sloeg haar aandachtig gade en staarde toen Cross aan.
Toen ze het kind bij het ziekenhuis afzetten, pakte Bethany even Cross' hand. 'Je bent mooi,' zei ze, maar toen Cross haar een afscheidskus wilde geven, wendde ze haar hoofd af. Toen rende ze weg.

Op de terugweg naar Malibu zei Athena opgewonden: 'Ze reageerde op je. Dat is een heel goed teken.'
'Omdat ik mooi ben,' zei Cross droog.
'Nee,' zei Athena, 'omdat je beestjes kunt eten. Ik ben minstens zo mooi als jij en ze haat me...' Ze glimlachte blij, en haar schoonheid gaf Cross zoals altijd een gemengd gevoel van duizeligheid en schrik.
'Ze denkt dat je op haar lijkt,' zei Athena. 'Ze denkt dat je autistisch bent.'
Cross lachte en genoot van dat idee. 'Misschien heeft ze wel gelijk,' zei hij. 'Misschien moet je me bij haar in het ziekenhuis stoppen.'
'Nee,' zei Athena met een glimlach. 'Dan is je lichaam er niet als ik het wil. Bovendien haal ik haar daar weg zodra *Messalina* klaar is.'
Toen ze bij haar huis in Malibu kwamen, ging Cross mee naar binnen. Ze hadden afgesproken dat hij die nacht zou blijven slapen. Inmiddels had hij Athena's gedrag leren interpreteren: hoe levendiger ze was, des te meer zat haar dwars.
'Als je erg in de war bent, kan ik ook naar Las Vegas gaan,' zei hij.
Ze keek nu bedroefd. Cross vroeg zich af wanneer hij het meeste van haar hield: als ze bruiste van uitgelatenheid, als ze streng en ernstig was, of als ze melancholiek was. Binnen de grenzen van haar schoonheid veranderde haar gezicht zo wonderbaarlijk, dat hun gevoelens altijd overeen leken te komen.
Ze zei liefdevol tegen hem: 'Je hebt een vreselijke dag achter de rug en je hebt je beloning verdiend.' Er klonk iets spottends in haar stem, maar hij begreep dat ze haar eigen schoonheid bespotte. Ze wist dat haar wonderen vals waren.
'Het was helemaal geen vreselijke dag,' zei Cross. En dat was ook zo. De vreugde die hij die dag ervaren had toen zij drieën alleen bij dat meer in dat enorme bos zaten, had hem aan zijn jeugd doen denken.
'Jij houdt van mieren op je gebak...' zei Athena droevig.
'Ze waren helemaal niet vies,' zei Cross. 'Kan Bethany beter worden dan nu?'
'Dat weet ik niet, maar ik zoek net zo lang tot ik erachter ben,' zei Athena. 'Binnenkort heb ik een lang weekend waarin ze me bij *Messalina* niet nodig hebben. Dan vlieg ik met Bethany naar Frankrijk. In Parijs zit een fantastische arts en ik neem haar mee voor een nieuwe evaluatie.'

'En als hij zegt dat er geen hoop is?'
'Dan geloof ik hem misschien wel niet. Het maakt niet uit,' zei Athena. 'Ik hou van haar. Ik zal voor haar zorgen.'
'Voor eeuwig en altijd?' vroeg Cross.
'Ja,' zei Athena. Toen klapte ze in haar handen en haar ogen straalden. 'Laten we intussen maar een beetje pret maken en voor onszelf zorgen. We gaan naar boven, douchen en springen in bed. Urenlang bedrijven we hartstochtelijk de liefde. Daarna kook ik een middernachtelijk souper.'
Cross voelde zich weer als toen hij nog klein was en wakker werd met een heerlijke dag voor de boeg: het ontbijt dat zijn moeder klaarmaakte, de spelletjes met zijn vrienden, de jachtpartijen met zijn vader, daarna avondeten met het gezin – Claudia, Nalene en Pippi. Vervolgens de kaartspelletjes. Zo onschuldig was dat gevoel. Wat hij nu voor de boeg had, was de liefde bedrijven met Athena in de schemering, terwijl ze vanaf het balkon de zon in de Stille Oceaan konden zien verdwijnen uit een hemel die met schitterend rode en roze tinten beschilderd was. De aanraking van haar warme lichaam en haar zijdezachte huid. Haar prachtige gezicht en lippen die hij kon kussen. Hij glimlachte en liep voor haar uit de trap op.
In de slaapkamer ging de telefoon en Athena rende Cross voorbij om op te nemen. Ze legde haar hand op de hoorn en zei met schrik in haar stem: 'Het is voor jou. Een zekere Giorgio.' Hij was nog nooit in haar huis gebeld.
Dit kon alleen problemen betekenen, dacht Cross, en daarom deed hij iets waartoe hij zich niet in staat achtte. Hij schudde zijn hoofd.
Athena zei in de hoorn: 'Hij is er niet... Ja, ik zal zeggen dat hij belt zodra hij komt.' Ze hing op en vroeg: 'Wie is Giorgio?'
'Een familielid,' zei Cross. Hij was verbijsterd over wat hij gedaan had en over het waarom: hij wilde zijn nacht met Athena niet mislopen. Dat was een zwaar misdrijf. En toen vroeg hij zich af hoe Giorgio wist dat hij hier zou zijn en wat Giorgio wilde. Het zal wel iets belangrijks zijn, dacht hij, maar het kan best tot morgen wachten. Naar niets verlangde hij zo wanhopig als naar urenlang vrijen met Athena.
Op dit moment had hij de hele dag, de hele week gewacht; ze kleedden elkaar uit voordat ze samen onder de douche gingen, maar hij kon de neiging niet weerstaan om haar te omhelzen, hoewel hun lichamen nog bezweet waren van de picknick. Toen nam ze hem bij de hand en trok ze hem onder het sproeiende water.
Ze droogden elkaar met de grote oranje handdoeken af, wikkelden die om zich heen en gingen op het balkon staan om de zon langzaam achter de horizon te zien zakken. Toen liepen ze naar binnen en gingen op het bed liggen. Toen Cross de liefde met haar bedreef, leken alle cellen van zijn hersenen en lichaam weg te vliegen zodat hij in een koortsdroom achterbleef; hij was een

geest waarvan alle kringels vol extase zaten, een geest die haar vlees binnendrong. Hij verloor elke behoedzaamheid, elke redelijkheid, hij bestudeerde niet eens haar gezicht om te zien of ze toneelspeelde, of dat ze echt van hem hield. Het leek eeuwig te duren, maar uiteindelijk vielen ze in elkaars armen in slaap. Toen ze wakker werden, lagen ze nog steeds verstrengeld, maar nu in een maanlicht dat helderder leek dan de zon. Athena kuste hem en vroeg: 'Vond je Bethany echt aardig?'

'Ja,' zei Cross. 'Ze is een deel van jou.'

'Denk je dat ze beter kan worden?' vroeg Athena. 'Denk je dat ik haar kan helpen om beter te worden?'

Op dat moment was Cross geneigd zijn leven op te geven om het meisje beter te maken. Hij voelde de aandrang om offers te brengen voor de vrouw van wie hij hield. Veel andere mannen voelen dat ook, maar tot dan toe was dat voor hem iets volstrekt vreemds geweest.

'We kunnen samen proberen haar te helpen,' zei Cross.

'Nee,' zei Athena. 'Dat moet ik zelf doen.'

Ze vielen weer in slaap, en toen de telefoon ging, was de lucht mistig van de nieuwe dageraad. Athena nam op, luisterde en zei toen tegen Cross: 'Het is de bewaker bij de poort. Hij zegt dat vier mannen in een auto je willen spreken.'

Cross schrok. Hij pakte de hoorn en zei tegen de bewaker: 'Laat iemand van hen iets tegen me zeggen.'

De stem die hij hoorde, was die van Vincent. 'Cross, ik heb Petie bij me. We hebben erg slecht nieuws.'

'Oké, geef me de bewaker,' zei Cross, die vervolgens tegen de bewaker zei: 'Ze mogen naar binnen.'

Hij was Giorgio's telefoontje volkomen vergeten. Dat is de schuld van de liefde, dacht hij met verachting. Als ik zo doorga, leef ik geen jaar meer.

Hij kleedde zich snel aan en rende naar beneden. De auto draaide net voor het huis en de nog half verborgen zon wierp van over de horizon zijn lichtstralen.

Vincent en Petie stapten uit het achterportier van een lange limousine. Cross zag de chauffeur met een andere man ernaast. Vincent en Petie liepen over het lange tuinpad naar de deur en Cross deed open.

Plotseling stond Athena naast hem. Ze had een broek en een pullover aan, maar niets eronder. Petie en Vincent staarden haar aan. Ze was nog nooit zo mooi geweest.

Athena bracht iedereen naar de keuken en begon koffie te zetten. Cross stelde hen voor als zijn neven.

'Hoe zijn jullie hier gekomen?' vroeg Cross. 'Gisteravond waren jullie in New York.'

'Giorgio heeft een vliegtuig voor ons gecharterd,' zei Petie.
Athena bekeek hen onder het koffiezetten aandachtig. Geen van beiden toonde enige emotie. Ze leken broers en waren allebei lang, maar Vincent was zo bleek als graniet terwijl Peties smallere gezicht rood was van de zon of de drank.
'En wat is dat slechte nieuws?' vroeg Cross. Hij verwachtte te horen dat de don gestorven was, dat Rose Marie echt gek was geworden of dat Dante iets zo verschrikkelijks had gedaan dat de Familie in een crisis was.
Vincent zei met zijn gebruikelijke botheid: 'We moeten onder vier ogen met je praten.'
Athena schonk koffie voor hen in. 'Ik vertel jou al mijn slechte nieuws,' zei ze tegen Cross. 'Ik heb recht op het jouwe.'
'Ik ga wel even met ze naar buiten,' zei Cross.
'Doe niet zo verdomd neerbuigend,' zei Athena. 'Waag het niet om weg te gaan.'
Vincent en Petie keken verward. Vincents granieten gezicht bloosde van verlegenheid. Petie grijnsde speculerend naar Athena alsof ze iemand was die hij in de gaten moest houden. Cross zag het en zei lachend: 'Oké, vertel op.'
Petie probeerde de klap zoveel mogelijk te verzachten. 'Er is iets met je vader gebeurd,' zei hij. Vincent onderbrak hem woedend. 'Pippi is neergeschoten door een jonge zwarte lul van een overvaller. Hij is dood. De overvaller ook. Een smeris, Losey, schoot hem neer toen hij vluchtte. Je moet naar LA om het lijk te identificeren en de papieren in te vullen. De oude man wil dat hij in Quogue begraven wordt.'
Cross' adem stokte in zijn keel. Hij wankelde even en trilde als een boom in een donkere wind. Toen voelde hij hoe Athena zijn arm met beide handen vastpakte.
'Wanneer?' vroeg Cross.
'Om een uur of acht gisteravond,' zei Petie. 'Giorgio heeft je gebeld.'
Cross dacht: Toen ik lag te vrijen, lag mijn vader in het lijkenhuis. Hij voelde een opperste minachting voor dat moment van zwakte, een overweldigende schaamte. 'Ik moet weg,' zei hij tegen Athena.
Ze keek naar zijn geschokte gezicht. Zo had ze hem nog nooit gezien.
'Ik leef met je mee,' zei ze. 'Bel me.'

Op de achterbank van de limousine hoorde Cross de twee andere mannen hun condoléances aanbieden. Hij herkende hen als soldaten uit de Bronx-enclave. Ze reden door de poort van de Malibu Colony. Toen ze de Pacific Coast Highway opreden, merkte Cross dat de auto een beetje traag was. Het voertuig was gepantserd.

Vijf dagen later werd Pippi De Lena in Quogue begraven. Het landgoed van de don omvatte een privé-kerkhof zoals het huis een privé-kapel omvatte, en als teken van de dons respect werd Pippi in het graf naast dat van Silvio gelegd.

Alleen de Clericuzio's en de hoogste soldaten uit de Bronx-enclave waren aanwezig. Lia Vazzi kwam op Cross' verzoek uit het jachthuis in de Sierras. Rose Marie was er niet. Toen ze van Pippi's dood vernam, kreeg ze een van haar aanvallen en werd ze naar de psychiatrische kliniek gebracht.

Maar Claudia De Lena was er wel. Ze nam het vliegtuig om Cross te troosten en afscheid van haar vader te nemen. Wat ze tijdens Pippi's leven niet had gekund, moest ze doen na zijn dood, vond ze. Een deel van hem wilde ze opeisen voor zichzelf om de Clericuzio's duidelijk te maken dat hij evenzeer haar vader was als een lid van de Familie.

Op het gazon voor het Clericuzio-huis lag een enorme bloemenkrans zo groot als een reclamebord. Er waren eettafels en kelners, en aan een geïmproviseerde tafel stond een barkeeper om de gasten te bedienen. Het was een dag van strikte rouw en er werden geen Familie-zaken besproken.

Claudia huilde bittere tranen om alle jaren die ze noodgedwongen zonder haar vader had geleefd, maar Cross nam de condoléances kalm en waardig in ontvangst en toonde geen tekenen van verdriet.

De volgende nacht stond hij op het balkon van zijn suite in het Xanadu-hotel en sloeg hij de kleurige orgie van neonborden langs de Strip gade. Zelfs op deze hoogte hoorde hij de geluiden van muziek en het gegons van gokkers die *en masse* op de Strip een gelukscasino zochten. Maar het was voor hem rustig genoeg om te analyseren wat er de laatste maand gebeurd was. En om na te denken over de dood van zijn vader.

Cross geloofde geen moment dat Pippi De Lena door een jong schooiertje was neergeschoten. Zo'n lot was voor een gekwalificeerd man onmogelijk. Hij liep alle feiten die hij gehoord had, nog eens na. Zijn vader was neergeschoten door een zwarte overvaller die Hugh Marlowe heette. De overvaller was drieëntwintig en had een strafblad als drugshandelaar. Marlowe was gedood toen hij van de plaats van het misdrijf wegrende, en wel door rechercheur Jim Losey, die Marlowe wegens een drugszaak schaduwde. Marlowe had een vuurwapen in zijn hand en richtte het op Losey, die hem daarom neerschoot – recht door de brug van zijn neus. Toen Losey de omgeving onderzocht, zag hij Pippi De Lena en belde hij direct Dante Clericuzio. Pas daarna lichtte hij de politie in. Waarom had hij dat gedaan, ook al stond hij dan op de loonlijst van de Familie? Wat een ironie: Pippi De Lena, als gekwalificeerd man onovertroffen, meer dan dertig jaar de hoogste Clericuzio-'hamer', vermoord door een haveloze, drugs verkopende overvaller.

Maar waarom had de don dan Vincent en Petie opdracht gegeven om hem in een gepantserde limousine te vervoeren en hem tot de begrafenis te bewaken? Waarom had de don zulke uitgebreide voorzorgen getroffen? Tijdens de begrafenis had hij het de don gevraagd. Maar de don had alleen gezegd dat het verstandig was om op alles voorbereid te zijn totdat de feiten bekend waren. Dat hij een volledig onderzoek had ingesteld en dat alle feiten blijkbaar klopten. Een onbeduidend diefje had een fout gemaakt en daaruit was een dwaze tragedie voortgevloeid. Aan de andere kant, zei de don, waren de meeste tragedies dwaas.

Er was geen twijfel aan het verdriet van de don. Hij had Pippi altijd behandeld als zijn eigen zoon, had hem in zekere zin zelfs voorgetrokken, en hij had tegen Cross gezegd: 'Jij krijgt je vaders plaats in de Familie.'

Maar nu, op zijn balkon met uitzicht op Las Vegas, overwoog Cross de hamvraag. De don geloofde nooit in het toeval, en toch stikte het in deze zaak van de toevalligheden. Rechercheur Jim Losey stond op de loonlijst van de Familie, en van alle duizenden rechercheurs en politieagenten in Los Angeles was uitgerekend hij de man die over de moord struikelde. Hoe groot was die kans? Maar even afgezien daarvan. Nog belangrijker was dat don Domenico Clericuzio heel goed wist dat een straatrover onmogelijk zo dicht bij Pippi De Lena had kunnen komen. En welke overvaller schoot zes keer voordat hij vluchtte? Zo'n zaak zou de don nooit geloven.

Vandaar de grote vraag. Hadden de Clericuzio's vastgesteld dat hun allerbeste soldaat een gevaar voor hen was? Om welke reden? Konden ze zijn trouw en toewijding plus hun eigen genegenheid voor hem negeren? Nee, ze waren onschuldig. En het beste bewijs in hun voordeel was het feit dat Cross zelf nog leefde. Als zij Pippi gedood hadden, had de don dat nooit toegestaan. Maar Cross wist dat hijzelf in gevaar verkeerde.

Hij dacht aan zijn vader. Hij had werkelijk van hem gehouden en het had Pippi gekwetst dat Claudia tijdens zijn leven niet met hem wou praten; hij zou dat graag gewild hebben. Toch besloot ze naar de begrafenis te komen. Waarom? Dat ze zijn zusje was en bij hem wilde zijn, kon niet de enige reden zijn. Daarvoor had ze haar moeders vete te lang voortgezet. Met de Clericuzio's wilde ze geen contact. Had ze zich misschien eindelijk herinnerd hoe goed hij voor hen tweeën was geweest voordat het gezin uiteenviel?

Hij dacht aan de verschrikkelijke dag dat hij besloot met zijn vader mee te gaan, omdat hij besefte wat zijn vader was, omdat hij wist dat hij Nalene echt zou vermoorden als ze beide kinderen meenam. Maar hij had de stoute schoenen aangetrokken en zijn vaders hand gepakt, niet uit liefde maar vanwege de angst in zijn moeders ogen.

Cross had zijn vader altijd als zijn pantser tegen de wereld beschouwd en altijd gedacht dat zijn vader onkwetsbaar was. Iemand die de dood gaf, niet ontving. Nu zou hij zichzelf tegen zijn vijanden moeten beschermen, misschien wel tegen de Clericuzio's. Hij was immers rijk, bezat de helft van het miljard dat het Xanadu waard was. Het was nu de moeite waard om zijn leven te nemen.

En daardoor moest hij denken aan het leven dat hij nu leidde. Welk doel had dat? Net zo oud worden als zijn vader, alle risico's nemen en dan toch vermoord worden? Natuurlijk had Pippi genoten van zijn leven, zijn macht, zijn rijkdom, maar voor Cross leek het nu een leeg leven. Zijn vader had nooit het geluk gekend van liefde voor een vrouw als Athena.

Hij was pas achtentwintig en kon een nieuw leven beginnen. Hij dacht aan Athena. Morgen zou hij haar voor het eerst aan het werk zien. Dan zag hij haar een schijnleven creëren met alle maskers die ze kon opzetten. Pippi zou dol op haar geweest zijn. Hij was dol op alle mooie vrouwen. Maar toen dacht hij aan de vrouw van Virginio Ballazzo. Pippi had haar graag gemogen, had aan haar tafel gegeten, had haar omhelsd, had met haar gedanst, had boccie gespeeld met haar man, en bereidde toen de moord op beiden voor.

Hij stond zuchtend op om weer naar zijn suite te gaan. De dageraad naderde en het licht ervan was een nevel rond de neonborden die als een enorm toneelgordijn over de Strip hingen. Hij kon omlaag kijken en zag dan de vlaggen van alle grote casinohotels: Sands, Caesars, Flamingo, Desert Inn en de uitbarstende vulkaan van het Mirage. Het Xanadu was het grootst van allemaal. Hij zag de vlaggen boven de Xanadu-villa's wapperen. In wat voor een droom had hij geleefd! Maar die was aan het vervliegen. Gronevelt was dood en zijn vader vermoord.

In zijn kamer pakte hij de telefoon en belde hij Vazzi om boven bij hem te komen ontbijten. Ze waren na de begrafenis samen naar Las Vegas gegaan. Hij bestelde een ontbijt voor twee personen en herinnerde zich dat Lia erg van pannenkoeken hield, die voor hem, na al zijn jaren in Amerika, nog steeds een exotisch gerecht waren. De bewaker bracht Vazzi binnen op hetzelfde moment dat het ontbijt kwam. Ze aten in de keuken.

'Wat denk jij ervan?' vroeg Cross aan Lia.

'Ik vind dat we die Losey moeten doden,' zei Lia. 'Dat heb ik een tijd geleden al tegen je gezegd.'

'Je gelooft het verhaal dus niet?' vroeg Cross.

Lia sneed zijn pannenkoeken in reepjes. 'Dat verhaal is schandalig,' zei hij. 'Een gekwalificeerd man als je vader kan nooit een boef zo dicht bij hem in de buurt hebben laten komen.'

'De don denkt dat het waar is,' zei Cross. 'Hij heeft een onderzoek laten instellen.'

Lia reikte naar een van de havanna's en het glas cognac die Cross voor hem

had klaargezet. 'Ik zou don Clericuzio nooit tegenspreken,' zei hij. 'Maar laat mij voor alle zekerheid Losey doden.'
'En als de Clericuzio's achter hem staan?' vroeg Cross.
'De don is een man van eer,' zei Lia. 'Van de oude stempel. Als hij Pippi vermoord had, zou hij ook jou vermoord hebben. Hij kent je. Hij begrijpt dat je je vader zal wreken en hij is een voorzichtig man.'
'Maar niettemin, voor wie zou je vechten?' vroeg Cross. 'Voor mij of voor de Clericuzio's?'
'Ik heb geen keus,' zei Lia. 'Ik heb te dicht bij je vader gestaan en ik sta te dicht bij jou. Als jij ten onder gaat, laten ze mij niet in leven.'
Cross nam voor het eerst met Lia cognac bij het ontbijt. 'Misschien is het wel een van die idiote dingen,' zei hij.
'Nee,' zei Lia. 'Het is Losey.'
'Maar hij heeft geen reden,' zei Cross. 'Toch moeten we het zien uit te vinden. Ik wil dat je een ploeg vormt van de zes man die je het trouwst zijn. Niemand uit de Bronx-enclave. Zorg dat ze klaarstaan en wacht op mijn orders.'
Lia was ongewoon ernstig. 'Vergeef me,' zei hij. 'Ik heb je orders nooit in twijfel getrokken, maar in dit geval smeek ik je om mij je te laten adviseren.'
'Goed,' zei Cross. 'Het komende weekend ga ik twee dagen naar Frankrijk. Zoek intussen alles uit wat je over Losey kunt vinden.'
Lia glimlachte naar Cross. 'Ga je met je verloofde?'
Cross vond zijn beleefdheid vermakelijk. 'Ja, en met haar dochter.'
'Dat meisje dat een kwart van haar hersenen mist?' vroeg Lia. Hij bedoelde het niet beledigend. Het was een Italiaanse uitdrukking die ook sloeg op briljante maar verstrooide mensen.
'Ja,' zei Cross. 'Er is daar een arts die haar misschien kan helpen.'
'Bravo,' zei Lia. 'Ik wens je het allerbeste. Weet die vrouw iets over Familiezaken?'
'Dat moge God verhoeden,' zei Cross, en ze lachten allebei. En Cross vroeg zich af hoe het kwam dat Lia zoveel van zijn privé-leven wist.

17

Voor het eerst ging Cross kijken hoe Athena op de set aan het werk was, hoe ze valse emoties acteerde, hoe ze iemand anders speelde dan zichzelf.
Hij trof Claudia in haar kantoor op het LoddStone-terrein. Ze zouden samen naar Athena gaan kijken. Er waren nog twee andere vrouwen op kantoor, en Claudia stelde hen voor. 'Dit is mijn broer Cross en dit is de regisseuse Dita Tommey. En Falene Fant, die vandaag in de film speelt.'
Tommey keek hem onderzoekend aan en vond hem knap genoeg om in het vak te zitten; alleen toonde hij geen vuur, geen hartstocht, en op het witte doek zou hij ijskoud overkomen. Ze verloor haar belangstelling. 'Ik wou net weggaan,' zei ze terwijl ze hem een hand gaf. 'Ik vind het heel afschuwelijk wat er met je vader is gebeurd. Overigens ben je welkom op de set. Claudia en Athena staan allebei voor je in, ook al ben je dan een van de producenten.'
Cross werd zich van de andere vrouw bewust. Ze had de kleur van bittere chocolade, een waanzinnig onbeschaamd gezicht en een schitterend lichaam dat in haar kleding onverhuld tot uiting kwam. Falene was veel minder vormelijk dan Tommey.
'Ik wist niet dat Claudia zo'n knappe broer had en nog rijk ook, heb ik gehoord. Als je ooit gezelschap nodig hebt, bel je maar,' zei Falene.
'Dat zal ik doen,' zei Cross. De uitnodiging verbaasde hem niet. Veel showgirls en danseressen in het Xanadu waren even direct. Dit meisje was een flirt van nature, die heel goed wist hoe knap ze was, en ze was niet van plan om uit beleefdheid afstandelijk te doen tegen een man die ze leuk vond.
Claudia zei: 'We zijn net bezig om Falene in de film wat meer te doen te geven. Dita vindt dat ze talent heeft, en dat vind ik ook.'
Falene grijnsde naar Cross. 'Ja, en nou schud ik dus tien keer met mijn kont in plaats van zes keer en ik mag tegen Messalina zeggen: "Alle vrouwen van Rome houden van u en hopen op uw overwinning."' Ze zweeg even en zei: 'Ik heb gehoord dat jij een van de producenten bent. Kun jij niet zorgen dat ik mijn kont twintig keer mag schudden?'

Cross voelde dat er iets met haar was, iets dat ze ondanks haar uitbundigheid probeerde te verbergen.
'Ik ben maar een van de geldschieters,' zei Cross. 'Iedereen moet op zeker moment met zijn kont schudden.' Hij glimlachte en zei met een charmante eenvoud: 'Ik wens je hoe dan ook succes.'
Falene boog zich naar hem toe en kuste hem op zijn wang. Hij rook haar zware, erotische parfum en voelde toen haar dankbare omhelzing vanwege zijn goede wensen. Toen liet ze hem los. 'Ik moet jou en Claudia een geheim vertellen. Ik wil niet in moeilijkheden raken, vooral nu niet.'
Claudia, die aan haar computer zat, fronste haar wenkbrauwen en zei niets.
Cross deed een stap bij Falene vandaan. Hij hield niet van verrassingen.
Falenes stem werd een beetje onvast. 'Ik vind het vreselijk wat er met jullie vader is gebeurd,' zei ze. 'Maar er is iets dat jullie moeten weten. Met Marlowe, de jongen die hem neergeschoten schijnt te hebben, ben ik opgegroeid, en ik kende hem goed. Naar het schijnt heeft rechercheur Losey Marlowe neergeschoten die naar het schijnt je vader had neergeschoten. Maar ik weet dat Marlowe nooit een vuurwapen heeft gehad. Hij scheet in zijn broek voor vuurwapens. Hij zat een beetje in de drugs en speelde klarinet. En hij was verder een schat van een lafaard. Jim Losey en zijn partner Phil Sharkey pakten hem af en toe op en dan reden ze met hem rond om hem de dealers te laten aanwijzen. Marlowe was zo bang voor de gevangenis dat hij politie-informant is geworden. En nu is hij plotseling een straatrover en een moordenaar. Ik ken Marlowe. Hij zou nog geen vlieg kwaad doen.'
Claudia bleef zwijgen. Falene zwaaide naar haar, liep naar de deur en kwam weer terug. 'Vergeet het niet,' zei ze. 'Dit is een geheimpje tussen ons.'
'Ik ben het alweer vergeten,' zei Cross met zijn allergeruststellendste glimlach. 'En je verhaal verandert nergens iets aan.'
'Ik moest het alleen even kwijt,' zei Falene. 'Marlowe was zo'n aardige jongen.' Ze ging weg.
'Wat vind jij ervan?' vroeg Claudia aan Cross. 'Wat betekent dat in vredesnaam?'
Cross haalde zijn schouders op. 'Die drugsgasten zitten altijd vol verrassingen. Hij had geld voor dope nodig, pleegde een overval en had pech.'
'Dat zal wel,' zei Claudia. 'En Falene is zo goedhartig dat ze alles gelooft. Maar het blijft zuur dat papa op die manier gestorven is.'
Cross keek haar ondoorgrondelijk aan. 'Iedereen heeft een keer pech.'
De rest van de middag keek hij naar de scènes die werden opgenomen. In de ene versloeg de ongewapende held drie gewapende mannen. Dat vond hij vreemd. Een held zou nooit in zo'n hopeloze situatie geplaatst mogen worden. Dat bewees maar weer eens dat hij te stom was om een held te zijn. Daarna zag hij Athena een liefdes- en een ruziescène doen. Hij was een

beetje teleurgesteld. Ze leek heel weinig te acteren en de andere acteurs leken beter uit de verf te komen dan zij. Cross was te onervaren om te weten dat Athena's manier van doen op de film veel krachtiger tot uiting kwam en dat de camera wonderen voor haar zou doen.

En de echte Athena ontdekte hij niet. Ze acteerde maar korte stukjes en daartussen verliep veel tijd. Je zag niets van de spanning die later over het witte doek ging flitsen. Acterend voor de camera leek Athena zelfs minder mooi.

Hij zei er niets van toen hij die nacht bij haar in Malibu bleef slapen. Toen ze de liefde hadden bedreven en zij hun middernachtelijke souper klaarmaakte, zei ze: 'Ik was niet erg goed vandaag, hè?' Ze gunde hem een katachtige grijns, waarbij altijd een schokgolf van genot door hem heen ging. 'Ik wilde je niet mijn beste optreden laten zien,' zei ze. 'Ik wist dat jij daar stond en me probeerde door te krijgen.'

Hij lachte. Altijd was hij verrukt van hoe ze zijn karakter zag. 'Nee, je was niet op je best,' zei hij. 'Vind je het leuk als ik vrijdag met je meega naar Parijs?'

Athena was verrast. Dat zag hij aan haar ogen. Haar gezicht veranderde nooit en was altijd beheerst. Ze dacht erover na. 'Je zou me heel goed kunnen helpen,' zei ze. 'En dan kunnen we samen Parijs bekijken.'

'Maandag terug?' zei Cross.

'Ja,' zei Athena. 'Dinsdagochtend heb ik opnames. Over een paar weken is de film al klaar.'

'En dan?' vroeg Cross.

'Dan trek ik me terug om voor mijn dochter te zorgen,' zei Athena. 'Bovendien wil ik haar niet veel langer verborgen houden.'

'Heeft de arts in Parijs het laatste woord?' vroeg Cross.

'Niemand heeft het laatste woord,' zei Athena. 'Niet op dit punt. Maar bij hem scheelt het niet veel.'

Vrijdagavond vlogen ze met een privé-charter naar Parijs. Athena had zich met een pruik vermomd, en haar make-up versluierde haar schoonheid zodanig dat ze er doodnormaal uitzag. Ze droeg wijde kleren die haar figuur volstrekt verborgen en haar een nogal moederlijke indruk gaven. Cross was verbijsterd. Ze liep zelfs anders.

In het vliegtuig bleek Bethany gefascineerd door het feit dat ze van heel hoog naar de aarde kon kijken. Ze zwierf door het toestel om uit alle ramen te kijken. Ze leek een beetje geschrokken, en haar meestal uitdrukkingloze gezicht werd bijna normaal.

Vanaf het vliegveld gingen ze naar een klein hotel in de buurt van de Avenue Georges-Mandel. Ze hadden een suite met twee aparte slaapkamers, een voor Cross en een voor Athena en Bethany. De zitkamer lag daartussenin. Het was tien uur 's ochtends. Athena verwijderde haar pruik en make-up en verkleedde zich. Ze kon het niet verdragen om er in Parijs gewoontjes uit te zien.

Om twaalf uur zaten zij met hun drieën in de praktijk van de arts, een klein château op eigen grond dat door een ijzeren hek omringd werd. Bij de poort stond een bewaker, en toen hij hun namen had gecontroleerd, liet hij hen binnen.

Bij de deur werden ze begroet door een dienstmeisje, dat hen naar een reusachtige zitkamer bracht. Daar zat de arts al te wachten.

Dr. Ocell Gerard was een lange, zware man, met zorg gekleed in een mooi gesneden, bruin streepjespak, een wit overhemd en een bijpassende donkerbruine stropdas. Hij had een rond gezicht en hij had eigenlijk een baard moeten hebben om zijn zware kaken te verhullen. Zijn lippen waren donkerrood. Hij stelde zich aan Athena en Cross voor maar negeerde het kind. Zowel Athena als Cross had direct een hekel aan hem. Hij gedroeg zich niet als een arts die geschikt was voor het gevoelige beroep dat hij had.

Op een tafel stond thee met gebak, en een dienstmeisje bediende hen. Twee verpleegsters sloten zich bij hen aan. Het waren jonge vrouwen, strikt beroepsmatig gekleed in ivoorwitte bloezen en rokken en witte kapjes. De twee verpleegsters sloegen Bethany tijdens het eten heel aandachtig gade.

De heer Gerard wendde zich tot Athena: '*Madame*, ik wil u graag bedanken voor uw bijzonder royale bijdrage aan ons Medisch Instituut voor Autistische Kinderen. Ik heb gezien dat u om strikte vertrouwelijkheid hebt gevraagd, en daarom doe ik dit onderzoek hier in dit centrum. Vertelt u me eens wat u precies van mij verwacht.' Hij had een soepele bas die magnetisch klonk en Bethany's aandacht trok, maar hij negeerde haar.

Athena was zenuwachtig. Ze mocht de man niet. 'Ik wil een evaluatie van u. Ik wil dat ze zo mogelijk een min of meer normaal leven leert leiden en ik zal alles opgeven om dat te bereiken. Ik wil dat u haar toelaat tot uw Instituut en ben bereid in Frankrijk te komen wonen om haar bij haar opleiding te helpen.'

Ze zei dat met zo'n betoverende droefheid en hoop en zo'n zelfverloochenende uitstraling dat de twee verpleegsters haar bijna bewonderend aanstaarden. Cross besefte dat ze al haar acteertalent inzette om de arts tot Bethany's opname in zijn Instituut te bewegen. Hij zag haar naar Bethany's hand reiken en die met een liefkozend gebaar vastpakken.

Alleen de arts leek niet onder de indruk. Hij keek Bethany niet aan en wendde zich meteen tot Athena. 'Maak uzelf niets wijs,' zei hij. 'Al uw liefde kan dit kind niet helpen. Ik heb haar dossier bestudeerd en er bestaat geen twijfel aan dat ze autistisch is. Ze kan uw liefde niet beantwoorden. Ze leeft

niet in onze wereld. Ze leeft zelfs niet in de dierenwereld. Ze leeft op een andere ster en is helemaal alleen.'
Hij vervolgde. 'Dat is niet uw schuld. Dat geldt, naar ik meen, ook voor de vader. Het is een van de geheimzinnige complexiteiten van het menselijk bestaan. Ik zal u zeggen wat ik doen zal. Ik zal haar wat grondiger testen en onderzoeken. Dan zal ik u vertellen wat het Instituut wel en niet voor haar kan doen. Als ik niet kan helpen, moet u haar weer meenemen. Als we dat wel kunnen, moet u haar vijf jaar in Frankrijk laten.'
Hij zei iets in het Frans tegen een van de verpleegsters. De vrouw ging weg en kwam met een reusachtig boek met foto's van beroemde schilderijen terug. Ze gaf het boek aan Bethany, maar het was te groot om op haar schoot te passen. Voor het eerst zei de arts iets tegen haar, en wel in het Frans. Ze legde het boek meteen op tafel en begon de bladzijden om te slaan. Algauw was ze verdiept in de plaatjes.
De arts leek slecht op zijn gemak. 'Ik wil u niet kwetsen,' zei hij, 'maar ik vraag het in het belang van het kind. Ik weet dat de heer De Lena niet uw echtgenoot is, maar is hij wel de vader van het kind? Dan zou ik hem willen testen.'
Athena zei: 'Toen mijn dochter werd geboren, kende ik hem nog niet.'
'*Bon,*' zei de arts. Hij haalde zijn schouders op. 'Dat soort dingen is altijd mogelijk.'
Cross lachte. 'Misschien ziet de dokter wel symptomen in mij.'
De arts knikte en glimlachte kameraadschappelijk terwijl hij zijn dikke, rode lippen tuitte. 'U vertoont inderdaad bepaalde symptomen. Dat doen we allemaal. Wie weet? Een centimetertje erbij, en dan zijn we misschien wel allemaal autistisch. Nu ga ik het kind grondig onderzoeken en een paar proeven met haar doen. Dat duurt op zijn allerminst vier uur. Waarom gaat u niet samen een wandeling maken door ons prachtige Parijs? Is dit voor u de eerste keer, meneer De Lena?'
'Ja,' zei Cross.
Athena zei: 'Ik wil bij mijn dochter blijven.'
'Zoals u wilt, *madame,*' zei hij. Toen wendde hij zich tot Cross. 'Geniet van uw wandeling. Ik persoonlijk verafschuw Parijs. Als er één stad autistisch kon zijn, heette die stad Parijs.'
Er werd een taxi gebeld en Cross ging weer naar de hotelkamer. Hij had geen zin om zonder Athena Parijs te verkennen en had rust nodig. Bovendien was hij naar Parijs gekomen om de spinnewebben uit zijn hoofd te krijgen en alles te overdenken.
Hij peinsde over wat Falene gezegd had. Hij herinnerde zich dat Losey alleen naar Malibu was gegaan. Rechercheurs werkten meestal als paar. Hij belde Vazzi en vroeg hem om dat na te gaan.

Om vier uur was Cross weer in de zitkamer van de arts. Ze zaten op hem te wachten. Bethany zat nog steeds in het kunstboek te kijken. Athena zag bleek – het enige lichamelijke symptoom dat ze, naar Cross wist, niet kon acteren. Bethany deed zich intussen te goed aan een schaal gebak, en de arts pakte die van haar af terwijl hij iets in het Frans tegen haar zei. Bethany protesteerde niet. Er kwam een verpleegster om haar naar de speelkamer te brengen.

'Vergeef me,' zei de arts tegen Cross, 'maar ik wil u een paar dingen vragen.'

'Ga uw gang,' zei Cross.

De arts stond op uit zijn stoel en beende door de kamer. 'Ik zal tegen u zeggen wat ik ook tegen *madame* heb gezegd,' zei hij. 'In dit soort gevallen zijn wonderen uitgesloten. Volstrekt uitgesloten. Met langdurige oefening is enorme vooruitgang mogelijk in sommige gevallen, meestal niet. En bij *mademoiselle* stuiten we op bepaalde grenzen. Ze moet minstens vijf jaar in het Instituut in Nice blijven. We hebben therapeuten die al haar mogelijkheden kunnen onderzoeken. In die tijd komen we erachter of ze een min of meer normaal leven kan leiden. Of dat ze voor altijd in een inrichting moet blijven.'

Op dat moment begon Athena te huilen. Ze hield een zakdoekje van blauwe zijde tegen haar ogen en Cross rook het parfum ervan.

De arts keek haar onaangedaan aan. '*Madame* heeft ermee ingestemd. Ze komt ons Instituut als therapeute versterken... Dus.'

Hij ging recht tegenover Cross zitten. 'Er zijn een paar heel goede tekenen. Ze heeft artistiek talent. Bepaalde voelsprieten zijn waakzaam, niet ingetrokken. Ze was geïnteresseerd toen ik Frans sprak, een taal die ze niet verstaat maar intuïtief aanvoelt. Dat is een heel goed teken. En er is nog iets. Het kind liet blijken dat ze u vanmiddag miste. Ze heeft gevoelens voor een ander en dat is in ieder geval een begin. Het is hoogst ongebruikelijk, maar is op een veel minder geheimzinnige manier te verklaren. Toen ik haar erover vroeg, zei ze dat u mooi bent. Welnu, wees alstublieft niet gekwetst, meneer De Lena. Ik stel u deze vraag alleen uit medische overwegingen en om het kind te helpen, niet om u van iets te beschuldigen. Hebt u het meisje op de een of andere manier, misschien onbedoeld, seksueel gestimuleerd?'

Cross schrok zo dat hij in lachen uitbarstte. 'Ik wist niet eens dat ze op me reageerde. En ik heb haar geen enkele reden tot een reactie gegeven.'

Athena's wangen waren rood van woede. 'Dit is belachelijk,' zei ze. 'Hij is nooit met haar alleen geweest.'

De arts hield aan. 'Hebt u haar wanneer dan ook gestreeld? Ik bedoel niet haar hand gepakt, op haar hoofd getikt, zelfs niet haar wang gekust. Lichamelijk is ze een vrouw en ze zou alleen al uit pure lichamelijkheid reageren. U zou niet de eerste man zijn die door zoveel onschuld werd verleid.'

'Misschien weet ze iets over mijn relatie met haar moeder,' zei Cross.
'Ze geeft niet om haar moeder,' zei de arts. 'Vergeef me, *madame,* maar dit is een van de dingen die u moet aanvaarden – evenmin om haar moeders schoonheid of roem. Die bestaan voor haar letterlijk niet. U bent degene tot wie ze zich richt. Denk goed na. Misschien een onschuldige tederheid, iets onopzettelijks.'
Cross keek hem koel aan. 'Als dat zo was, zou ik het u vertellen. Als zij daar iets aan had.'
'Hebt u tedere gevoelens voor dit meisje?' vroeg de arts.
Cross dacht even na. 'Ja,' zei hij.
De heer Gerard leunde achterover en klapte in zijn handen. 'Ik geloof u,' zei hij, 'en dat geeft me veel hoop. Als ze op u kan reageren, kunnen wij haar misschien helpen om ook op anderen te reageren. Misschien duldt ze haar moeder ooit, en dat is voor u genoeg, nietwaar, *madame*?'
'O, Cross,' zei Athena, 'ik hoop dat je niet kwaad bent.'
'Nee hoor, helemaal niet,' zei Cross.
De arts keek hem aandachtig aan. 'U bent niet beledigd?' vroeg hij. 'De meeste mannen zouden erg verontwaardigd zijn. De vader van een van mijn patiënten heeft me zelfs geslagen. Maar u bent niet boos. Legt u me eens uit waarom niet.'
Hij kon niet uitleggen – niet aan deze man, zelfs niet aan Athena – hoe diep de aanblik van Bethany in haar knuffelkist hem getroffen had. Hoezeer ze hem deed denken aan Tiffany en alle andere showmeisjes met wie hij naar bed was geweest en die hem met een leeg gevoel hadden achtergelaten. Hoezeer zijn verhouding tot de Clericuzio's en zelfs tot zijn vader hem gevoelens van geïsoleerdheid en wanhoop gaf. En ten slotte hoe alle slachtoffers die hij gemaakt had, slachtoffers van een spookwereld leken die alleen in zijn dromen werkelijkheid werd.
Cross keek de arts recht aan. 'Misschien ben ik ook wel autistisch,' zei hij, 'of heb ik ergere misdaden te verbergen.'
De arts leunde achterover en zei tevreden: 'Juist.' Hij zweeg en glimlachte toen voor het eerst. 'Zal ik u meenemen voor een paar proeven?' Ze lachten allebei.
'Welnu, *madame,*' zei de heer Gerard. 'Ik heb begrepen dat u morgenochtend met het vliegtuig naar Amerika terug moet. Waarom laat u uw dochter niet vast hier? Ik heb uitmuntende verpleegsters en kan u verzekeren dat het meisje u niet mist.'
'Maar ik mis háár,' zei Athena. 'Kan ik haar vannacht niet bij me houden en morgenochtend terugbrengen? We zijn met privé-charter gekomen en we kunnen vertrekken wanneer we willen.'
'Natuurlijk,' zei de arts. 'Brengt u haar morgenochtend hier. Ik zal zorgen

dat de verpleegsters haar naar Nice brengen. U hebt het nummer van het Instituut en kunt me bellen zo vaak als u wilt.'
Ze stonden op om weg te gaan. Athena kuste de arts onstuimig op zijn wang. De arts bloosde. Ondanks zijn angstaanjagende uiterlijk was hij niet ongevoelig voor haar schoonheid en roem.

Athena, Bethany en Cross besteedden de rest van de dag aan een wandeling door de straten van Parijs. Athena kocht nieuwe kleren voor Bethany – een hele garderobe. Ze kocht verfspullen en een reusachtige nieuwe koffer om alle nieuwe dingen in te doen. Ze liet alles naar het hotel sturen.
Ze aten in een restaurant aan de Champs Elysées. Bethany at gulzig, vooral van het gebak. Ze had de hele dag nog geen woord gezegd, noch op Athena's uitingen van genegenheid gereageerd.
Athena was aan één stuk door met haar bezig en Cross had nog nooit zo'n vertoon van liefde gezien, behalve toen hij als kind zijn moeder het haar van zijn zusje zag borstelen.
Tijdens het eten hield Athena Bethany's hand vast, veegde ze kruimels van haar gezicht en legde ze uit dat ze over een maand naar Frankrijk terugkwam om de komende vijf jaar bij haar op school te blijven.
Bethany reageerde niet.
Athena vertelde Bethany geestdriftig dat ze samen Frans gingen leren, samen naar musea zouden gaan en samen naar alle grote schilderijen gingen kijken, en dat Bethany zolang als ze wilde zelf mocht schilderen. Ze beschreef hoe ze heel Europa zouden bereizen: Spanje, Italië, Duitsland.
Toen uitte Bethany de eerste woorden van die dag: 'Ik wil mijn kist.'
Net als altijd werd Cross door een gevoel van heiligheid getroffen. Dat mooie meisje was net de kopie van een prachtig portretschilderij, maar zonder de ziel van de kunstenaar, alsof haar lichaam was leeggelaten voor God.

Het was al donker toen ze weer naar het hotel gingen. Bethany liep tussen hen in, en ze lieten haar aan haar handen door de lucht zwieren. Voor één keer vond ze dat goed. Ze vond het zelfs kennelijk zo heerlijk dat ze het hotel voorbijliepen.
Op dat moment had Cross weer precies datzelfde geluksgevoel als tijdens de picknick. En dat kwam alleen maar omdat zij drieën elkaars hand vasthielden. Zijn sentimentaliteit vervulde hem met zowel verbazing als afschuw.
Ze liepen terug naar het hotel. Toen Athena Bethany naar bed had gebracht, kwam ze naar de zitkamer van de suite, waar Cross op haar wachtte. Ze gingen naast elkaar op de lavendelkleurige sofa zitten en hielden elkaars hand vast.
'Geliefden in Parijs,' zei Athena glimlachend tegen hem. 'En we slapen niet eens samen in een Frans bed.'

'Vind je het vervelend om Bethany hier te laten?' vroeg Cross.
'Nee,' zei Athena. 'Ze zal ons niet missen.'
Cross zei: 'Vijf jaar is een hele tijd. Ben je bereid vijf jaar én je beroep op te geven?'
Athena stond op van de sofa en begon door de kamer te ijsberen. Ze zei hartstochtelijk: 'Het lijkt me zalig om het zonder de film te kunnen stellen. Toen ik nog klein was, droomde ik dat ik een grote heldin was. Marie Antoinette op weg naar de guillotine. Jeanne d'Arc in de vlammen op de brandstapel. Marie Curie die de mensheid van een ernstige ziekte redde. En natuurlijk droomde ik ook – en dat was nog het allerbelachelijkste – dat ik alles opgaf uit liefde voor een groot man. Ik droomde van een heldhaftig leven en wist zeker dat ik naar de hemel zou gaan. Dat ik rein van lichaam en geest zou zijn. Ik verafschuwde het idee om iets te doen dat me omlaaghaalde, vooral als ik dat voor geld deed. Ik was vast van plan om nooit en te nimmer een medemens iets aan te doen. Iedereen zou van me houden, ikzelf ook. Ik wist dat ik slim was. Iedereen zei dat ik mooi was. En ik bewees niet alleen bekwaam te zijn maar ook talent te hebben. En wat deed ik? Ik werd verliefd op Boz Skannet. Ik heb met andere mannen geslapen, niet uit verlangen maar voor mijn carrière. Ik heb het leven geschonken aan een mens die misschien nooit van mij of iemand anders kan houden. Vervolgens regel ik met slimme manoeuvres dat mijn man vermoord wordt. Niet zo heel erg subtiel vraag ik wie mijn echtgenoot wil doden, die zo'n vreselijke bedreiging voor me is.' Ze kneep in zijn hand. 'En daar bedank ik je voor.'
Cross zei geruststellend: 'Je hebt niets van dat alles gedaan. Het was gewoon je noodlot, zoals ze in mijn familie zeggen. En Skannet was een steen in je schoen; alweer een familiegezegde. Dus waarom zou je je niet van hem ontdoen?'
Athena kuste hem even op zijn lippen. 'Dat heb ik gedaan,' zei ze. 'Mijn dolende ridder. Het enige probleem is dat jij niet alleen draken doodt.'
'Als de dokter over vijf jaar zegt dat er geen verbetering meer inzit, wat dan?' vroeg Cross.
'Het kan me niet schelen wat iemand zegt,' zei Athena. 'Hoop is er altijd. Ik blijf de rest van mijn leven bij haar.'
'En mis je je werk dan niet?' vroeg hij.
'Natuurlijk mis ik dat en jou ook,' zei Athena. 'Maar eindelijk doe ik wat volgens mij het goede is en ben ik niet meer alleen een filmheldin.' Ze klonk vermaakt. Toen zei ze vlak: 'Ik wil dat ze van me houdt. Meer niet.'
Ze kusten elkaar welterusten en gingen naar hun aparte slaapkamers.

De volgende ochtend brachten ze Bethany naar de spreekkamer van de arts. Athena vond het niet makkelijk om afscheid van haar dochter te nemen. Ze

omhelsde het meisje huilend, maar Bethany wilde daar niets van weten. Ze duwde haar moeder weg en zette zich schrap om ook Cross af te wijzen, maar hij maakte geen aanstalten om haar te omhelzen.
Cross was heel even boos op Athena omdat zij bij haar dochter zo hulpeloos was. De arts zag dat en zei tegen Athena: 'Als u terugkomt, zult u veel moeten oefenen om met dit kind te leren omgaan.'
'Ik kom zo gauw mogelijk,' zei Athena.
'U hoeft zich niet te haasten,' zei de arts. 'Ze leeft in een wereld waarin de tijd niet bestaat.'

Op de terugweg naar LA spraken Cross en Athena af dat hij door zou reizen naar Las Vegas zonder met Athena mee naar Malibu te gaan. Tijdens de hele vlucht was er maar één moeilijk moment. Even zat Athena dubbelgevouwen van verdriet te huilen. Toen kalmeerde ze.
Bij hun afscheid zei Athena tegen Cross: 'Ik vind het jammer dat we in Parijs niet met elkaar naar bed konden.' Maar hij begreep dat ze vriendelijk wilde zijn. Dat de gedachte aan vrijen haar op dit bijzondere moment tegenstond. Dat ze nu, net als haar dochter, van de wereld gescheiden was.

Cross werd op het vliegtuig afgehaald door een grote limousine, die door een soldaat van het jachthuis gereden werd. Lia Vazzi zat achterin. Lia deed de glazen afscheiding dicht zodat de chauffeur hun gesprek niet kon horen.
'Rechercheur Losey is me weer op komen zoeken,' zei hij. 'De volgende keer wordt zijn laatste.'
'Wees geduldig,' zei Cross.
'Ik ken de tekenen; daar mag je van uitgaan,' zei Lia. 'Nog iets. Een ploeg uit de Bronx-enclave heeft zich in Los Angeles geïnstalleerd. Ik weet niet op wiens orders. Volgens mij heb je lijfwachten nodig.'
'Nog niet,' zei Cross. 'Heb jij je zes man bij elkaar?'
'Ja,' zei Lia, 'maar dat zijn mannen die niet rechtstreeks iets tegen de Clericuzio's zullen ondernemen.'
Toen ze in het Xanadu waren, vond Cross een memo van Tom Pollard: een volledig dossier over Jim Losey, dat boeiende lectuur bleek. En er zat een memo bij die hem meteen in actie bracht.
Cross haalde honderdduizend bij de casinokassier, in biljetten van honderd dollar. Hij zei tegen Lia dat ze naar LA gingen. Lia zou rijden en hij wilde niemand anders erbij hebben. Hij liet hem Pollards memo zien. Ze vlogen de volgende dag naar LA en huurden een auto voor hun rit naar Santa Monica.

Phil Sharkey maaide het gazon voor zijn huis. Cross stapte met Lia uit de auto en identificeerde zich als vriend van Pollard, die een inlichting nodig

had. Lia bekeek Sharkey's gezicht aandachtig. Toen liep hij weer naar de auto.
Phil Sharkey zag er niet zo indrukwekkend uit als Jim Losey, maar hij leek behoorlijk hard. Bovendien keek hij alsof zijn jaren bij de politie al zijn vertrouwen in de medemens hadden weggebrand. Hij vertoonde het waakzame wantrouwen en serieuze gedrag dat de beste smerissen hebben. Maar hij was kennelijk geen gelukkig man.
Sharkey liet Cross zijn huis binnen, dat eigenlijk een bungalow was. Vanbinnen was het somber en uitgewoond en gaf het de trieste indruk van een huis zonder vrouw en kinderen. Sharkey belde allereerst Pollard om de identiteit van zijn bezoeker te laten bevestigen. Zonder enige hoffelijkheid of hem een stoel of drankje aan te bieden zei hij tegen Cross: 'Begin maar. Vraag maar op.'
Cross maakte zijn koffertje open en haalde er een pak briefjes van honderd uit. 'Hier heb je tien mille,' zei hij. 'Alleen maar om me te laten praten. Maar het gaat even duren. Wat vind je van een biertje en een stoel?'
Op Sharkey's gezicht bloeide een merkwaardig minzame grijns op – hij is de goeie smeris van de twee, dacht Cross.
Sharkey stak het geld achteloos in zijn broekzak. 'Ik mag jou wel,' zei Sharkey. 'Je bent kien. Je weet dat geld welsprekender is dan gelul.'
Ze gingen aan een rond tafeltje op de achterveranda van de bungalow zitten, waar ze uitkeken over Ocean Avenue met het zandstrand en het water verderop. Ze dronken hun bier uit de fles. Sharkey klopte op zijn broekzak om te kijken of het geld er nog zat.
Cross zei: 'Als ik de goeie antwoorden hoor, krijg je straks nog twintig mille van me. Als je dan ook nog je mond houdt over mijn bezoek, kom ik je over twee maanden opzoeken met nog eens vijftig mille.'
Sharkey vertoonde zijn grijns, maar daar zat nu iets ondeugends in. 'Over twee maanden kan het je niet meer schelen aan wie ik het vertel, hè?'
'Inderdaad,' zei Cross.
Sharkey werd ernstig. 'Ik kan je niet iets vertellen dat tot aanklachten tegen iemand anders leidt.'
'Dan weet je niet wie ik eigenlijk ben,' zei Cross. 'Misschien moet je Pollard nog maar eens bellen.'
Sharkey zei kortaf: 'Ik weet wie je bent. Jim Losey zei tegen me dat ik je altijd correct moest behandelen. Altijd.' En toen nam hij de houding van meelevende luisteraar aan die bij zijn beroep hoorde.
Cross zei: 'Jij en Jim Losey zijn de laatste tien jaar partners geweest en hebben er nog heel wat bijverdiend. En toen ging je met pensioen. Ik wil graag weten waarom.'
'Je zit achter Jim aan,' zei Sharkey. 'Dat is levensgevaarlijk. Hij is de dapperste en slimste smeris die ik ooit gekend heb.'

'Ook de eerlijkste?' vroeg Cross.
'We waren smeris in Los Angeles,' zei Sharkey. 'Weet je wat dat verdomme betekent? Als we ons echte werk deden en die zwarten en knoflookvreters mores leerden, werden we aangeklaagd en eruit getrapt. De enigen die we konden arresteren zonder in moeilijkheden te raken, waren blanke etters met geld. Luister, ik heb geen vooroordelen, maar waarom mag ik wel blanke kerels in de gevangenis smijten en die andere soort niet? Dat klopt niet.'
'Ik heb begrepen dat Jim een borst vol medailles heeft,' zei Cross. 'En jij hebt er ook een paar.'
Sharkey haalde achteloos zijn schouders op. 'Als je als smeris in deze stad een beetje lef hebt, word je vanzelf held. Een hoop van die knapen wisten niet dat ze zaken konden doen als ze netjes praatten. En sommigen waren regelrechte moordenaars. Dan moesten we onszelf dus verdedigen en kregen we een paar medailles. Geloof me, we hebben het gevecht nooit opgezocht.'
Cross twijfelde aan elk woord dat Sharkey zei. Jim Losey was ondanks zijn dure kleren een geboren krachtpatser.
'Waren jullie in alles partners?' vroeg Cross. 'Wisten jullie alles wat er gaande was?'
Sharkey lachte. 'Jim Losey? Die was altijd de baas. Soms wist ik niet eens precies wat we aan het doen waren. Ik wist niet eens hoeveel we betaald kregen. Dat was Jims afdeling en hij gaf me wat hij mijn rechtmatige deel noemde.' Hij zweeg even. 'Hij had zijn eigen regels.'
'Hoe verdienden jullie dat geld?' vroeg Cross.
'We stonden op de loonlijst van een paar grote goksyndicaten,' zei Sharkey. 'Soms kregen we wat toegeschoven van de drugsjongens. Er is een tijd geweest dat Jim geen drugsgeld aanpakte, maar toen ging elke smeris ter wereld dat wél doen, en wij dus ook.'
'Gebruikten jij en Losey wel eens een zwart joch dat Marlowe heette om de grote drugsdealers aan te wijzen?' vroeg Cross.
'Natuurlijk,' zei Sharkey. 'Marlowe. Aardige jongen maar bang voor zijn eigen schaduw. We gebruikten hem vaak.'
Cross vroeg: 'Was je verrast toen je hoorde dat Losey hem had neergeschoten na die roofmoord?'
'Welnee,' zei Sharkey. 'Die drugsgasten promoveren. Maar het zijn zulke prutsers dat ze alles verknallen. En in zo'n situatie geeft Jim nooit de waarschuwing die we geleerd hebben. Hij schiet gewoon.'
'Maar was het geen raar toeval dat hun paden zich op die manier kruisten?' vroeg Cross.
Voor het eerst leek Sharkey's gezichtsuitdrukking iets van zijn hardheid te

verliezen en een beetje treurig te worden. 'Het is verdacht,' zei hij. 'De hele zaak is verdacht. Maar ik geloof dat ik je maar eens iets moet vertellen. Jim Losey was dapper, de vrouwtjes waren dol op hem en bij de mannen had hij veel aanzien. Ik was zijn partner, en dat alles gold ook voor mij. Maar eigenlijk is hij altijd een verdachte vent geweest.'
'Het kan dus een opzetje zijn geweest?' vroeg Cross.
'Nee, nee,' zei Sharkey. 'Je moet het goed begrijpen. Vanwege je werk neem je wel eens smeergeld aan, maar daardoor word je nog geen moordenaar. Jim Losey zou dat nooit doen. Dat geloof ik nooit.'
'Waarom ben je dan daarna met pensioen gegaan?' vroeg Cross.
'Gewoon omdat hij me zenuwachtig maakte,' zei Sharkey.
'Een paar maanden geleden heb ik Losey in Malibu ontmoet,' zei Cross. 'Hij was alleen. Opereert hij vaak zonder jou?'
Sharkey vertoonde zijn grijns weer. 'Soms,' zei hij. 'Die ene keer ging hij eens een balletje opgooien bij een actrice. Het zou je verbazen als je wist hoe vaak hij succes had bij de grote sterren in dat vak. Soms lunchte hij met mensen en wilde hij mij er niet bij hebben.'
'Iets anders,' zei Cross. 'Was Jim Losey racist? Haatte hij zwarten?'
Sharkey keek hem even vermaakt als verbaasd aan. 'Natuurlijk. Jij bent zeker zo'n leuterende linkse, hè? Als je dat vreselijk vindt, moet je maar eens een jaar ons werk gaan doen. Dan wil je ze alleen nog maar in de dierentuin laten zetten.'
'Ik heb nog een andere vraag,' zei Cross. 'Heb je hem wel eens gezien in gezelschap van een klein mannetje met een gekke pet?'
'Een Italiaan,' zei Sharkey. 'We gingen lunchen en Jim liet me ophoepelen. Eng gozertje.'
Cross stak zijn hand in zijn koffertje en haalde er nog twee pakjes geld uit. 'Hier heb je twintigduizend,' zei hij. 'En vergeet het niet. Als je je mond houdt, krijg je er nog vijftig bij. Oké?'
'Ik weet wie je bent,' zei Sharkey.
'Natuurlijk,' zei Cross. 'Ik heb Pollard opgedragen om je dat te vertellen.'
'Ik weet wie je écht bent,' zei Sharkey met een aanstekelijke grijns. 'Daarom pak ik niet je hele koffertje nu meteen. En daarom hou ik twee maanden mijn mond. Als ik tussen jou en Losey moest kiezen, wist ik niet wie me eerder zou vermoorden.'

Cross De Lena begreep dat hij enorme problemen had. Hij wist dat Jim Losey op de loonlijst van de Clericuzio-Familie stond. Dat hij vijftigduizend dollar per jaar aan salaris kreeg plus bonussen voor bijzondere klussen, maar moord had daar nooit bijgehoord. Het was voor Cross genoeg om zijn eindoordeel te vellen. Dante en Losey hadden zijn vader vermoord. Hij kon dat oordeel makkelijk vellen omdat hij niet gebonden was aan de regels van de bewijsvoering. En juist zijn opleiding bij de Clericuzio's hielp hem om het schuldig uit te spreken. Hij kende zijn vaders bekwaamheid en karakter. Geen overvaller kwam bij hem in de buurt. Hij kende ook Dantes bekwaamheid en karakter en Dantes afkeer van zijn vader.

De grote vraag was: had Dante het op eigen houtje gedaan of had de don de moord bevolen? De Clericuzio's hadden daar geen reden toe. Zijn vader was hen meer dan veertig jaar trouw geweest en had aan de opkomst van de Familie belangrijk bijgedragen. In de oorlog tegen de Santadio's was hij de grote generaal geweest. En Cross vroeg zich niet voor het eerst af waarom niemand hem ooit de details van die oorlog had verteld. Zijn vader niet, Gronevelt niet, noch Giorgio, Pete en Vincent.

Hoe meer hij erover nadacht, des te zekerder wist hij dat de don niets met de moord op zijn vader van doen had. Don Domenico was een uiterst conservatieve zakenman. Hij beloonde trouwe dienst en bestrafte die niet. Hij was uiterst, soms zelfs té rechtvaardig. Maar het doorslaggevende argument was het volgende: als hij Pippi had vermoord, zou hij Cross nooit in leven hebben gelaten. Dat bewees de onschuld van de don.

Don Domenico geloofde in God, geloofde soms in het noodlot, maar geloofde niet in het toeval. Het toeval dat uitgerekend Jim Losey de smeris was die de overvaller had koudgemaakt die Pippi had neergeschoten, zou voor de don volstrekt ongeloofwaardig zijn. Hij had ongetwijfeld zijn eigen onderzoek laten doen en Dantes relatie met Losey ontdekt. En kende ongetwijfeld niet alleen Dantes schuld maar ook diens motief.

Dantes moeder Rose Marie? Wat wist zij? Toen ze van Pippi's dood vernam, kreeg ze haar allerergste aanval. Ze schreeuwde onbegrijpelijk en huilde aan één stuk door, zodat de don haar naar de psychiatrische kliniek van East Hampton had gestuurd die hij vele jaren geleden had helpen stichten. Ze zou daar minstens een maand blijven.

Alleen Dante, Giorgio, Vincent en Petie mochten Rose Marie opzoeken. Al het andere bezoek had de don verboden. Maar Cross stuurde vaak bloemen en fruitmanden. Waarom was Rose Marie in jezusnaam zo geschrokken? Wist ze dat Dante schuldig was en wist ze waarom? Op dat moment herinnerde Cross zich wat de don gezegd had: dat Dante zijn erfgenaam zou worden. Dat was veelzeggend. Cross besloot Rose Marie ondanks het verbod van de don in de kliniek te gaan opzoeken. Hij zou bloemen, fruit, chocolaatjes en kaas meenemen en haar met echte genegenheid overladen, maar niettemin proberen om haar tot verraad van haar zoon te verleiden.

Twee dagen later liep Cross de hal van de psychiatrische kliniek van East Hampton in. Er stonden twee bewakers bij de deur, en een van hen bracht hem naar de receptiebalie.

De vrouw achter de balie was van middelbare leeftijd en goed gekleed. Toen hij vertelde voor wie hij kwam, zei ze met een charmante glimlach dat hij een halfuur moest wachten, want de dokters waren even met haar bezig. Als die klaar waren, kwam ze hem halen.
Cross nam plaats in de wachtkamer van het receptiegedeelte even voorbij de hal. Er stonden tafels en zachte leunstoelen. Hij pakte een exemplaar van een Hollywood-tijdschrift en kwam bij het doorlezen een artikel tegen over Jim Losey, de heldhaftigste rechercheur van Los Angeles. Het artikel beschreef gedetailleerd zijn heroïsche prestaties, bekroond met het doodschieten van roofmoordenaar Marlowe. Cross moest om twee dingen lachen. Op de eerste plaats werd zijn vader omschreven als eigenaar van een financieel dienstverleningsbedrijf en als het typische, machteloze slachtoffer van een wrede misdadiger. Op de tweede plaats beweerde de slotregel van het artikel dat de misdaad op straat in bedwang zou zijn als er meer smerissen zoals Jim Losey waren.
Een verpleegster tikte hem op de schouder. Ze straalde een indrukwekkende kracht uit maar zei met een prettige glimlach: 'Ik breng u naar boven.'
Cross pakte de doos chocholaatjes en de bloemen die hij bij zich had, en volgde haar eerst over een korte trap naar boven en toen door een lange gang met op regelmatige afstanden deuren. De verpleegster deed de laatste deur met een loper open. Ze wenkte Cross om naar binnen te gaan en deed de deur achter hem dicht.
Rose Marie zat in een grijze jurk en met netjes gevlochten haar naar een kleine tv te kijken. Toen ze Cross zag, sprong ze van de sofa op en vloog ze in zijn armen. Ze huilde. Cross gaf haar een kus op haar wang en overhandigde haar de chocola en de bloemen.
'O, wat ben ik blij dat je hier bent,' zei ze. 'Ik dacht dat je me haatte om wat ik je vader heb aangedaan.'
'Je hebt mijn vader niets aangedaan,' zei Cross, en bracht haar weer naar de sofa. Toen zette hij de tv uit en knielde naast de sofa. 'Ik maak me zorgen over je.'
Ze stak haar hand uit en streelde zijn haar. 'Jij was altijd zo mooi,' zei ze. 'Ik vond het vreselijk dat je je vaders zoon was. Ik ben blij dat hij dood is. Maar ik heb altijd geweten dat er afschuwelijke dingen zouden gebeuren. Ik heb de lucht en de aarde gevuld met gif voor hem. Denk jij dat mijn vader het door de vingers zal zien?'
'De don is maar een mens,' zei Cross. 'Hij zal jou nooit de schuld geven.'
'Hij heeft jou voor de gek gehouden zoals hij ook ieder ander heeft beduveld,' zei Rose Marie. 'Vertrouw hem nooit. Hij heeft zijn dochter verraden, hij heeft zijn kleinzoon verraden en hij heeft zijn neef Pippi verraden... En nu zal hij jou verraden.'

Ze was heel hard gaan praten en Cross was bang dat ze weer een aanval kreeg.
'Rustig maar, tante Roe,' zei Cross. 'Vertel maar gewoon wat je zo aangegrepen heeft dat je hier weer heen moest.' Hij staarde in haar ogen en bedacht hoe knap ze als jong meisje geweest moest zijn. De onschuld in haar ogen was nog steeds te zien.
Rose Marie fluisterde: 'Laat ze je alles over de Santadio-oorlog vertellen; dan begrijp je alles.' Ze keek langs Cross heen en legde toen haar handen op haar hoofd. Cross draaide zich om. De deur ging open. Vincent en Petie bleven zwijgend staan. Rose Marie sprong van de sofa, rende naar de slaapkamer en sloeg de deur achter zich dicht.
Vincents granieten gezicht vertoonde medelijden en wanhoop. 'Jezus Christus,' zei hij. Hij liep naar de slaapkamerdeur, klopte aan en riep door de deur heen: 'Roe, doe open. We zijn je broers. We doen je niets...'
Cross zei: 'Wat een toeval dat ik jullie hier tref. Ik ben ook bij Rose Marie op bezoek.'
Vincent had nooit tijd voor kletspraatjes. 'We zijn hier niet op bezoek. De don wil je spreken.'
Cross overdacht de situatie. Kennelijk had de receptioniste iemand in Quogue gebeld. Kennelijk was dat afgesproken. En even kennelijk wilde de don niet dat hij met Rose Marie praatte. Dat Petie en Vincent gestuurd waren, betekende dat ze hem niet kwamen vermoorden, want dan zouden ze zich niet zo nonchalant blootgeven.
Dat werd bevestigd toen Vincent zei: 'Cross, ik ga met jou mee in je auto. Petie gaat in de zijne.' In de Clericuzio-Familie was een moord nooit één tegen één.
Cross zei: 'We kunnen Rose Marie niet zo achterlaten.'
'Natuurlijk wel,' zei Petie. 'De verpleegster spuit haar wel plat.'

Cross probeerde onder het rijden een praatje te maken. 'Jullie waren er verdomd snel, Vincent.'
'Petie reed,' zei Vincent. 'Die vent is een maniak.' Hij zweeg even en vroeg toen bezorgd: 'Cross, je kent de regels. Waarom ging je dan toch op bezoek bij Rose Marie?'
'Verdorie,' zei Cross. 'Toen ik klein was, was Rose Marie een van mijn lievelingstantes.'
'De don houdt daar niet van,' zei Vincent. 'Hij is pisnijdig. Dit is niets voor Cross,' zei hij. 'Hij weet het.'
'Ik praat het wel glad,' zei Cross. 'Maar ik maakte me echt zorgen over je zuster. Hoe gaat het met haar?'
Vincent zuchtte. 'Misschien is het ditmaal wel voorgoed. Je weet dat ze als

meisje een oogje op je vader had. Wie had gedacht dat Pippi's dood zo'n klap voor haar was?'
Cross hoorde iets onechts in Vincents stem. Hij wist iets. Maar Cross zei alleen: 'Mijn vader was altijd dol op Rose Marie.'
'De afgelopen jaren was zij niet zo dol op hem,' zei Vincent. 'Vooral niet als ze een van haar aanvallen had. Je had eens moeten horen wat ze dan over hem zei.'
Cross vroeg achteloos: 'Jij hebt meegedaan aan de Santadio-oorlog. Waarom hebben jullie het daar met mij nooit over?'
'Omdat we niet over operaties praten,' zei Vincent. 'Mijn vader heeft me geleerd dat dat zinloos is. Je gaat gewoon door. In het heden hebben we al genoeg problemen om ons zorgen over te maken.'
'Maar mijn vader was toen een grote held, hè?' vroeg Cross.
Vincent glimlachte heel even en zijn steenharde gezicht werd bijna zacht. 'Je vader was een genie,' zei Vincent. 'Hij bereidde een operatie voor zoals Napoleon. Als hij iets voorbereidde, ging er nooit iets mis. Hij heeft misschien maar één of twee keer pech gehad.'
'Hij heeft dus ook de oorlog tegen de Santadio's voorbereid,' zei Cross.
'Dat moet je maar aan de don vragen,' zei Vincent. 'Laten we het maar over iets anders hebben.'
'Oké,' zei Cross. 'Word ik net zo om zeep gebracht als mijn vader?'
De meestal koude en onaandoenlijke Vincent reageerde fel. Hij greep het stuur en dwong Cross naast de snelweg te parkeren. Met een van emotie verstikte stem zei hij: 'Ben je knetter? Denk jij dat de Clericuzio-Familie zoiets zou doen? Je vader had Clericuzio-bloed in zijn aderen. Hij was onze beste soldaat, hij heeft ons gered. De don hield van hem evenveel als van zijn zoons. Jezus Christus, waarom vraag je me zoiets?'
Cross zei gedwee: 'Ik werd gewoon bang omdat jullie zo plotseling opdoken.'
'Ga maar weer rijden,' zei Vincent walgend. 'Je vader, ik, Giorgio en Petie hebben samen echt hard en zwaar gevochten. Nooit en te nimmer ondernemen we iets tegen elkaar. Pippi had gewoon de pech dat hij tegen zo'n idiote roetmop van een overvaller opliep.'
De rest van de tocht verliep zwijgend.
Bij het huis in Quogue stonden de gebruikelijke bewakers aan de poort en zat één man op de veranda. Uit niets bleek ongewone activiteit.
Don Clericuzio, Giorgio en Petie wachtten op hen in de studeerkamer van het huis. Op de bar stond een kist havanna's en een beker vol kromme, zwarte, Italiaanse sigaren.
Don Clericuzio zat in een van de reusachtige bruinleren armstoelen. Cross ging hem begroeten en was verrast toen de don zich, met een lenigheid die

zijn leeftijd logenstrafte, omhoogwerkte en hem omhelsde. Daarna gebaarde hij Cross naar de enorme salontafel, waar diverse schalen met kaas en gedroogd vlees stonden.
Cross had de indruk dat de don nog niet klaar was om iets te zeggen. Hij maakte voor zichzelf een sandwich met mozzarella en prosciutto klaar. De prosciutto bestond uit dunne plakjes donkerrood vlees met heel zacht, wit vet randje. De bal mozzarella was zo vers dat er nog melk uit droop. Er zat een dikke, zoutige knobbel op als een knoop in een touw. De don pochte nooit, ook niet als hij zei dat hij nooit mozzarella at die ouder was dan een halfuur.
Vincent en Petie bedienden zichzelf, terwijl Giorgio als barkeeper optrad. Hij schonk voor de don wijn in en voor de anderen soft drinks. De don at de druipende mozzarella en liet de kaas in zijn mond smelten. Petie gaf hem een kromme sigaar en gaf hem vuur. Wat een fantastische maag heeft die oude man, dacht Cross.
Don Clericuzio zei abrupt: 'Croccifixio, alles dat je van Rose Marie wilde weten, zal ik je vertellen. En je vermoedt dat er iets mis is met de dood van je vader. Dat is niet zo. Ik heb een onderzoek laten doen en het verhaal blijft recht overeind. Pippi had pech. Hij was de allervoorzichtigste man in zijn vak, maar zulke belachelijke ongelukken gebeuren. Laat me je geruststellen. Je vader was mijn neef en een Clericuzio, en een van mijn dierbaarste vrienden.'
'Vertel me alles over de oorlog met de Santadio's,' zei Cross.

Boek VII

De Santadio-oorlog

18

'Redelijkheid jegens stompzinnige mensen is gevaarlijk,' zei don Clericuzio, die een slokje wijn nam. Hij legde zijn sigaar weg. 'Let goed op. Het is een lang verhaal en niet alles was wat het leek. Het is al dertig jaar geleden...' Hij gebaarde naar zijn drie zoons en zei: 'Help me als ik iets belangrijks vergeet.'
Het licht in de studeerkamer had een zachte, gouden gloed, doorschoten met sigarenrook, en zelfs de geur van het eten was zo scherp dat het licht erdoor leek te veranderen.
'Daarvan raakte ik overtuigd nadat de Santadio's...' Hij zweeg om een slokje wijn te nemen. 'Er is een tijd geweest dat de Santadio's even machtig waren als wij. Maar ze maakten te veel vijanden, trokken te veel aandacht van het gezag en hadden geen gevoel voor rechtvaardigheid. Ze schiepen een wereld zonder waarden, en een wereld zonder rechtsgevoel kan niet duurzaam zijn. Ik heb de Santadio's diverse regelingen voorgesteld. Ik deed concessies en wilde in een wereld van vrede leven. Maar omdat zij sterk waren, hadden ze de machtswellust van gewelddadige mensen. Voor hen was de macht alles. En zo kwam het tot een oorlog tussen ons.'
Giorgio onderbrak hem. 'Waarom moet Cross alles horen? Heeft hij er iets aan? Hebben wij er iets aan?'
Vincent wendde zijn blik van Cross af. Petie staarde hem met zijn hoofd in zijn nek peilend aan. Geen van de drie zoons wilde dat de don het verhaal vertelde.
'Omdat we dat Pippi en Croccifixio schuldig zijn,' zei de don. Toen zei hij tegen Cross: 'Vat het verhaal op zoals je wilt, maar ik en mijn zoons zijn onschuldig aan de misdaad waarvan je ons verdenkt. Pippi was voor mij als een zoon, jij bent voor mij als een kleinkind. Ook jullie hebben Clericuzio-bloed in de aderen.'
Giorgio zei opnieuw: 'Dit kan ons allemaal alleen schaden.'
Don Clericuzio maakte een ongeduldig armgebaar en vroeg toen aan zijn zoons: 'Is het waar? Wat ik tot dusver gezegd heb?'
Ze knikten, en Petie zei: 'We hadden ze veel eerder moeten uitroeien.'

De don haalde zijn schouders op en zei tegen Cross: 'Mijn zoons waren jong, je vader was jong. Niemand was boven de dertig. Ik wilde hun levens niet in een grote oorlog verspillen. Don Santadio – God hebbe zijn ziel – had zes zoons, maar beschouwde hen eerder als zijn soldaten dan als zijn zoons. Jimmy Santadio was de oudste en werkte samen met onze oude vriend Gronevelt. God zij ook zijn ziel genadig. De Santadio's hadden toen de helft van het hotel. Jimmy was de beste van het stel, de enige die inzag dat vrede voor iedereen de beste oplossing was. Maar de oude man en zijn andere zoons roken bloed.'
Hij zweeg even en zei toen: 'Een bloedige oorlog was niet in mijn belang. Ik wilde tijd rekken om de rede haar werk te laten doen en hen te overtuigen van het gezonde verstand van mijn voorstellen. Ik zou hun alle drugs geven en zij mij het hele gokken. Ik wilde hun helft van het Xanadu en daarvoor in ruil mochten zij de drugshandel hebben – een smerige zaak die een vaste en gewelddadige hand vereiste. Een heel verstandig voorstel. In drugs zat veel meer geld en het was een handel die geen lange-termijnstrategie vereiste. Vuil werk met veel operationele acties. Dat sloot allemaal aan bij de kracht van de Santadio's. Ik wilde dat de Clericuzio's de gokwereld zouden bestieren – niet zo gevaarlijk als drugs, niet zo winstgevend, maar op de lange termijn waardevoller mits verstandig beheerd. En dat sloot aan bij de kracht van de Clericuzio's. Het is altijd mijn doel geweest om uiteindelijk in de samenleving op te gaan, en het gokken kon een wettige goudmijn worden zonder te veel risico's en vuile klussen. De tijd heeft me gelijk gegeven. Helaas wilden de Santadio's alles. Alles. Stel je dat voor, neef, het was voor ons allemaal een heel gevaarlijke tijd. En inmiddels wist de FBI dat onze Families bestonden en samenwerkten. De regering met al haar middelen en technologie heeft veel families tot de ondergang gebracht. De muur van de *omertà* vertoonde scheuren. Jonge, in Amerika geboren mannen werkten met de autoriteiten samen om hun hachje te redden. Gelukkig heb ik de Bronx-enclave gevestigd en liet ik nieuwe mensen uit Sicilië komen die mijn soldaten werden.'
Hij zweeg opnieuw en keek Cross peinzend aan. 'Het enige wat ik nooit heb kunnen begrijpen, is dat vrouwen zoveel problemen kunnen geven. Mijn dochter Rose Marie was op dat moment achttien. Waarom werd ze smoorverliefd op Jimmy Santadio? Volgens haar waren ze net Romeo en Julia. Maar wie waren Romeo en Julia? Wat waren dat in vredesnaam voor mensen? Beslist geen Italianen. Toen ik dat hoorde, sloot ik vrede met mezelf. Ik heropende de onderhandelingen met de Santadio-Familie en verlaagde mijn eisen zodanig dat de twee Families naast elkaar konden bestaan. Door hun domheid beschouwden ze dat als een teken van zwakte. En zo begon de hele tragedie die nu al dertig jaar duurt.'

Op dat punt brak de don zijn verhaal af. Giorgio nam een glas wijn, een snee brood en een homp van de melkrijke kaas. Toen ging hij achter de don staan.
'Waarom vandaag?' vroeg Giorgio.
'Omdat mijn hoogst gerespecteerde neef zich zorgen maakt over hoe zijn vader gestorven is. We moeten al het wantrouwen dat hij jegens ons kan hebben, uit de wereld helpen,' zei de don.
'Ik koester geen wantrouwen jegens u, don Domenico,' zei Cross.
'Iedereen wantrouwt alles,' zei de don. 'Dat ligt in de menselijke aard. Maar laat me verdergaan. Rose Marie was jong en had geen kennis van wereldse zaken. Haar hart brak toen de twee Families zich aanvankelijk tegen het huwelijk verzetten. Maar eigenlijk had ze geen idee waarom. Daarom besloot ze iedereen bijeen te brengen. Ze geloofde dat de liefde alles overwon, vertelde ze me later. Ze was toen heel liefdevol. En ze was het licht van mijn leven. Mijn vrouw is jong gestorven en ik ben nooit hertrouwd omdat ik haar niet met een vreemde wilde delen. Ik heb haar nooit iets ontzegd en verwachtte veel van haar toekomst. Maar een huwelijk met een Santadio was voor mij onverdraaglijk. Ik verbood het. Ook ik was toen jong. Ik dacht dat mijn kinderen mijn bevelen zouden gehoorzamen. Ik wilde dat ze naar het college ging en met iemand uit een andere wereld trouwde. Giorgio, Vincent en Petie moesten mij in dit leven steunen, ik had hun hulp nodig. Maar ik hoopte dat ook hun kinderen naar een betere wereld zouden kunnen ontsnappen. Ook mijn jongste zoon Silvio.' De don wees naar de foto op de schoorsteenmantel van de studeerkamer.
Cross had de foto eigenlijk nooit goed bekeken en kende de geschiedenis ervan ook niet. Het was een foto van een jongeman van twintig, die heel erg op Rose Marie leek. Hij was alleen zachtmoediger en zijn ogen waren grijzer en intelligenter. Het gezicht vertoonde zoveel innerlijke goedheid dat Cross zich afvroeg of de foto geretoucheerd was.
Het begon in de raamloze kamer doordringender te ruiken. Giorgio had een enorme havanna opgestoken.
Don Clericuzio zei: 'Ik verwachtte van Silvio nog meer dan van Rose Marie. Hij had een beter hart dan de meeste andere mensen. Hij was met een beurs tot de universiteit toegelaten. We mochten alles van hem verwachten. Maar hij was te onschuldig.'
Vincent zei: 'Hij had het harde leven niet geleerd. Niemand van ons zou gegaan zijn. Niet zoals hij, zonder bescherming.'
Giorgio nam de draad van het verhaal op. 'Rose Marie en Jimmy Santadio hokten samen in het Commack Motel. En Rose Marie kwam op het idee om Jimmy en Silvio te laten praten. Dan konden ze de twee families samenbrengen. Ze belde Silvio en hij ging naar het motel zonder het tegen iemand te zeggen. Zij drieën bepraatten strategieën. Silvio noemde Rose Marie altijd

"Roe". Zijn laatste woorden tegen haar waren: "Alles komt goed, Roe. Papa zal heus naar me luisteren..."'

Silvio kreeg geen kans meer om met zijn vader te praten. Twee van de gebroeders Santadio, Fonsa en Italo, bewaakten Jimmy helaas als een soort bewaarengelen.

De Santadio's met hun paranoia vermoedden dat Rose Marie hun broer Jimmy in een val liet lopen, of hem op zijn minst tot een huwelijk verleidde dat hun macht in hun eigen Familie zou verzwakken. En Rose Marie kwetste hen met haar ongetemde moed en vastbeslotenheid om met hun broer te trouwen. Ze had zelfs haar eigen vader, de grote don Clericuzio, getrotseerd. Zij zou voor niets terugdeinzen.

Ze herkenden Silvio toen hij het motel verliet, volgden hem, reden hem klem en schoten hem dood. Ze ontdeden hem van zijn portefeuille en horloge om het op een roofmoord te laten lijken. Zo'n brute gewelddaad was kenmerkend voor de Santadio-mentaliteit. Don Clericuzio liet zich geen moment misleiden. Toen plotseling dook Jimmy Santadio op – alleen en ongewapend. Hij vroeg een privé-gesprek met de don.

'Don Clericuzio,' zei hij, 'mijn verdriet is bijna even groot als het uwe. Als u denkt dat de Santadio's verantwoordelijk zijn, leg ik mijn leven in uw handen. Ik heb met mijn vader gepraat, en hij heeft dergelijke orders absoluut niet gegeven. En hij geeft mij de bevoegdheid om te zeggen dat hij al uw voorstellen zal heroverwegen. Hij geeft mij toestemming om met uw dochter te trouwen.'

Rose Marie had Jimmy's arm gepakt met zo'n meelijwekkende blik in haar ogen dat het hart van de don even smolt. Angst en verdriet gaven haar gezicht een tragische schoonheid. Haar ogen waren opvallend donker maar glommen van tranen. En ze had een verbijsterde, niet-begrijpende blik op haar gezicht.

Ze wendde haar ogen van de don af en keek Jimmy Santadio zo liefdevol aan dat don Clericuzio genade overwoog, wat hoogst zelden voorkwam. Hoe kon hij een zo mooie dochter verdriet doen?

Rose Marie zei tegen haar vader: 'Jimmy is doodsbang omdat u misschien denkt dat zijn familie er iets mee te maken heeft. Ik weet dat dat niet zo is. Jimmy bezweert dat zijn familie een overeenkomst wil sluiten.'

Don Clericuzio had de Santadio-Familie al voor de moord veroordeeld. Hij had geen bewijzen nodig. Maar genade was een andere zaak.

'Ik geloof je en aanvaard je,' zei de don, en hij geloofde inderdaad in Jimmy's onschuld, hoewel dat geen verschil zou maken. 'Rose Marie, jij hebt mijn toestemming om te trouwen, maar niet in dit huis. Niemand van de Familie zal erbij aanwezig zijn. En Jimmy, zeg tegen je vader dat we na het huwelijk om de tafel gaan zitten en de zaak bespreken.'

'Dank u,' zei Jimmy Santadio. 'Ik begrijp het. Het huwelijk vindt plaats in ons huis in Palm Springs. Over een maand is mijn hele familie daar en wordt uw hele familie uitgenodigd. Als u verkiest niet te komen, is dat uw beslissing.'

De don was gekwetst. 'Zo snel al?' Hij wees naar de doodskist.

Toen zakte Rose Marie in de armen van de don ineen. Hij voelde haar angst. Ze fluisterde tegen hem: 'Ik ben zwanger.'

'Juist,' zei de don. Hij glimlachte naar Jimmy Santadio.

Rose Marie fluisterde opnieuw: 'Ik noem hem naar Silvio. Hij wordt net als Silvio.'

De don tikte op haar donkere haar en kuste haar op de wang. 'Goed,' zei hij. 'Goed. Maar ik zal de bruiloft nog steeds niet bijwonen.'

Rose Marie had haar moed weer verzameld. Ze hief haar gezicht naar het zijne en kuste hem op zijn wang. Toen zei ze: 'Papa, iemand moet komen. Iemand moet me weggeven.'

De don wendde zich tot Pippi, die naast hem stond. 'Pippi vertegenwoordigt de Familie bij het huwelijk. Hij is een neef en hij danst graag. Pippi, jij geeft je nicht weg en daarna kan iedereen naar de bodem van de oceaan dansen.'

Pippi boog zich om Rose Marie op haar wang te kussen. 'Ik kom,' zei hij, 'en als Jimmy niet komt opdagen, lopen we samen weg.'

Rose Marie hief dankbaar haar blik en viel in zijn armen.

Een maand later zat Pippi De Lena op het vliegtuig van Las Vegas naar Palm Springs om de bruiloft bij te wonen. Hij had de hele maand bij don Clericuzio in het huis in Quogue gezeten en met Giorgio, Vincent en Petie vergaderd.

De don verklaarde met zoveel woorden dat Pippi de leiding van de operatie had en dat zijn orders gehoorzaamd moesten worden alsof het orders van de don zelf waren, ongeacht hoe ze luidden.

Alleen Vincent waagde het om met de don in discussie te gaan. 'En als de Santadio's Silvio niet gedood hebben?'

De don zei: 'Dat maakt niet uit. De zaak stinkt naar hun stomheid en die zal ons in de toekomst in gevaar brengen. Dan zullen we ze alleen maar op een ander tijdstip moeten bestrijden. Natuurlijk zijn ze schuldig. Vijandigheid zelf is al moord. Als de Santadio's niet schuldig zijn, moeten we het erover eens zijn dat het noodlot tegen ons is. Wat geloof je liever?'

Voor het eerst in zijn leven viel het Pippi op dat de don niet in zijn gewone doen was. Hij bleef urenlang in de kapel in de kelder van het huis. Hij at heel weinig en dronk meer wijn dan anders, wat voor hem ongewoon was. En hij zette Silvio's ingelijste foto een paar dagen in zijn slaapkamer. Op een zondag vroeg hij de priester die de mis opdroeg, om te mogen biechten.

De laatste dag had de don met Pippi een gesprek onder vier ogen.
'Pippi,' zei de don, 'dit is een heel lastige operatie. Het kan zijn dat de vraag rijst of Jimmy Santadio gespaard moet worden. Doe dat niet. Maar niemand mag weten dat dat mijn bevel is. Jij moet die daad op je schouders nemen. Niet ik, noch Giorgio, Vincent of Petie. Ben jij bereid de schuld op je te nemen?'
'Ja,' zei Pippi. 'U wilt niet dat uw dochter, noch haar broers, u haat of verwijten maakt.'
'De situatie kan ontstaan dat Rose Marie in gevaar komt,' zei de don.
'Ja,' zei Pippi.
De don zuchtte. 'Doe alles om het leven van mijn kinderen te beschermen,' zei hij. 'Jij moet de eindbeslissingen nemen. Maar de moord op Jimmy Santadio heb ik je nooit opgedragen.'
'En als Rose Marie ontdekt dat dat wel zo is...?' vroeg Pippi.
De don keek hem recht aan. 'Ze is mijn kind en Silvio's zuster. Ze zal ons nooit verraden.'

Het huis van de Santadio's in Palm Springs bevatte veertig kamers op maar drie verdiepingen en was, in harmonie met de omringende woestijn, in Spaanse stijl gebouwd. Het was door een muur van rode steen van die enorme zandbak gescheiden. Het complex erbinnen omvatte niet alleen het huis, maar ook een reusachtig zwembad, een tennisbaan en een boccieveld. Voor de bruiloft waren een enorme barbecuekuil en een podium voor het orkest aangelegd, en op het gazon lag een houten dansvloer. Die vloer was door lange eettafels omgeven. Bij de reusachtige, bronskleurige poort van het complex stonden drie grote vrachtwagens van een cateringbedrijf.
Pippi De Lena arriveerde zondagochtend vroeg met een koffer vol bruiloftskleren. Hij kreeg een kamer op de tweede verdieping. Door de ramen stroomde het heldere, gouden licht van de woestijnzon, en hij begon uit te pakken.
De kerkdienst zou plaatsvinden in Palm Springs op maar een halfuur afstand. Het kerkelijke gedeelte zou om twaalf uur beginnen. Daarna keerden de gasten naar het huis terug voor het feest.
Er werd geklopt en Jimmy Santadio kwam binnen. Zijn gezicht glom van geluk en hij omhelsde Pippi vurig. Hij had zijn trouwpak nog niet aan en was in zijn wijde, witte broek en zijn grijs-met-zilverkleurige zijden overhemd heel knap. Hij greep Pippi's handen om hem zijn genegenheid te tonen.
'Wat heerlijk dat je er bent,' zei Jimmy, 'en Roe vindt het zalig dat jij haar weggeeft. Maar voordat we beginnen, wil de oude man je ontmoeten.'
Pippi's hand nog steeds vasthoudend bracht hij hem naar de eerste verdieping. Ze liepen door een lange gang naar don Santadio's kamer. Don Santa-

dio lag met blauwe, katoenen nachtkleding aan in bed. Hij was veel afgeleefder dan don Clericuzio, maar had dezelfde scherpe ogen en waakzame luisterhouding; zijn hoofd was bolrond en kaal. Hij wenkte Pippi dichterbij en stak zijn armen uit zodat Pippi hem kon omhelzen.

'Het is heel juist dat je gekomen bent,' zei de oude man met een hese stem. 'Ik reken erop dat jij de twee Families helpt om elkaar te omhelzen zoals wij tweeën hebben gedaan. Jij bent de vredesduif die we nodig hebben. God zegene je. God zegene je.' Hij liet zich weer op het bed zakken en sloot zijn ogen. 'Wat ben ik vandaag gelukkig!'

Er was een verpleegster in de kamer, een stevig gebouwde vrouw van middelbare leeftijd. Jimmy stelde haar voor als een nicht. De verpleegster fluisterde dat ze weg moesten en dat de oude don zijn krachten moest sparen om later op de dag het feest bij te wonen. Heel even heroverwoog Pippi zijn plannen. Don Santadio had kennelijk niet lang meer te leven. Dan werd Jimmy het Familie-hoofd. Misschien kon dan alles toch nog geregeld worden. Maar don Clericuzio zou de moord op zijn zoon Silvio nooit aanvaarden. Echte vrede tussen de twee Families was onmogelijk. Hoe dan ook, de don had hem strikte opdrachten gegeven.

Intussen doorzochten twee van de gebroeders Santadio, Fonsa en Italo, Pippi's kamer op wapens en communicatieapparatuur. Ook Pippi's huurauto was grondig doorzocht.

De Santadio's hadden de bruiloft van hun prins met veel overdaad voorbereid. Overal over het terrein verspreid stonden enorme gevlochten manden met exotische bloemen. Er waren kleurige paviljoens, voorzien van barkeepers die champagne schonken. Er was een nar in een middeleeuws kostuum die goocheltrucs voor de kinderen deed, en uit de luidsprekers rondom het terrein blèrde muziek. Elke gast kreeg een lootje en later op de dag vond er een trekking plaats voor een prijs van twintigduizend dollar. Kon iemand zich iets schitterenders voorstellen?

Overal op het met zorg onderhouden gazon waren reusachtige, vrolijk gekleurde tenten gezet om de gasten tegen de woestijnhitte te beschermen. Groen zeildoek hing boven de dansvloer, rood zeildoek boven het orkest. Blauw zeildoek hing boven de tennisbaan, waar de huwelijkscadeaus stonden. Die omvatten een zilveren Mercedes voor de bruid en een privévliegtuigje voor de bruidegom, afkomstig van don Santadio zelf.

De kerkelijke plechtigheid was kort en eenvoudig. Toen de gasten weer naar het Santadio-complex terugkeerden, zat het orkest al te spelen. Voedselstalletjes en drie afzonderlijke bars werden in aparte tenten gezet. De ene was versierd met scènes van jagers die wilde zwijnen achtervolgden, een andere stond vol hoge glazen met tropische vruchtendrankjes.

Het bruidspaar danste de eerste dans in eenzame luister. Ze dansten in de schaduw van de tent. De rode woestijnzon gluurde in de hoeken ervan en gaf hun gelukkige gezichten een bronzen tint als hun hoofden door plekken zonlicht gleden. Ze waren zo duidelijk verliefd dat de menigte juichte en klapte. Rose Marie was nog nooit zo mooi geweest en Jimmy Santadio nog nooit zo jong.
Toen de band pauzeerde, haalde Jimmy Pippi uit de menigte en stelde hij hem aan de meer dan tweehonderd gasten voor.
Hij zei: 'Dit is Pippi De Lena, die de bruid heeft weggegeven en de Clericuzio-Familie vertegenwoordigt. Hij is mijn vriend. Zijn vrienden zijn mijn vrienden. Zijn vijanden zijn mijn vijanden.' Hij hief zijn glas en zei: 'We drinken allemaal op hem. En hij krijgt de eerste dans met de bruid.'
Terwijl Pippi en Rose Marie dansten, fluisterde ze tegen hem: 'Jij brengt de Families samen, hè, Pippi?'
'Makkie,' zei Pippi, en zwierde met haar in het rond.
Pippi was de ster van het feest en nog nooit was er een opgewektere bruiloftsgast geweest. Hij danste elke dans en stond lichter op zijn voeten dan alle andere jonge mannen. Hij danste met Jimmy en daarna met de andere broers: Fonsa, Italo, Benedict, Gino en Louis. Hij danste met de kinderen en met de moeders. Hij walste met de orkestdirigent en zong grove liedjes in Siciliaans dialect met de band mee. Hij at en dronk met zoveel overgave dat zijn smoking vol vlekken van tomatensaus, fruitcocktails en wijn zat. Hij smeet de boccieballen met zoveel zwier dat het veld een uur lang het middelpunt van de bruiloft was.
Na het bocciespel nam Jimmy Santadio hem apart. 'Ik reken erop dat jij zorgt dat het lukt,' zei hij. 'Tegen onze twee families samen kan niemand op. Jij en ik.' Dat was Jimmy Santadio op zijn charmantst.
Pippi probeerde oprecht te klinken en antwoordde: 'Dat moet lukken. Dat moet lukken.' En hij vroeg zich af of Jimmy zo onschuldig was als hij leek. Hij moest inmiddels weten dat iemand van zijn familie de moord had gepleegd.
Jimmy leek het aan te voelen. 'Ik zweer je, Pippi, dat ik er niets mee te maken heb gehad.' Hij nam Pippi's hand in de zijne. 'Wij hebben niets met Silvio's dood te maken. Niets. Dat zweer ik je op het hoofd van mijn vader.'
'Ik geloof je,' zei Pippi, en kneep in Jimmy's hand. Hij twijfelde even, maar dat maakte geen verschil meer. Het was te laat.
De rode woestijnzon vervaagde tot een schemering en overal op het terrein gingen lichten aan. Dat was het teken dat een formeel diner werd opgediend. En alle broers – Fonsa, Italo, Gino, Benedict en Louis – brachten een heildronk op de bruid en bruidegom uit. Op het gelukkige huwelijk, op Jimmy's bijzondere deugden, op Pippi De Lena, hun grote nieuwe vriend.

De oude don Santadio was te ziek om zijn kamer te verlaten maar stuurde zijn hartelijke gelukwensen en liet weten dat hij zijn zoon een vliegtuig had gegeven. Daarbij begon iedereen te juichen. Toen sneed de bruid zelf een reusachtig stuk van de bruidstaart af en bracht het naar de slaapkamer van de oude man. Maar hij lag te slapen. Ze gaf het dus aan de verpleegster, die beloofde het hem te geven zodra hij wakker werd.
Tegen middernacht liep het feest eindelijk af. Jimmy en Rose Marie vertrokken naar hun bruidskamer met de mededeling dat ze de volgende ochtend voor hun huwelijksreis naar Europa vertrokken en vroeg op moesten. Waarbij de gasten spottend joelden en vulgaire opmerkingen maakten. Allemaal in een opperbeste en vriendschappelijke stemming.
De honderden auto's verlieten het terrein en reden de woestijn in. De voedselauto's werden ingepakt. Het personeel brak de tenten af, verzamelde de tafels en stoelen, haalde het podium uit elkaar en doorzocht zelfs haastig het terrein om te zien of er geen afval lag. Eindelijk waren ze klaar. De rest deden ze morgen wel.

Op Pippi's verzoek was na het vertrek van de gasten een officiële bijeenkomst met de vijf broers belegd. Ze zouden geschenken uitwisselen om de nieuwe vriendschap van de twee Families feestelijk te bezegelen.
Om middernacht verzamelden ze zich in de reusachtige eetkamer van het Santadio-huis. Pippi had een koffer vol authentieke Rolex-horloges. Er was ook een grote, Japanse kimono versierd met handgeschilderde oosterse liefdesscènes.
Fonsa riep: 'Laten we die maar meteen naar Jimmy brengen.'
'Te laat,' zei Italo vrolijk. 'Jimmy en Rose Marie zijn al aan hun derde ronde bezig.'
En ze lachten allemaal.

De woestijnmaan buiten ving het terrein in een ijswit licht. Chinese lantaarns, die aan de muren van het complex hingen, wierpen in de witte manestralen rode cirkels.
Een grote vrachtwagen met het woord CATERING in gouden letters op de zijkant reed grommend naar de poort van het Santadio-complex.
Een van de bewakers liep naar de vrachtwagen toe en de chauffeur zei dat ze waren teruggekomen om een vergeten generator op te halen.
'Zo laat nog?' vroeg de bewaker.
Nog terwijl hij dat zei, stapte de bijrijder uit de auto en liep hij naar de andere bewaker. Beide bewakers waren loom van al het eten en drinken van de bruiloft.
In één gesynchroniseerde beweging gebeurden twee dingen tegelijk. De

chauffeur stak zijn hand tussen zijn benen, haalde een vuurwapen met geluiddemper te voorschijn en schoot driemaal recht in het gezicht van de bewaker. De bijrijder nam de andere bewaker in een wurggreep en sneed met een groot, scherp mes in één snelle beweging zijn keel door.
Ze lagen dood op de grond. Het zachte gezoem van een motor klonk toen het grote metalen vrachtplatform aan de achterkant van de auto snel neerdaalde. Twintig Clericuzio-soldaten sprongen eruit. Ze hadden nylonkousen als maskers, waren met geluidgedempte vuurwapens bewapend en verspreidden zich onder leiding van Giorgio, Petie en Vincent over het terrein. Een speciale ploeg sneed de telefoondraden door. Een andere ploeg verspreidde zich om het terrein onder schot te houden. Tien van de gemaskerde mannen onder leiding van Giorgio, Petie en Vincent drongen met geweld de eetkamer binnen.
De gebroeders Santadio hieven hun wijnglazen om Pippi toe te drinken. Hij deed een stap opzij. Niemand zei een woord. De indringers openden het vuur en de vijf Santadio-broers werden door een kogelregen in stukken gescheurd. Een van de gemaskerde mannen – Petie – torende boven hen uit en gaf alle vijf het genadeschot onder de kin. De vloer glinsterde van de glassplinters.
Een andere gemaskerde man – Giorgio – gaf Pippi een masker en een zwarte broek en trui. Pippi kleedde zich snel om en gooide zijn oude kleren in een zak die door een andere gemaskerde indringer werd vastgehouden.
De nog steeds ongewapende Pippi bracht Giorgio, Petie en Vincent door de lange gang naar de slaapkamer van don Santadio. Hij duwde de deur open. Don Santadio was eindelijk wakker en zat de bruidstaart te eten. Hij wierp één blik op de vier mannen, sloeg een kruis en legde een kussen op zijn gezicht. Het bord met de taart gleed op de grond.
De verpleegster zat in een hoek van de kamer te lezen. Petie besprong haar als een grote kat, deed een prop in haar mond en bond haar met een dun nylon snoer aan de stoel vast.
Giorgio liep naar het bed. Hij stak voorzichtig zijn hand uit en trok het kussen van don Santadio's hoofd. Hij aarzelde even en schoot toen twee kogels af: de eerste in het oog en de tweede omhoog van onder de kin, waarbij het ronde, kale hoofd omhoog sloeg.
Ze hergroepeerden zich. Vincent gaf Pippi een wapen en een lang, zilverkleurig touw.
Pippi bracht hen vanuit de kamer de lange gang door en toen naar de derde verdieping, waar de kamer van het bruidspaar was. De gang stond vol bloemen en fruitmanden.
Pippi duwde tegen de deur van de bruidskamer. Op slot. Petie deed een van zijn handschoenen uit en haalde een loper te voorschijn. Toen gingen het slot en de deur gemakkelijk open.

Rose Marie en Jimmy lagen languit op het bed. Ze waren net met hun liefdesbedrijf klaar en hun lichamen waren bijna vloeibaar van vrijgemaakte sensualiteit. Rose Maries doorzichtige negligé zat in een prop boven haar middel en de bandjes waren omlaag gegleden, zodat haar borsten zichtbaar waren. Haar rechterhand lag op Jimmy's haar, haar linker- op zijn maag. Jimmy was spiernaakt, maar sprong op zodra hij de mannen zag en trok een laken los om het als badmantel te gebruiken. Hij begreep het direct. 'Niet hier. Buiten,' zei hij, en liep op hen af.

Tot Rose Marie drong het iets later door. Toen Jimmy naar de deur begon te lopen, graaide ze naar hem, maar hij ontweek haar. Door de gemaskerde Giorgio, Petie en Vincent omringd liep hij door de deur. En toen zei Rose Marie: 'Pippi, Pippi, niet doen, alsjeblieft.' Pas toen de drie mannen zich omdraaiden en haar aankeken, begreep ze dat het haar broers waren. 'Giorgio, Petie, Vincent. Niet doen. Niet doen.'

Voor Pippi was dit het moeilijkste moment. Als Rose Marie praatte, was de hele Familie tot de ondergang gedoemd. Zijn plicht was om haar te doden. De don had hem op dit punt geen specifieke instructies gegeven – hoe kon hij instemmen met de moord op zijn dochter? Zouden haar broers hem gehoorzamen? En hoe wist ze dat zij het waren? Hij nam zijn besluit. Hij deed de deur achter zich dicht en stond in de gang bij Jimmy en Rose Maries drie broers.

Op dit punt was de don heel duidelijk geweest. Jimmy Santadio moest gewurgd worden. Het was misschien een teken van genade dat niets zijn lichaam mocht binnendringen, niets wat zijn geliefde extra verdriet gaf. Dat kwam misschien voort uit een zekere traditie om niet het bloed van een geliefde persoon te vergieten als deze ter dood werd gebracht.

Plotseling liet Jimmy Santadio het laken vallen. Zijn handen schoten uit en trokken Pippi's masker van zijn gezicht. Giorgio greep zijn ene arm, Pippi de andere. Vincent liet zich op de grond vallen en greep Jimmy's benen. Nu had Pippi zijn koord rond Jimmy's nek en duwde hij hem tegen de grond. Jimmy had een verwrongen, vreemd medelijdende blik in zijn ogen toen hij naar Pippi's gezicht staarde: hopend dat deze daad door het noodlot of een geheimzinnige God gewroken zou worden.

Pippi trok het koord strak, Petie stak zijn hand uit om extra druk uit te oefenen, en iedereen zakte naar de vloer van de gang, waar het witte laken Jimmy Santadio's lichaam als een lijkwade ontving. In de bruidskamer begon Rose Marie te schreeuwen...

De don was klaar met zijn verhaal. Hij stak een nieuwe sigaar op en nam een slokje wijn.

Giorgio zei: 'Pippi had de hele zaak voorbereid. We hadden het gelapt en de Santadio's waren uitgeroeid. Het was briljant.'

Vincent zei: 'Daarmee was alles opgelost. Sindsdien hebben we geen problemen meer gehad.'
Don Clericuzio zuchtte: 'Het was mijn beslissing en die was verkeerd. Maar hoe konden we weten dat Rose Marie gek zou worden? We zaten in een crisis en dit was onze enige kans om ze de genadeklap toe te brengen. Vergeet niet dat ik op dat moment nog geen zestig was. Ik dacht te veel aan mijn macht en intelligentie. Ik dacht toen dat het natuurlijk een tragedie voor mijn dochter was, maar ik dacht ook dat weduwen nooit voor eeuwig rouwen. En ze hadden mijn zoon Silvio vermoord. Hoe kon ik hun dat vergeven, dochter of geen dochter? Maar ik heb geleerd. Met domme mensen is een redelijke oplossing onmogelijk. Ik had ze direct al moeten uitroeien. Voordat die twee elkaar ontmoetten. Dan zou ik mijn zoon en dochter gered hebben.' Hij zweeg even. 'Je begrijpt dus dat Dante de zoon van Jimmy Santadio is. En jij, Cross, lag als baby samen met hem in de kinderwagen. Dat was jullie eerste zomer in dit huis. Al die jaren heb ik Dante willen compenseren voor het verlies van zijn vader. Ik probeerde mijn dochter te helpen haar verdriet te boven te komen. Dante is als een Clericuzio opgegroeid en zal samen met mijn zoons mijn erfgenaam zijn.'
Cross probeerde alles te bevatten. Zijn hele lichaam huiverde van afkeer jegens de Clericuzio's en de wereld waarin ze leefden. Hij bedacht hoe zijn vader Pippi de satansrol had gespeeld en de Santadio's in een dodelijke val had gelokt. Hoe kon zo'n man zijn vader zijn? Hij dacht toen aan zijn geliefde tante Rose Marie, die al die jaren had geleefd met een gebroken hart en een geknakte geest, wetend dat haar man door haar vader en haar broers was vermoord, dat haar eigen familie haar verraden had. Hij dacht zelfs met enig medelijden aan Dante, hoewel Dantes schuld nu vaststond. En toen vroeg hij zich af wat de don dacht. Natuurlijk slikte de don het verhaal over die roofmoord op Pippi niet. Maar waarom deed hij – een man die nooit in het toeval geloofde – dan net alsof? Welke boodschap lag daar verborgen? Cross kon Giorgio nooit peilen. Geloofde hij het van de roofmoord? Vincent en Petie kennelijk wel. Maar nu begreep hij de bijzondere band tussen zijn vader, de don en diens drie zoons. Bij de uitroeiing van de Santadio's waren ze samen soldaten geweest. En zijn vader had Rose Marie gespaard.
Cross zei: 'Heeft Rose Marie nooit gepraat?'
'Nee,' zei de don sardonisch. 'Ze deed iets beters. Ze werd gek.' Er klonk een vleug trots in zijn stem. 'Ik heb haar naar Sicilië gestuurd en op tijd teruggehaald om Dante op Amerikaans grondgebied geboren te laten worden. Wie weet wordt hij nog eens president van de Verenigde Staten. Ik had heel hoge verwachtingen van hem als kleine jongen, maar de combinatie van Clericuzio- en Santadio-bloed was te veel voor hem. En weet je wat nog het allerergste is?' vroeg de don. 'Je vader heeft één fout gemaakt. Hij had Rose Marie

nooit mogen sparen. Toch hield ik daarom van hem.' Hij zuchtte, nam een slokje wijn, keek Cross recht aan en zei: 'Weet één ding goed. De wereld is wat hij is. En jij bent wat je bent.'

In het vliegtuig naar Las Vegas dacht Cross over het raadsel na. Waarom had de don hem uiteindelijk het verhaal van de Santadio-oorlog verteld? Om te verhinderen dat hij met Rose Marie sprak en een andere versie hoorde? Of om hem te waarschuwen dat hij de dood van zijn vader niet mocht wreken omdat Dante erbij betrokken was? De don was een mysterie. Maar één ding wist Cross zeker. Als Dante degene was die zijn vader vermoord had, dan zou Dante ook hem vermoorden. En ook dat wist don Domenico Clericuzio. Ongetwijfeld.

19

Dante hoefde het verhaal niet te horen. Rose Marie had het hem al sinds hij twee was, in zijn kleine oortjes gefluisterd: steeds als ze een van haar aanvallen kreeg, steeds als ze treurde over de verloren liefde van haar man en haar broer Silvio, steeds als ze door doodsangst voor Pippi en haar broers overmand werd.

Pas toen Rose Marie haar zwaarste aanvallen kreeg, beschuldigde ze haar vader van de moord op haar man. De don ontkende altijd het bevel te hebben gegeven, ontkende dat zijn zoons en Pippi het bloedbad hadden aangericht. Toen ze hem tweemaal beschuldigd had, liet hij haar voor een maand naar de kliniek sturen. Daarna tierde en raaskalde ze wel, maar beschuldigde ze hem nooit meer rechtstreeks.

Dante vergat haar gefluister nooit. Als kind hield hij van zijn grootvader en geloofde hij in diens onschuld. Maar hij maakte plannetjes tegen zijn drie ooms, hoewel ze hem altijd liefdevol behandelden. Hij droomde vooral van wraak op Pippi. Dat waren maar fantasieën, maar hij bedacht ze terwille van zijn moeder.

Als Rose Marie normaal was, zorgde ze met uiterste genegenheid voor de weduwnaar don Clericuzio. Jegens haar drie broers was ze zusterlijk bezorgd. Tegenover Pippi was ze afstandelijk. En omdat ze in die periodes zo'n lief smoeltje had, was het voor haar moeilijk om een echt wrokkige indruk te maken. De vorm van haar gezicht, de ronding van haar mond en haar vriendelijke, vochtig bruine ogen logenstraften haar haat. Jegens haar zoon vertoonde ze een overweldigende behoefte haar liefde te uiten, nu ze geen andere mannen meer beminnen kon. Gevoed door haar genegenheid bedolf ze hem onder geschenken, net als zijn grootvader en zijn ooms, zij het vanuit iets minder zuivers – een liefde die door schuldgevoelens vertroebeld was.

Als Rose Marie gezond geweest was, had ze Dante het verhaal nooit verteld. Tijdens aanvallen sloeg ze smerige taal uit, vloekte ze aan één stuk door en vertrok ze zelfs haar gezicht tot een lelijk, woedend masker. Dante was dan altijd verbijsterd. Toen hij zeven was, bekropen hem twijfels. 'Hoe weet je dat het Pippi en mijn ooms waren?' vroeg hij haar.

Rose Marie kakelde van boosaardige blijdschap; ze deed Dante aan een van de heksen uit een sprookjesboek denken. 'Ze dachten dat ze met hun maskers en speciale kleren en petten zo slim waren en aan alles hadden gedacht. Wil je weten wat ze vergeten waren? Pippi had zijn dansschoenen nog aan. Lakleren schoenen met zwarte, gestrikte veters. En je ooms stonden altijd op een bepaalde manier bij elkaar. Giorgio altijd voorop, Vincent een stukje achter hem en Petie altijd rechts. En zoals ze Pippi aankeken om te zien of hij het bevel zou geven om mij te doden. Omdat ik ze herkend had. Zoals ze aarzelden, bijna terugdeinsden. Maar ze zouden me vermoord hebben; dat zouden ze echt. Mijn eigen broers.' Daarna barstte ze altijd zo vreselijk in snikken uit dat Dante doodsbang werd.

Als zevenjarige probeerde hij haar al te troosten. 'Oom Petie zou je nooit iets doen,' zei hij, 'en opa zou ze allemaal vermoord hebben als ze het wel hadden gedaan.' Wat betreft zijn oom Giorgio en zelfs oom Vinnie voelde hij zich minder zeker. Maar in zijn kinderhart kon hij het vooral Pippi niet vergeven.

Dante was inmiddels tien. Hij leerde de eerste symptomen van een aanval herkennen, en als haar moeder hem wenkte om hem weer het Santadio-verhaal te vertellen, nam hij haar snel mee naar haar veilige slaapkamer, zodat zijn grootvader en zijn ooms haar niet konden horen.

Dante groeide op en was te slim om zich door de vermommingen van de Clericuzio-Familie te laten misleiden. Hij was zo geslepen dat hij zijn grootvader en ooms duidelijk maakte dat hij de waarheid kende. En hij zag heel goed dat zijn ooms niet zo vreselijk dol op hem waren. Dante was voorbestemd om zich bij de wettige wereld te voegen, en bijvoorbeeld Giorgio's plaats in te nemen en de finesses van het geldwezen te leren, maar daarvoor had hij geen belangstelling. Hij had zelfs plagend tegen zijn ooms gezegd dat de doetjeskant van de Familie hem niet interesseerde. Giorgio hoorde dat aan met een kilte waar de op dat moment zestienjarige Dante even bang van werd.

Oom Giorgio zei: 'Oké, dan doen we het anders.' Er klonk droefheid in zijn stem maar ook enige woede.

Toen Dante in zijn laatste jaar high school van school ging, werd hij naar Peties bouwbedrijf in de Bronx-enclave gestuurd. Hij was een harde werker en ontwikkelde bij het zwoegen op de bouwterreinen enorme spieren. Petie nam hem op in ploegen soldaten uit de Bronx-enclave. Toen Dante oud genoeg was, besloot de don hem onder Petie soldaat te laten worden.

De don nam die beslissing pas na Giorgio's verslag over Dantes karakter en nadat Dante bepaalde dingen had gedaan. Een knap klasgenootje van zijn high school beschuldigde hem van verkrachting, en een andere medestudent, een jongen van zijn eigen leeftijd, beschuldigde hem van een steekpartij. Dante had zijn ooms gesmeekt om het zijn grootvader niet te vertellen en dat hadden ze hem beloofd, maar natuurlijk hadden ze het de don direct doorgebriefd. De beschuldigingen werden met grote sommen geld geschikt voordat het tot vervolging kwam.

In zijn tienerjaren werd zijn jaloezie jegens Cross De Lena steeds groter. Cross was een lange, heel knappe jongen met een volwassen hoffelijkheid geworden. Alle vrouwen van de Clericuzio-Familie aanbaden hem en hadden alleen aandacht voor hem. Zijn nichten flirtten met hem, wat ze met de kleinzoon van de don nooit deden. Dante met zijn renaissancepetten, zijn scherpe humor en zijn korte, enorm gespierde lichaam maakte de jonge meisjes bang. Dante was veel te slim om dat niet te merken.

Als Dante mee mocht naar het jachthuis in de Sierras, genoot hij meer van het zetten van vallen dan van schieten. Als hij verliefd werd op een van zijn nichtjes – wat in de hechte samenhang van de Clericuzio-clan niet vreemd was – was hij te uitgesproken in zijn avances. En hij was te familiair met de dochters van de Clericuzio-soldaten in de Bronx-enclave. Uiteindelijk gaf Giorgio, die de rol van voorlichtende en straffende ouder speelde, hem werk bij de eigenaar van een chic Newyorks bordeel om hem tot bedaren te brengen.

Maar door zijn enorme nieuwsgierigheid en sluwe verstand werd Dante de enige van zijn Clericuzio-generatie die wist wat de Familie eigenlijk deed. Daarom werd uiteindelijk besloten om hem op te leiden voor operationeel werk.

In de loop van de jaren ervoer Dante een steeds diepere kloof tussen hem en zijn familie. De don hield nog evenveel van hem als altijd en maakte hem duidelijk dat hij mede-erfgenaam van het imperium was, maar deelde zijn gedachten niet meer met hem en gunde hem niet langer zijn inzichten, zijn geheime pareltjes van wijsheid. En de don steunde Dantes voorstellen en ideeën over strategie niet.

Zijn ooms Giorgio, Vincent en Petie toonden een minder warme genegenheid dan toen hij nog kind was. Desondanks was Petie vriendelijk tegen hem, maar hij was natuurlijk ook door Petie opgeleid.

Dante was slim genoeg om te bedenken dat het misschien zijn eigen schuld was. Hij had immers laten doorschemeren wat hij wist over de massamoord op de Santadio's en zijn vader. Hij had Petie zelfs vragen over Jimmy Santadio gesteld, en zijn oom vertelde hoeveel respect ze voor zijn vader hadden gehad en hoe bedroefd ze over zijn dood waren geweest. Het werd nooit openlijk gezegd, nooit toegegeven, maar don Clericuzio en zijn zoons begrepen dat Dante wist wat er gebeurd was en dat Rose Marie het geheim tijdens haar aanvallen had onthuld. Ze wilden het goedmaken en behandelden hem als een prins.

Maar wat Dantes karakter nog het meest gevormd had, waren zijn medelijden met en liefde voor zijn moeder. Tijdens haar aanvallen had ze haat jegens Pippi De Lena in hem aangewakkerd; ze pleitte haar vader en haar broers vrij.

Dat alles hielp don Clericuzio om zijn eindbeslissing te nemen, want de don las de geest van zijn kleinzoon even makkelijk als zijn gebedenboek. De don stelde vast dat Dante nooit aan de veilige samenleving kon deelnemen. Zijn Santadio- en (de don was een rechtvaardig man) Clericuzio-bloed waren een te vurig mengsel. Daarom zou Dante zich aansluiten bij de groep van Vincent en Petie, van Giorgio en Pippi De Lena. Samen zouden ze de laatste veldslag leveren.

En Dante bleek een goed soldaat, hoewel hij af en toe niet in de hand te houden was. Met zijn onafhankelijkheid had hij soms lak aan de Familieregels en hield hij zich weleens niet aan specifieke instructies. Zijn woestheid was nuttig als een verwarde *bruglione* of ongedisciplineerde soldaat de Familie-grens overschreed en naar een minder ingewikkelde wereld gestuurd moest worden. Dante liet zich alleen door de don zelf de wet voorschrijven, en geheimzinnig genoeg weigerde de don hem persoonlijk te straffen.

Dante vreesde voor de toekomst van zijn moeder. Die toekomst hing af van de don, en toen haar aanvallen frequenter werden, zag Dante de don ongeduldiger worden. Vooral als Rose Marie zich met weidse gebaren terugtrok, met haar voet een cirkel tekende en in het midden ervan spuwde met de uitroep dat ze het huis nooit meer zou betreden. Dan bonjourde de don haar weer een paar dagen naar de kliniek.

Dus praatte Dante net zo lang op haar in tot de aanval overging en haar natuurlijke zachtmoedigheid en genegenheid hersteld waren. Maar altijd bleef de vrees bestaan dat hij haar uiteindelijk niet kon beschermen. Tenzij hij even machtig werd als de don zelf.

De don was de enige ter wereld voor wie Dante bang was. Dat gevoel kwam voort uit zijn jeugdervaringen en uit de indruk dat de zoons don Clericuzio evenzeer vreesden als liefhadden. Dante vond dat verbazingwekkend. De don was al over de tachtig, had lichamelijk geen kracht meer, verliet zijn huis maar zelden en was kleiner geworden. Waarom zou iemand bang voor hem zijn?

Hij at natuurlijk goed en was een indrukwekkende verschijning. Het enige lichamelijke ongemak wat de tijd had aangericht, waren zijn slechte tanden, zodat zijn maaltijden beperkt bleven tot pasta, geraspte kaas, gestoofde groente en soep. Vlees sudderde in tomatensaus tot het in draadjes uiteenviel.

Maar de oude don zou spoedig sterven. Dan kwamen er nieuwe machtsverhoudingen. Stel je voor dat Pippi Giorgio's rechterhand werd. Stel je voor dat Pippi met geweld de macht greep. Als dat gebeurde, zou Cross opklimmen, vooral omdat hij met zijn aandeel in het Xanadu zo rijk was geworden. Er waren dus praktische redenen, hield Dante zich voor. Het ging niet om zijn haat jegens Pippi, die hem tegenover zijn eigen Familie had durven kritiseren.
Dante legde zijn eerste contact met Jim Losey toen Giorgio besloot dat Dante maar eens van de macht moest proeven en hem Losey's salaris van de Familie liet afleveren.
Er waren natuurlijk voorzorgsmaatregelen genomen om hem te beschermen, mocht Losey ooit verraad plegen. Uit getekende contracten bleek dat Losey als adviseur voor een door de Familie geleid beveiligingsbedrijf werkte. Het contract eiste vertrouwelijkheid en stelde dat Losey contant betaald werd. Maar in de belastingaangifte van het beveiligingsbedrijf werd het geld opgegeven als kosten, waarbij Losey een stroman als ontvanger gebruikte.
Dante had al jaren de speciale betalingen aan Losey verricht, voordat hij een vriendschappelijke relatie met hem aanging. Hij was niet onder de indruk van Losey's reputatie en schatte hem in als een man die van plan was om in deze levensfase een reusachtig appeltje voor zijn oude dag te verzamelen. Losey had overal een vinger in de pap. Hij beschermde drugshandelaren, pakte Clericuzio-geld aan om het gokken te beschermen en schnabbelde zelfs bij met de gewelddadige intimidatie van enkele florerende winkeliers, die extra veel beschermingsgeld moesten betalen.
Dante bracht al zijn charme in stelling om op Losey een goede indruk te maken. Losey vond zowel zijn ironische en boosaardige gevoel voor humor als zijn onverschilligheid jegens aanvaarde morele normen aantrekkelijk. Dante reageerde bijzonder goed op de bittere verhalen over zijn oorlog tegen de zwarten, die de westerse beschaving vernietigden. Dante koesterde geen vooroordelen. Zwarten gaven hem nooit problemen, en als dat wel het geval was geweest, zouden ze meedogenloos uit de weg zijn geruimd.
Dante en Losey hadden één ding gemeen. Ze waren allebei dandy's die veel aandacht aan hun uiterlijk besteedden, en streefden op een vergelijkbare manier naar macht over vrouwen, niet zozeer een kwestie van erotiek als wel een bewijs van macht. Als Dante in het westen was, begonnen ze steeds vaker met elkaar op te trekken. Ze gingen samen eten en schuimden de nachtclubs af. Dante durfde hem nooit mee te nemen naar Las Vegas en het Xanadu, waar hij niet van nut zou zijn.
Dante vertelde Losey graag hoe hij vrouwen eerst op een overdreven manier het hof maakte. De macht van hun schoonheid maakte die vrouwen dan

aanmatigend. Hij genoot er vervolgens van als hij hen in een positie manoeuvreerde waarin ze noodgedwongen en tegen hun zin seks moesten toestaan. Losey vond Dantes truc maar niks en vertelde dat hij vrouwen met zijn buitengewone macho-uitstraling van begin af aan kleineerde, waarna hij hen verder vernederde. Allebei zeiden ze dat ze een vrouw die niet op hun hofmakerij reageerde, nooit tot seks zouden dwingen. Ze waren het erover eens dat Athena Aquitane een fantastische verovering zou zijn als ze hun ooit de kans zou geven. Als ze samen door de clubs van LA zwierven en vrouwen oppikten, vergeleken ze hun ervaringen en lachten ze om ijdele vrouwen die dachten dat ze tot het uiterste konden gaan om hen dan het allerlaatste te weigeren. Soms protesteerden ze te fel. Dan liet Losey zijn penning zien en zei hij tegen de vrouwen dat hij hen wegens prostitutie zou laten oppakken. Omdat veel van hen vrijetijdshoeren waren, werkte dat.

Ze brachten kameraadschappelijke avonden door, die door Dante in banen werden geleid. Als Losey geen 'nikker'-verhalen vertelde, probeerde hij de diverse soorten hoeren te omschrijven.

Op de eerste plaats had je de gewone hoeren, die met hun ene hand je geld aanpakten en met de andere je lul grepen. Vervolgens de vrijetijdshoer, die zich tot je aangetrokken voelde en je in alle vriendschap neukte om je, voordat je 's morgens wegging, als bijdrage in de huur een cheque te vragen.

Bovendien had je vrijetijdshoeren die van jou maar ook van anderen hielden en een duurzame relatie aangingen waarin ze op elke feestdag juwelen verwachtten, zelfs op de Dag van de Arbeid. Vervolgens de secretaresses met een vaste baan, stewardessen en verkoopsters in dure boetieks, die je na een duur diner een kopje koffie in hun flat aanboden waarna ze je keihard weer op straat wilden zetten zonder je ook maar af te trekken. Die hadden ze het liefst. Seks met hen was opwindend, overvol drama, tranen en onderdrukte kreten om toegevendheid en geduld, en zulke seks was beter dan liefde.

Op een avond na het diner in Le Chinois, een restaurant in Venice, stelde Dante een wandeling over de strandpromenade voor. Ze gingen op een bank zitten en zagen het menselijke verkeer langstrekken: mooie jonge meisjes op skateboards, mannelijke hoeren van elke huidskleur die lieve woordjes riepen om hen mee te krijgen, jongelui die t-shirts verkochten met teksten erop die ze geen van beiden begrepen, Hare Krishna's met bedelnappen, groepen baardige zangers met gitaren, gezinnen met camera's, iedereen weerkaatst in het water van de Stille Oceaan. En op de zandstranden kropen geïsoleerde paartjes onder dekens waarvan ze dachten dat die hun wip aan het oog onttrokken.

'Ik kan iedereen hier op het vermoeden van overtreding laten opsluiten,' zei Losey lachend. 'Het lijkt verdomme wel een dierentuin.'

'Zelfs die knappe grietjes op rolschaatsen?'

'Die pak ik op wegens het bezit van gevaarlijke wapens. Hun poesje namelijk.'
'Ik zie hier niet veel roetmoppen,' zei Dante.
Losey ging languit op het strand liggen, en toen hij begon te praten, deed hij dat met een redelijke imitatie van een zuidelijk accent.
'Ik denk dat ik over mijn zwarte broeders te hard heb geoordeeld,' zei hij. 'Het is inderdaad zoals de linksen altijd zeggen: alles komt voort uit hun slavernij.'
Dante wachtte op de clou.
Losey verstrengelde zijn vingers achter zijn hoofd en trok zijn jasje naar achteren om zijn holster te laten zien en daarmee jonge boefjes af te schrikken. Niemand schonk er aandacht aan, want iedereen herkende hem als smeris zodra hij een voet op de promenade zette.
'Slavernij,' zei Jim Losey. 'Demoraliserend. Het was een te makkelijk leven en maakte ze afhankelijk. De vrijheid was te zwaar. Op de plantages werd voor ze gezorgd. Drie maaltijden per dag, gratis onderdak, ze kregen kleren en ze werden medisch goed verzorgd omdat ze een waardevol bezit waren. Ze waren niet eens verantwoordelijk voor hun kinderen. Stel je voor. De plantagebezitters neukten hun dochters en gaven die kinderen voor de rest van hun leven werk. Natuurlijk werkten ze, maar ze zongen altijd. Het kan dus geen hard werk zijn geweest. Ik wed dat vijf blanke kerels evenveel voor elkaar kregen als honderd nikkers.'
Dante moest lachen. Meende Losey dat? Eigenlijk maakte dat niet uit. Hij uitte een emotionele, geen rationele opvatting, en wat hij zei, drukte uit wat hij in wezen vond.
Ze genoten van een milde avond, en de wereld die ze gadesloegen, maakte een prettige, veilige indruk. Deze mensen waren voor hen geen gevaar.
Toen zei Dante: 'Ik heb je een voorstel te doen. Wat wil je eerst horen: het risico of de winst?'
Losey glimlachte. 'Altijd eerst de winst.'
Dante zei: 'Tweehonderdduizend contant vooruit. Een jaar later een baan als chef Beveiliging van het Xanadu-hotel. Salaris vijfmaal zoveel als wat je nu krijgt. Onkostenvergoeding. Grote auto, kamer, eten en drinken en alle meiden die je krijgen kunt. Je moet dan immers de achtergrond doorlichten van alle showgirls in het hotel. Plus bonussen zoals je tegenwoordig krijgt. En zonder het risico van schutter nummer één.'
'Klinkt veel te goed,' zei Losey. 'Maar er moet zeker iemand doodgeschoten worden. Dat is het risico, hè?'
'Voor mij,' zei Dante. 'Ik schiet zelf.'
'Waarom?' vroeg Losey. 'Ik heb de penning om legaal te schieten.'
'Omdat je daarna geen zes maanden meer te leven hebt,' zei Dante.

'En wat moet ik dan doen?' vroeg Losey. 'Je kont kietelen met een veer?'
Dante legde de hele operatie uit. Losey floot bewonderend om de gedurfdheid en slimheid van het idee.
'Waarom Pippi De Lena?' vroeg Losey.
'Omdat hij op het punt staat de boel te verraden,' zei Dante.
Losey keek nog steeds weifelend. Dat zou de eerste keer zijn dat hij een koelbloedige moord beging. Dante besloot hem iets extra's te geven.
'Herinner je je de zelfmoord van Boz Skannet?' vroeg hij. 'Cross heeft hem uit de weg geruimd, niet zelf, maar via een vent die Lia Vazzi heet.'
'Hoe ziet hij eruit?' vroeg Losey. Toen Dante hem beschreef, besefte hij dat Lia de man was die bij Skannet was toen hij deze in de hotellounge staande hield. 'Waar vind ik die Vazzi?'
Dante dacht een tijdje na. Hij was iets aan het doen dat de enige echt heilige wet van de Familie schond. Van de don. Maar misschien kreeg hij er Cross mee uit de weg, en na Pippi's dood werd Cross iemand om te vrezen.
'Ik zal tegen niemand zeggen waar ik de inlichting vandaan heb,' zei Losey.
Dante kwam heel even op zijn besluit terug, maar zei toen: 'Vazzi zit in een jachthuis van mijn familie in de Sierras. Maar doe niets voordat we klaar zijn met Pippi.'
'Natuurlijk,' zei Losey. Hij deed gewoon waar hij zin in had. 'En ik krijg mijn tweehonderd mille contant vooruit, hè?'
'Ja,' zei Dante.
'Klinkt goed,' zei Losey. 'Maar één ding. Als ik de Clericuzio's achter mijn broek krijg, verlink ik je.'
'Maak je geen zorgen,' zei Dante vriendschappelijk. 'Als dat gebeurt, vermoord ik je eerst. Laten we nu maar de details uitwerken.'
Alles verliep volgens plan.
Toen Dante de zes kogels in Pippi De Lena's lichaam schoot en Pippi hem fluisterend 'smerige Santadio' noemde, voelde Dante een verrukking die hij nooit eerder ervaren had.

20

Voor het eerst in zijn leven volgde Lia Vazzi een bevel van zijn baas Cross De Lena bewust niet op.

Het was onvermijdelijk. Rechercheur Jim Losey had het jachthuis opnieuw bezocht en opnieuw vragen gesteld over Skannets dood. Lia hield vol dat hij Skannet niet kende en op dat moment alleen toevallig in de hotellounge was. Losey klopte hem op de schouder en gaf hem toen een zacht klapje in zijn gezicht. 'Oké, kleine big,' zei hij. 'Ik krijg je nog wel.'

In gedachten ondertekende Lia Losey's doodvonnis. Wat er verder ook gebeuren zou – en hij wist dat zijn toekomst gevaar liep – hij wilde Losey's lot bezegelen. Maar hij moest heel voorzichtig zijn. De Familie had strikte regels. Een politieman raakte je niet aan.

Lia wist nog dat hij Cross naar zijn gesprek met Phil Starkey, Losey's gepensioneerde partner, had gereden. Hij had nooit geloofd dat Sharkey zijn mond zou houden, ook niet na een belofte van vijftig mille. Nu wist hij zeker dat Sharkey met Losey over dat gesprek had gebabbeld en Vazzi waarschijnlijk in de auto had zien wachten. Als dat waar was, waren Cross en hijzelf in groot gevaar. In wezen wantrouwde hij Cross' oordeel. Politiemannen trokken net als mafiosi één lijn en hadden hun eigen soort *omertà*.

Sharkey's huis leek verlaten, en op een achtergebleven grasmaaier na was het gazon leeg. Maar de deur van de garage stond open en er stond een auto in. Lia liep over het cementpad naar de deur en belde aan. Niemand deed open. Hij bleef bellen. Hij probeerde de knop, en de deur bleek niet op slot. Nu moest hij kiezen. Moest hij naar binnen of moest hij meteen weg? Met de punt van zijn stropdas veegde hij zijn vingerafdrukken van de knop en de bel. Toen liep hij door de deur het halletje in en riep hij Sharkey's naam. Geen antwoord.

Lia liep het huis door. De twee slaapkamers waren leeg – hij keek in de kasten en onder de bedden. Hij liep door de huiskamer en keek onder de sofa en achter de kussens. Toen liep hij naar de keuken en zag hij op de tuintafel een pak melk naast een papieren bord met een half opgegeten broodje kaas.

In de keuken was een lattendeur. Lia maakte hem open en zag twee treden lager een ondiepe kelder, een soort verlaagde kamer zonder ramen.
Hij liep de twee treden af en keek achter een stapel gebruikte fietsen. Hij maakte een kast met enorme deuren open. Daarin hing alleen een politie-uniform. Op de vloer stond een paar dikke zwarte schoenen en op die schoenen lag de pet met tressen van een straatagent. Meer niet.
Hij liep naar de enige kist op de grond en trok het deksel omhoog. Dat was verrassend licht en de kist bleek tot de rand gevuld met netjes opgevouwen grijze dekens.
Hij liep de trap weer op en bleef op de patio naar de zee staren. Een lijk begraven in het zand was dwaas; dat idee liet hij varen. Misschien was iemand langsgekomen om Sharkey op te halen. Maar een moordenaar liep dan het risico dat hij gezien werd. Bovendien was Sharkey een gevaarlijk man om te doden. Lia redeneerde dus: als hij dood is, moet hij in het huis liggen. Hij liep meteen weer de kelder in en gooide alle wollen dekens uit de kist. En inderdaad, op de bodem zag hij eerst het grote hoofd en toen het slanke lichaam. In Sharkey's rechteroog zat een gat met een dun plakje bloed als een rode munt erboven. De gezichtshuid van de al een tijdje dode man was wasbleek en zat vol zwarte puntjes. Lia was een gekwalificeerd man en wist precies wat dat betekende. Een vertrouwd iemand had de kans gekregen om hem van heel dichtbij in het oog te schieten; de puntjes waren korrels kruit.
Lia vouwde de dekens met zorg op, legde ze weer op het lijk en verliet het huis. Hij had geen vingerafdrukken achtergelaten maar ongetwijfeld waren pluisjes van de dekens aan zijn kleren blijven zitten. Hij zou al zijn kleren moeten vernietigen, en zijn schoenen ook. Hij liet zich door zijn soldaten naar het vliegveld rijden, en terwijl hij op zijn vlucht naar Las Vegas wachtte, kocht hij in een van de winkels op het vliegveld andere kleren en een paar nieuwe schoenen. Toen kocht hij een kledingzak en deed daar zijn oude kleren in.
In Las Vegas schreef hij zich in het Xanadu-hotel in en liet hij een boodschap voor Cross achter. Toen douchte hij langdurig en trok hij zijn nieuwe kleren weer aan. Hij wachtte tot Cross belde.
Toen dat gebeurde, zei hij tegen Cross dat hij naar boven kwam om met hem te praten. Hij nam de zak met oude kleren mee, en het eerste dat hij tegen Cross zei, was: 'Je hebt jezelf vijftig mille bespaard.'
Cross keek hem glimlachend aan. Lia kleedde zich meestal heel beschaafd maar had nu een gebloemd overhemd, een broek van blauw canvas en een blauw jasje gekocht. Hij leek wel een gokker van laag allooi.
Lia vertelde hem over Sharkey. Hij probeerde zijn daden te verontschuldigen, maar Cross wuifde dat weg. 'Je zit samen met mij in dit schuitje en moet jezelf beschermen. Maar wat betekent dat, verdomme?'

'Simpel,' zei Lia. 'Sharkey was de enige die de relatie tussen Losey en Dante kon leggen. Voor de rest hebben ze alleen jouw woord. Dante heeft Losey zijn partner laten vermoorden.'
Cross zei: 'Maar Jezus, hoe kon Sharkey zo stom zijn?'
Lia haalde zijn schouders op. 'Hij dacht dat hij geld van Losey kon krijgen en daarna ook nog eens jouw vijftig mille. Vanwege het geld dat hij van jou kreeg, wist hij dat er voor Losey veel op het spel stond. Hij is immers twintig jaar rechercheur geweest en kon dat soort dingen wel bedenken. En hij had nooit gedacht dat Losey, zijn oude partner, hem zou doden. Hij heeft geen rekening met Dante gehouden.'
'Ze hebben harde maatregelen genomen,' zei Cross.
'In deze situatie kunnen ze geen extra speler gebruiken,' zei Lia. 'Ik moet zeggen dat het me verbaast dat Dante het bijzondere gevaar gezien heeft. Kennelijk heeft hij Losey overtuigd, want die wilde zijn oude partner natuurlijk liever niet doden. We zijn allemaal wel een beetje sentimenteel.'
'Nu trekt Dante dus aan de touwtjes bij Losey,' zei Cross. 'Ik dacht dat Losey taaier was.'
'Je hebt het over twee verschillende diersoorten,' zei Lia. 'Losey is geducht genoeg, maar Dante is gek.'
'Dante weet dus dat ik het weet,' zei Cross.
'Wat betekent dat we heel snel moeten handelen,' zei Lia.
Cross knikte. 'Het zal een communie moeten worden,' zei hij. 'Ze moeten verdwijnen.'
Lia lachte. 'Denk je dat je don Clericuzio daarmee voor de gek houdt?' vroeg hij.
'Als we het goed voorbereiden, kan niemand ons de schuld geven.'

De volgende drie dagen nam Lia met Cross de plannen door. Intussen verbrandde hij zijn oude kleren eigenhandig in de vuilverbrander van het hotel. Cross nam lichaamsbeweging door in zijn eentje achttien holes te slaan en Lia ging met hem mee om het golfkarretje te rijden. Lia begreep niet waarom het golfspel bij alle Families zo populair was. Hij vond het een vreemde afwijking.
Op de avond van de derde dag zaten ze op het balkon van het penthouse. Cross had cognac en havanna's klaargezet. Ze sloegen de menigte op de Strip beneden gade.
'Hoe slim ze ook zijn, Dante krijgt moeilijkheden met de don als ik te gauw na de dood van mijn vader sterf,' zei Cross. 'Volgens mij kunnen we wachten.'
Lia trok aan zijn sigaar. 'Niet te lang. Inmiddels weten ze dat je met Sharkey gepraat hebt.'

'We moeten ze allebei tegelijkertijd te pakken krijgen,' zei Cross. 'Vergeet niet dat het een communie moet worden. Hun lijken mogen niet gevonden worden.'
Lia zei: 'Je draait de volgorde om. Eerst moeten we zorgen dat we ze kunnen doden.'
Cross zuchtte. 'Het wordt heel moeilijk. Losey is gevaarlijk en voorzichtig. Dante kan vechten. We moeten ze op één punt isoleren. Kan dat in Los Angeles?'
'Nee,' zei Lia. 'Dat is Losey's terrein. Hij is daar te sterk. We zullen het in Las Vegas moeten doen.'
'En de regels overtreden,' zei Cross.
'Als het een communie wordt, weet niemand dat ze gedood zijn,' zei Lia. 'En we overtreden de regels al door een politieman te doden.'
'Ik denk dat ik wel weet hoe ik ze samen naar Las Vegas krijg,' zei Cross. Hij legde Lia het plan uit.
'We moeten meer lokaas hebben,' zei Lia tegen Cross. 'We moeten zorgen dat Losey en Dante komen als wij ze willen hebben.'
Cross nam nog een glas cognac. 'Oké, ik heb nog wel wat extra lokaas.' Hij vertelde wat dat was, en Lia knikte instemmend. 'Hun verdwijning wordt onze verlossing', zei Cross, 'en zal iedereen zand in de ogen strooien.'
'Behalve don Clericuzio,' zei Lia. 'Hij is de enige die we moeten vrezen.'

Boek VIII

Communie

21

Het kwam erg goed uit dat Steve Stallings pas stierf toen zijn laatste close-up voor *Messalina* was opgenomen. Nieuwe opnamen zouden miljoenen hebben gekost.

De laatste scène die gedraaid werd, was een veldslag die eigenlijk in het midden van de film zat. Op tachtig kilometer van Las Vegas was een woestijnstad gebouwd die een basis van het Perzische leger moest voorstellen, die door keizer Claudius (Steve Stallings), vergezeld door zijn vrouw Messalina (Athena), vernietigd moest worden.

Aan het einde van de dag trok Steve Stallings zich in zijn hotelsuite terug. Hij had alles bij zich voor de nacht: zijn cocaïne, zijn sterke drank en twee vriendinnen, maar iedereen kon van hem een trap voor zijn reet krijgen, want hij was pisnijdig. Op de eerste plaats was zijn rol in de film bijgeknipt tot een karakterrol, geen sterrenrol. Hij besefte dat zijn carrière langzaam naar het tweede plan zakte – voor ouder wordende sterren een onvermijdelijk lot. Bovendien was Athena tijdens alle opnamen afstandelijk gebleven en hij had op meer gehoopt. Voorts – en dat vond hij zelf ook een beetje kinderachtig – zou hij bij het slotfeest en de vertoning van het ruwe materiaal niet als ster van de film behandeld worden en had hij niet eens een van de beroemde Xanadu-villa's gekregen.

Na al zijn jaren in het filmvak wist Steve Stallings hoe de machtsstructuur in elkaar zat. Toen hij nog een grote ster was, kreeg hij van iedereen zijn zin. Theoretisch was het studiohoofd de baas; hij gaf het groene licht voor een film. Ook kon een machtige producent die eigen rechten naar de studio meebracht, de baas zijn. Hij bracht alle elementen samen – bijvoorbeeld de filmsterren, de regisseur en het scenario – overzag de ontwikkeling van het script en praatte fondsen los bij mensen die als medeproducenten op de aftiteling stonden maar geen macht hadden. Die periode was hij de baas.

Maar als de opnamen eenmaal begonnen, was de regisseur de baas. Mits hij een A-regisseur was of een nog machtiger topregisseur, dat wil zeggen iemand die in de eerste weken van de film publiek trok en supersterren strikte om in de film op te treden.

De regisseur had de volledige verantwoordelijkheid voor de film. De kostuums, de muziek, de set, hoe de acteurs hun rollen speelden. De regisseursbond was bovendien de machtigste vakbond van de filmwereld. Geen regisseur van naam was bereid een andere regisseur te vervangen.
Maar hoe machtig al deze mensen ook waren, voor de superster moesten ze buigen. Een regisseur met twee sterren in één film was als een man die twee wilde paarden tegelijk bereed.
Steve Stallings was zo'n ster geweest en wist dat hij dat niet meer was.
Het was een uitputtende draaidag geweest en Steve Stallings had ontspanning nodig. Hij douchte, at een grote steak, en toen de twee meisjes naar boven kwamen – plaatselijk talent en lang niet lelijk – gaf hij ze cocaïne en champagne. Voor deze keer liet hij zijn voorzichtigheid varen. Zijn carrière raakte immers in de schemerjaren en eigenlijk hoefde hij niet meer voorzichtig te zijn. Hij liet zich de cocaïne goed smaken.
De twee meisjes droegen T-shirts met de tekst IK KUS DE KONT VAN STEVE STALLINGS als eerbewijs aan zijn achterste, dat over de hele wereld bij mannelijke en vrouwelijke fans bewondering wekte. Ze waren vol ontzag, en pas toen hij hun cocaïne had gegeven, deden ze hun T-shirts uit en kropen ze bij hem op bed. Dat verbeterde zijn humeur een beetje. Hij nam nog een lijntje cocaïne. De meisjes streelden hem en trokken zijn korte broek en zijn overhemd uit. Steve dagdroomde terwijl ze bezig waren; hun gefriemel bracht hem tot rust.
Morgen was het slotfeest; dan zag hij al zijn veroveringen. Hij had Athena Aquitane geneukt, hij had Claudia geneukt die de film had geschreven, lang geleden had hij zelfs Dita Tommey geneukt, die haar seksuele voorkeur toen nog niet duidelijk had vastgesteld. Hij had de vrouw van Bobby Bantz geneukt en – hoewel dat nu niet meer telde omdat ze dood was – ook de vrouw van Skippy Deere. Het gaf hem altijd een gevoel van virtuoze afronding als hij aan een diner zat, om zich heen keek en alle vrouwen aankruiste die nu zo vreedzaam naast hun echtgenoten of minnaars zaten. Hij kende hen allemaal intiem.
Hij werd afgeleid. Een van de meisjes stak een vinger in zijn kont, en dat vond hij altijd vervelend. Hij had aambeien. Hij stond op van het bed voor een lijntje en een fikse slok champagne, maar de wijn bracht zijn maag van streek. Hij voelde zich misselijk en toen ook gedesoriënteerd. Hij wist niet goed meer waar hij was.
Plotseling merkte hij dat hij doodmoe was: zijn benen begaven het en het glas viel uit zijn hand. Hij was verbijsterd. Heel ver weg hoorde hij een van de meisjes schreeuwen, en hij was woedend op haar geschreeuw. Het allerlaatste wat hij voelde, was een bliksemflits die in zijn hoofd ontplofte.

Wat er daarna gebeurde, was alleen mogelijk door een combinatie van stomheid en kwade wil. Een van de meisjes had geschreeuwd omdat Steve Stallings over haar heen op het bed was gevallen en daar met open mond en starende ogen bleef liggen – zo overduidelijk dood dat beide meisjes in paniek raakten en gewoon bleven gillen. Dat gegil trok de aandacht van het hotelpersoneel en van een paar mensen die in het kleine hotelcasino zaten te gokken; er stonden daar alleen fruitautomaten, een dobbeltafel en een grote, ronde pokertafel. Ze gingen op het gegil af en kwamen naar boven gerend.

Buiten Stallings' hotelkamer, waarvan de deur nu open was, stonden allerlei mensen naar zijn naakte lichaam te kijken, dat languit op het bed lag. In wat niet meer dan een paar minuten leek, verzamelde zich daar bovendien een menigte uit de stad. Het waren er honderden. Ze verdrongen elkaar in de kamer om zijn lijk aan te raken.

Aanvankelijk waren het alleen aanrakingen uit eerbied voor de man die vrouwen over de hele wereld het hoofd op hol had gebracht. Toen begonnen sommige vrouwen hem te kussen en raakten anderen zijn testikels en penis aan. Eén vrouw haalde een schaar uit haar tasje en knipte een dikke pluk glanzend, zwart haar af, waarbij het pluizige grijs eronder zichtbaar werd.

De boosaardigheid ging een rol spelen toen Skippy Deere, die als een van de eersten ter plaatse was, verzuimde om direct de politie te bellen. Hij zag de eerste golf vrouwen naar Steve Stallings' lijk lopen. Hij kon het heel goed zien. Stallings' mond hing open alsof hij al zingend was verrast, en hij had een verbaasde blik in zijn ogen.

De eerste vrouw die hem bereikte – Deere zag haar heel duidelijk – sloot voorzichtig zijn ogen en duwde zijn mond dicht, waarna ze hem zachtjes op zijn voorhoofd kuste. Maar ze werd opzij geduwd door de volgende golf, die minder remmingen vertoonde. En Deere voelde de woede in zijn binnenste. De hoorns die Stallings hem jaren geleden had opgezet, leken te kriebelen, en hij liet de invasie begaan. Stallings had vaak gepocht dat geen vrouw hem kon weerstaan, en hij zat er inderdaad niet ver naast. Zelfs nu hij dood was, streelden vrouwen zijn lijk.

Pas toen een stuk van Stallings' oor verdween en hij op zijn zij was gedraaid om de beroemde billen van zijn nu doodsbleke lichaam te tonen, belde Deere eindelijk de politie en nam hij de leiding.

Skippy Deere regelde dat het lijk direct geschouwd werd en naar Los Angeles ging, waar drie dagen later de begrafenis zou zijn.

Bij de autopsie bleek Stallings te zijn gestorven aan een hersenaneurysma waarbij, toen die doorbrak, al zijn bloed door zijn hoofd werd gejaagd.

Deere achterhaalde de twee jonge meisjes. Hij beloofde hun niet wegens cocaïnegebruik te laten vervolgen en gaf hun kleine rolletjes in een nieuwe film die hij produceerde. Hij zou hun twee jaar lang duizend dollar per week betalen. Maar één morele wandaad mochten de meisjes niet plegen. Het contract zou verbroken worden als ze met iemand over de dood van Steven Stallings praatten.

Toen nam hij de tijd om Bobby Bantz in LA te bellen en uit te leggen wat hij gedaan had. Hij belde Dita Tommey met het nieuws en liet haar tegen het hele *Messalina*-personeel, hoog en laag, zeggen dat ze de vertoning en het slotfeest in Las Vegas beslist moesten bijwonen. Toen nam hij, geschokter dan hij wilde toegeven, twee slaappillen en ging slapen.

22

De dood van Steve Stallings had geen invloed op de vertoning van de ruwe opnamen en het slotfeest in Las Vegas. Daar was Skippy Deere handig genoeg voor. Zo zat het filmvak in elkaar. Stallings was natuurlijk een ster geweest, maar was geen superster meer. Natuurlijk had hij met veel vrouwen de liefde bedreven en was dat bij miljoenen anderen in hun fantasie gebeurd, maar zijn liefde was nooit meer dan een wederzijds genot geweest. Zelfs de vrouwen in de film – Athena, Claudia, Dita Tommey en de drie andere vrouwelijke filmsterren – waren minder bedroefd dan romantici misschien dachten. Iedereen was het erover eens dat Steve Stallings gewild zou hebben dat alles gewoon doorging, en dat niets hem meer dwars zou hebben gezeten dan dat het slotfeest en de vertoning wegens zijn dood zouden zijn afgelast. In de filmindustrie nam je van je meeste minnaars aan het einde van een film even beleefd afscheid als vroeger van je danspartner op een bal.

Skippy Deere verklaarde dat het zijn idee was om het slotfeest in het Xanadu-hotel te houden en diezelfde avond ook de nog heel ruwe versie van de film te vertonen. Hij wist dat Athena over een paar dagen het land uit ging en wilde zeker weten dat ze geen scènes hoefde over te doen.

Maar in werkelijkheid had Cross voorgesteld om het slotfeest en de vertoning van de film in het Xanadu te organiseren. Hij vroeg het als een gunst. 'Voor het Xanadu is het fantastische publiciteit,' zei Cross tegen Deere. 'En ik geef je er iets voor terug. Iedereen van de film en iedereen die je uitnodigt, krijgt van mij één nacht gratis onderdak, eten en drinken. Ik geef jou en Bantz een villa. Ik geef Athena een villa. Ik zorg voor bewaking, zodat alleen mensen met jouw goedkeuring de ruwe versie te zien krijgen, en niet de pers. Je roept al jaren dat je een villa wilt.'

Deere dacht even na. 'Alleen maar voor de publiciteit?'

Cross grijnsde. 'Bovendien komen dan honderden mensen met veel geld binnen. Daar krijgt het casino een flinke hap van.'

'Bantz gokt niet,' zei Deere. 'Ik wel. Je krijgt *mijn* geld.'

'Ik geef je vijftig mille krediet,' zei Cross. 'Als je verliest, zal ik niet aandringen op betaling.'

Dat gaf de doorslag. 'Oké,' zei Deere, 'maar het moet mijn idee zijn. Anders kan ik het de studio niet verkopen.'
'Natuurlijk,' zei Cross. 'Skippy, jij en ik hebben al veel samengewerkt. En altijd heb ik aan het kortste eind getrokken. Ditmaal wordt dat anders. Ditmaal moet je over de brug komen.' Hij glimlachte naar hem. 'Ditmaal mag je me niet teleurstellen.'
Dit was een van de weinige keren in zijn leven dat Deere de spanning van angstige voorgevoelens onderging, maar hij wist niet goed waarom. Cross uitte geen enkele dreiging. Hij leek in alle opgewektheid gewoon een feit te constateren.
'Maak je geen zorgen,' zei Skippy Deere. 'Over drie weken zijn we klaar met draaien. Stem daar je plannen maar op af.'
Daarna moest Cross zorgen dat Athena bereid was naar het slotfeest en de vertoning van de ruwe versie te komen. 'Dat heb ik echt nodig, terwille van het hotel maar ook om je weer eens te zien,' zei hij tegen haar.
Ze zei ja. Nu moest Cross zorgen dat Dante en Losey naar het feest kwamen. Hij nodigde Dante uit om in Las Vegas te komen praten over het plan van Loddstone en Losey voor een film gebaseerd op Losey's avonturen bij de politie. Iedereen wist inmiddels dat Losey en Dante dikke vrienden waren.
'Ik wil dat je bij Jim Losey een goed woordje voor me doet,' zei Cross tegen Dante. 'Ik wil coproducent van die film worden en ben bereid de helft van het budget te investeren.'
Dat vond Dante vermakelijk. 'Je bent echt van plan om de film in te gaan,' zei hij. 'Waarom?'
'Veel geld,' zei Cross. 'En wijven.'
Dante lachte. 'Je hebt nu al veel geld en wijven,' zei hij.
'Het gaat om de klasse. Veel geld en wijven van klasse,' zei Cross.
'Waarom nodig je me eigenlijk niet uit voor het feest?' vroeg Dante. 'En waarom krijg ik nooit een villa?'
'Doe maar een goed woordje voor me bij Losey,' zei Cross. 'Dan krijg je allebei. Breng Losey mee. En als je gezelschap zoekt, dan kan ik wel iets voor je regelen met Tiffany. Je hebt haar show gezien.'
Tiffany was voor Dante de opperste belichaming van pure lust: haar overvolle borsten, haar gladde, lange gezicht, haar dikke lippen en brede mond, haar lengte en haar lange, mooie benen. Voor het eerst werd Dante enthousiast. 'Dat is geen kattendrek,' zei hij. 'Ze is twee keer zo lang als ik. Stel je voor! Maar oké, geregeld.'
Het was een beetje te doorzichtig, maar Cross rekende op het feit dat geweld in Las Vegas voor alle Families verboden was. Dat zou Dante overmoedig maken.
Toen voegde Cross er achteloos aan toe: 'Zelfs Athena komt. Zij is de reden waarom ik in de film wil blijven.'

Bobby Bantz en Melo Stuart vlogen in het straalvliegtuig van de studio naar Las Vegas. Athena en de rest van de cast kwamen rechtstreeks vanaf de locatie in hun persoonlijke campers, net als Dita Tommey. Senator Wavven zou de staat Nevada vertegenwoordigen, samen met de gouverneur van Nevada, die door Wavven persoonlijk voor die functie was uitgezocht.
Dante en Losey zouden in een van de villa's twee appartementen krijgen. Lia Vazzi en zijn mannen zouden de vier andere appartementen bezetten. Senator Wavven, de gouverneur en hun hofhouding kregen een andere villa. Cross had voor hen een besloten etentje met geselecteerde showgirls georganiseerd. Hij hoopte dat eventuele onderzoeken naar wat er ging gebeuren, door hun aanwezigheid hun angel kwijtraakten en dat ze hun politieke invloed zouden aanwenden om publiciteit en aanklachten in de kiem te smoren.
Cross ging tegen alle regels in. Athena kreeg een villa, maar ook Claudia, Dita Tommey en Molly Flanders kregen appartementen in die villa. De twee resterende appartementen waren voor een vier man sterke ploeg van Vazzi's mannen om Athena te bewaken.
Een vierde villa was voor Bantz en Skippy Deere en hun entourages bestemd. De resterende drie villa's werden bezet door twintig mannen van Vazzi, die de normale bewakers vervingen. Geen enkele ploeg van Vazzi zou echter bij de echte actie betrokken worden; geen van hen wist waar Cross op uit was. Lia en Cross moesten de enige uitvoerders zijn.
Cross sloot het Parelcasino van de villa's twee dagen. De meesten uit Hollywood, hoe succesvol ook, konden zich de inzetten van het casino niet veroorloven. De steenrijke gasten die al geboekt hadden, kregen te horen dat de villa's een onderhouds- en vernieuwingsbeurt ondergingen en niet beschikbaar waren.
Cross en Lia Vazzi hadden in hun plannen opgenomen dat Cross Dante zou doden en dat Lia Losey zou doden. Als de don vaststelde dat ze schuldig waren en dat Lia verantwoordelijk was voor Dantes dood, zou hij misschien Lia's hele gezin uitroeien. Als de don de waarheid ontdekte, zou hij zijn wraak echter niet uitstrekken tot Claudia. Zij had immers Clericuzio-bloed. Bovendien had Lia een persoonlijke vendetta tegen Jim Losey. Hij haatte alle overheidsdienaren, en waarom zou je uit zo'n gevaarlijke taak als deze niet een beetje privé-plezier putten?
Het echte probleem was de scheiding van de twee mannen en de verdwijning van de lijken. Voor alle Families in heel Amerika had altijd de regel gegolden dat in Las Vegas geen executies mochten plaatsvinden. Dat was om te zorgen dat het publiek het gokken bleef aanvaarden. De don dwong die regel strikt af.
Cross hoopte dat Dante en Losey geen valstrik zouden vermoeden. Ze wis-

ten niet dat Lia Sharkey's lijk had ontdekt en daarom hun bedoelingen kende. Het andere probleem was het verijdelen van Dantes plannen jegens Cross. En toen wist Lia een spion in Dantes kamp te krijgen.

Op de dag van het feest nam Molly Flanders een vroege vlucht. Zij en Cross hadden zaken te bespreken. Ze had een rechter van het Californische Hooggerechtshof en een monseigneur van het katholieke diocees Los Angeles bij zich. Zij zouden getuigen zijn als Cross het testament tekende dat ze had opgesteld en bij zich had. Cross wist dat hij niet veel kans had om in leven te blijven en had veel nagedacht over de nalatenschap van zijn helft van het hotel. Zijn belang was $500 miljoen waard, en dat was niets om op te spugen. Het testament voorzag Lia's vrouw en kinderen van een levenslang gerieflijk pensioen. De rest verdeelde hij tussen Claudia en Athena, waarbij Athena's aandeel beheerd moest worden ten gunste van haar dochter Bethany. Het trof hem dat volstrekt niemand anders hem dierbaar genoeg was om geld na te laten.

Toen Molly, de rechter en de monseigneur in het penthouse arriveerden, feliciteerde de rechter hem met het verstandige besluit om al op zo'n jonge leeftijd een testament op te maken. De monseigneur bezag de luxe van de suite bedaard alsof hij het loon van de zonde aan het inschatten was.

Ze waren allebei goed met Molly bevriend, want ze had voor hen pro deowerk gedaan. Op speciaal verzoek van Cross had ze hun nu een wederdienst gevraagd. Hij wilde getuigen die niet door de Clericuzio's konden worden omgekocht of geïntimideerd.

Cross gaf hun iets te drinken en toen werd het testament ondertekend. De twee mannen gingen weg. Ze waren uitgenodigd, maar wilden hun reputatie niet in de waagschaal stellen door in de gokzaal van Las Vegas een filmfeest bij te wonen. Ze waren immers niet-gekozen overheidsdienaren.

Cross en Molly zaten alleen in de suite. Molly gaf hem het origineel van het testament. Cross vroeg: 'Jij hebt natuurlijk zelf een kopie, hè?'

'Natuurlijk,' zei Molly. 'Ik moet zeggen dat je instructies me verbaasd hebben. Ik had geen idee dat jij en Athena zo intiem waren. En bovendien is ze ook zelf behoorlijk rijk.'

'Ze kan best meer geld nodig hebben dan ze heeft,' zei Cross.

'Vanwege haar dochter?' vroeg Molly. 'Ik weet van haar bestaan. Ik ben Athena's advocaat. Maar je hebt gelijk. Bethany kan dat geld best nodig hebben. Ik had je anders ingeschat.'

'Echt waar?' vroeg Cross. 'Hoe dan?'

Molly zei zachtjes: 'Ik had de indruk dat jij Boz Skannet voor je rekening had genomen. Ik had de indruk dat je een genadeloos Mafia-lid was. Ik herinnerde me dat arme joch dat ik onder een veroordeling voor moord uit kreeg.

En dat jij het over hem had. En dat hij, naar het schijnt, bij een drugshandeltje vermoord is.'

'En nu begrijp je dat je het mis had,' zei Cross glimlachend.

Molly keek hem koel aan. 'En ik was stomverbaasd toen je Bobby je winstaandeel in *Messalina* door je neus liet boren.'

'Dat stelde allemaal niet veel voor,' zei Cross. Hij dacht aan de don en David Redfellow.

'Athena gaat overmorgen naar Frankrijk,' zei Molly. 'Voor een hele tijd. Ga je met haar mee?'

'Nee,' zei Cross. 'Ik heb het hier te druk.'

'Oké,' zei Molly. 'Ik zie je bij de vertoning en het slotfeest. De ruwe versie van de film geeft je misschien een idee van het fortuin dat Bantz je afgetroggeld heeft.'

'Dat doet er niet toe,' zei Cross.

'Weet je, aan het begin van de ruwe versie heeft Dita Tommey een mededeling opgenomen. Opgedragen aan Steve Stallings. Bantz zal wel pisnijdig zijn.'

'Waarom?' vroeg Cross.

'Omdat Steve alle vrouwen neukte die Bantz niet krijgen kon,' zei Molly. 'Wat een hufters zijn mannen toch,' voegde ze eraan toe en liep weg.

Cross ging op zijn balkon zitten. De straat beneden hem was overvol. De mensen verdwenen beetje bij beetje in de hotelcasino's links en rechts van de Strip. De neonborden flitsten aan en uit: Caesars, Sands, Mirage, Aladdin, Desert Inn, Stardust – paars, rood, groen, een regenboog van kleuren waaraan pas een einde kwam als je je blik hief naar de woestijn en de bergen verderop. De laaiende middagzon kreeg ze niet in bedwang.

De *Messalina*-mensen zouden pas om drie uur arriveren, en dan zag hij – als alles misliep – Athena voor het laatst. Hij pakte de balkontelefoon, belde de villa waar hij Lia Vazzi had ondergebracht, en zei dat Lia naar de daksuite moest komen om de plannen nog één keer door te nemen.

De laatste opname voor *Messalina* was om twaalf uur afgelopen. Dita Tommey wilde nog één opname van een rijzende zon die onder de blikken van Athena en Steve Stallings de verschrikkelijke slachtpartij van het Romeinse slagveld verlichtte. Ze had een stand-in voor Stallings en liet als vermomming een schaduw over zijn gezicht vallen. Het was al bijna drie uur 's middags toen de cameratruck, de enorme campers die op de set als woningen dienden, de mobiele keukens, de vrachtwagens met de kostuums en de auto's vol wapens uit de tijd van Christus Las Vegas in reden. Ook veel andere mensen arriveerden, want Cross had voor deze gelegenheid uitgepakt in de traditionele stijl van Las Vegas.

Iedereen die aan *Messalina* had gewerkt, hoog en laag, kreeg gratis onderdak, eten en drinken. LoddStone Studios had hem een lijst van meer dan driehonderd namen gegeven. Natuurlijk was dat een royaal gebaar, natuurlijk schiep hij er goodwill mee. Maar deze driehonderd mensen gingen een aanzienlijk deel van hun salaris in het casino achterlaten. Dat had hij van Gronevelt geleerd. 'Als mensen zich lekker voelen, willen ze dat vieren. Dan gokken ze.'

De ruwe versie van *Messalina* werd om tien uur 's avonds vertoond, zij het zonder muziek en speciale effecten. Na de vertoning begon het slotfeest. De reusachtige balzaal van het Xanadu, waar het feest voor Big Tim was gevierd, was in tweeën gedeeld: het ene deel voor de filmvertoning, het andere, grotere deel voor het buffet en het orkest.

Om vier uur 's middags was iedereen in het hotel en in de villa's. Niemand wilde het missen: de samenvloeiing van twee glamourwerelden – Hollywood en Las Vegas – en alles gratis.

De persmensen waren woedend over de stringente bewaking. Toegang tot de villa's en de balzaal was verboden. Het was zelfs onmogelijk om de deelnemers aan dit glitterfeest te fotograferen, en dat gold ook voor de sterren van de film, de regisseuse, de senator en de gouverneur, de producent en de studiobaas. Ook de vertoning van de ruwe versie mochten ze niet bijwonen. Ze slopen rond het casino en boden gokkers van laag allooi enorme bedragen voor hun identiteitskaarten, zodat ze de balzaal in konden. Enkelen hadden succes.

Vier crewleden – twee stuntlieden en twee vrouwen van de cateringploeg – verkochten hun identiteitskaarten voor duizend dollar per stuk aan verslaggevers.

Dante Clericuzio en Jim Losey genoten van hun villa. Losey schudde verbaasd zijn hoofd. 'Van alleen al het goud van de badkamer zou een inbreker een jaar kunnen leven,' zei hij hardop.

'Nee,' zei Dante. 'Hij zou binnen zes maanden dood zijn.'

Ze zaten in de zitkamer van Dantes appartement. Ze hadden geen roomservice gebeld omdat de enorme koelkast in de keuken vol stond met schalen sandwiches, kaviaarcanapés, flessen importbier en de beste wijnen.

'Alles is dus klaar,' zei Losey.

'Ja,' zei Dante, 'en als we het achter de rug hebben, vraag ik mijn grootvader het hotel. Dan zijn we voor ons hele leven binnen.'

'Het belangrijkste is dat we hem hier in zijn eentje naartoe krijgen,' zei Losey.

'Dat regel ik. Maak je geen zorgen,' zei Dante. 'In het allerergste geval rijden we hem de woestijn in.'

'Hoe krijg je hem hier in de villa?' vroeg Losey. 'Daar gaat het om.'
'Ik zeg tegen hem dat Giorgio in het geheim hierheen is gekomen en hem spreken wil,' zei Dante. 'Dan doe ik mijn werk en doe jij de schoonmaak. Je kent de ins en outs en weet wat ze zoeken.'
Hij zei peinzend: 'Het allerbeste zou zijn om hem in de woestijn te dumpen. Dan vinden ze hem misschien nooit.' Hij zweeg even. 'Je weet dat Cross op de avond van Pippi's dood Giorgio's telefoontje niet op wilde nemen. Dat durft hij geen tweede keer.'
'Maar als hij dat wél durft?' vroeg Losey. 'Dan zit ik me hier de hele nacht af te rukken.'
'Athena's villa is naast de deur,' zei Dante. 'Klop maar aan. Misschien heb je mazzel.'
'Mij te link,' zei Losey.
Dante zei grijnzend: 'We kunnen haar samen met Cross naar de woestijn brengen.'
'Je bent gek,' zei Losey. En toen drong tot hem door dat het waar was.
'Waarom niet?' vroeg Dante. 'Waarom maken we niet een beetje lol? De woestijn is groot genoeg om er twee lijken te dumpen.'
Losey dacht aan Athena's lichaam, aan haar lieflijke gezicht, haar stem, haar koninklijke houding. O, natuurlijk gingen hij en Dante een lolletje maken. Hij was al moordenaar en kon net zo goed ook verkrachter worden. Marlowe, Pippi De Lena en zijn voormalige partner Phil Sharkey. Hij was een drievoudige moordenaar en te bang om iemand te verkrachten. Hij was een van die debielen aan het worden die hij zijn leven lang gearresteerd had. En dat voor een vrouw die haar lichaam verkocht aan de hele wereld. Maar dat kleine lulletje met die rare pet was zo gek als een deur.
'Ik kan het allicht proberen,' zei Losey. 'Ik nodig haar uit voor een drankje, en als ze komt, vraagt ze erom.'
Dante vond Losey's rationalisatie vermakelijk. 'Iedereen vraagt erom,' zei hij. 'Wij vragen erom.'
Ze liepen de details door, en toen ging Losey weer naar zijn appartement. Dante liet het bad vollopen want hij wilde de dure parfums in de villa proberen. Terwijl hij in het hete, geparfumeerde water lag en zijn zwarte, stugge Clericuzio-haar tot een witte, zware kuif inzeepte, dacht hij aan zijn toekomstige leven. Als hij en Losey het lijk van Cross op vele kilometers van Las Vegas in de woestijn gedumpt hadden, begon het moeilijkste deel van de operatie. Hij zou zijn grootvader van zijn onschuld moeten overtuigen. In het allerergste geval kon hij ook Pippi's dood bekennen. En zijn grootvader zou hem vergeven. De don had hem altijd een bijzondere liefde betoond. Bovendien was Dante inmiddels de Familie-'hamer'. Hij zou om benoeming tot *bruglione* in het westen en de leiding van het Xanadu-hotel vragen. Gior-

gio zou zich daartegen verzetten, maar Vincent en Petie zouden neutraal blijven. Zij waren tevreden met wat ze in hun wettige ondernemingen verdienden. De oude man had niet het eeuwige leven en Giorgio was een pennelikker. Het moment zou komen waarop de generaal keizer werd. Hij kon zich niet in de samenleving terugtrekken. Hij zou de Familie weer naar glorieuze hoogtepunten voeren. Hij zou de macht over leven en dood nooit opgeven.

Dante stapte uit het bad en spoelde onder de douche alle zeep uit zijn dikke haar. Hij wreef zijn lichaam in met reukwatertjes uit mooie flessen en beeldhouwde zijn kapsel met gel, maar las eerst met zorg de gebruiksaanwijzing. Toen liep hij naar zijn koffer met renaissancepetten. Hij koos er een in de vorm van een custardpudding waarop edelstenen waren aangebracht. Het weefsel bestond uit goud- en purperdraad. Zoals die pet daar lag, leek hij belachelijk, maar als hij hem opzette, werd Dante erdoor betoverd. Hij zag ermee uit als een vorst. Vooral door de rij opgenaaide groene edelstenen langs de voorkant. Op deze manier zou Athena hem vannacht zien, of, als dat misliep, Tiffany. Maar die twee konden desnoods wachten.

Dante kleedde zich verder aan en bedacht hoe zijn leven ging worden. Hij zou in een villa wonen met de luxe van een paleis. Hij kreeg een onuitputtelijke voorraad mooie vrouwen tot zijn beschikking, een zichzelf aanvullende harem die in de showzaal van het Xanadu danste en zong. Hij kon in zes verschillende restaurants zes verschillende nationale keukens eten. Hij kon de dood van een vijand bevelen, een vriend belonen. Hij zou zoveel op een Romeinse keizer lijken als de moderne tijd toestond. De enige hinderpaal was Cross.

Eindelijk alleen in zijn appartement overdacht Jim Losey de nieuwe loop die zijn leven genomen had. In de eerste helft van zijn carrière was hij een uitmuntende smeris geweest, een ware ridder die pal stond voor de maatschappij. Hij koesterde een felle haat jegens alle misdadigers, vooral zwarte. Maar toen was hij langzamerhand veranderd. Dat de media de politie van gewelddadigheid beschuldigden, zat hem erg dwars. Dezelfde samenleving die hij tegen het schorem verdedigde, viel hem aan. Zijn meerderen met hun gouden tressen op hun uniform trokken één lijn met politici die zeikverhalen afstaken. Al dat gelul dat je geen zwarten mocht haten. Wat was daar zo erg aan? Zij pleegden de meeste misdaden. En was hij soms geen vrije Amerikaan die mocht haten wie hij wilde? Ze waren de kakkerlakken die de hele beschaving opvraten. Ze wilden niet werken, wilden niet studeren. Zwoegen tot diep in de nacht vonden ze belachelijk, behalve als ze in het maanlicht konden basketballen. Ze beroofden ongewapende burgers, maakten vrouwen tot hoeren en hadden een ondraaglijk gebrek aan respect voor de wet en de handhavers ervan. Zijn taak was om de rijken tegen de boosaardigheid van de armen te beschermen. En hij verlangde zelf ook naar rijkdom. Hij wilde de kleding, de auto's, het voedsel, de drank en vooral de vrouwen die de rijken zich veroorloofden. Dat was toch iets echt Amerikaans?

Het begon met steekpenningen om het gokken te beschermen. Daarna volgden verzonnen beschuldigingen jegens drugshandelaren om te zorgen dat ze beschermingsgeld betaalden. Hij was trots geweest op zijn status als 'politieheld' en op de erkenning die hij kreeg voor zijn betoonde moed, maar daaraan was geen geldelijke beloning verbonden. Hij kocht nog steeds goedkope kleren, moest nog steeds elk dubbeltje omdraaien om het eind van de maand te halen. En hij, die de rijken tegen de armen beschermde, kreeg daar geen beloning voor en was zelf ook arm. Maar het toppunt was dat hij bij het publiek lager aangeschreven stond dan een crimineel. Sommige van zijn vrienden bij de politie waren vervolgd en kregen celstraf omdat ze hun plicht deden. Of ze werden ontslagen. Verkrachters, inbrekers, roofmoordenaars, gewapende overvallers op klaarlichte dag hadden meer rechten dan smerissen.

In de loop van de jaren nam dit verhaal in Losey's hoofd steeds vastere vormen aan. De pers en tv haalden de politie door het slijk. Stuur al die rotadvocaten maar eens een halfjaar de straat op, dan worden ze vanzelf lynchbomen.

Hij gebruikte immers al zijn trucs, zijn twee vuisten en zijn dreigementen om te zorgen dat zo'n hufter zijn misdaad bekende en hij de maatschappij tegen hem kon beschermen. Maar Losey verkocht zichzelf nooit helemaal; daarvoor was hij een te goede politieman. En dat hij een moordenaar was geworden, ging er bij hem nog steeds niet goed in.

Vergeet dat maar; hij ging rijk worden. Hij zou zijn penningen en zijn aantekeningen wegens betoonde moed in het gezicht van de overheid en het publiek smijten. Hij werd veiligheidschef van het Xanadu-hotel tegen tienmaal zijn huidige salaris, en vanuit dit woestijnparadijs zag hij Los Angeles met groot genoegen afbrokkelen onder de aanval van criminelen die hij niet langer bestreed. Vanavond zag hij *Messalina* en ging hij naar het slotfeest. Misschien kreeg hij wel een kans bij Athena. Op dat punt schrok zijn geest nog terug, hoewel hij zijn lichaam voelde schrijnen bij de gedachte aan de uitoefening van zoveel seksuele macht. Op het feest zou hij met Skippy een eerste gesprek hebben over een speelfilm gebaseerd op zijn carrière – die van de grootste held bij de politie van Los Angeles. Dante had hem verteld dat Cross daarin wilde investeren, en dat was heel grappig. Waarom een vent doden die geld wou steken in zijn film? Dat was simpel. Omdat hij wist dat Dante hem zou vermoorden als hij zich terugtrok. En Losey was dan wel

hard, maar hij wist dat hij Dante niet kon vermoorden. Hij kende de Clericuzio's te goed.
Hij dacht in een flits aan Marlowe – een brave kerel, echt aardig, altijd heel vrolijk en tot medewerking bereid. Hij had Marlowe altijd gemogen, en dat hij hem vermoord had, was het enige wat hem speet.
Jim Losey moest nog uren wachten tot de vertoning en het feest begonnen. Hij kon in het grote casino gaan gokken, maar gokken was een boevenspelletje. Hij besloot het niet te doen. Hij had een belangrijke nacht voor de boeg. Eerst de film en het feest; daarna ging hij om drie uur 's nachts Dante helpen om Cross De Lena te doden en hem in de woestijn te begraven.

Bobby Bantz nodigde de belangrijkste betrokkenen bij *Messalina* om vijf uur 's middags uit om in zijn villa iets feestelijks te komen drinken. Athena, Dita Tommey, Skippy Deere en als hoffelijk gebaar ook Cross De Lena. Alleen Cross kon niet komen; hij had die middag dringende zaken in het hotel, zei hij.
Bantz had zijn nieuwste 'verovering' bij zich: een jong, schijnbaar fris meisje dat Johanna heette en door een talentenjager in een klein stadje in Oregon was ontdekt. Ze had een tweejarig contract voor vijfhonderd dollar per week getekend. Ze was mooi en van elk talent gespeend, maar had zo'n maagdelijke uitstraling dat haar onschuld een aparte attractie was. Toch had ze, met een sluwheid die niet bij haar leeftijd paste, pas met Bobby Bantz willen slapen toen hij beloofd had haar voor de vertoning van *Messalina* mee te nemen naar Las Vegas.
Skippy Deere had een appartement naast dat van Bantz maar hij bleef heel lang bij Bantz plakken. Daardoor was een snelle wip met Johanna onmogelijk, wat Bantz irriteerde. Skippy lanceerde het idee voor een speelfilm waarover hij echt razend enthousiast was. Razend enthousiast zijn over rechten hoorde bij het producentenwerk.
Deere vertelde Bantz over Jim Losey, de grootste politieheld van Los Angeles, een lange, knappe smeerlap die zelfs persoonlijk de titelrol zou kunnen spelen, want het werd immers een verhaal over zijn leven. Een van die grote, 'echt gebeurde' levensverhalen die je met elk bizar detail kon optuigen.
Deere en Bantz wisten allebei dat het idee om Losey zichzelf te laten spelen, een verzinsel was om Losey te bedotten. Dan zou hij zijn verhaal goedkoop verkopen en had de pers iets om over te schrijven.
Skippy Deerde schetste het verhaal geestdriftig. Niemand verkocht onbestaande rechten beter dan hij. In een opwelling van pure vreugde pakte hij de telefoon en nodigde hij, voordat Bantz kon protesteren, de rechercheur uit voor het feestje van vijf uur. Losey vroeg of hij iemand mocht meebren-

gen. Deere zei 'natuurlijk' en nam aan dat het een vriendin was. Als filmproducent liet Skippy Deere graag verschillende werelden door elkaar lopen. Je wist maar nooit welk wonder dan ontstond.

Cross De Lena en Lia Vazzi namen in het penthouse van het Xanadu nog eens de details door van wat hen die nacht te doen stond.

'Ik heb alle mannen op hun plaats gezet,' zei Lia. 'Ik neem het villaterrein voor mijn rekening. Niemand van hen weet wat jij en ik gaan doen, en ze spelen er geen rol in. Maar ik heb gehoord dat Dante een ploeg uit de Enclave in de woestijn jouw graf heeft laten graven. We zullen vanavond voorzichtig moeten zijn.'

'Ik maak me vooral zorgen over ná vannacht,' zei Cross. 'Dan krijgen we met don Clericuzio te maken. Denk je dat hij het verhaal slikt?'

'Eigenlijk niet,' zei Lia. 'Maar het is onze enige hoop.'

Cross haalde zijn schouders op. 'Ik heb geen keus. Dante heeft mijn vader vermoord en moet dus ook mij vermoorden.' Hij zweeg even en zei toen: 'Ik hoop dat de don niet van begin af aan achter hem heeft gestaan. Want dan zijn we kansloos.'

Lia zei behoedzaam: 'We kunnen alles afblazen en de don onze problemen voorleggen. Laat hem dan maar beslissen en actie ondernemen.'

'Nee,' zei Cross. 'Hij kan geen beslissing tegen zijn kleinzoon nemen.'

'Je hebt natuurlijk gelijk,' zei Lia. 'Maar de don is een beetje week geworden. Hij liet jou door die Hollywood-mensen bedriegen, en dat zou hij in zijn jeugd nooit hebben geduld. Noch het verlies aan geld, noch het gebrek aan respect.'

Cross schonk nog wat cognac in Lia's glas en stak zijn sigaar aan. Hij vertelde hem niets over David Redfellow. 'Hoe vind je je kamer?' vroeg hij vrolijk.

Lia trok aan zijn sigaar. 'Een hoop onzin. Zo mooi. Wat is de zin daarvan? Waarom moeten mensen zo wonen? Het is te veel. Het ondermijnt je kracht. Het wekt jaloezie. Het is niet verstandig om de armen op die manier te kwetsen, want wie weet of ze je dan niet willen doden. Mijn vader op Sicilië was een rijk man, maar we hebben nooit in luxe geleefd.'

'Je begrijpt Amerika niet, Lia,' zei Cross. 'Elke arme die een villa vanbinnen ziet, verheugt zich. Want diep in zijn hart weet hij dat ook hij ooit in zo'n villa zal wonen.'

Op dat moment ging de privé-telefoon van het penthouse. Cross nam op. Zijn hart sloeg een slag over. Het was Athena.

'Kunnen we elkaar nog zien voordat de film begint?' vroeg ze.

'Alleen als je naar mijn suite komt,' zei Cross. 'Ik kan hier echt niet weg.'

'Wat galant,' zei Athena koel. 'Laten we dat dan maar na het feest doen. Ik ga vroeg weg en dan kun je naar mijn villa komen.'

'Onmogelijk,' zei Cross.

'Morgenochtend ga ik naar LA,' zei Athena. 'Overmorgen vlieg ik naar Frankrijk. We kunnen elkaar pas rustig spreken wanneer je daar ook naartoe gaat... áls je daar naartoe gaat.'

Cross keek Lia aan, die fronsend zijn hoofd schudde. Cross zei dus tegen Athena: 'Kun je echt niet hier bij mij komen? Alsjeblieft?'

Ze moest even nadenken, maar toen zei ze: 'Ja. Geef me een uurtje.'

'Ik laat je door een auto en bewakers ophalen,' zei Cross. 'Ze wachten buiten je villa.' Hij hing op en zei tegen Lia: 'We mogen haar niet uit het oog verliezen. Dante is tot alles in staat.'

De cocktailparty in Bantz' villa was een lust voor het oog.

Melo Stuart had een jonge actrice met een goede reputatie bij zich. Hij en Skippy Deere waren van plan haar de vrouwelijke hoofdrol in de film over Jim Losey te geven. Ze had een sterke, Egyptische schoonheid, een krachtig gezicht en was enigszins arrogant. Bantz bracht zijn nieuwe vondst mee: de onschuldige maagd Johanna, blijkbaar zonder achternaam. Athena had er nog nooit zo stralend uitgezien en was door haar vriendinnen Claudia, Dita Tommey en Molly Flanders omringd. Athena was ongewoon rustig. Desondanks bekeken Johanna en de toneelspeelster Liza Wrongate haar jaloers en vol ontzag. Allebei gingen ze naar Athena toe – de koningin die ze ooit hoopten te vervangen.

Claudia vroeg aan Bobby Bantz: 'Heb je mijn broer uitgenodigd?'

'Natuurlijk,' zei Bantz. 'Hij had het te druk.'

'Dank dat je Ernests familie zijn percentage hebt gegeven,' zei Claudia grijnzend.

'Molly heeft me beroofd,' zei Bantz. Hij had Claudia altijd graag gemogen, misschien omdat Eli Marrion haar graag had gemogen, en haar gemene grapjes konden hem niet schelen. 'Ze heeft een pistool tegen mijn hoofd gezet.'

'Maar je had het hard kunnen spelen,' zei Claudia. 'Dat had Marrion goed gevonden.'

Bantz staarde haar uitdrukkingsloos aan. Hij wilde plotseling huilen. Hij zou nooit de man worden die Marrion was geweest. En hij miste hem.

Skippy Deere had intussen beslag op Johanna gelegd en vertelde haar over zijn nieuwe film, waarin de fantastische rol zat van een onschuldig jong meisje dat door een drugshandelaar op brute wijze werd verkracht en vermoord. 'Je bent er geknipt voor. Je hebt niet veel ervaring, maar als ik het bij Bobby gedaan krijg, kun je proefopnames laten maken.' Hij zweeg even en zei toen warm en vertrouwelijk: 'Volgens mij moet je een andere naam nemen. Johanna is te burgerlijk voor je carrière.' Daarmee impliceerde hij dat haar de sterrenstatus wachtte.

Hij zag haar blozen. Het was eigenlijk heel ontroerend om te zien hoe sterk jonge meisjes in hun schoonheid geloofden en – met evenveel hartstocht als waarmee meisjes in de renaissance naar heiligheid streefden – een ster wilden worden. Toen Ernest Vails cynische glimlach voor zijn geestesoog verscheen, dacht Deere: Lach maar zoveel als je wilt, een ster willen worden is ook een spiritueel verlangen. En beide ambities leiden vaker tot martelaarschap dan tot glorie, maar dat hoort er nu eenmaal bij. En ooit ging hij een grote film maken.

Voorspelbaar genoeg liep Johanna weg om met Bantz te praten. Deere ging bij Melo Stuart en zijn nieuwe vriendin Liza staan. Op het toneel had ze talent, maar Deere had twijfels over haar toekomst op het filmdoek. De camera was te wreed voor haar soort schoonheid. En haar intelligentie kon haar voor veel rollen ongeschikt maken. Maar Melo wilde met alle geweld dat ze de vrouwelijke hoofdrol in de Losey-film kreeg, en er waren momenten dat Melo's wil wet was. Bovendien was het niet meer dan een waardeloze, ondergeschikte rol.

Deere kuste Liza op beide wangen. 'Ik heb je in New York gezien,' zei hij. 'Prachtige voorstelling.' Hij zweeg even en zei: 'Ik hoop dat jij de rol in mijn nieuwe film op je neemt. Volgens Melo wordt dat je doorbraak in de film.'

Liza glimlachte koel. 'Ik wil eerst het scenario zien,' zei ze. Deere voelde dezelfde irritatie als altijd. Ze kreeg de doorbraak van haar leven aangeboden, maar wilde dat verdomde scenario zien. Hij zag Melo vermaakt glimlachen.

'Natuurlijk,' zei Deere, 'maar ik zou je nooit een scenario sturen dat geen recht deed aan je talent.'

Melo, die een vuriger zakenman dan minnaar was, zei: 'Liza, we garanderen je de vrouwelijke hoofdrol in een A-film. Het scenario is niet zo heilig als op het toneel. We kunnen het naar jouw smaak aanpassen.'

Liza's glimlach werd iets warmer. Ze zei: 'Geloof jij die onzin? Toneelstukken worden net zo goed herschreven. Wat denk je eigenlijk dat we doen bij onze voorpremières buiten de stad?'

Voordat ze konden antwoorden, kwamen Jim Losey en Dante Clericuzio binnen. Deere haastte zich om hen te begroeten en stelde hen aan de anderen op het feest voor.

Losey en Dante waren een bijna komisch duo. Losey: lang, knap, smetteloos gekleed – ondanks de felle julihitte van Las Vegas in overhemd en stropdas. En Dante naast hem: zijn enorm gespierde lichaam dat uit zijn T-shirt puilde, de van glanzende juwelen voorziene renaissancepet op zijn zwarte, stugge, dikke haar, en heel klein van stuk. Alle anderen in de kamer, experts in de creatie van schijnwerelden, wisten dat deze twee mannen ondanks hun eigenaardigheid geen schijn ophielden. Hun gezichten waren te uitdrukkingsloos en te koud. Dat was met geen enkel acteertalent te imiteren.

Losey sprak direct Athena aan en vertelde met hoeveel spanning hij naar haar optreden in *Messalina* uitkeek. Hij liet zijn intimiderende gedrag varen en was bijna kruiperig. Vrouwen hadden hem altijd charmant gevonden. Athena kon toch geen uitzondering zijn?

Dante schonk een drankje in en ging op de sofa zitten. Iedereen behalve Claudia bleef uit zijn buurt. Ze hadden elkaar in de loop van de jaren niet vaker dan driemaal gezien en hadden alleen jeugdherinneringen gemeen. Claudia kuste hem op zijn wang. Toen ze klein waren, had hij haar genoeg geplaagd, maar ze dacht altijd met een zekere genegenheid aan hem.

Dante stak zijn armen omhoog om haar te omhelzen. '*Cugina,* je ziet er prachtig uit. Als je al zo prachtig was geweest toen we kinderen waren, had ik je nooit zoveel geslagen.'

Claudia plukte de renaissancepet van zijn hoofd. 'Cross heeft me over die petten van je verteld. Je ziet er leuk mee uit.' Ze zette de pet op haar hoofd. 'Zelfs de paus heeft niet zo'n leuk hoofddeksel.'

'En hij heeft er een heleboel,' zei Dante. 'Maar wie had gedacht dat je ooit nog eens een hoge tante in het filmvak zou worden?'

'Wat doe jij tegenwoordig?' vroeg Claudia.

'Ik heb een vleesbedrijf,' zei Dante. 'We leveren aan hotels.' Hij glimlachte en vroeg: 'Luister, kun je me niet aan je mooie filmster voorstellen?'

Claudia bracht hem naar Athena. Ze werd nog steeds in beslag genomen door Jim Losey, die al zijn charmes in stelling bracht. Athena glimlachte om Dantes renaissancepet en Dante gedroeg zich ontwapenend komisch.

Losey vervolgde zijn vleierij. 'Ik weet dat je film fantastisch wordt,' zei hij tegen haar. 'Mag ik na het slotfeest niet even je lijfwacht zijn? Dan breng ik je naar je villa en gaan we even iets drinken.' Hij speelde de rol van brave politieman.

Athena was op haar best als ze avances afsloeg en glimlachte lief naar hem. 'Dat zou ik heerlijk vinden,' zei ze, 'maar ik blijf maar een halfuur op het feest en zou niet graag willen dat je het miste. Morgenochtend moet ik vroeg naar het vliegveld, want ik ga naar Frankrijk. Ik heb het gewoon te druk.'

Dante bewonderde haar. Hij zag haar afkeer van Losey en haar angst voor hem. Toch had ze Losey de indruk gegeven dat hij best een kansje kon wagen.

'Ik kan met je mee naar LA vliegen,' zei Losey. 'Hoe laat gaat je vlucht?'

'Dat is heel aardig van je,' zei Athena. 'Maar het is een gehuurd privévliegtuigje en alle stoelen zijn bezet.'

Toen ze weer veilig in haar villa was, belde ze Cross en zei dat ze onderweg was.

Het eerste dat Athena opviel, was de uitgebreide beveiliging. In de lift van het Xanadu-hotel stonden bewakers. Om de liftdeuren te openen, was een speciale sleutel nodig. De lift zelf had beveiligingscamera's in het plafond en de deuren gaven toegang tot een zijkamer die vijf mannen bevatte. De ene stond bij de liftdeur om haar te begroeten. Een tweede zat aan een eenzaam bureau met een rij tv-schermen erop en twee andere mannen zaten te kaarten in de hoek van de kamer. Weer een andere zat op de sofa *Sports Illustrated* te lezen.

Ze bekeken haar allemaal met die speciale, peilende, licht verbaasde blik die ze al zo vaak had gezien, en lieten merken dat haar schoonheid een klasse apart was. Maar dat wekte allang geen ijdelheid meer op en deed haar nu slechts voelen dat er gevaar loerde.

De man aan het bureau drukte op een knop waardoor de deur naar Cross' suite openging. Ze liep naar binnen, en de deur zwaaide achter haar dicht. Ze was nu in het kantoor van de suite. Cross kwam haar tegemoet en bracht haar naar het woongedeelte. Hij kuste haar even op haar lippen en bracht haar toen naar de slaapkamer. Zonder een woord te zeggen kleedden ze zich uit en omhelsden elkaar. Cross was opgelucht dat hij haar lichaam kon voelen en haar stralende gezicht zag. Zuchtend zei hij: 'Alleen maar naar je kijken is het heerlijkste ter wereld.'

Als reactie streelde ze hem. Ze zorgde dat hij haar kuste en trok hem op het bed. Ze voelde dat hij echt van haar hield en alles zou doen wat ze vroeg, en in ruil daarvoor wilde ze al zijn wensen toestaan. Voor het eerst in heel lange tijd reageerde ze zowel lichamelijk als geestelijk. Ze hield echt van hem en hield van het liefdesspel met hem. Toch was ze zich steeds bewust dat hij op de een of andere manier gevaarlijk was, zelfs voor haar.

Een uur later kleedden ze zich aan en liepen naar het balkon.

Las Vegas was door neonlicht overspoeld. De felle middagzon dompelde de straten en opzichtige hotels in een enorme deken van goud. Verderop lagen de woestijn en de bergen. Hier, op dit moment in de tijd, waren ze volkomen alleen. De groene vlaggen van de villa's hingen slap omlaag.

Athena hield zijn hand stevig vast. 'Kom je naar de vertoning en het slotfeest?' vroeg ze.

'Het spijt me, maar dat kan niet,' zei Cross. 'Maar ik zie je weer in Frankrijk.'

'Ik heb gemerkt dat het heel moeilijk is om je te spreken te krijgen,' zei Athena. 'Al die bewakers en die afgesloten lift.'

Cross zei: 'Dat is alleen maar voor de komende dagen. Er zijn te veel vreemden in de stad.'

'Ik heb je neef Dante ontmoet,' zei Athena. 'Die rechercheur lijkt dikke maatjes met hem. Samen zijn ze een charmant paar. Losey stelde erg veel belang in mijn welbevinden en mijn reisplan. Ook Dante bood me zijn hulp aan. Ze waren heel bezorgd over mijn veilige terugkeer naar LA.'

Cross kneep in haar hand. 'Je bént veilig,' zei hij.
'Claudia zei dat jij en Dante neven zijn,' zei Athena. 'Waarom draagt hij van die rare petten?'
'Dante is een aardige jongen,' zei Cross.
'Claudia zei dat jullie tweeën al sinds je kinderjaren vijanden zijn,' zei Athena.
'Klopt,' zei Cross opgewekt, 'maar daarom is hij nog geen slecht iemand.'
Ze zwegen. De straten beneden waren verstopt met auto's en voetgangers op weg naar de verschillende hotels waar men ging eten en gokken. Dromend van een genot vol gevaren.
'Dit is dus de laatste keer dat we elkaar zien,' zei Athena. Ze kneep in zijn hand alsof ze haar woorden weer ongedaan wilde maken.
'Ik heb gezegd dat ik je in Frankrijk kom opzoeken,' zei Cross.
'Wanneer?' vroeg Athena.
'Dat weet ik niet,' zei Cross. 'Als ik niet kom, weet je dat ik dood ben.'
'Is het zo ernstig?' vroeg Athena.
'Ja,' zei Cross.
'En kun je me er niets over vertellen?' vroeg Athena.
Cross wachtte even met antwoorden. 'Jij bent veilig,' zei hij. 'En ik denk dat ik ook veilig ben. Meer kan ik er niet over zeggen.'
'Ik zal wachten,' zei Athena. Ze kuste hem en liep de slaapkamer en de suite uit. Cross zag haar weggaan en ging naar het balkon om haar vanuit het hotel naar de zuilengalerij te zien lopen. Hij zag hoe de auto met de bewakers haar naar haar villa reed. Toen pakte hij de telefoon. Hij belde Vazzi en zei dat hij de bewaking rond Athena nog verder moest verscherpen.

Om tien uur 's avonds was het theatergedeelte van de balzaal in het Xanaduhotel vol. Iedereen had zich daar verzameld en wachtte op de vertoning van de eerste ruwe versie van *Messalina.* De eerste rij bestond uit zachte armstoelen met een telefoonpaneel in het midden. Een van de stoelen was niet bezet en bevatte een bloemenkrans met de naam Steve Stallings. Op de andere stoelen zaten Claudia, Dita Tommey, Bobby Bantz, diens vriendin Johanna, Melo Stuart en Liza. Skippy Deere nam onmiddellijk de telefoon in beslag.
Athena kwam als laatste en werd toegejuicht door de crew en de stuntlieden. De mensen van stand, de bijrollen en de mensen in de leunstoelen applaudisseerden en kusten haar op haar wang terwijl ze zich een weg naar de middelste leunstoel baande. Toen pakte Skippy Deere de telefoon en hij zei tegen de man achter het projectietoestel dat hij kon beginnen.
Tegen een zwarte achtergrond verscheen de regel 'Opgedragen aan Steve Stallings', en de toeschouwers applaudisseerden zachtjes en respectvol.

Bobby Bantz en Skippy Deere hadden zich tegen die invoeging verzet, maar Dita Tommey had haar zin doorgedreven, God mocht weten waarom, zei Bantz. Maar Jezus, het donderde niet. Het was maar een ruwe versie, en bovendien kreeg die sentimentele tekst vast wel wat publiciteit.

Toen verscheen de film op het doek...

Athene was betoverend. Op het witte doek straalde ze nog meer seksualiteit uit dan in het echt en had ze een humor die voor iedereen die haar niet goed kende, een verrassing was. Claudia had zelfs met opzet een paar regels geschreven om die eigenschap naar voren te halen. Op de kosten was niet gelet en de cruciale seksscènes waren met veel goede smaak opgenomen.

Ondanks alle problemen werd *Messalina* zonder enige twijfel een groot succes. En dat nog wel zonder de uiteindelijke muziek en de speciale effecten. Dita Tommey was in extase. Eindelijk was ze een grote regisseuse. Melo Stuart zat uit te rekenen hoeveel hij voor Athena's volgende film zou vragen; Bantz maakte zich zorgen over hetzelfde en keek niet erg gelukkig. Skippy telde het geld dat hij ging verdienen; eindelijk kon hij zijn eigen straalvliegtuig kopen.

Claudia was nog opgewondener dan de anderen. Haar schepping liep over het witte doek. Het was een oorspronkelijk scenario van haar en niemand anders stond op de aftiteling. Dankzij Molly Flanders had ze een percentage over *bruto*. Natuurlijk had Benny Sly iets herschreven, maar niet genoeg voor de aftiteling.

Iedereen verdrong zich met gelukwensen om Athena en Dita Tommey. Molly had een oogje op een van de stuntlieden. Stuntlieden waren doorgedraaide idioten, maar hadden harde lichamen en waren fantastisch in bed. De krans voor Steven Stallings was op de grond gevallen en werd vertrapt. Molly zag dat Athena zich van de menigte losmaakte, de krans opraapte en hem weer op de stoel legde. Athena zag dat Molly dat had gezien en allebei haalden ze hun schouders op terwijl Athena verlegen glimlachte alsof ze zeggen wilde: Zo is de film.

De menigte verhuisde naar de andere kant van de balzaal. Daar zat een orkestje te spelen, maar iedereen rende naar de buffettafels. Toen begon het dansen. Molly liep naar de stuntman, die wantrouwend om zich heen keek, want juist op dit soort feesten waren ze het kwetsbaarst. Ze vonden dat hun werk niet gewaardeerd werd, en hadden er gruwelijk de pest in als een slappe hoofdrolspeler hen op het witte doek mocht slaan, terwijl ze die stomme flikker in het echte leven konden doden.

Athena woonde het feest maar een uur bij. Minzaam nam ze de gelukwensen in ontvangst en ze wist dat ze minzaam was, en dat vond ze afschuwelijk. Ze danste met de knapperd van de crew, daarna met andere leden en vervolgens met een stuntman wiens agressiviteit tot haar besluit leidde om weg te gaan.

De Rolls van het Xanadu wachtte haar op met een gewapende chauffeur en twee bewakers. Toen ze bij haar villa uit de auto stapte, verraste haar de aanblik van Jim Losey, die uit de naburige villa kwam. Hij liep naar haar toe. 'Je was vanavond fantastisch in die film,' zei hij. 'Ik heb nog nooit een vrouw met een beter lichaam gezien. En vooral die kont.'

Athena zou altijd op haar hoede zijn geweest, maar de chauffeur en de twee bewakers waren de auto al uit en namen hun posities in. Het hoorde bij haar toneelopleiding: het afdekken van het podium waar acteurs hun plaats innemen. Ze zag dat ze zich zodanig opstelden dat niemand van hen door een van de vuurlinies bedreigd werd. Ze merkte ook dat Losey hen met enige minachting bekeek.

'Dat was mijn kont niet,' zei Athena. 'Maar evengoed bedankt.' Ze glimlachte naar hem.

Plotseling hield Losey haar hand vast. 'Jij bent de allermooiste vrouw die ik ooit gezien heb,' zei hij. 'Waarom probeer je niet eens een echte kerel in plaats van die flikkerige nepacteurs?'

Athena trok haar hand terug. 'Ik ben ook actrice en we zijn geen nep. Welterusten.'

'Mag ik niet even binnenkomen voor een drankje?' vroeg Losey.

'Het spijt me,' zei Athena, en belde aan. Een butler die Athena niet kende, deed open.

Losey zette een stap om met haar mee naar binnen te gaan, maar toen liep de butler tot haar verrassing naar buiten en duwde haar snel de villa in. De drie bewakers vormden een barrière tussen Losey en de deur.

Losey keek hen minachtend aan. 'Wat is dit, in jezusnaam?' vroeg hij.

De butler bleef buiten staan. 'De bewaking van mevrouw Aquitane,' zei hij. 'U moet vertrekken.'

Losey haalde zijn penning te voorschijn. 'Je ziet wie ik ben,' zei hij. 'Ik trap jullie allemaal tot moes en sluit jullie op.'

De butler bekeek het identiteitsbewijs. Hij zei: 'U komt uit Los Angeles en bent buiten uw jurisdictie.' Hij haalde zijn eigen identiteitskaart te voorschijn. 'Ik ben van het district Las Vegas.'

Athena Aquitane was even binnen de deur blijven staan. Het verbaasde haar dat haar nieuwe butler rechercheur was, maar ze begon nu iets te begrijpen. 'Blaas het niet te veel op,' zei ze, terwijl ze de deur dichtdeed en iedereen buitensloot.

De twee mannen staken hun identiteitsbewijzen weer in hun jasjes.

Losey staarde iedereen om beurten strak aan. 'Ik zal jullie onthouden,' zei hij. Niemand reageerde.

Losey draaide zich om. Hij had belangrijker dingen aan zijn hoofd. Over twee uur bracht Dante Clericuzio Cross De Lena naar hun villa.

Dante Clericuzio, zijn pet scheef op zijn hoofd, vermaakte zich uitstekend op het slotfeest. Pret maken was zijn voorbereiding op serieuze actie. Een meisje van de cateringploeg had zijn aandacht getrokken, maar ze moedigde hem niet aan omdat ze een oogje op een van de stuntlieden had. De stuntman had Dante dreigend aangekeken. Gelukkig voor hem, dacht Dante, heb ik vannacht spijkers met koppen te slaan. Hij keek op zijn horloge. Die goeie ouwe Jim had Athena misschien al in zijn strikken. Tiffany kwam niet opdagen, hoewel ze hem beloofd was. Dante besloot een halfuur vroeger te beginnen. Via de telefoniste belde hij Cross' privé-nummer.

Cross nam op.

'Ik moet je meteen spreken,' zei Dante. 'Ik ben in de balzaal. Leuk feest.'

'Kom maar naar boven,' zei Cross.

'Nee,' zei Dante. 'De orders zijn: niet over de telefoon en niet in je suite. Kom naar beneden.'

Er viel een lange stilte. Toen zei Cross: 'Ik kom naar beneden.'

Dante stelde zich op zo'n manier op dat hij Cross kon gadeslaan als deze naar de balzaal liep. Zo te zien had hij geen bewaking in de buurt. Dante duwde zijn pet omlaag en dacht aan hun gezamenlijke jeugd. Cross was de enige jongen geweest die hem angst inboezemde, en juist vanwege die angst had hij vaak met hem gevochten. Maar hij vond Cross heel knap en was vaak jaloers geweest. Ook op zijn zelfvertrouwen. Wat zonde...

Toen Dante eenmaal Pippi gedood had, wist hij dat hij Cross niet in leven kon laten. Hierna moest hij de don onder ogen komen. Maar Dante had er nooit aan getwijfeld dat zijn grootvader van hem hield. Hij had hem die liefde altijd getoond. De don moest hier misschien niets van hebben maar zou zijn ontzagwekkende macht nooit aanwenden om zijn geliefde kleinzoon te straffen.

Cross stond voor hem. Nu moest hij Cross naar de villa zien te krijgen waar Losey zat te wachten. Alles was heel simpel. Hij zou hem doodschieten. Daarna reden ze zijn lijk de woestijn in om het te begraven. Niets opzichtigs, precies zoals Pippi De Lena altijd gepreekt had. De auto voor het transport stond achter de villa al klaar.

Cross vroeg zonder omhaal: 'Wat is er?' Hij keek niet wantrouwig, niet eens waakzaam. 'Mooie nieuwe pet,' zei hij glimlachend. Dante was altijd jaloers geweest op die glimlach die je het gevoel gaf dat hij je gedachten kon lezen. Dante speelde het heel langzaam en praatte zachtjes. Hij nam Cross bij de arm en nam hem mee naar buiten tegenover het reusachtige, kleurige neonbord dat het Xanadu-hotel tien miljoen dollar had gekost. Het opflitsende blauw, rood en paars baadde hun gestalten in een koud licht, dat door de woestijnmaan een witte tint kreeg. Dante fluisterde tegen Cross: 'Giorgio is er en zit in mijn villa. Topgeheim. En hij wil je meteen spreken. Daarom kon ik over de telefoon niets zeggen.'

Dante zag Cross' bezorgde blik met groot genoegen. 'Hij zei dat ik niets tegen je mocht zeggen, maar hij is pisnijdig. Volgens mij heeft hij iets over je oude heer ontdekt.'
Cross keek Dante met een sombere, bijna misnoegde blik aan. Toen zei hij: 'Oké, ga mee.' En hij bracht Dante over het hotelterrein naar het villacomplex.
De vier bewakers van het complex herkenden Cross en gebaarden dat hij mocht doorlopen.
Dante deed de deur met een brede zwaai open en zette zijn pet af. 'Na jou,' zei hij met een ironische glimlach, wat zijn gezicht iets van boosaardige humor gaf.
Cross liep naar binnen.

Jim Losey was goed kwaad toen hij Athena's bewakers de rug toekeerde en naar zijn eigen villa terugliep. Hij analyseerde de situatie. Wat deden al die bewakers daar eigenlijk? Maar verdomme, ze was filmster, en haar ervaring met Boz Skannet had haar kennelijk de stuipen op het lijf gejaagd.
Hij gebruikte zijn sleutel om de villa in te komen. Het huis was blijkbaar leeg; iedereen was naar het feest. Hij had nog meer dan een uur om zich op Cross' ontvangst voor te bereiden. Hij liep naar zijn koffer en maakte hem open. Daar lag zijn glimmende Glock, waarvan hij de olie had afgeveegd. Hij opende zijn andere koffer, die een geheim vakje bevatte. Daar zat het magazijn vol kogels in. Hij combineerde de twee, deed zijn schouderholster om en stak het wapen erin. Hij was helemaal klaar. Hij merkte dat hij niet zenuwachtig was; dat was hij nooit in dit soort situaties. Juist daardoor was hij zo'n goede smeris.
Losey liep de slaapkamer uit en ging naar de keuken. Er waren een hele hoop gangen in de villa. Hij haalde een fles importbier en een schaal canapés uit de koelkast. Hij beet er een door. Kaviaar. Hij zuchtte even van genot, want hij had nog nooit zoiets heerlijks gegeten. Zo hoorde een mens te leven en zo zag zijn toekomst eruit: kaviaar, showgirls, misschien ooit Athena. Als hij vannacht maar gewoon zijn werk deed.
Met de fles en de schaal liep hij de reusachtige zitkamer in.
Het eerste waarvan hij schrok, was dat de vloer en de meubels met plastic bedekt waren, hetgeen de hele kamer een spookachtig witte gloed gaf. En in een met plastic overdekte armstoel zat een man met een glas perzikbrandewijn in zijn hand een sigaar te roken. Het was Lia Vazzi.
Losey dacht: Jezus Christus, wat krijgen we nou? Hij zette de schaal en de fles op de salontafel en zei tegen Lia: 'Ik heb je gezocht.'
Lia nam een trekje van zijn sigaar en nam een slokje uit zijn glas. 'En nu heb je me gevonden,' zei hij. Hij stond op. 'Je moet me nog maar eens slaan.'

Losey was veel te ervaren om niet op zijn hoede te zijn. Hij legde de puzzelstukjes aan elkaar. Hij had zich afgevraagd waarom de andere appartementen in de villa leeg waren; dat had hij vreemd gevonden. Achteloos knoopte hij zijn jasje open en grijnsde hij naar Lia. Ditmaal meer dan een klap, dacht hij. Over een uur kwam Dante met Cross, en nu had hij tijdens het wachten iets te doen. Nu hij gewapend was, was hij niet bang meer voor een confrontatie met Lia.

Plotseling stond de kamer vol mannen. Ze kwamen binnen vanuit de keuken, de aangrenzende hal en de video- en tv-kamer. Ze waren allemaal groter dan Jim Losey. Slechts twee van hen hadden hun wapens getrokken.

Losey vroeg: 'Weten jullie dat ik van de politie ben?'

'Dat weten we allemaal,' zei Lia geruststellend. Hij kwam een stap dichter bij Losey staan. Tegelijkertijd drukten de twee mannen hun vuurwapens in Losey's rug.

Lia stak zijn hand in Losey's jasje en haalde de Glock te voorschijn. Hij gaf het wapen aan een van de mannen en begon Losey meteen te kleineren.

'Nou,' zei Lia, 'je had me altijd zoveel vragen te stellen. Hier ben ik. Vraag maar.'

Losey was nog niet echt bang. Hij maakte zich alleen zorgen over Dantes komst met Cross. Hij kon niet geloven dat iemand als hij, die de enorme mazzel had gehad om heel veel gevaarlijke situaties te overleven, uiteindelijk verslagen kon worden.

'Ik weet dat jij die Skannet erin hebt geluisd,' zei Losey. 'En vroeg of laat krijg ik je te pakken.'

'Dat zal dan vroeg moeten zijn,' zei Lia. 'Want er komt geen laat meer. Ja, je hebt gelijk, en nu kun je tevreden sterven.'

Losey kon nog steeds niet geloven dat iemand in koelen bloede een politieman zou durven vermoorden. Drugshandelaren beschoten elkaar natuurlijk en een idiote nikker kon je best neerpaffen omdat je je penning liet zien. Dat gold ook voor vluchtende bankrovers. Maar geen Mafia-lid zou het lef hebben om een politieman te executeren. Daar kwam te veel herrie van.

Hij stak zijn arm uit om Lia weg te duwen en de situatie naar zijn hand te zetten. Maar plotseling joeg een dreunende reeks kogels door zijn maag en sidderden zijn benen. Hij begon op zijn knieën te zakken. Er sloeg iets diks tegen zijn hoofd. Zijn oor stond in brand en hij hoorde niets meer. Hij liet zich op zijn knieën vallen, en het tapijt leek wel een enorm kussen. Hij keek op. Lia Vazzi torende boven hem uit en had een dik zijden koord in zijn handen.

Het had Lia Vazzi twee dagen gekost om de twee benodigde lijkenzakken te naaien. Ze waren van donkerbruin zeildoek en hadden een veter aan het hoofdeinde. Elke zak kon een groot lijk bevatten. Lekkage van bloed uit de zak was uitgesloten, en als je de veter aantrok, kon je hem over je schouder slingeren als een plunjezak. Losey had de twee zakken, die op de sofa lagen, niet gezien. Nu stopten twee mannen zijn lijk in een van de zakken en Lia trok de veter aan. Hij zette de zak rechtop tegen de sofa. Hij gaf de mannen bevel de villa te omsingelen maar zich pas te vertonen als ze expliciet werden geroepen. Ze kenden hun taak.

Cross en Dante wandelden vanaf de poort van het complex naar Dantes villa. De nachtlucht was drukkend warm – een kookpot van hitte die de woestijnzon overdag had uitgebraakt. Ze transpireerden allebei. Dante zag hoe Cross gekleed was: broek, open hemd, dichtgeknoopt jasje. Hij kon gewapend zijn...

De zeven villa's met hun zachtjes wapperende vlaggen boden onder de woestijnmaan een schitterende aanblik. Met hun balkons, hun golvende luifels boven de ramen en hun reusachtige witte, met goud versierde deuren leken ze wel gebouwen uit een andere eeuw. Dante pakte Cross bij de arm. 'Moet je dat zien!' zei hij. 'Is het niet mooi? Ik hoor dat je dat fantastische mokkel van de film neukt. Als je genoeg van haar krijgt, moet je het maar zeggen.'

'Natuurlijk,' zei Cross kameraadschappelijk. 'Ze is nogal weg van jou en je pet.'

Dante nam zijn pet af en zei gretig: 'Iedereen is weg van mijn petten. Heeft ze echt gezegd dat ze me mag?'

'Ze is verrukt van je,' zei Cross droogjes.

'Verrukt,' zei Dante peinzend. 'Dat is echt klasse.' Hij vroeg zich even af of het Losey gelukt was om Athena voor een drankje naar de villa te krijgen. Dat zou de kroon op hun werk zijn. Hij vond het vermakelijk dat hij Cross had afgeleid – hij had de lichte irritatie in de stem van zijn neef opgemerkt.

Ze stonden bij de deur van de villa. Zo te zien waren er geen bewakers in de buurt. Dante belde aan, wachtte, en belde toen opnieuw. Toen niemand opendeed, haalde hij zijn sleutel te voorschijn en deed de deur open. Ze liepen Losey's suite in.

Dante dacht: Losey ligt misschien wel met Athena tussen de lakens. Dat was een verdomd stomme manier om een operatie uit te voeren, maar hij zou hetzelfde hebben gedaan.

Dante bracht Cross naar de zitkamer en zag met verbazing dat de muren en meubels met vellen doorzichtig plastic bedekt waren. Schuin tegen de sofa stond een enorme bruine plunjezak rechtop. Op de sofa lag een soortgelijke lege plunjezak. Allemaal onder plastic. 'Jezus Christus, wat is hier aan de hand?' vroeg Dante.

Hij draaide zich om en keek Cross aan. Cross had een klein vuurwapen in zijn hand. 'Om geen bloed op de meubels te krijgen,' zei Cross. 'Ik moet je zeggen dat ik je petten nooit leuk heb gevonden en dat ik niet geloof dat een overvaller mijn vader heeft vermoord.'
Dante dacht na. Waar was Losey, verdomme? Hij riep hem en bedacht intussen dat een wapen van zo'n klein kaliber hem nooit kon tegenhouden.
Cross zei: 'Je hele leven ben je een Santadio geweest.'
Dante draaide zich bliksemsnel opzij om een kleiner doelwit te vormen en stortte zich op Cross. Zijn strategie werkte: de kogel raakte zijn schouder. Heel even was hij blij. Hij ging winnen. Toen nam een exploderende kogel de helft van zijn arm mee en besefte hij dat alle hoop vervlogen was. Toen verraste hij Cross. Met zijn goede arm trok hij het vel plastic op de grond tot een bal. Terwijl het bloed uit zijn lichaam stroomde, probeerde hij met zijn armen vol plastic bij Cross vandaan te wankelen en de vellen plastic als een zilveren schild omhoog te houden.
Cross deed een stap naar voren. Hij schoot weloverwogen door het plastic heen en schoot toen opnieuw. De kogels explodeerden en Dantes gezicht werd bijna helemaal met stukjes rood geworden plastic bedekt. Dantes linkerdij leek zich van het lichaam te scheiden toen Cross opnieuw schoot. Dante viel. Op het witte tapijt stonden nu concentrische, bloedrode cirkels. Cross knielde naast Dante, wikkelde zijn hoofd in plastic en schoot opnieuw. Het hoofd vloog de lucht in maar de renaissancepet bleef op zijn plaats. Cross zag dat de pet met een soort klemmetje vastzat maar nu op een open schedel rustte. Het hoofddeksel leek te zweven.
Cross stond op en stak het wapen in de holster op zijn onderrug. Op dat moment kwam Lia de kamer in. Ze keken elkaar aan.
'Het is zover,' zei Lia. 'Ga je wassen in de badkamer en ga weer naar het hotel. En laat je kleren verdwijnen. Ik neem het wapen mee en maak schoon.'
'En het tapijt en de meubels?' vroeg Cross.
'Ik zorg voor alles,' zei Lia. 'Ga je wassen en ga naar dat feest.'

Toen Cross weg was, stak Lia een sigaar op die op een tafel met een marmeren blad lag en zocht, nu hij toch even zat, naar bloedvlekken. Die waren er niet. Maar de sofa en de vloer waren doorweekt. Niets aan te doen.
Hij wikkelde Dantes lijk in een stuk plastic en stopte het met de hulp van twee van zijn mannen in de lege canvas zak. Toen verzamelde hij al het plastic in de kamer en stopte het in dezelfde zak. Toen hij klaar was, trok hij de veters aan. Eerst droegen ze de zak met Losey's lijk naar de garage van de villa en gooiden die in de bestelwagen. Daarna deden ze hetzelfde met Dantes lijkzak.

De bestelwagen was door Lia Vazzi omgebouwd. De auto had nu een dubbele vloer met een ruimte ertussen. Lia en zijn mannen persten de twee zakken in de holle ruimte en legden de vloerdelen toen terug.
Lia was een gekwalificeerd man en op alles voorbereid. In de bestelwagen stonden twee blikken benzine. Hij droeg ze persoonlijk naar de villa en goot ze over de vloeren en meubels leeg. Hij stelde een ontsteker in werking die hun vijf minuten gaf om weg te komen. Toen ging hij in de bestelwagen zitten en begon hij aan de lange tocht naar LA.
Voor hem en achter hem reden de leden van zijn ploeg.
Het was al 's morgens vroeg toen hij het plaveisel opreed naast het jacht dat op hem lag te wachten. Hij laadde de twee zakken uit en bracht ze aan boord. Het jacht maakte zich los van de kade.
Het was al bijna middag toen hij ver op zee de ijzeren kooi met de twee lijken langzaam in de zee zag zakken. Ze hadden hun laatste communie gedaan.

Molly verdween met haar stuntman liever naar zijn kamer in het hotel dan naar de villa, want ondanks haar genegenheid voor mensen met minder wereldse macht dan zij, behield ze een spoor van het oude Hollywood-snobisme: niemand mocht weten dat ze beneden haar stand vrijde.
Toen de dageraad naderde, begon het slotfeest af te lopen. De zon ging dreigend-rood op en werd door een dun, blauw rookspoor begroet.
Cross had zich verkleed en gedoucht en was toen naar het feest gegaan. Hij zat met Claudia, Bobby Bantz, Skippy Deere en Dita Tommey het komende succes van *Messalina* te vieren. Plotseling werd buiten alarm geslagen. De groep mensen uit Hollywood stormde naar buiten en Cross rende achter hen aan.
Een dunne vuurzuil verrees triomfantelijk boven de neonborden van de Strip. Tegen de achtergrond van de zandkleurige bergen wolkte de rook uit tot een reusachtig kussen met pruimkleurige en roze tinten.
'O, mijn God,' zei Claudia, die Cross' arm stijf omklemde. 'Het is een van je villa's.'
Cross zweeg. Hij zag de groene vlag boven de villa de prooi van rook en vlammen worden en hoorde de brandweerwagens gillend over de Strip rijden. Twaalf miljoen dollar ging in vlammen op om het bloed te verbergen dat hij vergoten had. Lia Vazzi was een topkracht die geen kosten spaarde en geen enkel risico nam.

23

Omdat rechercheur Jim Losey officieel verlof had, werd zijn verdwijning pas vijf dagen na de brand in het Xanadu ontdekt. Dantes verdwijning was natuurlijk aan geen enkele autoriteit gemeld.

Het onderzoek leidde ertoe dat de politie Phil Sharkey's lijk vond. Losey werd van de moord verdacht, en men nam aan dat hij gevlucht was om ondervraging te ontlopen.

Rechercheurs uit LA kwamen met Cross praten omdat Losey voor het laatst in het Xanadu-hotel gezien was. Maar uit niets bleek enige samenhang tussen de twee mannen. Cross legde uit dat hij hem op de avond van het feest maar heel even gezien had.

Cross maakte zich geen zorgen over de politie. Hij wachtte tot hij iets van don Clericuzio hoorde.

De Clericuzio's wisten natuurlijk dat Dante vermist werd. Natuurlijk wisten ze dat hij voor het laatst in het Xanadu gezien was. Waarom vroegen ze hem dan geen informatie? Gingen ze zo makkelijk aan de zaak voorbij? Cross geloofde dat geen moment.

Het hotel slokte al zijn aandacht op. Hij had het druk met plannen om de uitgebrande villa te herbouwen. Lia Vazzi had de bloedvlekken grondig weggewerkt.

Claudia kwam op bezoek en bruiste van opwinding. Cross zorgde dat het eten naar zijn suite werd gebracht, zodat ze onder vier ogen konden praten.

'Je zult het niet geloven,' zei ze tegen Cross, 'maar je zusje wordt hoofd van LoddStone Studios.'

'Gefeliciteerd,' zei Cross, die haar broederlijk omhelsde. 'Ik heb altijd al gezegd dat jij de taaiste Clericuzio bent.'

'Ik ben vanwege jou naar vaders begrafenis gegaan. Dat heb ik iedereen duidelijk gemaakt,' zei Claudia fronsend.

Cross lachte. 'Dat heb je inderdaad, en iedereen was pisnijdig, behalve de don, die zei: "Laat haar maar films maken en moge God haar zegenen."'

Claudia haalde haar schouders op. 'Ze kunnen me niet schelen. Maar laat me je vertellen wat er gebeurd is, want dat is heel raar. Toen we allemaal in Bobby's vliegtuig uit Las Vegas vertrokken, leek er niets aan de hand. Maar toen we in LA landden, brak de hel los. Ze hebben Bobby gearresteerd. En raad eens waarom?'

'Voor het maken van beroerde films,' zei Cross plagend.

'Nee, luister. Het is echt raar,' zei Claudia. 'Herinner je je die Johanna nog, het meisje dat Bantz op het slotfeest bij zich had? Weet je nog hoe ze er uitzag? Nou, die blijkt pas vijftien te zijn. Ze grepen Bobby wegens verkrachting van een minderjarige en blanke-slavinnenhandel omdat hij haar over een staatsgrens had gebracht.' Claudia sperde haar ogen van opwinding open. 'Maar het was allemaal doorgestoken kaart. Johanna's vader en moeder schreeuwden moord en brand omdat hun arme dochter was verkracht door een man van veertig jaar ouder.'

'Ze zag er bepaald niet als vijftien uit,' zei Cross, 'maar wel als een goeie hoer.'

'Het zou een vreselijk schandaal zijn geworden,' zei Claudia, 'maar die goeie ouwe Skippy Deere heeft de touwtjes in handen genomen en Bantz voorlopig vrij gekregen. Hij voorkwam dat hij gearresteerd werd en dat de kwestie bij de media terechtkwam. Alle plooien leken dus gladgestreken.'

Cross glimlachte. Die goeie ouwe David Redfellow was blijkbaar nog net zo handig als vroeger.

'Er is niets grappigs aan,' zei Claudia verwijtend. 'Die arme Bobby is in de *val* gelokt. Het meisje zwoer dat Bobby haar in Las Vegas tot seks had gedwongen. De vader en moeder zwoeren dat het geld hen niets kon schelen maar dat ze alle toekomstige verkrachters van jonge en onschuldige meisjes een halt wilden toeroepen. De hele studio was in rep en roer. Dora en Kevin Marrion waren zo ontzet dat ze over verkoop van de studio begonnen. Toen nam Skippy het heft weer in handen. Hij gaf het meisje een contract voor de hoofdrol in een low-budgetfilm, en haar vader gaat het scenario schrijven. Voor heel veel geld. Vervolgens gaf hij Benny Sly opdracht het scenario in één dag te herschrijven. Ook voor heel veel geld. Dat is overigens niet zo erg. Benny is een soort genie. Alles dus in kannen en kruiken. En dan houdt de officier van justitie van Los Angeles vol dat hij wil vervolgen. Dezelfde officier die dankzij LoddStone gekozen is, dezelfde die door Eli Marrion altijd als een vorst is behandeld. Skippy heeft hem zelfs een baan op de commerciële afdeling van de studio aangeboden. Vijf jaar lang een miljoen per jaar, maar hij heeft het afgewezen. Hij staat erop dat Bobby Bantz als hoofd van de studio wordt ontslagen. Dan is hij tot een overeenkomst bereid. Niemand weet waarom hij zich zo hard opstelt.'

'Een onkreukbare ambtenaar,' zei Cross schouderophalend. 'Die bestaan.'

Hij dacht opnieuw aan Redfellow. Redfellow zou met kracht ontkennen dat zo'n diersoort bestond. En Cross stelde zich voor hoe Redfellow alles geregeld had. Hij had waarschijnlijk aan de officier gevraagd: 'Geef ik u smeergeld om uw *plicht* te doen?' En wat het geld betreft was Redfellow waarschijnlijk meteen tot het uiterste gegaan. Twintig, nam Cross aan. Wat was, in jezusnaam, twintig miljoen op een koopprijs van tien miljard? En voor de officier bovendien risicoloos, want hij handelde strikt volgens de wet. Heel elegant.

Claudia ging nog steeds rap door. 'Hoe dan ook, Bantz moest aftreden,' zei ze. 'En Dora en Kevin verkochten de studio maar al te graag. Inclusief de overeenkomst voor vijf groene lichten op hun eigen films hebben ze nu een miljard dollar contant op zak. Vervolgens verschijnt die kleine Italiaan in de studio. Hij belegt een vergadering en kondigt aan dat hij de nieuwe eigenaar is. En als donderslag bij heldere hemel bombardeert hij mij tot studiohoofd. Skippy was pisnijdig. Nu ben ik zijn baas. Is het niet waanzinnig?'

Cross keek haar alleen vermaakt aan en glimlachte toen.

Claudia leunde plotseling naar achteren en keek haar broer aan. En haar blik was donkerder, scherper, intelligenter dan hij ooit eerder gezien had. Maar ze glimlachte goedgehumeurd toen ze zei: 'Net als de jongens, hè, Cross? Nu doe ik het net als de jongens, en ik hoefde er niet eens iemand voor te neuken...'

Cross was verbaasd. 'Wat is er, Claudia?' vroeg hij. 'Ik dacht dat je gelukkig was.'

Claudia glimlachte. 'Dat ben ik ook. Maar ik ben niet achterlijk. Omdat je mijn broer bent en van me houdt, wil ik dat je weet dat ik me niet voor de gek heb laten houden.'

Ze liep naar hem toe en ging naast hem op de sofa zitten. 'Ik heb gelogen toen ik zei dat ik alleen maar voor jou naar papa's begrafenis ging. Ik ben gegaan omdat ik bij iets wilde horen waarbij ook hij en jij hoorden. Ik ben gegaan omdat ik niet langer kon wegblijven. Maar ik haat datgene wat ze vertegenwoordigen. De don net zo goed als de anderen.'

'Bedoel je dat je de studio niet wilt leiden?' vroeg Cross.

Claudia lachte hardop. 'Nee, ik ben bereid toe te geven dat ik nog steeds een Clericuzio ben. En ik wil goede films maken en veel geld verdienen. Films zijn fantastisch voor de emancipatie, Cross. Ik kan een goede film over grote vrouwen maken... Laten we maar eens kijken wat er gebeurt als ik het Familie-talent ten goede aanwend in plaats van ten kwade.' Ze lachten allebei en Cross trok haar in zijn armen. Hij kuste haar op haar wang. 'Ik vind het fantastisch, écht fantastisch,' zei hij.

En dat sloeg zowel op hemzelf als op haar. Want als don Clericuzio haar studiohoofd had gemaakt, bracht hij Cross niet in verband met Dantes verdwijning. Het plan had gewerkt.

Ze aten hun eten op en praatten nog uren. Toen Claudia opstond om weg te gaan, haalde Cross een zak zwarte fiches uit zijn bureau. 'Beproef je geluk aan de tafels maar. Rondje van het huis,' zei hij.
Ze gaf hem een zachte tik op zijn wang en zei: 'Alleen als je niet weer de grote broer uithangt en tegen me praat alsof ik een kind ben. De laatste keer kon ik je wel een aframmeling geven.'
Hij omhelsde haar. Het was heerlijk om haar zo dichtbij te hebben. In een ogenblik van zwakte zei hij: 'Weet je, als er wat gebeurt, laat ik jou een derde van mijn bezit na. En ik ben heel rijk. Je kunt dus altijd tegen de studio zeggen dat ze de pest kunnen krijgen, als je daar zin in hebt.'
Claudia's ogen glansden toen ze zei: 'Cross, ik stel het op prijs dat je je zorgen over me maakt, maar ook zonder jouw nalatenschap kan ik tegen de studio zeggen dat ze de pest kunnen krijgen...' Plotseling keek ze bezorgd. 'Is er iets aan de hand? Ben je ziek?'
'Nee, hoor,' zei Cross, 'ik wou het alleen maar even gezegd hebben.'
'Goddank,' zei Claudia. 'Nu ik erin zit, kun jij er misschien uit. Je kunt je van de Familie losmaken. Je kunt vrij zijn.'
Cross lachte. 'Ik ben al vrij,' zei hij. 'Ik ga in Frankrijk wonen, met Athena.'

Op de middag van de tiende dag verscheen Giorgio Clericuzio in het Xanadu om met hem te praten, en Cross kreeg een leeg gevoel in zijn maag. Hij wist dat dat tot paniek zou leiden als hij het niet in bedwang kreeg.
Giorgio liet zijn lijfwachten buiten de suite bij de beveiligingsdienst achter maar Cross had geen illusies. Zijn eigen lijfwachten zouden elk bevel van Giorgio opvolgen. En ook Giorgio's verschijning was niet geruststellend. Giorgio leek magerder geworden en was bleek in zijn gezicht. Voor het eerst gaf hij Cross de indruk de situatie niet volledig te beheersen.
Cross begroette hem uitbundig. 'Giorgio,' zei hij, 'wat een onverwacht genoegen! Laat me even bellen en een villa voor je klaarmaken.'
Giorgio glimlachte vermoeid en zei: 'We kunnen Dante niet vinden.' Hij zweeg even. 'Hij is spoorloos verdwenen en is voor het laatst hier in het Xanadu gezien.'
'Jezus,' zei Cross. 'Dat is ernstig. Maar je kent Dante. Hij is niet altijd in het gareel te houden.'
Nu deed Giorgio geen moeite om te glimlachen. 'Hij was met Jim Losey, en die is ook weg.'
'Ze waren een raar stel,' zei Cross. 'Ik heb dat altijd vreemd gevonden.'
'Ze waren vriendjes,' zei Giorgio. 'De oude man vond het maar niks, maar Dante betaalde die vent uit.'
'Ik zal je helpen waar ik kan,' zei Cross. 'Ik zal bij het hele hotelpersoneel navraag doen. Maar je weet dat Dante en Losey niet officieel stonden ingeschreven. Dat doen we bij mensen in de villa's nooit.'

'Doe dat maar als je terugkomt,' zei Giorgio. 'De don wil je persoonlijk spreken. Hij heeft zelfs een vliegtuig gecharterd zodat ik je nu direct mee terug kan nemen.'
Cross zweeg een tijdje. 'Ik pak een koffer,' zei hij. 'Giorgio, is het ernstig?'
Giorgio keek hem recht aan. 'Dat weet ik niet,' zei hij.

In het vliegtuig naar New York bestudeerde Giorgio een koffertje vol papieren. Hoewel dit een slecht teken was, viel Cross hem niet verder met vragen lastig. Hoe dan ook, Giorgio zou hem toch geen enkele informatie geven. Ze werden door drie gesloten auto's met zes Clericuzio-soldaten van het vliegveld afgehaald. Giorgio stapte in een van de auto's en gebaarde dat Cross in een andere moest gaan zitten. Ook dat was een slecht teken. De dag brak net aan toen de auto's door de beveiligde poort van het Clericuzio-complex in Quogue reden.
De huisdeur werd door twee mannen bewaakt. Andere mannen waren over het terrein verspreid, maar nergens waren vrouwen of kinderen te zien.
Cross vroeg aan Giorgio: 'Waar is iedereen, verdorie? In Disneyland?' Giorgio reageerde niet.
Het eerste wat Cross in de zitkamer van Quogue zag, was een cirkel van acht mannen. In die cirkel zaten twee mannen op een heel kameraadschappelijke manier te praten. Zijn hart sloeg een slag over. Het waren Petie en Lia Vazzi. Vincent sloeg hen gade en keek boos.
Petie en Lia leken het goed met elkaar te kunnen vinden, maar Lia had alleen een broek en een overhemd aan, geen jasje of stropdas. Lia kleedde zich altijd netjes, en was dus gefouilleerd en ontwapend. Hij gaf inderdaad de indruk van een opgewekte muis, omringd door vrolijke, dreigende katten. Lia knikte Cross droevig toe. Petie keek niet eens zijn kant op. Maar toen Giorgio Cross naar de studeerkamer achterin bracht, brak Petie het gesprek af en ging hij mee. Vincent deed hetzelfde.
Daar zat don Clericuzio in een reusachtige leunstoel op hen te wachten. Hij rookte een van zijn kromme sigaren. Vincent liep naar hem toe en gaf hem een glas wijn van de bar. Cross kreeg niets aangeboden. Petie bleef bij de deur staan. Giorgio nam plaats op de sofa naast de don en gebaarde naar Cross dat hij bij hem moest gaan zitten.
Het gezicht van de don was ingevallen van ouderdom en emotieloos. Cross kuste hem op zijn wang. De don keek hem aan en zijn gezicht verzachtte als door een opwelling van droefheid.
'Wel, Croccifixio,' zei de don, 'dat heb je allemaal slim gedaan, maar nu moet je ons vertellen waarom. Ik ben Dantes grootvader. Mijn dochter is zijn moeder. De mannen hier zijn zijn ooms. Je moet aan ieder van ons verantwoording afleggen.'

Cross probeerde zijn zelfbeheersing te bewaren. 'Ik begrijp u niet,' zei hij.
Giorgio zei nors: 'Dante. Waar is hij?'
'Jezus, hoe moet ik dat weten?' vroeg Cross schijnbaar verbaasd. 'Hij rapporteerde nooit aan mij. Misschien zet hij in Mexico wel de boel op stelten.'
Giorgio zei: 'Je begrijpt het niet. Probeer ons niet in de maling te nemen. Je bent al schuldig bevonden. Waar heb je hem gedumpt?'
Vincent bij de bar draaide zich om alsof hij zijn aanblik niet verdroeg. Achter zich hoorde Cross Petie dichter naar de sofa lopen.
'Waar is het bewijs?' vroeg Cross. 'Wie zegt dat ik Dante vermoord heb?'
'Ik,' zei de don. 'Begrijp me goed: ik heb je schuldig verklaard en er is geen beroep mogelijk. Ik heb je laten komen zodat je genade kunt vragen, maar je moet de moord op mijn kleinzoon rechtvaardigen.'
Toen hij die beheerste stem hoorde, wist Cross dat alles voorbij was. Voor hem en voor Lia Vazzi. Maar Vazzi wist dat al. Het stond in zijn blik te lezen.
Vincent wendde zich tot Cross en zijn granieten gezicht verzachtte. 'Vertel mijn vader de waarheid, Cross. Dat is je enige kans.'
De don knikte. Hij zei: 'Croccifixio, je vader was voor mij meer dan een neef. Hij had Clericuzio-bloed, net als jij. Jouw vader was mijn betrouwbaarste vriend. Daarom zal ik naar je redenen luisteren.'
Cross zette zich schrap. 'Dante heeft mijn vader vermoord. Ik oordeelde hem schuldig zoals u mij schuldig oordeelt. En hij vermoordde mijn vader uit wraak en ambitie. In zijn hart was hij een Santadio.'
De don antwoordde niet. Cross vervolgde: 'Ik kon niet anders dan mijn vader wreken. Hoe kon ik mijn vader vergeten, die verantwoordelijk is voor mijn leven? En evenals mijn vader had ik te veel respect voor de Clericuzio's om te denken dat u in die moord de hand had. Toch denk ik dat u geweten hebt dat Dante schuldig was, maar u deed niets. Hoe had ik u dan kunnen vragen om het onrecht te herstellen?'
'Bewijzen?' zei Giorgio.
'Een man als Pippi De Lena liet zich door niemand verrassen,' zei Cross. 'Aan de andere kant was Jim Losey's aanwezigheid daar te toevallig. Geen man in deze kamer gelooft in het toeval. Iedereen in deze kamer weet dat Dante schuldig was. En don, uzelf hebt me het verhaal van de Santadio's verteld. Wie weet wat Dante van plan was als hij mij gedood had? Want hij wist natuurlijk dat hij dat doen moest. Daarna zijn ooms.' Cross durfde de don niet te noemen. 'Hij rekende op uw liefde,' zei hij tegen de don.
De don legde zijn sigaar weg. Zijn blik was ondoorgrondelijk maar ook een beetje droef.
Petie nam het woord. Hij was het nauwst met Dante verbonden geweest. 'Waar heb je het lijk gelaten?' vroeg hij. En Cross kon niet antwoorden, kreeg de woorden niet over zijn lippen.

Er viel een lange stilte. Eindelijk hief de don zijn hoofd naar iedereen en zei: 'Aan jongeren zijn begrafenissen verspild,' zei hij. 'Wat hebben ze gedaan om die te verdienen? Hebben zij soms veel respect opgebouwd? Jongeren kennen geen medelijden, geen dankbaarheid. En mijn dochter is al gek. Waarom zouden we haar smart verdiepen en elke hoop op haar herstel uitwissen? Ze krijgt te horen dat haar zoon is gevlucht en het zal jaren duren voordat ze de waarheid ontdekt.'

Nu leek iedereen in de kamer zich te ontspannen. Petie kwam naar voren en ging naast Cross op de sofa zitten. Vincent achter de bar bracht met een gebaar dat op een saluut leek, een glas cognac naar zijn lippen.

'Maar terecht of niet, je hebt een misdaad jegens de Familie begaan,' zei de don. 'Straf is onvermijdelijk. Voor jou geld, voor Lia Vazzi zijn leven.'

Cross zei: 'Lia heeft niets met Dante te maken gehad, wel met Losey. Laat mij hem vrijkopen. Ik bezit de helft van het Xanadu. Ik zal de helft van dat bezit als betaling voor mij en Vazzi aan u overdragen.'

Don Clericuzio overwoog dat. 'Je bent trouw,' zei hij. Hij wendde zich tot Giorgio en vervolgens Vincent en Petie. 'Als jullie het ermee eens zijn, ben ik het er ook mee eens.' Ze antwoordden niet.

De don zuchtte alsof hij dat betreurde. 'Je tekent de overdracht van de helft van je belang maar je moet uit onze wereld weg. Vazzi moet met zijn gezin terug naar Sicilië, of waar dan ook; dat moet hij zelf weten. Verder kan ik niet gaan. Jij en Vazzi mogen elkaar nooit meer spreken. En ik draag mijn zoons hierbij op, in jouw aanwezigheid, om de dood van hun neef nooit te wreken. Je krijgt een week om je zaken te regelen en de vereiste papieren voor Giorgio te tekenen.' Toen zei de don op minder barse toon: 'Laat me je verzekeren dat ik geen kennis had van Dantes plannen. Ga nu in vrede en vergeet niet dat ik altijd van je vader heb gehouden als ware hij mijn zoon.'

Toen Cross het huis uit was, stond don Clericuzio op uit zijn stoel en zei tegen Vincent: 'Naar bed.' Vincent hielp hem de trap op, want de don leed tegenwoordig aan slapheid in de benen. Eindelijk begon zijn leeftijd zijn tol te eisen.

Epiloog

Nice, Frankrijk
Quogue

Tijdens zijn laatste dag in Las Vegas zat Cross De Lena op het balkon van zijn penthouse en keek hij neer op de zonovergoten Strip. De grote hotels – het Caesars Palace, het Flamingo, de Desert Inn, het Mirage en het Sands – lieten hun neonborden opvlammen om de zon uit te dagen.

Don Clericuzio had bij zijn verbanning nauwkeurige bevelen gegeven: Cross mocht geen voet meer in Las Vegas zetten. Zijn vader Pippi was hier gelukkig geweest en Gronevelt had van deze stad zijn eigen walhalla gemaakt, maar Cross had er nooit met zoveel welbehagen van gehouden. Van de pretjes van Las Vegas had hij natuurlijk genoten, maar die pretjes smaakten altijd naar koud staal.

De groene vlaggen van de zeven villa's hingen slap omlaag naar de stille woestijn. Eén ervan hing aan het uitgebrande gebouw, een zwart skelet, het spook van Dante. Maar dit allemaal zou hij nooit meer zien.

Hij had van het Xanadu gehouden, had van zijn vader gehouden, van Gronevelt en Claudia. En toch had hij hen in zekere zin verraden. Gronevelt door zijn gebrek aan trouw jegens het Xanadu; zijn vader door geen echte Clericuzio te zijn; en Claudia omdat ze in zijn onschuld geloofde. Nu was hij van hen bevrijd. Hij ging een nieuw leven beginnen.

Wat moest hij van zijn liefde voor Athena denken? Gronevelt, zijn vader en zelfs de oude don hadden hem voor de gevaren van de romantische liefde gewaarschuwd. Bij grote mannen die hun wereld dienden te beheersen, was dat een dodelijke zwakte. Waarom negeerde hij hun advies dan? Waarom legde hij zijn lot in de handen van een vrouw?

Dat was heel simpel: haar aanblik, de klank van haar stem, haar manier van bewegen, haar geluk en haar verdriet maakten hem gelukkig. De wereld werd duizelingwekkend aangenaam als hij bij haar was. Elke maaltijd werd heerlijk, de zon verwarmde zijn botten en hij ervoer die aangename honger naar het vlees die het leven heiligde. En als hij bij haar sliep, was hij nooit bang voor de nachtmerries die aan de dageraad voorafgingen.

Het was al drie weken geleden dat hij Athena voor het laatst had gezien,

maar die ochtend had hij haar stem gehoord. Hij had haar in Frankrijk opgebeld om te zeggen dat hij kwam, en haar stem had gelukkig geklonken omdat ze wist dat hij nog leefde. Best mogelijk dat ze van hem hield. En nu, over minder dan vierentwintig uur, zou hij haar zien.
Cross had er alle vertrouwen in dat ze ooit echt van hem zou houden, dat ze hem voor zijn liefde zou belonen, dat ze hem nooit zou veroordelen en dat ze hem als een engel zou redden van de hel.

Athena Aquitane was misschien wel de enige vrouw in Frankrijk die zich kleedde en opmaakte om haar schoonheid uit te wissen. Niet dat ze er lelijk probeerde uit te zien; ze was geen masochist. Maar ze had geleerd dat haar lichamelijke schoonheid voor haar innerlijk te gevaarlijk was. Ze haatte de macht die ze daarmee over andere mensen had. Ze haatte de ijdelheid die haar geest nog steeds bedierf.
Op de eerste dag van haar werk in het Instituut voor Autistische Kinderen in Nice wilde ze zich identificeren met de patiënten. Die dag ontspande ze haar gezichtsspieren tot autistische rust en liep ze op de vreemde, scheve manier van sommige kinderen met een motorische stoornis.
Dr. Gerard zag dat en zei: 'Mooi gedaan, maar u gaat de verkeerde kant op.' Hij nam haar handen in de zijne en zei vriendelijk: 'Identificeer u niet met hun toestand. U moet ertegen vechten.'
Athena voelde zich afgewezen en beschaamd. Haar ijdelheid als actrice had haar opnieuw misleid. Maar bij haar zorg voor deze kinderen vond ze vrede. Voor hen gaf het niet dat haar Frans niet volmaakt was. Ze begrepen de betekenis van haar woorden toch al niet.
Zelfs de onthutsende werkelijkheid ontmoedigde haar niet. De kinderen waren soms destructief; ze erkenden de regels van de samenleving niet. Ze vochten met elkaar en met de verpleegsters, smeerden hun uitwerpselen op de muren en urineerden als ze daar zin in hadden. In hun wilde afwijzing van de buitenwereld waren ze soms werkelijk schrikwekkend.
Athena voelde zich alleen machteloos als ze 's avonds in de kleine flat die ze in Nice had gehuurd, de literatuur van het Instituut bestudeerde. Dat waren rapporten over de vorderingen van de kinderen, en ze waren angstaanjagend. Dan kroop ze in bed en huilde. Anders dan de films waarin ze geleefd had, liepen deze rapporten meestal slecht af.
Toen Cross opbelde om te zeggen dat hij eraan kwam, kreeg ze een opwelling van geluk en hoop. Hij leefde nog en kwam haar helpen. Daarna sloeg de twijfel toe. Ze vroeg dokter Gerard om raad.
'Wat lijkt u het beste?' vroeg ze.
'Hij kan Bethany zonder meer helpen,' zei Gerard. 'Ik zou heel graag willen zien hoe haar relatie tot hem zich in de loop van de tijd ontwikkelt. En het is

misschien wel heel goed voor u. Moeders mogen geen martelaren voor hun kinderen zijn.' Toen ze naar het vliegveld van Nice reed om Cross op te halen, dacht ze over zijn woorden na.

Op het vliegveld moest Cross van het toestel naar de lage terminal lopen. De lucht was mild en zoet, heel anders dan de verschroeiende zwavelhitte van Las Vegas. Langs de randen van de betonnen aankomsthal zag hij weelderige massa's rode en paarse bloemen.
Hij zag Athena in die hal op hem wachten en was stomverbaasd over het genie waarmee ze haar verschijning kon veranderen. Ze kon haar schoonheid niet helemaal verbergen maar wel vermommen. Een getinte bril met een gouden montuur veranderde het schitterende groen van haar ogen in grijs. De kleren die ze droeg, maakten haar dikker. Haar blonde haar zat in een hoed van blauwe denim, en de brede rand ervan hing over de zijkant van haar gezicht. Hij voelde een bezitterige spanning: hij was de enige die wist hoe mooi ze in werkelijkheid was.
Bij Cross' nadering zette Athena haar bril af en stopte die in de zak van haar bloes. Hij glimlachte om haar onbedwingbare ijdelheid.

Nog geen uur later zaten ze in de suite van het Negresco-hotel, waar Napoleon met Joséphine had geslapen, zo beweerde de hotelbrochure tenminste. Een kelner klopte aan en bracht een dienblad met een fles wijn en een schaal heerlijke, piepkleine canapés. Hij zette het op de balkontafel met uitzicht op de Middellandse Zee.
Aanvankelijk waren ze verlegen tegen elkaar. Ze pakte zijn hand vol vertrouwen, alsof zij de leiding had, en bij de aanraking van haar warme lichaam welde verlangen op. Maar hij zag dat ze er nog niet helemaal aan toe was.
De suite was prachtig ingericht, veel weelderiger dan de villa's van het Xanadu. Het bed had een hemel van donkerrode zijde, de bijbehorende gordijnen waren met Franse lelies versierd. De tafels en de stoelen waren van een elegantie die in de wereld van Las Vegas niet bestond.
Athena bracht Cross naar het balkon, en intussen kuste Cross haar blindelings op haar wang. En toen kon ze zich niet meer bedwingen. Ze pakte het natte, katoenen servet van de wijnfles en boende alle ontsierende cosmetica van haar gezicht. Haar gezicht glinsterde van de waterdruppels, haar huid was stralend roze. Ze legde een hand op zijn schouder en kuste hem zachtjes op zijn lippen.
Vanaf het balkon zagen ze de natuurstenen huizen van Nice met hun eeuwenoude, verweerde verf in groene en blauwe tinten. Beneden wandelden de inwoners van Nice over de Promenade des Anglais. Op het kiezel-

strand doken schaarsgeklede jonge mannen en vrouwen in het water, terwijl kleine kinderen kuilen groeven in het kiezelzand. Verder de zee op patrouilleerden ranke, witte, met lichtjes behangen jachten langs de horizon.

'Hoe lang blijf je hier?' vroeg ze

'Vijf jaar, als ik mag,' zei hij.

'Doe niet zo dwaas,' zei Athena fronsend. 'Wat ga je hier dan doen?'

Cross zei: 'Ik ben rijk. Misschien koop ik wel een klein hotel.'

'Wat is er met het Xanadu gebeurd?' vroeg Athena.

'Ik heb mijn belang moeten verkopen,' zei hij. Hij zweeg even. 'We hoeven ons over geld geen zorgen te maken.'

'Ik heb geld,' zei Athena. 'Je moet me goed begrijpen. Ik blijf hier vijf jaar; dan neem ik haar mee naar huis. Ze mogen zeggen wat ze willen, maar ik plaats haar niet meer in een inrichting. De rest van mijn leven zal ik voor haar zorgen. En als er iets met haar gebeurt, wijd ik mijn leven aan kinderen zoals zij. Je ziet dus dat een vaste relatie met mij onmogelijk is.'

Cross begreep haar. Hij nam ruim de tijd om zijn antwoord te overwegen. Hij klonk sterk en overtuigd toen hij zei: 'Athena, op dit moment weet ik maar één ding zeker: ik hou van jou en van Bethany. Dat moet je van me aannemen. Het wordt niet makkelijk, dat weet ik, maar we gaan ons best doen. Je bent erop uit om Bethany te helpen, niet om een martelaar te worden. Om dat te bereiken moeten we in het diepe springen. Ik zal al het mogelijke doen om je te helpen. Luister, we worden net als die gokkers in mijn casino. We hebben de kansverhouding tegen, maar hebben altijd een kans om die te verslaan.'

Cross zag haar verzet inzakken en drukte door. 'Laten we trouwen,' zei hij. 'Laten we een gezin stichten en het leven van normale mensen leiden. Laten we met onze kinderen herstellen wat we in deze wereld verkeerd vinden. Alle gezinnen hebben hun kruis te dragen; laten we ons best doen om daar iets tegenover te stellen. Ik weet dat we dat kunnen. Geloof je me?'

Athena keek hem aan. 'Alleen als je gelooft dat ik echt van je houd,' zei ze.

Toen ze in de slaapkamer de liefde bedreven, aanvaardden ze elkaars goede wil. Athena geloofde dat Cross haar echt zou helpen om Bethany te redden, en Cross dat Athena van hem hield. Toen ze zich eindelijk naar hem toe keerde, mompelde ze: 'Ik hou van je. Echt waar.'

Cross boog zijn hoofd om haar te kussen. Ze zei het opnieuw: 'Ik hou echt van je.' En Cross dacht: Welke man op aarde kan haar woorden in twijfel trekken?

In de eenzaamheid van zijn slaapkamer trok de don de koele lakens tot aan zijn hals op. De dood naderde, en hij was veel te sluw om zijn nabijheid niet op te merken. Maar alles was volgens plan verlopen. Ach, wat zijn jongeren gemakkelijk af te troeven!

In de laatste vijf jaar had hij Dante als het grote gevaar voor zijn meesterplan beschouwd. De vermenging van de Clericuzio's met de maatschappij zou op Dantes verzet stuiten. Maar wat kon hij, de don, daaraan doen? De dood bevelen van de zoon van zijn dochter, zijn eigen kleinzoon? Zouden Giorgio, Vincent en Petie zo'n bevel gehoorzamen? En als ze dat deden, zouden ze hem dan geen monster vinden? Zouden ze hem dan niet gaan vrezen in plaats van liefhebben? En wat restte Rose Marie dan nog aan geestelijke gezondheid? Want zij zou de waarheid natuurlijk vermoeden.

Maar toen Pippi De Lena vermoord werd, was de teerling geworpen. De don begreep de waarheid direct, onderzocht Dantes verhouding tot Losey en velde zijn vonnis.

Hij had Vincent en Petie gestuurd om Cross te bewaken, en nog wel in een gepantserde auto. Om Cross te waarschuwen had hij hem het verhaal van de Santadio-oorlog verteld. Wat was het pijnlijk om de wereld in het gareel te krijgen! En als hij er niet meer was, wie zou dan al die verschrikkelijke beslissingen nemen? Hij besloot de Clericuzio's voor eens en voor altijd hun terugtocht te laten ondernemen.

Vinnie en Petie zouden zich uitsluitend aan hun restaurants en bouwbedrijven wijden. Giorgio zou op Wall Street blijven. De terugtocht zou compleet zijn. Zelfs de Bronx-enclave zou niet meer worden aangevuld. De Clericuzio's zouden eindelijk veilig zijn en strijden tegen de nieuwe vogelvrijen die overal in Amerika de kop op staken. Hij wilde zichzelf niet de schuld voor vroegere fouten geven, voor het verlies van zijn dochters geluk en voor de dood van zijn kleinzoon. Hij had Cross immers de vrijheid gegeven.

Voordat de don in slaap viel, kreeg hij een visioen. Hij zou eeuwig leven. Het Clericuzio-bloed zou voor altijd onderdeel van de mensheid zijn. En hij, hijzelf alleen, had deze geslachtslijn geschapen. Die was zijn verdienste. Maar o, wat een boze wereld was het, die een man tot zonde dreef!